Alia (Band 1): Der magische Zirkel

Alia beherrscht keines der vier Elemente. Jeder in Altra trägt Wasser, Feuer, Luft oder Erde in sich – sie nicht. Da sie demnach zu keiner angesehenen Arbeit taugt, wird sie an ihrem sechzehnten Geburtstag als Dienerin in den Magierzirkel von Lormir geschickt. Dort soll sie den Rest ihres Lebens verbringen. Einen Tag vor ihrer Abreise erfährt sie allerdings von ihrer Mutter ein Geheimnis, das ihr Leben verändern wird.

Die Autorin

C. M. Spoerri wurde 1983 geboren und lebt in der Schweiz. Sie studierte Psychologie und promovierte im Frühling 2013 in Klinischer Psychologie und Psychotherapie. Seit Ende 2014 hat sie sich jedoch voll und ganz dem Schreiben gewidmet. Ihre Fantasy-Jugendromane (›Alia-Saga‹, ›Greifen-Saga‹) wurden bereits tausendfach verkauft, zudem schreibt sie erfolgreich Liebesromane. Im Herbst 2015 gründete sie mit ihrem Mann den Sternensand Verlag.

C. M. Spoerri

ALIA

Band 1: Der magische Zirkel

Fantasy

Sternensand

www.sternensand-verlag.ch | info@sternensand-verlag.ch

1. Auflage, Februar 2020

Umschlaggestaltung: Alexander Kopainski
Lektorat / Korrektorat: Sternensand Verlag GmbH | Natalie Röllig
Korrektorat 2: Sternensand Verlag GmbH | Jennifer Papendick
Illustration S. 35: C. M. Spoerri
Landkarte: C. M. Spoerri
Satz: Sternensand Verlag GmbH
Druck und Bindung: Smilkov Print Ltd.

ISBN-13: 978-3-03896-084-3
ISBN-10: 3-03896-084-3

Für meine Großmutter Regina.
Du starbst an dem Tag, an dem Alia zum ersten Mal das Licht der Bücherwelt erblickte, und auch wenn du nicht mehr mitbekommen hast, dass ich Autorin wurde, weiß ich, dass du stolz auf mich gewesen wärst und meinen Weg von dort oben mitverfolgst.
Danke für alles, was du für mich getan hast, du bleibst für immer in meinem Herzen.
Ich liebe dich.

Altra
LÖRMIR
CHAKAS
ARGANTA
FAYL
MERITA
OSHEMA
Gohar-Wüste
Talmeren
Wälder von Zakatas
Wälder von Robrero
Westendwald
Molarwald
Meritawald
Lormir
Heystedt
Gelor
Zakatas
Boreas
Hored
End
Amoen
Fayl
Rott
Zwillings-See
Valven
Rahen
Talem
Orta
Vel
Westend
Winsor
Ilnau
Kart
See von Arida
Arida
Wels
Kempt
Felv
Mal-See
Jost
Irena
Belar
Melu
Bairout
Arganta
Drogir
Bris
Hort
Vulna
Gerun
Oshema
Scopet
Elb
Chaka-See
Chakas
Oda
Ren
Collis
Bela
Geruna
Ora
Margen
Mel
Os
Lapot
Kanter
Ina
Molar
Cauta
Port
Portez
Merato
Mons
Cap
Darton
Baltros
Merita
N
W
E
S

Vorwort

Wie, werdet Ihr Euch fragen, wie um alles in der Welt kommt man dazu, eine Fantasy-Geschichte zu erfinden?

Nun … die Antwort lautet ganz einfach: Ich habe sie nicht erfunden.

Es gab eine Zeit voller Magie. Mit Monstern, die von Helden bezwungen, mit Schätzen und geheimnisvollen Ländern, die von Abenteurern entdeckt wurden – und Prophezeiungen, die Leben verändert haben.

Zu dieser Zeit spielt die Geschichte, welche ich euch erzählen möchte. Sie handelt von einem jungen Mädchen, das glaubt, keinen Platz in der Welt zu finden, und erzählt von der Liebe, die manchmal ganz eigene Wege geht. Es ist eine Geschichte, die ein Abenteuer umfasst, das ihr in seiner Gesamtheit wohl erst begreifen könnt, wenn ihr das letzte Wort davon gelesen habt und damit die ganze Wahrheit kennt. Die Wahrheit um die Welt Venera – *unsere* Welt. Zu einer anderen Zeit.

Die Geschichte spielt im Jahre 11 245 der ersten Epoche, die wir heute als eine Zeit vor dem Verschwinden jeglicher Fabelwesen kennen.

Lasst euch in Alias Abenteuer entführen …

Region Lormir

PROLOG

Drei Jahre zuvor …

Nehil, Nehil, keiner will eine Nehil.
Gildenlos, einfallslos,
Keiner will eine Nehil!
Nehil, Nehil, keiner will eine Nehil.
Ohne Gabe, ungeschickt,
Keiner will eine Nehil!
Nehil, Nehil, keiner will eine Nehil.
Schäm dich nur, taugst zu nichts,
Keiner will eine Nehil!

Mein Herz rast, meine Lungen bersten beinahe, da ich so schnell gerannt bin, dass nun meine Seite sticht. Ich wollte nur noch weg – weit weg, wo ich den gehässigen Gesang meiner Mitschüler nicht mehr ertragen muss. Sie haben mit faulen Tomaten nach mir geworfen und gescherzt, dass ich dadurch zumindest ein Feuergewand tragen würde. Mein weißer Umhang ist über und über mit Tomatensaft bedeckt und stinkt zum Himmel – aber noch schlimmer sind der Hohn und der Spott, den ich über mich ergehen lassen musste.

Keuchend lehne ich mich gegen eine Hauswand und schließe die Augen, lasse den Tränen freien Lauf, die unter meinen Wimpern hervorquellen und über meine Wangen rinnen. Das gemeine Kinderlied hallt in meinen Ohren und ich presse die Hände dagegen, um es nicht mehr zu hören – was allerdings nicht hilft, denn die Verse haben sich in den vergangenen Wochen tief in meine Seele gebrannt …

Nehil …

So werde ich genannt, seit bei der Aufnahmezeremonie vor ein paar Wochen alle meine Schulkameraden mit dreizehn Jahren Mitglieder der Elementgilden wurden. Nur ich stand in den Zuschauerreihen und sah ihnen voller Wehmut zu, wie sie ihre Gildenringe empfingen und fortan zu den Erwachsenen zählten.

Am liebsten wäre ich gar nicht zur alljährlichen Zeremonie gegangen, aber die anderen trifft ja keine Schuld daran, dass ich noch keine Begabung entwickelt habe. Zudem ist es für alle Bürger von Lormir Pflicht, an den Aufnahmeritualen, die in ganz Altra zur Sommersonnenwende stattfinden, teilzunehmen – vor allem, wenn man so bekannte Eltern wie ich hat.

»Alia?«

Ich zucke zusammen, mein ganzer Körper spannt sich an und macht sich bereit, weitere faule Tomaten abzuwehren. Als ich aber meine Freundin Kala – meine einzige Freundin – erkenne, lasse ich die Arme sinken, die ich mir reflexartig vor das Gesicht gehalten habe, und gleite an der Hauswand entlang nach unten, kaure mich zusammen.

Kala sagt nichts, setzt sich nur neben mich und streicht mir zärtlich über das tomatenverschmierte Haar. Diese Geste ist so viel mehr als Worte … etwas in mir bricht jetzt vollständig, ich beginne hemmungslos zu weinen und mein ganzer Körper erzittert unter den Schluchzern.

»Wir werden den Gildenräten Bescheid geben«, murmelt Kala neben mir. »Sie werden dafür sorgen, dass so etwas nicht noch einmal vorkommt.«

Ich schniefe und hebe den Kopf, um sie anzublinzeln. »Sie sind alle so gemein zu mir …«, schluchze ich. »Ich kann doch nichts dafür, dass ich noch keine Kräfte in mir trage.«

»Du entwickelst eben nur ein bisschen später als die anderen deine Elementbegabung«, tröstet mich Kala. »Das kommt bestimmt noch, da bin ich mir sicher.« Ihre Hand hält inne und sie legt stattdessen beide Arme um mich, obwohl ich wie ein zermatschter Gemüsekorb aussehe.

»Nicht, du wirst auch noch schmutzig«, protestiere ich, aber Kala lacht bloß.

»Wir stehen das zusammen durch, du und ich, Alia.« Sie lächelt aufmunternd. »Komm, lass uns nach Hause gehen und dann werden wir Pilze für den Auflauf sammeln, den deine Mutter uns versprochen hat. Ich freue mich schon seit Tagen darauf.«

Ich nicke und lasse mir von ihr auf die Beine helfen. Wenn Kala dabei ist, werde ich auch bestimmt nicht die giftigen Pilze erwischen – denn auch dazu tauge ich nicht. Meine Freundin, die seit drei Wochen der Luftgilde angehört, allerdings schon.

Wie ich sie darum beneide …

1

Alia

Gegenwart

»Mama, Mama! Es geht bald los! Es geht bald looos! Komm, Alia, wir müssen uns beeilen!«

Lächelnd beobachte ich meinen dreizehnjährigen Bruder Sen, der aufgeregt im Wohnzimmer zwischen Mutter und mir hin und her hüpft. Seine Wangen leuchten vor Aufregung – oder vielleicht ist es auch die Anstrengung, so genau lässt sich das nicht mehr unterscheiden, da er seit einer halben Stunde durch das ganze Herrenhaus hüpft, das wir hier in der Stadt Lormir bewohnen.

»Der Anzug ist so schön!«, ruft er und streicht über den roten Stoff seines Oberteils. Rot, da er das Feuerelement in sich trägt, seit er zehn Jahre alt wurde.

»Er passt zu deinem Temperament.« Ich grinse und wuschle ihm durch den blonden Schopf. »Wenn dich Kar das nächste Mal in seine Schmiede mitnimmt, solltest du den Anzug aber nicht tragen, sonst wird er noch schmutzig.«

Mein Bruder strahlt mich an. »Ich werde ihn nie mehr ablegen! Nie mehr, niemals wieder. Damit werde ich noch bessere

Feuer zustande bringen als ohnehin schon, du wirst sehen. Goldschmied Kar sagte, ich darf das nächste Mal einen Ring anfertigen, und ich werde den schönsten Ring machen, den es in Altra jemals gab, oh ja!« Er plustert sich wie ein Hahn auf und ich muss laut lachen.

Ich freue mich so sehr für ihn und unsere Schwester. So sehr, dass ich beinahe die Sorgen vergesse, die mich täglich quälen. Aber die haben heute nichts in meinem Gemüt zu suchen. Es ist ein großer Tag für meine Geschwister: der Eintritt in die Erwachsenenwelt. Sen darf heute der Feuergilde beitreten, Lia, seine Zwillingsschwester, der Erdgilde.

Gerade kommt sie in ihrem neuen Gildenkleid die Treppe herunter und schaut uns erwartungsvoll an, was Mama in die Hände klatschen lässt.

»Du siehst so schön aus!«, ruft sie und eilt zu ihr, um das Schleifchen, das Lia um die Taille ihres braunen Kleides schlackert, zurechtzurücken. »Meine Güte, du wirkst so erwachsen.«

Ich höre, wie Mamas Stimme vor Rührung zittert, und spüre einen Stich in der Brust, während ich auf ihren leicht gebeugten Rücken starre, über den ihr langer blonder Zopf fällt.

Nein, nicht jetzt. Das ist nicht der richtige Zeitpunkt für Eifersucht oder Selbstmitleid …

Ich atme leise durch und beobachte, wie Mama sich nochmals Sen widmet und einen Kamm nimmt, um sein verwuscheltes Haar zu bändigen.

»Na, schon aufgeregt?« Ich trete zu meiner jüngeren Schwester und streiche ihr über den Rücken.

Mit ihren braunen Augen, die sie von Mama geerbt hat, schaut sie mich mit einer Mischung aus Freude und Unsicherheit an. Wir haben uns immer schon sehr gut verstanden, vielleicht auch, weil wir beide schüchtern sind und eher stille Beobachter statt gesellige Alleinunterhalter.

»Ja«, antwortet sie. »Ich bin nervös … was ist, wenn ich etwas falsch mache? Mich verhasple? Stolpere? Oder … wenn die Gilde mich nicht will?«

Nun muss ich tatsächlich schmunzeln und ziehe Lia in eine Umarmung. Ihr braunes Haar drückt sich weich gegen meine Wange. »Es wird alles gut gehen«, murmle ich.

Zumindest bei den Elementgilden gab es in den vergangenen Jahren keine Komplikationen bei der Aufnahme. Bei der Magiergilde verhält es sich anders, aber da keiner in meiner Familie Magie in sich trägt, ist das ohnehin nicht von Belang. Nur die wenigsten Menschen in Altra bekommen von den Göttern zusätzlich zu ihrer natürlichen Elementbegabung, die ihren späteren Beruf bestimmt, auch noch Magie geschenkt.

»Alles wird gut«, flüstere ich nochmals, ehe ich Lia loslasse und ihr aufmunternd zulächle. »Ab heute gehörst du ganz offiziell zu den Erwachsenen, ich bin so stolz auf dich. Und bald beginnst du mit deiner Ausbildung zur Heilerin.«

Die Zuversicht, die ich ausstrahle, reicht jedoch nicht bis in mein Innerstes. Dort drin sieht es ganz anders aus, aber das betrifft nur mich selbst, nicht meine Schwester. Wichtig ist jetzt, dass ich Lia ein Lächeln entlocken kann und ihre Augen strahlen.

»Ja.« Sie nickt eifrig. »Ich kann es kaum erwarten, Mama im Heilerhaus zu helfen.«

Lia ist bereits jetzt eine großartige Heilerin, wie ich von Mama schon öfter gehört habe. Sie kann mit Verbänden und Tinkturen so geschickt umgehen wie nur wenige in ihrem Alter. Ihre liebevolle Art wird von den Patienten, die sie manchmal unter Aufsicht unserer Mutter im Heilerhaus behandeln darf, geschätzt.

Ja, Sen und Lia haben ihren Platz in der Gesellschaft gefunden … im Gegensatz zu mir.

Mein Blick streift den meiner Mutter, die gerade Sen einen Scheitel verpasst hat. Sie ist mein Fels in der Brandung, und ihre dunklen Augen strahlen Güte und Wärme aus. Wie die meisten Menschen hier im kühlen Norden Altras trägt Mama oft einen dicken Pelzmantel über ihrer Arbeitskleidung, der sie gegen die Kälte schützt.

Gäbe es sie nicht, wäre ich vor Verzweiflung wohl bereits wahnsinnig geworden, weil ich kein Element in mir trage und somit in zwei Wochen, wenn mein sechzehnter Geburtstag ist, tatsächlich eine Nehil werde. Seit über zwanzig Jahren gab es keinen Nehil mehr und ich versuche die Erzählungen über den Jungen, der sich aus Verzweiflung in der Scheune seiner Eltern erhängte, nicht zu nahe an mich heranzulassen.

»Alles gut, Alia?«, fragt Mama, die meinen Blick bemerkt hat.

Ich setze ein Lächeln auf und nicke rasch. »Natürlich.«

Doch ich erkenne in ihrem nachdenklichen Gesichtsausdruck, dass sie genau weiß, was gerade in mir vorgeht – so ist es jedes Jahr.

Und es wird immer schlimmer … diese Verzweiflung, die an mir nagt und mich von innen heraus zerfrisst, mir jegliche Möglichkeit nimmt, mein Leben zu planen, Träume zu haben …

Nehil, Nehil … keiner will eine Nehil, hallt es in meinem Geist nach und ich fröstle. Auch wenn es meinen Klassenkameraden irgendwann zu langweilig wurde, mich ständig zu triezen, so hat sich der Reim tief in meine Seele gebrannt und mich zu dem gemacht, was ich heute bin: eine unsichere Fünfzehnjährige, die so gut wie keine Freunde hat.

Andere in meinem Alter gehen bereits festen Berufen nach und heiraten, gründen Familien, während ich weder das eine noch das andere darf, da ich aufgrund meiner fehlenden Begabung keiner Elementgilde angehöre.

»Nicht den Mut verlieren«, murmelt Mama und streicht mir mit dem Handrücken über die Wange.

Ich hatte gar nicht bemerkt, dass sie zu mir getreten war.

Mein Lächeln gefriert und ich senke den Blick, damit sie den Schmerz in meinen Augen nicht sieht.

Ja, es gibt Jugendliche, die erst sehr spät ihre Elementbegabung entwickeln. Aber mir läuft die Zeit davon … wenn ich bis zu meinem sechzehnten Geburtstag kein Element beherrsche, sind meine Eltern dazu verpflichtet, mich als Dienerin in den Magierzirkel von Lormir zu schicken – dies geschieht nun mal mit Nehilen, die ansonsten in der Gesellschaft gerade noch fürs Betteln taugen.

Als Diener im Zirkel ist es gar nicht so übel und meist entscheiden sich Kinder aus ärmeren Familien, die sich die Hochschule nicht leisten können, sogar freiwillig dazu, nach der Gildenzeremonie den Magiern zu dienen. Der Vorteil ist, dass sie dort ihrer Begabung entsprechende Arbeit, gutes Essen und Kleidung bekommen.

Allerdings … und das ist der Punkt, der mir Angst bereitet … darf man nie wieder in die Welt außerhalb des Magierzirkels zurückkehren, denn den Dienern ist es streng verboten, mit Nicht-Magiern zu kommunizieren, um die Geheimnisse des Zirkels zu bewahren.

Meine Familie nie wiedersehen? Nein. Daran kann ich gar nicht denken. Ich *liebe* meine Familie mehr als alles andere auf der Welt, sie ist alles, was ich habe – sie haben immer hinter mir gestanden, trotz der Tatsache, dass ich unbegabt bin. Und der Gedanke, dass …

»Kommst du, Mertin?«, ruft Mutter die Treppe hinauf und unterbricht damit meine aufkommende Panik. »Wir müssen wirklich los, sonst sind wir womöglich zu spät!«

»Schon gut, ich bin ja da, Miara.«

Mein Vater schreitet gemächlich die Treppe herunter. Er trägt die grüne Jagdkleidung, die sich wie eine zweite Haut um seinen drahtigen Körper schmiegt. Sein Gang ist wie immer federnd und lautlos – jahrelang auf der Jagd im Wald geschult. Das nussbraune Haar, welches an den Schläfen einige graue Strähnen aufweist, hat er unter dem Jägerhut versteckt. Das Gesicht mit den grünen Augen, in denen immer der Schalk sitzt, ist frisch rasiert.

So wie er würde ich auch gerne sein: selbstbewusst und mit der Eleganz einer Raubkatze. Mein Herz wird schwer, als ich mir wieder einmal vor Augen führe, dass ich vielleicht nie mit ihm auf die Jagd gehen kann. Wir lernen zwar in der Schule die Grundkenntnisse des Jagens – so versuchen die Lehrer, unsere Luftbegabungen zu entdecken –, aber es ist streng verboten, vor Eintritt in die Luftgilde Wild zu erlegen. Das dürfen nur die richtigen Jäger, da es für alle anderen als zu gefährlich gilt. Im Wald lauern Bären, Echsen, Trolle, Gorkas oder noch schlimmer: Warfts. Bestien, die aussehen wie große Wölfe und sich auf zwei Beinen wie Menschen fortbewegen.

Das Schießen mit Pfeil und Bogen hat mir immer Spaß bereitet, jedoch entwickelte ich auch in diesem Element keine herausragenden Fähigkeiten. Ganz im Gegensatz zu meiner Freundin Kala, die bei den Bogenschießübungen immer ins Schwarze traf und daher seit zwei Jahren einer erfolgreichen Jagdtruppe angehört.

Vater scheint meine Gedanken erraten zu haben – eine weitere Gabe, die den Mitgliedern der Luftgilde eigen ist –, denn er legt den Arm um meine Schultern und stupst mich mit der freien Hand in die Seite. »Komm, Alia, lassen wir die drei nicht warten«, meint er mit seiner angenehm tiefen Stimme. »Es gilt schließlich, deine Geschwister vor Miaras Fürsorge zu erretten.«

Tatsächlich übertreibt Mama es mit ihren Mutterpflichten schon wieder. Lia sieht unglücklich dabei zu, wie ihr noch kurzerhand eine Feder in das blonde Haar geflochten wird.

Ich lächle tapfer und glätte mit den Händen mein weißes Festtagskleid, das ich als Nichtgildenmitglied tragen muss. Dann prüfe ich nochmals die kunstvolle Hochsteckfrisur, die Mutter aus meinem langen, dunkelbraunen Haar gezaubert hat, im Spiegel, der neben der Haustür hängt.

Ich finde mich nicht übermäßig schön und gebe normalerweise nicht viel auf mein Aussehen. Trotzdem empfinde ich einen Anflug von Stolz, da das weiße Kleid wenigstens meinem Hautton schmeichelt. Ich bin durchschnittlich groß und besitze einen eher schlaksigen Körper, der seit einiger Zeit glücklicherweise weiblichere Formen bekommt.

Meine Mutter sagt immer, ich sähe hübsch aus, aber ich hege den Verdacht, dass Mütter allgemein in dieser Hinsicht eine verzerrte Wahrnehmung aufweisen.

Schließlich begeben wir uns zu fünft zum großen Gildenplatz, der zu dieser Jahreszeit ausnahmsweise schneefrei ist. Die vier Gildenhäuser mit den angebauten Tempeln, die den Göttern für Feuer, Wasser, Erde und Luft gewidmet sind, bilden die Begrenzung des Platzes, der in einem Fünfeck angelegt ist. Die fünfte Seite wird von dem Gildenhaus für Magie eingenommen, das nur die Magier betreten dürfen.

Die Luft riecht nach Sommer, dennoch ist es kühl und ein scharfer Wind bläst um unsere Köpfe, spielt mit meinen Haaren und löst einige Strähnen aus meiner Frisur. Die wärmere Jahreszeit wird erst in etwa einem Monat Lormir erreichen und dann auch ganz rasch wieder vorbei sein – wie es hier im Norden immer der Fall ist. Aber wir haben uns an diese Temperaturen gewöhnt, kennen es nicht anders.

Vater erzählte mir einmal von Regionen im Süden von Altra, wo die Sonne die ganze Zeit über scheinen soll. Irgendwie kann ich mir das nicht so recht vorstellen … dennoch spüre ich diesen Drang in mir, irgendwann mehr zu sehen als nur meine Heimatstadt. Aber dazu fehlt mir leider der Mut – und auch das Geld, denn ohne einen Beruf kann ich keines verdienen.

Nein, aufhören. Dumme Gedanken … ich werde meine Begabung entdecken und in eine Elementgilde aufgenommen!

Ich beiße mir auf die Unterlippe, ziehe den weißen Umhang, den ich übergeworfen habe, etwas enger um meine Schultern und bahne mir mit meinen Eltern und Geschwistern einen Weg durch die Menschenmenge, die sich auf dem Platz bereits angesammelt hat.

Ich staune jedes Mal, wie viele Bewohner die Region Lormir mit ihrer gleichnamigen Hauptstadt besitzt. Alle haben sich herausgeputzt und in der Farbe ihrer Gilde eingekleidet. Viele von ihnen – vor allem die Fischer und Bauern, die zum ärmeren Teil der lormischen Bevölkerung zählen – sind von weit her angereist.

Die Kinder, die heute eine Aufnahme in die Elementgilden erwartet, stehen jeweils ganz vorne bei der Tribüne. Dorthin begeben sich nun auch Sen und Lia, während meine Eltern und ich unsere Plätze in den vorderen Reihen der Zuschauer einnehmen.

Vorne stehen die wohlhabenderen Familien, hinten die ärmeren und ganz hinten diejenigen, die sich kaum ein Dach über dem Kopf leisten können.

Mein Blick schweift zu den Hochseefischern in ihrer blauen Kleidung, die sie als Angehörige der Wassergilde kennzeichnen, und bleibt für eine Weile an ihnen hängen. Wie es sich wohl anfühlt, wenn man auf dem weiten Meer ist und nichts als den Horizont erblicken kann?

Meine Augen wandern weiter zu meiner Freundin Kala, die im grünen Jägerkostüm der Luftgilde, das ihre blonden Haare betont, hinreißend aussieht. Sie ist die Einzige, die immer noch zu mir hält. Alle anderen in meinem Alter haben sich von mir abgewandt – ich kann es niemandem verübeln. Wer will schon mit einer angehenden Nehil gesehen werden?

Nehil, Nehil … keiner will eine Nehil …

Als Kala meinen Blick bemerkt, zwinkert sie mir zu und winkt über den Platz. Ich erwidere ihr Winken mit einem tapferen Lächeln, das sie als Luftbegabte jedoch leider nur zu gut durchschaut, denn ihr Gesichtsausdruck wird mitfühlend. Sie weiß, dass ich dieses Jahr wieder nicht unter den Kandidaten bin.

Sie legt den Zeigefinger unter ihr Kinn und schenkt mir ein Lächeln. *Kopf hoch.* Ich nicke und wende die Augen ab, da ich ihr Mitleid nicht aushalten kann.

Mein Blick gleitet weiter zu den Anwärtern der Magiergilde, die in ihren schwarzen Umhängen auf der rechten Seite des Platzes stehen. Die Energie für Zauber schöpfen die Magier aus der eigenen Körperwärme. Wie dies genau geschieht, ist eines der Geheimnisse ihres Zirkels. Es ist jedoch bekannt, dass der Magierkodex es allen Mitgliedern verbietet, sich der Wärme eines anderen Lebewesens zu bedienen – also sogenannte ›schwarze Magie‹ zu wirken.

Wie gerne wäre ich anstelle dieser Kinder gewesen. Würde darauf warten, dass mein Name aufgerufen und meine Elementbegabung verkündet wird, um dann voller Stolz auf die Tribüne hochzugehen, wo mir der Gildenring verliehen wird. Der Ring, der auch an den Fingern meiner Eltern blitzt – der dafür steht, dass man zu einer Gilde gehört. Und den man von da an nicht mehr ablegen kann, da sich die Rune darauf mit der Elementkraft in einem verbindet.

Ich betrachte meine Hände, die jetzt leicht zittern, da ich mit aller Kraft die mir nur allzu vertraute aufkeimende Verzweiflung niederringe. Aber ich muss jetzt stark sein. Für meine Geschwister, die als kleine Nervenbündel vor uns stehen und immer wieder unsicher zu mir und meinen Eltern blicken. Ich lächle ihnen aufmunternd zu.

Es besteht eigentlich kein Grund zur Sorge, denn es ist schon lange nicht mehr vorgekommen, dass ein Kandidat von einer Gilde abgewiesen worden ist. Vor fünf Jahren wurde das letzte Mal einem Mädchen der Gildeneintritt verwehrt, weil die Eltern den Kodex verletzt hatten. Die Gildenräte schickten das Mädchen als Dienerin in die Magiergilde und keiner hier hat mehr etwas von ihm gehört. Ich fand das damals äußerst ungerecht, da es ja nichts für die Fehltritte seiner Eltern konnte. Aber so wird das hier in Altra nun mal gehandhabt ... das nennen die Magier, die über das Land herrschen, ›Gerechtigkeit‹.

Der Fanfarenstoß reißt mich aus meinen Gedanken und ich recke mich, um über die Köpfe der Menschen, die zwischen der Tribüne und mir sind, besser sehen zu können, was geschieht. Die hohen Räte der vier Element- sowie der Magiergilde betreten gerade unter tosendem Applaus die Tribüne.

Jedes Element wird durch ein Gildenmitglied vertreten und alle wirken prachtvoll in ihren Ratsgewändern. Ich bewundere auch dieses Jahr wieder, wie der Umhang des Rates der Feuergilde zu brennen scheint, obwohl der Stoff heil bleibt. Wie ein Wasserfall umfließt hingegen der blaue Stoff den Rat der Wassergilde, und das Gewand der Abgeordneten der Erdgilde erstrahlt von einem inneren Licht. Die Luftgildenrätin trägt grüne Kleidung mit einem Jägerumhang und wird von kleinen Vögeln umschwirrt. Kolibris, hat mein Vater mir mal erklärt.

Es ist ein imposantes und wunderschönes Bild.

Die Räte der Magiergilde allerdings überbieten alles. Genau wie in den Elementgilden wird der Rat der Magiergilde ebenfalls aus vier Ratsmitgliedern zusammengestellt. Für jedes Element wird ein Magier abgeordnet. Sie alle sind in schwarze Umhänge gehüllt, die mich an einen Nachthimmel mit tausend Sternen erinnern. Ihre jeweiligen Elemente tragen sie in Form eines Stabes bei sich, dessen Spitze eine Lichtkugel bildet, die entweder in Rot, Blau, Braun oder Grün erstrahlt. Ihr oberster Vertreter und Leiter des Magierzirkels ist Xenos, der gleichzeitig das Element Feuer repräsentiert.

Xenos sieht aus wie knapp dreißig, ist hochgewachsen und breitschultrig. Jeder weiß jedoch, dass er in Wirklichkeit bereits mehrere hundert Jahre alt sein muss. Zum Zeichen seines Ranges als Leiter des lormischen Zirkels trägt er immer ein auffälliges schwarzes Amulett um den Hals. Sein Gesicht wirkt zwar jugendlich, doch seine intelligenten eisblauen Augen strahlen eine uralte Weisheit aus. Sie bilden einen auffallenden Kontrast zu seinem dunkelbraunen schulterlangen Haar, das im Nacken mit einem Lederband straff zusammengehalten wird.

Nur die mächtigsten Magier sind in der Lage, ihre Jugend zu erneuern und damit den Lasten des Alters zu trotzen. Weniger mächtige sterben oft an Altersschwäche oder eines natürlichen Todes – zum Beispiel, wenn wieder ein Experiment schiefgegangen ist.

Xenos nimmt mit den anderen Magierräten zusammen seinen Platz rechts auf der Tribüne ein. In seinen Zügen liegt Kälte, gepaart mit Arroganz, die mich jedes Mal, wenn ich ihn sehe, frösteln lässt – was glücklicherweise nur einmal im Jahr bei der Aufnahmezeremonie geschieht.

Dieser Mann geht über Leichen.

Die Leiter der fünf Magierzirkel in Altra nehmen eine spezielle Stellung ein. Sie sind die rechte Hand vom tyrannischen Herrscher Lesath, der irgendwo im Süden in Merita regiert, führen dessen Gesetze mit akribischer Genauigkeit aus und halten Gericht. Zudem überwachen die Zirkelleiter die Elementgilden und haben auch sonst überall ihre Finger im Spiel. Immer wieder hört man Geschichten darüber, wie auf Xenos' Befehl ein aufständisches Dorf in der Region von Lormir dem Erdboden gleichgemacht wird. Auch bei den anderen Zirkeln in Altra wird mit ähnlicher Härte durchgegriffen, daher bedeutet es meist Unheil, wenn ein Zirkelleiter in einem Dorf oder einer Stadt gesehen wird.

Heute jedoch sind die Magier glücklicherweise in friedlicher Absicht hier.

Nach ein paar Sekunden legt sich der Applaus und die Aufnahmezeremonie beginnt.

Zuerst sind die Elementgilden an der Reihe.

Für die Feuergilde gibt es zwei Dutzend Anwärter, darunter auch Sen. Alle werden gebeten, nach vorne zu treten, dann bringt ein kleines Mädchen auf einem Samtkissen die goldenen Ringe, die mit rot glühenden Feuerrunen verziert sind. Woher diese Ringe genau stammen, ist eines der Geheimnisse der Gilden. Man munkelt jedoch, dass sich die Magier der Zwergenmagie bedient haben sollen.

Die Nervosität der Kinder ist nun beinahe greifbar.

Heros, das oberste Ratsmitglied der Feuergilde, sagt den Eid des Feuers vor. Er ist ein untersetzter Mann Anfang vierzig, dessen Überheblichkeit sein Gesicht zu einer Fratze verzerrt. »Ich gelobe hiermit feierlich, bis ans Ende meiner Tage die Geheimnisse der Feuergilde zu bewahren und den Kodex von Ignas, dem Feuergott, nach meinem besten Wissen und Gewissen zu befolgen. Das Feuer ist rot, im Herzen brenne ich.«

Die Kinder sprechen den Eid mit zitternden, leisen Stimmen nach.

Tränen treten mir in die Augen, während ich Sen dabei beobachte, wie er den Gildenring an seinen rechten Ringfinger steckt. Kurz zuckt er zusammen, als sich die Macht des Feuers mit seinem Innersten vereint. Es sind Tränen des Stolzes, aber auch ein bisschen des Selbstmitleids. Wir hatten uns schon ausgemalt, dass wir dieses Jahr vielleicht sogar gemeinsam das Aufnahmeritual antreten.

Mein jüngerer Bruder strahlt mit den anderen neuen Gildenmitgliedern um die Wette und geht stolz zu seinem Platz neben dem Ratsmitglied der Feuergilde, während meine Mutter und mein Vater jubeln. Auch ich tue es ihnen gleich, denn die Freude überwiegt den Schmerz, dass ich nicht an seiner Seite sein kann.

Als Nächstes tritt Bermes, oberstes Mitglied der Wassergilde, vor. Zu seinen Kandidaten zählt unter anderem auch Cana, die Tochter des Goldschmieds. Sie ist die Einzige, die dieses Jahr mit zwei Begabungen antritt und sich für eine der beiden entscheiden musste, da sie sowohl Wasser als auch Luft in sich trägt.

Auch sie spricht tapfer mit den anderen Kindern den Schwur nach, der mit den Worten endet: »Das Wasser ist tief, tief wie meine Seele.«

Jetzt kommt der Moment, da alle Bewohner Lormirs den Atem anhalten, denn Canas Begabung für das Element Luft wird mit dem Eintritt in die Wassergilde zerstört.

Mit sichtlichem Zögern tritt das Mädchen vor und steckt sich den goldenen Ring mit der blau leuchtenden Wasserrune an den Finger. Kaum berührt er ihre Haut, zuckt sie mit schmerzhaft verzerrtem Gesicht zusammen und stürzt wimmernd zu Boden.

Ihr schmaler Körper wird von Krämpfen gepeinigt, um ihren Mund sammelt sich Schaum. Aber es eilt ihr niemand zu Hilfe, denn jeder weiß, dass sie diese schwierige Prüfung selbst bestehen muss, um als vollwertiges Mitglied der Wassergilde gelten zu können.

Ich beiße mir auf die Zunge, kann die Augen jedoch nicht abwenden. Nach drei endlosen Minuten hören die Zuckungen endlich auf, Canas Miene wird wieder gefasster und sie versucht, ihre verkrampften Beine zu bewegen.

Bermes stützt sie und hilft ihr, aufzustehen. Das Mädchen wirkt zwar etwas wackelig, jedoch lässt sie sich mit sichtlicher Erleichterung von ihrem neuen Gildenältesten umarmen, der sie daraufhin unter dem Applaus der Zuschauer zu seiner Gilde führt.

Ich erhasche einen kurzen Blick auf ihr stolzes Lächeln, ehe sie von den Mitgliedern der Wassergilde zum Beitritt beglückwünscht wird.

Meine Aufmerksamkeit wird jedoch gleich wieder abgelenkt, denn nun ist meine kleine Schwester Lia an der Reihe. Sie und ein Dutzend weitere Kandidaten treten vor, während Ranzad, die oberste Heilerin, eine grauhaarige Frau mit rundem Gesicht, den Eid vorsagt, dessen Ende sich ebenfalls von den anderen Gilden unterscheidet: »Ich bin die Mutter, die Erde und das Leben.«

Nach Canas Zusammenbruch greifen die Kandidaten nur zögerlich nach den Ringen mit den braunen Runen. Als aber nichts passiert außer dem kurzen Schmerz, wenn die Kraft der Erde in die jungen Körper dringt, zeigt sich Erleichterung auf ihren Gesichtern, die dem Stolz, nun endlich Mitglied der Erdgilde zu sein, weicht.

Lia winkt kurz in unsere Richtung, ehe sie sich mit einem breiten Lächeln zu den anderen Gildenmitgliedern begibt. Mutter strahlt über das ganze Gesicht und ich entdecke den Stolz in ihren Augen. Wie gerne würde ich sie auch so stolz machen. Vater schenkt mir ein mitfühlendes Lächeln, er hat schon wieder meine Gedanken erraten. Ich grinse gequält zurück und wende meine Aufmerksamkeit wieder der Zeremonie zu, wo nun auch noch die Kandidaten des Luft-Elementes in ihre Gilden aufgenommen werden. »Die Luft ist klar, der Pfeil schnell, das Leben kurz«, sprechen die Kinder der Lufträtin nach.

Zum Schluss sind die Magier an der Reihe und wie immer wird es totenstill, als Xenos nach vorne tritt. Es gilt als Ehre, den Magierzirkeln anzugehören, aber selbst wenn man Ansätze von Magiebegabung zeigt, ist dies kein Garant für die Aufnahme. Die Größe der Begabung wird erst von Xenos geprüft.

Die Kandidaten, die für den Magierzirkel antreten, gleichen nun einer Schafherde, die sich einem zähnefletschenden Wolf gegenübersieht.

Aber es nützt nichts. Falls sie Xenos' Prüfung standhalten, dürfen die Kinder dem Magierzirkel beitreten und bekommen je nach ihrer Elementbegabung die schwarzen Magierringe mit den zugehörigen Elementrunen, die sie einem der vier Magierzirkel zuordnen. Falls sie die Prüfung jedoch nicht bestehen, wird ihre Magiebegabung von Xenos vernichtet, was anscheinend ähnlich schmerzhaft ist, wie wenn ein Element gelöscht wird. Zurück bleiben nur noch die Begabung in einem der vier Elemente sowie die Demütigung, doch nur einer Elementgilde und nicht dem Magierzirkel beitreten zu können.

Die Nervosität, die sich auf den Gesichtern der Anwärter abzeichnet, ist also mehr als verständlich.

Xenos schreitet die Reihe der Kandidaten langsam ab. Seine hohe Gestalt überragt sie alle und lässt die Jungen und Mädchen klein und verletzlich wirken. Er legt jedem kurz die Hand auf den Kopf und murmelt einige Worte. In der Menge könnte man nun eine Fliege husten hören, so still ist es geworden. Ich wage kaum, zu atmen, und verfolge gebannt jede von Xenos' Bewegungen. Als er beim letzten Kandidaten ankommt, ertönt ein animalischer Schrei.

Ich zucke unwillkürlich zusammen und recke wie alle anderen den Kopf, um zu sehen, was passiert ist.

Der Junge, bei dem Xenos als Letztes angehalten hat, ist zusammengebrochen. Er hat seine magische Prüfung nicht bestanden und liegt nun wimmernd und sich windend am Boden.

Xenos wendet sich mit ausdrucksloser Miene dem Publikum zu und ich erkenne, dass sein Amulett, das er um den Hals trägt, nun dunkel leuchtet. Seine sonore Stimme reicht mühelos bis in den hintersten Winkel des Platzes. »Diesem Jungen wird der Eintritt in die Magiergilde verwehrt. Er soll sich für die Aufnahme in die Feuergilde, dessen Element ihm innewohnt, bewerben.«

Das war's. So rasch kann der Traum von einer Zukunft im Magierzirkel platzen …

Ich empfinde Mitleid mit diesem Jungen, den ich vor wenigen Minuten noch beneidet habe. Mit hängenden Schultern begibt er sich zu Heros, um dort seinen Feuerring entgegenzunehmen.

Immerhin scheint die Aufnahme in die Feuergilde auf Anhieb zu gelingen und er wird zu den anderen Gildenmitgliedern geführt.

Die neuen Angehörigen des Magierzirkels hingegen legen den Eid ab, ehe sie die schwarzen Ringe des Zirkels mit den Runen ihres jeweiligen Elementes tragen dürfen: »Ich gelobe hiermit feierlich, bis ans Ende meiner Tage die Geheimnisse der Magiergilde zu bewahren und den Kodex des Zirkels zu befolgen. Wärme und Magie, sie sind eins mit mir.«

Damit ist die Aufnahmezeremonie vorbei. Die neuen Mitglieder werden nun in die Gildenhäuser geführt, wo ihnen zu Ehren den ganzen Abend ein Fest stattfindet. Dort werden sie in die Geheimnisse der einzelnen Gilden eingeweiht und dürfen ihre Götter feiern. Die Magier brechen jedoch sofort zum Zirkel auf, der außerhalb der Stadt Lormir liegt. Für die nächsten drei Jahre werden nun die frischen Magierlehrlinge ihre Eltern nicht wiedersehen.

Mutter und Vater verabschieden sich von mir und gehen in ihre jeweiligen Gilden, um ebenfalls die neuen Mitglieder zu feiern. Da ich keinem Element angehöre, darf ich wie immer nicht dabei sein.

Mit einem leisen Seufzer mache ich mich auf den Heimweg.

2

ALIA

Als ich aufwache, ist mein Bettzeug nass geschwitzt und zerwühlt, da ich mich die halbe Nacht herumgewälzt habe. Irgendwann fielen mir die Augen zu und ich versank in Albträumen, die sich mit dem Öffnen meiner Lider heute Morgen als bittere Wahrheit herausstellen.

Heute ist es so weit. Ab heute bin ich sechzehn Jahre alt.

Ab heute bin ich eine …

»Nehil.« Ich probiere das Wort auf der Zunge aus und schaudere bei dem Gedanken.

Verzweiflung überkommt mich wie ein kalter Regenguss, nachdem ich noch einmal in mich hineingehorcht und festgestellt habe, dass da wirklich nicht der Hauch einer Elementbegabung ist. Fröstelnd schlinge ich die Arme um den Körper und bemühe mich, nicht in Panik zu verfallen.

Die letzten zwei Wochen habe ich jeden Tag in den vier Tempeln die Götter angefleht, sie mögen mir ihre Gabe schenken. Außerdem habe ich wie eine Verrückte auf dem Praxisgelände der Schule geübt, obwohl ich über drei Jahre älter bin als alle anderen Schüler. Ich habe Fischerruten gebastelt, Pflanzen gedüngt, die Tiere der Schule gefüttert, Feuersteine gegeneinandergeschlagen, Bogenschießen und Messerwerfen trainiert, versucht, die Gedanken meiner Freundin Kala zu erraten.

Aber nichts, rein gar nichts, ist mir leichtgefallen. Im Gegenteil. Vom vielen Üben mit allen möglichen Waffen habe ich jetzt Blasen an den Händen, meine Muskeln schmerzen, die Fingernägel sind längst alle abgebrochen vom Wühlen in der Erde und ich habe von all den Gedankenübungen hämmernde Kopfschmerzen.

Wenn ich irgendeine Elementbegabung oder gar Magie in mir tragen würde, fiele mir das alles nicht so schwer. Dann wäre es der reinste Spaziergang auf dem Hindernisparcours der Jäger. Oder ich würde nicht von den Pferden getreten und von den Hunden angebellt werden, sondern könnte mit derselben Selbstverständlichkeit wie Mutter und Lia mit den Tieren umgehen.

Traurig wandert mein Blick durch mein Zimmer. Dies war also die zweitletzte Nacht in meinem Zuhause.

Ich bin ab heute offiziell eine Nehil.

Morgen früh werde ich den Dienst im Magierzirkel antreten, wo ich für den Rest meines Lebens bleiben muss. Ich habe keine andere Wahl, sonst würde meine Familie von den Magiern hart bestraft. Jeder weiß, dass sie eine Tochter haben, die keine Begabung besitzt – an Flucht ist also nicht zu denken.

Bei der Vorstellung, weder meine Familie noch Kala jemals wiederzusehen, schnürt sich mir der Hals zu und ich unterdrücke einen weiteren Heulkrampf.

Nein, ich werde versuchen, meinen letzten Tag mit meiner Familie auszukosten, und ihre Liebe wie ein Schwamm in mich aufsaugen. Mich in Selbstmitleid suhlen kann ich immer noch, wenn ich einsam und als Dienerin hinter den Zirkelmauern leben muss.

Nachdem ich meinen verschwitzten Körper rasch mit Wasser gewaschen habe, ziehe ich schwarze Hosen und das hellbraune

Hemd an. Eine Kleidung, die sich meiner Mutter zufolge zwar für eine Dame aus den oberen Kreisen nicht ziemt, aber das ist mir heute gleichgültig. Ab morgen bekomme ich sowieso meine Dienstkleider vom Zirkel gestellt, da kann ich zum letzten Mal einen Tag in bequemer Kleidung verbringen.

Als ich das Esszimmer betrete, steht ein reichhaltiges Frühstück auf dem Tisch. Ich entdecke meine Lieblingsbrötchen, Butter und diverse Konfitüren, kleine Kuchen, einen großen Früchteteller, Spiegeleier, Rühreier, Pfannkuchen, Lachshäppchen sowie Fleisch in allen Varianten, von Speck über Wurst bis hin zum teuren und seltenen Rinderfilet. Ronda, unsere Haushälterin, muss die halbe Nacht auf gewesen sein, um dies alles vorzubereiten.

Ich finde die etwas dickliche Frau am Herd in der Küche vor, wo sie dem Apfelmus den letzten Schliff verleiht. Leise räuspere ich mich und sie wirbelt für ihre Körperfülle erstaunlich schnell herum. Als sie mich sieht, lässt sie den Kochlöffel achtlos auf den Tisch fallen und eilt mit ausgebreiteten Armen auf mich zu.

»Hach, Alia«, schluchzt sie, während sie mich an ihre Brust drückt. »Es tut mir ja so leid für Euch. Ihr habt das nicht verdient. Ich werde Euch so sehr vermissen …«

Sie wischt sich eine Träne von der Wange und drückt mich nochmals so fest an sich, als wollte sie meinen Körper als Abdruck auf ihrer Schürze verewigen. Sie riecht nach Zimt und Äpfeln.

Ich spüre wieder einen Kloß im Hals. Jetzt nicht weinen …

Rasch winde ich mich aus ihrer Umarmung. »Ich danke dir für alles, Ronda.« Mehr bringe ich nicht heraus.

Sie nickt, schluchzt herzzerreißend und wendet sich eilig ab, um ihre Tränen zu verbergen. Ronda ist wirklich eine gute Seele. Ich werde sie ebenfalls unendlich vermissen.

Beim Essen bekomme ich kaum einen Bissen herunter. Nach dem Geburtstagsständchen, das meine Familie für mich vorträgt, sind Mutter und Vater bemüht, gute Laune zu verbreiten. Aber so recht will es ihnen nicht gelingen, denn über aller aufgesetzten Fröhlichkeit hängt die Gewissheit schwer in der Luft, dass dies mein letzter Geburtstag zu Hause sein wird.

Sen und Lia haben heute frei, um sich in Ruhe von mir zu verabschieden. Seit meine Geschwister auf der Hochschule der Gilden sind, bekomme ich sie nur noch selten zu Gesicht. Besser so, dann fällt mir der Abschied ein bisschen leichter.

Trotzdem muss ich immer wieder gegen meine Tränen ankämpfen. Ich habe meine Familie so lieb und kann mir beim besten Willen nicht vorstellen, sie ab morgen nie mehr zu sehen.

Nach dem Essen schenkt mir Lia zum Geburtstag ein braunes Lederarmband, das sie extra für mich angefertigt hat. Auch wenn sie nichts dazu sagt, so reicht ein Blick in ihre Augen, um zu erkennen, dass es gleichzeitig ihr Abschiedsgeschenk ist. Sie hat es in stundenlanger Arbeit kunstvoll geknüpft und es ist wunderschön. Ich umarme sie zum Dank, so fest ich kann, und versuche die Trauer zu unterdrücken, die meinen Hals zuschnürt.

Sen hat in seinem Unterricht einen feinen Ring aus Gold für mich angefertigt.

»Da du ja nun keinen bekommen hast …«, flüstert er voller Mitgefühl. »Es ist der Schönste in ganz Altra, wie ich es versprochen habe.«

Ich schlucke den Kloß in meinem Hals herunter.

Mit so einem wertvollen Geschenk habe ich nicht gerechnet. Mir fehlen die Worte, als ich den Ring bewundernd zwischen den Fingern drehe. Die filigranen Verzierungen zeugen von Sens Geschicklichkeit beim Schmieden. Dabei ist er doch erst am Anfang seiner Ausbildung.

»Steck ihn an«, drängt mich Sen.

Das Schmuckstück passt wie angegossen.

Ich schließe die beiden abermals in die Arme und halte sie länger fest als üblich.

Was wird wohl aus ihnen werden? So gerne wäre ich dabei, wenn sie ihre Begabungen weiter ausbauen, und sähe zu, wie sie größer werden. Aber diese Geschenke, das Armband und der Ring, werden alles sein, was mir von meinen Geschwistern bleibt …

Nach dem Frühstück nimmt mich meine Mutter beiseite. Sie verhält sich dabei äußerst geheimnisvoll und ich folge ihr gespannt die Treppe hinauf ins Elternschlafzimmer. Dort schließt sie die Tür ab und bedeutet mir, mich auf das Bett zu setzen. Ich beobachte, wie sie zu einer kleinen Kommode in der Zimmerecke geht, die sie mit einem Schlüssel öffnet, den sie um den Hals trägt.

Neugierig recke ich den Kopf, um besser erkennen zu können, was sie daraus hervorholt.

Mutter wickelt etwas Rechteckiges aus einem weißen Seidenstoff und beim näheren Betrachten erkenne ich ein kleines silbernes Kästchen, etwa eine Handbreit und mit einem Blumenmuster verziert.

Sie hält es wie ein kostbares Kleinod mit beiden Händen, als sie es zu mir bringt und sich neben mich auf die Bettkante setzt. Es scheint ihr schwerzufallen, die richtigen Worte zu finden. »Alia, es gibt etwas, das Mertin und ich dir immer schon sagen wollten, aber wofür wir einfach nicht den passenden Zeitpunkt fanden.«

Oje, was kommt jetzt?

Meine Mutter kann mir nicht richtig in die Augen sehen, das bin ich nicht von ihr gewohnt. Normalerweise ist sie der offenste und ehrlichste Mensch, den ich kenne … es muss etwas sein, das sie sehr belastet, so wie sie auf ihrer Unterlippe kaut und den Blick durchs Zimmer wandern lässt.

Ich wappne mich innerlich, bin aber keineswegs auf das vorbereitet, was sie mir zu erzählen hat.

»Alia, mein Schatz. Ich möchte, dass du weißt, wir lieben dich. Über alles in der Welt. Und das, was ich dir sagen werde, bedeutet nicht, dass sich diese Gefühle ändern. Aber …« Sie holt leise Luft. »Mertin und ich, wir sind nicht … deine leiblichen Eltern.«

Das trifft mich wie ein Schlag in den Magen – mir bleibt regelrecht die Luft weg. Ich versuche, den Inhalt ihrer Worte zu begreifen, meine Gedanken zu ordnen. Um mich dreht sich alles, obwohl ich das Gefühl habe, als bliebe die Zeit stehen.

Was soll das heißen? Dass meine leiblichen Eltern irgendwo in Altra leben und mich nicht wollten? Oder sind sie tot? Bin ich eine Ausgestoßene? Sind Sen und Lia nicht meine richtigen Geschwister?

In meinem Kopf jagt ein Gedanke den nächsten. Mein Hals verengt sich, als winde sich eine unsichtbare Schlinge darum und ziehe sich langsam zu. Ich bekomme kaum Luft.

In die Verzweiflung mischt sich nach und nach eine Wut, die sich im Bauch brodelnd einen Weg nach oben kämpft und in meiner Brust zu explodieren droht.

Warum gerade heute? Hätte sie das nicht für sich behalten, mit ins Grab nehmen können? Und mich in dem Glauben lassen, ich wäre in meiner eigenen Familie aufgewachsen? Ich bin ohnehin dazu verdammt, meine Eltern und Geschwister nie wiederzusehen – warum zerstört sie mit diesen Worten nun alles, was ich geglaubt habe zu lieben? Warum nimmt sie mir das letzte Schöne, das ich in meinem Herzen beschützen wollte, während ich den Rest meines Lebens hinter Zirkelmauern darben muss?

Mutter scheint zu merken, dass sie mich mit ihrer Offenbarung vollkommen aus der Bahn geworfen hat. Sie legt entschuldigend eine Hand auf mein Knie und ich lasse es zu. Ich bin zu sehr damit beschäftigt, meine Fassung wiederzuerlangen.

Nach einiger Zeit, die mir wie eine Unendlichkeit vorkommt, weichen die wirbelnden Gedanken einer schwarzen, inneren Leere und Taubheit.

Es ist jetzt sowieso alles gleichgültig. Ich bin morgen weg. Weg von den Lügen, die sie mir gerade gestanden hat. Ab morgen beginnt ein neues Leben für mich. Ohne meine … Familie. Ohne das, was ich bisher als Familie bezeichnet habe – was mein Herz mich zu lieben gelehrt hat … Aber womöglich ist es nicht das Schlechteste, dass ich es auf diese Weise erfahre. Vielleicht hilft es mir sogar, über den Schmerz hinwegzukommen. Vielleicht …

Ich muss versuchen, stark zu sein. Es ist alles, was mir noch bleibt. Den Rest verliere ich ohnehin in ein paar Stunden.

Als Mutter erkennt, dass ich mich wieder etwas gefangen habe, spricht sie weiter: »Wie gesagt, das ändert nichts daran, was wir für dich empfinden, Alia. Wir lieben dich wie unsere leibliche Tochter. Du bist Teil unserer Familie und wirst immer zu uns gehören.«

Leere Worte. Wie soll ich zu ihrer Familie gehören? Vielleicht erklärt das ja, warum ich eine Nehil bin. Wahrscheinlich haben meine leiblichen Eltern das bereits bei meiner Geburt gemerkt und mich deshalb ausgesetzt.

Mein Magen rebelliert, mir wird schlecht.

»Wann?«, presse ich mühsam hervor.

Mutter versteht. »Als du kaum älter als ein paar Monate warst.«

Sie legt den Arm um mich, zieht mich zu sich und ich wehre mich wieder nicht dagegen, da ich mich so benommen fühle.

So leer. So hilflos.

Sie wiegt mich wie ein Kleinkind.

»Weißt du«, fährt sie fort, »ich konnte damals keine Kinder bekommen. Mertin und ich hatten unsere Hoffnung bereits aufgegeben, als das Schicksal dich zu uns brachte.«

Als ich keine Fragen stelle – wozu auch? –, spricht sie weiter.

»Damals wurde ein Schwarzmagier hier in Lormir gefasst.«

Ich verstehe nicht, wieso das alles für mich von Belang sein sollte. Wieso erzählt sie mir das?

Mutter sieht meine Skepsis und fährt eilig fort. »Dieser Magier hatte dich bei sich, Alia.«

Noch ein Schlag – direkt in mein Herz.

Ich schnappe nach Luft, da mein Hals sich schon wieder zuschnürt. »Was?«, krächze ich ungläubig. »Was soll ich mit einem Schwarzmagier zu tun gehabt haben? Ist er etwa mein Vater?«

»Nein, nein«, wiegelt Mutter vehement ab. »Er ist keinesfalls dein leiblicher Vater, das hat er auch heftig bestritten und dies wurde vom Magierzirkel beglaubigt.« Sie deutet auf die Schatulle, die sie immer noch in den Händen hält. »Er gab mir dieses Kästchen für dich. Ich sollte es wie meinen Augapfel hüten und dir an deinem achtzehnten Geburtstag geben.« Sie sucht meinen Blick und schaut mich traurig an. Ihre Augen spiegeln all die schmerzhaften Gefühle wider, die ich selbst zu unterdrücken versuche. »Den achtzehnten Geburtstag werden wir ja leider nicht mehr zusammen feiern können, da du dann im Zirkel dienen wirst. Daher übergebe ich dir das Kästchen jetzt.« Damit legt sie es behutsam in meinen Schoß und ich umschließe es mit beiden Händen.

Ich nicke kurz, ehe ich aufstehe und das Zimmer wortlos verlasse. Es gibt so viele Fragen, die ich ihr stellen möchte. So viel, was ich darüber wissen will, was es mit dem Magier auf sich hat. Aber ich weiß nicht, ob ich bereit für die Antworten wäre … und wenn nicht, würde mich die ganze Wahrheit womöglich noch stärker aus dem Gleichgewicht bringen als ohnehin schon. Daher schweige ich und gehe wie in Trance die Treppe hinunter.

Ich muss jetzt allein sein.

Das war wirklich zu viel für mich, zu viele Informationen auf einmal, die es zu verdauen gilt.

Kurz kommt mir der Gedanke, zu Kala zu gehen und ihr alles zu erzählen. Sie ist zwar meine einzige Freundin und sie hätte bestimmt tröstende Worte für mich, aber es geht mir gegen den Strich, sie mit Dingen zu belasten, die ich selbst noch nicht ganz begriffen habe. Zumal ich ab morgen fort bin und sie dann allein lassen würde mit Problemen, die nicht die ihren sein sollten. Sie steht meinem Vater nahe, da sie ab und an in seinem Jagdtrupp mit dabei sein darf. Es würde vielleicht einen unnötigen Keil zwischen sie treiben, wenn ich ihr von dem erzähle, was ich von meiner Mutter erfahren habe.

Daher wandere ich ziellos in Lormir umher, am Gildenplatz und den Tavernen vorbei, immer weiter. Ich achte nicht darauf, wohin ich gehe. Hauptsache weg von hier. Weit weg, um meine Empfindungen ordnen zu können.

Ich muss lange so gelaufen sein. Plötzlich finde ich mich auf einer Kuhweide, eine gute Wegstunde südlich der Stadt, wieder. Zu dieser Jahreszeit wachsen hier ein paar struppige, aber nahrhafte Grasbüschel, die von den Kühen gierig verschlungen werden.

Meine Wut über die Lügen meiner Eltern weicht einer immer größer werdenden Verwirrung.

Ich schaue den Tieren eine Weile zu und spiele gedankenverloren mit dem silbernen Kästchen, das ich immer noch in den Händen halte. Beim Versuch, es zu öffnen, scheitere ich kläglich. Womöglich ist es mit irgendeinem Zauber belegt, der es mir erst mit achtzehn Jahren ermöglicht, es zu öffnen. Das wäre einem Schwarzmagier zuzutrauen.

Aber will ich das Geschenk eines so abscheulichen Menschen … Monsters … überhaupt behalten? Es könnte sonst was darin sein. Wer weiß das bei Schwarzmagiern denn schon? Sie brauchen schließlich die Wärme anderer Menschen für ihre Zauber. Nicht ohne Grund ist das Wirken schwarzer Magie in ganz Altra verboten.

Nun ja, immerhin hat es meine Mutter jahrelang aufbewahrt. Das hätte sie bestimmt nicht gemacht, wenn sie es für gefährlich gehalten hätte – oder?

Halt, wieso nenne ich sie überhaupt noch meine Mutter? Das ist sie ja gar nicht. Sie ist einfach irgendeine Frau, die mich aus Mitleid, wegen ihrer Kinderlosigkeit oder warum auch immer bei sich aufgenommen hat. Wie es scheint, war sie dann doch imstande, Kinder zu bekommen. Ich kann mich sogar noch vage daran erinnern, wie sie mit Sen und Lia schwanger war. Damals war ich fast drei Jahre alt.

Aber es fällt mir trotzdem schwer, so herzlos über meine Eltern – ja, das sind sie nun mal – zu denken. Sie haben sich immer bemüht, mir eine schöne Kindheit zu bescheren, waren immer auf meiner Seite. Und sie haben mir nie das Gefühl gegeben, dass ich nicht ihre leibliche Tochter wäre – so viel muss ich ihnen zugestehen.

Es ist alles im Moment zu viel für mich. Morgen werde ich meine Familie – ja, ich beschließe, sie vorläufig weiterhin als meine Familie zu bezeichnen – verlassen und nie mehr zu ihnen zurückkehren. Und dann bin ich allein mit meinen Gedanken, wer meine leiblichen Eltern wohl waren oder sind.

Was hat es mit diesem Schwarzmagier auf sich? Warum war ich bei ihm? Hat er mich geraubt? Meine Eltern getötet? Wollte er auch *mich* töten, mir die Wärme entziehen? Oder war er mein Beschützer? Warum hat er sich die Mühe gemacht, Mutter das Kästchen zu übergeben? Ist das irgendein gemeiner Plan eines durchtriebenen Schwarzmagiers?

Womöglich hätte ich die Fragen meiner Mutter und meinem Vater stellen sollen, aber … ich kann nicht. Ich kann einfach nicht. Es geht alles zu schnell und ich fürchte mich davor, dass mir keine Kraft bleibt, die ganze Wahrheit zu verarbeiten. Womöglich ist es besser, wenn ich die Beweggründe nicht genauer hinterfrage … ich habe auch so schon genügend Probleme, ich kann und möchte mich jetzt nicht auch noch damit auseinandersetzen, wer dieser Schwarzmagier war. Feige vielleicht, ja. Aber womöglich auch eine Art Selbstschutz.

Magier kennen keine Gnade und regieren die Welt mit harter Hand. Ich kenne bisher lediglich die Magier des Zirkels von Lormir und dort gibt es, wie man hört, genügend Intrigen. Ich muss nur an Xenos denken und wie rücksichtslos er die Bewohner von Lormir wegen kleiner Vergehen bestraft. Wie muss erst ein schwarzer Magier gestrickt sein, der nicht davor zurückschreckt, andere Lebewesen zu töten, um seine eigene Magie zu nähren? Mich schaudert bei dem Gedanken, dass ich ihm schutzlos ausgeliefert war. Und plötzlich bin ich unendlich dankbar, dass Miara und Mertin mich aufgenommen, mich vor seinen schwarzen Kräften gerettet haben. Nein. Ich kann nicht weiter nachbohren. Will nicht wissen, in welcher Gefahr ich womöglich geschwebt habe. Das spielt jetzt keine Rolle mehr.

Miara und Mertin sind meine Eltern und es bringt keinem etwas, wenn ich sie am letzten Abend, den ich mit ihnen verbringen kann, ignoriere und wie ein bockiges Kind davonlaufe. So war ich nie und ich werde heute bestimmt nicht damit anfangen.

Ich beschließe, zurückzugehen und das Kästchen zu behalten. Auch wenn da die Angst vor der Wahrheit in mir ist, so spüre ich auch eine gewisse Neugierde, was es damit auf sich hat.

Zum Abendessen bin ich wieder in meinem Zuhause, bei meiner Familie. Zum letzten Mal helfe ich Ronda beim Decken des Tisches und ausnahmsweise lässt sie meine Hilfe kommentarlos geschehen.

Meine Eltern werfen mir immer wieder prüfende Blicke über den Tisch zu, während wir essen. Aber ich tue so, als wäre alles wie immer. Ich möchte sie nicht mit einer unbedachten Gefühlsregung noch mehr verletzen. Mein wortloser Abgang nach Mutters Beichte hat sie schon genug getroffen, auch wenn ich mich bei ihr dafür entschuldigt habe, weil mir sehr wohl bewusst war, dass ich vielleicht anders hätte reagieren können … anders hätte reagieren *sollen.* Aber in dem Moment … es war einfach alles zu viel. Ich meine, ich habe keine Ahnung, wer meine richtigen Eltern sind. Aber ich liebe die Menschen, die mich großgezogen haben, trotzdem. Sie waren die Eltern, die ich nicht hatte, und dass wir nicht blutsverwandt sind, ändert nichts an meinen Gefühlen für sie. Ich sollte ihnen dankbar sein für das, was sie mir ermöglicht haben. Nicht mich beschweren oder sie mit Schweigen strafen. Ich liebe sie. Ebenso wie sie mich.

Nach dem Essen winkt mein Vater mich zu sich in sein Arbeitszimmer. Er schaut mich lange an, die Hände auf meinen Schultern. Dann nimmt er mich wortlos in seine Arme und ich vermeine, ein leises Schluchzen tief in seiner Brust zu spüren, als ich den Kopf gegen ihn sinken lasse. Ich nehme den Geruch seiner Lederkleidung wahr, der mir so vertraut ist, spüre die Stärke seiner Arme, die mir immer Geborgenheit gegeben haben. All die Jahre … ich werde ihn so unendlich vermissen.

Lange hält er mich fest und ich versinke in dem Gefühl der Zuneigung, tanke regelrecht Kraft daraus.

Als er sich von mir löst, sehen seine Gesichtszüge aus wie immer und mir wird warm ums Herz. Nein, er würde niemals eine Schwäche vor mir zugeben, wäre sie auch noch so nachvollziehbar. Das ist mein Vater, Mertin, der starke, stolze Jäger.

Mit Tränen in den Augen wende ich mich ab und gehe in mein Zimmer, um meine letzte Nacht in Freiheit zu verbringen.

Ich mache jedoch kaum ein Auge zu.

3

Miara

16 Jahre zuvor

»Bist du dir auch ganz sicher?« Die Stimme ihres Gemahls riss Miara aus ihrer Erstarrung.

Sie nickte, ohne dass sie sich dessen bewusst war. »Ja, Mertin. Es ist das Richtige«, erwiderte sie leise und verfolgte mit bangen Blicken den Mann, der soeben aus dem Gerichtssaal geführt wurde.

Die wochenlange Haft im lormischen Gefängnis hatten ihre Spuren auf dem Gesicht des Magiers hinterlassen, das von Erschöpfung und Hunger gezeichnet war. Seine dreckige schwarze Kleidung ließ erahnen, wie sehr seine Wachen, die ihn flankierten, sich zusammenreißen mussten, um den Gestank zu ertragen.

Die Verhandlung war kurz gewesen – viel kürzer als alle Verhandlungen zuvor. Xenos hatte nach ein paar Fragen an den Angeklagten befohlen, den Schwarzmagier in die Verbannung zu schicken, wo er keiner Menschenseele mehr was zuleide tun konnte. Ein rätselhaft mildes Urteil, wenn man bedachte, dass der Zirkelleiter normalerweise Menschen schon wegen geringer Vergehen zum Tode verurteilte.

Miara war immer noch erstaunt darüber, dass sie es gewagt hatte, die Hand zu heben, als Xenos auf das kleine Geschöpf deutete, das vor dem Schwarzmagier in dickes Wolltuch gewickelt auf dem Boden lag.

Aber in dem Moment hatte sie gewusst, dass sie sich um das Kind kümmern, es bei sich wie ihr eigenes aufnehmen wollte. Keine Sekunde lang hatte sie gezögert, als Xenos fragte, wer das Kind haben wolle.

Sie war die Einzige gewesen, die sich meldete, und der Zirkelleiter hatte es ihr übergeben.

Jetzt schlummerte das kleine Mädchen friedlich auf Mertins Armen und nur das Gesichtchen war zwischen dem Stoff zu erkennen. Es zerriss Miara schier das Herz, als sie das unterernährte Kind betrachtete.

Was hatte es bloß durchmachen müssen? Hilflos ausgeliefert den verdorbenen Mächten dieses Schwarzmagiers, der es durch halb Altra geschleppt hatte und wer weiß was mit ihm angestellt hätte, wäre er nicht gefasst worden.

Warum er es nicht getötet hatte, hatte der verdreckte Mann nicht gesagt. Er hatte sowieso kaum den Mund aufgemacht, sondern die gesamte Verhandlung stumm und ohne jegliche Gefühlsregung über sich ergehen lassen. Womöglich war ihm bewusst gewesen, dass er mit dem sicheren Tode rechnen musste.

Doch Xenos hatte ihn lediglich verbannt. Warum? War ihm der Schwarzmagier womöglich bekannt? Oder hegte er gewisse Sympathien für ihn? Bei diesem Gedanken musste Miara fast auflachen. Xenos und Sympathien für jemanden … Wohl kaum.

Viel wahrscheinlicher war, dass es lediglich an einer Laune des kaltherzigen Zirkelleiters lag. Sie konnte Xenos nicht ausstehen und war froh, als er vor einigen Minuten den Gerichtssaal verlassen hatte.

»Du bist dir bewusst, welche Verantwortung das mit sich bringt?«, flüsterte Mertin ihr ins Ohr und holte sie aus ihren Überlegungen zurück in die Gegenwart.

Miara zuckte mit den Schultern. »Das Mädchen hat ein schönes Leben verdient. Ein Leben, das wir beide ihm bieten können. Wir werden es lieben, als wäre es unser eigen Fleisch und Blut.«

Sie erhob sich, um mit den anderen Zuschauern zusammen den Saal zu verlassen.

Viele Menschen hatten an der Verhandlung teilgenommen, vor allem auch ein paar der älteren Magierschüler, die sich offenbar die Gelegenheit, einen Schwarzmagier zu sehen, nicht entgehen lassen wollten.

All diese Menschen drängten nun zum Ausgang.

Miaras Blick fiel auf einen jungen blonden Elfen, der sich, umgeben von einer Horde Soldaten, gerade einen Weg zur breiten Flügeltür bahnte. Er war der einzige Elf, dem sie je begegnet war. Warum er an der Verhandlung teilgenommen hatte, wusste Miara nicht und es war ihr auch gleichgültig. Die Elfen galten als reserviertes Volk, das sich selten mit Menschen abgab. Ihr Mann Mertin war da ganz anders – er hatte sogar schon die Städte der Elfen besucht. Aber Miara hatte sich noch nie für deren Kultur oder Geschichte interessiert.

Schon hatten die meisten Menschen den Saal verlassen, da entstand ein plötzlicher Tumult in der Nähe des Ausgangs.

Miara stellte sich auf die Zehenspitzen, um über den Köpfen der anderen Zuschauer, die ihr die Sicht zum Ausgang versperrten, etwas sehen zu können.

Flüche wurden laut sowie Rufe. Sie hörte, wie eine der Wachen ihr Schwert aus der Scheide zog, und dann stand er plötzlich wieder in der breiten Flügeltür zum Saal. Der Schwarzmagier.

Seine verfilzten schwarzen Haare hingen ihm verdreckt über das Gesicht und sein dunkler Blick war dem Wahnsinn nahe.

Trotzdem richtete er ihn nun mit einer Zielsicherheit auf Miara, die sie frösteln ließ. Die Wachen hatten seine Ketten wohl losgelassen, daher kam er nun einige Schritte auf sie zu und sie wich unwillkürlich zurück. Die Menschen, die sich noch im Saal befanden, verließen diesen so rasch wie möglich und machten dem Schwarzmagier Platz, ließen ihn zu ihr durch. Die Soldaten schienen zu ängstlich zu sein, ihn aufzuhalten.

Miara fühlte, wie sich Mertin neben ihr anspannte, und sah aus dem Augenwinkel, wie er das Mädchen sorgsam hinter sich auf den Boden legte und seinen Dolch zog.

Im Falle eines Kampfes hätte er jedoch keine Chance gegen diesen Magier, der jedem Wesen seine Körperwärme entzog, sobald er seine schwarze Magie wirkte. Er könnte binnen weniger Augenblicke alle verbliebenen Menschen hier im Saal töten. Es gab ein Pulver, das die magischen Kräfte zu bannen vermochte, aber das schien bei einem Schwarzmagier nicht zu wirken. Auch die Ketten konnten ihn nicht aufhalten, da die Soldaten ihn aus Angst losgelassen hatten.

Wie er jemals in die Verbannung geführt werden sollte, würde er nicht freiwillig mitgehen, war Miara ein Rätsel. Aber das war im Moment nebensächlich, denn jetzt stand er vor ihr, überragte sie um fast zwei Köpfe. Sie musste sich zusammenreißen, um nicht aufzuschreien, als er sich zu ihr herunterbeugte und gleichzeitig mit der rechten Hand in seinen Umhang griff.

Die eisernen Ketten an seinem Handgelenk klirrten bei dieser Bewegung und ein übler Geruch nach Fäkalien und abgestandenem Dreck drang in ihre Nase, sodass Miara automatisch die Luft anhielt.

Der Blick des Fremden glitt prüfend über ihr Gesicht, ehe er ein silbernes Kästchen aus seinem Umhang zog und es ihr reichte.

»Hier«, sagte er und Miara erschauderte unter seiner tiefen Stimme. »Das ist für das Mädchen. Gib es ihr, sobald sie achtzehn Jahre alt ist.«

Mit zittrigen Fingern griff Miara nach dem Kästchen, das kaum eine Hand breit war.

»Was … was ist da drin?«, wagte sie zu fragen.

Der Schwarzmagier, der sich bereits zum Gehen gewandt hatte, drehte sich nochmals zu ihr um. »Das wird sie selbst herausfinden müssen«, entgegnete er.

Dann lief er zurück zum Ausgang, wo die Wachen sichtlich erleichtert darüber waren, dass er aus freien Stücken zu ihnen zurückkehrte.

4

ALIA

Gegenwart

Noch vor Sonnenaufgang bin ich wach und rolle meine Sachen in ein Tuch, das ich zu einem Bündel zusammenknote. Viel ist es nicht, was ich mitnehmen kann. Neben den kostbaren Geschenken von Sen und Lia verstaue ich das geheimnisvolle Kästchen, ein paar Kleider, die ich sowieso nie tragen werde, sowie meinen Stoffbären, eine Erinnerung an meine sorglose Kindheit.

Als ich die Treppe hinuntergehe, ist Vater bereits reisefertig. Er wird mich bis zur Magiergilde begleiten, da er danach mit seiner Jagdtruppe in den Wald weiterzieht. Bis zum Zirkel ist es ein guter Tagesmarsch, zu Pferd ist die Strecke jedoch in einem halben Tag zu schaffen, sodass wir gegen Mittag in meinem neuen ›Zuhause‹ eintreffen sollten.

Vater hat für mich ausnahmsweise eines seiner Jagdpferde gesattelt. Flecki heißt es und war schon immer mein Lieblingspferd mit seinen roten und braunen Punkten, da es das einzige ist, das mich noch nie getreten hat.

Ich befestige mein Bündel am Sattel und umarme nochmals meine Mutter, die ihre Tränen nun nicht mehr zurückhalten kann. Ich atme ihren Duft nach Veilchen und Rosmarin ein.

»Pass auf dich auf, mein Kind«, flüstert sie in mein Ohr, ehe sie sich von mir löst.

Sen und Lia schlafen noch, da Mutter ihnen ein leichtes Schlafmittel verabreicht hat, weil sie sonst vor Kummer in der Nacht kein Auge zugetan hätten. Ich bin froh darüber, dass mir der endgültige Abschied von ihnen damit erspart bleibt. Es würde mir das Herz brechen, sie auch noch weinen zu sehen, und ich könnte nicht dafür garantieren, dass ich wirklich brav, wie von den Magiern verlangt, in den Zirkel gehe. Von meiner Freundin Kala habe ich mich bereits gestern verabschiedet, als sie vor dem Abendessen kurz bei uns vorbeischaute. Sie hat mich auf ihre aufmunternde Art angelächelt und fest gedrückt.

»Ich bin mir sicher, dass wir uns eines Tages wiedersehen werden!«, flüsterte sie zum Abschied.

Ich nickte nur und unterdrückte eine sarkastische Bemerkung – natürlich werden wir uns nie mehr wiedersehen. Wie auch, wenn ich den Rest meines Lebens im Zirkel verbringen muss? Nicht einmal Briefkontakt ist mir erlaubt, da Xenos anscheinend so kalt wie ein Stück Eis ist und nicht nachvollziehen kann, dass ein junges Mädchen seine Familie vermissen könnte. Es wird ein endgültiger Schlussstrich zwischen der Außenwelt und mir sein.

Mein Blick schweift ein letztes Mal über unser Stadthaus, in dem ich aufgewachsen bin, und die Gewissheit legt sich wie ein Stein in mein Herz: Ich werde nie mehr hierher zurückkommen.

Bei dem Gedanken schnürt sich meine Kehle zusammen und ich schlucke hart. Rasch wende ich mich ab und schwinge mich auf Fleckis Rücken. Der erste Abstand, den ich zwischen mich und meine Vergangenheit bringe. Ab jetzt führt mich jeder Schritt einer ungewissen Zukunft im Zirkel entgegen.

Vater und ich reiten schweigend nebeneinander durch den inneren Stadtkreis, in dem um diese Uhrzeit noch kein Betrieb herrscht. In den äußeren beiden Kreisen jedoch sind schon ein paar geschäftige Leute unterwegs, um ihren alltäglichen Arbeiten nachzukommen.

Vaters Jagdtruppe, die sich aus fünf erfahrenen Männern zusammensetzt, wartet am Haupttor. Sie begrüßen mich mit einem abschätzigen Blick, den sie jedoch gleich wieder verbergen, als mein Vater sie grimmig anschaut. Doch ich kann die Abscheu in ihren Gesichtern dennoch erkennen. Sie haben zwar Respekt vor ihm, ihrem Anführer, nicht jedoch vor seiner Nehiltochter.

Wir wenden uns nach Westen und reiten in die karge Steppe hinaus, die zu dieser Jahreszeit immerhin ein wenig grüne Farbe bekommen hat.

Der Ritt zur Gilde erscheint mir endlos. Im Gegensatz zu den Jägern bin ich es nicht gewohnt, längere Strecken zu reiten. Obwohl unser Tempo gemächlich ist, habe ich bereits nach einer Stunde Schmerzen an meinem Hinterteil und weiß nicht mehr, wie ich auf Flecki sitzen soll.

Meine Unruhe überträgt sich auf das Pferd, immer häufiger schnaubt es und wirft den Kopf nach hinten, als wollte es sagen, ich solle still halten. Das ist jedoch besser gesagt als getan.

Ich bin froh, als wir nach einer weiteren Stunde endlich eine Rast einlegen und ein paar Äpfel und die selbst gemachten Brote von Mutter vertilgen. Sie schmecken köstlich – nach Zuhause, Liebe und Wärme. Letzteres ist wohl der Grund, warum ich kaum einen Bissen herunterbekomme.

Immerhin haben wir Glück mit dem Wetter. Die Sonne scheint auf uns herunter und nur spärliche Wolken zeigen sich am Himmel.

Die Gesellschaft ist jedoch äußerst schweigsam. Vater und mir ist ohnehin nicht nach Reden zumute und die Jäger sind von

Natur aus nicht die Gesprächigsten, da jeder Laut nur das Wild verjagen würde.

Nach einer weiteren Stunde sehen wir die fünf Türme des Magierzirkels in den Himmel ragen. Ihre Spitzen glänzen in der Mittagssonne. Ich habe einmal gehört, dass sie aus purem Gold gegossen wurden.

Der Zirkel liegt am Rande einer Felsklippe, die zum Wald hin abfällt – dem Ziel meines Vaters und seiner Jagdtruppe. Die Magiergilde ist von einer dicken Mauer, die bestimmt über hundert Schritt hoch ist, umgeben. Ein breiter Weg führt direkt darauf zu, rechts und links davon befindet sich Steppenlandschaft, wie sie oft hier im Norden Altras anzutreffen ist.

Ich war noch nie hier. Die meisten Menschen machen einen großen Bogen um dieses Gebiet. Man könnte zu schnell mit einem Spion verwechselt werden und in einer Feuerfontäne sein Leben lassen. Den Magiern sind ihre Geheimnisse heilig – da kennen sie keine Gnade.

Nachdem wir näher geritten sind, erkenne ich, dass jeder unserer Schritte von den Wachen auf den Wehrgängen der Mauern verfolgt wird. Sie haben uns bestimmt schon lange kommen sehen.

Ein mulmiges Gefühl breitet sich in meinem Bauch aus und wächst mit jedem Schritt, den wir uns dem Zirkel nähern.

Dieses Bauwerk, das schon durch seine schiere Größe imposant anmutet, kann nicht von Menschenhand gefertigt worden sein. Das Eingangstor ist kunstvoll mit Mosaiken bestückt. Die Mauern, die den Zirkel in Form eines Fünfecks umgeben, scheinen bis in den Himmel zu reichen, sind blendend weiß und bestimmt mit irgendwelchen fiesen Zaubern bestückt, die einen unbefugten Eindringling zweimal überlegen lassen, ob er sie tatsächlich erklimmen will oder nicht lieber seine Beine in die Hand nimmt und das Weite sucht.

Die Wachen lassen uns durch, da meine Ankunft bereits erwartet wird, und wir betreten den Zirkel über einen gepflasterten Weg. Neugierig sehe ich mich um und erkenne ein Mosaik auf dem Boden des Innenhofs, das einen prachtvollen fünfeckigen Stern darstellt.

Jetzt bemerke ich, dass es sich bei den Türmen um die Spitzen von fünf Gebäuden handelt, die in einem regelmäßigen Fünfeck ausgerichtet sind. Jede Ecke des Mosaiksterns zeigt auf den Eingang in der Mitte eines der Gebäude. Diese sind aus weißem Marmor gebaut und mit goldenen Wandmalereien verziert.

Vier der Gebäude sind je einem der Elemente gewidmet, das in einer prächtigen Freske über dem Eingang dargestellt ist, das fünfte der Magie. Alle Gildenhäuser sind so eng aneinander gebaut, dass sie den Platz vollständig umfassen und nur einen ganz schmalen Gang zwischen sich aussparen.

Mitten auf dem Innenhof, der noch weitläufiger als unser Gildenplatz ist, sehen wir uns einem Empfangskomitee gegenüber. Vor uns stehen drei Leute, die mich und meine Begleitung interessiert mustern. Ansonsten ist keine Menschenseele zu erkennen.

Der gut beleibte Mann in der Mitte der kleinen Gruppe sticht mir sofort ins Auge. Seine Wurstfinger verschränkt er vor seinem wabbeligen Bauch, den er unter einer goldverzierten Tunika verbirgt. Sein kahles Haupt ist mit einem überdimensionalen Hut bestückt, der wohl die spärlichen Sonnenstrahlen abhalten soll. Auf seinen weiblichen Zügen liegt ein höhnisches Lächeln, das ohne Frage *mir* gilt.

Er ist mir auf den ersten Blick unsympathisch. Leider befürchte ich, dass dies mein neuer Vorgesetzter wird. Denn seine beiden Begleiter, ein Mädchen und ein Junge, tragen eindeutig die Kleidung von Dienern.

Das Mädchen ist etwas älter als ich, hat einen langen blonden Zopf, ein sanftes Gesicht und kommt mir irgendwie bekannt vor. Aber ich kann sie nicht zuordnen. Der Junge mit dem braunen Haar, der ganz rechts steht, ist im Alter von Sen und

Lia. Ich erinnere mich, ihn bei der Aufnahmezeremonie beim Beitritt in die Feuergilde gesehen zu haben. Er stammt wohl aus der ärmeren Bevölkerungsschicht und hat sich freiwillig als Diener im Magierzirkel gemeldet. Die zwei Wochen mit genügend Essen und die frische Kleidung lassen ihn gesünder wirken, als ich ihn in Erinnerung hatte. Trotzdem ist er immer noch dünn und seine braunen Augen liegen in tiefen Höhlen.

Mein Vater steigt vom Pferd und bedeutet mir und seinem Trupp, es ihm gleichzutun. Es ist eine Wohltat, endlich Fleckis Rücken Lebewohl zu sagen. Auch das Pferd scheint nicht traurig darüber zu sein, dass es seine unruhige Reiterin los ist.

Steifbeinig, mit dem Bündel in der Hand, folge ich meinem Vater, der zu dem übergewichtigen Mann geht und ihn begrüßt. Papa ist kurz angebunden und distanziert – ein Zeichen, dass in seinem Inneren gerade ein Sturm von Gefühlen herrscht.

Ich schlucke meine Nervosität herunter und trete meinem neuen Vorgesetzten gegenüber. Er mustert mich mit hellblauen Augen, die mich an ein neugeborenes Schweinchen erinnern. Passenderweise gibt er gerade in dieser Sekunde einen quietschenden Laut von sich, der etwas zwischen Belustigung und Ekel sein könnte. Jedenfalls nichts zu meinen Gunsten.

Als er seine wulstigen Lippen öffnet, dringt seine hohe, schrille Stimme an mein Ohr. Ich horche überrascht auf. Ein Eunuch. Ich hatte von solchen Menschen gehört, aber noch nie leibhaftig einen gesehen.

»Es freut mich, dass du den Weg zu uns gefunden hast, Nehil!«

Nehil … ja, genau, das bin ich. Ich schaue ihn trotzig an. »Ich bedanke mich, als Dienerin in die Gilde aufgenommen zu werden.« Die Worte kommen mir nur mühsam über die Lippen. Mutter hat sie mir vor meinem Aufbruch eingetrichtert.

Sie scheinen ihn zumindest zufriedenzustellen, denn er gibt nochmals diesen Quieklaut von sich, ehe er mit seiner Patschhand das Mädchen anstupst. »Bring sie in die Quartiere der Diener, Rana. Sie soll sich umziehen und sich dann unverzüglich in mein Arbeitszimmer begeben.«

Das Mädchen nickt und will meinen Arm ergreifen.

Ich drehe mich hastig zu meinem Vater um. Was ich sehe, lässt mein Herz vor Kummer fast zerspringen. Alle Traurigkeit dieser Welt liegt in seinem Blick. Seine grünen Augen, die normalerweise so spitzbübisch blitzen, sind vor Schmerz dunkel und Tränen schimmern in seinen Augenwinkeln.

Das ist zu viel. Ich kann Vater nicht weinen sehen … schluchzend werfe ich mich in seine Arme.

Ich will ihn nicht verlassen. Will nicht weg von ihm.

Er tätschelt unbeholfen meinen Rücken. Ein letztes Mal spüre ich seine starken Arme um meinen Körper, atme den Geruch nach Leder und Wald ein. Für einen kurzen Augenblick fühle ich mich noch einmal sicher und geborgen. Dann gibt er mich frei – viel zu schnell – und ich lasse mich, taub vor Schmerz, von Rana wegführen.

Jetzt bin ich wirklich allein.

Widerstandslos folge ich der Dienerin in das mittlere Gebäude zu den Quartieren der Bediensteten.

Als ich meine Umgebung wieder wahrnehme, sitze ich auf einem Bett und bemerke Rana, die vor mir steht und ihre Lippen bewegt.

Sie sagt etwas.

Ich versuche, mich aus meiner Taubheit zu befreien, meine Trauer zu unterdrücken und ihr zuzuhören. Ihre Stimme klingt wie aus weiter Ferne. Es dauert eine Weile und Rana sieht ungeduldig aus, als ich den Sinn ihrer Worte entschlüsseln kann.

»Alia, du solltest dich beeilen. Moero hat es gar nicht gern, wenn er warten muss.«

Anscheinend wissen hier nicht nur alle, dass ich eine Nehil bin, sondern kennen auch meinen Namen. Ihre Worte reißen mich aus der Trance.

Stimmt. Ich soll mich umziehen.

Rana hat mich in eine winzige Kammer gebracht, die gerade mal Platz für ein Bett und einen Nachttopf bietet. Immerhin gibt es hoch oben an der Wand ein Fenster, das jedoch so klein ist, dass kaum meine Hand hindurchpasst. Überflüssigerweise ist es noch mit einer Eisenstange gesichert und erinnert mich stark an ein Gefängnisfenster.

Mein Bündel entdecke ich neben mir. Auf dem Bett liegt, ordentlich gefaltet, meine neue Kleidung: ein hellgraues Kleid, das bis knapp zum Knie reicht, eine weiße Schürze sowie eine weiße Haube und schwarze Schuhe.

Rana hat nun ihre Geduld vollends verloren und hält mir das Kleid mit einer ungestümen Bewegung hin. »Los, zieh dich endlich um. Sonst peitscht Moero uns beide aus!«

Auspeitschen? Rana scheint es ernst zu meinen, ihrem erregten Blick nach zu urteilen.

Ich beschließe, es lieber nicht darauf ankommen zu lassen, entledige mich hastig meiner Reitkleider und werfe das graue Kleid über. Um die Taille sitzt es zwar etwas lose, aber als ich das Band der weißen Schürze straff ziehe, geht es. Mit der Haube muss mir Rana allerdings behilflich sein. Ich habe noch nie so etwas getragen und stelle mich ungeschickt an, als ich versuche, die Bänder der Kopfbedeckung im Nacken festzubinden und gleichzeitig meine langen Haare darunter zu verstauen.

Schließlich bin ich jedoch korrekt angezogen. Mir bleibt nicht einmal Zeit, meine alten Sachen vom Boden aufzuheben, denn schon zerrt mich Rana in den Flur und eine Treppe hinunter.

Wir bewegen uns in einer Art unterirdischem Labyrinth. Bald habe ich jegliche Orientierung verloren und bin froh, dass Rana zielstrebig vorausgeht. Die dunklen Gänge sind schwach durch den Schein von Fackeln beleuchtet und mehrere Türen in die Wände eingelassen. Es riecht modrig und feucht.

Wir gehen eine lange Wendeltreppe hoch, durch weitere, diesmal aber hell erleuchtete Flure voller Fenster und bleiben vor einer kunstvoll verzierten Holztür stehen. Rana klopft dreimal dagegen.

Moero antwortet uns barsch, wir sollen eintreten. Rana schiebt mich durch die Tür.

Im Innern erwartet mich ein Prunk, wie ich ihn noch nie gesehen habe. Die Wände sind mit Goldmosaiken verziert und der Boden ist mit wertvollen Teppichen belegt, auf denen man wie auf Wolken geht. Auf mehreren Kommoden stehen goldene Statuen. Es riecht so stark nach Moeros Duftwasser, dass mir fast schlecht wird. Dabei hätte er ohne Probleme frische Luft hereinlassen können, ich bemerke ein langes Fenster, das zu einem kleinen Balkon hinausführt. In der Mitte des Raumes thront ein massiver, aus Marmor gefertigter Schreibtisch.

Dahinter sitzt der Eunuch mit selbstgefälligem Grinsen und streichelt eine weiße, langhaarige Katze, die es sich auf seinem wohlgenährten Bauch bequem gemacht hat. »Hast du also doch noch zu mir gefunden, Nehil«, stellt er mit seiner Fistelstimme fest. »Du wirst schon noch lernen, dass man mich nicht warten lässt. Als Strafe wäschst du heute Abend sämtliches Geschirr allein ab.«

Wie um seine Worte zu untermauern, faucht mich die weiße Katze an.

Rana schnappt hinter mir nach Luft. Anscheinend ist das wirklich eine Strafe …

Ich nicke nur. Es würde ja sowieso nichts ändern, wenn ich ihm jetzt widerspräche.

»Zudem erhältst du hier eine Liste deiner Aufgaben, die du ab sofort erledigst.« Er wedelt mit einem Blatt Papier und ich nehme es wortlos entgegen. »Ich hoffe, du kannst lesen?« Der Eunuch verzieht die wulstigen Lippen zu einem spöttischen Lächeln, das mir einen Schauer über den Rücken jagt.

»Ja, das kann ich«, gebe ich mit erhobenem Kinn zurück.

»Nicht in diesem Ton, Nehil!«, zischt er. »Du wirst mich ab sofort mit ›mein Herr‹ ansprechen, hast du verstanden?«

»Ja … mein Herr.« Ich senke den Blick, damit er die Wut in meinen Augen nicht sieht.

Was soll das? Ich bin zwar eine Dienerin, aber doch keine Sklavin! Aber das behalte ich für mich, ich will nicht gleich am ersten Tag seinen Zorn auf mich ziehen.

Moero fährt fort: »Falls du auf irgendeine Weise negativ auffallen solltest, wirst du bestraft. Das Mädchen hier« – er zeigt auf Rana – »wird dich in deine Aufgaben einführen. Ich will nichts von dir sehen oder hören, solange du hier im Dienst bist – das heißt für den Rest deines Lebens.« Er grinst höhnisch und entblößt dabei seine gelben Zähne.

Ich muss mich zusammenreißen, um ihm nicht in sein wabbeliges Gesicht zu springen und ihm die Augen auszukratzen. Irgendwie bringe ich die notwendige Selbstbeherrschung auf und lächle freundlich zurück. Dann drehe ich mich auf dem Absatz um und verlasse gemäßigten Schrittes das Zimmer.

Als ich an der Tür angekommen bin, ruft er mir hinterher. »Hast du nicht etwas vergessen, Nehil?«

Gehorsam wende ich mich ihm zu, mache einen Knicks und schlage gespielt demütig die Augen nieder. »Ich danke Euch, als Dienerin in die Gilde aufgenommen zu werden … mein Herr.« Dabei steigt mir die Galle hoch und ich balle die Fäuste.

Sein gurgelndes Lachen verfolgt mich noch, als wir den Gang zurückgehen.

5

ALIA

»Oje, da hast du dir aber nicht gerade einen Freund gemacht«, murmelt Rana, als wir zu den Quartieren zurückkehren.

Ich presse die Lippen zusammen und knirsche mit den Zähnen.

Ich hasse diesen Eunuchen schon jetzt. Aber es hilft alles nichts, ich werde ihm auf Gedeih und Verderb ausgeliefert sein. Zum Glück hat es wie ein Versprechen geklungen, dass ich ihn nicht allzu oft sehen muss.

Als wir zurück in meinem neuen Zimmer sind, setze ich mich seufzend auf das Bett, nachdem ich mein Bündel darunter verstaut habe. Sen und Lias Geschenke sind dort drin aufbewahrt und das silberne Kästchen natürlich auch. Den Stoffbären habe ich neben das Kissen gesetzt.

Ich überfliege die Liste, die mir Moero gegeben hat. Von all den Punkten, die darauf stehen, wird mir schwindlig. Wie soll ich das alles schaffen?

Mein Dienst dauert insgesamt immer sechs Tage, danach habe ich einen Tag frei – immerhin scheinen die Magier ihre Diener nicht zur vollständigen Erschöpfung zu quälen. Der Rest des Dienstplans ist jedoch weniger ermutigend.

6 Uhr: Vorbereiten des Speisesaals. Beinhaltet: Servieren, Abräumen, Abwasch, danach Putzen des Speisesaals

7 Uhr: Betten machen und Zimmer der Magierlehrlinge aufräumen

9 Uhr: Wäscherei-Dienst

11 Uhr: Vorbereiten des Speisesaals. Beinhaltet: Servieren, Abräumen, Abwasch, danach Putzen des Speisesaals

14 Uhr: Hilfskraft in praktischen Kursen der Elementzirkel (alle 7 Tage folgt separate Liste), Wocheneinteilung: Luftzirkel

17 Uhr: Aufräumen der Bibliothek, Abstauben, Aufwischen

18 Uhr: Vorbereiten des Speisesaals: Beinhaltet: Servieren, Abräumen

Bis Mitternacht: Abwasch und Putzen des Speisesaals

Ich starre sprachlos auf die Liste. Rana setzt sich neben mich aufs Bett und betrachtet sie ebenfalls.

»Hm, das sind alles Arbeiten, die ohne Elementbegabung gemacht werden können. Leider sind es auch die anstrengendsten Tätigkeiten …« Mit ihren hellbraunen Augen mustert sie mich mitfühlend. »Aber den Speisesaaldienst habe ich auch«, ergänzt sie dann aufmunternd.

»Wieso? Bist du auch eine Nehil?«, frage ich verblüfft.

»Nein, keine Nehil. Aber ich wurde damals nicht in die Erdgilde aufgenommen.« Sie zeigt mir ihre ringlose Hand.

Jetzt weiß ich, woher ich sie kenne. Rana ist das Mädchen, das vor fünf Jahren als Bestrafung für das Vergehen ihrer Eltern in die Magierdienste geschickt wurde. Sie muss inzwischen achtzehn Jahre alt sein.

Sie lächelt mich schief an. »Auch das Aufräumen der Magierzimmer können wir zusammen machen. Hierzu gibt es einen separaten Arbeitsplan. Wir sind mit dir zusammen sechs Diener, die dazu abgeordnet wurden. Weitere sechs sind für die Räume der Jungmagier eingeteilt. Keine Angst, so schlimm ist das nicht.« Sie zuckt mit den Schultern. »Es darf einfach nichts verloren gehen, sonst werden wir bestraft.«

»Das ist ja wirklich nicht so schlimm«, bemerke ich zynisch. »Und warum müssen wir überhaupt in den praktischen Kursen beim Unterricht assistieren? Können die Magier die Zauber nicht selbst aneinander ausprobieren?«

Ranas Lächeln wird breiter. »Leider nicht. Das wäre zwar eine witzige Vorstellung, aber es ist den Magiern verboten, Zauber gegeneinander einzusetzen oder gar gegeneinander zu kämpfen. Magie darf nur gegen Feinde eingesetzt werden – oder um anderen zu helfen. Daher brauchen sie uns Diener, um die Wirkung ihrer Zauber zu testen. Du wirst dich schon damit arrangieren, so schlimm sind die praktischen Kurse nicht, keine Angst. Bis jetzt ist noch nie etwas Ernsthaftes passiert, oder zumindest nichts, was die Heiler nicht wieder hätten hinbiegen können. Ich habe heute Nachmittag frei, um dir alles zu zeigen. Unser erster Dienst ist beim Abendessen. Komm« – sie zieht mich vom Bett hoch – »wir beginnen im Speisesaal.«

Der Speisesaal ist im Erdgeschoss des Gebäudes gelegen, das durch keine Element-Freske gekennzeichnet ist. Darüber, erklärt mir Rana, befindet sich die Bibliothek, und ganz oben im Gebäude sind die Gemächer von Xenos, dem Zirkelleiter. Ein Stockwerk unter dem Speisesaal liegen unsere Zimmer, was den Vorteil hat, dass zumindest der Weg dorthin nicht allzu lang ist.

Im Erdgeschoss ist zudem die Küche und in einem angrenzenden Gebäude, das weiter weg vom Innenhof liegt, sind der Gemüsegarten sowie eine kleine Obstplantage untergebracht. Dass die Früchte und Gemüse nicht unter freiem Himmel angepflanzt werden, verwirrt mich. Rana erläutert, das habe etwas mit der Magie zu tun, die hier gewirkt wird.

Als wir den Speisesaal betreten, bin ich von seinen Ausmaßen beeindruckt. Mehrere Tische mit massiven Holzplatten sind nebeneinander aufgestellt. Die Stühle davor wurden aus dunklem Holz gefertigt und sehen ziemlich gemütlich aus mit ihren roten Samtkissen. Zu unserer linken Seite gibt es eine Fensterfront, durch die der Raum in weiches Licht getaucht wird. Trotzdem erkenne ich an der Decke Kerzenleuchter, die den Saal zusätzlich erhellen können. An der rechten Wand führen mehrere Türen in einen weiteren Raum – ich nehme an, dort befindet sich die Küche. Ganz hinten entdecke ich eine lange Tafel, wo das Frühstück serviert wird, wie Rana erläutert.

Die Wände sind mit Ölgemälden behangen, die die Leiter der Elementzirkel darstellen. Staunend betrachte ich die vielen Bilder. Offenbar sind die anderen Magier, die als Zirkelrat gewählt werden, nicht in der Lage, ihre Jugend zu erneuern. Ich entdecke die amtierenden Räte sowie den Zirkelleiter Xenos, dessen Eisaugen selbst auf dem Gemälde kalt und berechnend wirken.

Rasch wende ich den Blick ab und lasse ihn nochmals durch den Speisesaal schweifen. Es muss ziemlich laut hier drin sein, wenn sich alle Magier zum Essen versammeln. Ich kann mir vorstellen, dass es anstrengend wird, sie zu bedienen, selbst wenn uns Tische zugeteilt werden, wie Rana mir gerade erzählt.

»Insgesamt gibt es im Zirkel von Lormir knapp sechzig Magierlehrlinge sowie etwa vierzig Jungmagier«, erklärt das blonde Mädchen. »Die Lehrlinge sitzen dort drüben an den Tischen, die Jungmagier etwas weiter hinten. Und dort die Lehrer.«

»Wieso gibt es weniger Jungmagier als Lehrlinge?«, frage ich neugierig.

»Das liegt daran, dass nicht alle Lehrlinge den Übertritt zum Jungmagier schaffen«, antwortet Rana nüchtern.

Ich runzle die Stirn. Eigentlich hatte ich immer angenommen, dass die Lehrlinge nach den drei Ausbildungsjahren ohne Weiteres als Jungmagier im Zirkel aufgenommen werden.

»Was geschieht mit ihnen?«, frage ich erschüttert.

Rana zuckt mit den Schultern. »So genau weiß das niemand. Eines solltest du dir schon mal hinter die Ohren schreiben: Auf Fragen erhält man hier im Zirkel selten Antworten. Wir sind Diener und haben unsere Arbeit zu erledigen. Alles andere geht uns nichts an.«

Nachdenklich folge ich ihr in die Bibliothek im ersten Stock.

Mehrere Reihen von hölzernen Bücherregalen, die bis an die hohe Decke reichen, erstrecken sich vor uns. Ich kann nur erahnen, wo sie in den Tiefen des Raumes aufhören.

Auf Arbeitstischen, die überall herumstehen, liegen zahlreiche Bücher. Es ist düster hier drin, riecht muffig und nur ein paar Lichtkugeln, die schwach weit oben an der Decke schimmern, geben etwas Licht ab. Ich schaue die Kugeln näher an und erkenne, dass sie schweben, was sie anscheinend der Magie verdanken.

Am Eingang sitzt eine ältere, spindeldürre Frau hinter einem Schreibtisch, die uns prüfend ansieht. »Habt ihr hier etwas zu erledigen?« Ihre Stimme klingt so staubig, wie die Bücher aussehen. »Falls nicht, solltet ihr schleunigst wieder gehen. Es ist nur den Magiern erlaubt, sich tagsüber Bücher auszuleihen.«

Rana und ich verabschieden uns rasch und gehen die breite Treppe in die Eingangshalle wieder hinunter.

»Lass uns noch kurz in die Wäscherei gehen, dort musst du ja auch arbeiten«, schlägt Rana vor.

Wir begeben uns ins erste Untergeschoss in die Nähe unserer Zimmer. Dort verrichten einige Frauen emsig ihre Arbeit. Im Gegensatz zur trockenen Luft in der Bibliothek ist es hier richtig heiß und feucht und als wir aus dem Nebel, der von den Wascheimern stammt, wieder raus sind, glitzern Wasserperlen in unserem Haar. Oje, hier muss ich auch einige Stunden am Tag verbringen … das wird bestimmt unangenehm.

»Die Schlafräume der Magierlehrlinge zeige ich dir morgen, wenn wir sie aufräumen«, meint Rana. »Sie befinden sich in allen vier Elementzirkel-Gebäuden im ersten Stock. Die Lehrlinge und Jungmagier schlafen jeweils in dem Haus, dessen Element sie angehören. Aber wir können kurz in die vier Gebäude gehen, damit du sie schon mal gesehen hast, wenn du möchtest. Wir haben noch eine Stunde Zeit, ehe wir das Abendessen servieren müssen.«

Da sage ich natürlich nicht Nein. Ich bin gespannt, wie die Magier wohnen. Nach dem Rundgang in den Elementzirkeln bin ich höchst beeindruckt. Jedes Gebäude ist innen dem Element nachempfunden, das gelehrt wird. Im Feuerzirkel beispielsweise wirken alle Wände, als würden sie glühen, während an denjenigen des Wasserzirkels kleine Rinnsale herunterlaufen. Natürlich sei das eine Illusion, eine Spezialität der Wassermagier, hat mir Rana erklärt.

Ich fürchte mich zwar vor Gewittern, aber dennoch beeindrucken mich die Blitze und Wolken, die sich abwechselnd auf den Gemäuern des Luftzirkels zeigen. Was womöglich daran liegt, dass ich keinen Donnerschlag höre, da die Gewitterwand ihr Spektakel vollkommen lautlos präsentiert. Auch die Vögel und Kleintiere, die an den Wänden des Erdzirkels zu leben scheinen und doch nicht real sind, gefallen mir ungemein.

Viel zu schnell wird es Zeit, sich wieder ins mittlere Gebäude und in den Speisesaal zu begeben, um die Tische für das Abendessen vorzubereiten.

Rana stellt mich zwei anderen Dienern vor, die mit uns eingeteilt wurden. Beide stammen aus armen Familien und haben nur eine Mindestbegabung in ihrem jeweiligen Element.

Ich begrüße die beiden freundlich. Der eine ist der kleine Junge, den ich bereits bei meiner Ankunft gesehen habe. Goe heißt er, trägt einen Gildenring des Feuers und wirkt schüchtern. Trotzdem schaut er mich neugierig mit seinen braunen Augen an, schließlich bin ich die erste Nehil, der er begegnet.

Tascha, die andere Dienerin, ist etwa in meinem Alter und trägt einen Ring des Wasserelements am Finger. Sie ist ein freundliches Mädchen mit rundem Gesicht, blonden Locken und roten Wangen. Ich mag sie auf Anhieb. Im Gegensatz zu Rana ist sie redselig und plappert die ganze Zeit, während wir die Tische decken.

Ich erfahre, dass die Diener immer kurz vor den Magiern etwas zu essen bekommen. Man muss sich seinen Teller jedoch selbst in der Küche abholen und darf die Mahlzeit nur im eigenen Zimmer essen. Dafür hat man genau eine Viertelstunde Zeit. Dann begibt man sich wieder an die Arbeit.

Als wir fertig sind mit dem Eindecken, begeben wir uns also zusammen mit den anderen Dienern in die Küche, wo sich alle eine Portion Getreidemus und Fleisch abholen. Allein die Tatsache, dass wir Diener Fleisch erhalten, macht mir etwas Mut. Vielleicht werden wir trotz der harten Arbeitszeiten doch nicht so schlimm behandelt, wie es auf den ersten Blick den Eindruck erweckte.

Wir balancieren unser Essen im Gänsemarsch hinunter in unsere Quartiere, wo sich jeder in sein Zimmer begibt.

Insgesamt sind wir einige Dutzend Bedienstete und jeder hat sein eigenes Schlafzimmer. Ich staune anfangs über diese Großzügigkeit. Schnell wird mir jedoch klar, dass dies einen guten Grund hat. So verschwenden wir nicht unnötig Zeit mit Gesprächen zwischen unseren Arbeiten. Zudem sind die Zimmer so klein, dass es ungemütlich wird, sobald sich mehr als zwei Personen darin aufhalten. Damit wollen die Magier größere Ansammlungen unter den Dienern wohl vermeiden.

Als ich auf meinem Bett sitze, bemerke ich erst, wie hungrig ich bin. Seit den belegten Broten während des Rittes hierher habe ich nichts mehr gegessen. Die Mahlzeit ist wirklich köstlich, da muss ich Tascha recht geben, die das Essen zuvor in den höchsten Tönen gelobt hat. Aus Angst, zu spät zur Arbeit zu kommen, esse ich jedoch viel zu rasch.

Ich treffe Rana wieder oben im Speisesaal an. Sie bedeutet mir, mich an die Wand zu stellen, wie es fünfzehn weitere Diener, die inzwischen dazugestoßen sind, ebenfalls machen.

Bald darauf betreten die Magier den Saal. Die Lehrlinge erkenne ich an ihrem Alter, die meisten sind jünger als ich. Zudem tragen sie graue Umhänge, darunter dunkelgraue Kleidung. Im Gegensatz dazu zeichnen sich die Jungmagier durch schwarze Umhänge aus, die goldene Stickereien aufweisen. Sie scheinen darunter ebenfalls schwarz gekleidet zu sein. Ich sehe außerdem mehrere ältere Magier, das müssen wohl die Lehrer sein.

Mir fällt auf, dass Xenos und die anderen drei Zirkelräte nicht anwesend sind. Als ich Rana leise danach frage, flüstert sie mir zu, dass diese obersten Zirkelmitglieder nicht hier im Speisesaal, sondern in ihren eigenen Gemächern essen. Dort werden sie von ihren persönlichen Dienern bewirtet.

Nachdem die Schüler ihre Plätze eingenommen haben, stelle ich fest, dass einige unverhohlen die Köpfe zusammenstecken und auf mich zeigen. Meine Ankunft hat sich bereits herumgesprochen. Ich ernte viele neugierige und größtenteils spöttische Blicke – vor allem von den Tischen der Jungmagier. Als ich ihnen einen trotzigen Blick zurückschicken will, halte ich urplötzlich inne.

Dort, mitten unter ihnen, sitzt ein Elf. Ich habe zwar noch nie einen gesehen, aber den Erzählungen nach kann es sich nur um einen handeln. Seine Schönheit übertrifft alles, was ich mir unter dem legendären Aussehen der Elfen je vorgestellt hatte. Auch die Tätowierung, die sich in Form eines Blitzes von der Schläfe über seine rechte Wange zieht, tut dem keinen Abbruch. Der einzige Schmuck, den er trägt, ist eine kurze, schwarze Kette aus Leder, an der eine silberne Münze baumelt.

Er scheint rein äußerlich ein bisschen älter als ich zu sein, obwohl das bei Elfen ja nicht viel zu sagen hat, da sie langsamer altern als wir Menschen und Tausende von Jahren alt werden können.

Er besitzt schulterlanges, blondes Haar, das im Kerzenschein wie Gold glänzt, und seine Ohren sind leicht zugespitzt. Zwei geflochtene Zöpfe, die von seinen Schläfen aus am Hinterkopf zusammengebunden sind, sorgen dafür, dass ihm das restliche Haar, das er offen trägt, nicht ins Gesicht fällt. Trotzdem sind einige Strähnen lose und fallen ihm spielerisch über die Augen. Diese Augen … solch eine Farbe habe ich noch nie gesehen. Sie erinnert mich gleichzeitig an die Tiefen eines Sees und an den sich verdunkelnden Himmel, bevor ein Sturm aufzieht.

Als ob er bemerkt hätte, dass ich ihn beobachte, hebt er den Kopf und schaut mir direkt ins Herz. Rasch schlage ich die Augen nieder und kann gerade noch den Anflug eines Lächelns erkennen, das sich auf seinem sinnlichen Mund ausbreitet.

»Das ist Reyvan Caltayó«, flüstert Tascha, die meinem Blick gefolgt ist. Sie bewegt kaum die Lippen, damit niemand bemerkt, dass wir uns unterhalten. »Er ist als Pfand der Elfen hier, also sozusagen gegen seinen Willen. Siehst du den Blitz auf seiner Wange? Das ist eine Tätowierung und das Zeichen, dass er für den Frieden zwischen dem Magierzirkel von Lormir und den Elfen steht. Sieht er nicht wahnsinnig gut aus? Die Mädchen stehen Schlange bei ihm. Er hat ständig eine andere Freundin, allerdings immer nur Jungmagierinnen.« Sie lächelt mir verschwörerisch zu. »Im Moment macht er, glaube ich, eine kreative Pause, was seine Liebschaften angeht.« Sie seufzt leise.

»Hach, ich wünschte, er würde sich etwas aus mir machen. Glücklicherweise ist er für hundert Jahre verpflichtet, hier zu sein, vielleicht wird ja doch noch etwas aus uns …«

Na ja, ich muss ihr recht geben, dieser Reyvan sieht wirklich gut aus. Er hat den Blick wieder von uns abgewandt und ist in ein Gespräch mit ein paar anderen Jungmagiern vertieft.

»Tascha, Alia, los, kommt, wir müssen das Essen servieren.« Damit holt uns Rana zurück auf den Boden der Tatsachen.

Rasch folgen wir ihr in die Küche. Dort erhält jeder einen Tisch zugeteilt. Ich soll zusammen mit Rana den mit dem Elfen bedienen, was mich freut. Dann kann ich ihn mal aus der Nähe betrachten. Ich ergreife ein Tablett, auf das ich fünf Teller staple, und mache mich zusammen mit Rana auf den Weg durch den Speisesaal.

Als wir am Tisch ankommen, verstummen die Gespräche.

»Sieh an, das ist also die Nehil!«

Der Junge, der gesprochen hat, ist mindestens zwei Jahre älter als ich, hat schwarze Locken, dunkle Augen, die höhnisch funkeln, und ist wohl der Anführer der zehnköpfigen Gruppe, die an dem Tisch sitzt. Seine Freunde rechts und links von ihm sind etwa in meinem Alter und lachen.

»So endet man also, wenn man null Begabung hat«, der Junge verzieht sein nicht mal so unansehnliches Gesicht zu einer höhnischen Grimasse.

Als ich den forschenden Blick von Reyvan auf mir spüre, der gegenüber dem Sprecher sitzt, beginnen meine Wangen unwillkürlich zu glühen. Zwar bin ich es gewohnt, dass andere Menschen mich mit Abscheu ansehen und flapsige Sprüche über meine fehlende Elementbegabung machen, aber direkt vor diesem attraktiven Elfen beleidigt zu werden, lässt mein Herz krampfen.

Ich beiße mir auf die Unterlippe und verteile eilig das Essen. Immer von rechts, wie Rana es mir erklärt hat. Sie ist gerade dabei, das Kopfende des Tisches zu bedienen, als ich zu dem Jungen komme, der die Bemerkung über mich gemacht hat. Ehe ich es verhindern kann, stolpere ich über das Bein, das mit einem Mal unter dem Tisch hervorschnellt.

Der Schwarzhaarige lacht schallend, als ich auf allen vieren lande, und alle Köpfe wenden sich mir zu. Mir sind die restlichen beiden Teller zu Boden gefallen und ich sitze inmitten von Scherben und Essensresten.

»*Nehil, Nehil, keiner will eine Nehil*«, stimmt der schwarzhaarige Magierlehrling an und erntet die Lacher seiner Freunde. Einige fallen johlend in den Gesang ein. »*Ohne Gabe, ungeschickt – keiner will eine Nehil!*«

Bei der Melodie des hämischen Kinderliedes steigen all die Erinnerungen, die Scham und die Trauer wieder in mir hoch. Ein Kloß bildet sich in meinem Hals, meine Wangen brennen noch stärker und ich senke rasch den Blick, um ihm nicht die Genugtuung zu geben, zu sehen, wie sehr mich seine Worte treffen. Schnell versuche ich, so gut es geht, die Scherben mit den Händen aufzuwischen, und schneide mich prompt an einer, was weitere Lacher nach sich zieht.

»Was ist hier los, Taros?« Die Stimme gehört einem älteren Magier, der mit langen Schritten auf uns zukommt und damit den Gesang der Schüler unterbricht.

»Unsere neue Nehil-Dienerin scheint ziemlich unfähig zu sein, vielleicht solltet Ihr sie zum Stallputzen abkommandieren«, grölt der Junge, der sich immer noch köstlich amüsiert und offenbar auf den Namen Taros hört.

Der Magier winkt eine weitere Dienerin herbei. »Los, Sera, hilf ihr, das aufzuräumen. Und dann soll sie sich im Heilertrakt melden, um die Hand behandeln zu lassen.«

Erst jetzt bemerke ich, dass der Schnitt viel tiefer ist, als es auf den ersten Blick den Anschein hatte – die Wunde blutet stark. Rasch wickle ich eine Serviette um meine Hand, um die Blutung einzudämmen, und beseitige mithilfe von Sera und Rana die Reste der Scherben.

Sera übernimmt bis auf Weiteres den Tisch, während ich eilig und mit wahrscheinlich hochrotem Gesicht davonstürme. Ich wage es nicht, mich nochmals nach Reyvan umzusehen.

6

Alia

»Da hast du dir ja eine tiefe Verletzung eingehandelt, Liebes.« Die Heilerin ist eine ältere Magierin mit freundlichen Augen.

Ich sitze auf einer bequemen Liege in einem gepflegten Raum im Trakt der Heiler. Außer den Liegen befinden sich hier noch einige Behandlungstische – anscheinend können mehrere Patienten gleichzeitig versorgt werden. Die Heilerin ist aber allein, wahrscheinlich kommen abends nicht allzu viele ungeschickte Diener zu ihr.

Obwohl die Magierin meine Wunde sorgfältig säubert, muss ich die Zähne zusammenbeißen, da der Schnitt bei jeder Berührung pocht.

Dann nimmt sie meine Hand in die ihre und schließt die Augen. Ich spüre, wie Wärme meine Muskeln durchströmt, und keuche vor Überraschung. So etwas habe ich noch nie erlebt. Die Wärme steigt an, bis es kaum mehr auszuhalten ist. Nach ein paar Sekunden ist jedoch alles vorbei.

Die Frau lässt meine Hand los und lächelt mich aufmunternd an. »So, das sollte reichen.« Sie beginnt, ihr Werkzeug zusammenzuräumen.

Ich starre auf meine Hand, wo abgesehen von einer feinen, blassrot schimmernden Narbe nichts mehr von der Verletzung zu erkennen ist.

Mein Blick begegnet dem der Heilerin und sie nickt mir zu. »Das nennt man Magie, Liebes«, erklärt sie freundlich, ehe sie sich in einen anderen Raum begibt, um ihr Arbeitsgerät zu verstauen.

Als ich zurück im Speisesaal bin, sind die meisten mit dem Essen fertig. Nur noch eine Handvoll Lehrer sitzt auf den Bänken und spricht über die neusten Ereignisse im Zirkel. Wetten, dass auch ich Gesprächsthema bin? Aber ich will es lieber gar nicht wissen.

Möglichst unauffällig linse ich zum Tisch des Elfen rüber. Er und seine Freunde sind bereits fort. Besser so, dann kann ich mich nun in aller Ruhe um meine Arbeit kümmern. Allein beim Gedanken an den Blick aus diesen unwirklich blauen Augen wird mir ganz mulmig zumute.

Ich räume die restlichen Tische ab und gehe in die Küche. Was mich dort erwartet, lässt alle Hoffnung platzen, heute einigermaßen früh ins Bett zu kommen.

Das schmutzige Geschirr türmt sich bis fast an die Decke. Ich bin die Einzige, die sich hier noch aufhält. Es scheint sich unter dem Küchenpersonal herumgesprochen zu haben, dass heute für alle außer für mich früher Feierabend ist. Und das wurde dankbar angenommen – selbst Rana ist bereits gegangen. Wahrscheinlich will sie nicht den Zorn von Moero auf sich ziehen.

Matt und müde beginne ich mit dem Abwasch.

Als ich das letzte Glas poliere, ist es bereits lange nach Mitternacht. Diese Nacht wird wohl kurz werden – morgen, nein, heute muss ich ja um sechs bereits wieder hier sein.

Restlos erschöpft von meinem ersten Tag als Dienerin in der Gilde schleppe ich mich ins Bett und schlafe, ohne meine Kleider abzulegen, direkt ein.

Ich habe das Gefühl, gerade erst eingenickt zu sein, als es an meiner Tür klopft. Verschlafen öffne ich sie und sehe mich Rana gegenüber, die erstaunlich frisch wirkt.

»Alia, hast du die Morgenglocke nicht gehört? Wir müssen zum Dienst«, drängt sie.

Ich habe keine Zeit, mich zu waschen, und kämme mir nur rasch das Haar, ehe sie mich in den Speisesaal zieht. Dort startet meine Arbeit, die ich von nun an täglich zu erledigen habe. Ich säubere die Tische und beginne mit dem Eindecken. Das Ganze mache ich immer noch im Halbschlaf. Danach müssen wir die lange Tafel für das Frühstück decken, von dem sich die Magier ihr Lieblingsessen holen können.

Es gibt alle möglichen erlesenen Speisen und mir läuft das Wasser im Mund zusammen. Das hier übertrifft sogar die Kochkünste unserer Haushälterin Ronda. Wir Diener bekommen jedoch nur zwei Scheiben Brot und etwas Käse, die wir eilig in unserem Zimmer verschlingen. Dann ist es auch schon sieben Uhr und die ersten Magier erscheinen.

Als Reyvan mit seinen Freunden den Speisesaal betritt, versuche ich mich so unauffällig wie möglich zu verhalten. Trotzdem treffen sich unsere Blicke und ich kann es nicht verhindern, dass meine Wangen etwas wärmer werden, als seine Augen länger als nötig an mir hängen bleiben. Er sieht aber auch unglaublich gut aus und trägt dieselbe Frisur wie am Vortag, die seine anmutigen Züge noch betont. Ich hingegen muss eine schreckliche Erscheinung abgeben, da ich noch nicht einmal Zeit hatte, mich herzurichten heute Morgen. Rasch verziehe ich mich in die Küche, um dort neue Speisen zu holen. Zum Glück müssen die Magier bald zum Unterricht.

Trotzdem stehe ich noch eine ganze Weile zusammen mit den anderen Dienern an der Wand, ständig darauf bedacht, den Magiern die Wünsche von den Augen abzulesen. Da fehlt Milch, dort eine Gabel, da drüben gibt es kein Brot mehr.

Schließlich winkt Reyvan mich zu sich an den Tisch. Meine Hoffnung, dass Rana oder jemand anders hingeht, verflüchtigt sich, als er direkt meinen Blick sucht.

Mit einem leisen Seufzen gehe ich zu ihm und achte unterwegs sorgsam auf irgendwelche Füße, die sich mir in den Weg stellen könnten. Es reicht, dass ich gestern alle Aufmerksamkeit auf mich gezogen habe – ein zweites Mal möchte ich nicht im Fokus so vieler höhnischer Blicke stehen. Und schon gar nicht noch einmal dieses gemeine Kinderlied hören.

Als ich bemerke, dass Taros nicht an seinem Tisch sitzt, atme ich ein wenig auf, aber meine Hände kneten dennoch unsicher meine Schürze, als ich vor dem Elfen stehen bleibe und ihn fragend ansehe.

»Kannst du mir bitte Butter bringen?« Reyvan schenkt mir ein freundliches Lächeln und mir fällt auf, dass seine Stimme samtweich klingt.

Mein Herz schlägt mit einem Mal schneller. Was soll das? Seit wann springe ich so sehr auf die Reize eines Mannes an?

Aber ich spüre augenblicklich, dass dieser Elf anders ist als jeder Junge, mit dem ich bisher gesprochen habe. Ihn umgibt eine Aura des Charmes, der ich mich nicht entziehen kann. Sein Lächeln bleibt auf seinem Gesicht, während er seine Augen über meinen Körper gleiten lässt. Von oben nach unten – und wieder zurück zu meinem Gesicht.

Noch nie habe ich mich derart gemustert gefühlt. Eine Tatsache, die mich noch unsicherer werden lässt.

Was wollte er? Butter?

Ich stammle ein »Selbstverständlich« und eile zur Tafel, auf der sich die Speisen stapeln.

Dort gibt es eine Menge Butter – salzig, süß, cremig … Mist, ich habe vergessen zu fragen, welche Art Butter er will.

Jetzt, da ich einige Schritte von ihm entfernt bin, lege ich meine Verlegenheit ab, die mich regelrecht eingehüllt hat, während ich vor diesem Elfen stand.

Was tue ich eigentlich hier? Wieso kann er sie sich nicht selbst holen? So anstrengend ist das nun auch wieder nicht, aufzustehen und hier rüberzugehen. Oder will er vielleicht einfach seine Überlegenheit demonstrieren, indem er mich herumscheucht? Ist das wieder irgendein fieser Trick? Will er wie Taros meine Unfähigkeit verspotten?

Aber … ich bin nun mal Dienerin. Und als Dienerin muss ich die Wünsche der Magier erfüllen.

Mit einem tiefen Atemzug versuche ich, das Aufbegehren, das sich in mir regt, zu vertreiben, und gebe von allen verschiedenen Butterarten etwas auf einen Teller. Dennoch klopft mein Herz schneller als nötig, als ich zurück zum Tisch des Elfen gehe.

Meine Hand zittert etwas, während ich den Teller vor Reyvan abstelle.

»Hier, bitte sehr, mein Herr«, murmle ich und sehe ihm – wie ich finde – mutig ins Gesicht.

Fehler.

Als er mich zum Dank anlächelt, bilden sich Grübchen auf seinen Wangen, und seine Augen blitzen. Mir scheint, als wäre die Temperatur im Raum gestiegen. Gleichzeitig ärgere ich mich maßlos – dieser Elf weiß ganz genau, wie er auf Frauen wirkt, und nutzt es ungeniert aus.

Ich mochte noch nie arrogante Menschen – und dieser Reyvan scheint mir einer von der besonders überheblichen Sorte zu sein. Muss er. Sonst hätte er nicht solche ›Freunde‹ wie Taros.

Als ich mich abwenden will, ergreift er jedoch unvermittelt und mit erstaunlicher Schnelligkeit meinen Arm und hält mich fest. Ich zucke zusammen und versuche mich aus seinem Griff zu winden. Sein Lächeln wird noch breiter, aber er hält mein Handgelenk wie ein Schraubstock fest.

»Du bist also Alia«, stellt er mit der verführerischsten Stimme fest, die ich je gehört habe.

Nicht … Nehil?

Mein Puls pocht in meinen Ohren und ich kann keinen klaren Gedanken fassen, ohne Gefahr zu laufen, in diesem unwirklichen Blau seiner Augen zu ertrinken.

»Ja.« Mehr fällt mir nicht ein, während ich auf meinen Arm starre, um ihm nicht ins Gesicht sehen zu müssen.

»Es tut mir leid, wie Taros sich gestern aufgeführt hat«, fährt er fort. »Man verhält sich einer hübschen Dame gegenüber nicht so.«

Erstaunt hebe ich den Blick – und erkenne meinen Fehler Nummer zwei. Seine dunkelblauen Augen schauen direkt in meine.

Diese Augen …

Rasch wende ich das Gesicht wieder ab.

»Tut es noch weh?« Reyvan dreht meine Hand herum, sodass die Innenfläche nach oben zeigt. Seine Finger fahren federleicht über die blasse Narbe, die ich mir gestern zugezogen habe.

Obwohl die Berührung sanft ist, zucke ich zusammen, als hätte er mich verbrannt.

»Äh … nein, es geht«, stottere ich und fühle mich gleichzeitig wie der größte Trottel.

Alia, reiß dich zusammen!

Das Schmunzeln bleibt wie eingemeißelt auf seinen Lippen. »Da bin ich froh. Du hast eine zarte Haut, weißt du das?«

Ich sehe ihn verdattert an. Fehler Nummer drei. Seine perlweißen Zähne blitzen und unwillkürlich fährt ein Schauer durch meine Hand. Mein Brustkorb muss von innen bereits mit blauen Flecken übersät sein, so stark wie mein Herz dagegen pocht.

Reyvan mustert mich mit einem amüsierten Blick und verengt die Augen, als dächte er über etwas nach.

Eine gefühlte Ewigkeit später lässt er mich endlich los. Ich reibe mir das Handgelenk, als hätte er mich verwundet.

»Alia.« Er lässt meinen Namen wie eine köstliche Speise auf seiner Zunge zergehen. »Ich freue mich, dich kennenzulernen.«

Er wirft mir einen letzten anzüglichen Blick zu, der meine Wangen vollends in Flammen aufgehen lässt, und wendet sich dann wieder seinem Brot und der Butter zu.

Rasch und vollkommen durcheinander begebe ich mich zurück zu meinem Platz an der Wand.

Was war das denn?

»Was wollte er von dir?«, fragt mich Rana neugierig, als ich neben ihr stehe und auf mein Handgelenk starre.

»Butter«, antworte ich immer noch verwirrt.

Nachdem wir den Speisesaal aufgeräumt haben, begeben Rana und ich uns zu den Magierquartieren. Wir arbeiten gut zwei Stunden daran, die sechzig Zimmer in Ordnung zu bringen. Zum Glück sind Rana und die anderen vier Diener schneller als ich, so werden wir rechtzeitig fertig. Schon ist es Zeit, in die Waschküche zu gehen.

Nachdem mich eine mollige Frau eingewiesen hat, muss ich rund zwei Stunden lang die schmutzige Wäsche schrubben. Die Arbeit ist anstrengend, bald schon schmerzen mir die Arme und ich habe Blasen an den Händen. Der Dampf, der hier in der Luft hängt, macht es auch nicht besser. Ich schwitze, bekomme kaum Luft und fühle mich wie gerädert. Dass ich so eine kurze Nacht hinter mir habe, rächt sich nun umso mehr.

Ich bin froh, als es schlussendlich kurz vor Mittag ist und ich in den Speisesaal zurückgehen muss. Rasch schlinge ich mein Mittagessen herunter und decke den Tisch. Beim Gedanken, Reyvan wiederzusehen, schlägt mein Herz schneller.

Als er jedoch endlich den Saal betritt, tut er, als hätte es unsere Unterhaltung am Morgen nie gegeben. Er lacht, scherzt mit Taros und den anderen und schaut mich nicht ein einziges Mal an.

Zum Glück bin ich heute nicht für seinen Tisch zuständig. Ich ärgere mich über sein Verhalten und hätte nicht dafür garantieren können, ihm dies nicht direkt ins Gesicht zu sagen.

Am Nachmittag soll ich in den Luftzirkel, um beim Unterricht zu assistieren. Zum Glück kenne ich das Gebäude nun bereits einigermaßen.

Trotzdem zeigt sich, dass ich keinerlei Begabung von meinem Vater geerbt habe, der mit verbundenen Augen noch den Weg durch einen ihm fremden Wald fände. Ich verirre mich und erscheine einige Minuten zu spät zum Unterricht. Die Schüler sind bereits alle dort.

Gehetzt betrete ich den Unterrichtsraum, der hell und geräumig ist, mit Fenstern, die auf den Innenhof zeigen. Mein Blick fällt auf die Magier, die in gemütlichen, roten Sesseln sitzen, die nach hinten aufsteigend angeordnet sind, um von allen Plätzen eine gute Sicht auf das Geschehen zu haben.

Meine Schritte führen mich nach vorne zum Lehrer, der vor einer magischen Schreibtafel steht, die alles automatisch erfasst, was er sagt. Neben ihm befindet sich ein Podium, wo offenbar die Experimente stattfinden.

Opherto, wie der Lehrer heißt, kenne ich bereits von gestern Abend. Er war derjenige, der mich zur Heilerin geschickt hat. Er besitzt kurzes graues Haar und ebenso graue Augen. Seine Haut weist nur wenige Falten auf, sein Rücken ist gerade. Nun schaut er mich mit einer hochgezogenen Augenbraue an, um seinen Unmut über meine Verspätung zum Ausdruck zu bringen.

»Ah, die Assistentin ist auch schon da. Bitte begib dich zu dem Stuhl neben dem Podium«, weist er mich an.

Ich schlage beschämt die Augen nieder und murmle eine Entschuldigung. Dann gehe ich zu dem Stuhl und setze mich hin.

Als mein Blick zu den Jungmagiern schweift, rutscht mir das Herz in den Magen. Dort sitzen Reyvan, Taros und seine Freunde vom Speisesaal. Natürlich gehört der Elf dem Luftzirkel an, dass ich nicht selbst darauf gekommen bin.

Trotz der Tatsache, dass Elfen über eine andersartige Magie als Menschen gebieten, entsprechen ihre Fähigkeiten größtenteils denjenigen der Luftmagier. Sie sind die besten Jäger in Altra, haben ein feines Gehör, und ihre Augen sehen sogar in der größten Dunkelheit noch fast so gut wie bei Tag. Das ist zumindest das, was ich über Elfen gehört habe. Demnach war es klar, dass Reyvan hier anzutreffen wäre.

Ich schlucke.

Oje, die nächsten zwei Stunden werde ich in demselben Raum sein müssen wie er. Vor allem sitze ich hier vorne, ausgestellt und für jeden gut sichtbar – und kann nicht weg.

Ich versuche, nicht in seine Richtung zu schauen, spüre aber trotzdem seinen amüsierten Blick auf mir ruhen.

»Wie bereits angekündigt, werden wir für die nächsten sechs Tage die Geheimnisse der perfekten Illusion angehen«, fährt Opherto an die Jungmagier gerichtet fort. »Ihr alle habt bereits ein Grundwissen in dieser Fähigkeit erlangt. Was ich euch jetzt beibringen möchte, übersteigt dieses Wissen jedoch um einiges. Um eine Illusion zu perfektionieren, muss man sich auf die Gefühle des Gegenübers, das man täuschen will, einlassen. Reyvan, komm bitte nach vorne, ich möchte, dass du diese Übung als Erster machst.«

Reyvan erhebt sich mit einer anmutigen Bewegung und schreitet zu uns herunter. Sein schwarzer Umhang weht nach hinten und gibt den Blick auf seinen schlanken Körper preis.

Oh nein, ich hoffe, dass ich nicht Teil dieser Übung sein muss.

Doch meine Stoßgebete werden von den Göttern nicht erhört.

»Wir haben heute das Glück, eine Normalsterbliche ohne jegliche Begabungen hierzuhaben«, erklärt Opherto weiter.

Ich presse über seine nüchterne Beschreibung, dass ich eine Nehil bin, die Lippen zusammen. Es fühlt sich an, als bohrte er ein glühendes Messer in mein Herz und drehte es dann noch etwas hin und her.

»Das gibt uns die Möglichkeit, sie als ein Wesen in die Übung miteinzubeziehen, das sich nicht gegen die Luftmagie wehren kann«, fährt der Lehrer ungerührt fort. »Wie es beispielsweise bei einem Tier der Fall wäre.«

Na toll, er hat mich gerade mit einem Tier verglichen!

Irgendwo vor mir höre ich ein hämisches Kichern, das eindeutig Taros zuzuschreiben ist.

»Bitte, Reyvan, ruf dir diese Tatsache in den Hinterkopf, während du die Übung ausführst«, ermahnt der Lehrer den Elfen, als dieser bei ihm ankommt. »Es ist wichtig, dass du es langsam angehst, sonst verliert sie den Verstand.«

Wie bitte?

Ich starre Opherto schockiert an.

Dieser übergeht meinen stillen Protest und weist Reyvan und mich an, auf das Podium zu gehen und uns einander gegenüberzustellen. Mir fällt auf, dass ich zum ersten Mal direkt vor Reyvan stehe und nicht von oben auf ihn herunterschaue, wie es bisher im Speisesaal der Fall gewesen war. Er ist etwa einen halben Kopf größer als ich, und ich muss das Kinn leicht anheben, um ihm in die Augen zu blicken. Ich bin mir seines Körpers, der sich nur einen Schritt von meinem entfernt befindet, mehr als bewusst.

Er mustert mich jedoch nüchtern, ja fast sachlich, wie ein Magier sein Versuchstier. Nichts erinnert an die Wärme in seinen Augen, die sich zeigte, als er heute Morgen mit mir gesprochen hat. Ich versuche, meine Nervosität in den Griff zu bekommen, und atme tief durch.

»Wie ihr ja wisst, muss man zum Gedankenlesen die Hand auf einen Teil des Kopfes legen«, fährt Opherto fort. »Reyvan, suche nun in ihrem Geist nach dem, was sie am meisten fürchtet.«

Was? Was ich am meisten fürchte? Mir hat keiner gesagt, dass ich mich hier meinen Ängsten stellen soll!

Aber jede Widerrede würde ohnehin zu spät kommen, schon spüre ich Reyvans Hand warm und leicht auf meinem Haar.

Mein Herz macht einen Satz bei dieser Berührung. Er schaut mir tief in die Augen und ich bin wie gebannt von seinem Blick. Wie eine Motte das zerstörerische Licht einer Kerze sucht, kann ich mich nicht dagegen wehren, ihn anzusehen. Ich ertrinke ein weiteres Mal in diesem Blau, das tiefer ist als jeder See. Seine Pupillen weiten sich kaum merklich und mir ist, als fiele ich in einen schwarzen Abgrund. Nur seine Berührung hält mich in der Wirklichkeit.

7

ALIA

Ich spüre, wie etwas Warmes sanft in mein Unterbewusstsein dringt. Vergeblich versuche ich mich dagegen zu wehren, aber die Präsenz ist zu einnehmend, zu stark, zu zielstrebig. Mir war nicht bewusst, dass Elfen zu so etwas fähig sind.

Reyvan verstärkt seinen Druck und der letzte Rest meines Widerstandes treibt davon wie Herbstblätter im Wind.

Er ist jetzt in meinem Geist, erkundet meine Gedanken – eine neue und irgendwie beängstigende Empfindung, da ich keinerlei Kontrolle darüber habe, was er berührt und was er in mir sieht. So gut es geht, bemühe ich mich, nicht an ihn und meine Gefühle ihm gegenüber zu denken, scheitere aber kläglich.

Als er dies bemerkt, zuckt sein rechter Mundwinkel amüsiert in die Höhe, ehe er sich wieder konzentriert. Die Augen hat er inzwischen geschlossen, die Augenbrauen sind etwas zusammengezogen und erzeugen eine feine Falte über seiner Nase.

Ich ertappe mich dabei, wie ich ihn anstarre, und wende rasch den Blick ab, schließe ebenfalls die Augen, um mich darauf zu fokussieren, ihm nicht zu viel von meinen Gedanken und Gefühlen preiszugeben.

Seine Anwesenheit in meinem Kopf wird nun fordernder und drängt mich in eine Richtung, in die ich niemals freiwillig gehen würde. Denn ich spüre, dass dort meine Angst wie ein Wolf lauert, der nur darauf wartet, seine Beute zu reißen. Doch Reyvan ist unnachgiebig, stößt mit seinen Gedanken vor und zerrt mich regelrecht mit sich mit. Ich wehre mich, stemme mich mit aller Macht dagegen, ihn weiter vorzulassen. Aber er ist zu stark.

Plötzlich finde ich mich in einer anderen Realität wieder.

Ich erkenne mein Zuhause, meine Eltern, meine Geschwister … Vater, Mutter, Sen und Lia. Es ist ein wunderschöner Sommertag, ich spüre, wie die Sonne auf meine Haut scheint, atme die klare, frische Luft ein, die selbst im Sommer in Lormir kühl ist. Ich bin wieder daheim. Ich breite die Arme aus, und meine Familie rennt lachend auf mich zu. Ein Gefühl des Glücks überschwemmt mich und ich laufe ihnen entgegen. Auf einmal taucht jedoch aus dem Nichts ein riesiger Feuerball auf. Als ich ihn erblicke, versuche ich zu schreien, sie zu warnen. Aber sie hören mich nicht. Verstehen nicht, sehen die Gefahr nicht auf sich zufliegen. Hilflos muss ich zusehen, wie das Feuer mitten unter ihnen explodiert, sie in Stücke reißt. Ich rieche verbranntes Menschenfleisch, reiße die Augen auf und unterdrücke ein Würgen, indem ich es als Husten tarne.

Reyvan lässt mich abrupt los, unterbricht unsere Verbindung, als hätte er sich selbst verbrannt. Als er mich mustert, erkenne ich in seinen Augen für einen kurzen Moment einen rätselhaften Ausdruck – beinahe so, als versuchte er etwas zu begreifen.

Dann fängt er sich wieder und setzt eine kühle, distanzierte Maske auf. Er wendet sich Opherto und den anderen Schülern zu. »Ich hab es!« Ein triumphierendes Grinsen bildet sich auf seinen fein geschwungenen Lippen. »Sie fürchtet sich am meisten vor Spinnen.«

Ich bin verdutzt und erleichtert zugleich. Meine Beine fühlen sich schwach an, ich zittere und es kostet mich alle Kraft, stehen zu bleiben. Zu schlimm waren die Bilder, die ich eben noch erblickt habe. Ich bemühe mich, mir in Erinnerung zu rufen, dass das alles nur in meinen Gedanken stattgefunden hat, nicht echt war. Und dass es zum Glück keiner außer dem Elfen gesehen hat.

Dass er meine tiefsten Ängste, meiner Familie könnte etwas zustoßen, nicht verraten hat, lässt den Kloß in meiner Kehle etwas leichter werden. Ich hätte es um nichts in der Welt durchgestanden, wenn er diese schrecklichen Bilder Wirklichkeit hätte werden lassen – selbst wenn es bloß eine Illusion gewesen wäre.

Ich suche Reyvans Blick und schenke ihm ein kurzes, dankbares Lächeln, das er mit einem kaum merklichen Nicken beantwortet.

Opherto scheint diese kleine Geste zu entgehen. »Sehr gut«, lobt er den Elfen. »Probieren wir es mit einer Spinne. Aber nur einer kleinen, wir wollen ja nicht, dass sie schreiend davonrennt.«

Er erläutert nochmals, wie die Illusion vonstattengeht, aber ich werde von dem bösartigen Lachen, das aus Taros' Richtung an mein Ohr dringt, abgelenkt. Er freut sich diabolisch auf das zu erwartende Spektakel.

In Wahrheit habe ich Spinnen immer schon gemocht, konnte ihnen stundenlang zusehen, wie sie ihre Netze bauten. Ich finde, sie sind faszinierende Geschöpfe.

Aber nun tue ich lieber so, als wären sie mein größter Albtraum, um mich meinen wahren Ängsten nicht stellen zu müssen.

Reyvan nickt, geht ein paar Schritte zurück und schließt konzentriert die Augen. Zwischen uns beginnt die Luft zu flimmern. Ich habe mich wieder etwas gefangen und schaue fasziniert zu, wie langsam eine faustgroße Kugel entsteht, der acht Beine wachsen. Der Elf beherrscht dieses Kunststück sehr gut. Der Körper der Spinne nimmt immer mehr Formen an, wird haarig.

Langsam werden Einzelheiten erkennbar. Kieferklauen, die auf- und zuklappen. Blutrote Augen, die mich anfunkeln.

Die Spinne geht ein paar Schritte auf mich zu und ich muss zugeben, dass diese Bestie tatsächlich furchterregend ist. Trotzdem übertreibe ich meine Angst, indem ich nach Luft schnappe und einen kurzen, spitzen Schrei ausstoße.

Da meine Angst Opherto überzeugt, gibt er Reyvan das Zeichen, die Spinne verschwinden zu lassen. Dieser grinst und befolgt die Anweisung. Das Publikum – allen voran Taros – johlt und klatscht Beifall.

»Sehr gut, Reyvan«, meint Opherto. »Nun die anderen. Achtet darauf, dass ihr nicht zu viel eurer Wärme in diese Illusionen steckt. Reyvan besitzt als Elf natürlich mehr Körperwärme als ihr. Daher solltet ihr eure Kräfte einteilen, ich will keinen von euch als Eisblock in den Heilertrakt schleppen müssen.«

Die Jungmagier grinsen, obwohl ich bei einigen für einen kurzen Moment Unsicherheit aufblitzen sehe. Anscheinend hat der eine oder andere schon die Bekanntschaft mit einer Unterkühlung gemacht, als sie zu viel ihrer Körperwärme in ihre Zauber hineingegeben hatten.

Den Rest des Unterrichts werde ich mit allen möglichen Illusionen konfrontiert. Zum Glück muss keiner mehr meine Gedanken lesen, da Reyvan eine ganze Palette von möglichen Dingen parat hat, vor denen ich angeblich Angst habe. Seine Fantasie scheint grenzenlos zu sein und er überzeugt Opherto, dass keiner der anderen Magier mehr meine Gedanken zu lesen braucht und sie sich besser auf die Illusionszauber konzentrieren sollen.

So versuche ich einem klapprigen Skelett zu entkommen, das Taros auf mich hetzt, weiche vor einem zähnefletschenden

Hund zurück und gebe vor, die dreiköpfige Schlange entsetzlich gruselig zu finden.

Als Reyvan vorschlägt, ein Gewitter über meinem Kopf entstehen zu lassen, zucke ich zusammen und versuche ihm zu verstehen zu geben, dass ich Gewitter wirklich nicht leiden kann. Aber da ist es schon zu spät. Über mir bildet sich eine Gewitterwolke, die einer der Jungmagier herbeigezaubert hat. Ein Blitz, der mich tödlich getroffen hätte, wäre er denn echt gewesen, schlägt mit einem lauten Knall neben mir ein und ich kann mir gerade noch die Hände gegen die Ohren halten, da grollt auch schon der erste Donner über mir.

Ich schließe die Augen und bete zu den Göttern, dass diese Illusion möglichst rasch vorbei sein möge. Ein weiterer Blitz erhellt den Raum, den ich sogar durch die geschlossenen Lider erkennen kann. Mein Körper beginnt zu zittern und ich wünschte mir, dass ich irgendwo weit weg wäre. Erinnerungen steigen in mir hoch, wie ich mich früher als Kind vor Gewittern in der Nacht zu meinen Eltern ins Bett geflüchtet habe. Meine Eltern … Tränen steigen mir in die Augen und ich muss nicht länger schauspielern, da mein ganzer Körper erbebt und ich den sich anbahnenden Heulkrampf kaum mehr unterdrücken kann.

»Aufhören«, erklingt Ophertos Stimme neben mir und ich öffne zittrig die Augen, begegne Reyvans Blick, der mich stirnrunzelnd mustert.

»Anscheinend fürchtet sie sich noch mehr vor Gewittern als vor Spinnen«, murmelt er und in seinen Augen kann ich eine stumme Entschuldigung lesen.

»Das ist doch gut«, erwidert Opherto. »Aber bevor sie sich an diese Angst gewöhnt, machen wir mit etwas anderem weiter. Der Nächste!«

Reyvan richtet sich wieder auf und erklärt dem Lehrer, dass ich mich auch vor Fröschen fürchte – was dieses Mal zum

Glück wieder gelogen ist. Noch während ich die Tränen aus meinen Augen wische, strecke ich die Schultern durch und versuche, meine Fassung wiederzuerlangen.

Endlich ist der Unterricht vorbei und die Luftmagier erschöpft vom Illusionenwirken. Ich bin einfach nur froh darüber, auch wenn Reyvan keine schlimmen Illusionen mehr genannt hat.

Danach helfe ich Opherto noch kurz, die Bücher aufzuräumen.

»Ich hoffe, sie haben dich nicht zu sehr gefordert?«, fragt er.

Seine Besorgnis kommt für meinen Geschmack reichlich spät.

»Es ging«, antworte ich ausweichend, da ich mir keine weitere Blöße vor ihm geben will.

»Da bin ich froh, du hast deine Sache gut gemacht. Wir sehen uns morgen um dieselbe Zeit. Und sei diesmal pünktlich!«

Mit diesen Worten verlässt er den Raum.

Ich verstaue die Bücher in einem Regal und folge ihm ein paar Minuten später.

Als ich die Tür hinter mir schließe, tippt mir unvermittelt jemand von hinten auf die Schulter und ich fahre herum.

Reyvan steht vor mir. Er versperrt mir den Weg, auf den Lippen wieder dieses Schmunzeln. »Tut mir leid, das mit dem Gewitter«, murmelt er.

Ich weiche etwas zurück, komme jedoch nicht weit, da ich hinter mir gegen eine Wand stoße.

Sein Lächeln wird breiter, und mit einer geschmeidigen Bewegung verringert er erneut die Distanz zwischen uns. Seine rechte Hand stützt er direkt neben meinem Kopf an der Wand ab, mit der anderen berührt er meine Schulter, sodass ich zwischen seinen Armen gefangen bin.

Eigentlich hätte ich mich unwohl fühlen oder mich wehren, vielleicht sogar um Hilfe schreien sollen. Aber irgendwie … da ist etwas zwischen uns. Sobald ich ihm in die Augen sehe, spüre ich einfach, dass er nicht böse ist. Dass er mir nichts antun wird.

Es ist … Vertrautheit? Keine Ahnung. Ich kenne ihn nicht und dennoch habe ich das Gefühl, dass ich weiß, wer er ist.

Ich spüre seinen warmen Atem an meinem Hals, als er sich zu mir vorbeugt, und halte die Luft an.

»Du schuldest mir etwas«, flüstert er in mein Ohr.

»Ja«, antworte ich und wage kaum, ihm in die Augen zu sehen. »Ich danke Euch.«

Schmunzelnd weicht er etwas zurück. »Dafür, dass du jetzt in meiner Schuld stehst?«

Verlegen schaue ich zu Boden. »Nein, dafür, dass Ihr meine wahre Angst nicht verraten habt«, erwidere ich. »Ich hätte es nicht verkraftet, meine Eltern …« Ich breche ab und beiße mir auf die Unterlippe.

Er lässt meine Schulter los, legt seinen Zeigefinger unter mein Kinn und drückt es ein wenig nach oben, sodass ich ihn ansehen muss. »Sag bitte ›du‹ zu mir, Alia.« Wieder ist seine Stimme samtweich, so wie heute Morgen. Er zieht seine dunklen Augenbrauen zusammen und runzelt die Stirn. »Du faszinierst mich. Ich habe schon bei vielen Personen Gedanken gelesen und es waren einige interessante Menschen darunter, aber niemand war so … selbstlos wie du.«

Ich versuche seinem durchdringenden Blick standzuhalten und merke, wie meine Knie weich werden. »Ich …« Meine Stimme klingt viel zu dünn und ich räuspere mich. »Ich liebe ganz einfach meine Familie und kann den Gedanken nicht ertragen, dass ihnen etwas zustößt.«

Das ist nicht ganz die Wahrheit. Ich habe nicht das Gefühl, selbstlos zu sein, sondern eher egoistisch, weil ich meine Familie nicht verlieren will. Aber das behalte ich für mich.

»Nein, Alia, du bist nicht egoistisch.«

Stimmt … das Gedankenlesen – er hält immer noch einen Teil meines Kopfes, in meinem Fall mein Kinn, fest.

Ach, diese Luftmagier …

Er verzieht den Mund zu einem wissenden Lächeln. Natürlich hat er auch dies lesen können.

Ich kaue erneut auf meiner Unterlippe herum, was seinen Blick dorthin lenkt. Plötzlich werden seine Pupillen weiter und lassen seine Augen fast schwarz erscheinen. Er betrachtet gebannt meinen Mund und seine langen dunklen Wimpern verbergen fast zur Gänze seinen Blick.

Endlich lässt er mein Kinn los und legt stattdessen seine Hand wieder an meine Schulter. Ich hebe meinerseits die Hände und drücke sie gegen seine Brust, um ihn von mir zu schieben. Dabei spüre ich die Muskeln unter seiner schwarzen Kleidung, die sich reflexhaft anspannen, als ich meine Bemühungen verstärke. Doch gleichgültig, wie sehr ich versuche, mich aus seinem Griff zu winden, er drückt mich nur umso fester gegen die Wand – es ist ein stummer Zweikampf, den er mit einem breiten Lächeln verfolgt, während seine Augen funkeln.

Langsam neigt er den Kopf wieder zu mir, zwei blonde Strähnen, die ihm in die Stirn fallen, streifen dabei über mein Gesicht.

Ich halte den Atem an und meine Gegenwehr verebbt fast automatisch, dennoch lasse ich meine Hände auf seiner Brust.

Wenn er mich jetzt küsst, werde ich ihm nicht widerstehen. Noch nie war ich einem Mann so nahe, noch nie hatte ich das Gefühl, das Knistern förmlich mit Händen greifen zu können. In der Stadt haben mich in den letzten Jahren alle gemieden. Wer wollte schon mit einer Gildenlosen, einer Nehil, gesehen werden?

Nehil, Nehil, keiner will eine Nehil, hallt es in meinen Ohren.

Aber Reyvan … er sieht mich mit so einer Faszination an – und das, obwohl ich keinerlei Begabung in mir trage.

Als er die Augen etwas öffnet, kann ich darin mein eigenes Spiegelbild erkennen.

»Alia.«

Warum muss er meinen Namen so schön aussprechen? Was ist das für ein Zauber, der von ihm ausgeht? Diese Anziehung, der ich mich willenlos hingeben möchte?

Sein Blick gleitet über mein Gesicht, und sein Griff wird wieder sanfter. Als er fortfährt, klingt seine Stimme belegt. »Mir ist bekannt, was dir über mich erzählt wurde. Das meiste stimmt sogar. Aber ich möchte trotzdem, dass du weißt, mich hat noch nie eine Frau vom ersten Augenblick an so fasziniert wie du.«

Es scheint beinahe, als würde er mit diesen Worten den Zauber durchbrechen, unter dem ich gerade stand.

Er lügt. Ja, er lügt eindeutig. Ich bin nicht faszinierend. Kann ich gar nicht sein – ich bin eine Nehil. Und je eher ich mich mit diesem Schicksal abfinde, desto einfacher wird mein zukünftiges Leben hier im Zirkel sein.

Ja, es wäre schön, wenn er tatsächlich die Wahrheit sagen würde. Und ja, ich würde mich gerne diesem Traum hingeben, dass er in mir mehr sieht, obwohl wir uns noch nie zuvor begegnet sind. Aber das kann er nicht. Auch wenn er meine Gedanken gelesen hat – er kennt mich nicht und ich ihn ebenso wenig. Womöglich findet er es interessant, ein neues Mädchen kennenzulernen, aber sobald er mich verführt hat, werde ich wieder Luft für ihn sein. So wie heute Mittag – da hat er sein wahres Gesicht gezeigt.

Ich recke mein Kinn vor, während ich ihm fest in diese unwirklichen Augen sehe. Meine Hände liegen noch auf seiner Brust und ich nehme sie so rasch weg, als hätte ich Feuer berührt. »Sagt Ihr das allen Mädchen, die Ihr verführen möchtet?« Ich bin erstaunt, dass meine Stimme fest und selbstsicher klingt, da ich mich ganz und gar nicht so fühle.

Er streicht mit einem Finger über meine Wange, und ein leises Lachen dringt aus seiner Kehle. Ich hasse mich dafür, dass mein Herz bei diesem Laut wieder schneller zu schlagen beginnt.

Warum hat er diese Wirkung auf mich?!

Wütend balle ich die Hände zu Fäusten.

»Nein, auch wenn du mir das jetzt nicht glauben wirst. Und sag bitte du.« Sein Finger verharrt neben meinem Mund. »Ich weiß nicht, was du mit mir anstellst. Aber vom ersten Moment an, als ich dich gestern im Speisesaal gesehen habe, wusste ich, dass du etwas ganz Besonderes bist. Das liegt nicht nur an dem knappen Kleid, das du trägst und das einen Mann wie mich in den Wahnsinn treiben kann.« Seine Augen glitzern wieder belustigt, als würde er sich selbst über seinen Spruch amüsieren, dann wird er wieder ernst. »Du kannst meine Gedanken nicht lesen, daher musst du mir einfach vertrauen.«

Nein, ich muss gar nichts. Ich muss niemandem vertrauen.

Mit einem Mal spüre ich Wut in mir aufbrodeln. »Lasst mich los. Ihr tut mir weh!«

Er weicht zurück, gibt mich jedoch nicht sofort frei.

»Alia.« Reyvans Stimme ist nun eindringlich und sein Blick ebenso. »Bitte überleg es dir. Du kannst hier einen Freund gebrauchen, glaub mir.«

Ich wende den Kopf ab und schweige.

Seine Hand streicht wie zufällig meinen Arm entlang, als er sich von mir löst. Reyvan holt leise Luft, als wollte er noch etwas sagen, dann dreht er sich jedoch einfach um und geht davon. Sein Gang ist geschmeidig, raubkatzenhaft und erinnert mich an den meines Vaters.

Er ist ein Jäger.

Bei der Zweideutigkeit meiner Gedanken muss ich trotz meines Ärgers über ihn lächeln und kann nicht umhin, ihm bewundernd nachzuschauen.

Vollkommen durcheinander gehe ich zum nächsten Punkt auf meiner Arbeitsliste – der muffigen Bibliothek. Ich bin froh, dass ich jetzt so etwas Anspruchsloses machen kann, wie Bücher abzustauben und zu verstauen.

Ich versuche, meine Gefühle und Gedanken zu ordnen.

Will Reyvan wirklich nur Freundschaft von mir? Oder doch mehr? Warum sonst umgarnt er mich mit seinem Charme? Oder ist das alles ein abgekartetes, gemeines Spiel, das er mit mir treibt, bei dem er mich erst verwirren, für sich einnehmen und sich dann mit Taros und den anderen über meine treudoofe Gutgläubigkeit amüsieren will?

Hm, nein, so schätze ich ihn nicht ein.

Für einen kurzen Moment, als er das Gedankenlesen so abrupt abgebrochen hat, habe ich etwas in seinem Blick gesehen. Etwas, das tief aus seinem Inneren kam, das nicht gespielt war. Aber um was es sich handelte, kann ich nicht genau sagen.

Anerkennung? Überraschung? Verwirrung? Faszination?

Ich beschließe, dieses Problem namens Reyvan vorerst aus meinen Gedanken zu verdrängen. Ich bin gerade mal ein wenig mehr als vierundzwanzig Stunden im Zirkel, musste mich von meinem früheren Leben und meiner Familie für immer verabschieden und bin einfach nicht bereit dazu, mich mit weiteren Sorgen zu beschäftigen. Zu sehr schmerzt noch der Abschied und ich habe auf einmal starkes Heimweh.

Vater wüsste bestimmt einen Rat, wie ich mich verhalten soll. Er kennt die Elfen, war auf einem seiner Streifzüge im Wald sogar schon mehrere Tage lang bei ihnen zu Gast – eine Seltenheit. Die Elfen leben seit dem Hundertjährigen Krieg zurückgezogen im Wald in ihren Städten und suchen nur alle paar Jahre die Gesellschaft von Menschen, um sich mit ihnen über Neuigkeiten außerhalb ihrer Wälder auszutauschen. In den meisten Fällen, wenn ein Mensch in den Genuss ihrer Gastfreundschaft kommt, sind es Jäger oder Bauern, die zu weit vom Weg abkamen.

Vater hat uns damals nicht viel von den Elfen erzählen dürfen. Er hat ihnen versprochen, ihre Geheimnisse zu wahren. Aber einmal, als er und ich zusammen auf einem Spaziergang weit außerhalb von Lormir und ungestört waren, hat er mir von den Wundern, die er dort gesehen hat, berichtet. Von Elfenmagie, fantastischen Bauten und Wesen von betörender Schönheit. Dingen, die nur wenige Sterbliche je zu Gesicht bekommen. Ich war damals noch sehr klein und kann mich nicht mehr an alles erinnern. Aber den Hauch einer Ahnung habe ich nun davon, was Papa gemeint hat – jetzt, da ich Reyvan kennengelernt habe …

Rasch ist es Abend und ich trete wieder meinen Dienst im Speisesaal an. Wie erwartet, ignoriert mich Reyvan abermals und lässt mich mit meinen verworrenen Gefühlen allein, was mir jedoch diesmal mehr als recht ist. Ich will nicht noch mehr Stoff für überflüssige Gedanken über verführerische Elfen erhalten.

Kurz vor Mitternacht ist alles aufgeräumt, diesmal musste ich glücklicherweise den Abwasch nicht allein machen.

Ich bin todmüde von dem ereignisreichen Tag, falle entkräftet ins Bett und nehme meinen Stoffbären in den Arm. Das Letzte, woran ich denke, sind Reyvans dunkelblaue Augen. Dann schlafe ich ein.

8

REYVAN

»Ich habe dich gestern mit der kleinen Nehil beobachtet.« Taros sabbert beinahe vor Sensationslust, während er neben mir hergeht – wir sind unterwegs in den Speisesaal.

Ich werfe ihm einen Blick von der Seite zu und zucke mit den Schultern. »Ach, und ich dachte, ihr Menschen seht nur das, was ihr sehen wollt.« Ich lasse meine Stimme betont gelangweilt klingen, da ich weiß, dass Taros das nicht ausstehen kann.

Als mich mein Vater hierherschickte, hat er mich davor gewarnt, dass es Menschen gibt, die von sich selbst glauben, die Stärksten, Größten, Tollsten und Witzigsten zu sein. Aber Taros vereint nicht nur alle diese Merkmale in einer einzigen Person, er ist obendrein auch noch ein arroganter Idiot. Der arroganteste, den ich in all meinen Jahren hier im Zirkel kennengelernt habe – und das sind inzwischen doch so einige. Also Jahre *und* Idioten. Zirkelleiter Xenos zähle ich mal nicht dazu, der ist einfach nur überheblich, kalt, grausam und machthungrig. Das scheint mir eine andere Kategorie zu sein – in Richtung Idiotentyrann.

Obwohl ich Taros nicht mag, lasse ich es aber zu, dass er sich mein Freund nennt. Es erleichtert mir einiges, wenn alle glauben, ich sei ebenso ein Arsch wie er. Wenn man den Ruf einmal hat, lassen sie einen in Ruhe – oder zollen einem Respekt, was man gerade unter Magiern gut gebrauchen kann.

Und so wie es sich im Moment entwickelt, werde ich mit dem Titel ›größter Bastard von ganz Lormir‹ diesen Zirkel verlassen. Etwas, womit sich mein ach so angepasster älterer Bruder definitiv nicht rühmen kann, der vor mir das zweifelhafte Vergnügen der Gastfreundschaft hier hatte.

Nun gut, im Gegensatz zu Taros kann ich auch freundlich sein – sehr freundlich. Vor allem zum weiblichen Geschlecht, denn es ist wirklich von Vorteil, dass anscheinend Menschen so fasziniert von uns Elfen sind.

Ja, ich liebe es, wenn sich die Mädchen nach mir umdrehen, das habe ich schon zu Hause in den Wäldern von Zakatas gemocht. Und wenn sie erst in meinem Bett seufzen, finde ich das Leben hier bei den Magiern nicht einmal so unangenehm.

Hm, wahrscheinlich werde ich nicht nur der größte, sondern auch der selbstverliebteste Bastard sein, der diesen Zirkel jemals verlässt. Zumindest bin ich auf dem besten Weg dorthin, wenn ich weiter meine Spielchen mit den Magiern treibe. Aber das ist mir im Grunde vollkommen gleichgültig, sollen diese Menschen von mir denken, was sie wollen.

»Was ist jetzt mit ihr?«, will Taros wissen, als ich ihm nicht mehr Auskunft über mein Zusammentreffen mit der ›kleinen Nehil‹ gebe.

Ich zucke erneut mit den Schultern. »Warum interessiert dich das? Ich dachte, sie sei zu … unbegabt, um in dein Bett steigen zu dürfen?«

Taros boxt mich in die Seite, was mir ein Knurren entlockt. Er hebt sofort beide Hände in die Höhe zum Zeichen, dass er mich nicht absichtlich provozieren wollte.

Besser so. Ich habe ihm schon hundertmal gesagt, dass er das bei mir lassen soll. Grundsätzlich bin ich zwar ein friedfertiger Elf, der auch noch den Wein im Glas schätzt, wenn dieses halb leer ist, aber auf Schläge reagiere ich allergisch – und die Gründe dafür werde ich ihm definitiv nicht nennen.

»Eher würde ich einen Warft verführen, als eine Nehil in mein Bett zu holen«, brummt Taros. »Was war der Grund, warum du mit ihr geredet hast?«

Ich lache leise auf und bleibe stehen. »Ich bin dir weder Rechenschaft schuldig noch geht es dich etwas an, warum ich mit wem wo was rede.«

Taros ist ebenfalls stehen geblieben und verschränkt nun die Arme vor der Brust. »*Mir* schuldest du keine Rechenschaft. Aber was ist mit dem Zirkelleiter? Meinst du, er würde es nicht … hm … *interessant* finden, zu erfahren, dass sich das Pfand der Elfen mit einer Nehil abgibt?«

Ich hasse diesen Kerl! Also Taros. Xenos auch, doch den kann ich gerade nicht böse anfunkeln.

Verärgert ziehe ich die Augenbrauen zusammen und fixiere den schwarzen Lockenkopf mit meinem Blick, von dem ich weiß, dass er sehr, sehr eindringlich werden kann. »Wenn du glaubst, du kannst dich bei Xenos auf diese Weise einschleimen, nur zu. Ich begleite dich auch gern zu seinen Gemächern, um den Anblick nicht zu verpassen, wie du dich vor ihm zum Trottel machst. Jedem im Zirkel ist bekannt, dass ich eine lange Liste von … Ablenkungen habe – da macht eine Nehil keinen Unterschied. Sei doch froh, dass wir uns nicht in die Quere kommen, da sie ganz offensichtlich nicht nach deinem Geschmack ist.«

Mir ist es wirklich gleichgültig, ob ein Mädchen eine Begabung besitzt oder nicht. Es gibt da ganz andere Qualitäten, auf die ich Wert lege – und Alia weiß die eine oder andere davon eindeutig vorzuweisen.

Bisher hatte es sich allerdings immer als interessanter und … nützlicher herausgestellt, mit Jungmagierinnen anzubandeln. Aber eine Dienerin zur Abwechslung … wer kann es einem verübeln, wenn man hundert Jahre bei den Menschen eingesperrt wird? Dass ich das Beste aus der Situation mache, war selbst meinem Vater bewusst, als er mich als Pfand hierherschickte. Seine einzige Bedingung war: Verrate keine Geheimnisse. Und daran habe ich mich auch stets gehalten.

»Du findest diese Nehil also tatsächlich interessant?«, fragt Taros mit schief gelegtem Kopf.

»Das geht dich einen feuchten Scheißdreck an«, brumme ich, wende mich ab und setze mich wieder in Bewegung.

Wenn er jetzt meine Miene sehen würde, könnte er zu viel darin lesen und würde mir weitere dämliche Fragen stellen.

Ja, ich finde sie interessant, diese Alia, mit ihren großen dunklen Augen, der makellosen Haut und dem scheuen Lächeln, das sie mir gestern geschenkt hat. Auch wenn es bei ihr einfacher ist als bei anderen Mädchen, sie zu verwirren – oder gerade deswegen. Sie hat etwas Reines, etwas Unschuldiges an sich. Etwas, das ich schon länger nicht mehr bei jemandem sah – das letzte Mal bei meiner kleinen Schwester, aber noch nie bei einem Menschen.

Doch da ist noch was anderes. Ich kann es leider nicht genau benennen, es ist fast so, als würde es jedes Mal wieder verborgen, wenn ich es zu erkennen glaube. Von einem Lächeln, einer Geste, einem Wort. So wie beim Gedankenlesen heute. Diese Alia ist die Unschuld in Person und doch glaubte ich für den Bruchteil eines Lidschlags ein Feuer in ihr zu entdecken. Eines, in dem sie verglühen könnte, wenn man es richtig zu schüren weiß.

Zudem ist da diese Selbstlosigkeit, die ich noch bei keinem anderen Menschen gesehen habe und der ich gerne auf den

Grund gehen würde, da es mich verwirrt, derartige Charakterzüge beim Menschenvolk vorzufinden.

Bisher habe ich dieses Volk für das egoistischste gehalten, das es hier in Altra gibt. Noch egoistischer als die Drachen, welche sich einen Dreck um die anderen scheren. Nicht umsonst haben sie sich noch während des Hundertjährigen Krieges in die Berge verzogen, da sie die Menschen, Elfen, Gorkas und Zwerge ihren Zwist unter sich ausmachen ließen. Wer schließlich gewonnen hat, kann jeder sehen, der mit offenen Augen durch Altra geht: Die Menschen besitzen weiterhin die Vorherrschaft – wegen ihrer verfluchten Magie, die sie niemals hätten erhalten dürfen. Menschen sind nicht dazu fähig, mit Kräften umzugehen, die ihnen Macht verleihen, denn früher oder später steigt ihnen diese Macht zu Kopf. Das sind zumindest die Worte meines Onkels – und der weiß so gut wie alles über den Hundertjährigen Krieg, da er selbst damals mitgekämpft hat.

Aber diese Alia ... sie kümmert sich um andere mehr als um sich. So sehr, dass sie sich noch nicht gefunden zu haben scheint. Sie sieht nicht, wer sie ist. Und womöglich ist es genau das, was mich an ihr fasziniert ... sie möchte gefunden werden.

Ob ich dieser Jemand bin, der ihr bei der Suche helfen kann? Ich werde es herausfinden. Das habe ich mir gestern nach dem Unterricht vorgenommen, als ich mich ihr näherte. Und dieser Plan hat sich als fruchtbar erwiesen – sie scheint zwar wie alle anderen mein Äußeres zu bewundern, wehrt sich aber dagegen, meinem Charme zu erliegen. Etwas, das sie ebenfalls von den anderen Mädchen unterscheidet, mit denen ich bisher zu tun hatte.

Bis jetzt war es eher so gewesen, dass ich mich vor Angeboten nicht retten konnte – alle standen sie Schlange vor meiner Schlafzimmertür, da sich mein Ruf als guter Liebhaber rasch herumgesprochen hat. Aber Alia ... sie soll sich nicht in eine Reihe mit den anderen stellen. Bei ihr bin ich gewillt, sie zu erobern. Sie zu umwerben, da ich spüre, dass sie mir mehr zu bieten hat als all die Magierinnen zusammen. Wieso ich das spüre? Keine Ahnung … das ist es ja, was mich so verwirrt.

Normalerweise würde ich alles auf eine Karte setzen und nach vorn preschen, sie so lange umgarnen, bis sie meinem Charme verfällt. Aber sie braucht Zeit. Wie ein Reh, das sich auf eine Lichtung wagt, muss sie sich erst umsehen. Sich an die neue Umgebung gewöhnen. Und diese Zeit werde ich ihr geben … nun ja, mal sehen. Vielleicht werde ich sie auch etwas verkürzen, denn Geduld war noch nie meine Stärke.

Grinsend gehe ich neben Taros weiter zum Speisesaal, der es glücklicherweise aufgegeben zu haben scheint, mich über Alia ausfragen zu wollen. Ich werde aufpassen müssen, damit er mich nicht noch einmal mit ihr zusammen sieht – dann könnte ich wirklich Probleme bekommen. Denn jeder weiß, wie paranoid Zirkelleiter Xenos sein kann …

9

Alia

Während der nächsten Tage verfalle ich in eine Art Alltagstrott. Auch an das frühe Aufstehen und die kurzen Nächte gewöhne ich mich langsam.

Rana und ich verstehen uns immer besser, da es einfach ist, sich mit ihr zu unterhalten. Sie hat eine ruhige und nüchterne Art und bald fühle ich mich bei ihr fast genau so wohl wie bei Kala, meiner Freundin, die ich in Lormir zurücklassen musste. Eines unserer häufigsten Gesprächsthemen sind unsere Familien.

Während ich immer noch nicht ganz begriffen habe, dass ich meine Eltern und Geschwister wirklich nie wiedersehen darf, hat Rana sich bereits lange damit abgefunden. Wenn sie von ihrer Familie spricht, dann immer mit einem Lächeln auf den Lippen – was ich bewundere. Denn im Grunde könnte sie Groll gegen sie hegen, schließlich wurde Rana aufgrund eines Vergehens ihrer Eltern als Dienerin hierhergeschickt.

»Was ist damals eigentlich geschehen?«, frage ich, während wir uns zusammen um die Betten der Jungmagier kümmern.

Rana senkt den Blick und stößt ein leises Seufzen aus. »Das ist eine längere Geschichte«, meint sie ausweichend.

»Erzähl sie mir«, bitte ich sie. »Ich habe dir auch so viel über meine Familie erzählt und geteiltes Leid ist schließlich halbes Leid. Zudem« – ich schenke ihr ein entwaffnendes Lächeln – »haben wir noch ein paar Zimmer vor uns, da würde eine kleine Geschichte nicht schaden.«

Rana erwidert mein Lächeln und nickt dann. »Gut, überredet. Ich erzähle dir, was damals geschehen ist. Es war ein rauer Wintertag, als meine Eltern etwas taten, das gegen den Gildenkodex verstoßen hat.«

Ich schaue sie gebannt an, während sie mit ihrer Erzählung beginnt:

Rana war damals zehn Jahre alt und es herrschte ein eisiger Winter, als sich ihre Eltern nach Lormir aufmachten. Der Wind pfiff ihnen um die Köpfe, sodass sie die mit Pelz gefütterten Kapuzenumhänge eng um ihre Leiber schlangen. Der Pfad war bedeckt mit nassem Schnee, der das Vorankommen mit dem Wagen zusätzlich erschwerte.

Es war ein langer Weg in die Stadt Lormir, obwohl sie ihren Ochsen vorgespannt hatten. Die Zeit drängte. Das Gildentreffen würde in wenigen Stunden beginnen und es dauerte noch eine Weile, bis sie die massiven Mauern der Hauptstadt erreichten.

Wieder hustete das kleine Mädchen, dessen blonde Zöpfe unter der dicken Kapuze gerade noch zu erahnen waren, denn seine Mutter Irina hatte das Gesicht ihrer Tochter mit Pelz und Tüchern bedeckt, die sie warm halten sollten.

Nicht zum ersten Mal, seit sie aufgebrochen waren, fragte sich ihr Mann Pitor, ob er richtig gehandelt hatte, aber der immer schlimmer werdende Husten seiner kleinen Tochter hatte ihnen keine andere Möglichkeit gelassen, als sie in die Stadt zu den Heilern zu bringen. Zumal er und Irina als Mitglieder der Erdgilde sowieso dorthin zu gehen hatten. Die Räte der Gilde wollten wieder einmal über irgend-

eine Belanglosigkeit entscheiden. Dazu mussten alle Mitglieder anwesend sein – zumindest diejenigen, die im Umkreis einer Tagesreise von Lormir entfernt wohnten.

Pitor fluchte innerlich darüber, dass er damals nicht weiter von der Stadt weggezogen war mit seiner Familie. Aber er musste als ältester Sohn den Hof seiner Eltern weiterführen – da war ihm leider keine Wahl geblieben. Trotzdem … vielleicht hätte es eine Möglichkeit gegeben, nicht so nahe an der Stadt und der Gilde zu wohnen. Wie auch immer.

Er fasste den Riemen, der dem Ochsen durch den Nasenring gezogen worden war, fester und zog seinen Schal bis über den Mund hoch. Seine Hände waren bereits klamm vor Kälte.

Fröstelnd drehte er sich zu seiner Frau um, die den Arm um ihre kränkliche Tochter gelegt hatte. Sie schaute ihn aufmunternd an. Irina war immer so gütig und verständnisvoll – so einfühlsam. Das war einer der Gründe, warum er sich in sie verliebt hatte.

Er drehte sich um und stapfte weiter durch den Schnee in Richtung Hauptstadt.

Als die Mauern von Lormir in Sicht kamen, ging Pitor mit energischen Schritten auf die Stadtwachen zu, die vor dem Eingangstor der Mauer standen und ihnen entgegensahen.

»Wer seid Ihr und was wollt Ihr in Lormir?«, fragte eine der vier Wachen.

In der Stimme des Mannes hörte Pitor, dass er eher aus Pflichtgefühl als wegen echtem Interesse fragte.

»Wir sind Angehörige der Erdgilde und unterwegs zur Versammlung«, erwiderte er höflich und deutete auf den Karren, in dem Irina und sein Kind saßen. »Unsere Tochter hat einen schlimmen Husten. Wir werden sie zu den Heilern bringen.«

»Was auch immer …«, antwortete der Wachmann gelangweilt und winkte sie durch.

»Vielen Dank!«, entgegnete Pitor freundlich und schüttelte innerlich den Kopf.

Stumm zog er seinen Ochsen hinter sich her, durch die verdreckten Gassen des äußeren Stadtkreises. Der Gestank der Stadt hüllte sie nach wenigen Schritten ein. Unterwegs passierten sie die beiden inneren Stadttore. Hier behelligten sie die Wachen nicht weiter – was sollten schon ein verdreckter Bauer mit seiner Frau und einer kranken Tochter für eine Gefahr für die Hauptstadt darstellen?

Endlich gelangten sie zum fünfeckigen Gildenplatz mit den gewaltigen Gildenhäusern und den Tempeln. Pitor atmete innerlich auf und ging zum Gebäude der Erdgilde, in dem das Hospital untergebracht war. Davor stand wieder eine Wache, die sie jedoch diesmal freundlicher begrüßte und nach ihren Namen fragte.

»Stellt Euren Karren dorthin.« Der Soldat deutete auf einen Stall, der sich am Rande des verschneiten Platzes befand.

Pitor tat wie geheißen und half Irina und seiner Tochter vom Ochsenwagen.

»Hoffentlich können ihr die Heiler helfen«, flüsterte Irina besorgt.

»Bestimmt«, entgegnete Pitor. »Es ist doch nur ein Husten. Den können die Heiler ganz sicher behandeln.«

Die Mutter nickte tapfer und nahm Rana bei der Hand, um sie ins Gildengebäude zu führen, wo sich der Heilertrakt befand. Als sie diesen betraten, verließ Pitor die Hoffnung, jemals rechtzeitig zur Gildenversammlung zu erscheinen.

Das Hospital war überfüllt mit Patienten. Kein Wunder – der Winter war hart, selbst für lormische Verhältnisse, und Lungenentzündungen sowie Grippewellen griffen rasend schnell um sich.

Die Heiler eilten in ihren braunen Gewändern von einem Patienten zum nächsten.

Eine Heilerin kam auf sie zu. »Pitor und Irina.« Sie lächelte ihnen entgegen. »Ihr kommt zu einem erdenklich schlechten Zeitpunkt. Wir haben keine Kapazitäten mehr für weitere Patienten.«

Wir sind beim nächsten Zimmer angelangt und ich halte inne, unterbreche Rana in ihrer Erzählung.

»Das muss Mama gewesen sein«, rufe ich aus. »Miara ist ihr Name, sie ist ja eine der obersten Heilerinnen in Lormir.«

Rana lächelt. »Ja, das kann gut sein, ich weiß leider nicht genau, wer es war, der meine Eltern empfangen hat.«

Sie fährt mit ihrer Erzählung fort.

Die Heilerin richtete ihren Blick auf das Kind, das schon wieder einen Hustenanfall hatte und sein Gesicht im Umhang verbarg. »Geht es ihr noch nicht besser?«, fragte sie besorgt.

»Nein«, antwortete Pitor. »Sie hat seit Tagen einen starken Husten, der immer schlimmer wird. Nichts hat geholfen, selbst die Tinkturen nicht, die wir beim letzten Mal erhalten haben. Wir hatten gehofft, dass du sie dir nochmals anschauen kannst.«

Die Heilerin hob entschuldigend die Hände. »Wenn ihr bis nach der Versammlung wartet, werde ich schauen, was ich tun kann. Aber nun muss ich mich beeilen, der Gildenrat wartet nicht gerne. Eure Tochter kann im Zimmer dort drüben warten, bis das Treffen vorüber ist. Ich nehme an, ihr werdet ebenfalls kommen?«

Pitor wechselte einen raschen Blick mit seiner Frau. Er musste sie nicht fragen, um zu erkennen, dass es Irina nicht recht wäre, die kleine, kranke Tochter hier allein unter fremden Menschen zu lassen.

»Danke«, sagte er zu ihr. »Wir werden uns besprechen und kommen dann auch gleich zur Versammlung.«

Die Heilerin nickte, lächelte und ging eilig davon.

»Was meinst du?«, fragte Irina, als sie weg war. »Sollen wir sie einfach mitnehmen?«

»Du weißt, dass es verboten ist, Nichtmitglieder der Gilde zu Versammlungen mitzubringen«, entgegnete Pitor zögernd. »Und unsere Tochter gehört noch nicht zur Erdgilde …«

»Ja, aber sie wird es in ein paar Jahren. Wir haben ja schon bemerkt, dass sie eine Begabung für das Erdelement hat. Es ist also nur eine Frage der Zeit, bis sie Mitglied in der Gilde sein wird.«

Pitor musterte seine Tochter zweifelnd. Irina hatte recht, sie zeigte bereits Anzeichen der Erdbegabung. Trotzdem … sie war noch kein vollwertiges Gildenmitglied. Doch sein Kind allein hier im Hospital warten zu lassen – das ging ihm ebenfalls gegen den Strich.

»Also gut«, sagte er schließlich. »Wir nehmen sie mit. Aber wir bleiben ganz hinten, damit uns niemand sieht.«

Irina atmete sichtlich auf und nahm ihre Tochter wieder bei der Hand.

»Komm«, flüsterte sie sanft. »Wir werden zurückkehren und dann hilft dir die nette Heilerin, ja?«

»Oje, damit haben sie also gegen den Gildenkodex verstoßen«, hauche ich, während wir die schmutzige Wäsche der Magier in einen der Körbe packen.

»Ja.« Rana nickt und ihr Blick wird traurig. »Aber das war leider noch nicht alles …«

Einige Wochen darauf wurde im Gerichtssaal von Lormir die Verhandlung durchgeführt, um Pitor und Irina für ihr Vergehen zu bestrafen.

Ihre Tochter saß auf einem Stuhl mitten in einem großen, kalten Raum, hinter ihr ihre Eltern.

So verbittert Pitor auch war, er hätte jederzeit genauso entschieden, denn seine kranke Tochter unbeaufsichtigt im Hospital zu lassen, während er selbst an der Gildenversammlung teilnehmen musste, das hätte er nicht verantworten können.

Irina, die neben ihm saß, war kreideweiß im Gesicht. Als sie erfahren hatte, dass jemand aus der Erdgildenversammlung sie verpetzt hatte, war sie so wütend geworden, wie er sie noch nie erlebt hatte. Aber jetzt saß sie still und eingeschüchtert hinter ihrer Tochter, die von der harten Arbeit auf dem Hof gezeichneten Hände in ihrem Schoß gefaltet, und wagte kaum zu atmen.

»Es wird sich sicher eine Lösung finden«, murmelte Pitor ihr beruhigend zu.

Die Stimme seiner Frau, als sie ihm antwortete, war von Panik erfüllt. »Nein … hast du vergessen, wer die Verhandlung führt? Er wird niemals nachgeben, er ist bekannt für seine harten Urteile.«

In dem Moment betrat er den Saal: Xenos.

Ich keuche leise. »Xenos selbst hat die Verhandlung geführt?«, frage ich und fühle mich mindestens genauso ängstlich, wie Ranas Mutter damals gewesen sein musste.

»Ja«, antwortet Rana. »Er führt die meisten Verhandlungen persönlich.«

Als Xenos den Raum betrat, blähte sich sein schwarzer Umhang hinter ihm auf und seine eisigen Augen glitten ausdruckslos durch den Saal, schienen jeden Zuschauer einen Moment lang zu fixieren.

Gemäßigten Schrittes ging er zum Stehpult, das sich direkt vor der kleinen Familie befand, und musterte diese prüfend.

Unwillkürlich überkam Pitor eine Gänsehaut, als Xenos zu sprechen begann. Seine Stimme klang eiskalt und in seiner Miene waren Arroganz und Abscheu zu lesen.

»Pitor und Irina von Lormir«, begann er. »Ihr wurdet angeklagt, weil Ihr Eure Tochter unerlaubt in eine Gildenversammlung mitgenommen habt, obwohl sie noch kein Mitglied der Erdgilde ist – ist das korrekt?« Sein Tonfall war sachlich, ging Pitor aber dennoch durch Mark und Bein.

Er holte Luft und versuchte, seine Stimme sicherer klingen zu lassen, als er sich selbst fühlte. Er sah Xenos fest in die kalten Augen. »Ja, das stimmt. Aber …«

»Dann seid Ihr für schuldig befunden«, unterbrach ihn Xenos donnernd. »Alle hier Anwesenden haben das Schuldeingeständnis gehört und bezeugt!«

Damit schweifte sein eisiger Blick abermals durch den Raum. Pitor vermeinte zu bemerken, dass die Zuschauer, die sich im Gerichtssaal eingefunden hatten, um den wöchentlichen Rechtsprechungen beizuwohnen, unter Xenos' Musterung kleiner wurden.

Ein grausames Lächeln umspielte jetzt seinen schmalen Mund. »Ihr werdet Euch bestimmt fragen, worin Eure Strafe besteht«, sprach er an sie gewandt.

Irina zuckte unter seiner Musterung unwillkürlich zusammen und Pitor verzog angewidert das Gesicht. Er verabscheute den Zirkelleiter.

In dem Moment richtete sich Xenos' Blick auf seine Tochter. »Damit keiner mehr unerlaubt Nichtmitglieder in geheime Gildenversammlungen mitnimmt, werde ich an Euch ein Exempel statuieren«, sagte er mit schneidender Stimme. »Und zwar wird Eure Tochter, wenn sie das dreizehnte Lebensjahr vollendet hat, nicht in die Erdgilde aufgenommen!«

Irina keuchte und aus dem Publikum ertönten überraschte Rufe.

Um Pitor drehte sich alles. Hatte er gerade richtig gehört?

Schon wollte er aufspringen und widersprechen, aber Xenos fuhr in dem Moment fort: »Wir werden trotzdem eine gewisse Milde walten lassen«, bemerkte er mit falscher Güte. »Und zwar wird Eure Tochter stattdessen als Dienerin in den Zirkel geschickt!«

»Nein«, presste Pitor zwischen den Zähnen hervor. »Wir nehmen jedes Urteil an, aber nicht dieses. Wir schicken unsere Tochter nicht in den Zirkel!«

»Euch wird keine andere Wahl bleiben!«, donnerte Xenos mit eisiger Ruhe. »Seid froh, dass Ihr so glimpflich davongekommen seid! Damit ist die Verhandlung geschlossen!«

Er wandte sich ab und verließ den Raum, noch ehe Pitor seine Sprache wiedergefunden hatte.

Ich bin bestürzt, als sie ihre Geschichte beendet, und starre sie entgeistert an. »Rana, das ist …«, stammle ich und suche nach geeigneten Worten. »Ich hatte angenommen, dass du aufgrund eines unverzeihlichen Vergehens deiner Eltern hier bist. Nicht wegen etwas, das wohl jede andere Mutter und jeder andere Vater ähnlich gehandhabt hätten.«

Rana schlägt die Augen nieder und nestelt an der Decke, die wir soeben frisch bezogen haben. »Weißt du«, meint sie, »ich hätte mich wahrscheinlich sowieso freiwillig bei der Magiergilde als Dienerin gemeldet. Meine Eltern sind arm und eine Zukunft auf ihrem Bauernhof wäre nicht möglich gewesen. Ich habe fünf Geschwister und die beiden älteren werden den Hof nach ihrem Tod weiterführen. Hier geht es mir weit besser, ich habe genug zu essen und sogar ein eigenes Zimmer.«

Damit ist das Gespräch für sie beendet. Trotzdem denke ich noch lange daran, wie ungerecht manche Dinge hier in Altra sind.

Reyvan sehe ich regelmäßig beim Essen und im Unterricht. Er verhält sich jedoch, als hätte es unser Gespräch nie gegeben. Aber ich bin froh über seine Zurückhaltung, denn das hilft mir, meine Gefühle ihm gegenüber einigermaßen zu sortieren. Ich bin mir inzwischen sicher, dass ich nur so auf seinen Charme reagiert habe, weil er der allererste Mann war, der auf diese Weise mit mir sprach. Und ja, er sieht obendrein noch gut aus – eine Kombination, der ich einfach nicht gewachsen war.

Dennoch mache auch ich zur Sicherheit einen Bogen um ihn, damit es erst gar nicht zu einem näheren Kontakt kommt.

Immer, wenn ich seinen Tisch bedienen soll, sorge ich dafür, dass ich mit Tascha, der Dienerin mit den großen, blauen Kulleraugen und dem runden Gesicht, tauschen kann. Sie hat mich dafür zu ihrer neuen besten Freundin auserkoren und strahlt immer über das ganze Gesicht, wenn sie den Elfen bedienen darf. Leider interessiert sich Reyvan nicht für sie, was mir leidtut für Tascha – aber ihr macht es nichts aus. Sie schwärmt dennoch in den höchsten Tönen, wenn er sie kurz angeschaut oder sie gar um etwas gebeten hat. Ich finde ihre Schwärmereien zwar albern bis nervig, sage aber nichts dazu. Wir Diener haben nicht viel, das uns erfreuen könnte …

Langsam begreife ich auch, wie der Unterricht der Magier aufgebaut ist. Während die Magierlehrlinge immer sechs Tage nacheinander vormittags Theorie- und nachmittags Praxisunterricht absolvieren, scheint das Leben der Jungmagier mehr Freizeit mit sich zu bringen. Sie haben zwar auch an sechs aufeinanderfolgenden Tagen Theoriestunden, jedoch dürfen sie oft auch selbstständig Bücher in der Bibliothek studieren. Am Nachmittag brauchen sie zudem nur für zwei Stunden den Praxisunterricht zu besuchen. Für die restliche Zeit sind sie angewiesen, selbst in kleinen Gruppen Übungen zu machen, die sie als Hausaufgaben erhalten.

Im Unterricht des Luftzirkels werde ich glücklicherweise geschont, da die Illusionen, die die Luftmagier nun lernen, herausfordernder und vor allem gefährlicher werden. Meine Assistenz beinhaltet daher hauptsächlich, die richtigen Bücher zu bringen, die alten Unterlagen zu verstauen und irgendwelche Artefakte hinzuhalten, mit denen die Magier experimentieren müssen.

Da ich stets aufmerksam zuhöre, lerne ich, wie die Kunst der Illusion angewandt wird – natürlich nur rein theoretisch, da ich das nie werde ausprobieren können. Dazu fehlen mir leider die magischen Kräfte – oder überhaupt Kräfte. Doch ich weiß, dass eine Illusion immer nur so lange anhält, wie der Magier Energie in sie investiert. Er kann sie vollkommen kontrollieren und lenken, aber sobald er aufhört Magie zu wirken, löst sie sich auf.

Damit unterscheiden sich Illusionen beträchtlich von Beschwörungen. Letztere sind aus Fleisch und Blut, oder woraus die beschworenen Wesen auch immer bestehen. Die Magie, die dazu nötig ist, muss allerdings meist von mehreren Zauberern gleichzeitig gewirkt werden, da Beschwörungen viel Energie benötigen und gerade Jungmagier noch nicht genügend Kontrolle über ihre Kräfte besitzen, um dies allein zu vollbringen. Dafür verbrauchen die Wesen, wenn sie einmal beschworen sind, keine weitere Energie des Zaubernden – es sei denn, um sie zu lenken, im Zaum zu halten oder wieder verschwinden zu lassen.

Zudem bringe ich in Erfahrung, dass erst mit Aufnahme in den Zirkel, die mit sechzehn Jahren stattfindet, die gesamte Magie, die einem Jungmagier innewohnt, freigesetzt wird. Die Magierlehrlinge verfügen zwar schon vorher über die Fähigkeit, mithilfe ihrer Körperwärme zu zaubern, jedoch sind sie nur zu kleineren Zaubern fähig. Erst durch das Aufnahmeritual mit sechzehn Jahren wird das volle Potenzial eines Magiers deutlich.

Den Jungmagiern – nicht jedoch den Lehrlingen – ist es außerdem gestattet, mit den Menschen außerhalb des Zirkels zu kommunizieren. Der Grund dafür scheint darin zu liegen, dass die Jungmagier irgendwie an den Zirkel gebunden sind. Rana hat mir erläutert, es habe mit den Magierringen und der Aufnahme in den Zirkel zu tun. Dadurch hat jeder Zirkelleiter seine Magier im Blick und spürt, ob er Geheimnisse verrät, den Kodex bricht oder welche Art von Magie außerhalb des Zirkels ausgeübt wird.

Ich stelle mir das anstrengend vor, ständig irgendwelche Informationen von anderen Personen zu erhalten. Aber das gehört vermutlich zum Amt eines Zirkelleiters dazu. Ich bin jedenfalls zum ersten Mal froh, dass ich keinen Magierring besitze und somit der Überwachung von Xenos entgehe.

Dasselbe gilt für Reyvan. Auch an seiner Hand sehe ich keinen Ring, obwohl er dem Luftzirkel zugeordnet wurde. Als ich Rana danach frage, erklärt sie, es liege daran, dass Elfen nicht eine Elementbegabung in dem Sinn haben wie die Menschen, sondern eigene Magie in sich tragen, die sie ähnlich nutzen können wie die menschlichen Magier. Reyvan darf zwar am Unterricht des Luftzirkels teilnehmen, aber er wird nie ganz dazugehören, da er die Aufnahmezeremonie in den Magierzirkel aufgrund seiner Herkunft nicht machen darf.

Da er zudem sowieso verpflichtet ist, für hundert Jahre im Zirkel zu bleiben, hält es Xenos nicht für nötig, ihn zu überwachen. Trotzdem darf er sich als einziger Jungmagier nicht außerhalb des Zirkels bewegen.

Als ich das erfahre, bekomme ich fast etwas Mitleid mit ihm, das ich aber rasch wieder unterdrücke – wie auch alle anderen Gefühle dem Elfen gegenüber.

10

Alia

Nachdem ich sechs Tage lang gearbeitet habe, bekomme ich endlich meinen freien Tag. Ohne den wäre es mir auch nicht möglich, den anstrengenden Dienst durchzuhalten. Ich schlafe zum ersten Mal, seit ich hier bin, so richtig aus, ignoriere die Glocke, die kurz vor halb sechs Uhr läutet, und stehe erst auf, als die Sonne bereits hoch am Himmel steht. Rana hat leider nicht freibekommen, da sie extra für meine Einführung von ihren Aufgaben befreit worden war. Sie muss diesen Tag nun nachholen.

Ich fühle mich ein bisschen schuldig, bringe aber nicht den Mut auf, zu Moero zu gehen, um ihn zu bitten, einige von Ranas Aufgaben übernehmen zu dürfen. Er würde es mir wahrscheinlich sowieso nicht erlauben, schon aus lauter Gemeinheit nicht. Zudem … Je weniger ich mit ihm zu tun haben muss, desto besser.

Also beschließe ich, den Magierzirkel auf eigene Faust zu erkunden. Schließlich werde ich hier den Rest meines Lebens verbringen, da möchte ich schon genauer wissen, was es alles zu sehen gibt.

Ich wage es nicht, meine persönlichen Kleider zu tragen, da ich nicht weiß, ob das überhaupt gestattet ist, und lege daher einen einfachen Umhang über meine Dienerkleidung an.

Der Himmel ist zwar wolkenlos, aber trotz der Sonnenstrahlen ist es noch nicht warm genug, um sich ohne Umhang draußen aufzuhalten.

Die Haube lasse ich jedoch weg, sodass mein Haar offen über meine Schultern fällt. Zudem stecke ich mir den Ring, den ich von meinem Bruder Sen erhalten habe, an den Finger. Bisher hatte ich mich nicht getraut, ihn zu tragen, aus Angst davor, ihn bei meinen Arbeiten zu verlieren. Heute jedoch muss ich weder Wäsche schrubben noch Betten machen. Auch Lias Armband schlinge ich um mein Handgelenk und spüre etwas Trost, als ich mit den Fingern darüberfahre. Wenigstens habe ich jetzt ein kleines Stück meiner Familie bei mir.

Als ich mein Bündel wieder unter dem Bett verstauen will, fällt mein Blick auf die silberne Schatulle, die darin aufblitzt. Ich nehme sie in die Hände und drehe sie hin und her. Als sie sich abermals nicht öffnen lässt, lege ich sie jedoch wieder ins Bündel zurück und lasse das geheimnisvolle Kästchen vorerst geheimnisvolles Kästchen sein. Es bringt nichts, über irgendwelche Rätsel zu grübeln, die sich in naher Zukunft sowieso nicht entschlüsseln lassen. Mir wird wohl nichts anderes übrig bleiben, als bis zu meinem achtzehnten Geburtstag zu warten.

Als ich auf den Innenhof trete, scheint mir die Sommersonne ins Gesicht und ich atme die warme Luft ein, die durch den nahen Wald nach Tannennadeln und Unterholz riecht. Augenblicklich blitzt vor mir Vaters Gesicht auf und es kostet mich viel Überwindung, nicht zu seufzen.

Ich schüttle den Kopf und vertreibe gleichzeitig die Sehnsucht nach zu Hause, dann blicke ich mich um. Als Erstes möchte ich zum Wasserzirkel, da Tascha mir einiges über den See erzählt hat, der dahinter verborgen ist. Ich wende mich also nach links und gehe den schmalen Durchgang zwischen dem Speisesaalgebäude und dem Wasserzirkel entlang. Hier können höchstens zwei Personen, die auch noch sehr schlank sind, nebeneinander gehen und ich fühle Beklemmung in mir aufsteigen, als ich die hohen Wände rechts und links von mir emporsehe. Zum Glück ist der Gang nur etwa sechs Schritt lang.

Auf der anderen Seite erkenne ich die hohe Mauer, die das ganze Areal umschließt, dann fällt mein Blick auf den See, der hinter dem Wasserzirkel liegt. Die Oberfläche reflektiert die Sonnenstrahlen und glitzert geheimnisvoll. Neugierig trete ich ans Ufer und sehe, dass kleine Fische darin fröhlich hin und her schwimmen. Etwas weiter vom Ufer entfernt erkenne ich sogar stromlinienförmige Fische von betörender Schönheit, die in allen Farben schimmern und immer wieder aus dem Wasser hochspringen, um halsbrecherische Kunststücke zu vollführen.

Außer mir befindet sich nur eine Handvoll Menschen hier – die meisten halten sich um diese Zeit beim Mittagessen im Speisesaal auf oder lernen in der Bibliothek für anstehende Prüfungen, wie mir Tascha erzählt hat.

Irgendwie strahlt der See etwas Friedliches aus, sodass ich mich an das Ufer setze und eine Weile den bunten Fischen zusehe. Nach einiger Zeit werde ich des Beobachtens der Fische überdrüssig und bin gespannt darauf, welche Wunder sich hinter dem Erdzirkel verbergen.

Schon als ich näher komme, sehe ich die vielen Bäume und rieche den Duft der Gärten. Sie sind auf fünf Terrassen angelegt, die sich auf einer Art Treppe befinden. Letztere nimmt fast die gesamte Länge des Erdzirkel-Gebäudes ein und besitzt eine Höhe von bestimmt hundert Schritt. Die Pfeiler der Terrassen sind aus Gold und weißem Marmor gefertigt und unter den einzelnen Stufenabsätzen liegen lichtdurchflutete Gänge, die zum Flanieren einladen.

Die Terrassen erreicht man über eine breite Marmortreppe, die mitten durch sie hindurch bis ganz nach oben führt. Ich staune über dieses architektonische Wunder und gehe langsam die Stufen nach oben. Außer mir gibt es hier ebenfalls nur wenige Menschen – inzwischen ist Nachmittag und viele sind wohl beim Unterricht, da mein freier Tag auf einen normalen Wochentag gefallen ist.

Mit jeder Terrasse steigt meine Bewunderung, denn überall befinden sich fremdartige Blumen, Sträucher und Bäume. Ich erblicke alle möglichen Arten, Größen und Formen, die sorgsam gepflegt sind. Und dieser Duft, der mich umgibt … So etwas Schönes habe ich noch nie erlebt. In Lormir wachsen normalerweise nur Steppengräser und kleine Büsche, wenn nicht gerade alles von einer Schneeschicht bedeckt ist.

Ich gehe staunend weiter. Dort sehe ich violette Blüten an mächtigen, hellgrünen Bäumen, die wie Perlen an deren Ästen wachsen. Da drüben gibt es eine weite Wiese mit saftigem Gras und Tausenden von weißen Blumen, die einen trichterförmigen Kopf haben, den sie der Sonne entgegenstrecken.

Auf einer anderen Terrasse wachsen Hunderte von Rosen in allen verschiedenen Farben. Sie duften betörend. Viele dieser Pflanzen werden wohl über Heil- oder andere magische Kräfte verfügen, die mir nicht bekannt sind.

Kleine Vögel schwirren zwischen Bäumen mit dicken Stämmen herum, die wirken, als stünden sie schon Jahrhunderte hier. Die Luft ist erfüllt vom Surren der Insekten und den unterschiedlichen Gerüchen der Pflanzen.

Fasziniert schaue ich Bienen zu, die den Nektar von rotweißen, sternenförmigen Blüten sorgsam aufsaugen und wegfliegen, um sie in ihr Versteck zu bringen. Dazwischen erkenne ich Spinnen und Käfer, die emsig ihren Aufgaben nachgehen.

Es ist wunderschön hier, so friedlich, als ob man sich in einer anderen Welt befände. Für einen Moment vergesse ich sogar, dass ich nun eine Dienerin bin.

Ich schlendere auf der obersten Terrasse entlang, die von überhängenden Bäumen und Lianen eingenommen wird und wo sich außer mir keine Menschenseele aufhält. Die Luft hier ist feucht und mild. Ich habe in der Schule gelernt, dass es weit im Süden dicht bewachsene Wälder gibt, die ›Dschungel‹ genannt werden. Genau wie diesen kleinen Wald hier hab ich mir diesen Dschungel immer vorgestellt.

Von hier oben kann man sogar über die hohe Mauer, die den Magierzirkel umgibt, sehen. Der Ausblick ist atemberaubend. Weit erstrecken sich die Steppen, die vor dem Zirkel liegen. Ich kneife die Augen zusammen und erkenne den Weg, auf dem ich mit meinem Vater her geritten bin. Weit hinten am Horizont glaube ich, die Dächer und Mauern der Stadt Lormir zu sehen.

Rechts von mir sind die Ausläufer des dichten Waldes, der das Ziel meines Vaters und seiner Jagdtruppe war. Bestimmt ist er längst zurück in der Stadt. Trotzdem gibt es mir ein bisschen Trost, dass er ab und zu in diesem Wald dort sein wird.

Ich bin derart in Gedanken und der Magie dieser Gärten versunken, dass ich nicht merke, wie sich jemand hinter mir anschleicht.

»Es ist schön hier, oder?«

Die Stimme kenne ich nur zu gut. Mir gleitet unvermittelt ein Schauer über den Rücken und ich drehe mich um.

Er trägt heute keinen schwarzen Umhang, sondern eine leichte schwarze Hose sowie ein dunkelblaues Hemd, das die Farbe seiner Augen unterstreicht. Sein blondes Haar glänzt im Sonnenlicht. Wieder einmal bin ich von seiner Erscheinung beeindruckt – und ja, auch ein wenig verunsichert. Wir sind hier oben ganz allein, nur der Elf und ich. Mir fällt wieder ein, wie nahe er mir nach dem Unterricht im Luftzirkel gekommen ist, und mein Herz beginnt etwas schneller zu schlagen. Ob vor Aufregung oder Beklemmung, kann ich nicht feststellen.

Reyvan mustert mich für die Dauer einiger Lidschläge und setzt sich dann kurzerhand ins hohe Gras, ehe er mit der Hand neben sich klopft. »Komm, setz dich, hübsches Mädchen.« Er lächelt mit einem Blick, der mir durch Mark und Bein geht.

Als ich zögere, wendet er sich ab und reißt einen langen Grashalm aus, um darauf herumzukauen. Es macht ganz den Anschein, als wartete er geduldig, bis ich mich entschieden habe.

Da ich nicht weiß, was ich sonst tun soll, lasse ich mich schließlich so elegant, wie es mir in meiner Dienerkleidung eben möglich ist, neben ihm nieder.

»Ich bin gerne hier. Es erinnert mich an zu Hause.« Reyvan wirft den Halm mit einer geschmeidigen Bewegung einige Fuß weit fort und dreht sein Gesicht in meine Richtung. Wieder betrachtet er mich mit diesem eindringlichen Blick, der mir eine Gänsehaut beschert, und ich spüre, dass er auf eine Antwort von mir wartet.

Dass er sein Zuhause erwähnt, lässt mich zwar aufhorchen, aber ich bin nicht sicher, was er von mir hören möchte. Gerne würde ich etwas über die geheimnisvollen Elfenstädte erfahren, also atme ich tief durch und suche nach den richtigen Worten. Dann kommt mir in den Sinn, dass er es vielleicht unanständig finden könnte, wenn ich ihn so direkt nach seinem Volk frage. Jeder weiß, dass die Elfen ihre Geheimnisse mehr hüten als die Drachen ihre Berge. Zudem bin ich nur eine Dienerin … er ist ein Jungmagier …

Ich starre ihn wohl ziemlich dämlich an, während ich auf der Innenseite meiner Wange herumkaue.

Ein schiefes Grinsen erscheint auf seinem Gesicht, das seine Augen funkeln lässt. »Du bist nicht gerade gesprächig, was?«

Ich senke ertappt den Blick. »Nun ja, ich hab nicht so viel Erfahrung darin, mit einem Elfen zu sprechen«, gebe ich zu.

Reyvan legt den Kopf in den Nacken und ein leises Lachen entweicht seiner Kehle. Als ich ihn wieder ansehe, habe ich einen atemberaubenden Ausblick auf sein makelloses Profil.

»So siehst du mich also?«, fragt er schmunzelnd. »Als Elfen und nicht als normalen Gesprächspartner? Du bist vielleicht doch oberflächlicher, als ich gedacht habe.« Er klingt zwar belustigt, aber die Worte treffen mich trotzdem und mein Herzschlag stolpert.

Wieso bin ich in seiner Gegenwart nur so befangen? Es liegt nicht nur daran, dass er ein Elf ist … ich bin es grundsätzlich nicht gewohnt, mit einem Jungen zu sprechen – aber es kann doch nicht viel schwerer sein, als mit einem Mädchen, oder? Ärger steigt in mir hoch. Ärger über mich selbst.

Wahrscheinlich klingt meine Stimme daher etwas schärfer, als ich ihm antworte. »Vielleicht solltet Ihr meine Gedanken lesen, dann seht Ihr, wie ich das gemeint habe.«

Das scheint ihn jedoch weder zu beeindrucken noch zu irritieren. Er wendet sich mir wieder zu und legt den Kopf schief. »Mmm, eine verführerische Vorstellung.« Als wollte er tatsächlich meine Gedanken lesen, hebt er die Hand, lässt sie jedoch ein paar Fingerbreit vor meinem Kopf in der Luft schweben. Er verengt die Augen und verzieht die Lippen wieder zu einem einnehmenden Lächeln, gegen das ich leider nicht gefeit bin. »Aber nein, das wäre zu einfach. Ich möchte es lieber von dir selbst erfahren. Und ich hatte dir schon gesagt, sprich mich nicht mit dieser Förmlichkeit an.«

Als seine Hand nun doch meinen Kopf berührt, zucke ich zusammen, aber er streicht mir bloß eine Haarsträhne, die sich einen Weg zu meiner Wange erkämpft hat, hinter das Ohr zurück. Leider kribbelt mein verräterischer Bauch, als seine Finger dabei sanft über meine Haut fahren, doch ich habe mich rasch wieder unter Kontrolle.

Statt seiner Musterung auszuweichen, nehme ich all meinen Mut zusammen und sehe ihm direkt in die Augen. »Warum seid … bist du so? Warum sprichst du mit mir und im nächsten Moment lässt du mich links liegen?« Die Worte sprudeln aus mir heraus, ehe ich darüber nachdenken konnte.

Reyvans Lächeln versiegt wie Regentropfen in trockener Erde und er runzelt die Stirn, während er mich ein paar Augenblicke stumm ansieht. »Ich spiele nicht mit dir, falls du das meinen solltest.« Seine Stimme klingt ruhig, aber nachdrücklich. »Zudem habe ich es nicht nötig, dich anzulügen, um dich von mir zu überzeugen. Ich habe dir gesagt, dass ich dich faszinierend finde, und das stimmt auch. Ich würde gern mehr über dich erfahren, denn ich sehe da etwas in dir, das du anscheinend selbst noch nicht wahrgenommen hast ... doch ich muss darauf achten, mit wem ich mich in der Öffentlichkeit unterhalte.«

Er verstummt und sein Blick wird schärfer. Ich vermeine sogar, eine Spur Wut in seinen dunkelblauen Augen zu erkennen. Wut, die nicht mir gilt ... wem dann?

»Ich werde beobachtet und jeder meiner Schritte wird überwacht – nun ja ... fast jeder.« Ein schelmisches Funkeln vertreibt die Ernsthaftigkeit, die gerade noch in seinen Augen herrschte. »Wenngleich ich keinen Ring am Finger trage wie die anderen – oder wie du – so werde ich doch beobachtet ...« Er hält inne und sein Blick bleibt an meiner Hand hängen. »Dieser Ring, den du heute trägst, ist allerdings sehr schön, auch wenn er keine Runen besitzt.«

Er streckt die Hand aus und ergreift die meine. Ich will sie ihm entziehen, doch Reyvans Berührung ist auf eine seltsame Weise bereits vertraut, obwohl wir uns erst so kurze Zeit kennen.

Mein Herz legt einen kleinen Salto hin, als er mit seinen schlanken Fingern über Sens Ring streicht, ihn bewundernd dreht und betrachtet. Obwohl seine Aufmerksamkeit dem Schmuckstück gilt, spüre ich, dass er wie beiläufig mit dem Daumen meine Handfläche streichelt.

Nach einer Weile spricht er weiter und seine Stimme klingt vollkommen anders als vorhin. Verbittert. Verärgert. Verzweifelt. Irgendwie alles zusammen, was einen rauen Unterton erzeugt. »Diese verdammten Magier liegen wie Jäger auf der Lauer, die darauf warten, dass ich einen Fehler mache. Ein falscher Schritt, eine verdächtige Geste, und es ist aus mit dem Frieden zwischen meinem Volk und den Magiern. Und meine Zeit, die ich hier verbracht habe, wäre sinnlos verschwendet.«

Dass er mit einem Mal so freimütig mit mir spricht, überrascht mich. Gleichzeitig fühle ich Mitleid mit ihm, denn mir war nicht bewusst, dass er solch eine Bürde trägt. Ich hatte gedacht, dass er einfach hier im Zirkel seine hundert Jahre absitzen muss und dann wieder frei ist.

»Wäre es denn ein Verbrechen, in der Öffentlichkeit mit einer … Dienerin zu sprechen?«, frage ich, durch seine Offenheit ermutigt.

»Hm, nicht gerade ein Verbrechen«, meint er und seine Finger spielen nun mit Lias Armband, das er um mein Handgelenk hin und her dreht. »Aber es wäre verdächtig.« Er hebt entschuldigend den Blick, als er merkt, dass ich mich unter seinen Worten verkrampfe. »Ich meine, ihr Diener habt in jeden Raum des Zirkels Zugang – mit Ausnahme von Xenos' Gemächern vielleicht. Ich könnte von euch Informationen bekommen, die dem Zirkel schaden und gleichzeitig meinem Volk nützen.«

So hatte ich das noch nie gesehen. Wir Diener als Spione? Welch absurde Vorstellung.

»Ich glaube nicht«, entgegne ich, »dass wir euch nützliche Informationen liefern könnten. Wir haben ja kaum Zeit, unsere eigenen Aufgaben zu erledigen. Wie sollen wir da noch irgendwelche Schubladen oder Schränke durchwühlen? Zudem kennst du Moero nicht, er lässt jeden Diener auspeitschen, der unter Verdacht steht, dass er etwas geklaut haben könnte. Das würde keiner von uns freiwillig auf sich nehmen.«

Reyvan bedenkt mich mit einem langen, undurchsichtigen Blick und seine Finger halten inne. »Doch, ich kenne Moero«, erwidert er schließlich. »Sehr gut sogar.«

Seine Hände halten meine nun so fest, dass es beinahe wehtut. Reyvans Gesicht spiegelt widersprüchliche Gefühle wider, als ringe er mit sich selbst.

Schließlich, als hätte er sich für etwas entschieden, drückt er den Rücken durch, lockert seine Finger um meine und schaut mich direkt an. »Als ich hier angekommen bin, war ich ebenfalls ein Diener, so wie du, Alia.«

Diese Neuigkeit macht mich sprachlos.

Reyvan, ein Diener? Wie kann das zusammenpassen? Er ist doch ein Elf. Seit wann haben Magier Elfen als Diener?

Mein Gesicht muss ein offenes Buch für ihn sein, denn er fährt fort: »Es war keine schöne Zeit, das kannst du mir glauben. Ich wurde von Moero nicht gerade mit Samthandschuhen angefasst und habe natürlich nur die harten Aufgaben erhalten. Ich war wochenlang in der Wäscherei, musste Holz hacken, Fliesen putzen … alles Arbeiten, bei denen ich keine Geheimnisse des Zirkels erfahren konnte.« Bei der Erinnerung daran verzieht er den Mund, als hätte er in einen sauren Apfel gebissen. »Da ich stark bin und mein Körper weniger Schlaf braucht als der von Menschen, habe ich fast Tag und Nacht arbeiten müssen. Aber auch Elfen sind irgendwann erschöpft. Ich habe Moero gehasst, verflucht und mir gewünscht, die hundert Jahre wären möglichst bald vorbei. Hundert Jahre sind zwar für einen Elfen verhältnismäßig nicht lange, trotzdem – mir kamen die ersten Jahrzehnte vor wie eine Ewigkeit. Ein Elf als Diener … das lässt in der Tat viel Raum für Verdächtigungen und Anklagen.«

Er hält inne und ich bemerke zum ersten Mal, dass neben der Wut auch ein alter Schmerz in seinen Augen liegt. Meine Brust fühlt sich plötzlich eng an, als mir ein schrecklicher Verdacht kommt.

»Was hat er dir angetan, Reyvan?« Meine Worte sind mehr ein Hauchen als ein Flüstern.

Trotzdem versteht er sie und die Wut in seinem Blick gewinnt die Oberhand. Dann lässt er meine Hand los, hebt wortlos sein

Hemd an und dreht mir den Rücken zu. Was ich dort entdecke, schnürt mir die Luft ab und etwas Eiskaltes legt sich wie eine Schlinge um mein Herz.

Sein Rücken ist übersät mit unzähligen rötlichen Striemen.

Unwillkürlich hebe ich den Arm und streiche vorsichtig über die wulstigen Narben, die sich kreuz und quer über seine Haut ziehen.

Wie kann man jemandem so etwas Grausames antun?

Bei meiner Berührung zuckt er zusammen, als hätte ich ihn geschlagen, und zieht das Hemd rasch wieder herunter.

»Das tut mir so leid«, ist alles, was mir über die Lippen kommt.

Ich bin vollkommen überfordert mit dieser Situation.

Wie kann Moero nur so entsetzlich böse sein? Seinen Narben nach zu urteilen, muss Reyvan unzählige Strafen erhalten haben – und er wurde bestimmt jedes einzelne Mal unschuldig angeklagt. Ich kann mir weder vorstellen, dass er etwas geklaut, noch, dass er sich mit zwielichtigen Handlungen verdächtig gemacht haben könnte. Das sagt mir einfach mein Bauchgefühl …

Der Elf wendet sich mir wieder zu. Seine Miene ist versteinert, aber in seinen Augen glüht ein alter Hass. »Ich verstehe euch Diener wohl besser als jeder andere hier.«

Ich bin beschämt, dass ich bisher so eine geringe Meinung von ihm hatte. Hätte ich gewusst, was er durchmachen musste, hätte ich ihn bestimmt von Anfang an mit ganz anderen Augen betrachtet.

»Wie …«, beginne ich. Ich weiß nicht, wie ich meine Frage formulieren soll.

»… bin ich Moero schlussendlich entkommen?«, beendet Reyvan meinen Satz.

Ich nicke.

»Tja, Alia, was macht jemand wie ich, um seine Haut im wahrsten Sinn des Wortes zu retten?« Ein bitterer Zug spielt um seine Mundwinkel.

Ich kann mir beim besten Willen nicht vorstellen, wie er zum Jungmagier aufsteigen konnte.

Reyvan erlöst mich von meinen Grübeleien. »Ich habe ganz einfach gezaubert.«

Als ich ihn verwirrt anschaue, kehrt ein leichtes Grinsen auf sein Gesicht zurück und er lässt die Finger durch ein paar Grashalme gleiten, die wie durch Zauberhand feuerrot werden.

Ich starre gebannt auf die Magie, die er mir gerade zeigt, und als ich den Blick hebe, ist sein Lächeln breiter geworden. Anscheinend hat er die schmerzhaften Gedanken an die bestialische Behandlung durch Moero wieder in den hintersten Winkel seines Bewusstseins verdrängt.

»Damit begonnen habe ich bei meiner Assistenz im Luftzirkel, die du ja auch schon machen durftest.« Bei diesen Worten wirft er mir einen vielsagenden Blick zu, der meine Wangen etwas wärmer werden lässt. »Dort habe ich heimlich Illusionen erschaffen und den Unterricht etwas … nun, sagen wir mal … spannender gestaltet. Es dauerte nicht lange, da haben die Lehrer gemerkt, dass selbst *sie* noch von mir lernen können.« Bei der Erinnerung daran funkeln seine Augen spitzbübisch.

Ich kann mir vorstellen, dass er mit Freuden den Lehrern einen Streich um den anderen gespielt hat, bis sie ihm auf die Schliche gekommen sind, und muss ebenfalls lächeln.

»Selbstverständlich wollten sie wissen, wie ich sie reingelegt habe«, fährt Reyvan fort. »Nur habe ich es ihnen nicht verraten. Tja, und es ist ihnen verboten, meine Gedanken zu lesen – das wurde von den Elfen so gefordert, ehe sie mich hierhergeschickt haben. Damit sollen die Geheimnisse meines Volkes bewahrt werden.« Er macht eine theatralische Geste, die mich erahnen lässt, dass er das Ganze für übertrieben hält. »Also haben die Lehrer Xenos gebeten, mich stattdessen als Jungmagier im Unterricht aufnehmen zu dürfen. Da Xenos stets auf seinen eigenen Vorteil bedacht ist und sich wohl erhoffte, auf diese Weise einige der Wunder der Elfen kennenzulernen, hat er dem Antrag zugestimmt.«

»Wieso hat Xenos dich denn nicht direkt als Jungmagier aufgenommen?«, frage ich.

Reyvan stößt ein leises Grunzen aus. »Muss ich dir im Ernst erklären, wieso es Xenos Freude bereiten könnte, einen Elfen als Diener zu sehen?« Er schnaubt und fährt dann mit seiner Erzählung fort. »Ich wurde also in die Gemächer der Jungmagier verlegt. Tja, und damit endet die Geschichte. Ich bin jetzt einer von ihnen, auch wenn ich in Wirklichkeit nie dazugehören werde.«

So ähnlich hatte es auch Rana formuliert. Mir war aber die tiefere Bedeutung ihrer Worte nicht klar gewesen.

Ich muss ein ziemlich komisches Gesicht machen, denn er lacht herzhaft und ist wieder der gut aussehende, charmante Elf mit dem leicht überheblichen Ausdruck in den Augen und dem gewinnenden Grinsen.

»Ach, Alia, wenn du mich mit deinen Rehaugen weiter so ansiehst, vergesse ich mich noch.« Er schmunzelt und beugt sich zu mir herüber.

Ich zucke zurück und versuche erfolglos, meine Gesichtszüge wieder unter Kontrolle zu bringen. »Ich ...« Leider bringe ich nur ein Stammeln zustande.

Aber Reyvan steht nun mit einer flüssigen Bewegung auf und ergreift meine Hand, an der er mich auf die Beine zieht. »So, genug von den alten Geschichten. Der Tag ist zu schön für derart ernste Gespräche. Zudem sollten wir die Zeit im Auge behalten – die Sonne wird nicht mehr lange scheinen und dann wird es kalt hier oben.« Er grinst noch breiter und lässt den Blick an meinem Körper entlanggleiten. »Und ich glaube nicht, dass du schon bereit dafür bist, dich von mir … wärmen zu lassen.«

Ehe ich ihm weiter stotternd antworten, wegschauen oder rot werden kann, setzt er sich in Bewegung – während er meine Hand immer noch festhält. Also stolpere ich ihm hinterher.

»Komm, ich zeige dir die Wunder des Luftzirkels«, ruft er mir über die Schulter zu und führt mich die Marmortreppe hinunter.

11

Alia

Immer darauf bedacht, Beobachtern auszuweichen, geht Reyvan zu dem Anbau des Luftzirkels. Wenigstens gibt er meine Hand wieder frei, was mich etwas unbefangener werden lässt. Wir begegnen jedoch keiner Menschenseele. Anscheinend wird dieser Bereich des Magierzirkels nicht so oft aufgesucht wie die Gärten oder der See.

Als wir den Anbau betreten, verstehe ich nicht, warum sich hier niemand aufhält.

Der Raum ist riesengroß und fast noch beeindruckender als die Gärten. Anstelle eines normalen Bodens treten meine Füße auf weiche Wolken, die den gesamten Raum einnehmen. Sie leuchten in Weiß und Hellblau und befinden sich unter, neben und über uns, rund um uns herum.

Als ich durch eine Wolke hindurchgehe, bleiben feine Wasserperlen auf meinen Kleidern, Haaren und der Haut zurück, als hätte mich eine Nymphe geküsst.

Ohne darüber nachzudenken, drehe ich mich mit ausgebreiteten Armen im Kreis und wirble dabei mehrere kleine Wolken auf.

Reyvan beobachtet mich lächelnd und mit vor der Brust verschränkten Armen. »Das gefällt dir, oder?«, meint er überflüssigerweise.

»Es ist im wahrsten Sinn des Wortes himmlisch.« Ich drehe lachend eine weitere Pirouette. »Wie ist das möglich, dass die Wolken hier drin bleiben?«

»Das ist Magie«, erwidert Reyvan geheimnisvoll. »Komm, ich zeig dir etwas.«

Er umgeht einige größere Wolken und wendet sich zielstrebig zu einer kleinen Bank, die sich am Rande des Raumes befindet.

Mit einem Lächeln setzt er sich und streckt die Hand nach mir aus. Ich lasse mich neben ihn ziehen und mir entfährt ein erstaunter Laut, als ich mich umblicke. Es mutet fast an, als säßen wir mitten im Himmel.

»Das ist mein zweiter Lieblingsort«, murmelt Reyvan.

Ich muss ihm zustimmen, dieser Platz ist fast genauso schön wie die Gärten. Fasziniert beobachte ich einige Wolken, die langsam von links nach rechts schweben und sich einer anderen Gruppe anschließen, mit ihnen verschmelzen und eine größere Wolke bilden.

Ohne dass ich es bewusst wahrnehme, rückt Reyvan näher zu mir und legt einen Arm um meine Schultern. Von dieser plötzlichen Berührung werde ich aus meiner Verzauberung gerissen und rutsche etwas von ihm weg.

»Hier warst du wohl schon öfter mit einem Mädchen, oder?«, bemerke ich mit vielsagendem Blick.

Reyvan verengt die Augen. »Obwohl du mir wahrscheinlich nicht glauben wirst, aber nein.«

Irre ich mich oder wirkt er gerade etwas eingeschnappt? Ich sehe ihn prüfend an, aber der Moment ist vorüber und seine Augen beginnen wieder zu funkeln, als würden Sonnenstrahlen über eine Wasserfläche tanzen.

»Die meisten Magierinnen machen sich nichts aus diesen Wundern«, fährt er fort. »Sie schauen sie nicht so an wie wir – wie du und ich. Für sie gehört es einfach zum magischen Zirkel und ist selbstverständlich.« Er zögert einen Augenblick. »Und ... mit einer Dienerin war ich noch nie zusammen.« Er sieht mich nicht länger an, sondern irgendeinen Punkt hinter mir.

Ich mustere sein Gesicht, das so nahe vor meinem ist. Auch wenn er mir heute einiges über sich erzählt hat, traue ich ihm nicht gänzlich. Warum sollte er sich mit mir abgeben? Er könnte jede haben. Jede Magierin. Warum ausgerechnet eine Bedienstete? Ich muss an Taschas Worte denken, die mir ebenfalls gesagt hat, dass er noch nie mit einer Dienerin zusammen war. Warum gerade jetzt? Warum ich?

Es gibt nur eine Antwort: Er spielt mit mir. Wahrscheinlich wurde es ihm in den letzten Jahrzehnten zu langweilig, immer mit Magierinnen zusammen zu sein – jetzt sucht er Abwechslung. Aber da hat er sich an die falsche Dienerin gewandt.

»Du hast recht. Ich glaube dir nicht.« Damit stehe ich auf und lasse den verdatterten Elfen sitzen. So rasch wie möglich verlasse ich den Raum. Zum Glück verirre ich mich nicht zwischen den Wolken und finde schnell den Ausgang.

Am Morgen bin ich wieder für den Dienst im Speisesaal eingeteilt. Nachdem ich gestern Reyvan einfach sitzen gelassen habe, begleitet mich ein mulmiges Gefühl, als ich die Tische decke und helfe, das Essen vorzubereiten. Gestern fand ich es noch unglaublich mutig von mir, ihm ins Gesicht zu sagen, was ich denke. Dann habe ich die halbe Nacht über ihn und seine Worte nachgedacht und inzwischen bin ich mir nicht sicher, ob ich ihm vielleicht doch unrecht getan habe.

Warum muss ich ausgerechnet jetzt einem gut aussehenden Elfen über den Weg laufen? Jetzt, da ich keinerlei Zeit und vor allem nicht die Nerven habe, mich mit diesen Gedanken auseinanderzusetzen? Ich habe ganz andere Sorgen – und dieser Elf sollte mir gleichgültig sein. Ist er aber leider nicht … Sobald er lächelt, bin ich wie verzaubert. Seine anzüglichen Bemerkungen lassen Schmetterlinge in meinem Bauch tanzen, da noch nie jemand auf diese Art mit mir gesprochen hat.

Ja, ich bin zu dem Schluss gekommen, dass ich mich auf seltsame Weise wohlfühle, wenn Reyvan mit mir spricht. Und ich wünschte mir so sehr, dass er wirklich etwas in mir sähe, was ich selbst nicht tue … dennoch habe ich Angst davor, mit ihm zu sprechen

Es ist zum Verrücktwerden.

Als die ersten Magier in den Speisesaal eintreten, versuche ich daher, so gut es geht, unauffällig im Hintergrund zu bleiben.

Es dauert nicht lange, da betreten Reyvan und seine Freunde den Saal. Schon als ich ihn entdecke, beginnt mein Herz sich wie ein junges Fohlen zu benehmen, das zum ersten Mal auf die Weide darf – und ich habe keinerlei Möglichkeiten, es zu bändigen.

Warum ist da dieses Kribbeln in meinem Bauch, während er sich umschaut, als suchte er jemanden? Warum hoffe ich, dass ich es bin, die seine Augen zum Leuchten bringt?

Und dennoch würde ich am liebsten im Erdboden versinken und weiß nicht, wie ich mich ihm gegenüber verhalten soll. Zu allem Überfluss habe ich auch noch am Tisch neben ihm Dienst und werde nahe an ihm vorbeigehen müssen.

Immer noch mit einem wild hüpfenden Fohlen in der Brust serviere ich die Teller und bemühe mich, möglichst nicht zu ihm hinüberzusehen. Was mir natürlich kläglich misslingt. Er mustert mich so eindringlich, dass ich seine Blicke förmlich an meinem ganzen Körper spüre.

Als ich es dann doch wage, kurz zu ihm zu schauen, hebt er amüsiert die Augenbrauen. Glücklicherweise sagt er nichts, sondern wendet sich seinem Essen zu, das ihm gerade von

Tascha serviert wird. Diese strahlt ihn an und wird so rot wie eine Tomate, als er sich bei ihr bedankt.

Ich bin froh über die Ablenkung und gehe rasch zu meinem Platz an der Wand zurück, wo ich warte, bis die Magier mit dem Essen fertig sind. Immer wieder bemerke ich, wie Reyvan den Kopf zu mir dreht und mich mit seinen Augen fixiert.

Aber ich widerstehe dem Drang, unter einem Vorwand zu ihm zu gehen und mich zu entschuldigen. Außerdem sitzt Taros ihm gegenüber und ich verspüre keinerlei Bedürfnis, mich weiterer Verspottung auszusetzen.

Als ich endlich abräumen kann, bin ich erleichtert zu sehen, dass Reyvan früher aufbricht als seine Kameraden. Ich erledige rasch den Abwasch mit den anderen Dienern und gehe dann mit Rana zusammen zu den Quartieren der Lehrlinge, um diese aufzuräumen.

Beim Mittagessen erhasche ich nur flüchtig einen Blick auf den Elfen, da ich an einem Tisch weiter entfernt von ihm servieren muss. Das ist mir mehr als recht.

Als ich erschöpft den Speisesaal verlasse, ist es bereits Mitternacht. Morgen wird wieder ein anstrengender Tag und trotz der Tatsache, dass ich gestern freihatte, fühle ich mich schon wieder energielos. Müde schlurfe ich zu den Treppen, die zu den Dienerquartieren hinunterführen. Rana und Tascha sind früher gegangen, da sie nicht zum Abwasch eingeteilt waren.

Als ich die erste Stufe erreiche, vermeine ich, im Dunkeln eine Bewegung zu erspähen, und halte inne. Ich kneife die Augen zusammen, um besser sehen zu können.

Nein, da ist nichts, ich muss mich getäuscht haben.

Es könnte sich auch um eine Ratte gehandelt haben – Rana hat mir erzählt, dass es hier im Zirkel einige davon gibt – nichts Gefährliches also. Daher wende ich mich ab und gehe die erste Treppe hinunter. Eine weitere führt zu einem langen Gang, wo sich unsere Quartiere befinden. Die Stufen sind nur schwach von Fackellicht beleuchtet und ich muss mich konzentrieren, um nicht zu stolpern.

Mit einem Mal legt sich eine Hand auf meine Schulter und ich fahre zusammen. Zum Glück beherrsche ich mich und schlucke den Schrei, der mir auf der Zunge liegt, herunter. Als ich herumwirble, setzt mein Herz für einen Schlag aus.

Vor mir, im Halbdunkel, erkenne ich die Umrisse von Reyvan. Er steht eine Stufe über mir, hält immer noch meine Schulter fest und neigt nun den Kopf etwas zu mir herunter. Der Körper des Elfen wird vom Fackellicht leicht erhellt. Seine Augen scheinen zu glühen und ein amüsiertes Schmunzeln spielt um seine Lippen.

»So schreckhaft, hübsches Mädchen?«

Er überwindet anmutig die Distanz zwischen uns.

Ich weiß nicht, was ich tun oder sagen soll. Mit aller Macht kommt das schlechte Gewissen über mich, das mich daran erinnert, ihn einfach in diesem Wolkenraum sitzen gelassen zu haben. Obendrein noch mit einer flapsigen Bemerkung. So bin ich normalerweise nicht … das liegt alles nur daran, dass ich mich in die Enge getrieben fühlte.

Ich kann nur hoffen, dass er mir das nicht übel nimmt. Es ist Magiern ja nicht verboten, ihre Zauber gegen die Dienerschaft zu richten …

»Und schon wieder verstummt, wie schade. Wo wir uns doch gestern so gut unterhalten haben.« Er kommt noch näher und sein Atem streift mein Gesicht.

Bevor ich reagieren kann, überwindet er die letzte Distanz und seine Lippen streifen meine Wange.

»Hmm, wie ich vermutet hatte, wundervoll, deine Haut zu küssen«, murmelt er und ich spüre ein Kribbeln in meinem Magen. »Du riechst nach Sandelholz und Honig … ein verfänglicher Duft, das weißt du, oder?«

Ich schüttle den Kopf und starre ihn an, da ich keine Ahnung habe, was ich darauf erwidern soll. Noch nie hat ein Junge so mit mir gesprochen. Noch nie hat mich jemand, außer meine Familie, auf die Wange geküsst. Noch nie habe ich mich so komisch gefühlt. Hin- und hergerissen zwischen Aufregung, Panik und Faszination.

Meine Wange brennt dort, wo seine Lippen mich berührt haben. Beim halbherzigen Versuch, mich aus seinem Griff zu befreien, scheitere ich, denn er hält mich nur umso fester. Ich könnte um Hilfe rufen, aber etwas in mir sehnt sich regelrecht danach, ihm nahe zu sein. Ich will mich nicht von ihm lösen, will nicht, dass er mich loslässt. Etwas wünscht sich genau das hier. Und dieses Etwas würde ich im Moment am liebsten in den tiefsten Brunnen werfen, den es gibt. Denn es mag auch Reyvans Berührung und sein Lächeln – lässt sich von ihm umgarnen und würde ihm am liebsten um den Hals fallen, um seine Nähe noch intensiver zu spüren.

Der Elf sieht mir nun direkt in die Augen und macht es mir damit unmöglich, den Blick von ihm abzuwenden. »Warum bist du gestern gegangen?« Er betrachtet mich forschend und sein Lächeln wird etwas schwächer. Dennoch blitzt in seinen Augen der Schalk auf. »Das hat mich enttäuscht, muss ich zugeben. Noch nie hat mich ein Mädchen einfach sitzen lassen. Was dich umso interessanter für mich macht.« Er verlagert sein Gewicht und legt eine Hand an meine Taille.

»Ich ...« Verlegen senke ich den Blick und suche nach Worten.

»Ja? Du ...« Er streicht über meine Hüfte und verscheucht damit jegliche Bemühung meinerseits, einen klaren Kopf zu behalten.

»Bitte, hör auf damit.« Ich hasse mich dafür, dass meine Stimme beinahe flehend klingt.

»Warum soll ich mit etwas aufhören, das dir ganz offensichtlich gefällt?« Sein Lächeln wird noch einnehmender. »Alia, warum sträubst du dich gegen mich? Ich könnte dir so viel zeigen. So viel geben, dich so viel lehren. Und glaub mir, du würdest keine Sekunde davon bereuen. Keine einzige …«

Er neigt den Kopf abermals zu mir und ehe ich einem weiteren Kuss ausweichen kann, spüre ich seine Lippen wieder auf meinem Gesicht. Als wäre es ein Versehen, streifen sie dieses Mal meinen Mundwinkel und ich erschaudere, da er leider recht hat. Es gefällt mir, was er sagt und wie er mich berührt. Gleichzeitig überfordert es mich maßlos. *Er* überfordert mich.

»Siehst du?« Eine Spur von Triumph schwingt in seiner Stimme mit. »Dein Körper mag es auch.«

»Bitte … hör auf, mit mir zu spielen«, flüstere ich.

»Aber das tue ich doch gar nicht.« Er weicht etwas von mir zurück und schüttelt lächelnd den Kopf. »Du hörst mir einfach nicht richtig zu. Ich spiele nicht mit dir. Ich meine es ernst.«

»Wenn es dir tatsächlich ernst ist … dann lass mich jetzt bitte gehen. Und halte dich in Zukunft von mir fern.« Ich entwinde mich endlich seinem Griff und fliehe buchstäblich die Treppe hinunter in das Labyrinth der Dienerquartiere.

Hinter mir vernehme ich Reyvans leises Lachen – und hasse meinen Körper dafür, dass er am liebsten zu ihm zurückkehren und nochmals seine Umarmung spüren möchte.

12

Reyvan

Ich sehe ihr hinterher, bis ihre Silhouette von der Dunkelheit verschluckt wird, und grinse in mich hinein. Zugegeben, es bereitet mir Vergnügen, sie zu verwirren. Und auch, ihr nahe zu sein. Mein Körper springt ebenso stark auf sie an wie sie auf mich …

Noch nie hatte ich diese Gefühle bei einer Menschenfrau – dieses Herzklopfen, wenn sie vor mir steht, die Sehnsucht danach, sie zu berühren, sie an mich zu ziehen. Wenn sie wüsste, was ich ihr alles zeigen kann, läge sie bereits in dieser Nacht in meinem Bett. Aber sie scheint keine Ahnung davon zu haben, wie es sich anfühlt, geküsst zu werden. Geliebt zu werden.

Geliebt?

Keine Ahnung, ob ich gerade zum ersten Mal dabei bin, mich in ein Mädchen zu verknallen – mein Onkel hat mir immer schon vorgehalten, dass ich zu leidenschaftlich und impulsiv sei. Bisher war es mir jedoch nie von Nachteil gewesen, meinem Herzen zu folgen und zu reden, bevor ich denke.

Ist das bei Alia genauso? Oder sollte ich mich bei ihr zurückhalten?

Wahrscheinlich wäre es besser für sie und mich, wenn ich das täte. Doch da ist dieser Drang, bei ihr zu sein. Ihr all das zu zeigen, was sie in ihrem bisherigen Leben nicht an sich herangelassen hat. Ob es der reine Wunsch nach körperlicher Nähe ist, kann ich nicht ausmachen. Womöglich wird das Verlangen auch weniger stark, wenn ich sie erst einmal in meinem Bett habe … nur … das ist nicht der einzige Grund, warum ich jetzt hier in dem schwach beleuchteten Gang stehe und wie ein Idiot ins Halbdunkle starre – auf den Punkt, wo sie eben noch stand.

Wie gerne würde ich ihr folgen, aber das würde sie wirklich überfordern, das sehe ich ein.

»Nun gut, ich gebe dir Zeit, Kleine«, murmle ich den leeren Gang an. »Aber ich gebe nicht so rasch auf, dem sei gewiss.« Dann drehe ich mich um und steige die Treppe wieder nach oben.

Das Grinsen bleibt jedoch auf meinem Gesicht – so lange, bis ich in meinen Gemächern bin und mich auf das Bett fallen lasse.

»Warum warst du denn so spät noch unterwegs?«

Die Stimme lässt mich augenblicklich wieder in die Senkrechte schnellen und ich schaue mich suchend nach der Sprecherin um.

Verdammt, seit wann lassen mich meine Elfensinne im Stich? Normalerweise hätte ich bereits beim Eintreten in mein Schlafzimmer gemerkt, dass jemand auf mich wartet – auch wenn dieser Jemand gerade aus dem Schrank herausklettert. Aber Alia hat meine ganze Aufmerksamkeit gefordert und so war ich unachtsam. Wird nicht wieder vorkommen.

»Zantia«, brumme ich missmutig und mustere die blonde Jungmagierin mit der üppigen Oberweite. Leider hat sie immer noch nicht verstanden, dass sie und ich nicht bis an unser Lebensende – wobei ihres eindeutig früher kommen sollte – zusammenbleiben.

Sie geht mit verführerisch schwingenden Hüften auf mich zu, trägt unter ihrer Magierrobe wahrscheinlich einen Hauch von nichts. »Ich habe auf dich gewartet.« Zantia lächelt und lässt ihre blauen Augen blitzen.

Normalerweise würde ich sie nicht zurückweisen, obwohl ich weiß, dass es sie nur in der Überzeugung bestärkt, ich würde mehr für sie empfinden. Aber heute steht mir nicht der Sinn danach, mich weiteren Vergnügungen mit Mädchen hinzugeben. Der Duft von Sandelholz und Honig ist noch in meiner Nase und ich will ihn nicht von Zantias billigen Duftmitteln vertreiben lassen.

Daher verschränke ich die Arme vor der Brust und hebe eine Augenbraue. »Du hast in meinem Schrank auf mich gewartet?«

Zur Antwort erhalte ich ein Schulterzucken. »Nun, ich habe mich dort verborgen für den Fall, dass die Zimmer früher kontrolliert werden.«

Leise sauge ich die Luft ein und stoße sie mit einem Seufzen wieder aus. »Zantia … du und ich …«

»… wir lieben uns.« Ihr Lächeln wird so verträumt, dass es mir schwerfällt, die notwendige Härte in meine Stimme zu legen.

»Nein. Du liebst *mich,* ich *dich* aber nicht.« Menschen können so triebhaft sein – fast noch mehr als wir Elfen. Ich seufze erneut.

»Aber …« Zantia sieht mich mit einem Schmollmund an, bei dem bereits die Mundwinkel verdächtig nach unten gehen. »Ich will doch nur …«

Ehe sie in Tränen ausbricht, gehe ich auf sie zu und lege ihr beide Hände auf die Schultern. »Hör zu, ich war von Anfang an ehrlich zu dir: nur Vergnügen, keine Verpflichtungen. Du hast dem zugestimmt, schon vergessen?«

Leider kullern nun doch Tränen über ihre Wangen und ich muss mich zusammenreißen, nicht die Augen zu verdrehen.

»Aber …« Ihre Stimme bebt fast genauso stark wie ihre Unterlippe.

Es ist manchmal Fluch und Segen zugleich, wenn man gut aussieht. Und ich weiß, dass ich besser aussehe als die meisten hier im Zirkel – daher liegen mir die Mädchen auch zu Füßen. Vor allem, seit ich als Schüler anerkannt wurde. Natürlich bringt es Vorteile, wenn ich mir die paar Jährchen, die ich noch hier verbringen muss, mit einigen schönen Stunden vertreiben kann und mich dabei nicht einmal äußerlich verändere. Aber es gibt auch immer wieder diese Jungmagierinnen, die Liebe und Leidenschaft nicht auseinanderhalten können …

Als sie so vor mir steht, fällt mir auf, dass sie die gleiche Größe hat wie Alia. Wenn auch ihre Figur um einiges üppiger ist als die des dunkelhaarigen Mädchens, das mich heute bereits zum zweiten Mal hat stehen lassen.

Und mit einem Mal sehe ich die großen Rehaugen vor mir, wie sie mich anschauen. Ich bilde mir sogar ein, Alias Duft erneut zu riechen. Ihre Stimme zu hören. Ihren Körper zu spüren, der sich so verdammt gut an meinem anfühlt.

Und da weiß ich, dass ich – entgegen meinen Vorsätzen – Alia verfallen bin. Zum ersten Mal in meinem Leben blicke ich in die Augen eines Mädchens und erkenne darin dieselbe Sehnsucht, wie ich sie selbst gerade in mir wahrnehme.

Zantia … sie verzehrt sich nach mir genauso wie ich mich nach Alia.

Verdammt … sehe ich ebenso bescheuert aus, wenn ich an Alia denke?

Zantia scheint mein Schweigen falsch zu interpretieren, denn sie stellt sich auf die Zehenspitzen und will mich küssen. Reflexartig halte ich ihr Kinn fest und verhindere, dass sie mir zu nahe kommt.

»Hör zu, Zantia«, rede ich beschwörend auf sie ein. »Ich werde dich nicht küssen. Nicht heute, nicht morgen. Nie wieder. Und je eher du das begreifst, desto einfacher machst du es uns beiden.«

»Du hast eine andere.« Es ist keine Frage, sondern eine Feststellung. Wie schnell sich Verzweiflung in Wut verändern kann, zeigt sich mir an dem harten Blick, mit dem sie mich ansieht. »Wer ist sie?«

»Ich habe keine andere – zumindest nicht im Moment.« Ich lasse ihr Kinn los und trete von ihr zurück. »Und jetzt geh bitte. Das hier ist vorbei und wird nicht wiederkehren.«

»Ich werde ihr das Leben so schwer machen, dass sie wünscht, niemals geboren worden zu sein!« Mir war nicht bewusst, dass Mädchen knurren können. »Das kannst du ihr von mir ausrichten.«

Wenn es noch etwas gibt, das ich fast genauso stark wie Schläge hasse, dann sind es Drohungen. So schnell, dass sie es nicht verhindern kann, trete ich wieder zu ihr, packe sie an den Schultern und dränge sie gegen die nächste Wand. Nicht sanft und verführerisch wie bei Alia, sondern hart und bedrohlich.

»Du wirst niemandem hier im Zirkel auch nur ein Haar krümmen, verstanden?« Meine Stimme klingt gefährlich leise.

Sie hebt das Kinn und sieht mich trotzig an. »Sonst was? Du bist ein dreckiger Elf – was denkst du, wem sie glauben werden, wenn ich sage, du hättest mich gegen meinen Willen in dein Bett gezerrt, um deinen perversen Gelüsten nachzugehen? Und glaubst du, ich könnte nicht ein paar meiner Freundinnen davon überzeugen, dasselbe zu behaupten? Xenos würde dich mit Freuden auspeitschen lassen, dem sei gewiss.« Ein triumphierendes Lächeln bildet sich auf ihrem sinnlichen Mund. »Du scheinst zu vergessen, dass du hier ein Gefangener bist, Reyvan Caltayó. Und Gefangene haben zu gehorchen.«

Das ist zu viel. Ein wütendes Knurren entfährt mir und bevor ich mich vergesse, lasse ich sie los und schiebe sie in Richtung Tür. »Geh mir aus den Augen«, zische ich. »Und ehe du deine Drohungen wahr werden lässt – ich weiß so einiges über dich und deine Freundinnen. Denn es ist mir im Gegensatz zu euch nicht verboten, eure Gedanken zu lesen.«

Sie scheint für einen Moment verblüfft zu sein, dann funkelt sie mich verärgert an. »Ihr Elfen seid alle gleich – ein arrogantes, dreckiges Pack, das dorthin gehört, wo ihr unter euresgleichen seid: bei den Wildschweinen in den Wäldern!«

Ich wende mich von ihr ab und höre die Tür hinter ihr ins Schloss fallen. Vor Wut balle ich die Hände zu Fäusten und knalle sie mit aller Macht gegen die Wand – dort, wo Zantia gestanden hat.

Diese verdammten Magier! Ich hasse sie! Jeden von ihnen.

Vielleicht wäre es besser, wenn ich mich in Zukunft von Menschen fernhalte … zumindest von Magiern. Zum Glück hat Alia keine Begabung, sonst müsste ich sie ebenfalls hassen.

13

Alia

Als ich am nächsten Morgen in den Speisesaal komme, merke ich, dass etwas anders ist als sonst. Statt der üblichen vier Diener, die zum Eindecken eingeteilt sind, erblicke ich nur Rana, die ungeduldig auf mich zu warten scheint.

»Hast du es schon gehört?«, fragt sie mich mit weit aufgerissenen Augen.

Ich weiß nicht, wovon sie spricht. »Was denn?«

»Alle Diener sollen in den großen Saal im dritten Stock gehen«, erklärt sie nervös. »Was das wohl zu bedeuten hat?«

Mir ist schleierhaft, weshalb wir so früh am Morgen dorthin gehen müssen, aber es bleibt uns wohl keine andere Wahl. Also machen wir uns auf.

Unterwegs begegnen wir weiteren verwirrten Dienern, die sich uns anschließen. Keiner hat eine Ahnung, warum wir uns im großen Saal versammeln sollen, statt uns wie üblich um unsere Aufgaben zu kümmern. Zudem haben wir alle noch kein Frühstück gegessen – wie mir mein Magen mit lautem Knurren vorhält.

Als wir oben ankommen, sind schon viele Bedienstete eingetroffen. Wir betreten den riesigen Raum, der für alle Diener Platz bietet.

Ich war noch nie hier und sehe mich neugierig um. Der Saal hat mehrere Dutzend Bankreihen, die aufsteigend angeordnet sind. Unten befinden sich ein Schreibtisch und dahinter eine magische Schreibtafel, wie ich sie bereits aus dem Unterricht kenne. Die Bänke wurden jedoch, im Gegensatz zu den bequemen Sesseln im Unterricht der Jungmagier, aus einfachem Holz gezimmert.

Rana und ich setzen uns an den Rand einer Reihe im vorderen Teil des Saals.

Schnell machen Gerüchte die Runde, dass wir in Schwierigkeiten steckten oder zumindest jemand von uns ein Spion sei. Ich gebe jedoch nichts darauf, da ich annehme, sie hätten diesen Jemand längst in aller Heimlichkeit beseitigt, um keinen Aufstand heraufzubeschwören.

Wenig später betritt Moero den Saal. Inzwischen haben sich alle Diener eingefunden und einen Platz eingenommen.

Der Eunuch schreitet den Gang zwischen den Bankreihen nach unten zum Schreibpult. Sein Fettwanst wabbelt bei jedem seiner Schritte und auf seinem Arm trägt er die weiße Katze, die böse nach rechts und links schaut. Hinter ihm bringen seine beiden persönlichen Diener einen verhüllten Gegenstand in den Saal.

Ich habe sie noch nie zuvor gesehen. Sie besitzen wie Moero kahle Häupter und im Gegensatz zu allen anderen Bediensteten tragen sie kein Hemd. Ihre nackten, muskulösen Oberkörper glänzen, als wären sie mit Öl eingerieben worden. Bestimmt eine Anweisung von Moero, der sich daran ergötzt. Mir wird schlecht bei dem Gedanken, wie der Eunuch mit einem Lächeln auf den wulstigen Lippen seine Diener hin und her kommandiert.

Alle verfolgen gebannt, wie sich die kleine Gruppe vorne einrichtet. Der Gegenstand wird auf den Tisch gestellt, dann gibt Moero, der etwas außer Atem ist, mit einer knappen Bewegung seinen Dienern zu verstehen, sich zu setzen.

»Schön, dass ihr alle hierhergefunden habt«, ruft er mit seiner Fistelstimme und blickt selbstgefällig in die Runde.

»Ihr fragt euch bestimmt, warum ihr hier seid.« Er macht eine künstliche Pause und ergötzt sich für einen Moment an unseren verwirrten Mienen. »Nun, das hat einen speziellen Grund«, sagt er bedeutungsvoll. »Und zwar finden zur Wintersonnenwende, die in fünf Monaten ist, die ›Zirkeltage‹ statt.«

Wie bitte? Was soll stattfinden?

So wie mir scheint es einigen zu gehen, denn fragendes Gemurmel breitet sich im Saal aus.

Moero wedelt mit seiner Hand, bis wieder Ruhe einkehrt.

Er genießt es ganz augenscheinlich, uns auf die Folter zu spannen, und lässt einige Augenblicke verstreichen, bevor er weiterspricht. »Die Zirkeltage finden alle zwanzig Jahre statt.«

Aha ... wir warten schweigend ab, bis er fortfährt, und ich unterdrücke ein Augenverdrehen. Er ist wirklich nicht der beste Redner.

»Dabei treffen sich die Zirkelräte aus allen fünf Zirkeln in einer der fünf Gilden, um sich gegenseitig ihren Respekt zu erweisen.«

Mhm ... und was hat das bitte schön mit uns zu tun? Ich werde langsam ungeduldig. Den anderen geht es nicht besser.

»Tja, wie die Älteren unter euch wissen, findet das Treffen dieses Jahr bei uns, hier in Lormir, statt.«

Er schaut freudig erregt in die Runde, erntet aber nicht den erwarteten Jubel. Die Älteren wissen wohl, was nun kommt, die Jüngeren haben keinen blassen Schimmer.

Moero verdreht genervt seine Schweineaugen. »Da dieser Anlass solch eine große Freude für uns alle ist, werden wir natürlich nicht auf den Wettkampf verzichten, den der Zirkel dabei veranstaltet.«

Ach so. Alle Zirkelräte von Altra reisen hierher und wir veranstalten einen Wettkampf, um dies zu feiern. Das hätte er uns wirklich auch kürzer und weniger theatralisch mitteilen können – allerdings wird dieses Ereignis für uns Diener wohl eine Menge Arbeit mit sich bringen …

Aber Moero ist noch nicht am Ende, wie es scheint. Er watschelt zum Schreibtisch und macht eine weitere gekünstelte Geste mit dem Arm. »Was könnte hier drunter wohl verborgen sein?«

Zu seinem Bedauern reagieren wir wieder nicht wie von ihm erhofft und beobachten ihn schweigend.

Etwas gereizt fährt er fort: »Nun, wie einige von euch ja bestimmt noch wissen, werden die Wettkämpfe nicht nur von den Jungmagiern gestaltet.«

Nicht? Von wem dann noch? Er wird doch nicht … mir kommt ein entsetzlicher Verdacht. Rana hatte mir ja erzählt, dass es den Magiern verboten ist, gegeneinander Zauber zu wirken. Dafür brauchen sie uns Diener im Unterricht – und vielleicht auch beim Wettkampf?

Meine Befürchtung scheint sich zu bewahrheiten, als Moero selbstgefällig weiterspricht: »Ihr, meine lieben Diener, werdet eine tragende Rolle dabei spielen.« Ein höhnisches Lächeln breitet sich auf seinen Zügen aus. »Das heißt traurigerweise nur fünf von euch. Aber immerhin.«

Wir schauen uns entgeistert an, was er sichtlich genießt, ehe er fortfährt: »Hier, in diesem Behälter …« Er nimmt das Tuch von dem Objekt weg und enthüllt eine Glaskugel, in der unzählige kleine Lichtbällchen schweben. »… befinden sich die Namen von allen von euch. Ich werde nun fünf davon ziehen. Diese fünf werden auserkoren für die Assistenzen beim Wettkampf.«

Das ist aber jetzt das erste Mal, dass ich das Wort ›Assistenz‹ in diesem Zusammenhang höre! Was sind das für Assistenzen?

Aus dem Publikum werden fragende Stimmen laut, doch Moero ignoriert sie.

Er platziert seine massige Gestalt hinter der Kugel und streicht so liebevoll darüber, dass die weiße Katze vor Eifersucht faucht. Dann macht er eine weitere theatralische Geste und steckt seine Hand durch das Loch, das sich oben an der Glaskugel befindet. Bei dieser Bewegung wirbeln die Lämpchen durcheinander. Schließlich nimmt er eines davon und holt es heraus.

Er lässt es in seinen wulstigen Händen hin und her rollen, bevor er ein paar Worte murmelt. Das Lämpchen beginnt nun immer heller zu leuchten. Als es blendend grell ist, hören wir die Stimme von Moero ums Vielfache verstärkt. Sie sagt nur einen Namen: »Tascha«, daraufhin erlischt das Licht.

Rasch wende ich mich zu Tascha um, der rundgesichtigen Dienerin, die eine Reihe hinter mir sitzt. Ihre großen, blauen Augen sind weit aufgerissen vor Schreck und ihre Hände, die sie in den Schoß gelegt hat, zittern so stark, dass ihre ganze Schürze bebt.

»Tascha, komm nach vorne«, befiehlt Moero mit einem genugtuenden Lächeln, das einen Gorka das Fürchten lehren würde.

Tascha erhebt sich, immer noch zitternd, und schiebt sich durch die Reihe ihrer Bank. Ihre blonden Löckchen wippen dabei grotesk fröhlich. Langsam, wie in Trance, geht sie neben den Schreibtisch und bleibt dort reglos stehen.

Moero würdigt sie keines weiteren Blickes, sondern steckt erneut seine dicken Finger in die Kugel. Als er das nächste Lämpchen in der Hand hält, ist es so leise im Saal, dass ich mich selbst atmen höre. Es beginnt stärker zu glühen und der nächste Name wird verlesen: »Nehil.«

Puh, das war nicht mein Name.

Doch als sich alle Augen auf mich richten, begreife ich. Moero hat noch nie meinen Namen ausgesprochen und wird es wohl auch nie tun. Daher hat auch die Kugel mich ›Nehil‹ genannt.

Als mir das klar wird, rinnt eine Gänsehaut meinen Rücken hinunter. Was passiert nun?

Ich stehe tapfer auf und begebe mich nach vorne, wo ich mich neben Tascha stelle. Sie wirkt immer noch wie eine Salzsäule und bringt es nicht einmal fertig, mein aufmunterndes Lächeln zu erwidern.

Mir entgeht nicht, dass Moero über beide Backen strahlt, als hätte er die Formel für ewige Jugend und Schönheit entdeckt. Er freut sich aus tiefstem Herzen, dass es mich getroffen hat, was mich befürchten lässt, es wird nichts Gutes auf mich zukommen.

Die nächsten Namen werden verlesen. Außer Tascha und mich trifft es noch Goe, den dünnen Jungen, der mich am ersten Tag auf dem Innenhof mit Rana und Moero zusammen begrüßt hat. Zudem Jita, eine ältere Dienerin mit grauem Haar, die, ihrem Ring nach zu urteilen, das Element Luft beherrscht und immer merkwürdige Dinge vor sich hin murmelt. Und als letztes Kalus, einen etwa dreißigjährigen, hochgewachsenen Diener mit kurzem, rotem Haar, der einen Ring der Erdgilde an der Hand trägt.

Wir alle stehen nun in einer Reihe neben dem Schreibtisch und wissen nicht, was wir davon halten sollen, ›auserwählt‹ zu sein.

Aber Moero, fürsorglich wie er ist, hilft uns auf die Sprünge. »So, meine fünf teuren Untergebenen«, beginnt er gekünstelt. »Ihr werdet bestimmt ein tolles Schauspiel abgeben. Ihr habt nämlich das Privileg, nicht nur Zuschauer, sondern Akteure bei den Zirkeltagen sein zu dürfen.« Er wartet darauf, dass wir losjubeln, was wir natürlich sein lassen.

Also fährt er missmutig fort: »Ihr werdet die Übungen durchlaufen, während die besten unserer Jungmagier versuchen, euch das Leben so schwer wie möglich zu machen, und dabei ihr Können demonstrieren.« Er schaut uns erwartungsvoll an.

Aber nein, immer noch nicht die gewünschte Reaktion. Wir sind alle viel zu perplex und überrumpelt, um uns über irgendetwas zu ärgern oder gar zu freuen.

»Das ganz Tolle dabei ist«, spricht Moero weiter, in der Hoffnung, dass diese ganz tolle Nachricht uns nun umhauen wird, »falls ihr alle Übungen überlebt, könnt ihr dabei etwas gewinnen.«

Statt der spätestens jetzt von ihm erwarteten Jubelschreie, taxieren wir ihn nur mit schockierten und fragenden Blicken.

Was heißt hier, falls wir überleben?

Eine ungute Vorahnung macht sich in mir breit und ich spüre unwillkürlich einen Kloß in meinem Hals, der mir das Atmen erschwert.

Moero scheint eine andere Reaktion erwartet zu haben, also macht er einen letzten verzweifelten Versuch, um uns irgendeine freudige Regung zu entlocken. »Und zwar nicht nur irgendetwas. Sondern euch wird euer Herzenswunsch erfüllt werden – sofern dies in unserer Macht steht, versteht sich.«

Na, das ist ja mal etwas. Mein Herzenswunsch? Meine Familie wiederzusehen. Aber steht das wirklich in seiner Macht? Ich bezweifle es stark. Er will mich, die erste Nehil, die er seit Jahrzehnten piesacken kann, ja wohl nicht gleich wieder vor die Tür stellen.

»Und ihr anderen«, wendet er sich zu den übrigen Dienern. »Ihr werdet wie die Zuschauer darauf wetten dürfen, welcher der Diener als Sieger aus den Zirkeltagen hervorgeht. Ich bin sicher, ihr habt jetzt schon einen Favoriten.« Er lächelt selbstgefällig in unsere Richtung. »Natürlich werdet ihr nicht einfach so in die Übungen geschickt«, setzt er nun seine Ansprache an uns fünf gewandt fort. »Was wären wir auch für Menschen, wenn wir das täten? Ihr bekommt in den nächsten fünf Monaten, die bis zu der Wintersonnenwende verbleiben, Zeit, um euch vorzubereiten, und zudem ein anständiges Training, damit ihr auch wirklich eine Chance habt, zu überleben.«

Er bedenkt uns mit einem Blick, in dem wohl Güte liegen sollte, aber da er solch ein Gefühl nicht kennt, erinnert der Gesichtsausdruck eher an einen Esel, der vor Schreck Gold geschissen hat.

Moero führt sein Schauspiel weiter und geht zum Schreibtisch, auf dem sich fünf Zettel befinden, die mir vorhin noch gar nicht aufgefallen sind. »Hier liegen eure neuen Arbeitspläne. Ab sofort habt ihr am Vormittag frei, um zu trainieren. Am Nachmittag werdet ihr in den verschiedenen Elementzirkeln assistieren, damit ihr die Magie zumindest theoretisch kennenlernt – auch wenn ihr dies selbstverständlich nie zur Gänze verstehen könnt.«

Diesen letzten Satz spricht er, als hätte er gerade eine vor Fett triefende Schweinekeule gegessen.

Dann dreht er sich mit einem triumphierenden Lächeln seinem Publikum zu. »So, meine Lieben, das war's. Das wird bestimmt ganz aufregend. Geht nun alle wieder an eure Arbeit, hopp, hopp.« Dabei klatscht er mit seinen Händen gegeneinander, was ein gruseliges, schmatzendes Geräusch erzeugt. »Wir haben schon genug Zeit verplempert.«

Wir?

Mit einem letzten Blick zu mir dreht sich Moero von uns weg und schlurft mit seinen dicken Beinen den Gang wieder hoch. Für den Rückweg braucht er deutlich länger, da es nun leicht hinaufgeht.

Wir fünf bleiben bestürzt stehen und starren ihm hinterher.

14

ALIA

»Ach, Alia, das ist entsetzlich!« Rana lässt sich auf dem Bett nieder und drückt meine Hand.

Seit zwei Stunden sitze ich nun schon hier und habe immer noch nicht ganz begriffen, was gerade passiert ist. Mein Hunger ist verflogen, zum Glück war ich vom Morgendienst im Speisesaal befreit und durfte direkt nach der Verkündung in mein Zimmer gehen.

Ich bin immer noch wie betäubt und je mehr Zeit vergeht, desto mehr begreife ich, dass Moero wohl mein Todesurteil ausgesprochen hat. Ich werde in fünf Monaten bei einem Wettkampf assistieren müssen, der meinen Tod bedeuten kann – und da ich keinerlei Begabung in mir trage, wohl auch bedeuten wird …

»Du schaffst das, ganz bestimmt«, murmelt Rana aufmunternd.

Aber ihre Worte prallen an mir ab. Mein Herz fühlt sich kalt an und mir ist so schlecht, dass ich mich am liebsten übergeben würde. Was ich jedoch nicht kann, da sich mein Körper in Schockstarre befindet.

Als sie merkt, dass ich ihr in den nächsten zehn Minuten nicht antworten werde, steht sie auf. »Alia, ich muss leider los, mein Dienst in den Zimmern der Lehrlinge beginnt«, sagt sie entschuldigend. »Aber ich komme vor dem Mittagessen wieder zu dir. Kopf hoch, du wirst das schon meistern!«

Wie gerne würde ich ihr glauben, doch so lieb ihre Worte auch gemeint sind, sie sind leider gelogen. Ich werde es nicht schaffen. Wie auch?

Ich schaue ihr nach, wie sie die Tür hinter sich schließt, und bin wieder allein.

Mutlos betrachte ich die neue Arbeitsliste, die ich von Moero erhalten habe. Ab sofort werde ich am Nachmittag in einem siebentägigen Rhythmus als Assistentin in allen vier Zirkeln bei den Lehrlingen eingesetzt werden, ohne Ausnahme. Das bedeutet, fünf Stunden täglich am Unterricht teilnehmen – nicht nur zwei, wie bei den Jungmagiern.

Hinzu kommt, dass ich somit keinerlei Ahnung haben werde, welche Zauber die Jungmagier für die Zirkeltage lernen, und ich werde nur die Grundkenntnisse der Magie erfahren. Ob mir das hilft, bezweifle ich stark.

Für die Speisesaaldienste bin ich jedoch trotzdem noch eingeteilt. Den restlichen Vormittag habe ich allerdings zur freien Verfügung, außer wenn ich das Training absolvieren muss, das vier Monate vor den Zirkeltagen beginnt und meiner Vorbereitung dienen soll. Immerhin ein kleiner, wenn auch schwacher Trost.

Ich hätte nicht gedacht, dass ich mir irgendwann mein wöchentliches Programm, das ich noch bis vorgestern hatte, zurückwünschen würde.

Wie bei allen Göttern soll ich diese Zirkeltage überleben? Ich habe keine einzige Elementbegabung. Die anderen Diener besitzen immerhin eine und können sie allenfalls trainieren. Tascha trägt in sich das Wasser, Goe Feuer, Kalus das Element Erde und Jita die Luft. Zudem sind drei von ihnen schon länger im Zirkel und konnten sich mit Magie vertraut machen, wissen also zumindest besser, was auf sie zukommen wird. Mir bleiben nur fünf Monate, um mir alles Nötige anzueignen, ansonsten werde ich wehrlos dastehen – und ziemlich sicher in fünf Monaten tot sein.

Entmutigt vergrabe ich den Kopf in den Händen und kann die Tränen nicht zurückhalten, die sich in meinen Augen sammeln. Ein leises Schluchzen entfährt meiner Kehle und ich gebe mich meiner Verzweiflung hin.

Das Klopfen an der Tür nehme ich kaum wahr und antworte auch nicht darauf. Es wird bestimmt Rana sein, die noch etwas vergessen hat zu sagen. Ich reagiere nicht, als die Tür geöffnet wird, sondern warte, dass sie beginnt, zu sprechen und irgendwelche Floskeln zu äußern, die mich ohnehin nicht erreichen werden.

Stattdessen spüre ich eine Hand sanft auf meinem Rücken und das Gewicht eines Körpers, der sich neben mich auf das Bett setzt und der eindeutig schwerer ist als der von Rana, die soeben noch hier saß.

Ich hebe den Kopf und schaue direkt in dunkelblaue Augen, die mir inzwischen vertraut sind. »Reyvan«, stammle ich überrascht.

Natürlich, er kennt die Dienerquartiere wie kein anderer und hat mich daher gefunden. Womöglich schwänzt er gerade den Unterricht, um hier zu sein.

Er nickt und lächelt mich auf seine unvergleichliche Weise an. »Als ich heute Morgen beim Frühstück gehört habe, dass du für die Zirkeltage ausgewählt wurdest, wollte ich so schnell wie möglich zu dir kommen. Deine Freundin hat mir gerade gesagt, wo du bist.« Er wischt mit dem Daumen eine Träne weg, die sich auf meiner Wange einen Weg nach unten gesucht hat.

Ich lehne den Kopf gegen seine Hand. Es tut unendlich gut, dass er bei mir ist. Auch wenn wir uns kaum kennen, ist er mir in so kurzer Zeit vertrauter geworden als irgendjemand sonst im Zirkel – wieso, hinterfrage ich gar nicht erst. Er ist hier, das zählt. Mit allem anderen kann und will ich mich im Moment nicht beschäftigen.

Der Elf nimmt mich in den Arm und ich lasse mich widerstandslos an seine Brust ziehen. Seine Hand tätschelt unbeholfen meinen Rücken und erinnert mich dabei unvermittelt an Vater, als dieser mich auf dem Innenhof der Magiergilde verabschiedet hat.

Das ist zu viel.

Etwas bricht in mir und ich heule unkontrolliert los.

Reyvan hält mich fest und lässt mich weinen, ohne mich mit irgendwelchen Worten trösten zu wollen. Denn es gibt keinen Trost für das, was auf mich zukommen wird.

Es ist aussichtslos. Warum musste es gerade mich, die Nehil, treffen? In meine Verzweiflung mischen sich Trauer und Wut. Ich kann meine Familie nie wiedersehen. Ich werde bei diesen Zirkeltagen wahrscheinlich sterben und das alles nur, um irgendwelche Magier aus anderen Zirkeln zu unterhalten. Es ist alles so ungerecht!

Nach einer gefühlten Ewigkeit erlange ich zumindest ein bisschen Kontrolle über meine Tränen und kann nach einer Weile sogar mein Schluchzen einstellen.

Ich löse mich aus Reyvans Umarmung und bemerke, dass dort, wo mein Kopf an seiner Schulter lag, der Umhang triefend nass von meinen Tränen ist. Zittrig fahre ich darüber. »Es tut mir leid, dass ich deinen Umhang ruiniert habe«, krächze ich.

»Ach das, nicht der Rede wert.« Er streicht mit seiner Hand einmal darüber.

Wo er den Stoff berührt, ist dieser wieder so trocken wie zuvor.

Ich starre ihn verblüfft an. »Wie hast du das gemacht?«, frage ich mit tränenerstickter Stimme.

»Magie«, antwortet er mit einem geheimnisvollen Lächeln. »Wir Elfen können einiges, was ihr Menschen uns nicht zutraut. Und in mir steckt viel, was du noch entdecken kannst. Ich stehe dir gerne zur Verfügung, wenn du beispielsweise Lektionen darüber haben möchtest, wie Elfen den körperlichen Vergnügungen nachgehen.« Er wirft mir ein sündiges Grinsen zu.

Mit einem Mal wird mir warm ums Herz. Reyvan ist genau das, was ich jetzt brauche. Ein weiterer Mensch, der mich mitleidig anschaut und sagt, wie leid ihm alles tut, würde mir nur vor Augen führen, wie ausweglos meine Situation gerade ist, und damit alles nur noch schlimmer machen.

Reyvan – er ist einfach *er*. Und er hat diese Ausstrahlung, die mir das Gefühl gibt, alles würde irgendwie gut, ohne dass er es aussprechen muss.

»Warum bist du hier?« Meine Stimme ist immer noch brüchig.

»Warum wohl?« Er demonstriert mir wieder mal sein schiefes Lächeln. »Du brauchst nun jemanden, der auf dich aufpasst. Und wer wäre da besser geeignet als ein gut aussehender Elf, der alles für einen Kuss von dir tun würde?«

Er wirkt ziemlich zufrieden mit sich selbst, was mich schon wieder wütend werden lässt.

»Ich brauche niemanden, der auf mich aufpasst. Und ich werde dich ganz sicher nicht küssen!«, entgegne ich kurz angebunden und weiche seiner Hand aus, die nach meiner Schulter greift.

Er lächelt mich an, entgegnet aber nichts.

Dann schenkt er mir einen gekünstelten Augenaufschlag, der fast sein Ziel erreicht und mich zum Lachen bringt. Mit gespielt traurigem Tonfall murmelt er: »Du würdest aber doch nicht zulassen, dass ich armer Elf das, was mir in den letzten Tagen lieb und teuer geworden ist, so rasch wieder verliere?«

Er ist ein miserabler Schauspieler – ich glaube ihm kein Wort. Dennoch kann ich ein Schmunzeln nicht unterdrücken.

Auf seinem Gesicht erscheint ein triumphierendes Grinsen. »Siehst du! Deswegen lass mich dir helfen und deinen hübschen Hintern retten – mir ist ohnehin gerade danach, diesen Magiern eins auszuwischen. Das Training, das sie dir geben werden, ist für nichts und wieder nichts. Es dient nur dazu, dass diese dreckigen Zirkelleiter hinterher sagen können, sie hätten zumindest versucht, euch zu retten. Ich aber weiß, zu was unsere Jungmagier imstande sind, kann dir verraten, welche Zauber sie gegen dich anwenden werden, und dir helfen, diese zu überleben. Denn auch wenn im Unterricht darauf geachtet wird, Diener zu schonen, so wird das bei den Zirkeltagen nicht der Fall sein. Ihr wurdet auserwählt und euer Leben ist für die Magier daher bereits verwirkt. Das werde ich aber nicht zulassen. Du wirst leben – mit meiner Hilfe.«

»Aber … musst du als einer der besten Jungmagier des Luftzirkels nicht auch an den Zirkeltagen teilnehmen?«

»Ich denke, du kennst die Antwort«, meint er nun etwas ernster.

Natürlich. Ich hatte vergessen, dass er ja nicht wirklich zum Luftzirkel gehört. »Entschuldige«, murmle ich.

»Schon gut, dir sei noch einmal verziehen«, entgegnet Reyvan großmütig.

Er schneidet dabei eine übertriebene Grimasse, die mich so stark an Moero erinnert, dass ich nun doch lachen muss, auch wenn mir nicht danach zumute ist.

»Also gut, ich nehme das als Zustimmung, dass ich dir helfen darf. Als Erstes müssen wir schauen, welche verborgenen Talente du hast – mal abgesehen davon, liebreizend auszusehen.«

»Ach, mit dieser Lektion werden wir uns nicht lange aufzuhalten brauchen. Ich kann nämlich rein gar nichts«, erwidere ich freiheraus.

Reyvan mustert mich. »Das ist die falsche Einstellung, Alia. Wenn du wirklich bei diesen Zirkeltagen überleben willst, musst du an dich glauben und alle Fähigkeiten ausgraben, die du hast. Ansonsten werde ich tatsächlich meine Lieblingsdienerin verlieren. Und das wollen wir ja beide nicht, oder?« Wieder erscheint dieser Ausdruck auf seinem makellosen Gesicht, der mir eine Gänsehaut beschert. Wenn er mich so ansieht, kann ich einfach nicht anders, als mich zu ihm hingezogen zu fühlen.

»Gut«, lenke ich ein. »Aber eine Regel müssen wir noch aufstellen. Und zwar sollst du mit diesen anzüglichen Blicken und Sprüchen aufhören, sonst werde ich mich nicht konzentrieren können.«

»Welche anzüglichen Blicke?« Er wirft mir nochmals einen besonders fiesen davon zu. »Alia, ich bin einfach von Natur aus so gut aussehend und anziehend, da kann ich nichts dafür.« Seine Augen leuchten nun so sehr, dass sie Eisberge zum Schmelzen bringen könnten.

Ich brumme warnend.

»Also gut, also gut. Weil du es bist, werde ich mich zusammenreißen«, meint er schließlich, verzieht die Lippen aber gleich wieder zu einem Grinsen. »Aber wenn du dich in deinem knappen Dienerröckchen bückst und mir die Kinnlade herunterfällt, bist du selbst schuld. Dann will ich nichts hören von wegen, ich würde dich anzüglich ansehen, verstanden?« Seine Augen blitzen vergnügt und ich nehme ein warmes Gefühl in der Bauchgegend wahr.

So langsam gewöhne ich mich tatsächlich an seine Sprüche und es macht mir zunehmend Spaß, mich mit ihm zu unterhalten.

»Okay, einverstanden«, sage ich lächelnd.

»Sehr schön.« Er klingt jedoch nicht so überzeugend, wie er es wohl gerne hätte.

Ich spüre, dass mein Lächeln breiter wird.

Warum bloß fiel es mir gestern noch so schwer, mit ihm zu reden? Jetzt erscheint es mir beinahe unmöglich, mich nicht wohlzufühlen in seiner Gegenwart. Es wirkt fast schon selbstverständlich, dass er hier neben mir auf dem Bett sitzt.

Zum ersten Mal an diesem Morgen bin ich etwas zuversichtlicher. Mit seiner Hilfe könnte es mir tatsächlich gelingen, lebend aus diesen Zirkeltagen herauszukommen.

Die nächste Stunde verbringen wir damit, dass Reyvan mich mit Fragen löchert. Er will alles von mir wissen, um einschätzen zu können, was mir während der Zirkeltage helfen kann.

Als er erfährt, dass mein Vater Jäger ist, blitzt in seinen Augen Freude auf. »Das ist ja interessant«, ruft er aus. »Und das erzählst du mir erst jetzt? Dann haben wir ja etwas gemeinsam. Mein Vater ist nämlich auch Jäger. Nun ja, er ist nicht ein Jäger in dem Sinne, wie ihr Menschen den Begriff verwendet. Er jagt nämlich Gorkas. Diese fiesen Ungetüme besitzen tatsächlich die Frechheit, immer weiter in unsere Reviere einzudringen.«

Er scheint ziemlich verärgert über die Gorkas zu sein. Ich weiß allerdings zu wenig von diesem Volk, um mir eine Meinung bilden zu können. Noch nie habe ich einen gesehen und weiß nur, dass ihre alltägliche Arbeit wohl darin besteht, alles kurz und klein zu schlagen, was ihnen in die Quere kommt.

»Bist du schon einmal einem Gorka begegnet?«, will ich wissen.

»Ja, schon einige Male«, sagt er und nickt. »Sie brüsten sich ja damit, dass wir Elfen und sie von denselben Vorfahren abstammen. Nur haben sie irgendwann ihre Kultur zum Mond geschickt oder im Dickicht des Waldes verloren. Jedenfalls sind sie ungehobelt und unanständig.«

Dass Reyvan jemand anderen als ›unanständig‹ bezeichnet, bringt mich zum Lachen.

»Was denn? Hab ich etwas Falsches gesagt?«, fragt er verständnislos.

Bei seiner unschuldigen Miene muss ich noch mehr lachen. Es dauert etwa eine Minute, bis ich mich wieder im Griff habe. Meine Augen tränen und Reyvan mustert mich etwas eingeschnappt.

»Also, ich weiß zwar nicht, womit ich dich so amüsiert habe, aber es freut mich, dass ich zu deiner Belustigung beitragen konnte«, murmelt er.

Ich lege ihm beschwichtigend meine Hand auf den Arm. »Entschuldige, es war nur gerade so lustig, wie du Gorkas als unanständig bezeichnet hast, wo du doch selbst die anzüglichsten Sprüche von dir gibst.«

Reyvans Miene hellt sich auf. »Das ist etwas vollkommen anderes. Ich mache Komplimente. Gorkas aber sind einfach nur rüpelhaft.«

»Nun, dann bin ich ja froh, dass ich *dich* hier im Zimmer habe und nicht einen Gorka«, bemerke ich mit einem belustigten Lächeln.

»Ich bin auch froh, dass ich hier bei dir sein darf.« Er sieht mir mit einem Reyvan-Blick in die Augen.

Mir ist mit einem Mal bewusst, wie eng mein Zimmer ist und dass wir uns auf meinem Bett befinden. Plötzlich ist mir nicht mehr nach Lachen zumute und ich bin eher peinlich berührt.

Als er merkt, dass ich mich nicht wohlfühle, rückt er etwas von mir ab.

»Tut mir leid«, meint er. »Das wollte ich eigentlich nicht mehr bei dir machen. Aber ich finde dich nun einmal ebenso anziehend wie du mich. Dagegen kann ich wirklich nichts tun – das kennst du ja selbst.« Er schenkt mir ein schiefes Lächeln und legt die Hand auf mein Bein. »Aber ich gebe mir Mühe, mich in Zukunft mehr zusammenzureißen.«

»Es ist nur … ich bin es nicht gewohnt, dass sich jemand für mich interessiert«, gestehe ich, durch seine Offenheit ermutigt.

Er verengt die Augen und mustert mich. »Ich habe schon bemerkt, dass du zurückhaltender bist als alle Mädchen, die ich bisher kennengelernt habe. Warum ist das so? Hattest du in deiner Stadt wirklich keine Verehrer?« Er zieht die dunklen Augenbrauen zusammen, die so stark im Kontrast zu seinem goldenen Haar stehen. »Einem Mädchen wie dir müssen sie doch reihenweise nachgerannt sein.«

Ich versuche zu ergründen, ob er sich gerade lustig über mich macht. Aber seine Miene bleibt todernst.

Betreten senke ich den Blick. »Nein, ich hatte keine Verehrer«, hauche ich und spüre, wie meine Wangen warm werden bei diesem Geständnis. Aber es war nun mal so und ich konnte es niemandem verübeln. Wer hätte schon eine angehende Nehil zur Freundin haben wollen? Nur Kala war bedingungslos für mich da.

»Hm …« Zum ersten Mal erlebe ich Reyvan sprachlos.

Trotz seines Versprechens, mir nicht mehr nahe zu kommen, rückt er wieder etwas näher zu mir heran. »Alia, das wusste ich nicht. Du wirkst zwar unschuldig und rein, dennoch hält das ein Mädchen nicht davon ab, eine Menge gebrochener Männerherzen zu Hause zu lassen.«

»Nicht, wenn das Mädchen keine Begabung in sich trägt«, entgegne ich zerknirscht.

Reyvan seufzt leise. »Das zeigt mir wieder mal, wie oberflächlich euer Volk ist – sie sehen die wahre Schönheit nicht. Dabei bist du eine wunderschöne Frau, und jeder Mann muss blind oder verrückt sein, wenn er dich nicht beachtet.« Er streicht sachte über mein Haar.

»Ich …« Ich habe keine Ahnung, was ich darauf erwidern soll.

Noch nie hat jemand außer meinen Eltern mich als ›schön‹ bezeichnet. Und aus Reyvans Mund … ist es mehr als nur ein Kompliment. Seine Worte berühren etwas tief in mir, das sich die ganze Zeit nach Anerkennung verzehrt hat. Fast wie Saat, die längst vergessen unter dem Erdboden liegt und mit einem Mal Wasser und Dünger bekommt, um zu erblühen.

Reyvans Miene wird wieder ernst, als er mich kurz hinter die zuversichtlich-charmante Fassade blicken lässt, die er normalerweise aufsetzt. »Vertrau mir, ich kenn mich da inzwischen ein wenig aus. Was meinst du, warum Moero dich so hasst? Du hast zwar keine Elementbegabung, ja. Aber es ist nicht das, was ihn gegen dich aufbringt. Es ist vielmehr die Tatsache, dass du jung und schön bist. Er hasst alles, was schön und anmutig ist. Daher sucht er sich auch immer die ansehnlichsten Diener für sich selbst aus – nur damit er sie erniedrigen kann.«

Ich starre ihn verwirrt an. Kann das sein? Hasst mich Moero tatsächlich deswegen. War das etwa auch der wahre Grund, warum er Reyvan ständig unter fadenscheinigen Vorwänden auspeitschen ließ, als dieser noch ein Diener war? Wegen seiner Schönheit?

Da der Elf seine Hand immer noch auf meinem Haar hat, weiß er, was ich gerade gedacht habe, und ein trauriger Ausdruck gleitet über sein Gesicht. »Genug …« Er lässt seine Hand sinken. »Ich werde deine Gedanken nicht mehr lesen, versprochen. Es sei denn, es geschieht mit deiner Zustimmung. Es ist nur … ich war es jahrelang gewohnt, die Gedanken anderer zu lesen. Es ist schwierig, alte Gewohnheiten einzustellen.« Fast schon entschuldigend hebt er die Schultern.

»Schon gut«, erwidere ich zu meiner eigenen Überraschung. »Ich habe nichts zu verbergen.«

»Ich weiß.« Ein Lächeln erscheint auf seinem Gesicht. »Das ist einer der Gründe, warum du mich so faszinierst, kleine Dienerin. Die meisten Menschen sagen nicht das, was sie denken. Du jedoch schon und das ist nach all den Jahren äußerst erfrischend, glaub mir.« Sein Blick wird wieder eindringlicher, ehe er tief durchatmet. »Aber nun wieder zu dir. Du hast gestern einen Ring und ein Armband getragen. Wenn es sich dabei nicht um die Geschenke von einem Verehrer handelt, von wem stammen sie dann?«

Hm, das wird jetzt schwierig. Ich weiß nicht, ob ich ihm von meiner Familie erzählen will. Ich kenne ihn ja kaum. Und er kennt mich ebenso wenig … und trotzdem will er mir helfen.

Gut, ich beschließe, ihm von meinen liebsten Menschen zu erzählen. Gesehen hat er sie ja ohnehin schon in meinen Gedanken.

»Also, das ist so«, beginne ich.

15

Alia

Ich erzähle ihm ausführlich von meinem Bruder Sen und meiner Schwester Lia. Schließlich überwinde ich mich sogar, zu offenbaren, dass sie nicht meine leiblichen Geschwister sind, und beschreibe den letzten Nachmittag zu Hause, als Mutter mir dieses Geheimnis verraten hat.

Bei der Neuigkeit scheint Reyvan sehr aufmerksam zu werden. Er hört gespannt zu und unterbricht mich nicht ein einziges Mal. Auch nicht, als ich auf das silberne Kästchen und den Schwarzmagier zu sprechen komme. Nachdem er mich gebeten hat, die Schatulle sehen zu dürfen, hole ich sie bereitwillig aus dem Bündel unter meinem Bett hervor. Er schaut sie lange an, versucht jedoch nicht, sie zu öffnen.

»Hm, das ist ja sehr interessant«, meint er schließlich. »Ich weiß, dass vor etwa fünfzehn Jahren ein Schwarzmagier hier in Lormir gefasst wurde. An seinen Namen kann ich mich nicht mehr genau erinnern. Jedenfalls war das damals Thema Nummer eins in der Magiergilde.«

Ich horche auf. »Hast du ihn gesehen?«, frage ich aufgeregt.

Das könnte die erste heiße Spur sein, um etwas über meine leiblichen Eltern herauszufinden.

»Ich war dabei, ja. Xenos hat mich ausnahmsweise aus dem Zirkel gelassen, damit ich mir die Verhandlung ansehen konnte.« Er verzieht den Mund. »Womöglich wollte er damit zeigen, wie grausam er sein kann, und mir vor Augen führen, wie mächtig er ist, da er sich anscheinend zutraute, einen Schwarzmagier im Griff zu haben. Er hat ihn nur von ein paar Wachen im Gerichtssaal flankieren lassen. Äußerst fahrlässig, wenn du mich fragst … Dieser Schwarzmagier war mir nicht geheuer. Ein ziemlich finsterer Kerl.« Reyvan schließt die Augen und versucht offenbar, sich zu erinnern. »Er trug verdreckte Reitkleider und hatte schwarze, verfilzte Haare. Wenn er nur halb so übel gerochen hat, wie er aussah, ist es verwunderlich, dass die Wächter nicht gleich in Ohnmacht gefallen sind.« Er sieht mir in die Augen. »Alia«, spricht er ernst und legt eine Hand auf die meine, »wenn du tatsächlich mit dieser … Bestie unterwegs warst, kannst du von Glück sagen, dass du noch lebst.«

»Ich weiß. Der Gedanke ist mir auch schon gekommen. Was ist dir sonst noch über ihn bekannt?«

Reyvan verzieht angewidert das Gesicht. »Nichts Wichtiges«, meint er ausweichend. »Wieso willst du das so genau wissen? Ich glaube nicht, dass es dir auf irgendeine Weise nützlich sein könnte, deine leiblichen Eltern zu finden.«

»Lass das bitte mich entscheiden«, erwidere ich.

Dass mir Reyvan nicht alles über den Schwarzmagier erzählen will, ärgert mich. Ich hatte gedacht, er wolle mir helfen, und dennoch scheint er mir wichtige Informationen vorzuenthalten. Ja, diese Fragen hätte ich eigentlich meinen Eltern stellen sollen, als ich noch Gelegenheit dazu hatte, aber da war ich mit allem überfordert. Jetzt … bleibt mir nur Reyvan, der anscheinend mehr über den Schwarzmagier weiß. Er ist meine einzige Hoffnung, meine Fragen doch noch beantwortet zu bekommen.

Der Elf versucht mich zu beschwichtigen, da er anscheinend bemerkt hat, dass mir seine ausweichenden Antworten gegen den Strich gehen. »Alia, ich weiß, dass du möglichst sofort alles über deine leiblichen Eltern wissen willst. Aber im Moment ist es erst einmal wichtig, dass du diese Farce, die sich Wettkampf nennt, überstehst und dich ganz darauf konzentrierst. Danach können wir zusammen Informationen über deine Eltern suchen.« Er streichelt meine Hand.

Ich will etwas erwidern, aber im Grunde muss ich ihm recht geben. Es gibt jetzt wichtigeres, das wir besprechen sollten. Trotzdem ... irgendetwas sagt mir, dass es ebenfalls sinnvoll wäre, alles Mögliche über diesen Schwarzmagier herauszufinden. Er könnte der Schlüssel zu meiner Vergangenheit sein.

Seufzend nehme ich das silberne Kästchen aus Reyvans Händen. »Ich dachte immer, ich kenne meine leibliche Familie. Aber nun ... ich wüsste einfach gern, wer sie sind oder waren. Und warum ich bei diesem Schwarzmagier war und nicht bei ihnen.«

»Ich weiß, Alia.« Reyvan nimmt das Kästchen und legt es wieder zurück ins Bündel. Dann hebt er meine Hand an seine Lippen und drückt einen sanften Kuss darauf. Ich sehe ihn überrascht an, entziehe ihm die Finger aber nicht. »Lass uns ein Bündnis schließen«, murmelt er. »Ich verspreche dir, dass ich dir helfen werde, deine Eltern zu finden, wenn du mir versprichst, für mich die Zirkeltage zu überleben.«

Ich schaudere bei seinen Worten.

Warum will er mir helfen? Einfach nur, weil er Zeit mit mir verbringen möchte?

Er lacht leise auf, als er meinen Gesichtsausdruck sieht. »Alia, ob du es mir nun glaubst oder nicht, ich hatte mir gestern Abend eigentlich geschworen, vorerst die Finger von euch

Frauen zu lassen. Aber als ich dann heute Morgen das mit dem Wettkampf hörte … ich weiß nicht warum, aber ich hatte das Gefühl, dass ich als Ritter auf weißem Schimmel zu dir eilen muss.« Sein Lachen erwärmt mein Herz. Er sieht mich kopfschüttelnd an, als begreife er selbst nicht genau, warum er jetzt hier neben mir sitzt. »Und ich hatte noch nie das Bedürfnis, einem Menschen zu helfen …«

Seine Stimme ist immer leiser geworden bei den letzten Worten und er beugt sich zu mir. Als er eine Hand an meine Wange legt, verdunkelt sich sein Blick.

»Alia«, sagt Reyvan rau. »Was machst du nur mit mir?«

Er streicht mit dem Daumen über meine Unterlippe und ich kann es nicht verhindern, dass mein Herz zu flattern beginnt. Reyvan ist wie ein Orkan, der alles in mir aufwühlt. Wie ein Gewitter, das über mich hereinbricht. Und trotzdem halte ich still und schaue wie gebannt in seine dunkelblauen Augen, in denen ich mein Spiegelbild erkenne.

Als er merkt, dass ich mich nicht gegen die Berührung wehre, überwindet er die letzte Distanz und ich spüre seinen warmen Atem mein Gesicht streicheln.

»Alia«, raunt er nahe an meinem Mund. »Darf ich dich küssen?«

Da ich meiner Stimme nicht mehr traue, nicke ich nur. Nun ja, es ist eher ein Zucken meiner Nackenmuskeln, aber es genügt ihm.

Ich kann gerade noch ein Lächeln auf seinen Lippen wahrnehmen, bevor er sie auf meine legt. Sie sind warm und sanft, ehe er sie etwas bewegt und den Druck verstärkt.

Ich schließe die Augen und vergehe in seiner Zärtlichkeit. Der Kuss entführt mich in ungeahnte Gefilde, lässt mich vergessen, wo ich bin, welche Sorgen mich plagen. Es gibt nur Reyvan und mich und den Sturm, der in mir tobt.

Ich atme seinen Duft nach Wald und Sommer, Wind und Regen ein und verliere mich im Taumel dieser Empfindungen.

Nach einer Ewigkeit, die doch viel zu rasch vorbeigeht, löst er sich von mir. Meine Wangen sind heiß und ich fühle mich, als würde ich schweben. Ihm scheint es ähnlich zu gehen, denn sein Blick ist verschleiert, was ihm einen geheimnisvollen Zug gibt.

Er lächelt mich an. »Entschuldige bitte, Alia. Ich habe dir ja eigentlich versprochen, mich von dir fernzuhalten. Aber ich habe dir auch gesagt, dass ich nichts dafür kann, wenn du mich mit deinem Liebreiz umhaust. Und Geduld war noch nie meine Stärke – schon gar nicht bei einer schönen Frau wie dir.«

Er streicht eine Haarsträhne hinter mein Ohr. Eine Geste, die ihm offenbar bereits zur Gewohnheit geworden ist. In seinen Augen liegt so viel Wärme, wie ich sie noch nie bei jemandem gesehen habe.

Meine Stimme will mir immer noch nicht gehorchen, daher versuche ich gar nicht erst, etwas zu erwidern, sondern lege meinen Kopf an seine Schulter. Er schließt die Arme um mich und hält mich fest.

»Ich verspreche dir, ich bringe dich durch diesen Wettkampf«, murmelt er in mein Haar.

»Danke«, sage ich in belegtem Tonfall und genieße das Kribbeln, das seine Hand auslöst, als sie mein Rückgrat entlangfährt.

Vielleicht sollte ich ihm nicht vertrauen. Vielleicht sollte ich mich nicht von ihm in die Arme nehmen lassen. Vielleicht …

Aber ich tue es. Es fühlt sich richtig an und eine leise Stimme in mir sagt, dass er mir wirklich helfen will.

Das Klopfen an der Tür lässt mich wie von einer Biene gestochen vom Bett aufspringen. Reyvan bleibt jedoch sitzen, als wäre es nichts Besonderes, dass er sich in meinem Zimmer aufhält.

Bevor ich antworten kann, öffnet sich die Tür einen Spalt breit und Rana steckt den Kopf herein. Als sie sieht, dass ich Besuch von dem Elfen habe, macht sie große Augen. »Ich … äh … ich hoffe, ich störe euch nicht. Tut mir leid … ich dachte … ich dachte, du wärst allein, Alia«, stottert sie. Sie starrt dabei jedoch unentwegt Reyvan an.

»Schon gut, komm rein.« Wenigstens bin ich nun wieder Herrin meiner Stimme.

Sorgfältig schließt Rana die Tür hinter sich und bleibt nahe beim Eingang stehen, da sie nirgendwo sonst hinkann. Sie knetet verlegen die Hände und senkt den Blick. Anscheinend hat die blonde Dienerin keine Ahnung, wie sie sich verhalten soll, und tut mir schon fast leid.

Reyvan erlöst sie von ihrem Unbehagen. »Setz dich doch aufs Bett«, schlägt er lächelnd vor.

Ihm scheint es nicht im Geringsten etwas auszumachen, mit zwei Dienerinnen in diesem kleinen Raum zu sein. Ganz im Gegensatz zum weiblichen Anteil im Zimmer. Auch ich weiß nicht, was ich sagen oder tun soll, also setze ich mich wieder rechts von ihm hin, während Rana auf seiner linken Seite Platz nimmt. Das Bett knarrt dabei verdächtig – das Gewicht einer vierten Person würde es definitiv nicht überleben.

»Ich werde Alia helfen, den Wettkampf zu bestreiten«, erklärt Reyvan nun in sachlichem Tonfall, als würde er gerade über das Wetter sprechen.

Rana nickt, als wäre das das Selbstverständlichste auf der Welt, obwohl mir ihr erstaunter Blick nicht entgeht.

»Es ist wichtig, dass du es keiner Menschenseele verrätst, Rana«, fährt er eindringlich fort.

Ich bin erstaunt, dass er auch ihren Namen kennt. Offenbar steckt in diesem Elfen noch einiges mehr, als ich dachte.

Rana nickt wieder, diesmal heftiger. »Natürlich, ich werde keinem etwas sagen. Mir liegt auch daran, Alia lebend da durchzubringen.« Sie wirft einen Seitenblick zu mir.

»Gut, dann sind wir uns ja einig«, meint Reyvan zufrieden.

Rana nimmt diese Bemerkung als Geste, entlassen zu sein, steht auf und verlässt das Zimmer eine Spur zu fluchtartig.

Ich bin erstaunt, wie sehr Reyvan ihr zu vertrauen scheint, bis ich mir überlege, dass er wahrscheinlich, wie mein Vater, Gedanken erahnen kann, ohne seine Hand auf einen Kopf legen zu müssen.

Bei dieser Idee wird mir mulmig. Das heißt, er hat immer gewusst, was ich denke? Nun ja, immerhin hat er mir versprochen, meine Gedanken nicht mehr ohne meine Einwilligung zu lesen. Trotzdem … mir kommt glühend heiß die Erinnerung, wie ich ihn fast mit den Augen ausgezogen habe, als ich ihn das erste Mal im Speisesaal erblickte.

16

Reyvan

Ich weiß genau, was mein Onkel sagen würde, wenn er mich jetzt hier neben Alia sitzen sähe: »Du bist ein Elf. Sie ist eine Menschenfrau. Wieso setzt du dich so für sie ein? Wieso liegt dir so viel an ihr? Das ist nicht nur seltsam, sondern auch viel zu unüberlegt und vor allem überstürzt. Schalte endlich dein Hirn ein, ehe du deinen Körper handeln lässt.«

Und wieder einmal hätte er recht. Ich weiß, dass ich Alia nicht hätte küssen sollen. Ich weiß, dass ich sie womöglich überfordere, da sie ganz eindeutig viel weniger Erfahrung hat als ich. Und dennoch kann ich nicht anders, als egoistisch zu sein und mir gleichzeitig einzureden, ich wäre es nicht, da ich ihr ja helfe.

Ja, im Schönreden bin ich fast genauso gut wie im Bett.

Heute Morgen fand ich es noch äußerst unterhaltsam, als ich von den Zirkeltagen erfuhr. Die Aussicht, den Wettkampf mit eigenen Augen zu sehen und zu erfahren, wie sich Magier darauf vorbereiten, war im ersten Moment äußerst verlockend gewesen … bis Alias Name fiel.

Auch jetzt spüre ich wieder dieses seltsame Flattern in meiner Brust, wenn ich sie ansehe. Ein Ziehen, das sich fast schon als Schmerz bemerkbar macht.

Wie konnte mir dieses Mädchen, das ich erst seit etwas mehr als einer Woche kenne, so rasch so wichtig werden?

Ja, ich bin leidenschaftlich, impulsiv und handle manchmal viel zu überstürzt. Aber das hier, das übertrifft selbst meine Maßstäbe bei Weitem.

Ich habe ihr verdammt noch mal gerade versprochen, ihr zu helfen. Sie zu beschützen und dafür zu sorgen, dass sie die Zirkeltage lebend hinter sich bringt.

Ziemlich dumm. Nein: *sehr* dumm.

Aber mir blieb keine andere Wahl, als ich sie hier in ihrem Zimmer sitzen sah. Denn sie bedeutet mir etwas. Was genau, werde ich noch herausfinden, da bin ich mir sicherer denn je.

»Nun, dann lass uns jetzt einen Plan für dein ganz persönliches Training entwerfen«, höre ich mich selbst sagen, ohne genau zu wissen, was ich da eigentlich von mir gebe.

Ich und eine Menschenfrau trainieren – die obendrein keinerlei Begabung besitzt. Wirklich hervorragende Idee, Reyvan … da hätte jeder Gorka mehr Erfolgschancen damit, einem Hasen das Stricken beizubringen.

Aber als sie mich mit diesem dankbaren Lächeln ansieht, schieße ich alle Bedenken in den Wind und frage sie nach einem Blatt Papier.

»Wichtig ist, dass du alle Elemente gleich gut kennst«, beginne ich und teile das Papier mit der Schreibfeder, die sie mir gegeben hat, in vier Bereiche. Wenn ich das durchziehen will, muss ich mit einem Plan da rangehen. Und vor allem mit Zuversicht – gerade *die* hat Alia dringend nötig. »Vieles wirst du in den kommenden Monaten im Unterricht der Magierlehrlinge erfahren, aber es gibt einiges, was die Jungmagier beherrschen, was euch Assistenten vorenthalten sein wird.«

Ich höre das dunkelhaarige Mädchen leise seufzen und hebe fragend den Blick.

»Glaubst du wirklich daran, dass ich es schaffen kann?«, will sie wissen.

»Ich glaube nicht nur daran, ich *weiß* es«, behaupte ich und schenke ihr ein entwaffnendes Lächeln, das ihr wieder diese niedliche Röte auf die Wangen zaubert – besser als jede Magie. »Du hast den großartigsten Trainingspartner an deiner Seite, den es gibt. Wenn *ich* es nicht schaffe, dich da durchzubringen, wird es niemandem gelingen.«

Herrlich … nur weiter so mit den haltlosen Versprechen … hervorragend, Reyvan …

Aber das Lächeln, das sie mir schenkt, lässt meine Vorbehalte ebenso rasch schmelzen wie Eis in der Sonne. Am liebsten würde ich das Papier zur Seite legen, sie an mich ziehen und so lange küssen, bis uns die Luft wegbleibt. Aber ich reiße mich zusammen und widme mich wieder dem Plan.

»Ich schreibe dir nun alle möglichen Kampfzauber auf der Rückseite auf«, fahre ich fort. »Jeder Zirkel hat seine eigene Kampfmagie. Feuerpfeile, Feuerbälle und Feuerwellen sind zum Beispiel die Spezialität des Feuerzirkels, während der Wasserzirkel unter anderem mit Eisregen, Schneestürmen und Wasserdämonen auftrumpfen kann. Vor Erdbeben, Giftwolken oder gar Giftpfeilen muss man sich dagegen bei den Magiern des Erdzirkels in Acht nehmen, während einem vom Luftzirkel Stürme und fiese Illusionen drohen.« Ich halte inne und mustere das Mädchen, deren Augen bei den letzten Aufzählungen noch größer geworden sind als ohnehin schon. »Kannst du mir folgen?«

Sie nickt nur und benetzt mit der Zunge die Lippen.

Hör auf damit, Mädchen – ich muss mich konzentrieren …

»In Ordnung.« Ich versuche, nicht zu sehr auf ihren Mund zu starren. »Dies ist allerdings nur ein Bruchteil aller möglichen Gefahren, die dich während der Zirkeltage erwarten.«

»Wie soll ich mich dem allen entgegenstellen?«, fragt sie und die Hoffnungslosigkeit in ihrer Stimme lässt mein Herz sich zusammenziehen.

»Wir gehen es langsam an«, beruhige ich sie. »Schritt für Schritt.«

Ja, klar, weil ›langsam‹ genau meine Stärke ist …

»Und du traust dir zu, Zauber aller vier Elemente zu wirken?« Ihre Augenbrauen hüpfen niedlich in die Höhe.

»Nun, ich kann zwar einen Teil der Elemente beherrschen«, erkläre ich, »aber unsere Elfenmagie unterscheidet sich – abgesehen von der Luftmagie – doch ziemlich stark von eurer. Daher werden wir mit Illusionen arbeiten. Die sind zudem weit weniger gefährlich.«

Sie nickt und starrt auf die Liste, die ich inzwischen aufgeschrieben habe. »Und mit welchen Zaubern werden wir beginnen?«

Ich runzle die Stirn. »Ich bin zwar ein Elf und besitze mehr Körperwärme als ihr Menschen, dennoch muss ich meine Kräfte einteilen und wir sollten genau planen, wie viele Zauber ich pro Training wirken kann.«

Jetzt legt sie mir eine Hand auf den Unterarm und ich sehe ihren besorgten Blick auf mir ruhen. »Ich möchte aber nicht, dass du dich übernimmst«, flüstert sie.

Ihre Sorge um mich lässt mich grinsen. »Keine Bange, ich weiß auf mich aufzupassen. Ebenso wie auf dich.« Ein tiefer Blick und eine wegwerfende Handbewegung lassen ihre Zweifel leiser werden. »Zudem müssen wir nicht nur den Umgang mit Magie lernen, sondern du brauchst auch ein körperliches Training.«

»Körperliches Training?« Sie legt den Kopf fragend schief und es liegt mir ganz vorne auf der Zunge, etwas Anzügliches zu sagen. Aber ich lasse es und nicke stattdessen bedeutungsvoll. »Ausdauer, Muskelaufbau … es ist wichtig, dass du so gut trainiert wie möglich zu den Zirkeltagen aufbrichst, denn ihr müsst flink und schnell sein.«

»Reyvan, ich habe Angst«, haucht sie.

Das ist mein Stichwort, ihr einen Arm um die Schulter zu legen und sie an mich zu ziehen. Mach ich auch direkt, denn mein Körper verzehrt sich nach ihrer Nähe. »Das ist normal«, raune ich in ihr Haar, das so herrlich nach Honig duftet. »Aber ich weiß ziemlich gut über den Unterricht der Jungmagier Bescheid – du bist bei mir in den besten Händen.«

Fragend hebt sie die Augenbrauen und sieht mich von unten herauf an. »Warum ist das so? Warum weißt du so gut Bescheid über die Zauber der Jungmagier?«

Oje, falsche Frage.

Ich spüre, wie meine Wangen etwas wärmer werden als normal. Aber es nützt nichts, ich muss ehrlich mit ihr sein, sonst wird sie mir nicht vertrauen. Und das ist das Letzte, was ich anstrebe. Denn eines war mein voller Ernst: Ohne mich wird sie verloren sein bei diesem Wettkampf.

»Weißt du, Alia« – ich weiche ihrem forschenden Blick aus – »ich hatte ja eine Vergangenheit vor dir. Und da … nun … ich habe versucht, möglichst viel über den Magierzirkel herauszufinden, um es später, nach Ablauf meiner Zeit hier, meinem Volk erzählen zu können. Und … hm …«

Verdammt, ich bin wirklich verlegen. Das war ich noch nie! Aufhören damit!

Ich räuspere mich, um meine Selbstsicherheit wieder zurückzuerlangen. Leider ohne Erfolg. »Ich war, wie du weißt, mit vielen Magierinnen zusammen. Nun ja … das war einer der Gründe dafür.«

Bei Ferys' Haaren … dieses Gestammel ist ja wirklich peinlich …

Beschämt senke ich den Blick.

»Reyvan«, flüstert sie und ich spüre, wie sie mit dem Finger über meine Tätowierung fährt, die mir diese verdammten Magier auf die Wange gesetzt haben, um mich als ihr Eigentum zu brandmarken. »Solange du nichts mit einer Magierin anfängst, während du mit mir zusammen bist, ist es mir vollkommen gleichgültig, ob und mit wem du vor mir angebandelt hast.«

Hat sie gerade ›zusammen bist‹ gesagt?

Normalerweise wäre das der Moment, in welchem ich das Mädchen darauf hinweise, dass das Ganze unverbindlich bleiben soll. Ich will das Beste aus der Zeit hier im Zirkel machen – und Alia scheint vielversprechend für meinen Plan zu sein. Für gewöhnlich wäre ich also ehrlich und direkt.

Aber als ich sie ansehe, ihren aufrichtigen, warmen Blick, der über mein Gesicht gleitet … die Hoffnung darin, das Vertrauen … ich bringe es nicht übers Herz.

Stattdessen sehe ich sie so schockiert an, wie mir möglich ist. »Alia, wie kannst du glauben, dass ich mit einer anderen Frau zusammen sein will, wenn ich dich habe?«

Hach ja, wie schnulzig das klingt … aber ein Teil von mir meint das wirklich ernst. Der Teil, der gerade dabei ist, sich in sie zu verknallen.

Auch ohne ihre Gedanken zu lesen, kann ich in ihren Augen erkennen, dass sie mir diese Worte nicht ganz abnimmt. Und das ist gut so. Wir sollten die Zeit, die gerade erst für uns begonnen hat, einfach nur genießen. Das Beste daraus machen und sehen, wohin es führt. Denn *dass* da ein Ziel ist, spüren wir beide.

Liebe auf den ersten Blick gibt es nicht? Ich bin mir da inzwischen nicht mehr so sicher … auch wenn es nicht Liebe ist, die ich für dieses Mädchen empfinde, so rührt sie doch etwas in meinem Herzen. Etwas, das mit jedem Lächeln größer wird. Und wärmer.

Verdammt … ich habe wirklich eine Schwäche für Alia. Aber es fühlt sich komischerweise nicht nach Schwäche an, sondern nach … keine Ahnung. Irgendetwas außer Schwäche eben!

Im Normalfall lasse ich mir mit solchen Zugeständnissen Zeit und schaue erst, ob mir das Mädchen überhaupt den Spaß bringen kann, den ich mit ihm haben will. Aber Alia ist ohnehin anders. *Alles* bei ihr ist anders. *Sie* ist anders.

Und ich werde mein Wort halten, sie durch diesen verdammten Wettkampf zu bringen.

17

ALIA

Als Reyvan zum Mittagessen aufbricht, bringt mir Rana meine Essensportion ins Zimmer. Ohne darauf zu achten, was es ist, stopfe ich das Essen in mich hinein. Zu sehr sitzen mir noch die Ereignisse dieses Morgens in den Knochen. Zuerst die Nachricht, dass ich mein Leben bei diesen Zirkeltagen in fünf Monaten riskieren soll, und dann die unerwartete Hilfe von Reyvan – der mich zu allem Überfluss auch noch geküsst hat.

Was mich jedoch fast am meisten beschäftigt, ist, dass es mir so gut gefallen hat. Ich spüre immer noch seine sanften Lippen auf meinen, den Geschmack seiner Zunge …

Schluss damit, Alia! Ich muss mich auf das Wesentliche konzentrieren – und das ist, diese Zirkeltage irgendwie zu überleben.

Am Nachmittag gehe ich zum Unterricht des Feuerzirkels, für den ich in den nächsten Tagen als Assistentin eingeteilt bin. Dort werde ich mit neugierigen Blicken in Empfang genommen. Es hat sich bereits im ganzen Zirkel herumgesprochen, wer die auserwählten Diener für den Wettkampf sein werden, und natürlich wird jeder unserer Schritte ab sofort mit Interesse verfolgt.

Janos, der Lehrer des Feuerzirkels, bittet mich wie Opherto, neben dem Podest Platz zu nehmen. Er hat feuerrotes, langes Haar, das er zu einem Zopf nach hinten gebunden trägt. In seinem Gesicht blitzen dunkle Augen und ein rotes Bärtchen umrahmt seinen Mund. Er sieht gut aus, könnte es jedoch nicht mit dem makellosen Aussehen von Reyvan aufnehmen. Bei dem Gedanken schelte ich mich. Ich muss jetzt aufpassen und darf nicht die ganze Zeit von einem Elfen träumen, den ich gerade erst kennengelernt habe!

»In den nächsten Tagen werdet ihr lernen, wie ihr eine kleine Feuerkugel formt«, beginnt Janos. »Danach werde ich euch zeigen, wie ihr diese Kugel von einer Stelle zur anderen bewegt, bis ihr dann am Ende dieses Monates lernt, wie ihr sie durch einen gesamten Raum schickt, um diesen zu erhellen.«

Das kann ja heiter werden. Ich hoffe, ich werde nicht als Zielscheibe missbraucht …

Aber heute liegt meine Aufgabe nur darin, den Lehrlingen kleine Glasgefäße auszuteilen, in denen sie die Kugel bilden sollen. Die Gefäße sind dazu da, dass sich das Feuer nicht unkontrolliert ausbreitet.

Ich merke, dass dies hier eine ganz andere Stufe ist als die der Jungmagier, wo solche Grundkenntnisse einfach vorausgesetzt wurden. Interessiert beobachte ich die Schüler, die sich ans Werk machen. Janos geht herum und schreitet da und dort korrigierend ein.

Ein Schüler, der mir von Anfang an durch seine schlanke Gestalt aufgefallen ist, scheint es besonders gut machen zu wollen. Leider überschätzt er seine Kräfte und beginnt unvermittelt zu zittern. Seine Lippen laufen blau an und die Flamme, die er eben noch vor sich in dem Glasgefäß hatte, erlischt schlagartig.

Ich renne zu ihm, als er langsam zur Seite wegkippt, und komme gerade rechtzeitig, um zu verhindern, dass sein Kopf auf den Boden aufschlägt.

Janos ist einen Wimpernschlag später neben mir und beugt sich über den Jungen. »Er wird schon wieder«, meint er nach einer kurzen Untersuchung zuversichtlich und legt ihn mit meiner Hilfe auf eine Pritsche, die an der hinteren Wand steht.

Daneben ist ein kleiner Kamin, den Janos nun anheizt und der sofort eine wohlige Wärme verbreitet. Erst jetzt fällt mir auf, dass es hier, im Gegensatz zum Unterricht der Jungmagier, diverse Liegemöglichkeiten und Wärmequellen gibt.

Der Junge wird in eine dicke Wolldecke gewickelt. Nach ein paar Minuten kann er zumindest wieder die Augen öffnen.

Der Rest des Unterrichts vergeht zum Glück ohne weitere Vorfälle.

Beim Abendessen soll ich den Tisch der Jungmagier des Luftzirkels – den Tisch von Reyvan – bedienen. Seit dem Vorfall am ersten Tag habe ich mich immer um diesen Dienst gedrückt. Als Tascha jetzt losgehen will, um wie üblich für mich einzuspringen, halte ich sie jedoch am Arm zurück.

»Nein«, sage ich in ruhigem Tonfall. »Ich werde heute diesen Dienst selbst übernehmen. Irgendwann muss ich mich Taros ja stellen.«

Tascha nickt und ich kann in ihren blauen Augen eine Spur Enttäuschung über meinen plötzlichen Sinneswandel erkennen. Sie hat es immer gemocht, Reyvan zu bedienen, aber ich muss aufhören, auf alles und jeden Rücksicht zu nehmen, und beginnen, mich meinen Problemen selbst zu stellen, statt ihnen aus dem Weg zu gehen.

Also staple ich fünf Teller auf meinem Tablett und begebe mich mit Goe, der ebenfalls für diesen Tisch eingeteilt ist, zu den Luftmagiern.

Es entgeht mir nicht, dass Reyvan mir lächelnd entgegenblickt, als er merkt, dass ich seinen Teller servieren werde. Taros scheint fast genauso erfreut wie der Elf zu sein, allerdings ist der Grund für sein erwartungsvolles Grinsen anderer Natur.

Ich versuche, eine so neutrale Miene wie möglich aufzusetzen, achte aber sorgsam darauf, dass sich mir keine Füße in den Weg stellen.

»Sieh an, die Nehil«, beginnt Taros prompt mit höhnischer Stimme. »Und, freust du dich schon auf die Zirkeltage?«

Ich ignoriere ihn und verteile die Teller. Dabei fange ich einen Blick von Reyvan auf, der mich aufmerksam mustert, ansonsten aber schweigt.

»Hat es dir die Sprache verschlagen?«, fährt Taros gehässiger fort. »Du solltest besser nett zu mir sein, sonst werde ich dich bei den Zirkeltagen mit Zaubern bombardieren, bis dir das Hören und Sehen vergeht.« Er fletscht die Zähne wie ein hungriger Wolf, was seinem Aussehen einen grausamen Zug verleiht.

»Lass sie, Taros.« Die Stimme des Elfen ist zwar ruhig, sein Gesicht sieht jedoch aus, als wäre er kurz davor, einen tödlichen Blitz auf seinen Freund zu schleudern.

Dieser hält einen Moment inne, als er den Kopf zu Reyvan dreht, fängt sich jedoch sofort wieder. »Ach«, entgegnet er. »Kümmern wir uns plötzlich darum, was mit der Nehil passiert?« Seine Worte triefen vor Spott.

Reyvan atmet tief durch. »Wenn du ihr verrätst, welche Zauber bei den Zirkeltagen verwendet werden, wird sie nur umso besser vorbereitet sein«, erwidert er schulterzuckend und widmet sich seinem Essen.

Wenn ich nicht wüsste, dass er dies macht, um Taros von mir fernzuhalten, wäre ich wirklich sauer auf ihn. So aber versuche ich, meine Enttäuschung über seine Worte herunterzuschlucken, und stelle rasch den letzten Teller auf den Tisch. Dann drehe ich mich um und fliehe in die Küche, wo ich beim Herrichten der Speisen helfe und warte, bis sie mit dem Essen fertig sind.

Als es Zeit wird, die Teller abzuräumen, sind Taros und seine Freunde bereits weg. Reyvan sitzt jedoch noch am Tisch und wartet – auf mich. Die anderen Magier verlassen nach und nach den Saal.

Zögernd gehe ich zu ihm hin.

»Tut mir leid, wie er mit dir gesprochen hat«, flüstert er, als ich seinen Teller abräume.

»Mir tut viel mehr leid, was du darauf geantwortet hast«, zische ich ihm zu.

Reyvan wirkt verwundert und hält meine Hand fest, ehe ich sie zurückziehen kann. Dabei achtet er darauf, dass niemand uns beobachtet. »Alia, ich hatte gedacht, ich hätte mich deutlich genug ausgedrückt«, meint er in ernstem Tonfall. »Ich kann weder vor Taros noch vor anderen Magiern zeigen, dass wir uns näher kennen.« Er lockert seinen Griff etwas. »Sowohl du als auch ich würden darunter leiden. Und ich denke, wir haben beide schon genug gelitten, oder?« Jetzt schaut er mich eindringlich an, aber seine Hand fährt sanft über die meine.

»Das stimmt«, murmle ich. »Trotzdem hättest du ihn nicht daran hindern sollen zu verraten, was er bei den Zirkeltagen vorhat.« Ich klinge eine Spur trotziger als beabsichtigt.

»Keine Bange. Ich weiß genau, was Taros' Spezialitäten sind. Schließlich bin ich seit zwei Jahren mit ihm im Unterricht.« Reyvans Mund verzieht sich zu einem Lächeln. »Und ich werde niemals zulassen, dass er dir wehtut, das musst du mir glauben.« Seine Stimme ist nun wieder warm und sanft.

»Ich versuche, das nächste Mal daran zu denken«, entgegne ich und wende mich von ihm ab.

»Alia«, flüstert Reyvan leise. Ich drehe mich nochmals zu ihm um. »Wenn du fertig mit dem Dienst bist, werde ich in deinem Zimmer auf dich warten.«

Rasch wende ich mich zum Gehen, ehe er meine errötenden Wangen sieht. Dass ein Junge – Mann – Elf – so mit mir spricht, daran muss ich mich erst noch gewöhnen …

Als ich einige Zeit später erschlagen in mein Zimmer gehe, liegt er tatsächlich auf meinem Bett. Er hat eine Kerze angezündet, die am Boden steht. Als ich eintrete, setzt er sich auf und lächelt mich an.

Er hat seinen Umhang abgelegt, das schwarze Hemd ist am Halsansatz leicht geöffnet und gibt den Blick auf seine Kette mit dem silbernen Talisman frei.

Ich schließe die Tür hinter mir und weiß nicht, wohin ich gehen soll, da er das ganze Bett in Anspruch genommen hat. Einfach neben ihn setzen – das getraue ich mich nicht. Aber hier stehen zu bleiben, ist auch irgendwie komisch …

Anscheinend ist meine Befangenheit unübersehbar, denn Reyvans Lächeln wird breiter und er streckt die Hand nach mir aus. »Komm, Cíara, leg dich neben mich.«

Zögernd überwinde ich die Distanz zwischen uns und lasse mich auf das Bett ziehen. Reyvan rutscht etwas zur Seite, damit wir beide Platz haben, und legt wie selbstverständlich einen Arm um mich. Ich spanne mich unwillkürlich an, als ich seinen warmen Körper neben meinem fühle, da ich solche Nähe nicht gewohnt bin.

»Entspann dich, du hattest einen anstrengenden Tag«, murmelt er und ich spüre seine Lippen sanft meine Schläfe streifen.

Der hat gut reden … ich war noch nie so nahe neben einem Jungen – und schon gar nicht auf einem Bett.

Dennoch versuche ich, die Anspannung abzuschütteln, und kuschle mich schließlich an seine Seite. Er stößt ein zufriedenes

Brummen aus und hebt die freie Hand, um mir über die Wange zu streicheln. Ganz langsam, beinahe wie ein Hauch, gleiten seine Finger über meine Haut, hinterlassen eine Spur der Zärtlichkeit, die mich die Augen schließen lässt. Ich atme seinen Geruch nach Wald, Regen, Wiesen und Freiheit ein. Nach Natur und Geborgenheit. Reyvan wirkt wie eine Droge auf mich, der ich mich weder entziehen kann noch möchte.

Wenn das Elfenmagie ist, die er gerade anwendet, will ich sie nie wieder missen. Er tut mir so gut, dass ich tatsächlich nach einigen Minuten vollkommen entspannt neben ihm liege, den Kopf auf seine Schulter gebettet, die Augen geschlossen.

»Was bedeutet dieses Wort? Wie du mich vorhin genannt hast?«, frage ich ihn.

»Cíara?«

»Ja, genau das.«

»Das bedeutet ›meine Geliebte‹. Es ist ein altelfischer Ausdruck.«

»Geliebte«, murmle ich. »Ist es das, was ich für dich bin?« Allein der Gedanke beschert mir eine Gänsehaut. Wir kennen uns erst so kurze Zeit und doch fühlt sich dieses Wort so richtig an. So passend … vielleicht ist es wirklich gerade Liebe, die zwischen uns entsteht – wer weiß das schon? Wie ist es, wenn man sich verliebt? Vielleicht genau so?

Ich will es nicht hinterfragen, sondern einfach genießen. Genießen, dass ich nicht allein bin. Dass Reyvan bei mir ist und mir versprochen hat, auf mich aufzupassen. Mir zu helfen.

»Kann ich dich auch so nennen?«, frage ich ihn.

Er stößt ein leises Lachen aus, das in seiner Brust vibriert, und schüttelt den Kopf. »Nein, so werden bei uns nur die Frauen genannt. Männer haben keine solchen Kosenamen.«

Sanft küsst er meinen Scheitel und legt einen Finger unter mein Kinn, was mich die Augen öffnen lässt. Sachte fährt er mit dem Daumen über meine Unterlippe, zeichnet meinen Mund nach, ehe er sich zu mir beugt und seine Lippen auf meine legt. Zärtlich bewegen sie sich, dann wandern sie über meine Wange, zu meiner Schläfe und verharren dort. Ich spüre seinen Atem auf meiner Stirn und schließe die Augen wieder.

Ja, womöglich fühlt sich Verlieben genau so an. Genau so schön, genau so geborgen.

»Reyvan«, murmle ich und höre ihn an meinem Ohr leise brummen. »Tascha sagte mir, du heißt Reyvan Caltayó. Warum hast du zwei Namen?«

»Das eine ist mein Vorname«, haucht er und küsst mich hinter dem Ohrläppchen, was mir eine Gänsehaut beschert. »Das andere der Familienname. Der Elfenstamm meines Vaters heißt Caltayó.«

Ich habe keine Ahnung, ob ich mir das merken kann. Dennoch frage ich weiter, da ich nicht weiß, was ich sonst tun soll. Er verwirrt mich, mein Körper reagiert auf seine Küsse und überfordert mich damit. »Ach so? Ich wusste gar nicht, dass ihr Elfen zwei Namen habt«, plappere ich weiter drauflos.

Ein leises Lachen erklingt an meinem Ohr. »Es gibt noch so vieles, was du nicht weißt und ich dir beibringen kann, Cíara.« Seine Stimme klingt rau, während er sich an meinem Hals entlang zu meinem Kinn küsst. »Du bedeutest mir viel …«

Ehe ich etwas erwidern kann, erobern seine Lippen meinen Mund und wir verlieren uns in einem leidenschaftlichen Kuss. Er küsst so gut … und seine Anwesenheit ist pure Magie.

»Bitte bleib bei mir«, flüstere ich, als ich wieder zu Atem komme.

»Wie du wünschst.« Reyvan lächelt und legt sich ein wenig bequemer hin, ohne mich aber loszulassen.

Ich schließe die Augen und denke noch darüber nach, dass ich mein Nachthemd anziehen sollte. Doch ehe ich diesen Gedanken näher fassen kann, zieht mich meine Müdigkeit in die

Traumwelt. Das Letzte, was ich bewusst wahrnehme, ist Reyvans Hand, die sanft meine Schulter streichelt.

Als ich am nächsten Morgen aufwache, liegt Reyvan immer noch neben mir.

»Guten Morgen, Cíara«, begrüßt er mich.

»Guten Morgen«, murmle ich verschlafen. »Wie spät ist es?«

»Die Glocke hat noch nicht geläutet, aber du musst bald los zu deinem Dienst.« Er zeichnet mit einem Finger die Konturen meines Gesichts nach.

Seine Hände beginnen sachte, meinen Körper zu erkunden, und ich rekle mich wohlig unter seinen Streicheleinheiten. Als er jedoch den Bereich zwischen meinen Schenkeln erreicht, halte ich seine Hand fest.

»Bitte«, flüstere ich. »Dafür bin ich noch nicht bereit. Du … du bist der erste Mann, der mich geküsst hat, und ich möchte nicht alles überstürzen.« Auch wenn es mir peinlich ist, das vor ihm zuzugeben, so muss er doch wissen, dass ich Zeit brauche. Und Grenzen setzen möchte.

»Das verstehe ich, obwohl ich es bedauere – du weißt nicht, was dir entgeht.« Seine Augen werden etwas dunkler. »Irgendwann zeige ich dir, was es bedeutet, mit einem Elfen zusammen zu sein«, verspricht er und mich durchfährt ein angenehmer Schauer.

»Irgendwann, ja«, seufze ich und küsse ihn, ehe ich aufstehe, um mich für die Arbeit bereit zu machen.

Reyvan und ich haben verabredet, uns in den Gärten des Erdzirkels, auf der obersten Terrasse zu treffen, wenn ich mit dem Abwasch fertig bin.

Als ich dort ankomme, wartet er bereits auf mich. Er nimmt mich in seine Arme und küsst mich. Dann schaut er mich erwartungsvoll an. »Wollen wir?«

Ich nicke beklommen. Zwar haben wir besprochen, welche Zauber wir heute durchgehen wollen, aber ich bin mir nicht sicher, was ich genau tun soll, um ihnen zu entgehen.

Reyvan spürt meine Bedenken, ehe ich sie ausgesprochen habe. »Du brauchst dich nicht zu fürchten, Cíara. Ich kann solche Kampfmagie nicht allein wirken, dazu habe selbst ich zu wenig Wärme, trotz deiner Gegenwart.« Er funkelt mich an. »Also, wie gesagt, werde ich einfache Illusionszauber machen. Diese sind den Zaubern der Kampfmagie zwar täuschend ähnlich, im Gegenteil zu diesen kann ich sie aber jederzeit unterbrechen und sie können dich nicht verletzen. Was allerdings dann bei den Zirkeltagen anders sein wird.«

»Na, da bin ich ja beruhigt – ich werde also erst bei den Zirkeltagen wirklich von einer Giftwolke erstickt.«

»Genau.« Reyvan lacht amüsiert über meine zynische Bemerkung. »Das ist die richtige Einstellung, immer optimistisch bleiben!«

Dann beginnt er, die Illusion eines Eisdämons zu erschaffen.

Als er damit fertig ist, weiche ich keuchend vor dem knapp drei Schritt hohen Monster zurück, das aussieht, als wäre ein Brocken Eis lebendig geworden. Zum Glück hat Reyvan diese langen, spitzen Eiszähne und die Klauen, die einen Menschen in zwei Stücke reißen können, im Griff. Hätte ich solch einem Dämon in der Realität und ohne Vorwarnung gegenübergestanden, hätte ich mir vor Angst wahrscheinlich in die Hosen gemacht.

Reyvan erklärt mir, was die Schwachstellen dieses Dämons sind. Dabei lässt er ihn sich drehen, die Arme heben und in die Knie gehen, damit ich mir die Augen anschauen kann, aus denen er mich mit eisigem Blick mustert.

Ich bin wie gebannt von dieser Erscheinung. Nur am Rande bekomme ich mit, dass es wichtig ist, einen Eisdämon dazu zu bringen, über seine dicken Klumpen von Eisfüßen zu straucheln. Sobald er einmal auf dem Boden aufschlägt, wird er in tausend Stücke zerschellen.

Als Reyvan mit seinen Ausführungen fertig ist, lässt er den Dämon mit einem breiten Grinsen von der Terrasse springen. Bevor dieser jedoch unten ankommt, hat er sich in Luft aufgelöst.

Ich wende mich dem Elfen zu und sehe, dass es ihn, trotz seiner entspannt wirkenden Miene, viel Wärme gekostet hat, diese Illusion zu schaffen.

»Lass uns eine Pause machen«, bitte ich deswegen.

»Hm, ein vernünftiger Vorschlag.« Er legt seine Arme um meine Taille und zieht mich mit einem Ruck an sich, dass ich leise quieke. »Ich habe dich sowieso schon viel zu lange nicht mehr geküsst.«

Ehe ich die Augen verdrehen kann, bedeckt er meinen Mund mit seinem.

»Das ist wirklich eine tolle Möglichkeit, um wieder zu etwas Wärme zu kommen«, meint er lächelnd.

Nun verdrehe ich tatsächlich die Augen …

18

REYVAN

»Und, wirst du auf deine kleine Dienerin setzen?«, fragt Taros hämisch, als wir am Morgen zum Speisesaal gehen.

Ich runzle die Stirn und mustere ihn fragend.

»Die Wetten haben gestartet«, gibt der Jungmagier mit einem breiten Grinsen preis. »Ich habe auf Kalus gesetzt. Da drüben ist das Holzbrett.« Er deutet auf eine Tafel, die man von hier aus sehen kann. Sie steht direkt vor dem Eingang zum Speisesaal.

Ich starre fassungslos darauf und erkenne die fünf Namen, neben die man seine Stimme eintragen kann.

Wie können diese Menschen bloß auf das Leben eines anderen wetten? Wie arrogant und kaltblütig muss man eigentlich sein?!

Nach außen gebe ich mich jedoch so gelassen wie möglich. »Ich werde nicht mitwetten, das interessiert mich nicht.«

Taros gibt ein Grunzen von sich, geht aber glücklicherweise nicht weiter darauf ein.

Als ich den Speisesaal betrete, gleitet mein Blick zu Alia, die neben dem Buffet steht und in meine Richtung sieht. Ich hoffe, sie hat die Tafel noch nicht bemerkt.

Ja, lächerliche Hoffnung – denn wie wir alle musste auch sie an ihr vorbeigehen, um in den Speisesaal zu gelangen. Ihr Gesicht ist noch bleicher als sonst und in ihren Augen bemerke ich Trauer und Angst. Am liebsten würde ich einfach zu ihr gehen und sie vor allen Magiern in die Arme nehmen. Aber das getraue ich mich dann doch nicht – ich will sie nicht in noch mehr Schwierigkeiten bringen als ohnehin schon.

Als ich mich auf meinen Platz setze, fange ich den glühenden Blick von Zantia auf, die jede meiner Bewegungen verfolgt.

Dieses Mädchen macht mich noch wahnsinnig!

Seit ich ihr klar und deutlich gesagt habe, dass da nichts mehr zwischen uns sein wird, beobachtet sie mich auf Schritt und Tritt, um herauszufinden, wer die neue Frau in meinem Leben ist. Als ob ich nicht schon genug unter Beobachtung stehen würde …

Mit einem tiefen Atemzug greife ich nach einem der Brötchen, welche die Diener auf den Tischen verteilt haben, und winke Alia herbei, die mir Butter und Marmelade bringt.

Ich hasse es, sie wie eine Dienerin behandeln zu müssen … sie sollte wie eine Königin behandelt werden, und doch scheuche ich sie wie alle anderen herum. Aber wenn ich es nicht täte, wäre keinem von uns geholfen. Ich kann nicht einschätzen, wie Xenos reagieren wird, wenn er erfährt, dass ich mich mit einer Nehil eingelassen habe.

»Kalus und Tascha liegen ganz weit vorne, die Nehil jedoch … auf die setzt niemand«, reißt mich Taros aus meinen Gedanken.

Er spricht extra laut, da Alia immer noch neben mir steht.

Es kostet mich alle Willenskraft, ihm nicht das Brötchen ins Gesicht zu schmeißen, das ich auf meinem Teller gerade gestrichen habe.

»Sogar die alte Jita wird eher siegen als diese unnütze Schlampe«, trumpft Taros weiter auf.

»Das reicht«, entfährt es mir und ich schlage mit der Hand auf den Tisch, woraufhin sich einige andere Magier zu uns umdrehen.

Taros zieht eine Augenbraue nach oben und sein Grinsen wird spöttischer. »Sieh an, unser Elf verteidigt eine Nehil«, höhnt er.

»Ich verteidige sie nicht, ich mag es nur nicht, wenn Frauen als Schlampen betitelt werden«, sage ich so laut, dass jeder in meiner Nähe es hören kann. »Jede Frau sollte mit Respekt behandelt werden – du würdest auch nicht wollen, dass man deine Mutter als Schlampe beschimpft.« Mein Blick bohrt sich in jenen von Taros.

Dieser verengt die Augen zu Schlitzen. »Lass meine Mutter aus dem Spiel.«

»Gern, dafür entschuldigst du dich bei der Dienerin«, kontere ich.

Taros presst seine Lippen so fest zusammen, dass die Haut darum herum weiß wird. Natürlich wird er sich nicht entschuldigen, aber wenigstens hat er aufgehört, über Alia herzuziehen.

Als ich den Blick hebe, erhasche ich ein schüchternes Lächeln von ihr, ehe sie sich abwendet und schnellen Schrittes davongeht.

Nicht hinterhersehen!, ermahne ich mich und widme mich wieder meinem Brötchen. Mein Appetit ist mir jedoch gründlich vergangen.

Zumindest lässt Taros Alia während der nächsten Wochen in Ruhe. Ich weiß nicht, ob ich seinen plötzlichen Eifer, Zauber zu lernen, gutheißen soll, aber es ist mir lieber, er lernt, als dass er Alia das Leben schwer macht.

Das wird früh genug passieren …

Alia wird nun einmal pro Woche zu Alvaras, einem etwa dreißigjährigen Magier mit kurzen, schwarzen Locken, geschickt, der ihr und den anderen Dienern das Wichtigste erklärt, was sie über die Zirkeltage wissen müssen. Jedoch lag ich recht mit der Vermutung, dass dieser ›Unterricht‹ keine wirkliche Hilfe darstellt, denn immer, wenn ich Alia danach treffe, kann sie mir in einem Satz zusammenfassen, was sie ›gelernt‹ haben.

Wir treffen uns, so oft es geht, heimlich morgens in den Gärten des Erdzirkels, um zu reden, zu trainieren und uns nahe zu sein. Ich weiß immer noch nicht, was dieses Mädchen mit mir anstellt, habe aber aufgehört, es zu hinterfragen, und genieße einfach unsere gemeinsame Zeit. Und setze alles daran, ihr verdammt noch mal zu helfen, dass sie diese Zirkeltage lebend hinter sich bringt, denn eine Alternative dazu existiert für mich nicht. Einmal schlage ich Alia vor, dass wir einfach fliehen sollten, aber sie scheint zu große Angst vor den Konsequenzen zu haben, sollte der Versuch misslingen. Auch wenn ich glaube, dass eine Flucht gelingen könnte, so muss ich ihre Entscheidung akzeptieren und das Beste aus der Situation machen. Und das Beste ist, sie zu trainieren.

»Noch zehn.« Ich schmunzle, während sie gerade im Gras Rumpfbeugen macht.

Ihre Stirn glänzt vor Schweiß und ihr Atem geht stoßweise. Ich schone sie nicht – das werden die Magier auch nicht tun.

»Du … bist … ein … Tyrann«, keucht Alia und lässt sich erschöpft auf den Rücken fallen. »Ich … kann … nicht … mehr!«

»Das wird keine Ausrede sein, wenn du gegen die Monster kämpfst, die sie auf dich loslassen«, erwidere ich, stelle mich neben sie und verschränke die Arme.

»Es reicht doch … schon, dass … du mich jeden Morgen um den Innenhof rennen lässt«, schnauft sie und sieht mich von unten herauf an.

»Deine Kondition wird immer besser, dein Körper muss aber noch mehr gestählt werden.« Ich lasse mich neben ihr in die

Hocke sinken und lege den Kopf schief. »Du hast mir erlaubt, dich zu trainieren, und das tue ich jetzt auch.«

»Können wir bitte eine Pause machen?«, fleht Alia. »Nur eine kleine. Ich muss wieder zu Kräften kommen.«

»Na gut«, murmle ich und lasse mich jetzt ganz zu Boden gleiten, sodass ich neben ihr sitzen kann. »Dann erklär mir noch einmal, wie das Turnier aufgebaut sein wird.«

Alia verdreht die Augen und stöhnt auf, was mich erneut schmunzeln lässt.

»Das habe ich dir doch schon ein Dutzend Mal erklärt«, protestiert sie.

»Ich weiß, aber ich muss sicher sein, dass du es verinnerlicht hast.« Ich lasse meine Hand über ihre Schulter gleiten und streiche einige Strähnen von ihrem Hals. Bei der Berührung erschaudert sie, was mein Schmunzeln breiter werden lässt. »Also?«

Erneut stöhnt sie, schließt dann aber die Augen und beginnt den Ablauf herunterzubeten. »Die Wettkämpfe finden während insgesamt fünf Tagen in einer Arena außerhalb des Zirkels statt. Jeden Tag werden wir mit einem anderen Element konfrontiert – zuerst mit Feuer, danach mit Luft, mit Erde und schließlich mit Wasser. Am fünften Tag werden diejenigen von uns, die bis dahin noch leben – das macht wieder einmal Hoffnung –, es mit allen vier Elementen gleichzeitig zu tun bekommen.«

Ich erkenne eine Gänsehaut auf ihren Unterarmen und mein Herz zieht sich zusammen.

Verdammt, ich weiß wirklich nicht, ob sie gut genug auf das vorbereitet ist, was ihr bevorsteht … am liebsten würde ich an ihrer Stelle in die Arena gehen, aber ich bezweifle, dass ich auch nur einen Fuß hineinsetzen könnte, ehe Xenos mich in eine Feuersäule verwandelt.

»Wir werden zudem alle fünf immer zur selben Zeit in die Wettkämpfe geschickt«, fährt Alia fort, welche die Augen immer noch geschlossen hat. Eine feine Furche bildet sich zwischen ihren Augenbrauen und zeugt davon, wie unwohl sie sich fühlt. »Es ist uns zwar gestattet, uns gegenseitig zu helfen, aber Alvaras legt uns nahe, dass wir die Wettkämpfe so rasch wie möglich hinter uns bringen sollen – zu unserem eigenen Besten. Je länger wir in der Arena sind, umso geringer ist unsere Chance, lebend wieder rauszukommen, und umso geringer werden die Punkte sein, die wir pro Zirkeltag erhalten. Derjenige mit der höchsten Punktzahl wird zum Schluss als Sieger der Zirkeltage gefeiert und bekommt seinen Herzenswunsch erfüllt.«

»Wenigstens werden sie euch pro Wettkampf eine Hilfe zuteilwerden lassen«, versuche ich, etwas Positives einzuwerfen.

Alia öffnet die Augen und blinzelt mich an. »Denkst du, das ist ernst gemeint?«

Ich zucke mit den Schultern. »Ich hoffe es.«

Wie die Hilfe aussehen wird, ist derzeit noch streng geheim, und trotz meiner Beziehungen zu den Jungmagiern konnte ich nichts darüber herausfinden. Erst am jeweiligen Zirkeltag wird preisgegeben, welche Unterstützung sie erhalten.

»Wenigstens weiß ich dank deinen Illusionen, was auf mich zukommen wird«, meint Alia und setzt sich auf.

»Ja, aber da werden keine Illusionen gewirkt, die Wesen werden beschworen«, erwidere ich. »Es handelt sich um reale Monster, nur die Umgebung wird eine Illusion sein. Leider würde es meine Kräfte übersteigen, ein solches Wesen zu beschwören und mit Magie im Griff zu behalten.« Ich sehe sie bedauernd an.

»Du hilfst mir auch so schon«, flüstert sie und rückt näher zu mir, um mir eine Hand an die Wange zu legen. Sanft streicht ihr Daumen über meine Haut und ich schließe kurz die Augen, um ihre Berührung zu genießen.

Dann ergreife ich ihre Finger und halte sie fest, führe sie zu meinem Mund, um jede Fingerkuppe einzeln zu küssen. »Ich habe manchmal das Gefühl, dass meine Hilfe nur eine Farce ist«, murmle ich und gestehe ihr damit zum ersten Mal meine Befürchtung.

»Das stimmt nicht.« Alia schüttelt vehement den Kopf und ihre dunklen Augen beginnen mit diesem Feuer zu glühen, das ich so an ihr mag. »Du hilfst mir mehr als irgendjemand sonst und dafür bin ich dir unendlich dankbar.«

»Küss mich.« Ich neige den Kopf zu ihrem und spüre kurz darauf ihre Lippen auf meinen.

Dass sie das inzwischen, ohne zu zögern, tut, lässt mein Herz höherschlagen. Ja, ich habe sie für mich erobert … aber ich bin mir nicht sicher, wie lange unsere Zweisamkeit noch anhalten wird. Und das bereitet mir verdammte Angst.

»Ich muss wieder in die Bibliothek«, haucht sie, als ich den Kuss beende.

Ich nicke und seufze. In den vergangenen Wochen hat Alia alle Bücher, die sie über Elementmagie gefunden hat, gelesen. Auch die anderen auserwählten Diener sind dort anzutreffen, da jeder von ihnen so viel wie möglich über Magie lernen möchte.

»Dann bis nachher im Speisesaal.« Ich küsse sie noch einmal, ehe sie sich erhebt.

Das Lächeln, das sie mir schenkt, bevor sie sich abwendet und die Zirkelgärten verlässt, wirkt leider viel zu traurig. Aber ich wüsste nicht, wie ich sie aufmuntern sollte … denn selbst mir ist mit jedem Tag, der vergeht, mehr nach Heulen zumute.

19

Alia

Dank dem täglichen Training mit Reyvan verändert sich mein Körper. Anstelle meiner schlaksigen Gliedmaße bekomme ich nun Muskeln, mein Gang ist geschmeidiger und ich bin wendiger geworden. Wenigstens etwas …

Ein Monat vor der Wintersonnenwende wird bekannt gegeben, welche Jungmagier bei den Zirkeltagen antreten und uns auserwählten Dienern das Leben schwer machen dürfen. Pro Elementzirkel werden es jeweils vier Magier sowie zwei Lehrer sein.

Die Auswahl wird während des Mittagessens von Xenos höchstpersönlich verkündet. Er stolziert, flankiert von seinen beiden Dienern und charismatisch wie eh und je, in den Speisesaal. Sein dunkelbraunes Haar ist fein säuberlich im Nacken zusammengebunden und reflektiert das Licht, das durch die Fenster fällt.

Alle halten inne und schauen ihn erwartungsvoll an. Seine Diener, die im Gegensatz zu uns anderen Bediensteten weiß gekleidet sind, tragen vier verschlossene Umschläge bei sich.

Ich stehe mit Tascha und Goe an der Wand. Jita und Kalus sind nicht hier, da sie nicht für den Speisesaaldienst eingeteilt sind. Sie werden sich in der Gärtnerei beziehungsweise der Wäscherei aufhalten. Tascha nimmt meine Hand in ihre und drückt sie fest. Sie ist nervös, während ich die Ruhe selbst bin. Schließlich ist es mir herzlich egal, wer von den Jungmagiern mir das Leben streitig machen wird – schlimm werden die Zirkeltage so oder so werden.

Xenos stellt sich in der Mitte des Saals hin und taxiert die Schüler und Lehrer. »Wir haben uns entschieden, welche der Jungmagier an den magischen Zirkeltagen den anderen Zirkeln ihr Können zeigen dürfen.« Seine Stimme übertönt alle Geräusche im Raum. »Nur den Besten ist es erlaubt, teilzunehmen. Die anderen werden sich damit begnügen müssen, im Publikum zu sitzen und darauf zu wetten, welcher der fünf Diener gewinnen wird.«

Dabei wirft er einen scharfen Blick in unsere Richtung. Dann nimmt er den ersten Umschlag entgegen und öffnet ihn. Im Saal ist es still geworden.

»Die ersten vier Jungmagier, die antreten werden, stammen vom Feuerzirkel«, fährt Xenos nun fort.

Die vier, deren Namen er aufruft, stehen freudig auf und klopfen sich gegenseitig auf die Schultern. Was sie sagen, geht im allgemeinen Applaus unter.

Als wieder Ruhe eingekehrt ist, öffnet Xenos die nächsten Umschläge. Für den Luftzirkel sind, wie ich bereits befürchtet habe, Taros und drei seiner engsten Freunde auserwählt. Er wirft einen höhnischen Blick in meine Richtung und legt die Handkante an seine Kehle, als wollte er diese damit durchschneiden. Was diese Geste zu bedeuten hat, ist mir nur allzu klar: Du bist Gorkafutter, Nehil.

Rasch wende ich die Augen ab und erkenne gerade noch, wie Reyvan sich mit aller Mühe beherrschen muss, um ihm nicht an die Gurgel zu springen.

Danach werden die anderen Jungmagier für den Erd- und den Wasserzirkel verlesen. Sie kenne ich nur vom Sehen. Besser so, dann werde ich nicht durch persönliche Gefühle abgelenkt, wenn ich versuche, meinen Hals zu retten.

Nach der Verkündung werden die Lehrer den Zirkeltagen zugeteilt. Ich freue mich etwas, als ich höre, dass unter anderem Janos, der Lehrer des Feuerzirkels, sowie Opherto, der Lehrer des Luftzirkels, dabei sind. Sie werden mir zumindest nicht direkt ein Loch in den Bauch schießen.

Als die Bekanntgabe vorüber ist, verlässt Xenos den Speisesaal. Die Gespräche kehren zurück und drehen sich natürlich nur noch um die Zirkeltage und welche Zauber wohl ausgewählt werden.

Nach meinem Dienst im Speisesaal will ich mich zum Unterricht der Lehrlinge im Luftmagierzirkel begeben, für den ich eingeteilt bin. Als ich dort jedoch ankomme, versperren mir Taros und seine drei Freunde, die für die Zirkeltage ausgewählt wurden, den Weg zum Schulzimmer. Ich versuche, an ihnen vorbeizugehen, aber da tritt Taros vor und packt mich grob an der Schulter.

»Nicht so schnell, Nehil, wo willst du denn hin?«, fragt er verächtlich. »Wir müssen uns doch besser kennenlernen, jetzt, wo wir das Vergnügen haben werden, dich umzubringen.« Er lacht grausam und seine Freunde fallen mit ein.

Ich funkle ihn böse an und balle die Fäuste. »Ich wüsste nicht, warum dies von Belang ist«, gebe ich zurück.

»Ha, frech bist du auch noch, was?« Seine Miene ist nun finsterer als die dunkelste Nacht.

Ich weiche unvermittelt etwas zurück und versuche, mich aus seinem Griff zu winden. Aber er ist nicht nur größer als ich, sondern auch viel stärker, und ich habe keine Möglichkeit, ihm zu entkommen.

»Du wirst für deine Frechheit büßen, glaub mir.« Er spricht gefährlich leise und ein grausames Lächeln macht sich auf seinem Gesicht breit.

Mir läuft es eiskalt über den Rücken.

»Lass mich los, ich muss zur Arbeit«, verlange ich erstaunlich ruhig.

»Ach, sie muss zur Arbeit, habt ihr das gehört?« Taros lacht böse und drängt mich gegen die Wand. »Dann wollen wir dich doch nicht aufhalten, wie?«

Ich versuche erfolglos, mich zu befreien, sein Griff wird nur noch stärker.

»Wirst du nun heulen? Oder gar um Gnade winseln? Du Nehil!« Er spuckt das Wort aus, als wäre es eine verdorbene Speise.

Ich schaue ihn mit möglichst ruhigem Gesicht an, was mich alle Überwindung kostet. »Nie im Leben«, antworte ich und bin selbst erstaunt, wie sicher meine Stimme klingt.

Offenbar hat seine Einschüchterung nicht die gewünschte Wirkung, denn er stößt mich grob von sich weg. Ich falle zu Boden und schürfe mir die Knie auf.

»Du wirst schon noch lernen, um dein Leben zu betteln, Nehil. Dafür werde ich sorgen – falls du die Zauber des Feuerzirkels überhaupt überlebst. Wahrscheinlich gehst du vorher in Flammen auf.« Sein überhebliches Lachen dringt an mein Ohr und ich richte mich auf.

»Ich werde überleben, keine Bange.« Ich klopfe mir den Staub von meinen Kleidern. »Nur schon, um dir zu zeigen, wie lächerlich deine Zauber sind.«

Bevor er mich erneut packen kann, renne ich flink zur Tür zum Unterricht und schlüpfe hinein. Von draußen höre ich eine Arie von Flüchen, die sogar Moero erröten lassen würden.

Puh, da bin ich nochmals unbeschadet davongekommen. Ich werde am Zirkeltag des Luftzirkels jedoch mit dem Schlimmsten rechnen müssen.

Trotzdem nehme ich mir vor, Reyvan nichts von der Begegnung zu erzählen, damit er sich nicht unnötig Sorgen macht oder sich gar an Taros rächt.

Zwei Wochen vor der Wintersonnenwende treffen die Zirkelleiter der anderen vier Magierzirkel Altras ein. Sie erhalten einen großen Empfang und alle, auch die Diener, müssen sich hierfür im Innenhof der Magiergilde versammeln.

Der Einmarsch der Zirkelleiter ist prunkvoll. Sie reisen gemeinsam an, obwohl einige von ihnen von weit her kommen. Rana erklärt mir, dass sie sich in Winson, einer Stadt südlich von Lormir, versammelt haben und dann gemeinsam hierhergekommen sind. Viele von ihnen haben wahrscheinlich eine Reise von mehreren Monaten hinter sich.

Alle tragen ihre besten Umhänge und ihre Diener sind ebenfalls herausgeputzt. Der Zirkelleiter von Oshema bringt wundersame Tiere mit langen, schmalen Rüsseln mit sich. Sie sind grau, mindestens drei Schritt hoch, und vier Hörner wachsen ihnen aus dem Mund. Ihre Beine sind dick und behaart, ihre Rücken mit Platten besetzt und das Ende ihres langen Schwanzes sieht aus wie eine knöcherne Keule.

»Das sind Ilfaren«, raunt Rana andächtig und starrt mit offenem Mund auf die Tiere. »Ich habe noch nie welche gesehen, nur von ihnen gehört. Sie sind stark, können ihren Rüssel gebrauchen, als wäre er eine Hand, und sogar einen Baum damit ausreißen. Sie werden auch oft in Schlachten eingesetzt.«

Als Nächstes erscheint der Zirkelleiter des Magierzirkels von Fayl, der kleine Affen in einem Käfig mit sich führt. Sie greifen verspielt durch die goldenen Gitter und fassen alles an, was ihnen zwischen die flinken Finger kommt.

Der dritte Zirkelleiter in der Kolonne stammt aus Arganta. Er hat einen kunstvollen Turban auf dem Haupt und führt vierhöckerige, weiße Tiere mit sich, die ein wenig wie Pferde wirken, sich aber nicht so benehmen. Pferde würden nämlich niemals spucken. Zudem haben diese hier anstelle von Hufen gefährlich aussehende Klauen. Das seien Kelmen, erklärt mir Rana. Sie könnten tagelang ohne Wasser auskommen, was in der Wüste, die den größten Teil von Arganta einnimmt, auch vorteilhaft sei.

Ehe ich mich über die kuriosen Tiere wundern kann, kommt der letzte Zirkelleiter, derjenige aus Chakas, in den Innenhof. Er führt ein Wesen an einer langen Leine, das mich nach Luft schnappen lässt. Diese Kreatur kenne ich. Aus Geschichten, die mir Mutter immer vorgelesen hat und die ich liebte. Es hat den Körper eines riesigen Löwen, während der Kopf und die mächtigen Schwingen denen eines Adlers ähneln – ein Greif.

Es handelt sich um ein junges Exemplar, denn er schnappt mit seinem scharfen Schnabel spielerisch nach den Magiern, die in seiner Nähe stehen, und peitscht aufgeregt mit seinem kraftvollen Löwenschwanz hin und her. Der Zirkelleiter hat alle Hände voll zu tun, den Greif an der Leine zu behalten, und seine Diener geben sich Mühe, das übermütige Tier zu bändigen.

Die Zirkelleiter stellen sich in einer Reihe inmitten des Innenhofs auf und Xenos schreitet auf sie zu.

»Willkommen im Zirkel von Lormir, meine Freunde«, spricht er feierlich.

Mir fällt auf, dass alle fünf Zirkelleiter eines gemeinsam haben: Allesamt sind sie junge, charismatische Männer und tragen das große schwarze Amulett, das ihren Rang auszeichnet, um den Hals. Ich bin jedoch ziemlich sicher, dass keiner von ihnen wirklich so alt ist, wie er aussieht – wahrscheinlich leben einige schon viele Jahrzehnte und haben ihr Aussehen einfach immer mal wieder verjüngt.

»Willkommen, Waris aus Oshema«, begrüßt Xenos den Ersten von ihnen.

Ein Mann mit aschblondem Haar und einem spitzen Bart verneigt sich knapp.

»Auch Ihr seid gegrüßt, Venero aus Fayl«, sagt Xenos nun zu einem großen Mann mit bleicher Haut und rötlich braunem Haar, der ihn mit dunklen Augen aufmerksam mustert, ehe er sich vor ihm verneigt.

»Und ich freue mich, auch Euch, Rangan aus Arganta, in Lormir willkommen zu heißen«, fährt Xenos fort.

Der Zirkelleiter aus Arganta hat dunkle Haut und einen schwarzen Bart. Mit seinen hellen Augen scheint er Xenos zu durchdringen und er verneigt sich nicht vor ihm.

Xenos tut, als hätte er diese Provokation nicht bemerkt, und schreitet zum letzten Zirkelleiter.

»Roís aus Chakas, wir haben uns schon eine Ewigkeit nicht mehr gesehen. Ich freue mich, dass Ihr hier seid!«

Xenos umarmt den Mann mit dem Greif. Dieser erwidert die Geste. Seine blauen Augen sind freundlich und seine wirren, braunen Locken fallen ihm in die Stirn. Wenn er kein Zirkelleiter wäre, könnte ich ihn tatsächlich attraktiv finden.

Als die Begrüßung vorbei ist, werden die Gäste in ihre Zimmer geführt und wir dürfen uns wieder um unsere Arbeit kümmern.

Beim Abendessen werden wir fünf auserwählten Diener den Gästen vorgestellt. Das Essen für die Zirkelleiter findet in Xenos' Gemächern statt, wohin wir uns begeben.

Ich wusste gar nicht, dass er einen eigenen kleinen Speisesaal dort oben hat. Natürlich wurden den Gästen die erlesensten Speisen serviert. Gefüllter Hummer, Wildschweinpastete mit Äpfeln, geräucherter Lachs, köstlich duftender Schweinebraten. Mir läuft das Wasser im Mund zusammen, obwohl ich meine – im Vergleich zu dieser – karge Mahlzeit bereits gegessen habe. Leider scheint das Essen nur für die Gäste bestimmt zu sein. Wir werden angewiesen, uns an den Kopf des Tisches zu stellen.

Die Zirkelleiter scheinen sich wirklich für uns zu interessieren und erkundigen sich, während sie die Speisen essen, wie wir uns auf die Zirkeltage vorbereiten.

Ich erzähle natürlich nichts vom Training mit Reyvan, sondern sage nur, dass ich mich körperlich auf Vordermann bringe und regelmäßig in der Bibliothek Bücher über die Elementmagie lese. Damit geben sie sich zufrieden.

Als wir Xenos' Gemächer verlassen dürfen, zischt mir Tascha zu: »Ich bin sicher, dass sie sich nun über unsere Überlebenschancen unterhalten.«

Bei der Vorstellung, dass die Magier um unser Leben wetten wie bei einem Hahnenkampf, wird mir übel und ich verziehe mich rasch in mein Zimmer.

Zwei Tage, bevor die Wettkämpfe starten, werden wir auserwählten Diener abermals in die Gemächer von Xenos gerufen. Wir sind nervös und wissen nicht, was auf uns zukommt. Sein persönlicher Diener weist uns an, in einem Vorraum zu warten.

Nach einer Weile wird eine Flügeltür geöffnet und wir dürfen eintreten. An drei Tischen, die in einer U-Form angeordnet sind, sitzen die fünf Zirkelleiter. Sie schauen uns erwartungsvoll an. Wollen sie uns nochmals anschauen, um ihre Wetten abzusprechen?

Da beginnt Xenos zu reden: »Ihr werdet euch in zwei Tagen den Wettkämpfen der Jungmagier stellen. Wie bereits angekündigt, wird demjenigen von euch, der gewinnt, das heißt die höchste Punktzahl erzielt, ein Wunsch erfüllt. Damit wir wissen, was ihr euch am sehnlichsten wünscht, werden wir heute eure Gedanken lesen.«

Oje, nicht schon wieder. In meinem Magen bildet sich ein Kloß, der meinen Bauch zu zersprengen droht. Ich spüre, wie ich feuchte Hände bekomme.

Aber Xenos spricht unbeirrt weiter. »Falls euer Wunsch von uns erfüllt werden kann, werden wir dies gerne für euch machen – natürlich nur, wenn ihr gewinnt«, fügt er mit einem Lächeln hinzu, das seine kalten Augen nicht erreicht.

Dann wird Goe aufgefordert, vorzutreten. Ein Mann auf der rechten Seite von Xenos erhebt sich und geht auf ihn zu. Es ist Roís, der Zirkelleiter von Chakas, der offenbar die Luftmagie beherrscht und daher Gedanken lesen kann. Seine braunen Locken umspielen sein attraktives Gesicht und er legt eine Hand auf den Kopf des kleinen Goe, der nun am ganzen Leib zitternd vor ihm steht. Nach ein paar Sekunden nickt er und bedeutet dem Nächsten, sich hinzustellen. Die Wünsche, die er von uns erfährt, spricht er nicht laut aus.

Zum Schluss bin ich an der Reihe. Ich trete ängstlich vor ihn hin und schaue in seine azurblauen Augen. Ich glaube, ein kurzes Aufflackern in ihnen zu erkennen, auch wenn seine Miene unverändert bleibt. Ist es, weil ich eine Nehil bin? Aber das ist wahrscheinlich Einbildung. Schon legt er mir die Hand auf den Kopf und beginnt, in meine Gedanken einzudringen.

Im Gegensatz zu Reyvan macht er es jedoch sehr rasch und ich zucke vor Überraschung zusammen. Ich hatte erwartet, dieselbe sanfte Wärme, die vorsichtig an meine Gedanken stößt, zu spüren, wie ich sie damals im Unterricht des Luftzirkels von Reyvan kennengelernt hatte. Stattdessen scheint er in meinem Kopf direkt auf etwas zuzusteuern. In derselben Geschwindigkeit, in der er in meine Gedanken eingedrungen ist, zieht er sich wieder daraus zurück.

Ich vermeine, so etwas wie Erstaunen in seinem Blick zu lesen, das jedoch sofort wieder erlischt. Dann geht er zurück zu Xenos.

»Gut, das war's«, beschließt dieser. »Ihr dürft nun gehen, während wir über eure Wünsche beraten. Wir werden euch zu Beginn des ersten Zirkeltages verkünden, was ihr gewinnen könnt.«

Damit sind wir aus seinen Gemächern entlassen. Ich bin gespannt, ob mein Wunsch, meine Familie zu sehen, von Xenos und den anderen genehmigt wird.

Am nächsten Tag, nachdem Reyvan und ich in den Gärten gerade geübt haben, wie ich einem riesigen Wolf entrinnen kann, setzt sich der Elf erschöpft in den Schnee. Ich halte immer noch ängstlich nach der zähnefletschenden Bestie Ausschau, die eben noch hinter mir her war, aber sie ist wie vom Erdboden verschluckt, da Reyvan die Illusion beendet hat.

Ebenso außer Atem wie er lasse ich mich auf dem schneebedeckten Boden nieder und nehme seine Hand, die eiskalt ist, in meine.

Er wendet mir den Kopf zu, seine Lippen sind ein wenig blau. »Wie geht's dir?«, fragt er und ich lächle über seine Fürsorge.

»Die Frage sollte eher lauten, wie es dir geht«, erwidere ich. »Du bist eiskalt. Lass mich dich etwas wärmen.«

Ich reibe seine Hände in meinen und küsse sie zärtlich. Mir ist ganz und gar nicht kalt, da ich gerade noch durch den Schnee gestolpert bin, um dem Gebiss des Wolfes zu entkommen.

»Danke«, meint er. »Aber lass uns lieber nach drinnen gehen.«

»Warte.« Ich nestle an meiner Schürze. Dann hole ich den Ring von Sen, das Armband von Lia und das silberne Kästchen hervor, das mir meine Mutter gegeben hat. »Ich möchte, dass du dies für mich aufbewahrst, während ich in den Wettkämpfen bin. Und falls ich nicht zurückkomme« – ich stocke kurz – »dann versuche, das Kästchen zu zerstören.«

Ich habe diesen Schritt lange und gründlich überlegt. Aber Reyvan ist neben Rana der Einzige, dem ich im magischen Zirkel vertraue, und er hat die besten Möglichkeiten, ein gutes Versteck zu finden. Ich will nicht, dass das Kästchen in die falschen Hände gerät, falls ich die Zirkeltage nicht überleben sollte. Wer weiß, welches Geheimnis es enthält?

Er nickt nur und nimmt meine wenigen Schätze an sich. Danach richtet er sich zitternd auf und ich stütze ihn, als wir die Stufen der Marmortreppe zwischen den Gärten hinuntergehen.

Da diese mit Eis bedeckt ist, gestaltet sich der Abstieg schwierig. Wir müssen aufpassen, dass wir nicht ausrutschen.

Unten angekommen, wendet sich Reyvan zum Luftzirkel. Ich folge ihm. Erst als wir das Gebäude betreten, werde ich stutzig.

»Wohin willst du denn?«, frage ich ihn.

Ich hatte erwartet, dass wir in mein Zimmer zurückkehren, um meine Fortschritte und den morgigen Zirkeltag zu besprechen.

»Komm einfach mit, ja?« Er zieht mich, nun schon etwas weniger stark zitternd, die Treppe hoch.

Ich folge ihm, obwohl mir tausend Fragen auf den Lippen brennen. Er führt mich weiter, einen langen Gang entlang, und öffnet schließlich eine Tür, die an dessen Ende liegt.

Als ich eintrete, erkenne ich ein Himmelbett, das mit schwarzer Bettwäsche ausgestattet ist. Mir gegenüber befindet sich ein hohes Fenster, von wo aus man den Anbau des Luftzirkels mit den magischen Wolken sehen kann. Davor steht eine kunstvoll verzierte Kommode mit einigen praktischen Gegenständen wie Spiegel und Waschbecken. Rechts davon steht ein Schrank und daneben hängt ein Wandteppich, der mich in seinen Bann zieht.

Ich gehe darauf zu und fahre mit den Fingern darüber. Auf dem Stoff ist eine Szene aus einer anderen Welt dargestellt – der Welt der Elfen. Sie zeigt zwei wunderschöne Gestalten mit spitzen Ohren, die auf einer kleinen Anhöhe stehen. Am Horizont geht die Sonne hinter schneebedeckten Bergen unter. Davor liegt ein dichter, sattgrüner Wald. Das Bild strahlt solch einen Frieden aus, dass ich nicht anders kann, als mich wohlzufühlen.

Ich drehe mich voller Staunen zu Reyvan um. »Das ist dein Zimmer, oder?«, bemerke ich leise.

»Ja, das ist es.« Er setzt sich lächelnd auf das breite Bett und schaut mir zu, wie ich das Wandgemälde betrachte.

»Komm zu mir, Cíara, und wärme mich.« Er klopft neben sich auf die Decken und ich nehme Platz.

»Alia.« Reyvan legt seinen Arm um mich. »Ich habe dir nun alles beigebracht, was ich weiß. Ich denke, du bist bereit für die Zirkeltage. Oder zumindest bestmöglich vorbereitet, um zu überleben.«

Ich schaue ihn misstrauisch an. Aber in seinen Augen liegt eine Zuversicht, die mich beinahe selbst überzeugt.

»Lass uns unter die Decke kriechen, mir ist kalt«, schlägt er vor, immer noch zitternd.

Das muss er nicht zweimal sagen. Das Bett sieht gemütlich aus und auch ich fröstle, nachdem sich mein Körper von der Anstrengung des letzten Trainings erholt hat. Es ist nicht mehr ungewohnt, neben Reyvan auf einem Bett zu liegen. Er hat in den vergangenen Monaten immer mal wieder die Nacht bei mir verbracht – auch wenn er meine Grenzen respektiert hat. Mehr als Küssen und Streicheln hat er nie versucht.

Rasch entledigen wir uns unserer Schuhe und Pelzmäntel und kuscheln uns unter die dicke Daunendecke.

Reyvan zieht mich eng an sich und streicht mir das Haar aus der Stirn. Ich umschlinge seinen Oberkörper und genieße es, zu spüren, dass er sich langsam wieder aufwärmt.

»Alia«, raunt Reyvan und streichelt mir sanft über den Rücken, während sein anderer Arm mich festhält.

»Hm?«, murmle ich.

»Versprich mir, dass du wieder zu mir zurückkommst. Ohne dich könnte ich nicht weiter hier leben.«

Ich hebe den Kopf und schaue ihn an. »Ich werde mein Bestes geben«, verspreche ich.

Zur Antwort gibt er mir einen Kuss. Dann wirft er mich mit überraschender Kraft auf den Rücken und stemmt die Arme rechts und links von meinem Kopf ab.

»Cíara.« Seine Stimme ist nunmehr ein Flüstern und seine Augen glühen vor Leidenschaft. »Ich hatte versprochen, dir irgendwann zu zeigen, was es bedeutet, mit einem Elfen zusammen zu sein. Heute ist der Tag gekommen – sofern du das auch willst, natürlich.«

Ich nicke zaghaft, aber innerlich möchte ich es unbedingt und das erkennt er wohl an meinen Augen, denn ein Schmunzeln gleitet über seine Lippen.

Er beginnt, mein graues Dienerkleid aufzuknöpfen, und küsst jeden Zoll der Haut, die darunter zum Vorschein kommt. Selbst wenn ich wollte – ich kann mich meiner Empfindungen nicht erwehren und lasse mich in den Strudel, den seine Liebkosung auslöst, hinabziehen.

Reyvan tut mir so gut, ich fühle mich bei ihm geborgen und geliebt. Daran – an diesem Gefühl – möchte ich mich festhalten und es in den nächsten Tagen in meinem Herzen bewahren, wenn ich um mein Leben kämpfe.

Er hält kurz inne, sieht mich forschend an und ich gebe ihm mit einem Lächeln die Erlaubnis, weiterzumachen. Als er meinen Oberkörper entblößt, bin ich eine Sekunde lang versucht, meine Brüste zu bedecken, aber ein Blick in seine funkelnden Augen lässt mich den Impuls sogleich vergessen. Er beugt sich zu mir herunter und seine Lippen beginnen, mich zu liebkosen, was mir ein leises Stöhnen entlockt.

Noch nie hat mich ein Mann so berührt, meine intimsten Stellen geküsst. Es fühlt sich so gut an, dass ich kaum glauben kann, bisher darauf verzichtet zu haben.

Reyvan schiebt den Stoff über meine Hüften und hilft mir, mich meiner Dienerkleidung zu entledigen. Mit blitzenden Augen betrachtet er mich und fährt mit seinen Küssen fort. Seine Zunge kitzelt mich, seine Haare streichen sanft wie Federn über meine Haut.

»Du riechst hinreißend«, murmelt er und küsst meinen Bauchnabel.

Ich habe keine Ahnung, was ich darauf antworten soll, also lächle ich nur und seufze, während seine Hände zwischen meine Schenkel wandern. Ich spüre seine erfahrenen Finger, die mich sanft streicheln.

Mein Körper fühlt sich an, als würde er in Flammen stehen. Reyvan scheint genau zu wissen, wo er mich berühren muss, um mir ein leidenschaftliches Stöhnen zu entlocken.

Eine Weile zergehe ich in seiner Zärtlichkeit, ehe er von mir ablässt, sich aufrichtet und sich ebenfalls seiner Kleidung entledigt. Ich öffne die Augen, die ich in den vergangenen Minuten unbewusst geschlossen gehalten habe, und versuche, meinen Atem zu beruhigen, während ich Reyvan betrachte. Er sitzt auf meinen Oberschenkeln und schenkt mir ein breites Lächeln, als er merkt, wie ich ihn mustere. Sein Körper ist einfach perfekt, die Muskeln sind definiert, und als er sich wieder zu mir herunterbeugt, weiß ich, was ich sagen möchte.

»Du bist wunderschön«, hauche ich.

Er lächelt und küsst mich auf die Nasenspitze. »Du nimmst mir die Worte aus dem Mund, Cíara«, raunt er. »Das Kompliment wollte ich dir gerade machen.«

Lächelnd schlinge ich die Arme um seinen Hals, bis er sich auf mich legt. Seine Haut auf meiner zu spüren, lässt kleine Schmetterlinge in meinem Bauch tanzen. Ich schaue ihm in die Augen, mit denen er mich liebevoll betrachtet.

»Das ist dein erstes Mal«, murmelt er. »Ich kann dir die Schmerzen mit Magie nehmen, wenn du mich lässt.«

Ich nicke kaum merklich und fühle, wie meine Wangen zu brennen beginnen.

»Schließ die Augen.«

Ich folge seiner Aufforderung und bemerke kurz darauf seine Hand, die sich auf meinen Kopf legt. Wärme dringt in mich ein, umfängt mich und dann spüre ich ein kurzes Brennen in meiner Mitte, ehe Reyvan mich mit sich zieht und ich in einem Strudel aus Leidenschaft verglühe.

20

Alia

Als der Morgen dämmert, stehe ich auf, gebe Reyvan mit Tränen in den Augen einen Abschiedskuss und begebe mich auf den Innenhof, wo Tascha, Goe, Jita und Kalus bereits warten. Wir werden in eine Kutsche verfrachtet, die von zwei Feuermagiern bewacht wird, damit wir nicht im letzten Augenblick doch noch fliehen können. Die Fahrt zur Arena dauert eine Viertelstunde.

Als wir ankommen, stockt mir der Atem. Ich hatte versucht, mir vorzustellen, wie groß die Arena ist, jedoch niemals mit diesen Ausmaßen gerechnet. Eine hohe, graue Steinmauer umgibt den Innenbereich. Sie ist quadratisch, fünfhundert Schritt lang und fünfhundert Schritt breit.

Direkt neben der Arenamauer kann ich ein graues, ebenerdiges Steingebäude mit kleinen Fenstern ausmachen. Dort werden wir Diener wahrscheinlich untergebracht. Es wirkt auf mich abweisend und kalt und eher wie ein Gefängnis denn wie eine Unterkunft. Anscheinend ist es nicht für einen längeren Aufenthalt gebaut worden.

Auf der Seite, auf der wir stehen, ist ein eisernes Tor in die Mauer der Arena eingelassen, zu dem wir nun geführt werden. Einer der Feuermagier klopft dreimal daran und es öffnet sich wie von Geisterhand. Als wir in den Innenbereich gelangen, kann ich die wahren Ausmaße der Arena erst wirklich erkennen.

Der Boden ist aus harter Erde und schneefrei, obwohl rund um die Arena der Schnee kniehoch liegt. Hier muss wohl derselbe Zauber gewirkt worden sein wie im Innenhof des Magierzirkels, auf dem nie Schnee ansetzt.

Rund um den inneren Bereich ist eine Mauer errichtet worden. Auf einer Seite entdecke ich eine Tribüne. Dort werden sie alle sitzen und sich daran ergötzen, wie wir hier unten ums Überleben kämpfen.

An der Innenseite der restlichen Mauer sind schmale Wehrgänge mit einzelnen Vorsprüngen. Diese sind wohl für die Jungmagier gedacht sowie die Lehrer, die die Zirkeltage überwachen.

Bei unserem Vorbereitungstraining hat uns Alvaras erklärt, dass die Magier und Diener auf der Tribüne anhand eines Zaubers, der über der Arena gewirkt wird, auf einem Bild sehen können, was wir unten treiben.

Alvaras erwartet uns nun inmitten der Arena. Ich gehe wie in Trance zu ihm hin und stelle mich mit den anderen vier Dienern auf. Wir sind alle äußerst angespannt und schweigsam.

»Willkommen in der Arena!«, begrüßt uns der Magier mit den schwarzen Locken und der dunklen Haut. »Ihr werdet jetzt Zeit haben, euch auf die Zirkeltage vorzubereiten. Heute werden die Jungmagier des Feuerzirkels ihre Kräfte demonstrieren. Hierbei wirst du, Goe, einen Vorteil haben, da du aus der Feuergilde stammst.«

Goe schlägt bescheiden die Augen nieder und starrt auf seinen Ring, der das Zeichen des Feuerelements trägt.

»Ihr werdet nun alle zum Startbereich, rechts von der Tribüne, gehen«, erklärt Alvaras weiter. »Dort liegen Kleidung und Essen für euch bereit. Ihr könnt eure Muskeln aufwärmen und euch für eure Assistenz während des ersten Zirkeltages rüsten. Ihr dürft keine Waffen mitnehmen außer einem Messer, das ihr bei euren Kleidern findet. Kurz vor Beginn des Wettkampfs, das heißt in etwa drei Stunden, werdet ihr von Xenos zudem etwas erhalten, das euch helfen kann, durch den Feuer-Zirkeltag zu kommen. Außerdem wird er euch verkünden, was ihr, solltet ihr als Sieger aus den Zirkeltagen hervorgehen, gewinnen könnt. Wichtig ist, dass ihr möglichst rasch und heil da drüben« – er zeigt auf einen eingezäunten Bereich – »ankommt. Wie ihr das macht, ist euch selbst überlassen.«

Tascha fängt an zu weinen und ich lege ihr tröstend den Arm um die Schultern, als wir nebeneinander auf den Startbereich zugehen. Er ist mit einer hohen, hölzernen Palisade umzäunt, die uns keinen Blick auf die Arena mehr gewährt, sobald wir dahinter verschwunden sind. Mitten im Zaun ist ein vergoldetes Tor eingefügt, das Richtung Zielbereich zeigt. Auch beim Ziel, das ebenfalls durch einen Zaun eingefasst ist, erkenne ich ein goldenes Tor, das sich öffnen wird, sobald wir dort ankommen. Erst dann werden wir in Sicherheit sein – und nicht mehr sehen können, was mit den anderen, die es nicht geschafft haben, passiert. Ich schaudere bei dem Gedanken.

Beim Startbereich liegt für uns eine einheitliche Kleidung bereit, die wir statt unserer grauen Dienstkleider tragen sollen. Alle werden schwarze Hosen und ein rotes Hemd beziehungsweise eine rote Bluse tragen – die Farbe des Feuerzirkels. Das kleine Messer, das wir erhalten, ist zwar scharf, aber eben auch klein. Ich bezweifle, dass es uns gegen irgendwelche feindlich gesinnten Monster helfen wird, stecke es aber trotzdem in meinen Hosenbund.

Während der nächsten Stunden rufe ich mir nochmals alles in Erinnerung, was ich über das Element Feuer und die Kampfmagie, die damit verbunden ist, gelernt habe. Trotzdem fühle ich mich nicht gewappnet für den Wettkampf und beginne unvermittelt zu zittern.

Was, wenn ich nicht überlebe? Und was, falls ich es doch tue? Dann stünden mir vier weitere schreckliche Tage bevor. Jeder Tag ein Albtraum, jeden Morgen die Ungewissheit, ob ich am Abend noch leben werde.

Mein Magen zieht sich zusammen und ich spüre Angst in mir aufkeimen, die mit jeder Minute größer wird, bis ich fast panisch nach Luft schnappe. Das Essen, das für uns bereitsteht, rühre ich kaum an.

Die Zeit bis zum Beginn des ersten Zirkeltages zieht sich zäh dahin. Wir sind im Startbereich eingepfercht wie Vieh, das zum Schlachter geführt werden soll, und sprechen kaum etwas miteinander. Was gäbe es auch zu sagen?

Als ich es vor Nervosität kaum noch aushalte, ertönt eine Glocke, und Gemurmel wird laut. Anscheinend haben die Magier und einige Diener, die für heute freibekommen haben, inzwischen ihre Plätze auf der Tribüne eingenommen. Ich kann jedoch nichts erkennen, da uns der blickdichte Zaun die Sicht versperrt und das goldene Tor noch geschlossen ist.

Goe, Tascha, Kalus und Jita ist die Angst ins Gesicht geschrieben. Auch mir geht es nicht besser. Wir alle haben keine Ahnung, was auf uns in den nächsten paar Minuten zukommen wird.

»Willkommen, meine Gäste, Magier und Schüler, zu den Zirkeltagen!«, dröhnt Xenos' Baritonstimme nun an unsere Ohren.

Ich spüre, wie sich mein Hals verengt und ich kaum noch Luft bekomme. Gleich ist es so weit.

»Ich weiß, dass viele von euch Wetten abgeschlossen haben, welcher der tapferen Diener, die den Jungmagiern während der Zirkeltage assistieren werden, gewinnen wird, und ihr könnt es kaum erwarten, dass der erste Wettkampf beginnt. Aber vorher werde ich noch ein paar Regeln verlesen.« Er räuspert sich. »Der Wettkampf beginnt, sobald sich das goldene Tor, das ihr links im Startbereich sehen könnt, öffnet. Danach müssen sich die Diener einen Weg zum Zielbereich, der sich rechts von euch befindet, bahnen. Zwischen Start und Ziel dürfen nur die vier auserwählten Jungmagier sowie die beiden auserwählten Lehrer des Feuerzirkels ihre Fähigkeiten präsentieren. Sie werden dabei von weiteren Lehrern unterstützt, die dafür sorgen, dass die Illusion in der Arena aufrechterhalten bleibt. Es ist keinem anderen gestattet, Magie zu wirken oder gar helfend einzugreifen. Ein derartiger Akt wird mit dem sofortigen Tode bestraft.«

Meine letzte Hoffnung, dass Reyvan mir vielleicht doch irgendwie helfen könnte, zerplatzt damit in tausend Stücke. Ich werde also vollkommen auf mich allein gestellt sein.

»Und nun möge der Wettkampf des Feuerzirkels beginnen! Das Feuer ist rot, im Herzen brenne ich!«, schließt er feierlich.

Darauf folgt Stille und dann tosender Applaus.

Übelkeit steigt in mir hoch. Wie können die dort oben auf der Tribüne nur applaudieren? Es geht schließlich um unser Überleben.

Ehe ich mich weiter ärgern kann, ertönen plötzliche Ah- und Oh-Laute. Die Magier haben mit ihren Zaubern begonnen und bauen für uns die Arena auf. Dies wird einige Zeit in Anspruch nehmen.

Wir versuchen, uns vorzustellen, was hinter dem goldenen Tor vor sich geht. Hören können wir nichts, da hier im Startbereich nur die Laute des Publikums an unsere Ohren dringen.

Da öffnet sich das Tor plötzlich einen Spalt breit und Xenos schreitet herein. Er mustert uns Diener abschätzend und wir versuchen, einen möglichst gefassten Eindruck zu machen, was den meisten jedoch kläglich misslingt.

»Ich hoffe, ihr seid bereit, euch dem ersten Wettkampf zu stellen«, sagt er mit seiner eindringlichen Stimme.

Wir bringen keine Antwort heraus und nicken nur beklommen.

»Wie ihr bereits erfahren habt, werde ich euch für alle Zirkeltage jeweils etwas mitgeben, das euch helfen kann, eure Assistenz zu meistern«, fährt er fort, ohne unsere Niedergeschlagenheit zu beachten. »Heute ist es ein Amulett, das euch für knapp zehn Sekunden immun gegen das Feuer machen wird.«

Na, immerhin.

Er zieht fünf rote Amulette hervor, die an goldenen Ketten befestigt sind. Jedem von uns reicht er eines und bedeutet uns, es um den Hals zu legen.

»Ich nehme an, ihr habt noch nie ein Amulett benutzt?« Er mustert uns mit seinen eisblauen Augen. Ein abschätziger Zug spielt um seinen Mund.

Wir schütteln alle den Kopf. Natürlich hat keiner von uns einen blassen Schimmer, wie die Kraft eines Amulettes freigesetzt werden kann.

»Wenn ihr seine Macht verwenden wollt, müsst ihr das Amulett drei Sekunden lang in eure Hand nehmen, bis es warm wird. Dann setzt die Wirkung des Zaubers ein. Aber überlegt euch gut, wann ihr es benutzt – der Moment kann entscheiden, ob ihr euer Leben aufs Spiel setzt oder ob ihr es retten könnt.«

Das macht ja Hoffnung …

Ich schaue das Amulett, das um meinen Hals baumelt, befangen an. Es hat einen goldenen, reich verzierten Rand und in der Mitte glüht ein roter Stein wie Feuer.

»Zudem werde ich euch nun sagen, was ihr gewinnen könnt, falls ihr am Ende aller Wettkämpfe die höchste Punktzahl erzielt«, fährt Xenos fort. »Du, Goe, wirst einen Sack voll Gold für deine Familie erhalten. Du, Jita, wirst deine Tochter besuchen dürfen. Kalus, wir werden dir eine Ausbildung zum Heiler gewähren. Bei dir, Tascha, war es etwas komplizierter. Wir haben beschlossen, dass wir deinen ersten Wunsch nicht erfüllen können.«

Tascha wird feuerrot. Ich habe das dumpfe Gefühl, dass ihr Wunsch etwas mit einem gewissen Elfen zu tun hat.

»Aber du wirst für den Zimmerdienst bei den Jungmagiern eingeteilt werden statt in der Schneiderei. Wir denken, das ist in deinem Sinne?«

Sein Lächeln erreicht seine Augen nicht. Es ist ihm herzlich egal, wo sie arbeitet, Hauptsache, die Arbeit ist erledigt. Tascha jedoch sieht aus, als würde sie vor Freude einen Luftsprung machen wollen. Sie wird sich bestimmt bereits ausmalen, wie sie Reyvans Bett neu bezieht und seine Kleider aufräumt.

»Nun noch zu dir, Alia.« Damit richten sich seine stechenden Augen auf mich. »Wir haben beschlossen, dass dein Wunsch, deine Familie zu treffen, zu große Gefahren für die Geheimnisse des Magierzirkels mit sich bringt. Stattdessen wirst du, solltest du gewinnen, meine persönliche Dienerin werden. Und ich werde dir einen Blick auf deine Familie gewähren.«

Ich bin sprachlos. Es gilt als hohe Ehre, persönliche Dienerin des Zirkelleiters zu sein. Gleichzeitig bin ich enttäuscht, dass mein Wunsch nicht erfüllt wird. Aber immerhin werde ich sehen können, ob es meiner Familie gut geht. Ein kleiner Trost – und ein Ansporn, um diese Zirkeltage zu gewinnen.

»So, und nun begebe ich mich auf meinen Platz«, erklärt Xenos.

Stimmt, er als Feuermagier wird zusammen mit Janos, dem Lehrer des Feuerzirkels, seine vier Schüler beaufsichtigen und die Zauber, die sie wirken, unterstützen.

»Ich wünsche euch viel Glück!« Damit verschwindet er wieder durch das goldene Tor, das sich hinter ihm schließt.

»Meinst du, das kann uns tatsächlich helfen?«, fragt mich Tascha, die das Amulett sorgsam in den Händen hält und ehrfürchtig betrachtet.

»Keine Ahnung«, antworte ich. »Vielleicht schon. Aber womöglich ist es auch nur eine List und es hat gar keine Kräfte.«

Zuzutrauen wäre es den Magiern.

»Nein, es wird uns bestimmt helfen!«, mischt sich Kalus ein.

Er überragt mich um einen Kopf und sein rotes Haar hängt ihm wirr in die Stirn.

»Goe, kannst du uns noch irgendetwas dazu sagen?«, wendet er sich nun an den schmächtigen Jungen. »Schließlich beherrschst du das Element Feuer – wenn auch nicht mit Magie.«

Goe schaut uns schüchtern an und schüttelt den Kopf. Mit hängenden Schultern steht er vor uns und zittert so stark, dass das Amulett um seinen Hals hin und her schwingt.

»Wir werden alle sterben.« Jita macht eine dramatische Geste.

»Nein, werden wir nicht!«, erwidere ich mit einer Bestimmtheit, die mich selbst überrascht. »Ich für meinen Teil werde alles daransetzen, dass wir dies hier überleben. Was immer auf uns zukommen mag.«

Tascha schaut mich hoffnungsvoll an. »Ja, lasst uns dies zusammen durchstehen.« Sie lächelt unsicher in die Runde. »Vielleicht schaffen wir es gemeinsam.«

»Wir werden sehen«, meint Kalus ausweichend.

Für mehr bleibt uns keine Zeit. Das goldene Tor öffnet sich – der erste Wettkampf der Zirkeltage hat begonnen.

Vorsichtig treten wir durch die Öffnung und bleiben wie angewurzelt stehen. Die Arena, die wir noch vor ein paar Stunden gesehen haben, ist weg. Stattdessen breitet sich vor uns ein Raum aus, der maximal zehn auf zwanzig Schritt lang ist. Es ist warm und stickig und auf meiner Stirn bilden sich sofort Schweißperlen.

Die Wände sind aus normalem Stein gebaut, der Boden ist mit steinernen Platten belegt. Als ich mit der Hand die Wände entlangfahre, sind diese erstaunlicherweise kühl.

Wir durchqueren den Raum, ohne dass etwas passiert, und gehen zu einer gegenüberliegenden Tür. Kalus öffnet sie behutsam. Wir schauen auf einen Korridor, der sich nach rechts und links ausdehnt. Weitere Türen sind zu beiden Seiten des Ganges sichtbar. Die Richtung zum Zielbereich, der geradeaus liegen muss, wird uns von einer massiven Wand versperrt. Wir müssen uns notgedrungen nach rechts oder nach links wenden.

»Was wollen wir tun?«, frage ich die anderen. »Stehen unsere Chancen besser, wenn wir uns trennen oder zusammenbleiben?«

Goe, Tascha und Jita zucken mit den Schultern.

»Ich denke, es ist besser, wenn wir uns trennen«, meint Kalus nach kurzem Überlegen. »So müssen sie ihre Magie auf mehrere Ziele verteilen und nicht nur auf eines.«

Das ist einleuchtend. Also beschließen wir, dass Tascha, Goe und ich nach rechts gehen, während sich Kalus und Jita nach links wenden. Wir wünschen uns zum Abschied viel Glück.

Der Gang, den wir drei gewählt haben, ist finster. Ich frage mich, wie die Zuschauer überhaupt etwas sehen können, erinnere mich dann aber wieder, dass ja alles auf dieses Bild, das über der Arena gezeigt wird, übertragen werden soll. Bei dem Gedanken, dass Reyvan mich gerade in dem Augenblick mit seinen dunkelblauen Augen anschaut und mir die Daumen drückt, wird mir wärmer ums Herz. Fast vermeine ich, ihn zu hören, wie er mich anspornt, weiterzugehen.

Ich führe unsere kleine Gruppe an und betrete den Gang. Bei der nächsten Abzweigung wende ich mich nach links. Schließlich müssen wir irgendwie zum Zielbereich kommen.

Bei einer weiteren Kreuzung stocke ich. Was jetzt? Rechts oder links?

Tascha und Goe sind ebenfalls unschlüssig. Da hören wir von irgendwo links hinter mehreren Wänden eine Explosion, auf die eine Erschütterung folgt.

Wir erstarren und halten die Luft an. Das waren bestimmt Kalus und Jita, die in eine Falle getappt sind. Hoffentlich ist ihnen nichts geschehen. Wie das Publikum reagiert, hören wir nicht, da kein einziger Laut von außen nach hier drinnen dringt. Damit soll wahrscheinlich verhindert werden, dass sie uns vorzeitig vor Gefahren warnen können.

Ich wende mich nach links, und gerade in dem Augenblick, als mein Fuß den Boden berührt, geht der rechte Gang in Flammen auf und unsere Umgebung wird auf einmal hell erleuchtet. Ich springe sofort zurück in den Gang, aus dem wir gekommen sind, während mein Herz rast. Wäre ich nach rechts gegangen und jemand anderer nach links, wäre ich nun tot.

Als sich mein Puls wieder etwas beruhigt hat, beschließen wir, dass wir alle drei in dieselbe Richtung gehen werden, um weiteren fiesen Fallen möglichst zu entgehen.

Nachdem wir den linken Gang hinter uns gebracht haben, stehen wir vor einer verschlossenen Tür. Tascha streckt die Hand nach dem Knauf aus.

Kaum hat sie ihn berührt, verzieht sie vor Schmerzen das Gesicht und ich sehe mit Entsetzen, dass ihre Hand qualmt. Der Gestank von verbranntem Fleisch dringt in unsere Nasen, während Tascha laut aufschreit und zurücktaumelt.

Der Dienerin schießen vor Schmerz die Tränen in die Augen und sie umklammert das Handgelenk krampfhaft. Rohes Fleisch ist auf ihrer Hand zu sehen, dort, wo sie den Türknauf berührt hat.

Ohne zu überlegen, reiße ich einen Streifen Stoff aus dem Saum meiner Bluse und wickle ihn, so gut es geht, um ihre Verbrennungen. Tascha wimmert und schreit, als sich der Stoff auf die Wunden legt. Wenn wir nur etwas zum Kühlen hätten … Aber natürlich ist weit und breit kein Wasser zu entdecken.

Ich hebe den Blick und sehe, dass Goe, der die ganze Zeit stumm hinter uns gestanden hat, auf die Tür zugeht.

»Nein, Goe, nicht! Du wirst dich auch verbrennen!«, rufe ich ihm hinterher.

Aber schon hat er die Hand ausgestreckt und die Tür geöffnet. Natürlich – das Feuer kann ihm nichts anhaben. Oder zumindest nicht so viel wie bei Tascha, die das Element Wasser, nicht aber Feuer beherrscht.

Als er seine Hand zurückzieht, ist sie nur leicht gerötet, wie bei einem Sonnenbrand. Kurz gleitet ein triumphierendes Lächeln über sein Gesicht, das sogleich wieder erlischt.

»Tascha, wir müssen weiter.« Ich stütze die Dienerin, die immer noch wimmernd ihre Hand hält. »Meinst du, es geht?«

Statt einer Antwort folgt nur ein Schluchzen. Aber nach einer Weile nickt sie und ich helfe ihr, in den Raum hinter der Tür zu kommen. Rasch versuche ich, mir ein Bild davon zu machen, was uns darin erwartet. In der Mitte steht ein Ei, das etwa zwei Schritt Durchmesser hat. Ansonsten ist der Raum kahl und von grauem Stein umgeben, wie der Rest der Arena. Lediglich zwei Fackeln tauchen unsere Umgebung in schummriges Licht und lassen unsere Schatten wie Gespenster an den Wänden tanzen.

Vorsichtig nähern wir uns dem Ei, an dem wir vorbeimüssen, wenn wir zur Tür auf der anderen Seite gelangen wollen. Ich lasse es nicht aus den Augen und ahne, dass uns noch eine unangenehme Überraschung droht.

Als wir es gerade umrundet haben, beginnt sich die Schale in Feuer aufzulösen und bröckelt als Asche auf den Boden. Für einen Moment sind wir von der plötzlichen Helligkeit der züngelnden Flammen geblendet. Dann spüre ich, dass sich etwas verändert hat. Aber durch den dichten Rauch, der von der Asche aufsteigt, kann ich nichts erkennen.

Ein schriller Schrei lässt mich zusammenfahren.

Bevor wir reagieren können, taucht der riesige Kopf eines Vogels mit rotem Gefieder, an dem kleine Flammen züngeln, zwischen den Rauchwolken auf. Dahinter bahnt sich sein Körper einen Weg durch den dichten Qualm.

Ich stoße einen Laut des Entsetzens aus. Der gesamte Körper des Vogels scheint aus Feuer zu bestehen – seine Federn brennen, was ihm jedoch nicht schadet. Im Gegenteil – seine riesigen Schwingen breiten sich aus und versprühen einen Funkenregen.

Ich ducke mich unwillkürlich und schütze meinen Kopf mit den Unterarmen. Die Augen des Feuervogels lodern und sein Schweif zieht eine Feuerfontäne hinter sich her. Mit einem scharfen Schnabel, der an einen Adler erinnert, pickt er voller Wut nach uns, während kleine Rauchwolken aus seiner Kehle aufsteigen.

Im Raum ist es nun so heiß, dass mir der Schweiß den Rücken herunterrinnt und meine Lungen zu brennen beginnen. Nein, dieses Monster ist keine Illusion wie bei meinen Übungen mit Reyvan, sondern ganz und gar real – eine Beschwörung.

»Ein Ardras«, keucht Goe und versucht wegzurennen.

Dem wütenden Schrei des Ardras nach zu urteilen, gefällt es ihm ganz und gar nicht, dass sich seine Beute davonmachen will, und er nimmt die Verfolgung auf.

»Goe, pass auf!«, rufe ich ihm überflüssigerweise hinterher.

Aber der kleine Diener reagiert nicht auf mich, sondern bemüht sich verzweifelt, zur Tür zu gelangen, um schnellstmöglich aus dem Raum zu fliehen. Der Ardras, der nun bereits gefährlich nahe bei ihm ist, hackt mit Schnabel und spitzen Krallen nach dem Jungen, dessen Haar sofort Feuer fängt, noch ehe er die rettende Tür erreicht hat.

Ich bin wie gelähmt vor Schreck – unfähig, etwas zu tun – und zucke zusammen, als Tascha an mir vorbei auf den Vogel zurennt. Sie hat ihre unversehrte linke Hand um das Amulett gekrallt und ihr Körper geht in Feuer auf, welches sie jedoch nicht zu verbrennen scheint.

»He, du hässliches Ding!«, schreit sie der Bestie zu. »Gehst wohl gerne auf kleine Menschen los, wie? Versuch es doch mal mit mir!«

Der Ardras stutzt und wendet verärgert seinen Kopf der Dienerin zu. Seine Augen schauen wie zwei glühende Kohlen auf Tascha herunter, deren Körper nun vollständig in züngelnden Flammen steht. Sie lässt das Amulett los und reißt stattdessen das kleine Messer, das uns die Magier gegeben haben, aus ihrem Hosenbund hervor. Bevor der Vogel sich schützen kann, sticht sie auf ihn ein und trifft ihn in die Flanke.

Der Ardras kreischt vor Überraschung und Schmerz laut auf und wirft seinen Körper zornig herum. Dann beginnt er wutentbrannt, auf seine Gegnerin einzuhacken und mit seinen Klauen nach ihr zu schlagen.

Tascha weicht den messerscharfen Krallen und dem Schnabel geschickt aus und duckt sich unter seinem Hals hindurch. Goe nutzt die Gelegenheit, reißt die Tür auf und rennt in den Gang dahinter. Ich sehe, wie er gleichzeitig sein Haar zu löschen versucht.

Immer noch stehe ich wie angewurzelt da und weiß nicht, ob ich kämpfen oder fliehen soll. Mein Puls rast und mir ist halb schwindelig von der Hitze, die der brennende Körper des Vogels versprüht.

Gerade als ich aus meiner Taubheit erwache und beschließe, Tascha zu Hilfe zu eilen, rennt diese um den Vogel herum, sodass er ihr mit seinem Kopf folgen muss. Dabei senkt er ihn so weit herunter, dass er in Reichweite der Dienerin kommt. Diese ergreift ihre Chance und sticht ihm das Messer in das rechte Auge. Keine Sekunde zu früh, denn der Feuerzauber, den Tascha durch das Amulett aktiviert hat, beginnt bereits zu erlöschen.

Ein markerschütternder Schrei erklingt, der den gesamten Raum erbeben lässt. Dann geht der Vogel in hohen Flammen auf, die ihn verschlingen. Binnen eines Augenblicks ist nur noch ein kleiner Aschehaufen von dem riesigen Tier übrig.

»Schnell, bevor er wieder zum Leben erweckt wird!«, ruft Tascha mir zu und rennt durch die Tür, Goe hinterher.

Ich werfe einen Blick auf den Haufen Asche, der sich bereits wieder zu einem Ei formt, das erstaunlich rasch wächst. Ohne die Wiedergeburt des Ardras abzuwarten – solch einem Monster möchte ich lieber nicht zweimal begegnen –, renne ich Tascha nach und werfe die Tür hinter mir ins Schloss.

21

Alia

Vor mir an der Wand lehnen Goe und Tascha keuchend und mit Ruß beschmiert.

»Danke!«, stößt Goe atemlos hervor und meint damit Tascha, nicht mich, die ich feige daneben gestanden habe, während sie ihr Leben für ihn aufs Spiel setzte.

»Gern geschehen.« Sie berührt vorsichtig das braune Haar, das stellenweise bis auf die Kopfhaut verbrannt wurde und immer noch leicht qualmt.

Ich werfe einen Blick nach rechts und links und erkenne mit Erleichterung, dass weit hinten, am Ende des Ganges zu unserer Linken, der Zielbereich – das goldene Tor – liegt. Es ist hell erleuchtet und ich gehe einige Schritte darauf zu.

In dem Moment ertönt zu unserer Rechten ein ohrenbetäubender Lärm. Wir drehen uns panisch um und sehen zu unserem Entsetzen eine Feuerwalze, die den gesamten Gang ausfüllt und unaufhaltsam auf uns zurollt. Sie treibt eine sengende Hitze vor sich her, die uns binnen Sekunden einhüllt.

Oje, was denken sich diese Feuermagier denn noch alles aus?

Ohne zu überlegen, rennen wir los. Wenige Dutzend Schritt vor uns ist das Ziel, das goldene Tor. Nur ein paar Sekunden noch, dann sind wir dort und haben den ersten Zirkeltag überlebt. Die Feuerwalze rückt jedoch gefährlich schnell näher.

Das körperliche Training mit Reyvan macht sich jetzt bezahlt, ich kann rasch eine beträchtliche Distanz zwischen mich und die Walze bringen. Goe und Tascha jedoch scheinen weniger gut trainiert zu sein. Vor allem der kleine Diener fällt immer weiter zurück. Schließlich stolpert er über seine Füße und fällt hin, als wir noch nicht einmal die Hälfte der Distanz hinter uns gebracht haben.

Hin- und hergerissen zwischen dem Wunsch, diesen furchtbaren ersten Zirkeltag hinter mich zu bringen, und dem schlechten Gewissen, Goe schon wieder im Stich zu lassen, halte ich schließlich an und renne zurück.

Tascha läuft weiter auf das Ziel zu. Die Kraft ihres Amuletts ist verbraucht, es baumelt trüb um ihren Hals, und sie wäre daher schutzlos dem verzehrenden Feuer ausgeliefert.

Als ich bei Goe ankomme, ist die Feuerwalze gerade noch drei Schritt entfernt. Ich greife nach meinem Amulett und spüre, wie sich mit ungeheurer Geschwindigkeit Hitze in mir ausbreitet. Meine Haut beginnt buchstäblich zu brennen, und kleine Funken tanzen darüber, aber ich verbrenne nicht. Goe hat es mir gleichgetan und steht nun ebenfalls in Flammen.

Ich helfe ihm auf die Beine, aber sein Knöchel scheint verstaucht zu sein, denn er kann nur humpeln. Die Feuerwalze verschlingt uns wie ein hungriges Tier und hüllt uns in ohrenbetäubendem Lärm ein.

Nur ein paar Sekunden, dann hält der Schutz unserer Amulette nicht mehr an und wir werden beide verbrennen. Wir müssen schneller sein als diese Walze.

In einem Anflug von Panik werfe ich mir Goe über die Schulter und renne los. Irgendwo vor uns, hinter der Flammenwand, ist das Tor, wo wir in Sicherheit sind. Ich muss es nur bis dorthin schaffen.

Goe ist zwar klein und dünn, aber sein Körper hat trotzdem ein überraschendes Gewicht. Meine Arme beginnen zu zittern. Hinzu kommt, dass ich in der Feuerwalze nicht richtig atmen kann, meine Lungen brennen im wahrsten Sinn des Wortes und die tosenden, kreischenden Flammen drohen mir den Verstand zu rauben.

Ich muss aus diesem Feuer raus. In Sicherheit.

Es erscheint mir, als würde ich schon stundenlang in dem Feuer rennen, obwohl es in Wirklichkeit nur ein paar Sekunden sein können, da das Amulett uns erstaunlicherweise immer noch schützt.

Da endlich springe ich aus den Flammen heraus, lasse die Walze hinter mir. Wie gierige Hände schnappen die Feuerzungen nach meinen Beinen und Haaren. Ich lege nochmals alle Energie in meine Anstrengung. Meine Muskeln brennen, mein Atem geht stoßweise.

Da sehe ich durch den Rauch und die Hitze des Feuers das goldene Tor direkt vor mir flimmern. Ich halte darauf zu, bin mir gleichzeitig jedoch schmerzhaft der Feuerwalze bewusst, die mit ungebremster Geschwindigkeit hinter mir her rollt. Der Schutz des Amuletts ist verpufft und meine Haut beginnt, schmerzhafte Blasen zu werfen von der glühenden Hitze, die nun im Gang herrscht.

Noch ein paar Schritte, dann sind wir in Sicherheit.

Ich renne um mein Leben – und pralle mit voller Wucht gegen das Tor, das unter diesem plötzlichen Stoß aufspringt.

Stolpernd erreiche ich den Raum dahinter, Goe immer noch über meiner Schulter. Kraftlos sinke ich auf die Knie und nehme am Rande meines Bewusstseins gerade noch wahr, wie Goe auf den Boden gleitet. Stimmengewirr ist um mich herum zu hören. Applaus ertönt von irgendwoher und Hände strecken sich helfend nach mir aus. Doch mich verschlingt eine tröstende Dunkelheit.

Ich muss lange Zeit bewusstlos gewesen sein. Als ich wieder zu mir komme, scheint die Abendsonne durch ein winziges Fenster. Ich blinzle.

Mir ist gar nicht aufgefallen, dass heute ein sonniger Tag war – schießt es mir unsinnigerweise durch den Kopf.

Stöhnend greife ich mir an die Stirn. Mein Körper schmerzt und ich spüre jeden Muskel, als wäre er tausendfach zerrissen. Langsam bewege ich meine Arme und Beine und bin erstaunt, dass es mir gelingt.

Wo bin ich? Der erste Zirkeltag kommt mir wieder in den Sinn; Bilder von Flammen, Gerüche von versengtem Haar, verbrannter Haut – meiner Haut. Tascha, Goe, Kalus und Jita … leben sie noch?

Mühsam versuche ich mich aufzurichten und mich umzuschauen. Da legt sich eine Hand mit sanftem, aber bestimmtem Druck auf meine Brust und zwingt meinen Körper, sich wieder hinzulegen. Ich gebe dem Druck nach und seufze.

Ich will doch nur aufstehen und wissen, wo ich bin. Wo die anderen sind.

»Schhhh«, flüstert eine Stimme nahe an meinem Ohr und ein Finger streicht sanft über meine Wange.

Ich öffne schlagartig wieder die Augen. Ein vertrautes Gesicht erscheint lächelnd über mir. Die Abendsonne lässt sein Haar wie flüssiges Gold wirken.

»Reyvan«, krächze ich.

Meine Stimme hört sich an wie Schmirgelpapier und ich huste.

»Ja, ich bin's.« Er gibt mir einen leichten Kuss auf die Stirn und hält einen Becher mit erfrischendem Wasser an meinen Mund, das meinen Hustenreiz lindert. »Du solltest liegen bleiben. Nach allem, was du heute durchgemacht hast, ist dein Körper zerschunden – auch wenn die Heiler ihn wieder einigermaßen hingekriegt haben.«

Ich kann nicht glauben, dass er hier ist. Dass er zu mir gekommen ist.

»Wie bist du …?«, beginne ich.

Er legt einen Finger auf meinen Mund. »Hier hereingelangt?«, vollendet er meinen Satz.

Ich nicke.

»Nun ja, mein Onkel, der lange als Spion gearbeitet hat, zeigte mir ein paar Tricks«, sagt er mit schiefem Lächeln.

»Aber du darfst gar nicht hier sein, Reyvan!«, protestiere ich leise, als er seinen Finger von meinem Mund über mein Kinn wandern lässt.

»Ich musste doch schauen, ob es dir gut geht, oder?« Sein Lächeln wird breiter. »Du hast es denen ganz schön gezeigt, Cíara.« Seine Stimme klingt anerkennend.

»Was ist mit den anderen? Leben sie?«

Reyvan kann mir nicht in die Augen schauen – ein schlechtes Zeichen. »Tja …« Er nestelt an meiner Bettdecke herum. »Leider hatte Kalus nicht so viel Glück wie du.«

»Was?« Ich bin fassungslos und greife nach seiner Hand, trotz des Protests meines Körpers. »Was ist passiert?«

»Nun …« Er seufzt, was mich das Schlimmste erahnen lässt. »Ihn hat ein Feuerball schwer erwischt. Die Hälfte seines Körpers war verbrannt und schwarz. Die Heiler konnten ihn nicht mehr retten.«

Er schweigt und streichelt meine Hand, die anstelle der hässlichen Brandblasen nur noch rote Male aufweist und empfindlich ist.

Kalus tot. Das kann nicht sein.

Ich starre taub an die Decke über mir und kann einen Moment lang keinen klaren Gedanken fassen. Ein ganz kleiner Teil von mir hatte bis eben gehofft, dass die Magier es nicht so weit kommen lassen und jemand von uns tatsächlich stirbt. Aber dass es bereits am ersten Tag passiert und Kalus auf solch grausame Weise umkam, ist umso schockierender.

Auch wenn ich ihn kaum kannte, dieses Schicksal hat er nicht verdient. Bei dem Gedanken, dass ebenso gut *ich* an seiner Stelle hätte sein können, wird mir schlecht. Reyvan wischt eine Träne, die mir über die Wange rinnt, mit dem Daumen weg.

»Kleine, ich bin so froh, dass du lebst«, flüstert er.

Ich starre weiterhin an die Decke. Der Schock, dass tatsächlich jemand gestorben ist, sitzt tief.

»Was ist mit den anderen? Jita, Tascha und Goe?«, frage ich nach einer Weile, als ich mich wieder einigermaßen gefangen habe.

»Denen geht es den Umständen entsprechend so gut wie dir«, antwortet er.

Immerhin. Dann hat sich meine hirnverbrannte Aktion, Goe zu retten, doch gelohnt.

Ich schließe die Augen und bin auf einmal müde.

»Ich lasse dich nun schlafen, Cíara. Ich liebe dich«, haucht Reyvan in mein Ohr.

Ehe ich ihm antworten kann, bin ich eingeschlafen.

Am nächsten Morgen werde ich früh von einer Dienerin geweckt. Reyvan ist irgendwann in der Nacht wieder gegangen, ohne dass ich es bemerkt habe. Ich hätte wohl kaum mit ihm fliehen können, Alvaras hat uns eingeschärft, dass unsere Quartiere scharf bewacht werden. Ich habe keine Ahnung, wie der Elf an diesen Wachen vorbeigekommen ist.

Mein Körper schmerzt von den Strapazen des gestrigen Tages und ist übersät mit roten Flecken, die von den Brandblasen stammen. Die Haut an diesen Stellen zieht zwar leicht, schmerzt aber glücklicherweise nicht mehr.

Heute steht der Wettkampf des Luftzirkels an. Die Kleider – schwarze Hosen und eine grüne Bluse – liegen neben meinem Bett. Ich ziehe mich an und mache mich auf die Suche nach dem Frühstücksraum, der sich in demselben Gebäude wie unsere Quartiere befindet. Vor meiner Tür steht ein Kampfmagier, Alvaras hat uns also nicht belogen, wir werden bewacht.

Ich bin die Erste, die den Frühstücksraum betritt. Auf dem Tisch stehen Brot, Rührei, Speck, Butter, Konfitüre und einige Früchte. Ein erstaunlich gutes und großzügiges Frühstück, aber ich habe gar keinen Hunger. Dennoch zwinge ich mich dazu, von allem etwas auf einen Teller zu geben, und beginne zu essen.

Einige Minuten später erscheint Tascha. Sie sieht müde und mitgenommen aus. Ihre Hand ist immer noch verbunden und sie lächelt mich flüchtig an, bevor sie sich mir gegenüber an den Tisch setzt und lustlos ein Brötchen isst. Keine von uns spricht über den gestrigen Tag.

Auch als Goe und Jita hereinkommen, entwickelt sich kein Gespräch. Was gäbe es zu sagen? Wir alle wissen, dass wir heute das Schicksal von Kalus teilen könnten. Dass wir gestern einfach unglaubliches Glück gehabt haben, worauf wir heute nicht zwingend hoffen dürfen.

Bei dem Gedanken, dass Taros und seine Freunde mich heute mit irgendwelchen Zaubern drangsalieren, vergeht mir der Appetit und ich lege das Brot, das ich soeben mit Butter und Konfitüre bestrichen habe, zur Seite.

Nach einer Stunde werden wir von Alvaras abgeholt. Wir folgen ihm schweigsam in die Arena. Wie gestern haben wir nun im Startbereich Zeit, uns auf den zweiten Zirkeltag vorzubereiten. Wir fühlen uns aber alle viel zu energielos und setzen uns nach einer Weile einfach auf den Boden.

Wieder liegen kleine Messer für uns bereit. Gestern wurden sie uns nach dem Zirkeltag abgenommen, damit wir niemanden verletzen oder uns gar den Weg in die Freiheit erkämpfen können.

Keiner sagt ein Wort und wir warten, bis die Zeit gekommen ist und wir den Zirkelleiter hören, der den Start des Zirkeltages verkündet. Die Minuten ziehen sich jedoch nur schleppend dahin und ich werde immer nervöser.

Endlich ertönt Xenos' Stimme. Wir fahren unwillkürlich zusammen und heben den Kopf. Über uns ist jedoch nur der graue Winterhimmel zu sehen.

»Liebe Zuschauer, gestern haben uns die Jungmagier des Feuerzirkels ihr Können gezeigt und wir durften einen einzigartigen Auftakt des magischen Wettkampfs erleben!«

Ich schnaube über sein Eigenlob – er hat ja selbst die Zauber mitgewirkt – und werde wütend. Kein Wort über Kalus' Tod! Sie behandeln uns wie Vieh, das vorgeführt wird und dessen Leben weniger wert als das einer Maus ist.

Aber Xenos fährt fort: »Natürlich seid ihr alle gespannt, wie die Bewertungen für die Diener, die im gestrigen Zirkeltag assistiert haben, ausgefallen sind. Auf dem ersten Platz ist momentan Tascha. Sie hat fünf Punkte erhalten. Den zweiten Platz belegt Alia mit vier Punkten, danach folgen Goe mit drei und Jita mit zwei Punkten.«

Neben dem darauffolgenden Applaus sind auch herzhafte Flüche zu hören. Anscheinend haben einige der Zuschauer ihre ersten Wetten verloren. Ich knurre ärgerlich.

»Heute werden die Jungmagier des Luftzirkels zeigen, was sie hier im Magierzirkel von Lormir gelernt haben. Ich kann euch versprechen, dass es auch heute nicht langweilig wird!« Xenos' Stimme wirkt selbstgefällig, was meinen Zorn noch schürt.

Will ich diesem aufgeblasenen Magier überhaupt als persönliche Dienerin hinterherrennen?

Dann fällt mir wieder ein, dass er versprochen hat, mir meine Familie zu zeigen. Dafür lohnt es sich allemal, hier zu überleben. Dafür … und für Reyvan.

»Und nun möge der Tag des Luftzirkels beginnen! Die Luft ist klar, der Pfeil schnell, das Leben kurz!«

Wie recht er mit dem letzten Satz hat … ich muss an Kalus denken, der so jung und sinnlos gestorben ist. Unvermittelt läuft mir ein Schauer über den Rücken.

Wir warten, bis sich das goldene Tor öffnet und Xenos hindurchkommt. Er schreitet gewohnt feierlich auf uns zu. Wahrscheinlich wird auch dies auf das Bild oben übertragen, denn er lächelt uns an, obwohl er keinen Grund dazu hat.

»Auch heute habe ich etwas für euch, das euer Überleben sichern kann.« Er zieht vier kleine Ampullen mit einer durchsichtigen Flüssigkeit darin aus seiner Tasche und reicht jedem von uns eine. Sie sind an einer Schnur befestigt, die wir um den Hals legen können. »Dies ist eine magische Flüssigkeit, die euer Gewicht vervielfacht, damit ihr am Boden bleibt – allerdings nur für zehn Sekunden.«

Super. Und wie genau soll uns das helfen, wenn wir von Pfeilen attackiert werden?

Ich schaue die Ampulle in meiner Hand skeptisch an, aber es bleibt keine Zeit für Fragen. Mit einem »Viel Glück!« hat sich Xenos schon wieder von uns abgewandt und ist durch das Tor verschwunden.

Keiner scheint so recht zu wissen, was das zu bedeuten hat. Ich hatte angenommen, wir würden wie Wild von Pfeilen durch irgendeinen Wald gejagt und fiese Illusionen würden sich uns in den Weg stellen – das ist ja die Spezialität des Luftelements. Aber offenbar wird uns etwas anderes erwarten.

Draußen sind wieder begeisterte Rufe zu hören, als die Magier mit ihren Zaubern beginnen und die Arena vorbereiten. Es ist kaum auszuhalten, hier einfach nur herumzustehen und zu warten.

Jita, die das Element Luft beherrscht, scheint heute weniger neben sich zu stehen als sonst. Sie wirkt geradezu konzentriert und betrachtet die Ampulle in ihren Händen sorgfältig. Ich habe es längst aufgegeben, mit ihr ein normales Gespräch führen zu wollen.

Ihr graues, wirres Haar hängt ihr in fettigen Strähnen über die Schultern und ihre ebenso grauen Augen schauen die meiste Zeit durch einen hindurch. Dass sie eine Tochter hat, die sie zu sehen wünscht, habe ich erst gestern von Xenos erfahren. Das hat mich verwundert. Ich hatte gedacht, dass sie eine alte Jungfer wäre, die durch irgendeinen Schicksalsschlag den Verstand verloren hat. Wo ist diese Tochter, wenn nicht im Zirkel? Und warum lebt sie von ihr getrennt?

Ich werde von Taschas Aufschrei aus meinen Gedanken gerissen, als sich das goldene Tor öffnet.

Keiner von uns will als Erster hindurch, trotzdem nähern wir uns vorsichtig der Öffnung.

Ich bin die Erste, die schließlich die Arena betritt. Eigentlich hatte ich erwartet, wie gestern in einen Raum zu gelangen. Stattdessen finde ich mich in einem Wolkenhimmel wieder. Unvermittelt muss ich an meinen Besuch im Anbau des Luftzirkels mit Reyvan denken. Überall bemerke ich nebelartige Gebilde in allen Formen und Größen. Meine Füße stehen auf einer weichen Wolkendecke und meine Haare kräuseln sich leicht an den Schläfen, als mich eine Wolke streift. Meine Sicht wird durch diesen dichten Nebel rund um mich herum behindert und ich kann nur ein paar Fuß weit sehen. Es ist so still und schön hier … aber das täuscht bestimmt.

Vorsichtig gehe ich weiter. Tascha ist direkt hinter mir, dahinter folgen Goe und Jita. Irgendwo vor uns muss der Zielbereich sein. Es ist jedoch schwierig, zwischen all diesen Wolken, die uns nun vollständig umgeben, die Orientierung zu behalten.

Ich gehe ein paar Schritte weiter und versuche, genau auf das Ziel zuzuhalten.

Wir müssen ungefähr fünfhundert Schritt in diese Richtung gehen, dann ist es geschafft. Aber wer weiß, was sich in den Wolken noch alles für Gefahren verbergen?

Gerade als ich diesen Gedanken aussprechen will, passiert es. Vor uns teilt sich eine Wolke, durch die ich eben hindurchgehen wollte, und gibt den Blick auf eine größere, wolkenlose Fläche frei.

Jede Faser meines Körpers warnt mich davor, weiterzugehen. Aber es nützt ja nichts, wir müssen diese Fläche überwinden, um auf die andere Seite zu gelangen. Tascha hinter mir zieht hörbar die Luft ein. Auch ihr scheint das Ganze nicht geheuer zu sein.

Langsam tasten wir uns am Rand entlang. Nichts auf der Welt hätte mich dazu gebracht, sie direkt zu überqueren, denn ich habe gestern gelernt, äußerst vorsichtig zu sein mit harmlos aussehenden Böden.

Gerade als wir bis zur Hälfte an der Gefahrenzone vorbei sind, ertönt ein wütendes Brüllen über uns. Wir heben die Köpfe und erstarren vor Schreck. Tascha schreit laut auf und Goe beginnt zu rennen, während Jita gleich gelähmt ist wie ich.

Über uns baut sich ein leibhaftiger Drache zu seiner vollen Größe auf. Sein Körper scheint aus Nebel zu bestehen, trotzdem ist er nicht durchsichtig. Seine gewaltigen Flügel haben mindestens eine Spannweite von zwanzig Schritt und sehen aus, als ob ein Sturm darauf wütet. Aus seinem Maul speit er Blitze, die gefährlich nahe neben uns einschlagen.

Ein Luftdrache.

Ich hatte davon gehört, dass es in Altra Drachen gibt, allerdings noch nie selbst einen gesehen. Sie leben zurückgezogen in den Gebirgen. Dieser hier scheint jedoch höchst angriffslustig und keineswegs menschenscheu zu sein. Ich bezweifle stark, dass er sich von meinem kleinen Messer beeindrucken lassen wird.

Er schlägt zornig mit seinen Flügeln und ich falle, von einer Druckwelle getroffen, zu Boden. Gleich darauf werde ich in die Höhe gehoben, als eine Wolke unter mir aufwirbelt. Ich kann gerade noch denken, dass ich wohl als Nächstes irgendwie auf dem mit Wolken bedeckten Boden aufschlagen werde, als dies auch schon geschieht.

Mein Körper wird erbarmungslos hin und her geschleudert im Strudel, den die Flügel des Drachen verursachen. Auch dass die Wolken an sich weicher als ein Steinboden sind, hilft nicht allzu viel. Die Wucht, die auf meinen Körper einwirkt, ist so gewaltig, dass jeder Schlag schmerzt.

Wolken wirbeln um mich herum, durchzuckt von Blitzen. Wenn mich einer davon trifft, werde ich tot sein.

Ich erhasche einen Blick auf die anderen, die ebenfalls hin und her geworfen werden und erfolglos versuchen, auf dem Boden zu bleiben. Ich komme mir vor wie in einem Luftstrudel, hilflos den Kräften des Himmels ausgeliefert.

Mit einem weiteren Luftstoß werde ich über den Kopf des Drachen geschleudert. Das Monstrum schnappt nach meinem Arm, der seinem Maul gefährlich nah kommt. Ich kann mich in letzter Sekunde noch von seiner schuppigen Nase abstoßen und werde wie ein Ball davongeschleudert. Grelle Blitze folgen meiner Flugbahn, verfehlen mich aber um Haaresbreite.

Da kommt mir die Ampulle in den Sinn, die immer noch um meinen Hals baumelt und mir schmerzhaft gegen die Brust schlägt. Ich versuche, sie zu öffnen, werde aber gleich darauf so hart zu Boden geworfen, dass mir die Luft wegbleibt.

Mit zitternden Fingern nestle ich am Verschluss herum, als eine nächste Windböe droht, mich wieder in die Luft zu heben. Im letzten Augenblick kann ich die Ampulle öffnen und nehme einen großen Schluck der klaren Flüssigkeit. Sie schmeckt eigenartigerweise nach gar nichts, aber die Wirkung setzt direkt ein.

Mit einem Mal kann mir der Sturm, der vom Drachen ausgelöst wurde, nichts mehr anhaben. Ich bleibe mit beiden Beinen fest auf dem Wolkenboden stehen.

22

ALIA

Ohne lange zu überlegen, beginne ich zu rennen. In welche Richtung, weiß ich nicht, einfach weg von diesem Drachen. Die drei anderen Diener kann ich im Sturm nicht entdecken, höre aber ihre Schreie. Hoffentlich kommen sie auch auf die Idee, die Ampulle zu trinken.

Erst als ich in sicherer Entfernung von der Bestie bin, bleibe ich stehen und versuche, mich irgendwie zu orientieren. Wohin muss ich nur? Alles um mich herum ist grau und neblig. Hinter mir vernehme ich immer noch das Einschlagen von Blitzen. Das heißt, ich muss in die entgegengesetzte Richtung – wahrscheinlich. Jedenfalls wird dieses Wolkenfeld bestimmt irgendwann ein Ende haben. Danach muss ich mich einfach an der Wand der Arena entlangtasten, bis ich zum Ausgang komme.

Mein linker Arm schmerzt auf einmal entsetzlich und als ich hinsehe, wird mir fast schlecht. Ein Knochen steht mitten aus dem Unterarm heraus. Ich lasse den Blick über meinen Körper gleiten und erkenne, dass überall Blut an meinen Kleidern ist – mein Blut. Welches weiterhin ungehindert aus der tiefen Wunde tritt.

Ich bemühe mich, die Blutung zu stoppen, indem ich den Oberarm mit einem Fetzen Stoff meiner Bluse abbinde. Dann lege ich einen weiteren Verband um den offenen Bruch. Die Schmerzen rauben mir fast das Bewusstsein, als ich den Knochen berühre.

Aber es bringt nichts, ich muss weiter. Muss den Zirkeltag hinter mich bringen. Ich versuche, die pochenden Schmerzen in meinem Arm irgendwie zu ignorieren. Trotzdem wird mir nach ein paar Schritten schlecht und ich muss mich übergeben. Mir wird schwarz vor Augen, aber ich taumle weiter.

Als ich wieder einigermaßen klar sehen kann, habe ich keine Ahnung mehr, wo ich bin. Der Lärm, den der Drache verursacht hat, ist leiser geworden und kaum mehr einer Richtung zuzuordnen.

Ich beschließe, weiter in die Richtung, die ich eingeschlagen habe, zu gehen. Im schlimmsten Fall gelange ich zurück zum Startbereich, aber dann weiß ich wenigstens, wo der Drache lauert.

Es kommt mir vor, als wäre ich bereits eine Viertelstunde unterwegs. Eigentlich müsste ich längst am Ziel angekommen sein. Trotzdem erstreckt sich vor mir weiterhin eine endlose Wolkendecke. Immer, wenn ich durch eine Wolke hindurchgegangen bin, erscheint eine neue. Rechts und links ebenso, es ist zum Verzweifeln.

Vielleicht gehe ich sogar im Kreis? Ich bleibe stehen und versuche, mich nochmals zu orientieren. Ich habe mich wirklich hoffnungslos verirrt.

Plötzlich wird die Wolkendecke vor mir durchbrochen. Im ersten Moment begreife ich nicht, was ich da vor mir habe. Es bewegt sich in rasender Geschwindigkeit auf mich zu.

Solch ein Wesen habe ich noch nie gesehen. Es ist durchsichtig und trotzdem kann ich Konturen erkennen. Seine Gestalt gleicht der eines Menschen, aber seine Augen sind weiß. Es scheint zu schweben und doch zu gehen. Das Haar ist lang und ebenso durchsichtig wie der Rest des Körpers, der aus hellen Luftstrudeln besteht.

Ich weiche ängstlich zurück.

Was ist das für ein Wesen? Ein Luftelementar? Ich hatte mit allem gerechnet, aber nicht mit dem. Reyvan hatte mir erklärt, dass Elementare schwer einzufangen und noch schwerer zu beschwören sind. Diese Kreaturen gelten als die Diener der Götter. Es muss die Magier viel Kraft kosten, den Drachen und dieses Elementar zu beschwören und im Griff zu behalten. Geschweige denn sie zurückzuschicken, sobald sie nicht mehr benötigt werden.

Das Wesen schaut mich mit seinen weißen Augen an und mir gefriert das Blut in den Adern, als es seine scharfen Zähne entblößt. Ich kann nicht zuordnen, ob es mir böse oder gut gesinnt ist.

Es bleibt vor mir schweben und umrundet mich langsam. Ich beschließe, dass es gesünder für mich ist, wenn ich einfach stillhalte und ihm gewähre, mich von allen Seiten zu mustern, um seine Neugier zu stillen. Die Schmerzen in meinem Arm sind entsetzlich und kaum noch zu ertragen. Trotzdem bleibe ich möglichst ruhig.

Meinen Trank habe ich bereits verbraucht, der würde mir aber in dieser Situation auch nicht viel nützen, ebenso wenig wie das Messer, das wahrscheinlich direkt durch das Elementar hindurchdringen würde.

Langsam beginne ich, mich auf eine nahe schwebende Wolke zuzubewegen, um darin zu verschwinden.

Das Elementar scheint zu merken, was ich vorhabe. Es stößt einen Zischlaut aus und ich bleibe abrupt stehen, was es zu schätzen weiß. Zumindest stellt es sein Zischen sofort ein.

Wie komme ich nur aus dieser Situation heraus? Ich brauche unbedingt einen Heiler für meinen Arm, dessen Schmerzen mir fast die Sinne rauben. Mir fällt schlussendlich nichts Besseres ein, als mit dem Wesen zu sprechen.

»Hallo, mein Name ist Alia, wer bist du?«

Fast vermeine ich zu vernehmen, wie das Publikum draußen grölt, auch wenn ich es hier in der Arena natürlich nicht hören kann. Aber das ist mir jetzt egal. Ich muss weg, sonst stöbert mich der Drache noch auf. Zu meiner Überraschung antwortet mir das Wesen mit einem Rauschen, das irgendwo aus seinem durchsichtigen Körper zu kommen scheint.

Ich kann es leider nicht verstehen und hebe hilflos die Schultern.

Es streckt die weiße Hand aus und greift nach meiner Ampulle, die nutzlos an der Schnur um meinen Hals hängt.

Ich verstehe. Es möchte sie haben – oder fragt sich zumindest, was es ist.

Also streife ich die Schnur über meinen Kopf und lege das Gefäß sorgfältig in die fast durchsichtige Hand des Wesens. Im ersten Moment erwarte ich, dass es durch die Handfläche hindurch zu Boden fällt, aber es hält sie fest, schließt seine langen Finger darum und führt die Phiole zu seinen Augen. Lange betrachtet es das Ding, dreht es in den Händen hin und her. Dann scheint es entschieden zu haben, dass es das unfreiwillige Geschenk behalten will. Es wendet sich ab und verschwindet in der nächsten Wolke.

Ich bleibe verwirrt zurück. War's das jetzt? Ist es überstanden?

Ich beschließe, besser meinen Weg fortzusetzen, als mir weitere Gedanken darüber zu machen.

Vorsichtig taste ich mich weiter durch die Wolkenwand. Jedoch begegnen mir weder ein Drache noch weitere Elementare.

Von Weitem höre ich einen spitzen Schrei. Wer es war, kann ich nicht zuordnen. Trotzdem beschleunige ich meine Schritte, in eine andere Richtung als die, aus welcher der Schrei kam.

Ich bin bestimmt schon eine halbe Stunde unterwegs. Mein Arm schmerzt furchtbar und mehrmals verliere ich beinahe das Bewusstsein.

Als ich schon gar nicht mehr daran glaube, durchbreche ich eine Wolkenwand und stehe vor einem goldenen Tor. Ich bete zu allen vier Göttern, dass es sich um den Zielbereich handeln möge, und stoße es auf.

Ohne Widerstand gibt es nach und ich trete hindurch. Vor mir sehe ich mehrere Menschen und einige Heiler, die auf mich zukommen. Eine Bahre steht bereit und ich werde darauf gebettet. Ein Heiler sieht sich meine Armverletzung an und gibt mir einen Trank, der mich in vollkommene Finsternis verbannt, ehe ich richtig begriffen habe, dass der Zirkeltag der Luftmagier für mich vorbei ist.

Ich liege wieder in meinem Zimmer und starre an die Decke. Mein Arm ist eingebunden, er wurde von den Heilern gerichtet und das Fleisch wieder zusammengefügt. Trotzdem spüre ich ein leichtes Pochen, als ich ihn anhebe.

Wird das nun jedes Mal so sein? Dass ich nach jedem Zirkeltag bewusstlos zusammengeflickt werde und hier im Zimmer aufwache?

Reyvan ist zu meiner Enttäuschung weit und breit nicht zu sehen. Zu gerne würde ich mit ihm sprechen, erfahren, was mit den anderen Dienern passiert ist.

Nach einer Weile beginne ich, mir Sorgen zu machen. Ich weiß, dass er sich von nichts auf der Welt aufhalten lassen würde, mich zu besuchen. Nun ja, von fast nichts. Ich muss an Xenos denken. Hoffentlich weiß er nicht, in was für einer Beziehung ich zu dem Elfen stehe.

Aber auch Stunden später taucht Reyvan nicht auf. Als ich versuche, mein Zimmer zu verlassen, ist es verschlossen und das Fenster ist viel zu klein, als dass ich hindurchpassen würde. Ich bin eine Gefangene.

Ich lege mich wieder auf das Bett und dämmere vor mich hin. Neben mir stehen ein köstlich riechendes Brot und ein saftiges

Stück Schweinebraten. Aber ich habe keinen Hunger. Ich trinke nur etwas von dem Wasser, das in einem Krug neben meinem Bett steht, dann schlafe ich ein.

Es ist spät in der Nacht, als ich aus einem Albtraum erwache, an den ich mich jedoch nur schemenhaft erinnere. Ich weiß nur noch, dass Drachen und Feuer darin vorkamen.

Ich zittere und schwitze gleichzeitig, stoße die heiße Decke von mir und reiße die Verbände von meinem Arm, der nun wieder heil zu sein scheint. Schwer atmend liege ich auf dem Bett und versuche, meine Gedanken zu ordnen.

Zwei Zirkeltage habe ich hinter mir, aber drei stehen mir noch bevor und ich habe jetzt schon das Gefühl, dass ich eine Ewigkeit hier bin.

Ich denke an den kommenden Tag. Als Nächstes ist der Wettkampf des Erdzirkels dran. Bei dem Gedanken graut mir. Von allen Zirkeln haben die Erdmagier die meiste Vielfalt an Zaubern auf Lager. Sie können direkten, physischen Schaden zufügen, indem sie Gifte oder Erdbeben verwenden, aber auch Elementare und andere Kampfzauber beschwören.

Ich kann nicht wieder einschlafen und warte daher, bis das erste Tageslicht durch das Fenster dringt.

Endlich kommt eine Dienerin zu mir. Sie will nicht erzählen, was gestern passiert ist, antwortet nicht auf meine Fragen. Sie bringt mir nur die Kleider für den nächsten Zirkeltag. Ich bin nicht wirklich überrascht, als ich schwarze Hosen und eine braune Bluse in dem Bündel vorfinde – die Farbe des Erdelements.

Rasch ziehe ich beides über und gehe in den Frühstücksraum. Wieder bin ich die Erste.

Ich kann nichts essen, solange ich nicht weiß, wer von den anderen dreien noch lebt.

Als Nächstes kommt Tascha rein. Sie umarmt mich, als sie mich sieht, und eine Träne rinnt ihr über die Wange. »Du lebst noch«, haucht sie. »Ich habe nicht mitbekommen, dass du die Arena verlassen hast. Ich dachte, du wärst tot.«

»Wie geht es den anderen?«

»Goe lebt, ich habe ihn gesehen. Aber was mit Jita ist, weiß ich nicht.«

Immerhin lebt der kleine, dünne Junge. Er ist mir bereits ans Herz gewachsen – wie auch Tascha.

Wir kauen auf ein paar Brocken Brot herum und warten auf die anderen. Goe taucht etwa eine halbe Stunde nach Tascha auf. Es scheint ihm gut zu gehen, aber auch er weiß nicht, ob Jita überlebt hat. Ich wünsche es ihr so sehr. Schließlich wollte sie ihre Tochter wiedersehen.

Aber auch nach einer Stunde ist sie noch nicht da, als Alvaras kommt, um uns abzuholen. Er sieht in unsere fragenden Gesichter und seufzt. »Jita hat es gestern nicht geschafft. Sie meinte, sie könne die Luft ebenso beherrschen wie die Magier. Leider hat sie sich da vollkommen überschätzt. Sie wurde von dem Drachen zerschmettert.«

Ich bin wie gelähmt vor Grauen. Die Zirkeltage dauern erst zwei Tage und zwei von uns sind bereits tot.

Schweigend und in trübe Gedanken versunken folgen wir Alvaras zur Arena. Wie bereits die vorherigen Male dürfen wir uns vorbereiten, doch keinem von uns steht der Sinn danach. Was zählt, ist, den heutigen Tag zu überstehen, damit der Albtraum möglichst bald ein Ende hat.

Als Xenos seine Ansprache hält, bekomme ich nur mit, dass gestern maximal vier Punkte erzielt werden konnten. Ich habe dieses Mal die volle Punktzahl erhalten. Zusammen mit den vier Punkten von vorgestern, ergeben dies acht Punkte. Auch Tascha hat acht Punkte insgesamt, fünf vom Zirkeltag der Feuermagier und drei von gestern. Goe hat drei Punkte von vorgestern und zwei von gestern und ist somit auf dem zweiten Platz.

Heute gibt es maximal drei Punkte zu gewinnen, da wir nur noch drei Diener sind.

Mir ist es inzwischen egal, ob ich gewinne oder nicht. Ich will nur mein Leben nicht verlieren.

Heute hat keiner von uns einen Vorteil, da Tascha der Wassergilde angehört und Goe der Feuergilde. Und ich – na ja, das weiß man ja. Vielleicht wird mir wenigstens das Messer helfen, das wir wieder erhalten.

Als Xenos durch das goldene Tor kommt, erwartet ihn ein niedergeschlagener Haufen Diener. Er schaut uns erstaunt an. »Was ist denn mit euch los? Freut ihr euch nicht, dass ihr es bis hierher geschafft habt?«, fragt er mit hochgezogener Augenbraue.

Wir zucken nur mit den Schultern. Sollen wir ihm an den Kopf werfen, dass er uns nur zur Unterhaltung der Gäste missbraucht? Wenn wir das tun, sind die Zirkeltage wahrscheinlich schneller zu Ende, als uns lieb ist. Also halten wir besser den Mund und warten, was es dieses Mal als Hilfe gibt, damit wir vielleicht überleben können.

Er reicht uns eine kleine Tasche, die an einer Kordel befestigt ist. Als wir sie öffnen, ist eine unscheinbare braune Beere darin. Xenos erklärt, dass wir uns mithilfe dieser Beere die Kräfte des Erdelements eine Minute lang verinnerlichen könnten. Die Erläuterung, wie genau das gemeint ist, bleibt er uns jedoch schuldig und lächelt nur geheimnisvoll. Dann wünscht er uns wie üblich viel Glück und rauscht davon.

Ich habe keine Ahnung, in welcher Situation mir diese Beere nützlich sein sollte, aber bisher waren die Geschenke von Xenos zumindest irgendwie brauchbar.

Abermals müssen wir warten, bis die Magier die Arena für uns vorbereitet haben, und den erstaunten Rufen des Publikums lauschen, die mich fast in den Wahnsinn treiben.

Endlich hat das Warten ein Ende und wir dürfen in die Arena eintreten.

Vor uns erstreckt sich diesmal eine weite Ebene voller kleiner Sträucher, Kakteen und anderer Gewächse, die ich nicht kenne. Der größte Teil des Bodens besteht aus trockener Erde, die nur spärlich mit Gras bewachsen ist, und erinnert mich an die Steppe, welche die Stadt Lormir umgibt. Über uns brennt die Sonne, obwohl es mitten im Winter ist und diese Wärme also nicht echt sein kann.

Als ich den Kopf nach rechts wende, wo die Tribüne sein sollte, erkenne ich nichts außer einer endlosen Steppe. Offenbar wurden die Zuschauer absichtlich vor unseren Augen verborgen, um uns nicht abzulenken. Zu gerne hätte ich gewusst, ob Reyvan dort in der Zuschauermenge sitzt. Auch die Erdmagier kann ich nirgendwo sehen. Die Mauer, welche die Arena umgibt, ist ebenso von der Illusion eingehüllt wie die Zuschauertribüne.

Das Einzige, was von der Arena geblieben ist, ist der Zielbereich, der mit dem hohen Zaun und dem goldenen Tor eingegrenzt ist. Er liegt klar und deutlich vor uns, weniger als fünfhundert Schritt entfernt.

Das Ganze scheint mir mehr als verdächtig.

Weit und breit ist weder ein Drache noch ein anderes Monster zu sehen. Das macht mir zumindest etwas Mut. Tascha und ich gehen voraus, während Goe hinter uns her trottet.

»Was meinst du, was uns erwartet?«, wendet sich Tascha an mich, als wir einige Dutzend Schritte über den Erdboden gegangen sind.

Ich zucke mit den Schultern. »Keine Ahnung, aber solange es ruhig ist, sollten wir so rasch wie möglich zum Ziel kommen.«

Kaum habe ich dies ausgesprochen, beginnt die Erde unter uns zu beben.

Mist, manchmal sollte ich einfach den Mund halten …

Wir versuchen, auf den Beinen zu bleiben, was gar nicht so einfach ist. Das Erdbeben gewinnt zusehends an Stärke, sodass wir uns auf die Erde kauern müssen. In dem trockenen Boden tun sich tiefe Risse auf.

Nach ein paar Minuten beruhigt sich die Erde wieder. Rasch schaue ich mich um. Den anderen beiden geht es gut, von den zitternden Beinen mal abgesehen.

Wir richten uns auf und wollen schon vorsichtig weitergehen, als sich aus einer Spalte vor uns eine riesige Hand den Weg ins Freie bahnt.

Sie ist braun, und Wurzeln schlingen sich um das Handgelenk. Anstelle von Fleisch und Haut besteht der Arm des Wesens aus Stein und weiteren Wurzeln, die sich nun mit lautem Knirschen bewegen. Ein Kopf taucht auf, der nicht minder furchterregend aussieht. Die Augen sind kleine schwarze Schlitze, ein Mund ist nicht zu erkennen. Das ganze Gesicht, das aus Stein besteht, ist überwuchert mit Wurzeln und Gras.

Das Wesen zwingt seinen gewaltigen Oberkörper durch die Spalte und beginnt, sich zu seiner vollen Größe aufzurichten. Es ist mindestens vier Schritt hoch, wenn nicht mehr, und verdeckt fast die Sonne.

Tascha, Goe und ich sind starr vor Schreck und trauen uns nicht, uns zu bewegen. Wir alle wissen, was sich da so eilig aus der Erde gepult hat, um unsere Bekanntschaft zu machen: Es ist ein Golem. Eines der schrecklichsten und stärksten Geschöpfe, die das Element Erde zu bieten hat. Ich bilde mir keinen Moment lang ein, dass ich gegen dieses Wesen mit dem kleinen Messer antreten kann. Reyvan hatte mir zwar die Illusion eines Golems gezeigt, aber dieser hier sieht bei Weitem furchteinflößender aus.

Jetzt mustert die Kreatur uns mit seinen schmalen Augen und stößt einen Schrei aus – es hat also doch einen Mund –, der an das Grollen eines gewaltigen Erdsturzes erinnert.

Wir zucken unwillkürlich zusammen und ich habe nur noch einen Wunsch, nämlich, von diesem Wesen wegzukommen.

Aber in dem Moment erklingt hinter uns ein Fauchen und wir drehen uns erschrocken um.

Mir kommt zu spät in den Sinn, dass ein Golem meist in Begleitung seines treuen Schoßhündchens, des sogenannten Charks, ist. Eine Tradition, mit der auch dieses Exemplar vor uns nicht zu brechen scheint. Von hinten tappt ein hässliches Monster auf uns zu, das sich unbemerkt aus einer anderen Spalte gezwängt hat und noch erschreckender aussieht als der Golem selbst.

Es geht auf vier krummen Beinen, damit hört aber jegliche Ähnlichkeit mit einem Hund auch schon auf. Es hat am ganzen Körper graue, mit Dornen besetzte Knochenplatten, die ihm als Panzer dienen. Sein Kopf überragt mich um mindestens eine Elle und hat eine besonders breite Platte auf der Stirn. Darunter vermute ich irgendwelche bösen Augen, die ich jedoch nicht erkennen kann.

Das Maul ist dafür umso besser sichtbar. Es besteht aus einem dunklen Loch, dessen Rand mit scharfen, langen Zähnen bestückt ist. Aber die Schnauze ist gar nicht dazu gedacht, sich zu schließen, denn es ist mir ein Rätsel, wie es dies ohne Lippen schaffen sollte. Da bemerke ich, dass es die Platte über seiner Stirn nach vorne bewegen kann, sodass sein ganzes Gesicht damit bedeckt ist.

Es schiebt sie aber sogleich wieder nach hinten und faucht uns an. Aus seinem Maul trieft Speichel und drei rote Zungen schnellen hervor, die wie lange, dünne Schlangen aussehen. Anstelle von Pfoten hat es jeweils zwei gekrümmte Klauen, auf denen es sich abstützt. Die Hinterläufe sind besonders lang, es scheint eine enorme Sprungkraft zu besitzen.

Ich starre das Ungetüm entsetzt an, unfähig, mich zu bewegen.

23

ALIA

Tascha beginnt zu kreischen, während Goe bereits losrennt. Der Golem holt mit einer seiner Pranken aus und schlägt nach dem kleinen Diener. Direkt vor Goe, dort, wo die Pranke des Golems den Boden trifft, tut sich ein riesiges Loch auf, in das der Junge hineinfällt.

Der Chark, der Goes Flucht zunächst neugierig mitverfolgt hat, wendet sein grässliches Gesicht nun Tascha und mir zu, als wollte er herausfinden, wie wir auf sein Erscheinen reagieren werden. Davonzurennen scheint keine gute Idee zu sein, er wird uns binnen einer Sekunde einholen und verschlingen.

Da kommt mir mit einem Mal die Beere in den Sinn. Dies ist der bestmögliche Zeitpunkt, sie auszuprobieren. Tascha sieht, wie ich an dem Beutel nestle, und tut es mir rasch gleich. Fast gleichzeitig stecken wir uns die Beere in den Mund – und sind plötzlich in einer anderen Welt.

Nein, es ist nicht eine andere Welt, wir sind bloß unglaublich klein geworden. Ich schaue an mir herunter und quieke vor Schreck – mein ganzer Körper ist mit braunem Fell bedeckt und ich habe einen langen, unbehaarten Schwanz. Wir sind Ratten!

Ich drehe den Kopf und sehe, dass auch Tascha sich in ein kleines, flauschiges Fellknäuel verwandelt hat.

Ohne weiter über meinen neuen Körper nachzudenken, renne ich auf allen vieren los, direkt auf den Golem zu. Dieser ist vollkommen verdattert ob unserer Verwandlung. Er versucht, nach uns zu schlagen, aber wir sind nun klein und flink und weichen mühelos seinen Pranken aus.

Der Chark nimmt die Verfolgung auf.

Ich renne um mein Leben. Meine kleinen Pfoten wirbeln Staub auf und ich halte immer noch auf den Golem zu. Eine Minute lang hält dieser Zauber, das muss reichen, um zwischen seinen Beinen hindurch zu schlüpfen und eine möglichst große Distanz zwischen uns zu schaffen.

Schon habe ich die Beine erreicht, Tascha ist dicht hinter mir.

Der Chark, der vor Blutdurst kopflos hinter uns herrennt, kann nicht mehr bremsen und prescht mit voller Wucht in sein Herrchen. Dieses schwankt unter der Macht des Aufpralls und droht, umzukippen.

Ich beschleunige nochmals mein Tempo. Jetzt bloß nicht von dem fallenden Riesen zermalmt werden.

Ganz langsam kippt das hünenhafte Wesen um.

Tascha und ich schaffen es gerade noch, seinem gewaltigen Kopf zu entrinnen, ehe dieser hinter uns auf den Boden schlägt. Wir drehen uns nicht um, sondern rennen weiter, immer weiter, dem Ziel entgegen.

Es sind nur ein paar Sekunden verstrichen und als Ratten kommen wir langsamer vorwärts als in unserer menschlichen Gestalt. Trotzdem rückt das goldene Tor immer näher.

Als wir etwa ein Drittel der Strecke hinter uns gebracht haben, beginnen wir, uns zurückzuverwandeln, und müssen stehen bleiben, um nicht zu stolpern.

Ich schaue mich nach Tascha um, die nun auch wieder sie selbst ist.

Etwa hundertfünfzig Schritt hinter uns rappelt sich der Golem auf und schnauzt seinen Chark an, der winselnd den plattenbedeckten Schwanz einzieht. Ich will lieber nicht mitbekommen, wie er sich wieder zu seiner vollen Größe aufrichtet, und renne weiter, Tascha dicht auf den Fersen.

Kurz vor dem Ziel wird die Luft vor uns plötzlich grün.

Oh nein, ein Giftnebel.

Meine Seite sticht inzwischen schmerzhaft und ich atme stoßweise. Ich weiß nicht, ob ich rennen und gleichzeitig die Luft anhalten kann. Aber hinter uns erklingt in dem Moment das Fauchen des Charks, der erneut die Verfolgung aufgenommen hat.

Es gibt kein Zurück. Ich atme tief ein und eile in den Nebel hinein.

Normalerweise schaffe ich es, in elf Sekunden hundert Schritt zu rennen. Jetzt jedoch bin ich erschöpft und muss zudem noch die Luft anhalten. Meine Lunge brennt und bettelt nach Luft.

Hinter mir nehme ich wahr, wie Tascha ebenso am Kämpfen ist. Es macht es nicht besser, dass wir das laute Stampfen des Golems und das Scharren der Klauen des Charks hören.

Noch zwanzig Schritt, noch zehn.

Ich lege all meine Energie in die letzten paar Schritte und öffne die goldene Tür. Tascha und ich stolpern hindurch und fallen keuchend und nach Luft ringend zu Boden.

Klare Luft erfüllt meine Lungen und ich atme sie gierig ein. Neben mir überkommt Tascha ein Hustenanfall, da sie wohl etwas von dem Gift eingeatmet hat.

Einige Heiler eilen zu uns und versorgen uns mit dem Nötigsten. Diesmal bin ich nicht bewusstlos und bekomme mit, wie das Publikum auf der Tribüne applaudiert, auch wenn ich es von hier aus nicht sehen kann.

Mir wird etwas zu trinken angeboten, aber ich kann nur an Goe denken. Die Bilder, wie er in dem Erdloch verschwunden ist, drängen sich in meine Gedanken. Ob er noch lebt? Er könnte jeden Augenblick durch das goldene Tor gerannt kommen.

Ich fixiere es so stark, dass mir die Augen tränen. Jede Zelle meines Körpers ist angespannt.

Bitte, Goe, du musst es schaffen.

Am Rande erkenne ich, wie Tascha auf einer Bahre weggetragen wird. Aber ich will hier sitzen bleiben, bis ich Gewissheit habe, was mit Goe geschehen ist.

Nach einigen endlos dauernden Minuten stürzt der kleine Diener endlich durch das Tor. Sein rechter Arm ist abgetrennt und er blutet stark aus dieser grässlichen Wunde. Im Zielbereich fällt er zu Boden und bewegt sich nicht mehr. Heiler eilen zu ihm und leisten Erste Hilfe und das Publikum besitzt so viel Anstand, nicht zu applaudieren. Goe wird rasch weggetragen.

Als seine Bahre an mir vorbeikommt, sehe ich, dass seine Augenlider flattern. Er lebt.

Eine große Erleichterung macht sich in mir breit. Ich bin auf einmal todmüde und will nur noch schlafen. Gestützt von zwei Dienern werde ich in mein Zimmer begleitet, wo ich auf mein Bett sinke.

Es ist fast Mittag und auf einem kleinen Tisch, der sich beim Fenster befindet, steht ein köstlich duftender Teller mit Fleisch und Kohl sowie ein paar Brötchen. Ich wasche den Staub von meinem Körper und ruhe mich ein paar Minuten aus.

Dann kann ich mich aufraffen, hinüberzugehen und das Essen hinunterzuschlingen, ehe ich mich wieder auf das Bett lege und an die Decke starre. Ich meine, immer noch das Brüllen des Golems in der Ferne wahrzunehmen.

Nach einer unruhigen Nacht erhalte ich am nächsten Morgen wieder neue Kleidung. Wer hätte gedacht, dass es schwarze Hosen und eine blaue Bluse für den Tag des Wasserzirkels sein würden?

Heute werde ich bestimmt nass, schießt es mir durch den Kopf und ich wundere mich über diesen unsinnigen Gedanken. Es kann mir egal sein, ob ich nass werde oder nicht, solange ich nur überlebe.

Beim Frühstück treffen Tascha und ich auf Goe. Sein rechter Arm ist bandagiert – halt, der war doch gestern noch abgetrennt? Offenbar haben die magischen Heiler ein Wunder vollbracht.

Goe kann den Arm allerdings noch nicht vollständig bewegen, was ihn heute behindern könnte, falls wir schwimmen müssen. Tascha verspricht ihm aber, dass sie auf ihn aufpasst. Heute ist ihr Element an der Reihe und sie sieht sogar etwas zuversichtlicher aus als sonst.

Wir werden wieder von Alvaras abgeholt, der ehrlich erfreut scheint, dass wir alle drei noch leben. Er klopft uns auf den Rücken und führt uns in die Arena. Inzwischen gehen wir schon wie selbstverständlich in den Startbereich hinter dem hohen Zaun und lassen das goldene Tor hinter uns ins Schloss fallen.

Nun sind wir wieder allein und wissen nicht, ob wir überhaupt etwas vorbereiten können. Bisher hatten wir nie mit dem, was uns in der Arena erwartet hat, gerechnet. Daher könnte auch heute alles Mögliche passieren.

Eine Frage brennt mir jedoch auf den Lippen. »Goe«, wende ich mich an den kleinen Jungen. »Wie hast du es gestern geschafft, dem Golem und dem Chark zu entkommen?«

Goe dreht sich zu mir und schaut mich mit seinen braunen Augen an. »Ich bin in diesen Krater gefallen und konnte nicht herausklettern. Danach habe ich gehört, wie der Golem umgefallen ist, und habe die Beere geschluckt. Plötzlich war ich eine Ratte und konnte problemlos die steilen Wände erklimmen. Oben habe ich dann gesehen, wie der Chark die Verfolgung von dir und Tascha aufnahm.« Bei der Erinnerung daran schaudert er. »Ich bin also hinter dem Chark hergerannt. Der Golem hat vor Wut gebrüllt, war aber zu langsam, um mich einzuholen. Gerade als ich den giftigen Nebel fast erreicht habe, wart ihr durch das Tor hindurch. Der Chark hat fauchend vor dem Nebel angehalten und sich umgedreht. Ich stand ihm direkt gegenüber, nun wieder in meiner wahren Gestalt. Da hat er sich auf mich gestürzt und mir in den Arm gebissen.« Er schaut die Verbände an. »Ich wurde fast ohnmächtig, als er daran zerrte. Irgendwie konnte ich mich aber befreien und bin in den Nebel gerannt. Ich weiß noch, wie ich das Tor erreichte, dann wurde alles schwarz um mich.« Er senkt den Blick. »Ich habe nicht einmal gemerkt, dass mein Arm weg war. Das wurde mir erst von den magischen Heilern gesagt.« Er bewegt die Hand. »Ist es nicht unglaublich, was sie alles wiederherstellen können?«

Da muss ich ihm recht geben. Unvermittelt nehme ich den verdutzten Goe in die Arme und drücke ihn an mich. »Ich bin so froh, dass du überlebt hast«, flüstere ich.

Jetzt erst fällt mir auf, wie groß meine Schuldgefühle waren, dass ich ihn in dem Erdloch zurückgelassen habe.

Da ertönt die Stimme von Xenos und wir lösen uns aus unserer Umarmung. »Mein verehrtes Publikum«, dröhnt er. »Drei spannende Tage liegen hinter uns. Die Jungmagier haben ihr Bestes gegeben und uns mit ihrem Können unterhalten und beeindruckt. Natürlich werde ich heute verkünden, welcher der Assistenten im Moment vorne liegt. Gestern haben es Tascha und Alia gleichzeitig ins Ziel geschafft. Daher bekommen sie beide drei Punkte. Goe ist ein paar Minuten danach ins Ziel gekommen und erhält somit zwei Punkte. Momentan befinden sich also Tascha und Alia mit jeweils elf Punkten vorne, während Goe sieben Punkte hat. Zwei Zirkeltage liegen noch vor uns. Es ist also alles offen. Möge der Wettkampf des Wasserzirkels beginnen! Das Wasser ist tief, tief wie meine Seele!«

Wohl eher schwarz … Aber den Gedanken behalte ich besser für mich.

Ein paar Sekunden darauf kommt Xenos zu uns in den Startbereich. Er reicht uns eine kleine Maske aus pergamentähnlichem Material, die wir über Mund und Nase legen können, nun aber an unserem Hosenbund befestigen sollen. Xenos erklärt uns, dass wir damit für eine Minute Luft atmen können, selbst wenn wir unter Wasser sind.

Ich wusste doch, dass ich heute nass werde.

Als er wieder gegangen ist, warten wir ungeduldig, bis der Zirkeltag endlich beginnt, um ihn möglichst rasch hinter uns zu bringen.

Etwas schneller als die vorigen Male öffnet sich das Tor.

Vor uns erstreckt sich ein wunderschöner Sandstrand mit Muscheln. Die Wellen knabbern liebevoll daran und es scheint wieder die künstliche Sonne, die uns binnen Sekunden erwärmt. Wie zu erwarten sind auch heute weder die Tribüne noch die Wehrgänge der Mauer, auf denen sich die Magier aufhalten, zu sehen.

Vor uns, mitten im Wasser, befindet sich eine kleine Insel, auf der der Zielbereich mit dem goldenen Tor steht. Wir müssen also wirklich schwimmen.

Goe sieht uns entmutigt an.

»Komm schon, wir werden dir helfen«, sage ich in möglichst aufmunterndem Tonfall.

»Aber, Alia, ich kann doch gar nicht schwimmen«, entgegnet Goe ängstlich.

Ich versuche, mir mein Entsetzen nicht anmerken zu lassen. Das heißt, entweder Tascha oder ich müssen ihn zur Insel ziehen.

»Gut, ich werde dir helfen«, meint Tascha und wirft mir einen Blick zu. »Du musst dich einfach flach auf den Rücken legen und so wenig wie möglich bewegen. Dann ziehe ich dich rüber. Keine Angst.«

Das ist leichter gesagt als getan. Als wir zum Wasser gehen, zittert Goe am ganzen Körper.

»Ich kann nicht«, wimmert er. »Geht ihr, ich werde hierbleiben.«

»Nein, Goe, das kommt nicht infrage!«, entgegne ich bestimmt. »Wer weiß, was sie hier am Strand für Monster auf dich hetzen? Du musst zum Zielbereich, erst dort bist du sicher!«

Meine Worte zeigen Wirkung. Goe hört auf zu widersprechen und lässt sich von Tascha ins Wasser führen. Sie erklärt ihm, wie er sich auf den Rücken legen und auf dem Wasser treiben lassen kann. Nach ein paar Versuchen gelingt es ihm, den Mund über Wasser zu halten.

Tascha sieht mich an. »Wollen wir?«, fragt sie.

Ich nicke zur Antwort. Ich will mir gar nicht vorstellen, welche Ungeheuer in den Tiefen dieses Wassers lauern. Es besteht nur eine geringe Chance, dass wir alle drei heil bei der Insel ankommen.

Ich wate vorsichtig ins Wasser. Bald schon reicht es mir bis zur Brust und ich mache ein paar Schwimmzüge. Jetzt bin ich froh, dass Vater mir das Schwimmen beibrachte, ohne ihn wäre ich jetzt gleich hilflos wie Goe.

Tascha bewegt sich wie ein Fisch in ihrem Element, mit kräftigen Zügen schwimmt sie auf dem Rücken vorwärts. Sie hat einen Arm um die Brust von Goe geschlungen, mit dem sie ihn an der Oberfläche hält. Er versucht sich möglichst still zu verhalten, trotzdem schwappen kleine Wellen über seinen Kopf und er hustet immer wieder, wenn er Wasser schluckt.

Wir sind schon eine gute Strecke vorwärtsgekommen, da beginnt sich das Wasser vor uns plötzlich zu kräuseln. Ich halte inne und versuche, um den Strudel, der sich vor mir entwickelt, herumzuschwimmen.

In dem Moment schießt eine Gestalt aus dem Wasser hervor, um im nächsten Augenblick wieder unterzutauchen. Es geht zu schnell, als dass ich erkennen kann, um was es sich handelt, aber ich spüre, wie sich etwas um meine Beine schlingt, und kämpfe dagegen an. Jedoch ohne Erfolg. Das Etwas beginnt, mich unter Wasser zu ziehen. Krampfhaft versuche ich, an der Oberfläche zu bleiben, aber das Wesen zieht nur umso stärker.

Neben mir höre ich, dass es Tascha und Goe ähnlich ergehen muss. Auch sie schnappen nach Luft und schlagen wild um sich.

Da taucht direkt vor meinem Gesicht eine Fratze auf. Ein Schrei des Entsetzens entfährt mir. Ein Meeresmensch. Am ehesten ist sein Aussehen mit dem eines Frosches zu vergleichen, obwohl seine Schnauze eher an einen Wolf erinnert. Das Wesen ist vollständig von blaugrünen Schuppen bedeckt und sein Haar, das ihm wirr ins Gesicht hängt, sieht nicht nur aus wie Algen, sondern riecht auch so.

Bevor ich mich von meinem Schock erholen kann, schlägt es mit seiner Klaue, deren lange Krallen mit Schwimmhäuten verbunden sind, nach mir und kratzt mir schmerzhaft über die Schulter, sodass mir die Tränen in die Augen schießen.

Mein Arm brennt und ich getraue mich nicht, hinzuschauen. Seinem bösen Grinsen nach zu schließen, hat es mir die Haut bis auf die Knochen aufgerissen. Mein Blut färbt das Wasser um uns herum rot.

Dann fasst es meinen Kopf mit beiden Klauen und drückt ihn unter Wasser, während ein weiteres Wesen mich an den Beinen nach unten zieht. Ich kann gerade noch nach Luft schnappen, als diese auch schon dem kühlen Nass weicht.

Ich öffne die Augen unter Wasser. Jetzt erkenne ich, dass ich es mit mindestens drei Gegnern zu tun habe. Zwei von ihnen halten meine Beine gefangen und ziehen mich durch die Wellen, während der Dritte immer noch meinen Kopf hält.

Am Rande nehme ich wahr, dass ihr Körper dem eines Fisches ähnelt und sie anstelle von Beinen einen langen, dünnen Schwanz haben, der in einer mächtigen Flosse endet. Keinesfalls gleichen diese Wesen den sagenumwobenen Meerjungfrauen, von denen sich die Fischer und Seeleute erzählen. Sie sind einfach nur hässlich.

Ich versuche verzweifelt, mich zu befreien, aber der Griff ihrer Klauen wird nur noch stärker. Meine Lunge schreit nach Luft und ich drohe, das Bewusstsein zu verlieren, was mein sicheres Ende bedeuten würde. Mit bebenden Fingern taste ich meinen Gürtel ab, an dem ich die Maske befestigt habe, und bekomme sie zu fassen.

Rasch zerreiße ich die Schnur und drücke mir die Maske auf das Gesicht. Sofort verbindet sie sich mit meiner Haut. Ich wage einen Atemzug. Erstaunlicherweise gelingt dieser und ich schicke gleich einen zweiten hinterher.

Jetzt, da ich mich nicht mehr um die Luft zu sorgen brauche – zumindest für die nächste Minute –, wende ich mich mit neuer Kraft den Gegnern zu. Derjenige, der meinen Kopf hält, scheint überrascht zu sein, dass ich meine anfängliche Gegenwehr wieder aufnehme, und lässt los.

Ich taste nach meinem Messer, das wir auch heute wieder für den Zirkeltag erhalten haben, und beginne, auf meine zwei Gegner einzustechen, die meine Beine immer noch umklammern. Diese sind sichtlich beeindruckt von meinem neuen Gegenstand, lassen unvermittelt los und weichen zurück. Das genügt, damit ich so rasch wie möglich davonschwimmen kann.

Mir ist klar, dass sie mich schneller einholen können, als mir lieb ist, aber trotzdem schwimme ich um mein Leben. Da ich immer noch atmen kann, bleibe ich unter Wasser, um die Meeresmenschen im Blick zu behalten, sollten sie sich nochmals an meinen Beinen zu schaffen machen.

Allerdings scheinen sie gewaltigen Respekt vor meiner kleinen Waffe zu haben. Sie bleiben in sicherer Entfernung, doch ich bin mir sicher: Sobald ich die Waffe fallen lasse, ist es aus mit ihrem friedfertigen Abstand.

Meine Schulter pocht und ich sehe, dass ich eine Blutspur hinter mir zurücklasse. Wo Goe und Tascha sind, kann ich nicht erkennen, das Wasser ist zu trüb. Ich kann nur hoffen, dass sie es auch geschafft haben, sich aus den Klauen zu befreien.

Die Wirkung der Maske lässt nach und ich muss auftauchen, also reiße ich sie mir vom Gesicht und schaue mich suchend um. Nur noch etwa hundert Schritt von mir entfernt befindet sich die Insel, mein Ziel. Ich halte darauf zu, schwimme wie wild und umklammere dabei das Messer, um die Meeresmenschen abzuschrecken.

Gerade als ich das Ufer der Insel fast erreicht habe, taucht neben mir ein gigantischer Fangarm mit Saugnäpfen auf. Ich weiche aus und bleibe wassertretend an einer Stelle. Was ist das denn nun wieder?

Ich halte meinen Kopf kurz unter Wasser, öffne die Augen und erstarre. Das, was ich als Insel wähnte, ist in Wirklichkeit ein dunkelgrüner Krake. Seine Arme sind etwa fünfzig Schritt lang, sehen beängstigend kräftig aus und sein Kopf hat mindestens einen Durchmesser von zwanzig Schritt. Dieser scheint jedoch irgendwie an der Wasseroberfläche gefangen zu sein, denn er lässt sich nicht bewegen. Eine Tatsache, die den Kraken zu frustrieren scheint. Er schlägt wütend mit seinen Fangarmen um sich und versucht, sich zu befreien, was es mir natürlich unmöglich macht, in seine Nähe zu kommen.

Während ich noch überlege, wie ich an seinen wild schlagenden Fangarmen vorbeikomme, ertönt neben mir eine liebliche Melodie. Ich wende mich um und sehe Tascha, die auf mich zu schwimmt und singt.

Ich schüttle verdattert den Kopf – wie kann sie jetzt ans Singen denken? Dann schaue ich zur Insel, äh, dem Kraken und begreife auf einmal. Er hat aufgehört, sich zu bewegen, und scheint von Taschas Gesang regelrecht eingelullt zu werden.

Da sie ohne Unterbrechung singt, kann ich sie nicht fragen, wo Goe geblieben ist. Aber ihren traurigen Augen sehe ich an, dass er verloren ist. Mein Herz ist auf einmal so schwer wie Blei und ich unterdrücke ein Schluchzen. Nicht auch noch Goe, der kleine Diener, den ich so mochte …

Tränen rinnen über Taschas Wangen, als sie bei mir angekommen ist, immer noch singend. Sie schwimmt an mir vorbei, auf den Kraken zu, auf dessen Haupt wir ironischerweise in Sicherheit sein werden. Ich folge ihr niedergeschlagen.

Wir klettern ungeschickt auf den glitschigen Kopf, der immer noch handzahm stillhält. Als wir das goldene Tor erreichen, beginnt Tascha zu schluchzen und kann nicht mehr weitersingen.

Rasch öffne ich das Tor – ich möchte lieber nicht Zeuge werden, wie der Krake aus seiner Verzauberung aufwacht – und schiebe Tascha hindurch. Hinter mir lasse ich es zufallen und lehne mich schwer atmend dagegen.

Ich fühle mich taub und höre den Applaus wie aus weiter Ferne.

Goe hat es also nicht durch den Wettkampf geschafft. Bei dem Gedanken, dass der Junge, der vor ein paar Minuten noch neben mir am Strand stand, jetzt tot ist, wird mir schlecht.

Ich sinke auf die Knie und lasse meinen Tränen freien Lauf, was in einem hysterischen Schluchzen endet. Irgendwann flößt mir jemand eine Flüssigkeit ein, die mich auf der Stelle in einen tiefen Schlaf sinken lässt.

24

ALIA

Es ist bereits spät am Abend. Ich kann nicht glauben, dass ich vier von fünf Zirkeltagen mehr oder weniger heil überstanden habe, während Kalus, Jita und Goe tot sind. Ich denke an den kleinen Goe, der heute gestorben ist. Er hat mich an meinen Bruder erinnert.

Eine Träne rinnt über meine Wange und tropft neben mir auf das Kissen. Er hat diesen Tod nicht verdient, genauso wenig wie Kalus oder Jita. Wut kocht in mir hoch. Wut auf die Magier, auf Xenos und den ganzen Zirkel. Warum tun sie uns das an? Warum müssen unschuldige Diener ihr Leben lassen, nur damit die Magier unterhalten werden?

Zornige Verzweiflung packt mich und ich lasse meinen Tränen abermals freien Lauf.

Nur mit Mühe gelingt es mir, mich nach einer Weile wieder zu beruhigen.

Ich taste nach meiner Schulter, die wie erwartet dick verbunden ist. Bis morgen wird sie jedoch wieder vollständig geheilt sein, da bin ich mir sicher. Morgen werden Tascha und ich mit allen vier Elementen zu kämpfen haben.

Ich starre verzweifelt an die Decke über mir. Wenn ich doch nur wegkönnte, raus und nach Hause. Ich vermisse meine Familie mehr denn je und allein der Gedanke, dass ich sie vielleicht morgen noch einmal sehen kann, lässt mich hier noch durchhalten. Wie einfach wäre es gewesen, sich von dem Ardras verbrennen, vom Drachen oder dem Golem zerschmettern oder von den Wasserwesen ertränken zu lassen? Aber dann hätte ich meine Familie nicht mehr gesehen. Ich will sie unbedingt noch einmal sehen, ehe ich sterbe. Und diese Zirkeltage zu gewinnen, ist die einzige Möglichkeit.

Ich raffe mich auf und esse von dem Eintopf, der auf meinem Tisch steht, obwohl ich mich mit aller Macht dazu zwinge. Aber ich muss etwas essen, wenn ich morgen bei Kräften sein will.

Auf einmal höre ich, wie sich jemand an meinem Fenster zu schaffen macht. Ich springe auf und gehe hin.

Mein Herz klopft plötzlich wie wild. Ist es Reyvan?

Vorsichtig öffne ich das Fenster und erkenne eine dunkle Gestalt davor. Als der Kerzenschein des Zimmers auf ihr Gesicht fällt, stoße ich einen überraschten Laut aus.

»Rana?«, flüstere ich.

Meine Freundin lächelt mich an, streckt einen Arm durch die kleine Öffnung und fährt mir über die Wange.

Ich starre sie an. »Wie bist du hierhergekommen? Wie konntest du den Zirkel verlassen?«

»Ich habe gesagt, ich wäre für den Dienst hier bei euch eingeteilt.« Sie lächelt. »Keine Bange, bevor sie merken, dass eine Dienerin zu viel hier ist, bin ich bereits wieder zurück im Zirkel.« Sie betrachtet mich mitleidig. »Alia«, haucht sie. »Ich war jeden Tag auf der Tribüne. Ich wusste, dass du überleben würdest. Reyvan hat mir von eurem Training erzählt und wie geschickt du dich dabei angestellt hast. Er ist stolz auf dich, weißt du?« Sie streicht über mein offenes Haar.

Bei dieser sanften Berührung wird mir schwer ums Herz. »Was ist mit ihm? Warum kommt er nicht selbst zu mir?«, frage ich angespannt.

Mit ihren warmen Augen sieht sie mich traurig an. »Weißt du, Alia, er wollte dich bereits am zweiten Tag wieder besuchen. Leider wurde er von Alvaras erwischt, der ihn direkt an Xenos ausgeliefert hat.«

Ich halte die Luft an und befürchte das Schlimmste. Es ist streng verboten, uns auserwählte Diener zu besuchen – den Zirkel zu verlassen sowieso – und Xenos ist nicht gerade für seine Milde bekannt.

»Rana, du musst es mir sagen! Was hat er ihm angetan? Lebt er?« Eine dunkle Vorahnung macht sich in mir breit.

Rana druckst herum. Dann seufzt sie, schaut mir direkt in die Augen und nimmt meine Hand. »Alia, es ist nicht so schlimm, wie du vielleicht denkst. Reyvan lebt noch.«

Mir fällt ein Stein vom Herzen. »Aber …?«

»Aber er wurde ausgepeitscht und in den Kerker gesperrt.«

Mir gefriert das Blut in den Adern. Ich habe sofort wieder die Bilder von seinem geschundenen Rücken vor mir.

»Nein …«, hauche ich.

»Doch, leider.« Sie streicht mir unbeholfen über die Hand. »Eigentlich hätte die Todesstrafe auf sein Vergehen gestanden. Aber Xenos braucht ihn, er ist schließlich das Pfand der Elfen. Und er darf ihn daher nicht umbringen. Also hat er ihn so schwer wie möglich bestraft, ohne dass es gleich einen Krieg zwischen den Magiern und Elfen auslöst.« Sie schlägt die Augen nieder und ich atme zittrig durch. »Ich habe mich zu ihm geschlichen, als er bereits einen Tag lang im Gefängnis war, und ihm erzählt, dass du noch lebst«, fährt Rana fort. »Er ist sehr schwach. Xenos hat ihn fast zu Tode gefoltert. Aber Reyvan hat nur an dich gedacht. Er hat mich gebeten, dir das hier zu geben.« Sie greift in ihren Umhang und holt das Armband von Lia und den Ring von Sen hervor, die Abschiedsgeschenke meiner beiden Geschwister.

Ich hatte ihn ja gebeten, sie für mich aufzubewahren. Offenbar hatte er sie sogar getragen, sonst hätte er sie wohl nicht im Gefängnis dabeigehabt. Ich bin gerührt von seiner Geste und ein Kloß bildet sich in meiner Kehle.

»Danke.« Ich umschließe die Kostbarkeiten mit beiden Händen, als ob ich dadurch einen Teil von Reyvan hielte.

»Er sagte, du brauchst für den letzten Zirkeltag alle Kraft, die du hast. Und er meinte, dass dies hier« – sie deutet auf die Geschenke – »dir davon am meisten geben wird.«

Wie gut er mich bereits kennt. Und selbst jetzt, da er eingesperrt wurde, denkt er nur an mich. Mir rinnt vor Rührung eine Träne über die Wange, die Rana sanft wegwischt.

»Alia, er liebt dich wirklich«, flüstert sie.

»Ich weiß«, sage ich traurig und lege den Ring und das Armband sorgfältig an.

Ich werde die Bilder nicht los, wie er nun mit offenen Wunden in irgendeinem Kerker tief unter dem Zirkel auf einem feuchten, kalten Steinboden liegt. Wie konnte es nur so weit kommen, dass er so heftig bestraft wurde? Ich fühle mich schuldig.

Und jetzt ist Rana hier. Ihr könnte dasselbe Schicksal drohen, wenn nicht gar Schlimmeres. Xenos hat nichts zu verlieren, wenn er sie umbringt.

»Rana, wenn sie dich hier erwischen, werden sie nicht zögern und dich töten. Du musst gehen!«

Sie lächelt mich an. »Ja, ich werde gleich aufbrechen.«

Ich kann sie durch das kleine Fenster nicht umarmen, daher streiche ich ihr über den Arm und küsse ihre Hand. »Falls du

Reyvan siehst«, flüstere ich, »sag ihm bitte, ich hätte mein Versprechen, zu ihm zurückzukehren, nicht vergessen.«

»Mach ich«, murmelt sie. »Viel Glück für morgen!« Dann verschwindet sie wieder in der dunklen Nacht.

Ich hoffe inständig, sie kommt heil in den Zirkel zurück.

Mein Herz quillt über vor Liebe und Anerkennung für meine Freundin. Sie hat den ganzen Weg hierher zurückgelegt, nur um mir Reyvans Nachricht zu überbringen. Ich stehe wirklich tief in ihrer Schuld.

Der nächste Morgen beginnt wie diejenigen zuvor. Mit der Ausnahme, dass Tascha und ich heute eine weiße Bluse zu den schwarzen Hosen tragen. Nach einem schweigsamen Frühstück führt uns Alvaras in die Arena.

Wir haben beide keine Ahnung, womit wir heute rechnen müssen. Werden sich die vier Zirkel zusammentun und gemeinsame Zauber wirken? Oder im Gegenteil, sich einen Wettstreit liefern, welches Element die eindrucksvollste Magie zu bieten hat? So oder so, wir – Tascha und ich – werden es ausbaden müssen und dem Publikum beweisen, dass die Zauber tatsächlich so gefährlich sind, wie sie aussehen.

Mir ist längst klar, dass es den Magiern gleichgültig ist, ob wir überleben, solange sie ein Spektakel geboten bekommen. Und ich habe den leisen Verdacht, dass es Xenos ebenfalls recht wäre, wenn ich heute sterbe, so müsste er sich nicht mit einer neuen persönlichen Dienerin herumschlagen.

Wir warten nervös im Startbereich, der uns viel zu weitläufig erscheint. Wir sind ja nur noch zu zweit hier. Rasch verdränge ich die aufkeimende Trauer um Goe.

Endlich hören wir Xenos' sonore Stimme über uns erschallen. »Meine lieben Zuschauer«, beginnt er. »Ich hoffe, Ihr wurdet beim gestrigen Zirkeltag gut unterhalten! Tascha und Alia werden heute zum letzten Mal assistieren. Momentan haben beide

Dienerinnen vierzehn Punkte und die Zirkeltage zur Wintersonnenwende neigen sich leider dem Ende zu.«

Aus dem Publikum sind bedauernde Laute zu vernehmen.

Wie können die nur? Ist ihnen nicht klar, dass wir hier unser Leben aufs Spiel setzen müssen?

»Aber zum Abschluss«, fährt Xenos nach einer künstlichen Pause fort, »werden wir einen äußerst spannenden Wettkampf und Darbietungen von allen vier Elementzirkeln Lormirs sehen dürfen. Die Magier haben bereits ihre Plätze auf den Wehrgängen eingenommen. Sobald ich das Startsignal gebe, werden sie mit der Vorbereitung der Arena beginnen. Natürlich werde ich sie heute wieder unterstützen, aber zuerst gehe ich zu unseren beiden tapferen Dienerinnen, um ihnen zum letzten Mal ein Geschenk des Zirkels zu überreichen. Ihr, liebes Publikum, durftet gestern nach dem Zirkeltag ja darüber abstimmen, was es werden wird.«

Wie bitte? Das ist mir aber neu … Alvaras hatte nichts dergleichen gesagt. Auch Tascha macht ein verdutztes Gesicht. Wir sind gestern beide von einem Getränk bewusstlos gemacht worden. Jetzt wird mir klar, warum.

Die Tatsache, dass wir nichts außerhalb des Zirkeltages mitbekommen, finde ich schon unerträglich, aber dass das Publikum indirekt über unsere Überlebenschancen abstimmen darf, ist ungeheuerlich!

»Eine kleine Änderung gibt es zudem noch«, ertönt da wieder die Stimme von Xenos. »Da Taros, einer der Magier des Luftzirkels, am zweiten Zirkeltag seine Kräfte überschätzt hat, wird an seiner Stelle der Jungmagier Renko heute einspringen.«

Noch eine Neuigkeit, die mich sprachlos macht. Taros hat sich übernommen? Warum? Wollte er mich etwa töten und hat einen zu starken Zauber gewirkt? Und ist er selbst tot? Oder lebt er noch?

Die Ungewissheit, was in Wirklichkeit alles passiert ist in den vier Tagen, die wir nun hier abgeschottet vom Zirkelleben verbringen mussten, nagt an meinen Nerven. Reyvan ausgepeitscht im Kerker, Taros vielleicht tot, das Publikum bestimmt über unser Leben … was kommt als Nächstes?

Als hätte ich mit meinen Gedanken das Schicksal herausgefordert, öffnet sich nun das goldene Tor und Xenos tritt zu uns herein. Er schreitet feierlich auf uns zu, in den Händen hält er zwei mit Stoff verhüllte Gegenstände. Einen davon gibt er nun Tascha, den anderen mir.

Als ich ihn aus dem Stoff wickle, stockt mir der Atem. Soll das ein Scherz sein? In meiner Hand halte ich einen hölzernen Kochlöffel. Ich höre das Publikum johlen und auch Xenos scheint amüsiert zu sein und wirft mir einen vielsagenden Blick zu.

Fassungslos wende ich mich zu Tascha, die soeben ihren Gegenstand auspackt. Sie hat vom Publikum einen etwa armlangen Dreizack, ein Symbol für Wasser, erhalten, den sie nun in den Händen wiegt. Bei dem Anblick fröstle ich und begreife plötzlich den grausamen Scherz: eine Gabel für die Dienerin, die der Wassergilde angehört, ein nutzloser Löffel für die Nehil.

Vor Ärger und Verzweiflung könnte ich schreien. Damit hat das Publikum entschieden, wer von uns beiden überleben soll – ich bin es mit Sicherheit nicht. Ich merke, wie mir Tränen der Wut in die Augen steigen, die ich jedoch zu unterdrücken versuche, und widerstehe dem Drang, den Löffel an den arroganten Kopf von Xenos zu schmeißen.

Ich muss jetzt positiv denken. Ich habe immer noch das kleine Messer, das wir auch heute erhalten haben … vielleicht hilft mir das zumindest im Zirkeltag.

Tascha blickt verlegen zu Boden, denn auch ihr ist es nicht recht, dass ich keine Hilfe vom Zirkel erhalten habe. Ehe wir Xenos jedoch fragen können, was es mit den Gegenständen auf sich hat, ist dieser schon wieder weg und das goldene Tor verschlossen.

Ich schweige trotzig und halte den Löffel mit den Händen umklammert, als wäre er ein Schwert. Ich muss lächerlich aussehen, aber das ist mir in diesem Moment vollkommen gleichgültig.

Tascha wagt nicht, mich anzusprechen. Ihr ist ihr Unbehagen über diese Ungerechtigkeit ins Gesicht geschrieben, aber weder sie noch ich werden etwas daran ändern können.

Das Publikum beruhigt sich nur langsam von seiner Belustigung.

Heute dauert es länger, bis sich das goldene Tor öffnet. Als wir hindurchtreten, sind wir wieder einmal verblüfft, was die Magier aus der Arena gezaubert haben. Vor uns liegt ein Labyrinth aus etwa fünf Schritt hohen goldenen Mauern, das nach oben hin offen ist und die gesamte Arenafläche einnimmt. Die Sonne scheint darauf, obwohl vorhin noch grauer Himmel herrschte, als wir in die Arena geführt wurden, und die Reflexion des Goldes blendet uns.

Der Zielbereich ist nicht zu sehen und auch die Magier auf den Wehrgängen können wir nicht erkennen. Die Mauer, die die Arena umschließt, ist ebenfalls in Gold gehüllt. Zum ersten Mal erblicken wir jedoch zu unserer Rechten die Tribüne, auf der die Zuschauer Platz genommen haben. Ich vermeine, eine Hand winken zu sehen, bin mir aber nicht sicher, ob es sich tatsächlich um Rana handelt. Ich hoffe, sie ist gestern Abend heil nach Hause gekommen.

Wie immer hören wir keinen Laut aus der Richtung des Publikums. Uns scheint wieder eine schalldichte Hülle zu umgeben, während ich mich dem Labyrinth zuwende.

»Was meinst du?«, fragt mich Tascha. »Wollen wir zusammen hineingehen? Ich fürchte mich davor, allein da reinzumüssen.«

Ich bin ganz ihrer Meinung, auch wenn mir Kalus' Argument einfällt, dass die Magier so ihre Zauber auf ein Ziel konzentrieren können. Aber diese Einsicht hat ihm leider auch nicht das Leben gerettet.

»Gut, lass uns zusammen hineingehen«, sage ich entschlossen und laufe auf die Öffnung des Labyrinths zu, die direkt vor uns liegt.

Je schneller wir dieses Labyrinth hinter uns haben, desto schneller ist der letzte Zirkeltag zu Ende. Tascha folgt mir etwas zögerlich.

Als wir das Labyrinth betreten, erstreckt sich vor uns als Erstes ein etwa zehn schritt langer Gang, der sich vorne nach rechts und links verzweigt. Aus der Erfahrung vom Feuerzirkel weise ich Tascha an, im Gang stehen zu bleiben, und wende mich nach links. Als nichts passiert, bedeute ich ihr, mir zu folgen.

Vor uns windet sich der Gang um eine Ecke. Vorsichtig gehe ich darauf zu, das Messer zur Verteidigung in der Hand. Den Löffel habe ich in den Hosenbund gesteckt, ich habe entschieden, ihn vorerst zu behalten.

Wir biegen nach rechts um die Ecke. Der Gang vor uns sieht unschuldig und leer aus und macht eine weitere Abzweigung, diesmal nach links.

Meine Nerven sind aufs Äußerste angespannt. Ich bin jederzeit darauf gefasst, dass etwas passiert. Aber auch nach der nächsten Abzweigung ist nichts geschehen. Ich stutze. Was soll das? Wie lange wollen uns die Magier noch hinhalten? Ich folge dem nächsten Gang, der eine scharfe Kurve nach rechts beschreibt.

Plötzlich beginnt die Luft vor mir zu flimmern und ich bleibe so abrupt stehen, dass Tascha mit einem überraschten Schrei mit mir zusammenstößt.

Etwa zwanzig Schritt vor uns fängt sich etwas an zu manifestieren – die Magier wirken eine Beschwörung – oder Illusion. Das könnte beides sein, so genau kenne ich den Unterschied nicht. Aber ich bezweifle, dass es sich um eine ungefährliche Illusion handelt, denn die würde uns nichts anhaben können.

Ich halte die Luft an. Es ist unmöglich, an dem flimmernden Ding vor uns, das immer konkretere Formen annimmt, vorbeizugehen. Es nimmt die gesamte Breite des Gangs ein, die etwa zwei Schritt beträgt.

Jetzt hält das Flimmern inne. Ein behaartes Gesicht mit Fangzähnen und spitzen Ohren kommt zum Vorschein sowie ein Körper, der mit dichtem Fell bedeckt ist. Die Schultern der Kreatur berühren fast beide Seiten des Ganges, ihre Hände haben grauenhafte Krallen und die Füße sehen aus wie übergroße Pfoten.

Ich kann mich vor Angst nicht rühren. Was wir da vor uns haben, ist ein Warft. Es ist ein Monster, das normalerweise nur nachts aktiv ist und dann gerne die Schafe oder Kühe der Bauern reißt. Mit seinen gelben Augen sieht er auch in der tiefsten Dunkelheit noch so gut, als wäre es heller Tag, und er ist einer der Schrecken der Jäger.

Vater hat mir einmal erzählt, dass ein Warft ihn und seine Männer in der Nacht überfallen hatte, als sie im Wald lagerten. Nur mit äußerster Mühe konnte er ihn töten. Fast alle von seiner Jagdtruppe fielen dem Monster jedoch zum Opfer.

Und nun steht solch ein Biest direkt vor uns und fletscht seine langen, spitzen Zähne. Der Speichel rinnt ihm aus dem Maul, da es sich wohl bereits genüsslich vorstellt, wie unsere jungen Körper schmecken.

Tascha zückt den Dreizack mit einer Hand und das Messer mit der anderen. Da mir nur das Messer bleibt, halte ich dieses jetzt rasch ebenfalls vor mich und drohe dem Warft damit. Falls er zu fröhlicher Mimik überhaupt fähig ist, meine ich, Belustigung in seinen gelb glühenden Augen zu erkennen. Er scheint vollkommen unbeeindruckt von unseren kleinen Waffen.

Ich weiche langsam zurück. Da wir an dem Warft nicht vorbeikommen, müssen wir in den vorherigen Gang und uns schnellstmöglich einen anderen Weg suchen.

Der Kreatur passt dieses Rückzugskommando ganz und gar nicht. Sie knurrt bedrohlich und bewegt sich geschmeidig und leider viel zu schnell auf uns zu.

Tascha stößt einen spitzen Schrei aus und beginnt, zu rennen. Ein Fehler, denn nun ist der Jagdtrieb des Monstrums geweckt. Mir bleibt nichts anderes übrig, als ihr hinterherzuhetzen, während der Warft uns demonstriert, wie schnell er auf seinen beiden schlanken, dicht behaarten Beinen laufen kann. Als ich einen panischen Blick über die Schulter werfe, bemerke ich, dass seine Krallen gierig nach uns ausgestreckt sind.

Ich renne um mein Leben.

Wir laufen in den Gang zurück und biegen bei der nächsten Gelegenheit nach links ab, verfolgt vom Knurren des Warfts. Die goldenen Wände spiegeln seine Fratze wider, und sein Brüllen hallt ums Vielfache verstärkt hinter uns her.

Dann nach rechts und wir haben uns sogleich hoffnungslos verirrt. Aber uns bleibt keine Zeit, uns zu orientieren. Wir rennen weiter, wählen den linken Weg bei der nächsten Abzweigung und folgen einem hundert Schritt langen, geraden Gang.

25

MERTIN

Fünfzehn Jahre zuvor

»Verflucht noch mal, renn, Armon!«
Mertin stand mitten im zerstörten Lager und hielt seinen Dolch krampfhaft mit beiden Händen.

Den Bogen hatte er irgendwo ins Gras geworfen, als er eingesehen hatte, dass es auf einen Nahkampf hinauslaufen würde. Ziemlich sicher würde er ihn nicht wiederfinden, denn das Gras reichte bis zu seinen Knien und es war – abgesehen von dem halb niedergebrannten Feuer – so dunkel, dass man kaum die Hand vor den Augen sehen konnte.

Sei's drum, den Bogen benötigte er mit großer Wahrscheinlichkeit nicht mehr. Denn er würde die nächsten Minuten nicht überleben – nicht, wenn er dieses Ungetüm vor sich nicht bezwingen würde. Und dass ihm das gelang, war mehr als fragwürdig.

Abermals rammte ihn dieses wütende Wesen, von dem er auf der schwach beleuchteten Lichtung nur die Umrisse erkannte.

Er fühlte den zottigen Pelz an seinen Händen, als er mit dem Dolch ausholte und auf das Monster einstach. Aber es wich ihm geschickt aus und knurrte bedrohlich, ehe es sich mit einer zu bewundernden Hartnäckigkeit erneut auf Mertin stürzte.

Dieser wich seinerseits den scharfen, langen Krallen des Wesens aus.

Er hatte keine Zeit, sich umzudrehen und sich zu vergewissern, dass sein Freund auch tatsächlich dabei war, sich in Sicherheit zu bringen.

Armon war der Einzige, der außer Mertin noch lebte. Der Warft hatte alle anderen aus seiner Jagdtruppe getötet. Die Kehlen aufgeschlitzt, Eingeweide aus Bäuchen gerissen und Gliedmaßen abgetrennt, als wären sie die trockenen Äste eines Baumes.

Seine toten, verstümmelten Gefährten lagen um Mertin herum auf der Waldlichtung im hohen Gras. Er spürte einen Stich im Herzen, als er aus dem Augenwinkel in das starre Gesicht von Chton, seinem langjährigen Freund, sah.

Rasch konzentrierte er sich wieder auf den Kampf und verdrängte die Trauer, die ihn jetzt nur behindern würde.

Der Warft hatte etwas Abstand zwischen sich und Mertin gebracht und stierte ihn aus seinen glühend gelben Augen zornig an. Mit solch einem Widerstand hatte er offenbar nicht gerechnet.

Mertin fasste seinen Dolch – das Einzige, was ihn noch vor einem frühzeitigen Tod bewahren konnte – abermals fester. Der nächste Angriff würde wahrscheinlich endgültig sein.

Wie im Traum sah er zum letzten Mal seine Familie, seine Frau und seine kleine Tochter vor sich.

Alia. Sein Ein und Alles.

Er und Miara hatten sie vor gut einem halben Jahr an Kindes statt angenommen. Sie war zwar nicht seine leibliche Tochter, aber er liebte sie mehr als sein eigenes Leben.

Und im Moment sehnte er sich einfach nur danach, sie noch einmal in den Armen zu halten, über ihre dunklen Locken zu streichen und sie auf die rosa Wangen zu küssen.

Alia war ein besonderes Kind. Sie weinte nur selten und hatte die Angewohnheit, ihre Umgebung mit ihren großen dunklen Augen regelrecht in sich aufzusaugen. Immer wenn ihr etwas Unbekanntes begegnete, sah sie es mit einer Neugier an, die Mertin das Herz aufgehen ließ.

Irgendwann, so hatte er ihr schon oft erzählt, wenn er sie in den Schlaf wiegte, würde sie mit ihm gemeinsam auf die Jagd gehen können. Dann würde er ihr alles zeigen, was sie wissen musste, um eine erfolgreiche Jägerin zu sein. Denn er war sich sicher, dass Alia eine Luftbegabte, eine Jägerin, werden würde.

Und jetzt … würde er sie wahrscheinlich nie wieder in den Armen halten können.

Ein Kloß bildete sich in seinem Hals und er schluckte hart.

Das Brüllen des Warfts holte ihn jäh in die Gegenwart zurück und er zuckte zusammen.

Das Tier begann, im Kreis um ihn herumzuschleichen, um eine Schwachstelle in Mertins Deckung zu finden. Dieser verfolgte seinerseits aufmerksam jede Bewegung, bereit, sofort auszuweichen, sollte der Warft angreifen.

Ein wütendes Zähnefletschen entblößte die spitzen, langen Fänge des Monsters. Mertin versuchte, seine Angst unter Kontrolle zu bringen. Doch die Vorstellung, dass er bald zwischen diesen gewaltigen Kiefern zermalmt und zerrissen werden könnte, jagte ihm eine Gänsehaut über den Rücken.

Schwer atmend konzentrierte sich Mertin auf die Augen des Monsters. Als erfahrener Jäger wusste er, dass dort als Erstes die Anzeichen eines Angriffs zu erkennen waren. In dem Moment, wenn sich das Gegenüber zum Angriff entschied, weiteten sich die Pupillen kaum merklich. Das würde ihm den Bruchteil einer Sekunde verschaffen, der über Leben oder Tod entscheiden konnte.

Der Warft ließ seinerseits Mertin nicht aus den Augen. Er hechelte wie ein Hund, da die Anstrengung der letzten Minuten nun auch bei ihm ihren Tribut forderte. Die Jäger hatten sich nicht ohne Weiteres töten lassen, sondern sich nach Leibeskräften gewehrt. Blutspritzer und Pfeilspitzen im verfilzten Pelz des Warfts zeugten davon, dass auch er nicht unbeschadet aus diesem Kampf hervorging.

Er hinkte mit seinem linken Bein, das Mertins Dolch verletzt hatte, und ließ sich auf alle viere nieder, um sein Gleichgewicht besser halten zu können.

Jetzt sah er aus wie ein riesiger, zorniger Wolf. Aber Mertin wusste, dass dieser Anblick täuschte. In einem Warft steckte viel mehr als in einem Wolf, mochte Letzterer noch so groß und gefährlich sein. Warfts waren eine der schlimmsten Gefahren hier im Wald. Und dass dieser hier eine ganze Jagdtruppe innerhalb weniger Minuten auslöschen konnte, unterstrich diese tödliche Tatsache.

Plötzlich weiteten sich die Augen des Warfts und er machte noch in demselben Moment einen gewaltigen Satz auf Mertin zu.

Dieser war zwar auf den Angriff vorbereitet, nicht jedoch auf dessen Heftigkeit. Er strauchelte, als er dem Gewicht des Monsters nicht standhalten konnte.

Die Krallen schlugen schmerzhaft in seine Brust und drückten ihn zu Boden.

Für einen Moment war der Jäger unter der pelzigen Masse des Monsters begraben.

Dann stemmte Mertin den leblosen Körper des Warfts von sich. Seine zerfetzten Brustmuskeln schrien bei dieser Anstrengung, aber er ignorierte die Schmerzen, so gut es ging.

Mit einem letzten Kraftakt hievte er den Warft zur Seite und keuchte, als er endlich wieder Luft bekam.

Das Monster blieb leblos neben ihm liegen. Im schwachen Schein des Lagerfeuers war nur noch ein Teil der blitzenden Dolchklinge zu sehen, die aus seiner Brust ragte. Der Rest hatte sich mitten in das Herz der Bestie gebohrt.

26

Alia

Gegenwart

Meine Seite sticht, mein Atem geht stoßartig und hinter mir höre ich das Monster immer näher kommen. Bald wird es uns erreicht haben.

Während wir rennen, trete ich mit einem Mal auf eine Bodenplatte, die ich nicht bemerkt hatte, und sofort beginnen die Wände rechts und links von uns zu brennen. Zum Glück ist der Gang breit genug, sodass uns die Flammen nichts anhaben können. Tascha strauchelt, als sie das Feuer sieht, und ich renne sie fast um. Hinter mir hat das Knurren mit einem Mal aufgehört und ist einem Winseln gewichen.

Ich wage es in einem Anflug von selbstmörderischem Mut, mich umzudrehen, und sehe den Warft in die entgegengesetzte Richtung davonrennen. Er scheint panische Angst vor dem Feuer zu haben, das jetzt beide Seiten des Ganges vollständig in Brand gesetzt hat.

Wir bleiben nach Luft ringend stehen und stützen uns auf den Knien ab. Es ist zwar heiß zwischen den Feuerwänden, aber immerhin scheinen wir vorerst in Sicherheit zu sein. Wir sind dem Warft entkommen.

Gerade als wir wieder zu Atem gekommen sind, beginnen sich die Wände des Ganges von selbst zu löschen. Das Feuer weicht an einen einzelnen Punkt hinter uns zurück und verbindet sich in der Mitte des Ganges zu einer Säule. Oh nein, nicht schon wieder eine Feuerwelle.

Aber anscheinend haben die Magier etwas anderes im Sinn. Sie formen aus dem Feuer eine Gestalt, die etwa zwei Schritt hoch ist, eine schlanke Taille und weibliche Rundungen besitzt. Alles an ihr steht in Flammen. Jetzt erkenne ich den Kopf, die glühenden Augen und die züngelnden Flammen, die anstelle von Haaren um ihr Gesicht tänzeln.

Ein Feuerelementar.

Ihre Schönheit ist überirdisch, wenn auch ihr Gesichtsausdruck alles andere als freundlich wirkt. Sie zieht ihre dunkelroten Augenbrauen zusammen, was ihrem Aussehen einen wilden, zornigen Ausdruck verleiht, und schwebt auf uns zu. Ihre Flammenbeine berühren den Boden nicht.

Als sie die Hände hebt, erwache ich aus meinem bewundernden Staunen. Dieses Elementar hat offenbar vor, uns mit Feuerbällen zu attackieren. Schon bildet sich der erste Ball über ihrer Handfläche und sie holt aus, um ihn nach uns zu schleudern.

Ich lasse mich von ihrer Treffsicherheit lieber nicht überzeugen und renne den Rest des Ganges hinunter. Tascha ist mir bereits zwanzig Schritt voraus und biegt nach rechts um die Ecke.

Ich folge ihr, so rasch ich kann. Hinter mir schlagen Feuerbälle ein und zischen über meinen Kopf hinweg, um an der goldenen Mauer vor mir qualmende Löcher zu hinterlassen. Als ich um die Ecke renne, ist vor mir weit und breit keine Tascha mehr zu sehen, dafür höre ich hinter mir umso deutlicher das Feuerelementar näher rücken.

Mir bleibt keine Zeit, nach meiner Freundin Ausschau zu halten. Ich eile den kurzen Gang weiter, der sich vor mir abermals verzweigt. Rasch wende ich mich nach links und bete zu den Göttern, dass das Elementar nicht gesehen hat, wohin ich gerannt bin.

Inzwischen habe ich keine Ahnung mehr, wo sich der Ausgang befindet. Geschweige denn, wo Tascha ist.

Ich folge dem Gang, der etwa zwanzig Schritt lang ist, und biege nochmals nach links ab, in der Hoffnung, das Feuerelementar damit vollends abzuhängen. Dann erstarre ich inmitten der Bewegungen.

Vor mir gibt der Gang, in dem ich mich befinde, den Blick auf einen idyllischen Teich auf einer Waldlichtung frei. Ich hatte angenommen, dass das ganze Labyrinth aus goldenen Wänden besteht, aber offenbar hatte ich mich getäuscht. Der Teich ist mindestens so groß wie der Speisesaal im Zirkel und an seinem Ufer wachsen verschiedene Sträucher und Bäume. Ich erkenne sogar etwas weiter entfernt ein Schilfdickicht.

Da ich von den vorherigen Zirkeltagen weiß, dass solch einer friedlich anmutenden Szene nicht im Mindesten zu trauen ist, betrete ich unter höchster Vorsicht die Lichtung.

Es kommt mir vor, als befände ich mich in einer fremden Welt, so friedlich und schön ist es hier. Der tödliche Wettkampf, bei dem ich auf solch grausame Art assistieren muss, rückt in weite Ferne.

Kleine Vögel fliegen von Ast zu Ast und zwitschern wunderbare Lieder. Libellen summen um die Wette und Frösche quaken fröhlich am Ufer.

Trotzdem kann ich diesem Frieden nicht trauen. Irgendwo lauert bestimmt ein Golem oder Chark, um mich im nächsten Augenblick zu töten.

Als ginge ich auf rohen Eiern, setze ich einen Fuß vor den anderen, jederzeit bereit, das Weite zu suchen.

Aber es passiert nichts, selbst als ich das Ufer fast erreicht habe. Ich umrunde den Teich, werde dabei immer langsamer. Spätestens jetzt erwarte ich, dass ein tollwütiger Warft aus dem Dickicht prescht und mich zu Boden wirft. Jede Faser meines Körpers ist angespannt und bereit, die Flucht zu ergreifen.

Weit und breit ist kein Monster zu sehen, die Vögel sind friedlich am Zwitschern und ein kleiner Hase hoppelt von links nach rechts über die Lichtung. Die Luft duftet nach Tausenden von Blumen.

Nach ein paar weiteren Schritten habe ich die Lichtung überquert und den Teich hinter mir gelassen. Immer noch erkenne ich keine Spur eines übernatürlichen Wesens. Vielleicht haben die Magier keine Kräfte mehr? Oder sie sind es selbst leid, mich ständig rennen zu sehen?

Jedenfalls bin ich ihnen mehr als dankbar für diese Verschnaufpause. Bevor ich weitergehen und die Lichtung verlassen muss, setze ich mich kurz an den Rand des Teiches und erlaube mir für ein paar Minuten, die Ruhe zu genießen. Ich schließe die Augen und lausche den Waldgeräuschen. Dies könnte vielleicht das letzte Mal sein, dass ich so etwas wie Frieden empfinde.

Die Absurdität dieses Gedankens lässt mich plötzlich erschaudern. Ich befinde mich mitten im Wettkampf und Tascha läuft vielleicht irgendwo, ein paar Schritte entfernt von mir, um ihr Leben. Ich schüttle den Kopf, versuche, mich aufzurichten. Aber meine Glieder wollen mir nicht gehorchen. Mein Körper will hierbleiben, wo ich den Fröschen und Vögeln zuhören kann. Hier, wo mir nichts geschehen wird.

Dann kommt mir plötzlich in den Sinn, was Alvaras in einem unserer Trainings gesagt hat: Wir sollten möglichst rasch durch die Zirkeltage gehen. Je länger wir uns darin aufhalten, umso größer ist die Gefahr, dass wir sterben.

Ist dies vielleicht genau das, worauf die Magier warten? Mich möglichst lange hierzubehalten, damit ich danach umso schneller sterbe? Sich umso mehr Monster auf mich stürzen können?

Ich reiße die Augen auf. Auf einmal scheint sich die Umgebung zu verwandeln. Die Vögel bekommen schwarzes Gefieder, ihre Stimmen klingen eher nach rostigen Türklinken als einem lieblichen Gesang, die Frösche haben plötzlich spitze Zähne, die vor Gift triefen, und die Libellen versuchen, mit spitzen Stacheln auf mich einzustechen.

Ich springe auf und laufe los. Fast hätte mich dieser Frieden so stark eingelullt, dass ich das Wesentliche vergessen hätte: den Zirkeltag hinter mich zu bringen und in den Zielbereich zu gelangen.

Hinter mir vernehme ich ein Summen, Quieken und Quaken, aber ich drehe mich nicht mehr um, sondern renne in den Gang, der sich auf der gegenüberliegenden Seite befindet, von der ich gekommen bin.

Als ich ihn erreiche, hört die Geräuschkulisse schlagartig auf und ich wende mich kurz um. Hinter mir erkenne ich nichts als einen dunklen Gang. Keine Spur mehr von der friedlichen Waldlichtung und dem Teich.

Ich atme tief durch. Noch einmal bin ich den Magiern entkommen. Aber in Zukunft werde ich umso mehr auf der Hut sein, damit mich solch ein Zauber nicht mehr reinlegen kann.

Der Gang verläuft ein paar Schritt weiter geradeaus und verzweigt sich abermals. Ich wende mich nach rechts und entdecke auf einmal vor mir den Zielbereich, der sich weniger als hundert Schritt entfernt befindet.

Kann es das schon gewesen sein? Oder ist dies wieder nur eine gemeine Illusion?

Vorsichtig nähere ich mich dem goldenen Tor. Vielleicht handelt es sich um den Startbereich, ich habe wirklich keine Ahnung mehr, wo ich bin, und könnte ebenso gut im Kreis gelaufen sein.

Der Gang kommt mir unendlich lang vor und ich beschleunige meine Schritte. Trotzdem scheint der Zielbereich nicht näher zu rücken. Ich beginne zu rennen und fühle mich, als würde ich mich auf ein und derselben Stelle bewegen. Das Tor bleibt jedoch weiterhin unerreichbar.

Nicht schon wieder eine Illusion …

Ich renne noch schneller, aber es hilft nichts, im Gegenteil. Das goldene Tor scheint sich eher von mir wegzubewegen als zu mir hin.

Also halte ich an und überlege. Xenos hat mir einen Löffel gegeben. Falls dieser nutzlos wäre, hätte er ihn mir nicht ausgehändigt. Was also kann dieser Löffel, was ich übersehen habe?

Ich hole ihn aus dem Hosenbund hervor und wende ihn in meinen Händen. Der Griff des Löffels ist breit und hölzern. Die Löffelschale ist etwa handtellergroß und hat eine Vertiefung in der Mitte.

Ich schaue mich genauer im Gang um und entdecke zu meiner Rechten eine Art Kurbelvorrichtung. Ein kleines Wellrad ist in die goldene Mauer eingelassen. Allerdings fehlt der Griff, um dieses zu drehen. Ich mustere die Vorrichtung sorgfältig. Warum ist mir diese nicht schon früher aufgefallen? Ich schaue mir meinen Löffel nochmals an und stutze. Es sieht so aus, als passte sein Ende genau in die Öffnung des Wellrades.

Vorsichtig stecke ich den Stiel hinein und tatsächlich, er rastet ein und lässt sich nun nicht mehr herausziehen.

Ich beginne, den Löffel zu drehen. Ein Quietschen ertönt, während sich das Rad in Bewegung setzt. Plötzlich scheint es mir, als rückte das Tor näher. Also drehe ich weiter, als wollte ich ein Loch in die goldene Wand bohren. Langsam nähert sich das goldene Tor. Ich beschleunige meine Bewegungen.

Kann es sein, dass dieser Löffel tatsächlich viel mehr wert ist, als ich im ersten Augenblick gedacht habe?

Wieder fällt mir der vielsagende Blick von Xenos ein, ehe er sich von uns abgewandt hatte. Hat er den Löffel mit irgendeinem Zauber belegt? Will er vielleicht sogar, dass ich gewinne und seine Dienerin werde? Bei dem Gedanken höre ich mit meinen Drehungen auf und das Tor beginnt augenblicklich, sich wieder von mir zu entfernen.

Halt! Ich will raus aus diesem Labyrinth und wenn der Preis dafür ist, dass ich Xenos dienen muss, dann soll es eben so sein.

Ich nehme die Löffeldrehungen wieder auf, diesmal noch rascher.

Das Tor kommt immer näher. Als es noch einen Schritt entfernt ist, greife ich nach der Tür und stoße sie auf. Sie gibt ohne Widerstand nach und ich hechte hindurch.

Schmerzvoll schlage ich mit der Schulter auf dem Boden auf und bin einen Moment benommen. Jubelschreie und Applaus erklingen, aber ich bin viel zu durcheinander, um zu begreifen, dass ich tatsächlich den letzten Zirkeltag hinter mich gebracht habe und der Wettkampf wirklich für mich vorbei ist.

Wie im Traum stehe ich auf und wische den Staub von meinen schwarzen Hosen und der weißen Bluse.

Schon spüre ich eine Hand, die mir anerkennend auf die Schulter klopft. Ich hebe den Blick und sehe direkt in Xenos' eisblaue Augen. Ein amüsiertes Lächeln umspielt seinen Mund und er verkündet mit lauter Stimme: »Mein verehrtes Publikum, die Siegerin der Zirkeltage ist Alia.«

Ich starre ihn entgeistert an. Was soll das heißen? Ich bin die Siegerin? Das kann nicht sein. Wo ist Tascha?

Mir wird schwindelig, ich schwanke und Xenos stützt mich, was ich noch komischer finde. Er, der Zirkelleiter, stützt eine Nehil und bewahrt sie davor, umzufallen, nachdem er fünf Tage lang versucht hat, sie zu töten.

Das ist zu viel. Unvermittelt entweicht meiner Kehle ein hysterisches Gelächter und ich kann mich gar nicht mehr beruhigen. All die Anspannung der letzten Tage fällt von mir ab. All das Leid, das ich durch den Tod von Kalus, Jita und Goe, ebenso wie durch die Nachricht von Reyvans Bestrafung erfahren habe, und die Ungewissheit, was mit Tascha passiert ist, ob sie ebenfalls tot ist.

Meine Nerven versagen. Mein Lachen wird zu einem Heulkrampf. Ich beginne, hilflos zu schluchzen, und sinke in die Knie, ehe Xenos es verhindern kann.

Rasch wendet sich ein Heiler mir zu und gibt mir eine braune Flüssigkeit zu trinken. Es wird schlagartig dunkel um mich. Das Letzte, woran ich denken kann, ist Tascha.

Ich hatte erwartet, in der Unterkunft der Arena aufzuwachen. Stattdessen befinde ich mich in einem weißen Himmelbett. Die Sonne scheint durch das Fenster und kitzelt meine Nase. Ich wende den Kopf und sehe, dass ich mich in einem hellen, geräumigen Zimmer mit zwei Fenstern aufhalte. Auf der gegenüberliegenden Seite steht das Bett, in dem ich liege, daneben eine kleine Kommode, ein einfacher Tisch mit einem Stuhl und rechts davon ein schmaler Schrank. Zu meiner Linken befinden sich eine hölzerne Tür, die wunderschöne Schnitzereien aufweist, und – ich traue meinen Augen kaum – sogar ein kleiner Kamin, in dem ein warmes Feuer brennt.

Ich habe keine Ahnung, wo ich bin. Mein Körper schmerzt und als ich den Kopf anhebe, wird dies von einem schmerzhaften Pochen in meinen Schläfen bestraft.

Nur langsam komme ich zu mir und begreife, was passiert ist.

Ich lebe tatsächlich noch, habe die fünf Zirkeltage hinter mich gebracht.

Jemand hat mich gewaschen, meine Hände sind sauber, meine Nägel gepflegt.

Ich kneife mich in den Arm, um sicher zu sein, dass ich nicht träume. Der rote Fleck, der sich langsam auf meinem Unterarm bildet sowie der kurze Schmerz, überzeugen mich vom Gegenteil.

Aber wo um alles in der Welt bin ich?

Als ich versuche, mich aufzurichten, dröhnt mein Schädel so stark, dass ich mich unvermittelt wieder hinlegen muss. Mein ganzer Körper fühlt sich bleiern an.

So liege ich eine Weile da und starre an die Decke meines Bettes, die von weißem Stoff überzogen ist, der sanft in drei Vorhängen hinuntergleitet. Ich bin unendlich müde und döse bald darauf wieder ein.

Als ich das nächste Mal erwache, ist es Abend – oder zumindest ist es dunkel im Zimmer. Das Feuer im Kamin ist kleiner geworden. Jemand war hier und hat eine Kerze auf der Kommode neben mir angezündet und etwas zu essen gebracht, das nun unter einer Metallhaube auf dem Tisch steht. Die Kerzenflamme wirft gespenstische Schatten an die Wand, Decke und den Boden.

Ich schließe die Augen und seufze. Wo bin ich? Und warum liege ich nicht in meinem Bett bei der Arena oder zumindest in meinem Zimmer im Quartier der Diener?

»Geht es dir wieder besser?«

Ich fahre bei den Worten zusammen, was meine Muskeln mit einem gequälten Aufschrei quittieren.

Wer hat gesprochen? Diese tiefe Stimme kenne ich doch. Ich bemerke, wie sich jemand aus dem Schatten beim Fenster löst und auf mich zukommt.

Ich kneife die Augen zusammen, um besser sehen zu können, erkenne ihn aber erst, als er direkt neben mir am Bett steht.

Xenos.

Bei dieser Erkenntnis bleibt mein Herz stehen und ich schnappe nach Luft. Was will der Zirkelleiter hier?

Er trägt ein schwarzes, mit Goldfäden durchwirktes Gewand, das seiner hohen Gestalt und seinen breiten Schultern schmeichelt. Sein kantiges Gesicht mit den arroganten Zügen wird vom Kerzenlicht erleuchtet. Fast könnte man ihn als schön bezeichnen, wären da nicht seine eiskalten Augen und seine schwarze Seele, die ich abgrundtief verabscheue.

Ich versuche, zu antworten, aber kein Ton will aus meiner Kehle dringen. Ich räuspere mich und bringe ein Krächzen heraus.

»Das werte ich mal als Ja«, fährt Xenos fort, ohne sich darum zu kümmern, dass ich kaum sprechen kann. »Respekt, ich hätte nicht gedacht, dass du so weit kommst. An dir ist tatsächlich mehr dran, als man im ersten Moment vermuten würde.« Er hebt eine Augenbraue, und ein eisiges Lächeln, das mich schaudern lässt, gleitet über sein kühles Gesicht. »Wie dem auch sei. Du hast ein paar anstrengende Tage hinter dir – auch wenn du den sechsten davon verschlafen hast.« Sein Blick schweift missbilligend über das Bett.

Ich ziehe die Decke bis ans Kinn hoch und bin mir auf einmal meiner Nacktheit unter dem Laken mehr als bewusst.

»Du hast noch zwei Tage Zeit, um dich zu erholen. Danach wirst du in meinen Dienst treten«, bemerkt er mit einem Tonfall, der keinen Widerspruch duldet.

Dann wendet er sich von mir ab und geht zur Tür. Ehe er sie erreicht, bringe ich all meine Kraft und meinen Mut auf und setze mich im Bett hin.

»Was ist mit Tascha?«, krächze ich.

Er dreht sich langsam zu mir um. Auf seinem Gesicht zeigt sich etwas, das Belustigung, Ärger und Grausamkeit gleichzeitig sein könnte.

»Sie wird weiterhin dem Zirkel dienen.« Er schließt die Tür hinter sich und lässt mich allein.

Ich sinke in die Kissen zurück. Was heißt das denn nun wieder? Zumindest scheint sie zu leben. Hoffentlich geht es ihr gut. Wenn sie weiterhin als Dienerin hier beschäftigt ist, wird sie immer noch ein Zimmer bei den Dienerquartieren haben, und das heißt, dass ich sie finden kann.

Eine plötzliche Erleichterung ergreift von meinem Körper Besitz. Mir war gar nicht bewusst, wie ich mich um sie gesorgt habe. Die Nachricht, dass sie lebt, ist Balsam für meine Seele. Jetzt muss ich nur noch herausfinden, ob Reyvan in Gefangenschaft weilt. Die Vorstellung, dass der Elf immer noch in irgendeinem Kerker schmort, lässt mein Herz zusammenziehen. Aber ich nehme mir fest vor, bei der nächsten Gelegenheit in Erfahrung zu bringen, wie es ihm geht und ob ich etwas für ihn tun kann.

Noch während ich an Reyvan und sein Lächeln denke, merke ich, dass mein Magen knurrt. Seit einer Ewigkeit habe ich nichts mehr gegessen. Also stehe ich auf und schaue unter der Metallhaube nach, was es da Feines gibt. Die Mahlzeit besteht aus Brot und kaltem Fleisch. Ich schlinge alles mit Appetit herunter.

Danach gehe ich wieder ins Bett und kuschle mich in die weichen Decken. Morgen werde ich bestimmt wieder einigermaßen bei Kräften sein und das Zimmer verlassen können.

Als Erstes werde ich mich zu den Dienerquartieren begeben und mich davon überzeugen, dass es Tascha wirklich gut geht. Dann werde ich Rana suchen und mich mit ihrer Hilfe zu Reyvan in den Kerker schleichen. Ich muss mein Versprechen einlösen und ich will zu ihm, seine starken Arme um mich spüren, mich in seinen Küssen verlieren.

Außerdem werde ich Xenos bitten, ihn freizulassen. Schließlich hat er nichts Schlimmes getan, er hat nur unerlaubt den Zirkel verlassen, wollte jedoch keinen Augenblick lang fliehen. Wenn er das gewollt hätte, hätte er es längst getan. Er scheint seine Verpflichtung gegenüber seinem Volk ernst zu nehmen und jetzt, als Xenos' Dienerin, werde ich vielleicht etwas Einfluss darauf haben, wie lange seine Bestrafung dauern muss.

Das hoffe ich zumindest, auch wenn ich es am Rande meines Bewusstseins besser weiß. Aber mit diesem Gedanken geht es mir schon viel besser und ich ergebe mich langsam dem Land der Träume.

27

Alia

Erstaunlicherweise träume ich weder von Tascha, Reyvan noch von den Zirkeltagen. Ich befinde mich zu Hause, bei Mutter und Vater, höre Sen und Lia draußen spielen und bin überglücklich, alle wiederzusehen.

Viel zu rasch ist die Nacht vorbei und ich wache auf, mein Herz schwer wie ein Eisenblock.

Ich winde mich aus meinen warmen Decken und stehe auf. Mein Körper schmerzt immer noch, aber zumindest kann ich mich bewegen.

Als ich zum Fenster gehe und rausschaue, erkenne ich, dass ich mich in einem der oberen Stockwerke des Zirkels befinde. Unter mir entdecke ich einige Balkone, direkt mir gegenüber liegt das Tor zum Innenhof. Ich kann knapp über die hohe Mauer, die sich darum erstreckt, sehen. Dahinter breitet sich eine schneeweiße Fläche aus, die sich in den grauen Wolkenfeldern verliert.

Ich fröstle und schaue mich nach Kleidern um. Auf einem Stuhl neben dem Fenster liegen fein säuberlich eine weiße

Schürze sowie ein weißes Dienerkleid und ebenfalls weiße Schuhe bereit. Die Diener der Zirkelräte heben sich unter anderem in ihrer Kleidung von den anderen Dienern ab und ich gehöre ab sofort zu ihnen.

Ich ziehe die neue Dienstkleidung an und gehe zur Zimmertür. Xenos hat mir gesagt, dass ich noch zwei Tage freihätte, also werde ich mich etwas in meiner neuen Umgebung umsehen, bevor ich meinen Dienst antrete. Zudem muss ich mein Bündel aus meinem alten Zimmer holen, da ich es hier nirgendwo finden kann. Darin sind ein paar meiner alten Kleider von zu Hause sowie mein Stoffbär. Den Ring und das Armband meiner Geschwister trage ich immer noch und das silberne Kästchen habe ich Reyvan zur Aufbewahrung gegeben. Ich hege keinen Zweifel daran, dass er es gut versteckt hat und es mir wiedergeben wird, sobald er den Kerker verlassen kann.

Zuerst werde ich Tascha suchen.

Ich drücke die Türklinke meines neuen Zimmers herunter, aber nichts passiert. Nochmals versuche ich es und ziehe diesmal, doch das Holz gibt nicht nach.

Das kann nicht sein. Bin ich etwa eingesperrt?

Ich rüttle an der Tür, die jedoch störrisch verschlossen bleibt.

Mutlos sinke ich davor zu Boden. Warum lässt mich Xenos einsperren? Ich will doch nur schauen, ob es meinen Freunden gut geht. Aber mir wird sogar das verboten.

Tränen sammeln sich in meinen Augen. Gerade noch habe ich gedacht, dass alles besser wird, doch nun scheint es noch viel schlimmer geworden zu sein. Xenos hat mich in meinen neuen Gemächern eingesperrt und verbietet mir, mich frei im Zirkel zu bewegen.

Ich kann meine Tränen nicht weiter zurückhalten und beginne zu weinen. Ob vor Trauer, Zorn, Selbstmitleid – ich weiß es nicht.

Mir ist kalt und ich zittere. Als ich meinen tränenverschleierten Blick hebe, sehe ich, dass es draußen stärker zu schneien begonnen hat. Kleine Eiskristalle sammeln sich am Fenster und es ist eisig kalt im Zimmer.

Ich rapple mich auf und schlüpfe wieder unter die dicken Decken. Dass ich immer noch meine Dienstkleider trage, schert mich nicht. Soll sich Xenos doch ob meiner verknitterten Kleidung ärgern.

So einsam wie jetzt habe ich mich nur einmal in meinem bisherigen Leben gefühlt, als ich mich von Vater verabschiedete. Aber selbst damals war zumindest Rana da gewesen und hat mich in mein Zimmer in den Dienerquartieren geführt.

Jetzt bin ich vollkommen allein.

Allein in einem kalten, fremden Zimmer, abgeschnitten von meinen Freunden, obwohl sie sich wahrscheinlich im Umkreis von zweihundert Schritt aufhalten. Nur ein paar Stockwerke unter mir befinden sich die Quartiere der Diener, dort sind sicher Tascha und Rana. Wo die Kerker liegen, weiß ich nicht, aber bestimmt auch nicht weit weg.

Mutlos schluchze ich in mein Kissen.

Es ist zum Verzweifeln. Sobald ich meine, dass eine Hürde geschafft ist, stapeln sich neue Probleme vor mir auf. Mein Heimweh ist nun so stark, dass mir das Herz in der Brust regelrecht schmerzt. Dass ich nicht aufhören kann zu weinen und meine Kehle vom Schluchzen wund wird, macht es auch nicht besser.

Eine Weile liege ich so da, in meinem Elend gefangen, und gebe mich meinen Tränen hin, bis ich keine mehr habe.

Dann komme ich langsam wieder zur Besinnung.

Nein. Ich kann jetzt nicht aufgeben. Nicht jetzt, nachdem ich die Zirkeltage überlebt habe und vielleicht meine Familie wiedersehen kann.

Nein, selten war ein Moment so schlecht geeignet, um aufzugeben.

Unter Aufbringung meines gesamten Willens raffe ich mich auf, ordne mein Haar und setze mich auf das Bett. Mir ist immer noch kalt, obwohl das Fenster geschlossen und der Kamin an ist.

Ich wickle zusätzlich eine Wolldecke um meine Schultern und versuche, meine Gedanken zu ordnen.

Hinaus darf ich nicht, daher bleibt mir nichts anderes übrig, als zu warten, bis jemand mit dem Frühstück kommt, und dann kann ich diejenige Person nach den Gründen fragen, warum ich hier gefangen gehalten werde. Vielleicht auch danach, wie es meinen Freunden geht.

Und tatsächlich, es dauert nicht lange, da wird ein Schlüssel im Schloss gedreht und die Tür geht auf. Eine Dienerin, die ich nur vom Sehen her kenne, kommt mit einem Teller mit köstlich riechendem Essen herein. Sie trägt graue Kleidung, ist also keine persönliche Dienerin von Xenos.

Ich springe auf und gehe zu ihr hin. Sie schließt hastig die Tür hinter sich ab und versteckt den Schlüssel in ihrer Schürze.

»Wie heißt du?«, frage ich sie. »Und warum darf ich hier nicht weg?«

Die Dienerin sieht mich hilflos an. Sie darf nicht sprechen.

Enttäuscht und wütend balle ich die Fäuste. Was soll diese Geheimniskrämerei? Ich will raus hier! »Gib mir bitte den Schlüssel, ich will nur kurz raus, frische Luft schnappen«, bettle ich.

Aber sie schüttelt stur den Kopf, geht an mir vorbei und stellt den Teller mit Nachdruck auf den Tisch. Das Gedeck von gestern räumt sie weg und wendet sich zum Gehen.

Ich versperre ihr den Weg. »Bitte, sag mir, warum ich hier gefangen gehalten werde!« Ich schaue sie eindringlich an.

Sie schüttelt wieder den Kopf und drängt sich an mir vorbei.

Ich bin verzweifelt.

Es wäre ein Leichtes, sie zu überwältigen und an ihr vorbei durch die Tür zu stürmen. Aber was dann? Wohin sollte ich gehen? Den Zirkel verlassen kann ich auf keinen Fall, sie würden mich jagen und töten, zudem widerstrebt es mir zutiefst, meine Freunde hier im Stich zu lassen. Ich wage mir gar nicht vorzustellen, wie Xenos' Bestrafung aussieht, wenn sie mich gefangen nehmen würden.

Also halte ich mich zurück und lasse die Dienerin gehen. Der Appetit ist mir jedoch vergangen.

Den Nachmittag verbringe ich auf meinem neuen Bett und starre trübsinnig vor mich hin. Immerhin scheint die Ruhe meinem geschundenen Körper gutzutun.

Als der Abend anbricht, warte ich wieder auf die Dienerin. Sie kommt, als es draußen schon dunkel ist, und bringt mir mein Abendessen. Danach leert sie meinen Nachttopf, was mir höchst unangenehm ist, und geht wieder, ohne ein Wort mit mir zu wechseln.

Ich setze mich an den Tisch, denn inzwischen habe ich doch Hunger und das Essen riecht so gut.

Gerade als ich meinen Teller leer gegessen habe, öffnet sich die Tür ein zweites Mal. Ich nehme an, dass es nochmals die Dienerin ist, die das Essen abräumen will, und bin umso erstaunter, als Xenos in mein Zimmer tritt.

Er schaut sich kurz um und bleibt dann mitten im Raum stehen.

Ich erhebe mich hastig. Es gehört sich nicht, in Gegenwart des Zirkelleiters zu sitzen, auch wenn ich ihn noch so wenig ausstehen kann.

Er quittiert diese Geste mit einem wohlwollenden Nicken. »Wie ich sehe, hast du dich erholt.« Er mustert mich von oben bis unten, dass mir eine Gänsehaut über den Körper läuft.

Ich unterdrücke ein Schaudern und versuche, dem Drang entgegenzuwirken, meine Arme um mich zu schlingen. »Ja, es geht mir wieder besser«, erwidere ich knapp.

»Quolia hat mir gesagt, dass du dich über deine Situation beklagt hättest«, fährt er fort, ohne auf meine Antwort einzugehen.

Ich trete unbehaglich von einem Fuß auf den anderen. Es ist eine Sache, sich hinter Xenos' Rücken über etwas zu beschweren, eine ganz andere jedoch, es ihm direkt ins Gesicht zu sagen.

Schließlich nehme ich all meinen Mut zusammen und schaue ihm direkt in die kalten Augen. »Ich verstehe nicht, warum ich nicht mein Zimmer verlassen darf.« In meiner Stimme schwingen unbeabsichtigt Trotz und Ärger mit. Aber falls er dies bemerkt hat, lässt es ihn kalt.

»Du bist nun meine persönliche Dienerin«, antwortet er in einem Tonfall, als wollte er mir beibringen, dass eins und eins zwei ergibt. »Daher darfst du dich nicht mehr frei im Zirkel bewegen. Du wirst einige Dinge sehen und hören, die du niemandem erzählen darfst. Dafür hast du andere Privilegien wie beispielsweise dieses Zimmer.« Er macht eine umfassende Bewegung mit dem Arm.

Alle Zimmer dieser Welt können mir gestohlen bleiben, wenn ich mich dafür nicht frei bewegen darf, denke ich, beiße mir aber auf die Zunge, um dies nicht laut auszusprechen. Stattdessen senke ich den Blick und starre auf meine Füße.

»Du solltest dankbar sein«, bemerkt Xenos zu allem Überfluss. »Viele würden sich wünschen, an deiner Stelle zu stehen.«

Mir liegt eine freche Bemerkung auf den Lippen, die ich nur mit Müh und Not unterdrücke. Keinesfalls will ich ihn zum Feind haben, das würde eine harte Zukunft im Zirkel, wenn nicht gar meinen Tod, bedeuten. Daher schlucke ich meinen Trotz herunter.

»Ich danke Euch, dass ich Eure Dienerin sein darf, mein Herr«, murmle ich unter Aufbringung all meiner Selbstbeherrschung.

Da lacht Xenos plötzlich so laut, dass ich zusammenzucke und erstaunt den Blick hebe. Er sieht auf einmal viel jünger aus und zum ersten Mal auch wirklich attraktiv – selbst wenn er mich gerade auslacht.

Ich merke, wie mein Gesicht zu glühen beginnt. Was habe ich jetzt schon wieder falsch gemacht?

»Du bist erfrischend!«, meint er amüsiert. »Aber nenn mich nie wieder ›Herr‹! Das sind Anmaßungen, die ich nicht nötig habe.«

Wo er recht hat … Ich schlage beschämt die Augen nieder und möchte am liebsten im Erdboden versinken. Trotzdem muss ich ihm eine Frage noch stellen, ehe ich vollends den Mut verliere. »Ich … ich sorge mich um meine Freunde und würde gerne wissen, wie es ihnen geht.« So, jetzt ist es raus.

Schlagartig wird Xenos wieder ernst und seine Maske der Unnahbarkeit und Arroganz nimmt von seinem Gesicht Besitz. »Den persönlichen Dienern des Zirkelleiters ist es verboten, Freundschaften zu pflegen!«, entgegnet er energisch.

»Warum?«, erwidere ich verzweifelt. »Ich verrate ihnen bestimmt keine Geheimnisse.«

Er schaut mich lange und durchdringend an, dann wird sein eisiger Blick etwas weicher. »Gut, vielleicht gestatte ich dir, dich von ihnen zu verabschieden. Wer ist es?«

Jetzt wird es schwierig. Ich kann nicht sagen, dass ich mit Reyvan befreundet bin, das würde ihn sofort misstrauisch machen und Reyvan wird womöglich noch härter bestraft werden. Aber Tascha und Rana, das wird bestimmt kein Problem sein, oder? Ein Versuch ist es allemal wert.

»Tascha und Rana«, antworte ich zögernd.

Sein Blick bohrt sich in meine Augen, als wollte er direkt in meine Seele schauen. »Da ist noch jemand anders, oder?«, fragt er in gefährlich leisem Ton.

Ich druckse herum. Nein, ich darf es ihm nicht sagen. Reyvan würde darunter zu leiden haben. Er könnte schließlich Informationen von mir erhalten haben, die seinem Volk nützen und den Magiern schaden.

Xenos' Blick wird hart. »Du willst es mir nicht aus freien Stücken verraten, wie?« Er speit mir diese Worte entgegen.

Ich zucke bei der frostigen Härte seiner Stimme, die eben noch herzhaft gelacht hat, zusammen.

»Nun gut, ich weiß ohnehin bereits, wer es ist«, fährt er fort.

Ich fühle mich, als fiele ich in ein tiefes Loch, und merke, wie mir ein Schweißtropfen den Rücken hinunterrinnt, obwohl es im Zimmer kühl ist.

»Oder soll ich besser sagen, wer *er* ist?« Sein Blick könnte jetzt Wälder in Eisflammen aufgehen lassen und ein grausames Lächeln spielt um seinen Mund.

Ich kann ihn nicht länger anschauen und senke die Augen abermals.

»Ich weiß es bereits, seit Roís deine Gedanken gelesen hat«, erklärt er. »Und es passt mir ganz und gar nicht, dass sich der Elf eingemischt hat! Was meinst du, weswegen er nun im Gefängnis sitzt? Er ist eindeutig zu weit gegangen, hat meine Autorität untergraben und nun wird er dafür bestraft!«

Mir fällt es wie Schuppen von den Augen. Indem ich die Zirkeltage gewonnen habe und Xenos' Dienerin geworden bin, hat er zwei Fliegen mit einer Klappe geschlagen. Reyvan hat keinen Kontakt mehr mit mir, da es mir verboten ist, mit ihm zu sprechen, er kann also keine weiteren Informationen von mir erhalten, die seinem Volk in einem Kampf gegen die Magier nützen. Und er wird doppelt bestraft, da wir uns nahestanden. Jetzt wird er mich nie mehr wiedersehen.

Bei dieser Erkenntnis wird mir plötzlich ganz anders und in mir brodelt Hass auf. Das Feuer im Kamin flammt einen Moment lang heller auf, ich beachte es jedoch nur am Rande. Zu groß ist meine Wut auf Xenos. Er hat das alles so geplant und ist auch noch stolz auf seinen klugen Schachzug. Wie um meine Vermutung zu untermauern, grinst er selbstgefällig, was seinem Gesicht das Aussehen eines zähnefletschenden Wolfes verleiht.

»Ja, Alia, du hast richtig geraten. Das alles geschieht wegen seines Fehltritts.« Er nähert sich, bis uns nur noch ein paar Handbreit trennen. Er ist fast eineinhalb Köpfe größer als ich. Langsam hebt er seine Hand und legt einen Finger unter mein Kinn. Er zwingt mich, in seine kalten Augen zu sehen. »Aber du, meine Liebe, wirst rasch darüber hinwegkommen«, spricht er mit einer Arroganz und Selbstgefälligkeit, dass mir übel wird.

Ich schaue ihn voller Wut und Ekel an, aber er scheint sich eher darüber zu amüsieren, als zu ärgern.

Mit dem Daumen streicht er über mein Kinn und berührt meine Lippen. »Ich mag Frauen, die etwas Feuer haben, und du bist erstaunlich hübsch für eine Nehil«, fährt er fort. »Kein Wunder, dass dieser triebgesteuerte Elf dir nachgestellt hat. Vielleicht, eines Tages, werde ich dir die Gunst meines Bettes gewähren.«

Jetzt droht mir tatsächlich, das Abendessen wieder hochzukommen. Mühsam versuche ich, ruhig zu bleiben und ihm nicht in sein ekelhaft überhebliches Gesicht zu kotzen. Was mir erstaunlicherweise gelingt.

»Aber bis dahin wirst du mir treu ergeben dienen. Du wirst lernen, mein Vertrauen zu gewinnen, und falls nicht, wirst du eben sterben.«

Er sagt es, als erzählte er mir, dass ich heute früher schlafen gehen soll. Doch in seinen Augen liegt eine tödliche Warnung, die mir das Blut in den Adern gefrieren lässt. Dieser Mann geht tatsächlich über Leichen.

Bevor ich mich wehren kann, senkt er den Kopf zu mir herunter und drückt mir einen groben Kuss auf den Mund, dann wendet er sich ab und rauscht aus dem Zimmer.

Ich bleibe voller Wut, Ekel und Verwirrung zurück. Jetzt muss ich mich tatsächlich übergeben. Ich schaffe es gerade noch zu meinem Nachttopf.

In dieser Nacht schlafe ich unruhig und werde immer wieder von Albträumen geplagt. Ich sehe Xenos, der mich mit seinem schleimigen Lächeln in sein Bett holt, Reyvan, der gefesselt und hilflos dabei zusehen muss, während ihm Blut über den Körper rinnt. Tascha und Rana, die ausgepeitscht werden, und schließlich meine Familie, die vor einem Warft flieht.

Als der Morgen anbricht, fühle ich mich gerädert und mein Bettzeug ist verschwitzt.

Mühsam schäle ich mich aus meinen feuchten Decken und wasche meinen zitternden Körper mit kaltem Wasser. Danach ziehe ich meine Kleider an.

Heute werde ich noch einmal einen freien Tag haben. Aber ab morgen muss ich Xenos' Dienerin sein.

Wenn es nur einen Weg gäbe, wie ich von hier wegkomme. Ich kann mir nicht vorstellen, bis ans Ende meines Lebens für Xenos zu arbeiten, abgeschnitten vom Rest der Welt.

Als ich hierherkam, dachte ich, viel schlimmer könne es gar nicht werden. Dann lernte ich Rana, Reyvan und Tascha kennen und ein kleiner Funken Hoffnung flackerte auf. Dieser wurde jedoch von Xenos mit einem Schlag ausgelöscht.

Ich werde hier bei ihm bleiben müssen, dazu verdammt, bis an mein Lebensende seine Dienerin zu sein.

Und warum bitte sehr hat mich Xenos gestern geküsst? Wieso diese Bemerkung, dass er mich in sein Bett holen will?

Bei diesem Gedanken wird mir schwindelig und ich kann nicht mehr klar sehen. Ich stütze mich am Bett ab. Als ich ein paar Mal blinzle, weicht der graue Schleier. Ich muss dringend etwas trinken.

Suchend blicke ich mich in meinem Zimmer um und entdecke einen Metallkrug und einen Becher auf dem Tisch vor dem Fenster.

Während ich einen Schluck Wasser trinke, schaue ich hinaus. Draußen schneit es ununterbrochen und die weiße Decke überzieht das ganze Land – bis auf den Innenhof. Dieser sieht aus, als wäre es Hochsommer. Keine einzige Schneeflocke gelangt bis dorthin.

Mir kommt ein Gedanke. Vielleicht kann ich doch von hier fliehen – irgendwie. Ich muss nur aus dem Fenster klettern, die Fassade hinuntergelangen und es aus dem Tor des Zirkels schaffen.

Wie, ist mir schleierhaft. Das Tor wird Tag und Nacht bewacht und ist normalerweise fest verschlossen. Außerdem … bis dorthin muss ich über den ganzen Innenhof rennen. Spätestens dann bin ich für jeden sichtbar. Die Magier, die das Tor bewachen, würden mich sofort sehen und gefangen nehmen.

Noch während ich meine Gedanken schweifen lasse, klopft es kurz an die Tür und ich höre, wie der Schüssel umgedreht wird.

Bestimmt mein Frühstück. Mein Magen knurrt wie auf Kommando. Das Abendessen gestern konnte ich ja nicht bei mir behalten.

Ich stelle den Becher hin, drehe mich um und erstarre mitten in der Bewegung, als ich Xenos erblicke, der mein Zimmer betritt.

28

ALIA

Wie oft will er mich denn noch besuchen? Ich stehe schließlich erst ab morgen in seinem Dienst.

Mühsam unterdrücke ich meine aufsteigende Übelkeit und stelle mich möglichst gerade und selbstbewusst hin. Er soll nicht merken, wie sehr er mich einschüchtert.

Xenos sieht mich mit einem unergründlichen Blick an und bedeutet mir dann mit einer knappen Geste, zu ihm zu kommen. Zögernd setze ich mich in Bewegung. Was will er?

Als ich vor ihm stehe, neigt er den Kopf zu mir herunter und schaut mich mit seinen eisigen Augen an. »Guten Morgen, Alia«, begrüßt er mich.

Sein Atem riecht frisch und ein bisschen nach Pfefferminze. Trotzdem spüre ich, dass mir die Galle hochkommt.

»Guten Morgen«, erwidere ich mühsam beherrscht, ruhig zu klingen.

»Der Grund für meinen Besuch ist, dass ich mein Versprechen einlösen werde.«

Oje, will er mich etwa tatsächlich in sein Bett holen? Ich weiche zurück und schaue ihn nun doch angsterfüllt an. Grauen ergreift von mir Besitz, als ich an meinen Albtraum denken muss.

Er lächelt jedoch fast schon mitleidig und schüttelt amüsiert den Kopf. »Nicht dieses Versprechen, Alia. Das hat noch Zeit und du bist schließlich noch sehr jung.« Ich atme langsam aus und merke, dass ich die Luft angehalten habe. »Ich meine das Versprechen, dass ich dir am ersten Zirkeltag gegeben habe. Du darfst heute einen Blick auf deine Familie werfen.«

Ich starre ihn fassungslos an. Nie im Leben hätte ich damit gerechnet, dass er dies tatsächlich einlöst. Ich hatte es zwar gehofft und dieser Gedanke hatte mich auch die Zirkeltage durchstehen lassen, aber seit ich hier wie eine Gefangene gehalten werde, ist dieser winzige Funken Hoffnung, meine Familie noch einmal zu sehen, verflogen.

Und nun will er ihn mir tatsächlich zurückgeben? Meine Ungläubigkeit scheint ihn zu verärgern.

»Alia, eines solltest du dir merken«, sagt er in strengem Ton. »Ich halte immer meine Versprechen und so auch dieses. Also folge mir jetzt, wenn du deine Familie sehen willst!«

Das lasse ich mir nicht zweimal sagen. Ich laufe eilig hinter ihm her, als er mit großen Schritten auf den Gang schreitet und sich nach links wendet. In diesem Bereich des Zirkels war ich noch nie. Wir befinden uns deutlich weiter oben, als der Speisesaal, die Bibliothek oder gar der Raum liegt, in dem ich für die Zirkeltage auserwählt wurde.

Ein Blick über das Treppengeländer gewährt mir die Aussicht auf mehrere Marmortreppen, die sich unter uns erstrecken. Irgendwo dort unten sind meine Freunde. Ich unterdrücke den Drang, die Treppen hinunterzurennen, und folge Xenos, der nun einen Stock höher steigt. Sein schwarzer Mantel umspielt seine Gestalt und seine breiten Schultern erscheinen dadurch noch eine Spur breiter. Er sieht wirklich beeindruckend aus – und auch beängstigend.

Wir folgen einem weiteren Gang, der sich oben am Treppenabsatz erstreckt, und gelangen an dessen Ende zu einer goldenen Tür. Er holt einen ebenso goldenen Schlüssel hervor, den er unter seiner Kleidung an einer Kette trägt, öffnet sie und lässt mich eintreten.

Ich bleibe im Eingang stehen und blinzle ungläubig.

Vor mir liegt ein weiter Raum. Auf der linken Seite sehe ich eine breite Fensterfront, während die rechte Seite mit Regalen überfüllt ist. In der Mitte des Raumes steht ein Labortisch mit allerlei Trichtern, Gläsern in allen Formen und Größen, Schalen, Schläuchen und diversen Ampullen mit verschiedenfarbigen Tinkturen.

Mein Blick wird jedoch von einem Gerät gefesselt, das sich im hinteren Bereich des Zimmers befindet.

Es ist ein runder Tisch mit etwa zweieinhalb Schritt Durchmesser. Eine hellblau schimmernde Kuppel ist darauf befestigt, die wirkt, als wäre sie aus Glas. Verschwommene Muster, die von kleinen Wolken gebildet werden, zeigen sich auf ihrer Oberfläche und geben der Kuppel das Aussehen, als bewegte sie sich ständig.

Xenos führt mich zu dem Instrument und legt eine Hand darauf. Sofort sammeln sich die Wolken bei seiner Handfläche oder versuchen zumindest, so nahe wie möglich zu ihr zu gelangen.

Er sieht mich mit einem Lächeln an, das an einen kleinen Jungen erinnert, der sein neues Spielzeug in den Händen hält.

»Das, Alia« – Stolz schwingt in seiner Stimme mit – »ist ein Visor.« Ich trete näher und beobachte, wie sich die Wolken unter seinen Fingern bewegen. »Er dient dazu, einen für kurze Zeit alles sehen zu lassen, was man will. Allerdings braucht er viel Magie dafür, daher muss man sorgsam im Umgang mit ihm sein. Gib mir deine Hand.«

Etwas zögerlich komme ich seinem Befehl nach und Xenos nimmt meine rechte Hand, während seine andere auf dem Visor verweilt. Dann schließt er die Augen und konzentriert sich.

Es scheint, als dringe aus seiner rechten Hand ein weißer Strahl in die Kugel, welcher die Wolken dazu zwingt, die Form anzunehmen, die er will. Er fährt über die riesige Oberfläche und die Wolken beginnen sich noch stärker zu verbinden, bilden Formen, die sich langsam in Menschen verwandeln.

Nach ein paar Sekunden sehe ich eine richtige Szene vor mir. Ich erkenne die Umgebung sofort, es ist das Stadthaus meiner Eltern. Davor steht mein Vater, der in einen dicken Pelz gehüllt ist und gerade meine Mutter liebevoll umarmt. Dann wendet er sich von ihr ab, um die Sattelgurte seines schwarzen Pferdes zu überprüfen. Rechts und links von Mutter entdecke ich Sen und Lia, die ihm zum Abschied zuwinken. Offenbar bricht Vater gerade zu einer längeren Jagd auf. Vielleicht kommt er sogar hierher, in den Wald neben dem Zirkel. Bei dem Gedanken beschleunigt sich mein Herzschlag.

Ich beobachte, wie sich Vater auf den Rücken seines Pferdes schwingt und sich im Sattel nochmals zu Mutter und meinen Geschwistern umdreht. Ein Lächeln zeigt sich auf seinen Zügen. Aber er scheint um Jahre gealtert zu sein. Seine Augen liegen tief in den Höhlen und Falten, die ich vorher an ihm nicht kannte, umrahmen seinen Mund und geben seinen Gesichtszügen eine Traurigkeit, die mein Herz zusammenziehen lässt.

Auch Mutter scheint beim näheren Hinsehen älter. Graue Strähnen haben sich unter ihr weizenblondes Haar geschlichen, sie wirkt müde und erschöpft. Sen und Lia sind dafür gewachsen. Sen hat breite Schultern bekommen, das liegt bestimmt daran, dass er seit über einem halben Jahr die Ausbildung zum

Goldschmied macht. Lia sieht ebenfalls erwachsener aus, ihr braunes Haar ist etwas kürzer, als ich es in Erinnerung hatte, und der Ausdruck ihrer Augen hat sich ebenfalls verändert. Sie wirkt nun weiser und bedachter als damals bei der Aufnahmezeremonie.

Mein Herz schmerzt zwar, aber es tut gut zu wissen, dass sie wohlauf sind, dass ihr Leben auch ohne mich weitergeht. Eine große Last fällt von mir.

»Ich danke Euch«, hauche ich unvermittelt.

Xenos lässt meine Hand los und unterbricht damit das Bild. Vor mir tanzen nun wieder die weißen Wolken. Trotzdem starre ich auf die Stelle, wo Vater gerade davongeritten ist.

»Wenn ich zufrieden mit deiner Arbeit bin, werde ich dir zur Belohnung nochmals gewähren, deine Familie zu sehen«, sagt er mit erstaunlich sanfter Stimme.

Ich schaue ihn an. Das war mehr, als ich zu hoffen gewagt hatte. Ich spüre, wie meine schlechte Meinung von ihm kleine Risse bekommt. Vielleicht hat er doch irgendwo tief in seiner breiten Brust ein Herz. Wenn auch ein sehr, sehr schwarzes.

Er wendet sich von mir ab und geht zu seinem Labortisch. Dort stützt er sich leicht mit beiden Händen ab und schaut zu mir zurück. »Ein Teil deiner Aufgaben wird daraus bestehen, mein Laboratorium in Ordnung zu halten. Ich bin oft hier und will es sauber haben. Du musst die Bücher wegräumen, alles abstauben und durchlüften. Aber du darfst dich weder am Visor zu schaffen machen noch an meinen Experimenten. Das wäre tödlich, nicht nur für dich. Du könntest leicht die ganze Gilde in die Luft sprengen.«

Sein Blick ist auf mich fixiert und ich nicke stumm. Ich werde mich hüten, etwas zu berühren, was ich nicht darf. Zumal ich ihm glaube, dass mich der Visor augenblicklich tötet, da ich ja weder über Magie noch über sonst irgendwelche Begabungen verfüge und somit ein leichtes Opfer wäre.

»Alia«, fährt er wieder mit weicherer Stimme fort. »Das ist eine wirkliche Ehre und ein Test, ob du meines Vertrauens auch würdig bist. Du wirst die Einzige sein, die außer mir diesen Raum betreten darf. Natürlich musst du hierfür immer den Schlüssel abholen kommen. Es gibt nur diesen einen.« Er zieht ihn unter seinem Gewand hervor und lässt ihn an der Kette leicht hin und her baumeln.

»Das werde ich, ich danke Euch«, antworte ich gehorsam. »Was gehört sonst noch zu meinen Aufgaben?«

Er richtet sich auf und schlendert auf mich zu.

Oh nein, dieser Blick, den hatte er auch gestern Abend schon, ehe er mich geküsst hat. Er erinnert mich an einen Wolf, der sich seiner Beute sicher ist.

Nahe vor mir bleibt er stehen.

»Du wirst alles für mich machen, was ich von dir verlange.« Seine Stimme klingt noch tiefer als sonst. Seine Augen scheinen mein Innerstes zu verbrennen.

Ich kann den Blick nicht von ihm abwenden und starre ihn an wie ein erschreckter Hase, der weiß, dass er nicht mehr lange zu leben hat.

»Morgens um sieben Uhr wirst du mir das Frühstück bringen«, fährt er fort, hebt die Hand und spielt mit einer meiner Haarsträhnen, die sich unter meiner weißen Haube gelöst hat. Ich werde nie lernen, wie man diese Hauben richtig befestigt. »Danach werde ich dir sagen, was ich an diesem Tag geplant habe, und du wirst bis nach dem Abendessen auf meine Befehle hören. Falls ich keine Verwendung für dich habe, wirst du in deinem Zimmer auf weitere Aufgaben warten. Ich werde dich mit einer Klingel, die über der Tür angebracht ist, rufen.« Er verzieht den Mund zu einem Grinsen – wahrscheinlich stellt er sich gerade vor, wie ich für ihn hin und her rennen muss – und lässt eine weitere Haarsträhne durch seine Finger gleiten. »Falls du dich jemals ohne ausdrücklichen Befehl außerhalb deines

Zimmers aufhalten solltest, werde ich dich bestrafen. Und glaub mir, das würdest du bereuen.« Seine Stimme klingt drohend und er zieht an meinem Haar, dass meine Kopfhaut prickelt.

Ich fröstle unvermittelt bei der Vorstellung, dass er eine ganze Palette von fiesen Bestrafungen auf Lager hat und sich auch keinen Augenblick davor scheuen wird, sie an mir auszutesten. Also nicke ich.

»Gut, ich sehe, du verstehst mich nun schon besser.« Ein grausames Lächeln spielt um seinen Mund und er lässt die Haarsträhne los. »Ich habe mein Versprechen eingelöst und schulde dir somit nichts mehr. Ab morgen wirst du in meinen Dienst treten. Bis dahin bleibst du in deinem Zimmer. Quolia wird dir dein Frühstück bringen.«

Ehe er sich zum Gehen wendet, nehme ich meinen Mut zusammen und halte ihn am Arm fest. Verdutzt dreht er sich zu mir um und ich ziehe rasch meine Hand zurück. Ein ärgerlicher Ausdruck liegt in seinen Eisaugen. Es war eine unbedachte Geste, vielleicht wird er mich sogar dafür schlagen. Aber ich muss ihn einfach fragen.

»Xenos«, beginne ich zögerlich und er hebt eine Augenbraue. »Habt Ihr es Euch schon überlegt wegen … wegen Tascha und Rana? Darf ich sie noch einmal sehen?« Meine Stimme ist zu einem Flüstern geworden.

Ich schaue ihn unsicher an, gefasst auf einen Wut- oder einen Lachanfall.

Stattdessen studiert er mein Gesicht stirnrunzelnd. »Ja, ich habe es mir überlegt«, antwortet er langsam. »Ich weiß noch nicht, ob ich dir vertrauen kann. Wenn du dich als würdig erweist, werde ich dir gewähren, eine von beiden zu treffen. Aber bis dahin wirst du dich beweisen müssen.«

Damit wendet er sich von mir ab und geht zur Tür. Ich folge ihm rasch, ehe er denken kann, dass ich irgendetwas von seinen Dingen berühre oder gar entwende.

Das war wieder mehr, als ich erwartet hatte. Eigentlich hätte ich damit gerechnet, dass er mich auslacht oder wütend meinen Wunsch abschlägt. Ein kleiner Funken Hoffnung keimt in mir auf.

Den Rest des Tages verbringe ich sinnlos auf meinem Bett liegend. Ich hatte Xenos vergessen zu fragen, wo meine persönlichen Kleider und mein Stoffbär sind. Wahrscheinlich sind sie für immer verloren. Aber noch habe ich zwei meiner wichtigsten Schätze.

Sorgsam lege ich den Ring und das Armband in die Kommode. Ansonsten sind darin nur frische Dienstkleider. Anscheinend habe ich ab sofort meine eigenen Diener, die sich darum kümmern, meine Kleidung in Ordnung zu halten. Ein weiteres Privileg der persönlichen Diener der Zirkelräte.

Toll …

29

ALIA

Am Morgen meines ersten Dienstes bin ich pünktlich in Xenos' Gemächern. Ich habe keine Ahnung, was ich genau machen soll, und gehe mit gemischten Gefühlen in sein Arbeitszimmer.

Der Zirkelleiter sitzt bereits an seinem Schreibtisch und ist in irgendwelche Dokumente vertieft. Ich bleibe unschlüssig an der Tür stehen und räuspere mich leise.

Er hebt den Kopf. »Komm her, hier habe ich eine Liste mit deinen Aufgaben für heute. Als Erstes wirst du mir Frühstück machen. Ich hoffe, du kannst kochen, trotz der Tatsache, dass du eine Nehil bist.«

Die letzten Worte spricht er ohne jede Spur von Spott. Trotzdem laufe ich rot an und nehme rasch die Liste entgegen, dann schaue ich mich um.

»Du suchst die Küche?« Er hebt eine Augenbraue und ich nicke. »Die liegt den Gang runter, zweite Tür rechts. Du solltest dort alles finden. Ich mag übrigens am liebsten Rühreier und Speck.« Damit macht er eine Geste, die verdeutlichen soll, dass er nun seine Ruhe will.

Ich verschwinde rasch aus dem Arbeitszimmer und mache mich auf die Suche nach der Küche. Bei meinen Eltern zu Hause durfte ich ein paar Mal Ronda, unserer Haushälterin, beim Zubereiten von Speisen helfen. Ich hoffe, dass sich diese Erfahrung jetzt auszahlt. Natürlich werde ich nicht gleich gut wie jemand aus dem Erdzirkel kochen, aber Rühreier und Speck werden meine Fähigkeiten hoffentlich nicht übersteigen.

In der Küche angelangt, bin ich von deren Größe überrascht. Ich komme mir schon fast etwas verloren vor, so ganz allein hier drin. Die Eier und den Speck finde ich in einer kleinen Vorratskammer. Zudem liegt ein frisches Brot auf der Anrichte. Wahrscheinlich hat es eine andere Dienerin hierhin gelegt.

Rasch mache ich mich daran, das Frühstück für Xenos zuzubereiten. Als ich fertig bin, läuft mir das Wasser im Mund zusammen, ich hüte mich jedoch davor, selbst ein paar Bissen zu essen. Das würde mir Xenos bestimmt übel nehmen.

Daher lade ich alles fein säuberlich auf einen Teller und balanciere diesen, zusammen mit einem Becher Milch, zurück zum Arbeitszimmer. Xenos sitzt immer noch an seinem Schreibtisch und bedeutet mir, ohne den Blick zu heben, mit einem Wink, alles hinzustellen.

Rasch verlasse ich das Zimmer wieder und betrachte die Liste, die er mir gegeben hat. Darauf steht einiges und ich bin nicht sicher, ob ich das alles schaffe. Zuerst werde ich sein Schlafzimmer aufräumen müssen. Nach ein paar fehlgeschlagenen Versuchen finde ich es hinter einer Tür, die dem Arbeitszimmer gegenüberliegt. Zum Glück habe ich bereits aus meinem Dienst in den Zimmern der Lehrlinge gelernt, wie man ein Bett macht.

Rasch schüttle ich die Decken auf und verstaue alles fein säuberlich an seinem Platz. Dann muss ich die schmutzige Wäsche waschen. Den Waschraum finde ich ohne Probleme und mache mich an die Arbeit. Während die schmutzige Kleidung einweicht, räume ich das Tablett aus seinem Arbeitszimmer ab. Xenos ist inzwischen irgendwo im Zirkel unterwegs.

Als ich endlich mit allem fertig bin, ist es bereits Mittag und ich muss mich um das Essen kümmern. Heute stehen zum Glück kaltes Fleisch und Beilagen auf dem Plan, das kann ich gerade noch anrichten. Aber ich habe jetzt schon Angst davor, wenn ich aufwendigere Gerichte kochen muss, denn da habe ich leider keine Erfahrung und werde viel Übung brauchen, um das Essen auch nur halb so gut hinzubekommen wie unsere Haushälterin Ronda, die wie eine Göttin gekocht hat.

Am Nachmittag muss ich Xenos' Arbeitszimmer aufräumen, was mehrere Stunden beansprucht. Dann die gewaschene Wäsche aufhängen und trocknen lassen. Zudem muss ich die Fenster putzen, eine Arbeit, die mich auch in den nächsten Tagen noch begleiten wird. Die Fenster sind so schmutzig, dass ich mir nicht vorstellen kann, dass sie schon jemals von einem Putzlappen berührt worden sind. Wer auch immer zuvor Xenos' Diener war, er oder sie schien nicht sonderlich genau gewesen zu sein. Womöglich ist das der Grund, wieso die Stelle frei war.

So vergehen auch die nächsten Tage. Langsam gewöhne ich mich an den neuen Ablauf. Meine Arbeit ist zwar einsam, aber zumindest bekomme ich etwas mehr Schlaf als vorher.

Zwei Wochen nach den Zirkeltagen reisen die anderen Zirkelleiter von Altra ab. Glücklicherweise muss ich nicht selbst das Festmahl, das ihnen zu Ehren in den Gemächern von Xenos aufgetischt wird, kochen. Damit wäre ich tatsächlich überfordert gewesen. Xenos will seinen Gästen nur die besten Speisen servieren, und er hat wohl selbst gemerkt, dass meine Kochkünste ein wenig zu wünschen übrig lassen.

So muss ich die Speisen, die in der Küche von zwei Dienern hergestellt werden, nur servieren. Die hohen Magier achten kaum auf mich. Nur Roís, der Zirkelleiter von Chakas, wirft mir ab und zu einen nachdenklichen Blick zu, aber auch er spricht mich nicht an.

Spät am Abend ist das Gelage beendet und ich bin todmüde. Dann endlich gehen sie.

Im Zirkel kehrt wieder der Alltag ein.

Die einzigen beiden Dinge, die mich in den nächsten Monaten jeden Morgen aufstehen lassen, sind die Angst vor Xenos' Bestrafung und die winzige Hoffnung, dass er mir bald genug vertraut, damit ich zumindest mit Rana oder Tascha sprechen und mehr über Reyvan in Erfahrung bringen kann.

Ich bin hier im Zirkel vollkommen isoliert und habe keine Chance, zu erfahren, ob Tascha noch lebt und ob Xenos Reyvan freigelassen hat. Zudem nagt an mir die Ungewissheit, wo das silberne Kästchen ist, das mir Mutter gegeben hat. Ich hoffe, Reyvan hat es sicher aufbewahrt. Irgendetwas sagt mir, dass ich es keinesfalls vor Xenos erwähnen sollte.

Wenn ich nicht gerade vom Zirkelleiter Aufgaben erhalte, bin ich in mein Zimmer verbannt. Jeglicher Kontakt zu anderen Menschen bleibt mir verwehrt. Nicht einmal die Diener, die sich um mein Essen und mein Zimmer kümmern, bekomme ich zu Gesicht. Mein Bett wird neu bezogen, das Frühstück weggeräumt, meine Kleider werden gewaschen und wieder in die Kommode gelegt, aber nie sehe ich jemanden in meinem Zimmer. Die Aufgaben sind immer erledigt, bevor ich zurückkehre.

Eines Tages ruft mich Xenos zu sich in sein Arbeitszimmer. Ich erwarte, dass er mir neue Aufgaben gibt, und mache mich sofort auf den Weg. Als ich ankomme, liegt jedoch keine neue Liste auf seinem Pult.

»Ich werde morgen für zwei Tage in die umliegenden Dörfer aufbrechen, um dort für Ordnung zu sorgen«, beginnt er. »Der Winter ist hart und es gibt einige Aufstände. Du wirst in der Zwischenzeit das Laboratorium aufräumen.«

Er streift das goldene Band, an dem der Schlüssel befestigt ist, über seinen Kopf und hält es mir hin. Der Schlüssel ist noch warm von seinem Körper, als ich ihn in die Hand nehme.

»Betrachte es als eine Art Test, ob ich dir vertrauen kann«, fährt er fort. »Falls du auch nur einen Schritt außerhalb meiner Quartiere setzt, wirst du sofort in den Kerker gesperrt und bei meiner Rückkehr bestraft.«

Ich nicke zum Zeichen, dass ich verstanden habe. Auch wenn die Verlockung, Rana, Tascha oder gar Reyvan zu suchen, groß ist – ich werde mich hüten, den Zirkelleiter zu verärgern.

»Du wirst genügend damit beschäftigt sein, mein Laboratorium aufzuräumen. Und achte darauf, weder den Visor noch meine Experimente anzufassen. Du sollst nur die Bücher abstauben, einordnen, den Boden fegen und alles aufräumen und putzen.«

Wieder nicke ich. Das werde ich hinbekommen, während er in den Dörfern Recht spricht – oder zumindest für das sorgt, was er für Gerechtigkeit hält. Zudem bin ich mir sicher, dass er mich überwachen lässt, damit ich mit niemandem spreche, wenn er nicht da ist.

Als er abgereist ist, begebe ich mich ins Laboratorium. Es ist wirklich chaotisch hier drin und ich beginne damit, die Bücher in die Regale zurückzuräumen. Alphabetisch, wie Xenos angewiesen hat. Ich achte darauf, nichts zu verschieben oder zu berühren, was ich nicht darf.

Seine kostbarsten Bücher und persönlichen Notizen bewahrt Xenos in einer verschlossenen Glasvitrine auf. Dafür hat er einen weiteren Schlüssel, den ich jedoch nicht erhalten habe.

Ich bin tatsächlich die vollen zwei Tage mit dem Aufräumen beschäftigt und komme noch nicht einmal dazu, abzustauben oder gar den Boden zu fegen. Als Xenos zurückkehrt, berichte ich ihm, dass ich noch länger brauchen werde, um alles wie gewünscht zu putzen. Er nickt nur.

Als ich endlich fertig bin mit dem Laboratorium, glänzt es wie neu und ich bin ziemlich stolz auf meine Arbeit. Von Xenos erhalte ich jedoch nicht das kleinste Lob. Er weist mich nur an, wieder meine alltäglichen Arbeiten aufzunehmen.

Jeder Tag beginnt wie der vorherige. Ich habe keine freien Tage mehr, sondern arbeite die ganze Woche ohne Unterbrechung. Die Freizeit, die mir zwischen den Aufgaben bleibt, verbringe ich auf meinem Bett liegend und die Decke anstarrend.

Wie es Reyvan wohl geht? Denkt er noch an mich? Oder hat er längst schon ein anderes Mädchen an seiner Seite? Ich gehe davon aus, dass er inzwischen nicht mehr im Kerker darben muss, hatte jedoch nicht den Mut, Xenos danach zu fragen.

Meine Gefühle für den Elfen sind unverändert. Wenn ich an sein Lächeln denke, seine blitzenden Augen, dann spüre ich ein Kribbeln im Bauch. Seine Hände, als er mir in seinem Bett gezeigt hat, wie tief Zuneigung gehen kann – wie stark man sie zusammen erleben kann … diese Erinnerung halte ich in meinem Herzen fest. Reyvan ist neben der Freundschaft zu Rana das einzig Schöne, das ich hier im Zirkel erfahren durfte, und selbst wenn ich ihn nie mehr wiedersehen sollte, werde ich diese Gefühle, die ich für ihn empfinde, in mir bewahren. Das nehme ich mir fest vor.

Der Frühling vergeht, es wird langsam Sommer. Zur Sommersonnenwende findet das Aufnahmeritual in Lormir statt, zu dem ich natürlich nicht hingehen darf.

Aber als die neuen Magierlehrlinge in den Zirkel kommen, erhasche ich einen Blick aus meinem Fenster auf sie. Sie wirken so jung.

Ich muss daran denken, wie Sen und Lia wohl nun aussehen. Sie sind jetzt bereits vierzehn Jahre alt. Ihren Geburtstag habe ich in aller Stille für mich in meinem Zimmer gefeiert und eine Kerze für sie angezündet. Vielleicht merken sie, dass ich an sie denke.

Eine Woche nach dem Eintreffen der Lehrlinge ruft mich Xenos abends zu sich. Ich erwarte, dass ich wieder irgendeine Aufgabe von ihm erhalte, und beeile mich, in seine Gemächer zu gelangen. Der Weg dorthin ist mir nun so vertraut, dass ich ihn im Schlaf fände. Die Treppen hoch, nach links und ans Ende des Ganges, wo sein Laboratorium liegt. Dann rechts die zweite Tür.

Als ich in sein Besprechungszimmer trete, steht Xenos mit dem Rücken zu mir am Fenster und schaut in die Abenddämmerung hinaus. Er dreht sich nicht um, als ich reinkomme, und ich bleibe unschlüssig in der Tür stehen.

»Komm her, Alia«, befiehlt er, immer noch aus dem Fenster starrend.

Ich gehe vorsichtig zu ihm hin. Was will er von mir?

Da ich nicht weiß, was ich sonst tun soll, stelle ich mich neben ihn und schaue ebenfalls aus dem Fenster. Da gibt es aber nichts zu sehen außer dem Innenhof, der Mauer und der Steppe sowie ein paar Bäumen, die hier im Norden selbst im Sommer kein sattes Grün annehmen wollen.

Ohne sich mir zuzuwenden, spricht Xenos weiter.

»Du bist nun schon über ein halbes Jahr in meinem Dienst. Ich bin zufrieden mit dir, du machst deine Arbeit gut«, lobt er mich.

Ich sehe ihn erstaunt an. Das ist das erste Mal, dass er etwas Positives über mich sagt. Also werde ich ihn natürlich nicht unterbrechen.

»Morgen werden die neuen Jungmagier in den Zirkel aufgenommen«, fährt er fort. »Ich will, dass du mir dabei assistierst.«

Jetzt schnappe ich nach Luft. Natürlich hatte ich letztes Jahr dieses Ritual nicht miterlebt, da ich erst eine Woche später hierhergekommen bin. Dass ich nun dabei sein darf, ist eine wirkliche Auszeichnung. Es ist eines der am besten gehüteten Geheimnisse des Zirkels, wie die Aufnahme der Lehrlinge nach ihrer dreijährigen Ausbildung vonstattengeht.

Danach sind sie Jungmagier und werden drei weitere Jahre im Zirkel unterrichtet. Es ist nur den Zirkelräten sowie den ausgewählten Lehrlingen gestattet, dem Ritual beizuwohnen.

Aber wie soll ich ihm bei diesem Ritual überhaupt von Nutzen sein? Ich habe selbst keine Begabung und ich kann mir vorstellen, dass eine Menge Magie nötig ist, um die Lehrlinge zu Jungmagiern zu erheben.

»Danke«, erwidere ich daher nur. »Was muss ich dabei machen?«

Jetzt wendet Xenos mir sein Gesicht zu und sieht mich direkt an. »Das werde ich dir dann zeigen«, entgegnet er geheimnisvoll. »Komm morgen um acht Uhr nach dem Frühstück zu mir, dann erkläre ich dir alles Weitere.«

Er dreht sich wieder zum Fenster und gibt mir damit zu verstehen, dass die Unterhaltung für ihn beendet ist.

Verwirrt gehe ich zurück in mein Zimmer. Einerseits freue ich mich sehr darauf, bei der Zeremonie dabei sein zu dürfen, andererseits habe ich auch Respekt davor. Werden wirklich einige Lehrlinge das Ritual nicht bestehen? Falls ja, was geschieht mit ihnen?

In dieser Nacht schlafe ich nicht viel. Ich träume von der Aufnahmezeremonie und dass ich höchste Qualen leide, während alle um mich herum lachen und ›Nehil‹ rufen.

30

Alia

Pünktlich um acht Uhr am nächsten Morgen stehe ich wieder in den Gemächern von Xenos. Er trägt heute sein festliches Gewand, das ich von der Aufnahmezeremonie in Lormir kenne. Aus der Nähe ist es noch viel spektakulärer, es kommt mir vor, als schaute ich direkt in einen Sternenhimmel. Seinen Stab mit der roten Kugel, die ihn als Leiter des Feuerzirkels auszeichnet, hat er ebenfalls dabei.

»Alia, du wirst heute Dinge sehen, die nur die wenigsten Nichtmagier je gesehen haben«, beginnt er mit Nachdruck. »Daher muss ich sicher sein, dass ich dir vertrauen kann und du nie jemandem hiervon berichten wirst.«

Ich nicke beklommen und ein flaues Gefühl macht sich in meinem Magen breit. Ich kenne ihn inzwischen so gut, dass ich weiß, er wird seine Worte mit Taten unterstreichen.

Als ob er meine Gedanken erraten hätte, hebt er seine Hand und legt sie mir auf den Kopf. »Da ich nicht über die Macht verfüge, deine Gedanken zu lesen, werde ich deine Treue anderweitig prüfen«, erklärt er. »Ich werde dich mit einem Wahrheitszauber belegen, der es dir unmöglich machen wird, mich anzulügen. Wenn du meine Fragen zu meiner Zufriedenheit beantwortest, kannst du heute mit mir mitkommen, ansonsten werde ich dich töten müssen.«

Ich starre ihn schockiert an. Wie bitte? Das scheint mir nicht wirklich eine Alternative zu sein!

Bevor ich ihm jedoch widersprechen kann, murmelt er ein paar Worte und ich spüre, wie mein Geist eingeengt wird.

»Alia, wirst du die Geheimnisse des Zirkels hüten?«

Sosehr ich auch versuche, etwas anderes zu denken, ich muss immer an den bestraften Reyvan, Taschas ungewisses Schicksal und meine Familie denken. Ihnen zuliebe würde ich alles in meiner Macht Stehende tun, um sie vor weiteren Schmerzen zu bewahren.

»Ja«, hauche ich, ohne mir des Gedankens bewusst zu sein.

Er nickt zufrieden. »Und wirst du mir treu dienen, meine Befehle ohne Widerrede befolgen?«

Ich denke wieder an meine Freunde und sage unvermittelt nochmals »Ja«.

Wieder nickt er. »Wirst du versuchen, zu fliehen?«

Diese Frage trifft mich mitten ins Herz. Natürlich will ich weg von hier, in mein altes Leben zurück. Aber etwas hält mich trotzdem davon ab. Ich weiß nicht, ob es die Angst vor einer möglichen Bestrafung ist, falls man mich fasst, oder eher die Ungewissheit, was mit meinen Freunden passieren wird. Wird Xenos sie meinetwegen auspeitschen lassen? Was passiert mit meiner Familie, die er mühelos ausfindig machen könnte? Würde er auch sie foltern oder gar töten?

Nein, das Risiko kann ich nicht eingehen. Lieber bleibe ich hier für den Rest meines Lebens, als sie in Gefahr zu bringen. Zudem wüsste ich nicht, wie ich eine Flucht anstellen sollte, ohne jegliche Hilfe.

Mein Mund öffnet sich und mit der größten Anstrengung bringe ich ein »Nein« heraus.

Auf Xenos' Miene zeigt sich mit einem Mal Erleichterung. Ich habe den Test bestanden und werde heute nicht getötet. Und offenbar ist er froh darüber, dies nicht tun zu müssen.

Er nimmt die Hand von meinem Kopf. »Gut«, meint er, seine Miene ist wieder ernst und unnahbar. »Du scheinst meines Vertrauens würdig zu sein. Trotzdem wirst du verstehen, dass ich einige Vorkehrungen treffen muss – der Vorsicht halber. Zumal du dich als meine persönliche Dienerin nicht mit den Lehrlingen unterhalten darfst. Ich werde dir für die Dauer der Aufnahmezeremonie deine Stimme nehmen.«

Ich bin entsetzt und dies spiegelt sich auch anscheinend auf meinem Gesicht wider, denn Xenos hebt beschwichtigend die Hände. »Du bekommst sie nachher wieder. Ich will nur nicht, dass du die Zeremonie in Gefahr bringst, solltest du unvermittelt schreien oder die Lehrlinge warnen wollen. Ich weiß, dass du in dieser Hinsicht sehr … selbstlos sein kannst …« Er bedenkt mich mit einem rätselhaften Blick.

Dann hebt er einen Finger und legt ihn mir auf den Mund. Ehe ich michs versehe, murmelt er wieder ein paar Worte und meine Zunge fühlt sich auf einmal schwer an. Meine Kehle wird eng und schnürt sich zu, trotzdem kann ich noch atmen.

Als er seine Hand wegnimmt, versuche ich, ihn etwas zu fragen. Aber aus meinem geöffneten Mund dringt kein Ton. Ich bin stumm.

Vor Entsetzen weiten sich meine Augen.

Ihn scheint meine Reaktion jedoch kaltzulassen, er schreitet an mir vorbei und bedeutet mir, ihm zu folgen. Verwirrt und immer noch von meiner Stummheit entsetzt, gehe ich ihm hinterher.

Der Saal, in den mich Xenos führt, liegt unterhalb der Feuergilde. Warum genau dort, weiß ich nicht. Ich hatte gehofft, auf dem Weg dorthin vielleicht Rana oder Tascha zu sehen, aber wir begegnen niemandem.

Der Raum ist fensterlos und wird nur von ein paar Fackeln erleuchtet. Er ist rund und hat etwa einen Durchmesser von vierzig Schritt. In der Mitte steht ein kleines Podest, das ungefähr zehn Schritt breit ist und um das herum vier Säulen angeordnet sind, an denen weitere Fackeln brennen. Dorthin begibt sich nun Xenos.

Er weist mich an, mich an einer der Säulen aufzustellen. Ich bemerke, dass die anderen drei Zirkelräte bereits da sind. Sie bilden einen Kreis um das Podest.

Es ist das erste Mal, dass ich sie aus der Nähe sehe. Bisher kannte ich sie nur von der Aufnahmezeremonie in Lormir und auch dort standen sie eher im Hintergrund, während Xenos in seiner Funktion als Zirkelleiter die Kandidaten auf ihre Magie prüfte.

Links von uns steht Rakor, der Rat des Wasserzirkels. Er ist bereits sehr alt, bestimmt über siebzig Jahre, was hier in Altra ein stolzes Alter ist. Normalerweise sterben die Menschen viel früher. Sein Gesicht ist zerfurcht und sein Haar genauso weiß wie sein langer Bart, den er zu einem Zopf geflochten trägt.

Daneben erkenne ich Telon, den Rat des Erdzirkels. Auch er ist bestimmt schon über fünfzig. Sein einst braunes Haar ist von vielen grauen Strähnen durchzogen und sein Gesicht glatt rasiert. Seine dunklen Augen wirken jedoch trotz seines Alters lebendig und er strahlt eine natürliche Autorität und Intelligenz aus.

Links von ihm sehe ich Artira, die Rätin des Luftzirkels. Ihr Haar ist ebenfalls fast weiß, aber ihr Gesicht sieht jugendlich aus. Trotzdem zeigen sich auf ihren Zügen Müdigkeit und Erschöpfung, die ihr Alter verraten.

Xenos stellt sich etwa zwei Schritt vor mich hin, sodass er knapp am Rande des Podests steht. Hinter den Räten entdecke ich an den Säulen ihre persönlichen Diener, die wie ich weiße Kleidung tragen. Ich kenne niemanden davon. Kein Wunder, ihnen ist der Kontakt zu anderen Personen wohl ebenfalls verwehrt. Ob sie wohl schon einmal bei dem Aufnahmeritual dabei waren? Neugierig mustern wir uns, werden jedoch sogleich abgelenkt, als sich die Tür hinter uns öffnet.

Herein tritt ein sechzehnjähriges Mädchen, das sichtlich verloren beim Eingang stehen bleibt. Ich kenne sie aus dem Unterricht der Lehrlinge des Wasserzirkels. Sie hat schwarze Locken und ihr Gesicht ist von kleinen Narben überzogen.

»Komm her«, durchbricht Xenos die Stille.

Vorsichtig tritt sie auf das Podest zu.

»Stell dich in die Mitte des Kreises«, weist Xenos sie nun an.

Sie tut wie befohlen.

»Du wirst nun die Möglichkeit haben, in den Magierzirkel aufgenommen zu werden«, fährt er fort.

Das Mädchen wirkt nervös. Sie weiß ebenso wenig wie ich, was auf sie zukommen wird.

»Hierfür wirst du nun einen Eisregen beschwören«, befiehlt Xenos weiter.

Die Magierin und ich schnappen gleichzeitig nach Luft. Das kann nicht sein Ernst sein, ein solcher Zauber kostet sehr viel Energie. Er übersteigt bei Weitem die Kräfte eines Magierlehrlings und wird sie töten.

Aber die Mienen der Zirkelräte bleiben hart. Es scheint ihr voller Ernst zu sein.

Also schließt das Mädchen die Augen und konzentriert sich. Zaghaft beginnt sie mit dem Zauber. Schon nach drei Sekunden zittert sie am ganzen Leib. Xenos, Rakor, Telon und Artira schauen ihr ohne jegliche Gefühlsregung zu und ignorieren ihren flehenden Blick, als sie die Augen wieder geöffnet hat. Sie ist gezwungen, weiterzumachen. Am liebsten würde ich ihr zu Hilfe eilen, weiß aber nicht wie.

So bleibe ich tatenlos stehen und schaue ihr mit vor Schrecken geweiteten Augen zu. Über ihr beginnt sich eine kleine Gewitterwolke zu bilden und auf ihrer Haut zeigen sich erste Eiskristalle. Sie zittert nun so heftig, dass sie sich kaum mehr auf den Beinen halten kann. Ihre Lippen sind blau. Schließlich fällt sie zu Boden und bleibt dort reglos liegen. Ihr Körper ist von einer Eisschicht bedeckt.

Die Zirkelräte stimmen einen tiefen Singsang an, der mich schaudern lässt. Sie verbinden ihre Energie miteinander. Um den Körper des leblosen Mädchens bildet sich ein heller Schein, der sich rasch ausbreitet und sie schließlich vollkommen umfasst.

Ich muss den Blick abwenden, als ihr ganzer Körper von grellem Licht umgeben ist.

Plötzlich wird es wieder dunkel und ich wage, zum Mädchen hinzusehen. Es liegt immer noch auf dem Boden und das Licht hat sich in ihren Ring konzentriert, der hell leuchtet. Ihr Körper ist vom Eis befreit, ihre Wangen sind rosa. Sie schlägt die Augen auf und schaut sich erstaunt um.

Rakor lächelt ihr aufmunternd zu. »Willkommen im Wasserzirkel, Lora«, sagt er mit seiner Greisenstimme. »Du bist nun Jungmagierin.«

Bei diesen Worten gleitet ein stolzes Lächeln über das Gesicht des Mädchens und sie richtet sich auf.

»Lora«, ertönt Xenos' Stimme und sie dreht sich sofort zu ihm um. »Du wirst keinem hiervon jemals erzählen! Falls doch, werde ich es über den Ring an deinem Finger erfahren.« Er deutet auf den Ring mit der Wasserrune, der nun nicht mehr leuchtet. »Und dann wirst du härter bestraft, als du es dir in deinen schlimmsten Albträumen vorstellen könntest.«

Seine Stimme ist ruhig, aber in ihr schwingt etwas mit, das selbst mich frösteln lässt, obwohl die Worte nicht an mich gerichtet sind.

Das Mädchen nickt ängstlich. Mit einer Handbewegung entlässt Xenos sie, und Lora geht vielleicht etwas zu eilig zur Tür. Ich kann ihr nachfühlen, dass sie diesen Raum schnellstmöglich verlassen will.

Nach ihr kommt ein sechzehnjähriger Junge herein. Auch ihm steht die Unsicherheit ins Gesicht geschrieben, als er sich auf das Podest begibt. Er trägt einen Ring des Feuerzirkels, also weist Xenos ihn an, einen mächtigen Feuerzauber zu wirken. Binnen vier Sekunden liegt er leblos auf dem Boden, sein Gesicht ist blau angelaufen und auf seinen Händen bilden sich Eiskristalle. Der Zauber hat all seine Körperwärme gefordert.

Wieder vereinen die Zirkelräte ihre Magie, um ihn zum Leben zu erwecken und ihn somit als Jungmagier aufzunehmen. Aber dieses Mal ist ihr Versuch ohne Erfolg. Der Junge bleibt reglos auf dem Boden liegen.

Schließlich geben die Räte uns Dienern einen Wink und wir müssen seinen leblosen Körper in einen Raum nebenan tragen, wo er aufgebahrt wird. Während ich an Xenos vorbeigehe, sehe ich aus dem Augenwinkel, dass sein schwarzes Amulett dunkel leuchtet.

Diese traurige Aufgabe müssen wir an diesem Tag noch sechsmal erfüllen. Von den Anwärtern auf den Magierzirkel lassen sieben Lehrlinge ihr Leben.

Gegen Ende des Rituals bin ich erschöpft und ausgelaugt. Ich würde den Lehrlingen gerne helfen, sie davor warnen, was auf sie zukommt, doch ich kann keinen Ton sagen und dies ist für mich schlimmer als jede Folter. Ich beginne, Xenos zu verfluchen, dass er mich hierher mitgenommen hat.

Als wir endlich zurück in die Gemächer des Zirkelleiters gehen, fühlt sich meine Seele leer an. Mein Rücken und meine Füße schmerzen vom Stehen und ich will mich nur noch hinlegen.

Xenos führt mich in sein Arbeitszimmer, legt seinen Umhang ab und wendet sich mir wieder zu. Er trägt nur noch ein schwarzes Hemd und eine schwarze Hose.

»Komm zu mir, Alia.« Ich gehe ohne jeden Widerspruch zu ihm. »Ich werde dir nun deine Stimme wiedergeben.«

Mit diesen Worten legt er mir einen Finger auf den Mund und auf einmal löst sich die Enge in meinem Hals. Ich kann meine Zunge wieder bewegen. Versuchsweise räuspere ich mich. Immerhin kommen wieder Laute aus meiner Kehle.

»Warum …«, beginne ich und räuspere mich ein zweites Mal. »Warum habt Ihr mich heute dorthin mitgenommen?«

Xenos hebt eine Augenbraue und lächelt schief. »Ganz einfach aus dem Grund, weil du meine einzige persönliche Dienerin bist zurzeit«, erwidert er.

Ich schaue ihn verdutzt an. Das hatte ich nicht gewusst. Ich hatte gedacht, dass er mindestens noch zwei andere Diener hat. Damals, als er im Speisesaal verkündete, welche der Jungmagier für die Zirkeltage auserwählt waren, begleiteten ihn ja seine zwei Diener. Kein Wunder, dass ich schuften muss wie ein Hund, wenn die ganze Arbeit an mir allein hängen bleibt.

»Was ist mit den anderen beiden passiert?«, frage ich fassungslos.

»Nun, einer davon musste deinen Platz in den Dienerquartieren übernehmen.« Er lächelt kalt über meinen erstaunten Gesichtsausdruck. »Und der andere … nun ja … sagen wir, es hat sich herausgestellt, dass ich ihm nicht vertrauen konnte.«

Was das bedeutet, muss er mir nicht näher erklären, schließlich hat er mir ins Gesicht gesagt, dass er mich ohne Zögern töten würde, hätte ich seinen Test am Morgen nicht bestanden. Ein kalter Schauer geht durch meinen Körper und ich senke den Blick.

Er hebt mein Kinn mit seinem Finger an. »Alia.« Seine Stimme klingt wärmer. »Du verstehst doch, dass ich als Zirkelleiter darauf angewiesen bin, meinen Dienern vertrauen zu können. Wenn das nicht der Fall ist, muss ich mich eben von ihnen trennen. Der Diener, der deinen Dienst übernommen hat, wird nie wieder etwas sagen können, dafür habe ich gesorgt. Und es ist verboten, seine Gedanken zu lesen. Somit sind meine Geheimnisse bei ihm sicher. Auch du wirst, solltest du jemals aus meinem Dienst treten, dasselbe Schicksal teilen. Das ist nun mal der Preis dafür, meine persönliche Dienerin zu sein.«

Er sagt es, als wäre es das Selbstverständlichste auf der Welt, aber ich begreife trotzdem nicht, wie er so grausam sein kann. Wie kann er jemandem einfach die Stimme wegnehmen, nur weil er etwas wissen könnte, das er nicht weitersagen darf? Und wieso tötet er jemanden nur deswegen, weil er ihm nicht vertraut?

Ich bin wieder einmal entsetzt über seine kalte Grausamkeit. Aber ihm bedeutet ein Menschenleben nicht mehr als anderen ein Pelz im Sommer.

Ich muss weg hier, raus aus dem Zimmer.

Doch er hält immer noch mein Kinn fest, sieht mich forschend an. »Sag mir, was du denkst«, befiehlt er leise.

Ich erwidere seinen Blick unter Aufbringung meiner gesamten Willenskraft. Dann hole ich tief Luft und verenge meine Augen zu Schlitzen. »Ich denke, dass Ihr grausam seid und kein Herz habt«, entfährt es mir, ehe ich darüber nachdenken konnte.

Zu spät merke ich, was ich ihm da eben an den Kopf geschleudert habe. Das wird mich mein Leben kosten. Man sagt dem Zirkelleiter von Lormir solch eine Frechheit nicht, ohne dafür zu büßen.

Er zuckt mit dem Kopf zurück, als hätte ich ihm eine Ohrfeige gegeben. Eine Traurigkeit nimmt von seinem Blick Besitz, auf die ich nicht vorbereitet war. Er wendet seine Augen von mir ab und lässt mein Kinn los. »Kehr in dein Zimmer zurück. Ich rufe dich, sobald ich deine Dienste wieder benötige.«

Ich flüchte aus dem Raum, froh darüber, meine Leichtsinnigkeit nicht mit meinem Leben bezahlt zu haben.

Zurück in meinem Zimmer setze ich mich fröstelnd auf mein Bett.

Dieser Tag war in jeder Hinsicht mehr als ereignisreich. Die Aufnahmezeremonie, die erfrorenen, toten Körper, Xenos' Reaktion auf meinen Vorwurf … Ich versuche alles irgendwie in meinem Kopf zu ordnen. Irgendetwas sagt mir, dass es da einen Zusammenhang gibt. Aber es will mir nicht gelingen, ihn zu finden.

Also lege ich mich hin und starre zur Himmelbettdecke. Ich bin vollkommen erschöpft und schlafe, ohne dass ich es will, ein.

31
Xenos

Vierhundert Jahre zuvor …

»Jetzt bleib endlich stehen!« Perala stampfte wütend mit dem Fuß auf. Ein Geräusch, das von dem weichen Moos des Waldbodens augenblicklich verschluckt wurde. »Xenos!« Sie stemmte beide Hände in die Hüften und starrte böse auf seinen breiten Rücken.

Der energische Unterton, mit dem sie seinen Namen gerufen hatte, tat endlich Wirkung und ließ den hochgewachsenen Mann in der schwarzen Magierkleidung abrupt innehalten.

Er fuhr zu ihr herum und starrte sie mit seinen eisblauen Augen an. »Was?«, donnerte er.

»Du sollst aufhören, wegzulaufen!« Perala holte tief Luft. »Das bringt nichts – weder dir noch mir!«

»Und was bitte sehr würde deiner Meinung nach etwas bringen?« Er kam langsam ein paar Schritte auf sie zu und blieb so dicht vor ihr stehen, dass sie den Kopf leicht anheben musste, um ihn anzusehen. »Wenn ich alles hinschmeiße?«

»Nein …« Sie hob ratlos die Schultern und ließ sie wieder sinken. »Aber wir können doch trotzdem zusammenbleiben. Nur weil du Zirkelleiter wirst, heißt das nicht, dass wir unsere Liebe aufgeben müssen.«

Ein Hauch von Traurigkeit glitt über sein Gesicht, als er sie stumm betrachtete. Sie war alles, was sich ein Mann von einer Frau wünschen konnte, und noch so viel mehr.

Ihre dunklen Augen strahlten Wärme und Kraft aus – und dieses innere Feuer, das ihn vom ersten Moment an ihr fasziniert hatte. Ihre schwarzen Haare glänzten selbst in dem schwachen Licht, das durch die Baumkronen im Wald hinter dem Zirkel von Lormir fiel.

Sie war die erste Frau, die er in sein Herz gelassen hatte. Eine Tatsache, die er nun bitter bereute. Hätte er diesen Fehler nicht gemacht, wäre jetzt alles einfacher.

Er hatte Perala hierherbestellt. Hatte ihr alles erklärt – und sich von ihr verabschieden wollen. Er hatte nicht damit gerechnet, dass sie ihm widersprach, seine Entscheidung infrage stellte. Für ihn war klar, dass er für die Aufgabe, die auf ihn zukam, keinerlei Ablenkung und schon gar keine Beziehung würde gebrauchen können. Und er hatte damit gerechnet, dass sie das genauso sah.

Aber wie bei den Göttern sollte er dies der sturen Frau, die ihn herausfordernd ansah, beibringen? Wie seine Gefühle wiedergeben, die ihn zu zerreißen drohten, wenn er an eine Zukunft ohne sie dachte?

»Pera …«, begann er resigniert, »du machst es mir bloß schwerer, als es sein müsste.«

»Es soll dir ja auch nicht leicht fallen!«, erwiderte sie mit geschürzten Lippen. »Du kannst nicht einfach davonlaufen, nachdem du mir gesagt hast, dass alles zwischen uns aus ist! Das habe ich nicht verdient und das weißt du!«

»Es geht hier nicht darum, was du verdient hast.« Er sah mit schmalen Augen auf sie herunter. »Ich bin dazu bestimmt, Zirkelleiter in Lormir zu werden, und ich werde mir diese Möglichkeit weder von dir noch von jemand anderem nehmen lassen.«

»Du bist ein selbstsüchtiger Idiot!«, knallte sie ihm wütend an den Kopf.

»Mag sein.« Er zuckte nicht einmal mit der Wimper ob dieser Beleidigung. »Aber ich kann die Aufgabe, die mir Lesath gegeben hat, nicht abweisen. Heute Abend wird das Ritual stattfinden und dann bin ich einer der mächtigsten Männer in Altra.«

»Ist das alles, was du willst? Macht?« Sie verschränkte die Arme vor der Brust, was ihren tiefen Ausschnitt betonte.

Xenos wandte rasch den Blick ab. »Es ist alles, wonach ich je gestrebt habe«, entgegnete er hart. »Wozu ich geboren worden bin.«

»Das haben dir deine machtgierigen Eltern eingeredet ... ohne sie wärst du gar nie in diese Lage geraten!« Ihre dunklen Augen funkelten.

»Sie haben stets das Beste für mich gewollt.«

»Und du glaubst, Zirkelleiter zu werden, ist das Beste für dich?!« Ihre Stimme überschlug sich fast vor Ungläubigkeit. »Der Letzte, der diesen Posten innehatte, ist von Lesath persönlich getötet worden. Sein Leichnam baumelt immer noch mitten auf dem Gildenplatz in Lormir am Galgen!«

»Er wurde aus den falschen Gründen Zirkelleiter. Jetzt ist alles anders – besser«, erwiderte Xenos überzeugt.

»Damit will Lesath dich bloß ködern«, konterte Perala. »Was, wenn *du* in hundert Jahren am Galgen hängst?«

»Das wird nicht passieren.«

»Was macht dich so sicher? Hast du vergessen, wie Lesath an die Macht gekommen ist?«

»Seit Lesath an der Macht ist, hat sich vieles zum Guten gewendet. Das sehen alle so – außer du. Denk bloß daran, dass er die Zwerge in ihre Berge und die Gorkas in die Wälder verbannt hat. Die Elfen sind die nächsten, die dem Frieden beitreten werden. Mit meiner Hilfe!«

»Das glaubst du wohl selbst nicht!« Perala war nahe dabei, in Gelächter auszubrechen. »Du, der große Xenos, will die Elfen bekehren? Den Krieg mit ihnen beenden? Na dann, viel Spaß dabei!«

»Den werde ich haben.« Ein bitterböses Lächeln erschien um seinen Mund, das seine eisigen Augen kaum erreichte.

»Du meinst das tatsächlich ernst …« Sie starrte ihn fassungslos an. »Und dafür willst du unsere Liebe verleugnen?«

»Etwas, das nie da war, kann nicht verleugnet werden.« Er blickte kalt auf sie herunter.

Doch in seinem Herzen brach in dem Moment etwas. Er wusste, dass er ihr mit diesem Satz Schmerzen zufügte und dass sie ihn hassen würde. Für den Rest ihres Lebens.

Aber er musste es tun. Für Lesath. Für sich!

»Du bist ein Schwein, Xenos! Ein selbstsüchtiges Schwein und ein Feigling! Dich wird nie wieder jemand lieben, das schwöre ich dir! Nicht, solange du solch ein Arschloch bleibst, das meint, Ruhm und Geld wären alles, was man im Leben erreichen kann!«

Obwohl er auf ihren Zorn vorbereitet gewesen war, spürte er einen heftigen Stich bei diesen Worten und zuckte unwillkürlich zusammen, als er in ihre blitzenden Augen sah, die ihn voller Verachtung musterten.

Sie machte auf dem Absatz kehrt und ihre schwarzen Haare flogen wild durch die Luft, als sie mit eiligen Schritten davonging. Ihr Stolz ließ es nicht zu, dass sie rannte. Aber in ihren Augen brannten heiße Tränen.

32

ALIA

Gegenwart

Die nächsten Tage sehe ich Xenos höchst selten und wenn, immer nur für eine kurze Zeit, wenn er mir weitere Aufgaben gibt, die ich zu erledigen habe. Ich hüte mich, ihn von mir aus anzusprechen, und sage nur das Nötigste. Es erscheint mir immer noch wie ein Wunder, dass er mich nach der Zeremonie nicht gleich getötet hat, als ich ihm diese Beleidigung an den Kopf geworfen habe.

Schließlich werde ich siebzehn Jahre alt. Vor einem Jahr bin ich hierhergekommen. Allerdings interessiert es keinen – vor allem nicht Xenos. Es ist ein Tag wie jeder andere und ich werde mit Arbeiten überhäuft.

Am Abend falle ich todmüde in mein Bett und habe nicht einmal Hunger, als es an der Tür klopft, das Zeichen, dass eine Dienerin mein Abendessen servieren will.

Ich habe mich längst daran gewöhnt, dass ich die Dienerinnen, die mein Zimmer in Ordnung halten, nicht sehe. Nur selten bin ich abends im Zimmer, wenn mein Essen gebracht wird, meist muss ich den Abwasch von Xenos' Abendessen machen. Und selbst dann sprechen die Dienerinnen kein Wort mit mir, sondern stellen nur hastig das Tablett auf den Tisch und verschwinden wieder.

Ich habe es aufgegeben, mit ihnen sprechen zu wollen. Wahrscheinlich ist es ihnen unter Androhung ihres Todes verboten oder ihnen wurde die Stimme genommen, genau wie mir bei der Aufnahmezeremonie der Jungmagier.

Umso erstaunter bin ich, als sich die Dienerin heute nun mit den Worten: »Hier bringe ich dir dein Essen«, an mich wendet.

Und meine Kinnlade fällt vollends herunter, als ich sehe, wer mir heute Abend das Essen bringt.

Es ist Rana.

Mit einem Jubelschrei springe ich vom Bett hoch und renne ihr in die Arme, sodass sie das silberne Tablett fast fallen lässt. Nur mit Mühe kann sie es gerade noch auf dem Tisch abstellen, bevor sie meine Umarmung ebenso stürmisch erwidert.

»Rana!«, rufe ich, als ich mich aus ihren Armen löse. »Was machst du denn hier? Weiß Xenos, dass du hier bist?«

»Alia.« Sie streicht über mein Haar und gibt mir einen Kuss auf die Wange. »Alles Gute zum Geburtstag! Du siehst gut aus. Und ja, Xenos hat sogar höchstpersönlich angeordnet, dass ich dir dein Essen bringen soll. Es ist sein Geburtstagsgeschenk an dich.« Sie lächelt mich an. »Offenbar mag er dich – aber das verwundert mich nicht, man muss dich einfach mögen.« Ihr Lächeln wird breiter.

Ich habe tausend Fragen und weiß nicht, wo ich beginnen soll. Wir haben uns seit über einem halben Jahr nicht mehr gesehen und es ist so viel passiert seither.

Rana deutet hinter mich. »Komm, lass uns auf dein Bett setzen. Es ist mir erlaubt, zehn Minuten bei dir zu sein, und ich darf sogar ein paar deiner Fragen beantworten. Allerdings werden wir überwacht – frag mich nicht wie, aber Xenos hat so etwas angedeutet.«

Ich nicke. Das sieht ihm ähnlich. Er ist wirklich ein Kontrollfanatiker und liebt es, einem mit den schlimmsten Bestrafungen zu drohen – die er nur allzu gern auch umsetzt. Aber ich bin ihm trotzdem unendlich dankbar dafür, dass er mir Rana geschickt hat.

Woher Xenos weiß, dass ich Geburtstag habe, liegt auf der Hand. Vor fast einem Jahr bin ich hierhergekommen, einen Tag nach meinem sechzehnten Geburtstag, wie es sich für eine Nehil gehört. Aber nie hätte ich erwartet, dass er sich daran erinnert – und mir sogar etwas schenkt –, vor allem nicht, nachdem ich ihm an den Kopf geworfen habe, er habe kein Herz.

Wir setzen uns nebeneinander hin und ich nehme Ranas Hände in meine. Sie schaut mich voller Freude an. In ihren hellbraunen Augen lese ich nichts als Wärme und Zuneigung. Ich habe sie so sehr vermisst.

»Rana, ich habe so viele Fragen an dich, ich weiß gar nicht, wo ich anfangen soll. Vor allem möchte ich wissen, was nach den Zirkeltagen vorgefallen ist und wie es Reyvan und Tascha geht. Was ist im Zirkel alles passiert? Und was war mit Taros los bei dem Wettkampf?«

Lachend unterbricht mich Rana. »Halt, nicht alles auf einmal! Gut, ich werde dir alle deine Fragen beantworten – zumindest das, was ich sagen darf.« Sie wirft einen raschen Blick zur Tür, die halb offen steht. »Tascha hat die Zirkeltage ebenfalls überlebt, allerdings hat sie dabei ein Bein verloren. Es wurde ihr bei einer Explosion weggerissen, und da sie nicht gewonnen hat, wurde es von den Heilern auch nicht wiederhergestellt.« Sie seufzt und ich hole tief Luft.

Das ist wieder einmal typisch für die Magier. Wenn man nicht mehr gebraucht wird, muss man sich auch nicht mehr um einen kümmern.

»Wie geht es ihr?«, frage ich voller Sorge.

»Gut so weit. Natürlich kann sie nun nicht mehr ihren Dienst im Speisesaal machen, also wurde sie in die Wäscherei geschickt, wo sie nun den ganzen Tag arbeiten muss.«

Ich bin erleichtert, wenn ich auch nicht finde, dass sie solch ein Schicksal verdient hat. Es wäre für die Heiler doch möglich gewesen, ihr Bein wiederherzustellen, sodass sie weiterhin ihren geliebten Speisesaaldienst hätte machen können. Obwohl der Elf, den sie so verehrt hat, ja nun nicht mehr dort ist.

»Was ist mit Reyvan?«, frage ich und mein Herz klopft schneller. »Ist er immer noch im Kerker?«

»Nein«, entgegnet Rana und ich atme voller Erleichterung auf. »Xenos hat ihn erstaunlicherweise direkt nach den Zirkeltagen freigelassen. Offenbar hatte er seine Strafe abgesessen.«

Oder aber Xenos hat eine viel perfidere Möglichkeit gefunden, ihn zu bestrafen, denke ich für mich. Es muss für Reyvan viel schlimmer sein, frei im Zirkel herumlaufen zu dürfen, in dem Wissen, dass ich mich nur ein paar hundert Schritt von ihm entfernt befinde und er trotzdem nicht zu mir kann.

»Geht es ihm gut?«

»Na ja, den Umständen entsprechend«, antwortet Rana. »Natürlich fehlst du ihm. Er hat einmal mit mir gesprochen und gefragt, ob ich etwas von dir gehört hätte. Leider konnte ich ihm nichts berichten, da ich auch nur wusste, dass du nun persönliche Dienerin von Xenos bist. Auch von meinem Besuch heute darf ich ihm nichts erzählen. Aber immerhin hat Xenos mir erlaubt, dir zu sagen, dass es dem Elfen gut gehe.« Sie schaut mir forschend in die Augen. »Anscheinend liegt Xenos am Herzen, dass du dir nicht ständig den Kopf über deine Freunde zerbrichst. Alia, hat er dir etwas angetan?«, fragt sie übergangslos.

Ich weiß, was sie meint. Aber er hat mich nur dieses eine Mal an meinem zweiten Abend hier im Zimmer geküsst, ansonsten ist er mir zum Glück ferngeblieben und hat seine Drohung, mich in sein Bett zu nehmen oder zu bestrafen, bisher nicht in die Wirklichkeit umgesetzt.

Ich schüttle den Kopf und ihre Miene wird wieder entspannter. »Erzähl mir noch etwas von den Zirkeltagen«, bitte ich sie. »Was ist mit Taros passiert? Warum konnte er beim letzten Tag nicht mehr dabei sein?« Diese Frage habe ich mir schon ein paarmal gestellt.

»Nun«, beginnt Rana und holt tief Luft. »Taros hat alles darangesetzt, dich zu töten. Dabei war es ihm egal, ob der Zauber seine Kräfte überstieg oder nicht – er muss dich tatsächlich gehasst haben.« Sie schaut mich wieder ernst an.

»Warum sprichst du in der Vergangenheit von ihm? Was ist mit ihm passiert?«, frage ich, ohne auf ihre Feststellung einzugehen.

»Es war nicht beabsichtigt, ein Luftelementar zu beschwören. Die Magier hatten genug damit zu tun, den beschworenen Luftdrachen zu kontrollieren und die Illusion des Raumes aufrechtzuerhalten«, erklärt Rana. »Also hat Taros auf eigene Faust dieses Elementar beschworen und auch sofort die Kontrolle darüber verloren, da er keine Kräfte mehr hatte. Er fiel gleich nach der Beschwörung leblos zu Boden. Das Elementar war also auf sich allein gestellt. Es ist ein Wunder, dass es dich nicht getötet hat. Normalerweise sind Luftelementare höchst angriffslustig. Glücklicherweise scheinen sie auch gierig zu sein. Dein Schachzug mit der Ampulle war klug, ohne dieses Geschenk wärst du das Elementar nicht so rasch losgeworden.« Sie wirft mir einen anerkennenden Blick zu.

Ich schaue auf meine Hände, die immer noch die ihren halten. Hat mich Taros wirklich so sehr gehasst, dass er – ungeachtet, ob er dabei selbst stirbt – mir den Tod wünschte? Womöglich war es so.

»Ist er tot?« Ich muss es wissen.

Rana schlägt die Augen nieder. »Ja, er war auf der Stelle tot«, bestätigt sie meinen Verdacht.

Plötzliche Stille erfüllt den Raum. Ich habe Taros zwar nie gemocht, aber den Tod wünschte ich ihm nun auch wieder nicht. Selbst wenn er es aus Zorn auf mich gemacht hat, finde ich, dass er dies nicht verdient. Genauso wenig, wie Tascha nun in der Wäscherei arbeiten sollte, weil sie ihr Bein bei den magischen Zirkeltagen verlor, und auch Reyvan hätte nicht ausgepeitscht werden dürfen, nur weil er mich besucht hat.

Die Welt – nein, die *Magier*, sind einfach ungerecht.

»Es tut gut, dass du da bist, Rana«, flüstere ich.

Sie streicht mir mitfühlend über das Gesicht und erhebt sich, um zu gehen. »Alia, ich bin so froh, dass ich dich sehen durfte und jetzt weiß, es geht dir gut. Auch wenn ich Reyvan nichts davon sagen darf.«

Da kommt mir eine plötzliche Idee. »Warte.« Ich gehe rasch zur Kommode hinüber, öffne die oberste Schublade und hole unter meiner sauberen Wäsche das Armband von Lia hervor, das ich ihr unauffällig zustecke.

Rana sieht mich unsicher an. Sie versteht, für wen es gedacht ist.

Ich nicke mit Nachdruck und umarme sie nochmals fest. »Rana, ich werde dich so vermissen«, flüstere ich in ihren blonden Zopf.

»Ich dich auch, Alia«, erwidert sie leise.

Dann lösen wir uns voneinander und sie verlässt schnell mein Zimmer.

Ich hoffe, dass das Armband zu seinem Ziel findet und Xenos nichts davon mitbekommen hat. Ansonsten werde ich diese Geste ziemlich bald bereuen.

Aber auch das ist mir inzwischen gleichgültig. Soll Xenos mich doch bestrafen, ein Versuch ist es allemal wert. Er hat ihr nur verboten, Reyvan etwas über mich zu erzählen – nicht, ihm etwas von mir zu geben, und ich bin mir sicher, dass der Elf die Botschaft dahinter verstehen wird.

Erleichtert mache ich mich über das Abendessen her. Die Gewissheit, dass Tascha lebt, Reyvan nicht mehr im Kerker ist und es auch Rana gut geht, hat mir neue Energie gegeben. Das war wirklich das schönste Geburtstagsgeschenk, das mir je jemand gemacht hat – und es kam ausgerechnet von Xenos …

Am nächsten Morgen bringe ich dem Zirkelleiter wie üblich sein Frühstück. Unterwegs überlege ich mir, wie ich ihm für sein Geschenk danken kann, aber als ich bei seinen Gemächern ankomme, ist mir immer noch keine gute Formulierung eingefallen. Ich werde improvisieren müssen.

Ich öffne die Tür und balanciere das Tablett mit den frisch gebackenen Brötchen und dem Rührei auf einer Hand.

Ein lautes Klirren von Glas ertönt und ich fahre zusammen. Gerade rechtzeitig nehme ich meine zweite Hand zu Hilfe, um das Essen nicht fallen zu lassen, dafür fällt die Tür hinter mir krachend ins Schloss.

Rasch eile ich durch den kurzen Gang in Xenos' Arbeitszimmer, wo er normalerweise das Frühstück isst. Als ich dort ankomme, lasse ich das Tablett vor Schrecken abermals fast zu Boden fallen.

Vor mir zeigt sich eine Szene der Verwüstung. Überall fliegen verkohlte Federn herum, Papiere sind durcheinandergewirbelt und der Boden ist übersät mit Glasscherben. Xenos steht inmitten des Chaos, seine Hände hat er auf seinem Schreibtisch abgestützt, sein dunkelbraunes, langes Haar ist offen und gibt ihm ein wildes Aussehen, seine Miene ist vor Zorn verzerrt.

Ich ahne das Schlimmste. Er muss erfahren haben, dass ich Reyvan das Armband zugesteckt habe …

Xenos schnaubt regelrecht, als er mich sieht. Ich weiche unvermittelt zurück und stelle das Tablett auf die nächstbeste Ablage, um rasch fliehen zu können.

»Es … es tut mir leid«, stammle ich und weiche noch mehr zur rettenden Tür zurück.

Er sieht mich mit einem wilden Blick an, der eher einem wütenden Tier gleicht als einem Menschen, und ich merke, wie meine Knie weich werden.

So wütend habe ich ihn noch nie gesehen.

Jedoch nimmt seine Miene einen etwas milderen Ausdruck an, als er sich nun langsam aufrichtet und mich mustert. »Was tut dir leid?«, fragt er mit gefährlich ruhiger Stimme.

»Ich … ich …«, beginne ich, unterbreche mich aber, da ich in dem Moment die Überreste einer weißen Taube auf dem kostbaren Teppich entdecke.

Was hat diese Taube mit dem Armband zu tun?

Ein kleiner Funken Hoffnung keimt in mir auf, als ich abermals einen Blick auf die Zerstörung werfe. Vielleicht ist er ja gar nicht auf mich oder Reyvan wütend, sondern aus einem anderen Grund. Zumindest hat er mich noch nicht in einer Feuersäule verbrennen lassen. Also halte ich besser meinen Mund und warte ab.

Ich senke die Augen.

»Was tut dir leid?«, wiederholt er, diesmal ungeduldiger.

»Dass ich Euch vor einigen Tagen an den Kopf geworfen habe, Ihr hättet kein Herz«, antworte ich. Das stimmt immerhin, denn das tut mir wirklich leid. »Ich möchte mich bei Euch für das Geschenk – den Besuch von Rana gestern – bedanken«, fahre ich rasch fort, ehe er mich unterbrechen kann.

Ich wage nicht, ihm in die Augen zu sehen.

Falls er weiß, dass ich nicht das gemeint habe, lässt er es zumindest unkommentiert. Er nickt nur beiläufig und beginnt, seine Papiere, die auf dem Boden verstreut sind, zu ordnen.

Rasch eile ich ihm zu Hilfe. Dabei fällt mein Blick auf einen Brief, der halb verdeckt auf seinem Schreibtisch liegt und auf dem die meisten Taubenfedern kleben.

Ich säubere ihn. Ehe ich jedoch einen Blick auf den Text werfen kann, steht Xenos neben mir und packt meine Hand. Sein Griff ist hart und ich zucke vor Schmerz zusammen, während ich ihn ängstlich anstarre.

Was habe ich jetzt schon wieder falsch gemacht?

»Lass das!«, fährt er mich an und stößt mich vom Schreibtisch weg.

Ich will mein Gleichgewicht halten, scheitere jedoch und stolpere über irgendetwas am Boden. Es gelingt mir nicht mehr, mich an der Kante des Schreibtischs festzuhalten. Mein Hinterkopf schlägt hart auf eine Kommode hinter mir, als ich falle.

Für ein paar Sekunden ist alles schwarz.

Als ich wieder einigermaßen klar sehen kann, blicke ich direkt in Xenos' Augen, der sich über mich beugt.

»Tut mir leid.« Er fährt mir erstaunlich sanft über mein Haar. »Hast du dir wehgetan?«

Ich versuche, den Kopf zu bewegen, was ein schmerzhaftes Ziehen auf meiner Kopfhaut zur Folge hat. Als ich in mein Haar greife und meine Hand anschaue, klebt Blut daran.

Ich will mich aufrichten und Xenos stützt mich.

»Geht schon wieder«, murmle ich.

Jedoch nicht allzu überzeugend, denn Xenos schüttelt den Kopf, legt einen Arm in meine Kniebeuge und bevor ich michs versehe, trägt er mich zum Sofa, das in seinem Arbeitszimmer steht.

Ich bin zu schwach, um mich dagegen zu wehren. Er legt mich hin und setzt sich. Man könnte fast schon so etwas wie Sorge in seinem Blick lesen, wäre dieser nicht so kalt.

»Seid Ihr meinetwegen so wütend?« Ich muss wissen, ob er vom Armband erfahren hat.

»Was? Nein«, antwortet er und streicht geistesabwesend eine Haarsträhne aus meinem Gesicht. »Das hat nichts mit dir zu tun. Sondern mit diesen verdammten Elfenbastarden!«

Ich zucke bei diesem Ausdruck zusammen. Noch nie habe ich jemanden so über das stolze Volk der Elfen sprechen hören. Zum Glück ist Reyvan nicht hier, er würde dem Zirkelleiter für diese Beleidigungen wohl an die Gurgel springen.

»Warum? Was haben sie denn getan?« Im selben Moment beiße ich mir auf die Zunge. Das geht mich wirklich nichts an. Meine Neugier wird mich irgendwann ins Grab bringen.

Xenos ist jedoch viel zu erregt, um sich über meine unpassende Frage zu ärgern. Er schnaubt wieder und verzieht den Mund, als wollte er ausspucken. Im letzten Moment besinnt er sich anders und faucht stattdessen, dass ich erschrocken zusammenzucke.

»Sie wollen ein neues Pfand!«, knurrt er und steht auf.

Er beginnt, im Zimmer auf und ab zu gehen, während sich sein Umhang hinter ihm aufbläht, was seinem Aussehen einen noch wütenderen Ausdruck verleiht. Ich versuche, so klein und unauffällig wie möglich auf dem Sofa zu wirken, um seinen Zorn nicht auf mich zu lenken.

»Eben kam diese verfluchte Taube mit der Botschaft an!«, fährt er nun wütend fort und deutet auf die Reste des Tieres.

Es war einfach zur falschen Zeit am falschen Ort und ist seinem Ärger somit zum Opfer gefallen. Ich wage mir nicht vorzustellen, was er damit angestellt hat – irgendetwas mit Feuer, denn der kleine Körper qualmt immer noch.

Ich unterdrücke meinen Ekel.

»Dieses Elfenpack hat nicht einmal den Anstand, einen Botschafter zu schicken!«, tobt Xenos weiter. »Nein, sie schicken irgend so ein verlaustes Tier! Ich kann nichts dafür, dass sie nicht besser auf ihr Pfand geachtet haben! Sie hätte noch mindestens zwanzig Jahre leben sollen! Erst dann hätten wir jemand Neues schicken müssen!«

Er hält in seinem Gang inne und befördert eine besonders große Glasscherbe, die wie die Taube das Pech hat, ihm gerade im Weg zu sein, mit einem kleinen Feuerball drei Schritt durch den Raum. Sie zerschellt an der gegenüberliegenden Wand.

Ich wage kaum, zu atmen. Wenn er so wütend ist, ist ihm alles zuzutrauen.

Ich hatte bisher gar nicht darüber nachgedacht, dass die Magier den Elfen ebenfalls ein Pfand geben mussten, so wie diese im Gegenzug Reyvan in den Zirkel schicken mussten. Da Reyvan Tausende von Jahren alt werden kann – zumindest solange er nicht von Xenos getötet wird – sind die hundert Jahre, die er hierbleiben muss, nur ein Bruchteil seiner Lebenszeit. Für uns entsprechen hundert Jahre jedoch zwei Menschenleben.

Ich weiß zwar nicht, wie lange Reyvan bereits hier ist, aber einige Jahrzehnte werden es bestimmt sein. Das hieße, dass das Pfand der Magier bereits das zweite ist, das Xenos geschickt hat. Und nun muss er ein drittes schicken. Natürlich macht ihn das wütend, er gibt den Elfen drei Menschen, während diese im Gegenzug nur einen Elfen stellen.

Ich würde ja gerne wissen, wer dieses Pfand war, das zu früh bei den Elfen gestorben ist. Eine Weile schaue ich Xenos zu, der immer noch wütend auf und ab geht.

Als ich den Eindruck habe, dass sich sein Zorn ein wenig gelegt hat, wage ich es, ihn anzusprechen. »Wer war denn das andere Pfand?«

Xenos dreht sich auf dem Absatz um und setzt seinen Streifzug durch das Zimmer fort. Gerade als ich denke, dass er mir nicht antworten wird, spricht er: »Sie war die Tochter der Dienerin, die während der Zirkeltage gestorben ist. Wie hieß sie noch gleich?«

»Jita …«, flüstere ich.

Das war also der Grund, warum die alte Dienerin so komisch war. Der Verlust ihrer Tochter muss ihr den Verstand geraubt haben. Kein Wunder, dass sie sich gewünscht hatte, sie noch einmal zu sehen. Aber das hieße, dass Jita das nächste Pfand sein sollte … ich schaue Xenos schockiert an.

Er erwidert meinen Blick und seine Augen sind noch kälter als sonst. »Ja, genau die! Es war geplant, dass ich sie zu den Elfen bringe, sobald ihre Tochter dem Tode nahe ist. Diese hatte irgendeine Krankheit, die sie schneller altern ließ.«

Ich schaudere. Natürlich werden nur die nutzlosesten Menschen als Pfand zu den Elfen geschickt. Jene, die in der Gesellschaft sowieso keine Zukunft haben, nur eine Last für alle bedeuten. Genauso wie … mein Herz macht einen Satz … wie ich, die Nehil.

Bin ich das nächste Pfand, das dorthin soll?

Xenos muss meine Gedanken erraten haben, denn er hält abermals inne und kommt zu mir. Direkt neben dem Sofa bleibt er stehen und schaut auf mich herunter. »Ja, der Gedanke, dich zu schicken, ist mir auch schon gekommen. Allerdings werde ich mich wohl für jemand anderen entscheiden. Jemanden, der jung und kräftig ist, dessen Fehlen hier im Zirkel jedoch nicht ins Gewicht fällt.«

»Nein …«, keuche ich unvermittelt, als ich seinen Plan durchschaue.

»Doch, Alia. Ich werde die Dienerin, die während der Zirkeltage ihr Bein verloren hat, schicken«, bestätigt Xenos meinen entsetzlichen Verdacht.

33

ALIA

Mir gefriert das Blut in den Adern und ich versuche, mich aufzurichten, was jedoch einen Schwindelanfall zur Folge hat. Entkräftet sinke ich auf das Sofa zurück.

Tascha hat dieses Schicksal nicht verdient. Hier ist ihr Zuhause! Ihr gefällt es sogar hier, wenn ich auch bezweifle, dass ihr der neue Dienst in der Waschküche zusagt. Aber trotzdem – wenn ich mir vorstelle, dass sie ganz allein so weit weg von zu Hause sein muss, wird mir schwer ums Herz.

Ich kenne Xenos jedoch inzwischen so gut, dass ich seine Entscheidung nicht laut infrage stellen werde – das würde er mit einer harten Bestrafung quittieren. Also reiße ich mich zusammen und schweige, aber in mir kocht es. Wie kann der Zirkelleiter so herzlos sein und über Taschas Leben entscheiden, als wäre sie eine Tauschware?

Er bestraft meinen stillen Protest mit einem bösen Blick, geht aber nicht weiter darauf ein. Stattdessen schreitet er zurück zum Schreibtisch und ordnet weiter seine Papiere, die er in seiner Wut weggefegt hat.

Selbst wenn ich wollte, ich kann mich beim besten Willen nicht aufrichten und helfen, also bleibe ich liegen.

Ihn scheint es nicht weiter zu stören, dass ich hier bin. Im Gegenteil, er spricht weiter: »Ich werde das neue Pfand persönlich dorthin bringen. Das bedeutet eine lange Reise von mindestens zwei Monaten Hin- und zwei Monaten Rückreise. Ich muss zuerst einiges vorbereiten, damit alles für diese lange Abwesenheit geregelt ist. Das heißt, wir können frühestens in einem Monat aufbrechen.«

Ich glaube, mich verhört zu haben – wir? Heißt das, ich muss ihn begleiten?

Er wirft einen kurzen Blick zu mir. »Du wirst mitkommen. Wenn ein neues Pfand gebracht wird, muss zum Beweis, dass der Vertrag immer noch gültig ist, das eigene Pfand mitgebracht werden. Das heißt, Reyvan muss mich begleiten. Damit er sich benimmt, sich nicht über seine Zeit hier beschwert und damit gar einen Krieg heraufbeschwört, werde ich dich mitnehmen. Er wird es nicht wagen, durch eine unangebrachte Bemerkung dein Leben zu gefährden, selbst wenn ihm sein eigenes nichts wert wäre. Du bist momentan mein bestes Druckmittel gegen ihn.« Seine Augen blitzen bei diesem ausgeklügelten Plan.

Mir hingegen wird übel bei dem Gedanken. Wie kann jemand so berechnend sein und mit dem Leben der Menschen um ihn herum spielen, als wären wir Schachfiguren? Trotzdem wage ich nicht, ihm nochmals meine Meinung ins Gesicht zu schleudern. Ich hatte unendliches Glück, dass er mich bei meiner letzten unbedachten Beleidigung am Leben ließ.

Also nicke ich jetzt nur und versuche abermals, mich aufzusetzen. Es gelingt mir, für ein paar Sekunden sitzen zu bleiben, bevor mir wieder schwarz vor den Augen wird.

Xenos geht um den Schreibtisch herum und kommt auf mich zu. »Alia, ich werde nach einem Heiler rufen«, beschließt er mit sanfterer Stimme. »Du bist bleich und ich glaube, du hast dir eine Gehirnerschütterung zugezogen. Bleib hier liegen, bis der Heiler da ist.«

Mit diesen Worten lässt er mich im Zimmer allein. Falls er irgendwelche Bedenken hätte, dass ich seine persönlichen Sachen durchwühlen könnte während seiner Abwesenheit, werden diese durch die Tatsache entkräftet, dass ich mich kaum auf dem Sofa halten kann. Langsam lege ich mich wieder hin und versuche, einen klaren Gedanken zu fassen.

Tascha soll als Pfand zu den Elfen. Hoffentlich nimmt sie diese Nachricht gut auf. Zudem will Xenos Reyvans Schweigen mit meinem Leben erkaufen. Wie der Elf darauf reagieren wird, kann ich mir gut vorstellen. Er wird Xenos verwünschen und in Gedanken die schlimmsten Arten, ihn zu töten, durchgehen. Aber schlussendlich bleibt auch ihm nichts anderes übrig, als mitzuspielen, sonst würde Xenos keine Sekunde zögern und mich bestrafen oder gar töten. Der einzige Trost ist, dass ich vier Monate lang mit Reyvan zusammen unterwegs sein werde – ihn wiedersehe.

Der Heiler kommt nach wenigen Minuten. Er untersucht die Platzwunde an meinem Hinterkopf und legt seine Hand darauf. Ich spüre die wärmende Energie, die meine Haut wieder zusammenfügt und meine Kopfschmerzen nimmt.

Erstaunlich rasch bin ich auf den Beinen und bekomme von Xenos direkt die Aufgabe, seine Verwüstung aufzuräumen.

Seufzend mache ich mich an die Arbeit, während er im Nebenzimmer sein Frühstück, das inzwischen kalt geworden ist, mit einem Feuerzauber aufwärmt und verspeist.

Bis zum nächsten Vollmond bekomme ich Xenos kaum zu Gesicht. Er überhäuft mich mit noch mehr Arbeit als bisher, sodass ich kaum eine freie Minute habe. Er selbst ist viel unterwegs, um Dinge zu organisieren, ehe wir aufbrechen. Wenn ein Zirkelleiter mehr als vier Monate lang nicht vor Ort ist, muss einiges abgeklärt und Aufgaben vergeben werden – scheint mir zumindest.

Schließlich, als fast alles vorbereitet ist, ruft Xenos mich nach dem Abendessen in sein Arbeitszimmer.

Er sieht mich lange an und erhebt sich von seinem Schreibtisch. Mit gemächlichen Schritten schlendert er auf mich zu und bleibt dicht vor mir stehen. Seine Augen ruhen eine Weile auf meinem Gesicht, seine schwarze Aura scheint mich einzuhüllen.

Ich versuche, seinem Blick standzuhalten, fühle mich jedoch zusehends unwohl in meiner Haut. Was will er? Soll ich etwas sagen? Nein, besser ist, ich überlasse es ihm, das Gespräch zu beginnen.

Ein kurzes Flackern erscheint in seinen Augen, ehe er in den Umhang greift und ein Kästchen hervorholt. Im ersten Augenblick meine ich, dass es sich um das silberne Kästchen handelt, das Mutter mir gegeben hat, und mein Herz setzt einen Schlag aus.

Dann merke ich jedoch, dass es viel kleiner und kostbarer ist. Er öffnet es und holt einen silbernen Ring hervor, der schwarze Runen trägt.

Solch einen Ring habe ich noch nie gesehen. Ich schaue ihn voller Bewunderung an. Xenos bedeutet mir, ihm eine Hand zu geben, und streift ihn über meinen rechten Ringfinger.

»Mit diesem Ring kann ich ab sofort jeden deiner Schritte verfolgen«, erklärt er. »Und ich weiß, wenn du mich hintergehst. Es ist wichtig, dass ich dir auf dieser Reise, zu der wir aufbrechen, bedingungslos vertrauen kann. Falls dem nicht so ist …« Er sieht mich kalt an und ich kann mir den Rest problemlos denken.

Mir kommt der Diener in den Sinn, den er getötet hat, nur weil er sich nicht mehr sicher war, ob er ihm vertrauen konnte. Das allein schon lässt mich schlucken und gleichzeitig nicken.

Er lässt meine Hand los und geht zurück zum Schreibtisch. Mit hinter dem Rücken verschränkten Armen sieht er zum Fenster hinaus. Als er weiterspricht, dreht er sich nicht nach mir um. »Lass uns einen Testlauf machen. Ich will, dass du zu dem Elfen gehst und ihm sagst, dass wir in zwei Tagen aufbrechen. Er soll alles Nötige vorbereiten. Falls du ihm etwas erzählst, das mir oder dem Zirkel schadet, werde ich es sofort wissen. Daher rate ich dir, deinen Aufenthalt in seinem Zimmer möglichst kurz zu halten.«

Ich nicke abermals und versuche meine Freude, Reyvan besuchen zu dürfen, zu unterdrücken.

Tausend Gedanken schießen mir durch den Kopf, was ich Reyvan alles mitteilen möchte. Aber ich weiß auch, dass Xenos indirekt bei diesem Besuch dabei sein wird und falls ich mir ein Wort zu viel oder einen anderen Fehltritt leiste, ist nicht nur mein Leben, sondern auch das von Reyvan in Gefahr.

»Kehr danach sofort wieder zurück«, befiehlt Xenos, ehe er mich mit einem Wink seiner Hand entlässt.

Ich eile aus seinen Gemächern und renne die Treppen des Gebäudes herunter.

Ich werde Reyvan wiedersehen! Dieser Gedanke verleiht meinen Füßen Flügel. Trotzdem kommt mir der Weg über den Innenhof zum Luftzirkel viel zu lang vor. Es ist das erste Mal seit mehreren Monaten, dass ich das Stockwerk von Xenos' Gemächern verlassen darf.

Rasch erklimme ich die Stufen, um in den Stock zu gelangen, in dem Reyvans Zimmer liegt. Das Abendessen im Speisesaal ist bereits seit einer Stunde vorbei. Das heißt, dass Reyvan ziemlich sicher in sein Zimmer zurückgekehrt ist.

Vor seiner Tür halte ich an und zögere. Plötzliche Zweifel nagen an mir.

Was, wenn Reyvan sich nicht freut, mich zu sehen? Vielleicht habe ich ihm doch nicht so viel bedeutet, wie ich dachte, und er hat schon längst eine andere Freundin.

Ich erinnere mich mit einem Kloß im Hals daran, was Tascha damals an meinem ersten Arbeitstag gesagt hat. Er wechselt seine Freundinnen ständig. Was, wenn er mich aufgegeben hat? Wenn er nie dasselbe für mich empfunden hat wie ich für ihn?

Aber ich muss ihm zumindest die Nachricht von Xenos ausrichten. Also hole ich tief Luft und klopfe zögerlich an die Tür.

Als keine Antwort ertönt, klopfe ich nochmals. Vielleicht ist er doch noch im Speisesaal. Aber Xenos hätte mich nicht zu seinem Zimmer geschickt, wenn er nicht dort wäre. Ich drücke vorsichtig die Türklinke herunter und öffne die Tür einen Spalt breit. Von drinnen kommt prompt eine Reaktion.

»Was ist?!«

Das ist seine Stimme, er klingt allerdings verärgert.

Langsam öffne ich die Tür vollständig und trete ein.

Sein Zimmer ist unverändert, so wie ich es in Erinnerung hatte.

Reyvan liegt auf dem Bett, die Hände hinter dem Kopf verschränkt. Mit seinen schwarzen Kleidern verschwindet er fast gänzlich in der gleichfarbigen Bettwäsche. Nur sein goldenes Haar und seine helle Haut verraten ihn. Den Umhang hat er achtlos zu Boden geworfen.

Ich gehe ein paar Schritte in den Raum hinein.

So lange hatte ich mich nach diesem Augenblick gesehnt. Ihn wiederzusehen, in seiner Nähe sein zu können. Und jetzt liegt er dort, nur ein paar Schritte von mir entfernt.

Mit einem Mal bin ich wie erstarrt vor Angst, wie er reagieren wird, und möchte am liebsten aus dem Zimmer fliehen. Aber meine Beine wollen mir nicht gehorchen, sondern bleiben auf der Stelle stehen.

Als keine Antwort auf seine barsche Frage kommt, hebt er den Kopf und verharrt mitten in der Bewegung, als sein Blick auf meinen trifft. Seine Augen weiten sich und plötzlich kommt Leben in seinen Körper.

Mit einer Bewegung, die einer Raubkatze gleichkommt, schwingt er sich vom Bett und geht auf mich zu, als könnte er seinen Sinnen nicht trauen. Kurz vor mir bleibt er stehen und starrt mich fassungslos an.

»Alia?« Seine Stimme ist so sanft und warm, wie ich sie in Erinnerung hatte.

Ohne nachzudenken, falle ich ihm in die Arme und werfe ihn damit fast zu Boden. Er fängt sich gerade noch und erwidert meine Umarmung. Ich atme seinen Duft nach Wald und Regen ein und versinke für einen Moment in den schönen Erinnerungen, die ich damit verbinde.

Ich spüre sein Herz ruhig und fest in seiner Brust schlagen, seinen Atem, der meine Wange streift. Wie habe ich mich danach gesehnt.

Seine Arme halten mich fest an sich gepresst – oder ist es mein Körper, der sich gegen seinen drückt? Wir verschmelzen zu einem Ganzen.

Nach einer halben Ewigkeit löst er sich von mir, um mich genauer zu betrachten. Sein Blick streift über mein Gesicht, mein Haar, meinen Hals und meinen Körper. In seinen dunkelblauen Augen lese ich warme Zuneigung und ich blinzle ein paar Tränen weg.

»Reyvan … ich …«

Ehe ich weitersprechen kann, erstickt er meine Stimme mit einem leidenschaftlichen Kuss.

All meine Zweifel, dass er mich vergessen haben könnte, sind damit weggewischt. Er streicht mir mit den Händen über meinen Rücken, meine Hüften und ich genieße seine Zärtlichkeit. Für einen Moment vergesse ich, warum ich überhaupt hier bin, es gibt nur seine Lippen, seine Zunge, seine Berührungen. Er ist alles, was ich noch wahrnehme.

Dann wird mir schlagartig wieder bewusst, dass ich nicht zu lange bleiben darf, und ich unterbreche den Kuss, stoße ihn sanft von mir weg. Er schaut mich fragend an, scheint meine Reaktion nicht ganz einschätzen zu können.

»Reyvan, ich kann nicht lange bleiben«, erkläre ich ihm hastig. »Xenos hat mir diesen Ring hier gegeben, mit dem er mich überwacht, und ich soll direkt nach meinem Besuch wieder zu ihm zurückkehren.«

Er begutachtet den Ring an meinem Finger und eine Falte entsteht zwischen seinen dunklen Augenbrauen. »Er überwacht dich?« Seine Stimme klingt ärgerlich und ungläubig zugleich. »Warum? Vertraut er dir nicht?«

»Doch, schon. Aber es ist wahrscheinlich so eine Art Test von ihm«, erwidere ich mit einem schiefen Lächeln und streiche ihm über seine Wange mit der Tätowierung. »Ich soll dir ausrichten, dass wir in zwei Tagen zu deinem Volk aufbrechen, um ein neues Pfand zu bringen.«

Jetzt lässt er mich los, weicht zurück und seine Augen blitzen. »Ach ja? Warum denn das? Wir haben doch erst vor zwanzig Jahren jemanden dorthin gebracht.« Er fährt sich mit einer achtlosen Bewegung durch das blonde Haar.

Ich würde so gerne wieder seine Arme um mich spüren, halte mich aber zurück und nicke stattdessen. »Ja, leider ist sie gestorben und darum muss nun Tascha an ihrer Stelle dorthin. Ich soll euch begleiten, damit du dich nicht über den Zirkel oder deinen Aufenthalt hier beschweren kannst, hat Xenos gesagt. Falls doch, wird er mich töten.«

Wie erwartet, breitet sich Zorn auf seinen ebenmäßigen Gesichtszügen aus. »Wie bitte? Er will mich erpressen?! Und falls ich etwas über seine Gastfreundschaft – die übrigens alles andere als freundlich ist – verrate, dich töten?« Er schäumt jetzt förmlich vor Wut. »Dieses gemeine, hinterhältige Monster! Ich werde ihn eigenhändig erwürgen!«

Er macht tatsächlich Anstalten, aus dem Zimmer zu stürmen, und ich kann ihn gerade noch an seinem schwarzen Hemd packen und zurückhalten.

»Reyvan, bitte«, beschwöre ich ihn. »Du kannst nichts gegen ihn ausrichten, er würde dich töten ohne mit der Wimper zu zucken! Bitte, ich finde es auch nicht richtig, aber du musst dich beruhigen!«

Meine Stimme klingt nun fast flehentlich und seine Gesichtszüge werden ein wenig weicher.

»Alia, du bist manchmal einfach zu gut für diese Welt«, schnaubt er und nimmt mich in die Arme. »Es wäre mir vollkommen egal, wenn er mich tötet, aber ich werde nicht riskieren, dass er dir etwas antut. Auch wenn ich ihm die grausamsten Tode dieser Welt wünsche! Ich kann einfach nicht glauben, dass er mich mit dir erpresst!« Er streicht mir liebevoll über die Wange und senkt seinen Kopf zu mir herunter. Seine Lippen berühren meine, dieses Mal sanft und zurückhaltend. »Aber gut, wir werden zusammen dorthin gehen«, murmelt er an meinem Mund. »Immerhin werde ich dich eine Zeit lang wiedersehen dürfen, das ist mehr, als ich mir erhofft hatte. Ich hatte befürchtet, dass ich dich nie wieder in die Arme schließen kann.« Er nimmt meine Hand in die seine. »Und jetzt bist du hier … bei mir. Meine … Cíara …«

Seine Lippen verschließen die meinen erneut und sein Kuss wird dieses Mal fordernder, aber ich entwinde mich seiner Umarmung.

»Reyvan, ich habe Xenos versprochen, dass ich so rasch wie möglich zu ihm zurückkehren werde, nachdem ich dir die Botschaft überbracht habe. Wir werden uns in zwei Tagen wiedersehen und wer weiß, vielleicht gelingt es uns sogar, etwas Zeit ohne ihn zu verbringen.« Ich lächle ihn an und wende mich zur Tür.

»Alia.« Er hält meine Hand fest und zieht mich nochmals an sich. »Du hast dein Versprechen eingelöst. Entschuldige bitte, dass ich daran gezweifelt habe.«

Mir wird warm ums Herz und ich löse mich rasch von ihm, um zu Xenos zurückzugehen.

»Gut gemacht«, begrüßt mich Xenos, als ich in sein Zimmer trete. »Allerdings werde ich etwas gegen diese Küsserei unternehmen müssen. Du bist nun mein Eigentum und dieser verfluchte Elf soll das schnellstmöglich begreifen.« Seine Augen funkeln böse.

In mir kocht Wut hoch. Was soll das heißen, dass ich sein Eigentum bin? Ich bin kein Gegenstand und schon gar nicht jemandes Eigentum! Woher weiß er überhaupt, dass Reyvan und ich uns geküsst haben? Was fällt ihm ein, mich derart zu überwachen?

Aber ich versuche, meinen Zorn im Zaum zu halten. Es bringt nichts, seinen Ärger noch anzustacheln. Ich werfe einen möglichst unauffälligen Blick auf den Ring. Vielleicht kann ich ihn irgendwie unbemerkt ablegen unterwegs, damit er nicht mitbekommt, wenn ich in Reyvans Nähe bin. Leider scheint er meine Gedanken erraten zu haben.

»Denk nicht mal dran, Alia!« Er kommt mit großen Schritten auf mich zu. »Du wirst dich auf der Reise von ihm fernhalten! Und wehe, ich erwische dich in seiner Nähe! Dann werde ich ihm für jeden Fehltritt einen Finger abschneiden und es wie einen Unfall aussehen lassen.« Sein Blick ist nun härter als Stahl.

Er zieht mich an sich, ehe ich mich dagegen wehren kann, und hält mein Kinn schmerzhaft fest. Ich kann meinen Kopf weder nach links noch nach rechts drehen. Mir bleibt nichts anderes übrig, als ihn anzusehen.

Dann küsst er mich. Nicht sanft wie Reyvan, sondern grob und rücksichtslos. In seinen Augen flammt eine Leidenschaft, die mir Angst macht.

Ich versuche, mich aus seinem Griff zu winden, aber er hält mich nur umso fester und legt seine Arme um mich wie ein Schraubstock.

»Du gehörst mir, ist das klar?«, zischt er in mein Ohr.

Ich nicke, viel zu verstört, um etwas sagen zu können.

»Gut!«, damit lässt er mich endlich los.

Ich taumle und fliehe aus dem Zimmer.

Zurück auf meinem Bett atme ich zitternd ein und versuche, mein pochendes Herz zu beruhigen. Die nächsten Monate werden schlimm werden. Ich kann zwar Reyvan sehen, werde aber ständig von Xenos überwacht und darf mich dem Elfen nicht nähern. Das wird grausamer, als wenn ich ihn gar nicht sehen kann.

34

Alia

Zwei Tage später brechen wir in aller Frühe auf. Zum Abschied hat sich fast der gesamte Zirkel auf dem Innenhof versammelt. Tascha, Reyvan und ich bekommen eigene Pferde. Tascha muss auf dem Sattel festgeschnallt werden, da sie mit nur einem Bein nicht das Gleichgewicht halten könnte. Für die Reise tragen wir andere Kleidung, da unsere Zirkelkleider – vor allem die Dienstkleidung von Tascha und mir – für eine solche Reise höchst ungeeignet wären.

Xenos ist wie immer in Schwarz gekleidet und reitet auf einem schwarzen Hengst, der wertvoll aussieht. Der Zirkelleiter trägt eine leichte, aus Leder gearbeitete Weste und schwarze Lederstiefel, die ihm bis zu den Waden reichen. Seine schwarzen Hosen sind aus rauem Stoff gefertigt, der zwischen den Beinen zusätzlich mit Leder verstärkt ist. Reyvan und ich sind ähnlich eingekleidet, der Elf trägt zudem einen Arm- und Brustschutz aus gehärtetem Leder.

Die Tage werden bereits wieder etwas kühler, daher schützt uns ein Umhang zusätzlich vor Kälte. Die warme Sommerzeit ist hier im Norden schon fast vorüber und unser Weg wird uns in den Wald von Zakatas führen. Da diese Gegend nicht dicht besiedelt ist und wir deswegen oft draußen werden übernachten müssen, haben wir alle außerdem dicke Decken dabei sowie einen schwarzen Umhang aus Öltuch, um Regenwasser abzuweisen. Wenn wir zurückkehren, wird der erste Schnee bereits liegen und wir werden um jede Decke froh sein.

Waffen dürfen Tascha, Reyvan und ich natürlich keine tragen. Sollte es zu einem Kampf kommen, sind wir auf die zwanzigköpfige Eskorte von ausgebildeten Kampfmagiern angewiesen, die uns begleiten. Sie tragen kleine, leichte Metallplatten auf ihren Lederwesten, die sie vor möglichen Geschossen schützen sollen. Ansonsten unterscheidet sich ihre Kleidung nur durch ihre dunkelgrüne Farbe von unserer. Einige von ihnen haben Schwerter, Bögen oder Lanzen dabei, der größte Teil reist jedoch ohne Waffen, da sie als Kampfmagier genügend raffinierte Zauber kennen, mit denen sie ihre Feinde töten können.

Sie wurden von Xenos angeheuert und werden uns sowohl bewachen als auch beschützen. Was genau davon Xenos wichtiger ist, ist mir gleichgültig. Ich habe seit dem Abend, nachdem ich Reyvan besucht hatte, kein Wort mehr mit ihm gewechselt.

Wie auch? Gestern Morgen hat er mich nochmals in sein Zimmer gerufen. Ehe ich jedoch irgendetwas sagen konnte, hat er mir seinen Finger auf den Mund gelegt und mir die Stimme genommen, genauso wie bei Tascha. Wir werden den Elfen bestimmt keine Geheimnisse verraten können. Zudem scheint meine Freundin in einer Art Betäubung festzustecken. Ich kann mir denken, es soll verhindern, dass die Elfen ihre Gedanken lesen können.

Sie tut mir leid. Ich hatte keine Gelegenheit mehr, mit ihr zu sprechen. Sie jetzt so zu sehen, tut mir im Innersten meiner Seele weh.

Reyvan sieht ebenfalls nicht erfreut über diese Maßnahmen aus, aber selbst wenn er sich am liebsten auf Xenos stürzen würde, lässt er sich glücklicherweise nichts anmerken. Er sitzt ruhig auf seinem weißen Pferd und behält mich immer im Blick. Es tut gut, ihn in meiner Nähe zu wissen.

Xenos richtet das Wort an die versammelte Menge. »Wie ihr bereits erfahren habt, werde ich nun zum Volk der Elfen aufbrechen, um ihnen ein weiteres Pfand zu bringen. In meiner Abwesenheit übergebe ich Telon, dem Rat des Erdzirkels, die Leitung. Wendet euch ab sofort mit allen Belangen an ihn!«

Sein Pferd tänzelt ungeduldig und schlägt mit dem Schweif. Es weiß, dass es auf eine Reise gehen darf, und kann es kaum erwarten, in die Freiheit hinauszureiten.

Xenos wendet sein Pferd und schaut noch einmal über die Schulter zurück, ehe er ihm die Sporen gibt und durch das Tor des Zirkels galoppiert. Wie aufs Stichwort bilden die Kampfmagier einen Kreis um Tascha, Reyvan und mich und drängen uns somit, Xenos zu folgen.

Reyvan reitet vor mir, hinter mir höre ich Taschas Pferd, das nun ebenfalls in einen leichten Galopp verfällt. Wir preschen durch das Tor auf die Steppe zu, die vor dem Zirkel liegt.

Mein Herz macht einen Luftsprung, als ich die hohen, weißen Mauern hinter mir lassen kann. Auch wenn ich weiß, dass ich in vier Monaten wieder hier sein werde – ich werde die Zeit außerhalb des Zirkels in vollen Zügen auskosten. Wenn ich daran denke, dass ich nach meiner Rückkehr wieder in mein Zimmer verbannt bin, überkommt mich das Grauen.

Als hätte er meine Gedanken gehört, dreht sich Reyvan vor mir auf seinem Pferd um und runzelt die Stirn. Ich schaue ihn fragend an. Er erwidert meinen Blick, wendet sich aber rasch wieder um, ehe einer der Kampfmagier, die uns rechts und links flankieren, auf unseren Blickkontakt aufmerksam wird.

Xenos hat eine Gruppe von vier Magiern als Kundschafter vorausgeschickt und reitet selbst an der Spitze unserer Truppe. Er legt ein ordentliches Tempo vor, wir fliegen regelrecht über die Steppe.

Unser Weg führt uns in einem Halbkreis südlich um die Stadt Lormir herum, Xenos hat offenbar nicht vor, sich dort unnötig lange aufzuhalten. Immerhin habe ich während unseres Rittes einen Ausblick auf Reyvan vor mir. Wieder einmal bewundere ich seine geschmeidigen Bewegungen und bin fast neidisch, da er auf seinem Pferd reitet, als wäre er darauf geboren worden.

Leider scheint Xenos in Kürze keine Pause eingeplant zu haben. Dem Sonnenstand nach müssen wir mindestens schon zwei Stunden unterwegs sein. Die Pferde schäumen und wir verfallen in ein Schritttempo, um sie zu schonen. Die zehn Ersatzpferde, die zwei Magier hinter uns herführen, werden ansonsten rascher zum Einsatz kommen, als ihnen lieb ist.

Um die Mittagszeit hebt Xenos endlich seine Hand zum Zeichen, dass wir nun kurz rasten werden. Ich seufze erleichtert auf – endlich werde ich meinem schmerzenden Hintern etwas Ruhe gönnen können.

Mit einer grazilen Bewegung steigt Reyvan von seinem Schimmel. Als er mir jedoch aus dem Sattel helfen will, versperrt ihm ein Kampfmagier den Weg und führt ihn weg. Sie wurden offenbar angewiesen, uns nicht in die Nähe des anderen zu lassen.

Wir werden an getrennte Plätze, die etwa fünfzehn Schritt auseinander liegen, geführt. Während Reyvan von einer Gruppe aus zehn Magiern bewacht wird, die sich neben einem Felsen ein Feuer angezündet haben, bekommen Tascha und ich nur zwei Magierinnen als Wache zugeteilt.

Anscheinend sieht Xenos keine Gefahr in uns. Das wundert mich nicht, denn keine von uns kann über Magie gebieten und durch ihre Betäubung ist Tascha gerade mal dazu fähig, angeschnallt aufrecht im Sattel sitzen zu bleiben. Ansonsten muss sie getragen oder mit zwei Krücken geführt werden, wenn sie sich irgendwohin bewegen soll. Mir wurde aufgetragen, mich um ihre menschlichen Bedürfnisse zu kümmern. Somit ziehe ich sie nun ebenfalls hinter den Busch und helfe ihr, sich zu erleichtern.

Danach setze ich mich ins Gras vor dem Busch und strecke die Beine aus. Mein Hintern und meine Innenschenkel pochen schmerzhaft und meine Muskeln brennen. Als ich meine Hände anschaue, weiten sich meine Augen vor Entsetzen.

Dort, wo ich die Zügel gehalten habe, entdecke ich pralle Blasen. Bisher haben sie nicht geschmerzt, da meine Oberschenkel und mein Hintern mich davon abgelenkt haben, aber nun tun sie umso mehr weh.

Ich beiße sie vorsichtig mit den Zähnen auf und tupfe sie mit einem Tuch, das ich gegen den Wind trage, trocken. Dann zerreiße ich das Tuch in zwei Teile und wickle es um meine Hände in der Hoffnung, dass sie vor weiteren Blasen verschont werden.

Jetzt schaue ich mir die beiden Magierinnen, die uns bewachen, etwas genauer an. Beide haben eine zierliche Statur, trotzdem wage ich es nicht, sie zu unterschätzen. Sie wissen wahrscheinlich ziemlich gut, wie sie mit ihrer Magie umgehen müssen, und sind außerdem mit scharfen Messern bewaffnet.

Eine von ihnen hat kurzes, rötliches Haar und viele Sommersprossen im Gesicht. Sie sieht ein wenig älter aus als die andere, die knapp zwanzig Jahre alt zu sein scheint, also gerade mit ihrer Ausbildung als Magierin fertig geworden ist. Sie hat rotblondes Haar, das ihr in kleinen Locken ins Gesicht fällt. Sie sieht lieblich aus, hat eine kleine Stupsnase und große, braune Augen. Sie lächelt mich unsicher an, wendet sich aber rasch wieder ihrer Tätigkeit zu, dem Teekochen.

In der anderen Gruppe, die Reyvan bewacht, wird gerade Fleisch von zwei Steppenantilopen gebraten, welche die Magier erlegt haben. Ihr Fell, das ihnen abgezogen wurde, sieht verkohlt aus, sie scheinen Opfer eines Feuerballs geworden zu sein.

Xenos entdecke ich etwas abseits, im Gespräch mit dem Anführer der Kampfmagier. Sie scheinen irgendetwas bezüglich der Reise zu besprechen. Der Anführer zeigt immer wieder in eine Richtung und erklärt Xenos gestikulierend etwas. Dieser hat eine Hand an sein Kinn gelegt und hört interessiert zu. Mir ist es gleichgültig, wie wir zu den Elfen gelangen, solange ich Reyvan in meiner Nähe weiß.

Ich erhasche zwischen den zehn Wachen, die nahe um ihn herumstehen, einen Blick auf ihn. Er schaut ebenfalls in meine Richtung und lächelt mich aufmunternd an. Ich seufze. Am liebsten würde ich zu ihm rübergehen und mich von ihm in die Arme nehmen lassen, aber ich weiß, dass Xenos uns dafür hart bestrafen würde. Daher unterdrücke ich meine Sehnsucht und versuche, mich abzulenken.

Gerade als ich beschließe, ein bisschen zu schlafen, bringt mir die blonde Kampfmagierin einen Blechbecher mit heißem Tee. Ich lächle sie dankbar an und sie nickt freundlich. Dann setzt sie sich neben Tascha und flößt ihr ebenfalls etwas Tee ein.

Ich nippe vorsichtig an dem heißen Getränk, das mit seinem köstlichen Aroma meinen Mund ausfüllt. Nun meldet sich auch mein Magen, der vor Hunger fast umkommt. Voller Ungeduld warte ich, bis das Antilopenfleisch gar ist.

Es schmeckt gut, obwohl es sparsam gewürzt wurde. Dazu gibt es für jeden eine Scheibe Brot. Als Nachspeise bringt mir die blonde Kampfmagierin sogar eine Handvoll getrockneter Beeren und Nüsse. Wenn das so weitergeht, werden wir zumindest nicht verhungern.

Gestärkt brechen wir auf und reiten weiter. Meine Beine brennen bei jedem Schritt meines Pferdes und mein Rücken beginnt nun ebenfalls zu schmerzen. Zum Glück scheint der Stoff an meinen Händen mich vor weiteren Blasen zu schützen.

Die Steppe mit ihren groben Gräsern erstreckt sich bis zum Horizont. Gelegentlich passieren wir kleine Sträuchergruppen sowie Felsbrocken, die wie einsame Wächter in der kargen Landschaft stehen. Hier leben normalerweise nur vereinzelte Schafhirten, die keine Häuser bauen, sondern mit ihren Schafherden durch die Steppe ziehen, daher treffen wir unterwegs keine Menschenseele an.

Ich weiß jedoch, dass wir in knapp einer Woche auf die Ausläufer des Waldes von Zakatas stoßen werden, der sogenannten Waldsteppe, die vor allem aus Laubbaumgruppen besteht, welche um kleinere Gewässer herum wachsen. Dorthin hat mich Vater einmal mitgenommen, als er mir die Gegend von Lormir zeigte, und dort gibt es auch wieder Behausungen. Einige Tagesritte davon entfernt beginnt der Wald von Zakatas.

Als die Dämmerung hereinbricht, schlagen wir unser Nachtlager auf. Xenos hat hierfür eine Gruppe von Felsen ausgewählt, die uns Schutz gegen den hartnäckigen Wind bietet, der hier Tag und Nacht weht.

Ich bin froh, endlich absteigen zu dürfen. Mein Hintern und meine Beine pochen nun ohne Unterbrechung und auch meine Hände schmerzen wieder.

Als ich vom Pferd gleite, geben meine Beine ohne Vorwarnung nach und ich falle der Länge nach hin. Reyvan, der bereits abgestiegen ist, will zu mir eilen, wird jedoch von einer Wache abgehalten.

Mühsam versuche ich aufzustehen, und ein scharfer Schmerz durchfährt meine Oberschenkel. Ich schaffe es, mich zumindest aufzusetzen, als ich jedoch die Knie anziehen will, stutze ich.

Ich schaue an meiner Hose hinunter und erkenne, dass sie mit Blut durchtränkt ist. Ich habe doch nicht meine Monatsblutung? Die dürfte erst in zwanzig Tagen kommen.

Da es mir peinlich ist, meine Beinkleidung vor den Augen aller abzulegen, um nachzuschauen, taste ich die Innenseiten meiner Oberschenkel sorgfältig über dem Stoff und dem Leder ab – und zucke vor Schmerzen zusammen. Offenbar habe ich mir beim Reiten die empfindliche Haut aufgeschürft – oder mir zumindest weitere Blasen zugezogen.

Reyvan muss mit aller Macht zurückgehalten werden, damit er nicht zu mir gelangt. Er wehrt sich und beschimpft die Magier, die ihm den Weg versperren. »Verfluchte Hunde! Seht ihr denn nicht, dass sie nicht von allein aufstehen kann?!«, schreit er sie an und versucht, sich an den Magiern vorbeizudrängen. »Helft ihr gefälligst! Sie kann ja nicht die ganze Nacht dort sitzen!«

»Was ist hier los?!«

Diese sonore Stimme würde ich unter Tausenden erkennen: Xenos.

Er schreitet auf mich zu und schaut stirnrunzelnd auf mich herunter. Ich bemühe mich, mein Gesicht nicht vor Schmerzen zu verzerren, was mir jedoch nicht gelingt, zu sehr pochen meine Schenkel.

Ohne zu zögern, bückt sich der Zirkelleiter und hebt mich kurzerhand hoch. Ich vermeine, aus Reyvans Richtung ein wütendes Knurren zu hören, das Xenos aber nicht weiter zu interessieren scheint. Er trägt mich zu einem der Felsen, der etwa vier Schritt von den anderen entfernt ist, und setzt mich auf den Boden.

Barsch ruft er einen der Kampfmagier zu sich. Dieser scheint ungefähr dreißig zu sein und hat intelligente, grüne Augen, ein ernstes Gesicht und braunes Haar, das ihm in kurzen Strähnen in die Stirn fällt. Er ist etwa einen halben Kopf kleiner als Xenos, aber überragt mich damit immer noch. Mit Staunen sehe ich, dass auf seiner Schulter eine schwarz-weiße Ratte sitzt, die mich neugierig zu mustern scheint.

»Sie hat sich die Innenschenkel aufgeschürft. Heil sie«, ordnet Xenos in gewohntem Befehlston an.

Der Kampfmagier, der dem Erdzirkel angehört, nickt und macht sich daran, meine Hosen aufzuknöpfen. Seine Ratte bleibt dabei seelenruhig auf seiner Schulter sitzen. Ich bin erleichtert, dass sich die anderen Mitglieder unseres Trupps etwas weiter abseits darum bemühen, das Lager aufzuschlagen. Reyvan kann ich nicht entdecken. Er wurde wahrscheinlich weggeführt, damit der Magier bei seiner Arbeit nicht gestört wird.

Xenos bleibt neben mir stehen und schaut, ohne mit der Wimper zu zucken, zu, wie der Magier mir die Hosen auszieht. Ich beiße mir vor Schmerz und Scham auf die Lippen, als dieser nun vorsichtig meine wunde Haut untersucht. Ich wage gar nicht, hinzusehen.

Zum Glück spüre ich bald eine heilende Wärme an meinen Innenschenkeln, die sich rasch ausbreitet. Als der Heiler fertig ist, wäscht er das restliche Blut von meinen Beinen und macht sich daran, einen Stapel Holz aufzuschichten. Dann nimmt er einen Kessel mit Wasser und legt meine Hose hinein, ehe er ihn über das Feuer stellt.

»Danke, Duhr«, sagt Xenos knapp und entzündet mit einer Handbewegung das Feuer.

Ich schaue ihn irritiert an. Seit wann kennt dieser arrogante Kerl Dankbarkeit? Aber der Zirkelleiter hat sich schon wieder von dem Heiler und mir abgewandt und schreitet zu einer kleinen Gruppe, die gerade dabei ist, ein Feuer zu entzünden, über dem die Reste der zweiten Antilope gebraten werden.

Ich sinke an den Felsen zurück und lächle Duhr dankbar an, als dieser mir eine Decke reicht, mit der ich meine Blöße verhüllen kann. Dabei streifen seine Hände die meinen und er schaut erstaunt auf meine notdürftigen Handschuhe herunter.

»Hast du Blasen?«, fragt er leise.

Ich nicke, da ich aufgrund meiner fehlenden Stimme ja keine Antwort geben kann.

Er nimmt meine Hände und wickelt sie vorsichtig aus dem Stoff. Als er meine offenen Wunden sieht, pfeift er leise durch die Zähne und begutachtet sie. Er schließt die Augen und hält meine Hände zwischen seinen fest. Nach ein paar Sekunden ist die aufgeplatzte Haut wieder heil.

Er kramt in seiner Manteltasche und holt ein paar Handschuhe hervor. Ich erkenne schon auf den ersten Blick, dass sie mir viel zu groß sind. »Hier, trag die, die werden verhindern, dass das nochmals passiert«, meint er.

Ich bin verblüfft, dass dieser fremde Mensch mir hilft, und kann ihm nicht einmal dafür danken. Stattdessen lächle ich ihn an und nehme die Handschuhe entgegen. Er bedeutet mir, mich nun selbst um meine Hose zu kümmern, die in dem Wasserkessel ausgekocht wird. Dann geht er ebenfalls zu der anderen Gruppe und lässt mich allein. Ich bin im Moment sowieso nicht in der Lage, ohne Hosen zu fliehen.

Ich schlinge mir die Decke um die Hüften und rühre mit einem Ast in dem Kessel, bis das Blut ausgewaschen ist. Danach hänge ich sie zum Trocknen über den Felsen hinter mir.

Inzwischen ist Tascha bei mir angekommen, begleitet von den beiden Kampfmagierinnen, die uns schon am Mittag bewacht haben.

Sie nehmen den Kessel vom Feuer und setzen frisches Wasser auf, um Tee zu kochen.

Als meine Hose einigermaßen trocken ist, ziehe ich sie wieder an. Dabei fällt mir auf, dass die Haut an meinen Innenschenkeln erstaunlich fest ist. Womöglich hat Duhr einen Zauber gewirkt, der verhindern soll, dass ich mir nochmals die Haut beim Reiten aufschürfe. Ich schaue suchend zu der anderen Gruppe, kann ihn aber nicht erkennen, da es inzwischen dunkel geworden ist.

Bald gibt es Abendessen und ich schlinge meinen Anteil an Fleisch und Brot herunter. So gut es geht, kuschle ich mich in meine Decke, die ich am Sattel meines Pferdes befestigt hatte, und versuche, auf dem harten Boden zu schlafen. Tascha liegt direkt neben mir, aber selbst wenn ich mit ihr sprechen könnte, ist sie immer noch in ihrer Betäubung gefangen.

Am Lagerfeuer nebenan reden und lachen die Kampfmagier und erzählen sich derbe Witze. Die beiden Magierinnen, die Tascha und mich bewachen, sitzen jedoch ruhig am Feuer und schauen in die Flammen. Ich habe inzwischen herausgefunden, dass die Blonde Milena heißt und die Rothaarige Kalindra. Sie scheinen beide noch unerfahren zu sein, da sie jung sind und die Ausbildung erst ein paar Jahre hinter ihnen liegt. Daher werden sie nur für die leichtesten Aufgaben eingesetzt.

Die Geräusche der Natur um uns herum werden lauter, ich vernehme das Rascheln von Tieren, die nun in die Nacht hinausgehen, um zu jagen, das Zirpen von Grillen, das entfernte Heulen eines Wolfes. Der Boden ist unbequem und ich wälze mich hin und her, um eine annehmbare Stellung zum Schlafen zu finden.

Der Schlaf will sich trotzdem nicht einstellen. Schließlich gebe ich auf und starre in den Himmel über mir. Es ist eine sternenklare Sommernacht und der Anblick des Nachthimmels ist atemberaubend. Fast überkommt mich so etwas wie innerer Frieden. Ich bin satt, meine Wunden sind geheilt, ich liege in der Nähe des Mannes, der mir so viel bedeutet, und werde auch die nächsten Monate neben ihm verbringen.

Noch lange liege ich so da, bis ich endlich eingeschlafen bin.

Am nächsten Morgen beginnt es zu regnen. Obwohl es noch Sommer ist, zeigt sich das Wetter kalt und grau und wir packen eiligst unsere Ölumhänge aus, in die wir uns dick einwickeln. Somit werden wir zumindest nicht bis auf die Haut nass. Das dicke Tuch hilft außerdem gegen die Kälte, die sich während des ganzen Tages langsam in unsere Knochen schleicht.

Der stete Regen nagt an unseren Nerven, bald schon sind alle schlecht gelaunt und frieren. Wenn uns jetzt jemand angreifen würde, wären die Kräfte der Kampfmagier wahrscheinlich stark reduziert, da sie bei diesem Wetter nicht viel Wärme für ihre Zauber abgeben können, ohne zu erfrieren. Allerdings denke ich nicht, dass ein Monster freiwillig in dieses Unwetter hinausginge.

Unser Tempo wird wieder etwas schneller, Xenos will offenbar so rasch wie möglich die Wälder erreichen, in deren Schutz wir weniger der Witterung ausgesetzt sind als hier auf der offenen Steppe. Wir reiten den ganzen Tag hindurch und machen nur zweimal kurz halt, um etwas zu essen und die Pferde zu versorgen.

Meine Beine haben sich erstaunlich gut erholt und nur die Muskeln schmerzen. Mit Duhrs Handschuhen geht es zudem viel besser, die Zügel zu halten und mein Pferd zu lenken, obwohl es nicht allzu vieler Befehle meinerseits bedarf, da es einfach hinter Reyvans Pferd herläuft.

Ich habe keine einzige Gelegenheit, mich dem Elfen zu nähern, wir werden auf Schritt und Tritt überwacht und sobald ich auch nur Anstalten mache, mich ihm zuzuwenden, wird mein Pferd von seinem weggelenkt.

Mich quält die Frage, wo das silberne Kästchen ist. Ich hatte vergessen, mich bei ihm zu erkundigen, als ich vor zwei Tagen die Gelegenheit dazu hatte, und nun nagt an mir die Ungewissheit. Hat er es dabei? Oder irgendwo im Zirkel aufbewahrt? Es ist meine einzige Möglichkeit, mehr über meine Vergangenheit zu erfahren. In weniger als elf Monaten werde ich achtzehn Jahre alt und kann sein Geheimnis lüften. Besser wäre es daher, wenn ich bis dahin wieder mit dem Kästchen vereint bin. Ich hoffe inständig, dass es irgendwann eine Gelegenheit gibt, Reyvan danach zu fragen.

Als wir unser Nachtlager aufschlagen, hat sich der Regen immer noch nicht gelegt. Die Kampfmagier errichten provisorische Dächer aus Ästen und Planen, die das Wasser abhalten, trotzdem ist der Boden nass und unsere Decken sind entsprechend rasch durchweicht und kalt.

Ich mache in dieser Nacht kaum ein Auge zu und fühle mich am Morgen, als wir weiterreiten, übernächtigt und unterkühlt.

Auch die nächsten Tage bringen keine Wetterbesserung, und Duhr sowie drei weitere Kampfmagier, die in der Heilkunst bewandert sind, kommen kaum hinterher, die aufkeimenden Erkältungen einzudämmen. Erstaunlicherweise sind Xenos und Reyvan die Einzigen, denen die Kälte nichts auszumachen scheint. Sie reiten durch den Regen, als wäre es eine angenehme Erfrischung, und ich sehe keinen von beiden auch nur ein einziges Mal zittern.

Xenos scheint Taschas Betäubung etwas aufgehoben zu haben, sie kann jetzt selbstständig mit Krücken laufen, essen und ihren menschlichen Bedürfnissen nachgehen. Trotzdem weilt sie im Geiste auf einer anderen Ebene und reagiert weder auf meine Blicke noch darauf, wenn ich versuche, mich mithilfe von Handzeichen mit ihr zu unterhalten. Ihre Augen blicken durch mich hindurch und ihre ehemals roten Wangen sind blass.

Da auch unsere Wächterinnen nur das Nötigste zu mir sagen, fühle ich mich bald einsam und ausgeschlossen. Die gedrückte Stimmung, die auf das schlechte Wetter zurückzuführen ist, geht auch an mir nicht spurlos vorbei. Langsam versinke ich in Selbstmitleid. Warum bin ich überhaupt dabei, wenn sich sowieso keiner was aus mir macht? Nur wegen eines bösartigen Plans von Xenos, damit Reyvan den Mund hält?

Ein paar Mal bemerke ich, wie Reyvan mich nachdenklich anschaut, aber auch er kann mir nicht helfen.

Durch das schlechte Wetter sind wir gezwungen, unser Tempo zu drosseln, und erreichen erst eine Woche nach unserem Aufbruch die Waldsteppe. Ich bin froh, als wir endlich die ersten Baumgruppen sehen, die uns etwas Schutz vor dem anhaltenden Regen bieten.

Wir finden einen kleinen Hain, der um einen Teich wächst, und sogar eine Höhle. Sie wird zwar von einem Höhlenbären bewohnt, der sich ganz und gar nicht als gastfreundlich erweist, aber nach ein paar gezielten Feuerbällen von Xenos wird er zu unserem Abendessen.

Die Knochen und andere Überreste, die in der Höhle herumliegen und davon zeugen, dass der Bär eindeutig ein Fleischfresser war, werden von den Luftmagiern mit einem Zauberspruch aus der Höhle befördert. Somit ist der Boden einigermaßen sauber, wenn auch etwas sandig.

Glücklicherweise ist die Höhle so groß, dass wir alle darin Platz finden und zum ersten Mal seit Tagen trocken werden können. Unsere Kleidung ist klamm, aber die drei Feuer, welche die Magier entzünden, wärmen uns endlich wieder auf.

Langsam hebt sich die Stimmung unserer Reisegruppe. Der Bärenbraten tut sein Übriges und bald lachen und schwatzen alle durcheinander. Ein Magier holt ein kleines Fass Wein hervor und schenkt allen großzügig ein. Sogar uns Gefangenen wird ein Becher angeboten, aber bei Tascha würde es ihren Zustand nur verschlimmern, Reyvan trinkt keinen Alkohol und auch ich konnte mich bisher nie wirklich an das bittere Getränk gewöhnen.

So verbringen die Magier und Xenos einen feuchtfröhlichen Abend, während Tascha, Reyvan und ich von Kalindra und Milena in den hinteren Teil der Höhle begleitet werden, damit wir nicht fliehen können.

Da die Höhle zwar groß ist, aber nicht so groß, dass Reyvan und ich wie üblich durch mindestens zwanzig Schritt getrennt werden können, sitzen wir zum ersten Mal etwas näher beieinander. Trotzdem wird Reyvan in die eine Ecke des hinteren Teils gesetzt und Tascha und ich in die andere. Das Feuer wirft gespenstische Schatten an die Höhlenwand, aber sein Licht reicht nicht bis ganz nach hinten.

Bald schon sind die Magierinnen es leid, bei uns zu sitzen, und gesellen sich zu den anderen. Wir können ohnehin die Höhle nicht verlassen, ohne an ihnen vorbeizugehen, und dann würden wir wohl kaum mehr als drei Schritt weit kommen.

Also sitzen wir in unseren Ecken und nippen an unserem Tee. Ich lege mich bald schlafen, da ich von dem zermürbenden Wetter und der Reise hundemüde bin und es kaum erwarten kann, endlich eine Nacht ohne Regen zu verbringen. Glücklicherweise liegt Tascha an der Höhlenwand, sodass ich ein Stück näher bei Reyvan sein kann. Uns trennen knapp fünfzehn Schritt.

Ich kann seine Silhouette in der Dunkelheit erahnen, er scheint in meine Richtung zu sehen. Trotzdem wage ich nicht, mich ihm zu nähern, aus Angst, dass Xenos es bemerken könnte. Zudem kann ich ja sowieso nicht mit dem Elfen sprechen. Also begnüge ich mich damit, mein Gesicht ihm zuzuwenden, und bald schon fallen mir die Augen zu.

35

Reyvan

Die vergangenen Tage waren vor allem eines: zermürbend. Ich hasse es, wenn ich hilflos bin. Ich hasse es, Menschen, die mir etwas bedeuten, leiden zu sehen. Und ich hasse es, untätig zu sein. Das alles traf in den letzten Tagen leider zu und mein Geduldsfaden ist inzwischen so gespannt, dass ich ihn in der Luft beinahe vibrieren höre.

Seit wir in dieser Höhle sind, suche ich nach einer Möglichkeit, mich endlich mit Alia zu verständigen.

Das letzte halbe Jahr war das längste, das ich im Zirkel habe aushalten müssen – und ich bin schon eine Weile bei den Menschen. Aber nicht zu wissen, wie es ihr geht, nur zu hoffen, dass ich sie wiedersehe … das zerrt sogar am stärksten Nervenkostüm. Und meines ist ohnehin aus feinem Garn gestrickt worden.

Ich habe die Bestrafung über mich ergehen lassen, ohne mit der Wimper zu zucken. In dem Moment, als ich mich nach dem zweiten Zirkeltag zu Alia hatte schleichen wollen und in Zantias Arme lief, hatte ich gewusst, dass ich verloren hatte. Die Jungmagierin hatte mich derart hinterhältig gemustert, ehe sie laut um Hilfe geschrien hatte, dass ich glaube, ihren Blick immer noch auf meinem Körper zu spüren.

Natürlich hatte ich vermutet, dass sie sich irgendwann an meiner Zurückweisung rächen würde, aber dass sie es auf diese Weise tat – ohne Rücksicht auf Verluste – damit hatte ich nun auch wieder nicht gerechnet.

Notiere: gekränkte Frauen niemals unterschätzen.

Das Einzige, was mir half, die Zeit im Kerker und danach während der Trennung von Alia durchzustehen, waren meine guten Beziehungen im Zirkel gewesen, die sich als äußerst hilfreich erwiesen. So brachte ich in Erfahrung, dass es Alia gut ging, und nachdem Rana mir sogar das Armband gegeben hatte, wusste ich, dass die hübsche Dienerin mich noch nicht aus ihrem Herzen verbannt hatte.

Wie sehr mich diese Tatsache erleichterte, lässt mich jetzt noch den Kopf schütteln. Aber ich habe inzwischen aufgehört, meine Gefühle für Alia zu hinterfragen.

Jetzt liegt sie nur ein paar Schritt neben mir und ich kann hören, wie ihr Atem immer regelmäßiger wird. Etwas, das ich während der vergangenen Tage begonnen habe, zu genießen. Dank meinem Elfengehör kann ich jeden ihrer Atemzüge wahrnehmen, wenn ich will. Und ich bin froh, wenigstens auf diese Weise mit ihr verbunden zu sein.

Jedoch ist jetzt die Zeit gekommen, herauszufinden, inwiefern mein Onkel recht hatte mit einem Elfenzauber, den er mir vor langer Zeit beigebracht hatte. Noch habe ich ihn nicht ausprobiert, aber das würde ich gleich tun.

Ich vergewissere mich, dass die Magier genügend abgelenkt sind, und schleiche auf dem Bauch, so leise ich kann, in Alias Richtung, jederzeit bereit, zurück an meinen Platz zu kriechen, sollte jemand Verdacht schöpfen.

Aber Ferys' Geschick ist auf meiner Seite, ich komme ungesehen bei Alia an.

Dank meiner guten Augen kann ich auch in der Dunkelheit genügend sehen und nehme mir einen Moment Zeit, ihr ebenmäßiges Gesicht zu betrachten. Dass sich dieses Mädchen mir hingegeben hat, kann ich immer noch nicht ganz fassen, und ich werde alles dafür tun, dass es nicht das letzte Mal war.

Sorgfältig lege ich meine Hand auf ihren Mund und stoße ein »Schhh« aus, als sie schlagartig die Augen öffnet.

Sie blinzelt kurz, scheint herausfinden zu wollen, wer da neben ihr im Schatten liegt, und entspannt sich, als sie erkennt, dass ich es bin. Ihr Blick huscht zu den Feuerstellen, wo die Magier und Xenos immer noch dem Wein zusprechen. Aber sie scheinen nichts bemerkt zu haben, also sieht sie wieder in meine Richtung, auch wenn ich annehme, dass sie mein Gesicht gegen das Licht des Feuers kaum wahrnehmen kann.

»Cíara«, flüstere ich so leise, dass sie mich gerade noch verstehen muss. »Ich weiß, du kannst nicht sprechen, aber ich habe mir etwas überlegt.« Ich warte kurz, erinnere mich aber, dass sie nicht antworten kann, und fahre fort. »Gib mir eines von deinen Haaren.«

Sie sieht mich verdutzt an und scheint meinen Wunsch nicht wirklich zu verstehen. Zu gerne hätte ich jetzt einfach ihre Gedanken gelesen, aber wenn das mit dem Zauber klappt, ist das gleich nicht mehr nötig.

»Vertrau mir einfach, ja?«, murmle ich und versuche, meine Ungeduld zu verbergen.

Sie nickt knapp, greift sich an den Kopf und reicht mir kurz darauf eines ihrer Haare.

Ich nehme meinen linken Armschutz ab und erkenne, wie sich ihre Augen in der Dunkelheit weiten, als ich meinen Arm in den Schein des Feuers halte. Denn da trage ich das Lederband, das sie mir von Rana hat überreichen lassen.

Als ich ihren verdutzten Gesichtsausdruck bemerke, gleitet ein Lächeln über mein Gesicht, dann nehme ich das Armband ab und wickle die Haarsträhne darum, ehe ich es wieder um mein Handgelenk lege und unter dem Armschutz verberge.

»Es ist nur eine Vermutung, ich habe das selbst noch nie ausprobiert, aber es sollte klappen«, murmle ich.

In ihren Augen erkenne ich, dass sie mich erneut verständnislos mustert, aber ich schaue sie fest an und konzentriere mich, während mein Lächeln breiter wird.

›*Kannst du mich hören?*‹, stelle ich ihr in Gedanken eine Frage.

Sie stutzt einen Moment und ihr Gesichtsausdruck hellt sich auf, was mir nun wirklich ein breites Grinsen beschert. Vor Erleichterung drücke ich ihr einen raschen Kuss auf die Wange und robbe dann, so leise es geht, zurück zu meinem Schlafplatz. Auch wenn ich gern viel, viel länger bei ihr geblieben wäre, ich möchte mein Glück jetzt nicht herausfordern.

Obwohl ich nur ein paar Schritt entfernt von ihr liege, vermisse ich ihre Nähe bereits.

Ich wende ihr meinen Kopf zu und sehe sie wieder an. ›*Und jetzt?*‹, frage ich in Gedanken.

Sie nickt zur Antwort, was ich dank meiner guten Nachtsicht problemlos erkenne.

Das ist einfach genial! Ich habe einen Weg gefunden, mit ihr zu kommunizieren, auch wenn sie weit von mir entfernt ist. Ich muss nur in ihre Augen schauen und schon klappt es. Ich werde meinem Onkel dafür die größte Weinflasche besorgen, die es in der Elfenstadt gibt.

›*Versuch, mir zu antworten*‹, bitte ich sie nun.

Sie hat keine Ahnung, wie sie das anstellen soll, das sehe ich an ihrem hilflosen Schulterzucken.

›*Schau in meine Augen und versuch, mir etwas zu sagen, aber nur in deinen Gedanken*‹, erkläre ich ihr. ›*Du musst dich stark konzentrieren, aber mit der Zeit wird es einfacher.*‹

Sie atmet tief durch und scheint einen Moment lang zu überlegen, was sie sagen soll. Dann konzentriert sie sich und blinzelt überrascht. Wahrscheinlich sieht sie, wie meine Augen etwas stärker leuchten als sonst. Das bringt der Zauber mit sich.

›*Ich vermisse dich*‹, erklingt ihre Stimme in meinem Kopf.

Am liebsten würde ich direkt wieder aufspringen und zu ihr rübergehen, um sie in meine Arme zu nehmen. Natürlich mache ich das nicht, sondern begnüge mich damit, sie anzulächeln.

›*Ich vermisse dich auch, Cíara*‹, antworte ich ihr.

Ihr Gesicht erstrahlt, da sie nun endlich mit mir reden kann – wenn auch nur in Gedanken. Dann huscht ihr Blick wieder rüber zu Xenos, der jedoch nichts von unserer Unterhaltung mitbekommen hat.

›*Keine Angst, er kann dich nicht hören oder spüren*‹, beruhige ich sie. ›*Er kennt diese Art von Magie nicht und außerdem weiß er nur, was dein Körper tut, nicht aber, was du denkst. Er hat ja nicht mal gemerkt, dass ich dir einen Kuss gab.*‹

Ich scheine sie nicht gänzlich überzeugt zu haben.

›*Wie kannst du dir so sicher sein?*‹, fragt sie.

›*Das ist Elfenmagie*‹, erkläre ich. ›*Sie kann allein von Elfen gewirkt und erkannt werden. Oder eben von denjenigen, mit denen wir sprechen möchten.*‹

›*Aha*‹, kommt es von ihr und sie zuckt zusammen, da sie das wohl nicht laut denken wollte.

Ich grinse in mich hinein. ›*Ja, Kleine, ich kann jetzt fast alles hören, was in deinem hübschen Köpfchen vor sich geht.*‹

›*Reyvan, wie ist das möglich?*‹

›*Der Gedanke kam mir schon vor längerer Zeit. Eigentlich zum ersten Mal, als du hinter mir geritten bist und ich gespürt habe, dass es dir nicht gut zu gehen scheint. Da wollte ich mit dir sprechen, konnte aber nicht, und dann habe ich mich an das hier erinnert.*‹

Damals hatte ich mich nachdenklich zu ihr herumgedreht und war ihrem Blick begegnet. Und seither habe ich versucht, mich daran zu erinnern, wie der Zauber ging – gar nicht so einfach, wenn man als junger Elf kaum Zeit und Lust hatte, seinem Onkel bei dessen Schilderungen zuzuhören.

›*Mein Onkel hat mir diese uralte Magie gezeigt, die nicht einmal allen Elfen bekannt ist*‹, fahre ich fort. ›*Sie heißt* Zauber des Fühlens. *Dafür braucht man etwas, das dem anderen viel bedeutet. Da du deine Familie so liebst, bestand von dem Moment eine Verbindung zwischen uns, als du mir das Armband gegeben hast und ich den Zauber freisetzen konnte. Ich konnte fühlen, was du fühlst. Es hat mich viel Überwindung gekostet, dir das Armband für den letzten Zirkeltag zurückzugeben. Allein dadurch wusste ich, ob du noch lebst oder nicht, als ich in diesem verdammten Verlies saß.*‹ Ich versuche, die Wut und Verzweiflung aus meiner Stimme zu verbannen, die sich meiner Gedanken bemächtigt, und atme tief durch, ehe ich fortfahre. ›*Umso erfreuter war ich, als Rana mir das Armband vor einem Monat zurückbrachte. Von da an spürte ich deine Stimmungen wieder und wusste zumindest, dass du lebst und es dir einigermaßen gut ging. Und dann kam mir die Idee, dass ich so mit dir kommunizieren könnte. Allerdings brauchte ich noch ein Haar von dir. Ohne die Berührung des Kopfes oder eben eines Haares funktioniert der Zauber des Gedankensprechens nicht.*‹

›*Das … das ist fantastisch. Danke, Reyvan.*‹

Ich spüre eine Gänsehaut, da so viel Erleichterung und Wärme in ihrer Stimme mitschwingen.

Kurz scheint sie zu überlegen, dann sieht sie mich wieder fest an. ›*Reyvan, hast du mein Kästchen noch?*‹ Ihre Unruhe ist jetzt förmlich mit den Händen zu greifen.

›*Natürlich, Cíara. Ich habe es für die Zeit unserer Abwesenheit Rana zur Aufbewahrung gegeben. Sie hat mir versprochen, dass sie es mit ihrem Leben beschützt, und das will ich ihr auch raten.*‹

Oh ja, und wie ich das würde. Sonst lernt sie den charismatischen Elfen von einer gänzlich anderen Seite kennen als die meisten im Zirkel.

Ich höre, wie Alia erleichtert ausatmet, als sie erfährt, dass ihr Kästchen in Sicherheit ist.

›*Danke*‹, sagt sie abermals. ›*Du bist ein unglaublicher Freund.*‹

›*Ich hoffe, ich bin etwas mehr für dich als das.*‹ Ich lege extra einen Hauch Anzüglichkeit in diese Worte, um sie an den letzten Tag vor den Wettkämpfen zu erinnern. Meine Strategie fruchtet, ihre Wangen färben sich dunkler, wie ich erkennen kann.

Ja, ich weiß, ich überfordere sie schon wieder – und ziemlich gezielt, zugegeben. Aber Alia ist nun mal ein Mädchen, das man aus der Reserve locken muss, und ich bin ein Elf, der dies nur allzu gerne tut.

Ihre Gedanken werden dunkler, fast vermeine ich, ihre Zweifel, ob sie mir wirklich etwas bedeutet, zu hören.

Wieso ist dieses Mädchen bloß so unsicher?

›*Alia, hör bitte auf mit diesen Zweifeln*‹, unterbreche ich ihre Gedanken.

Sie zuckt zusammen und senkt ertappt den Blick, was unsere Gedankenverbindung unterbricht. Dann rollt sie sich auf den Rücken und starrt zur Höhlendecke.

Jetzt braucht es all meine Selbstbeherrschung, nicht erneut zu ihr rüberzugehen, sie zu küssen und ihr zu erklären, dass sie aufhören soll, ständig an sich selbst zu zweifeln. Sie ist schön, stark und liebenswert. Aber wenn sie mich nicht ansieht, kann ich ihr das auch nicht sagen.

Lange liegt sie so da und suhlt sich in ihren Selbstzweifeln.

Die Magier sind immer noch am Trinken und essen die letzten Reste des Höhlenbären. Sie werden so rasch nicht schlafen gehen. Wahrscheinlich werden wir morgen auch nicht allzu früh aufbrechen.

Als sie sich mir endlich wieder zuwendet, liege ich immer noch in derselben Position und betrachte sie.

Ich lege alle Sanftheit in meine Gedankenstimme. ›*Cíara*‹, beginne ich. ›*Hör auf, dich dagegen zu wehren, und lass es einfach zu.*‹

Mir ist bewusst, dass ich viel von ihr verlange, schließlich bin ich der erste Mann, der sich für sie interessiert.

›*Ich werde Zeit brauchen*‹, bestätigt sie meine Vermutung. ›*Und wir haben keine Zeit. In ein paar Monaten sind wir wieder zurück im Zirkel und dann können wir uns nicht mehr sehen. Es hat alles keinen Sinn.*‹

Ich spreche einen Gedanken aus, den ich schon länger hege – genauer seit dem Tag, ehe sie zu diesen verdammten Zirkeltagen musste. ›*Dann lass uns fliehen.*‹

›*Nein, das können wir nicht*‹, erwidert sie. ›*Wir würden keine zehn Schritt weit kommen mit den Kampfmagiern im Nacken, und falls doch, würde Xenos uns bis ans Ende der Welt verfolgen und töten. Zudem hast du eine Verpflichtung im Zirkel: mit deiner Anwesenheit hier den Frieden deines Volkes zu wahren.*‹

Ich bin versucht, die Augen zu verdrehen. ›*Alia, so hübsch du auch bist, manchmal bist du einfach zu engstirnig*‹, knurre ich. ›*Die Elfen würden ein anderes Pfand schicken und glaub mir, wir können Xenos überlisten.*‹

Ich kann erkennen, wie ein kleiner Funken Hoffnung in ihren Augen aufflackert, ehe sie ihn mit einem Lidschlag wieder erlöschen lässt.

›*Es ist zu riskant, Reyvan. Ich will nicht, dass dir etwas passiert. Und was wäre mit Rana? Wir können sie nicht im Zirkel lassen. Xenos würde sich grausam an ihr rächen.*‹

Ich seufze leise. ›*Gut, dann verschieben wir unsere Fluchtpläne, bis wir wieder im Zirkel sind. Aber eines verspreche ich dir: Ich werde bestimmt nicht zusehen, wie du bis zum Lebensende für Xenos schuftest. Es gefällt mir nicht, wie er dich ansieht, und wenn er dich berührt, würde ich ihn am liebsten erwürgen.*‹

›*Bist du etwa eifersüchtig?*‹, fragt sie erstaunt.

Und wie ich das bin! Ich habe keine Ahnung, was der Zirkelleiter in Alia sieht, aber so, wie er sie betrachtet, so schaut man keine Dienerin an. Dieser alte Lustmolch hat wohl Verlangen nach einem jungen Körper – aber er wird nicht Alia bekommen!

Nun gut, genau genommen bin ich auch schon viel älter als sie, aber mein Äußeres passt perfekt zu ihr und ich bin auch gewillt, aus meiner pubertären Phase auszubrechen. Für sie. Für Alia.

›*Ja, das bin ich*‹, erwidere ich jetzt geradeheraus. ›*Du gehörst zu mir, nicht zu diesem arroganten Monster! Daher werde ich nicht zulassen, dass du länger als nötig für ihn arbeiten musst. Wenn wir zurück im Zirkel sind, wirst du alles daransetzen, seine Schwächen herauszufinden, damit wir einen Plan für unsere Flucht schmieden können.*‹

Der Hoffnungsschimmer in ihren Augen kehrt zurück, was mich wieder ruhiger werden lässt. Solange es Hoffnung gibt, werde ich kämpfen. Für uns beide!

›*Schlaf jetzt, wir haben noch fast vier Monate, um uns darüber zu unterhalten*‹, sage ich sanft.

Sie schließt tatsächlich die Augen und kurze Zeit darauf werden ihre Atemzüge wieder regelmäßiger, während ich über ihren Schlaf wache.

36

Alia

Der Regen hört langsam auf, trotzdem ordnet Xenos an, dass wir einen weiteren Tag in der Höhle bleiben, um unsere Vorräte aufzufrischen und unser Gepäck vollständig trocknen zu lassen. Mir ist es recht, denn ich darf einfach im hinteren Teil der Höhle sitzen bleiben und mich von der letzten Woche erholen.

Kalindra, die rothaarige Kampfmagierin, bewacht Tascha und mich, während Reyvan von vier anderen Magiern umgeben ist, die bei ihm ihr Lager aufgeschlagen haben. Xenos bespricht mit Arian den weiteren Weg und kümmert sich herzlich wenig um uns.

Trotzdem wage ich nicht, mich mit Reyvan zu unterhalten. Die fünf Magier lassen uns kaum aus den Augen und würden sofort Verdacht schöpfen, wenn wir uns länger als nötig anschauen. Reyvan lächelt ein paarmal aufmunternd zu mir herüber und selbst das wird nach kurzer Zeit von den Kampfmagiern unterbunden.

Also begnüge ich mich damit, den Magiern bei ihren Vorbereitungen zuzusehen. Sie legen alles Gepäck in der Höhle aus, damit es richtig trocknen kann. Nach ein paar Stunden kehren die Kampfmagier, die Xenos zur Jagd ausgeschickt hat, mit ihrer Beute zurück. Sie haben vier Hirsche und fünf Kaninchen erlegt, die sie bereits ausgenommen haben. Sie legen sie auf den Höhlenboden und ziehen ihnen das Fell ab, das sie auf hölzerne Rahmen spannen. Ein paar Feuermagier kümmern sich darum, die Felle zu trocknen und mit Rauch zu gerben. Damit der beißende Gestank nicht die ganze Höhle verpestet, verlagern sie die Fellgestelle nach draußen.

Andere Magier zerlegen das Fleisch der Tiere in Stücke, sodass schlussendlich nur noch das Rückgrat und der Kopf übrig bleiben. Das Ganze ist eine blutige Angelegenheit und obwohl ich es bei meinem Vater schon ein paar Mal gesehen habe, wende ich den Blick ab. Der Anteil, den wir heute nicht essen, wird geräuchert oder getrocknet, damit wir ihn mitnehmen können.

Bald ist es Abend und ein weiteres Festmahl erwartet uns. Einige Magier haben sogar frische Beeren gesammelt, die unser Essen ergänzen. Auch wir Gefangenen erhalten eine großzügige Portion. Offenbar wollen die Magier, dass wir bei Kräften sind für die weitere Reise.

Mit vollem Bauch lege ich mich schlafen. Morgen werden wir wieder aufbrechen und in einigen Tagen den Wald von Zakatas erreichen.

Das Wetter ist uns glücklicherweise nun freundlich gesinnt. Wir reiten so lange, wie wir es den Pferden zumuten können, und errichten unsere Lager in Höhlen oder anderen Unterschlüpfen.

Nach weiteren Tagen passieren wir vereinzelte Häuser, die darauf hindeuten, dass wir uns wieder der Zivilisation nähern. Ab und zu stehen Bauern oder Schafhirten am Straßenrand und schauen uns staunend nach. Schließlich reitet nicht jeden Tag ein Trupp von Kampfmagiern durch die Gegend.

Wir halten in der ersten größeren Siedlung an, um unsere Vorräte aufzufrischen. Das Dorf ist natürlich nicht mit Lormir zu vergleichen, aber es ist immerhin von einem Palisadenzaun umgeben und ich erkenne mindestens dreißig Häuser, die in verwinkelten Straßen aneinandergereiht sind. Über dem Dorf hängt eine Rauchwolke, die von den Kaminen und den Schmieden stammt.

Die Häuser haben strohbedeckte Dächer und die Wände sind aus solidem Stein gebaut. Mir dringen die typischen Dorfgerüche in die Nase – der Müll und die Ausscheidungen der Dorfbewohner, der ekelhafte Uringestank der Gerberei sowie der beißende Rauch der Schmieden. Darunter mischen sich angenehmere Düfte, die eindeutig vom Dorfplatz her kommen, auf dem gerade ein Markt stattfindet.

Der Boden ist bedeckt mit Reisigbündeln, da überall der Dreck von Menschen und Tieren liegt und man ansonsten darin versinken würde. Ich kenne dies bereits aus anderen Dörfern, deren Wege nicht täglich mit Wasser gereinigt werden wie die gepflasterten Straßen von Lormir. In meiner Heimatstadt wird allerdings auch nur der innere Stadtkern, wo die reichen Leute leben, sauber gehalten. Die äußeren Bereiche sind ebenfalls verdreckt und überall riecht es nach Exkrementen, Abfall und Verwesung – genau wie hier.

Wir steuern auf die Herberge nahe beim Dorfplatz zu, der etwa einen Durchmesser von fünfzig Schritt hat. Dort wird frisches Brot verkauft, ein Stand wirbt mit Früchten und Gemüsen, ein anderer verkauft Gewürze, die einen intensiven Duft verbreiten. Mindestens hundert Leute tummeln sich auf dem Platz, der unter der Menge fast zu bersten droht.

Wir bahnen uns einen Weg zur Herberge und die Leute gehen eilig beiseite, um von unseren Pferden nicht niedergetrampelt zu werden.

Xenos betritt den Schankraum und verhandelt mit dem Wirt, der hinter dem Tresen hervorkommt, über den Preis für eine

Übernachtung. Für ihn als Zirkelleiter wird der Aufenthalt natürlich kostenlos sein. Auch wir anderen scheinen einen saftigen Rabatt zu erhalten, denn es geschieht nicht oft, dass so hoher Besuch hier nächtigt. Wahrscheinlich erhofft sich der Wirt dafür ein großzügiges Trinkgeld oder er hat einfach Angst vor den Magiern.

Als Xenos und der Mann sich geeinigt haben, bedeutet er uns, dass wir uns an die Tische setzen können. Im Schankraum riecht es nach abgestandenem Bier, Rauch und Bratfett, aber trotzdem verspüre ich Hunger.

Wir bekommen ein deftiges Abendessen aus Kalbseintopf, in dem dicke Fleischstücke, Kohl sowie jede Menge Fettaugen schwimmen, dazu selbst gemachtes, dunkles Brot. Wieder trinken die Magier viel Wein, der vom Wirt großzügig nachgeschenkt wird.

Die Schalen, die er uns hinstellt und in die wir den Eintopf schöpfen, sind ranzig, und Überreste eines vorherigen Gerichtes kleben am Rand. Aber selbst das ist mir im Moment gleichgültig. Ich schlinge den Eintopf mit Appetit herunter.

Tascha und ich sitzen zusammen mit Kalindra und Milena an einem separaten Tisch weiter hinten im Schankraum. Natürlich wird in unserer Runde weit weniger gesprochen als am Tisch der anderen Magier, da zwei von uns ja stumm sind. Aber das macht mir inzwischen nicht mehr viel aus. Ich weiß, dass ich mich zumindest mit Reyvan unterhalten kann.

Dieser sitzt inmitten der Kampfmagier und starrt in seinen Becher, in dem kein Wein ist, sondern abgestandener Tee. Ab und zu hebt er den Blick und schaut zu uns herüber. Er scheint sich ganz und gar nicht wohlzufühlen inmitten dieser Menschen, die sich grölend Witze erzählen. Ich kann es ihm nachempfinden. Auch ich fühle mich unwohl und würde am liebsten nach oben in den Schlafbereich gehen. Aber wir müssen so lange hier sitzen, bis Kalindra und Milena schlafen gehen.

Ich freue mich schon darauf, endlich wieder in einem richtigen Bett die Nacht zu verbringen. Wir sind nun bereits über einen halben Monat unterwegs und ich vermisse die Bequemlichkeiten, die ich bisher zu Hause und im Zirkel hatte.

Nachdem alle endlich mit dem Gelage fertig sind, werden Tascha und ich in eine Art Massenlager geführt, in dem auch die anderen weiblichen Kampfmagierinnen schlafen.

Die Matratze füllt den ganzen Raum aus und besteht aus Stroh, über das ein großes Tuch gelegt wurde. Immerhin besser, als auf dem Boden zu übernachten. Ich kuschle mich neben Tascha unter meine Reisedecke und genieße die Wärme, die vom Stroh aufsteigt. So könnte es von mir aus jede Nacht sein. Leider werden wir nur einen Tag hier in diesem Dorf, dessen Name mir unbekannt ist, verbringen, ehe wir wieder aufbrechen.

Am nächsten Tag schickt Xenos ein paar Magier los, um beim Pferdehändler neue Reittiere zu kaufen. Einige unserer Pferde sind schon mitgenommen und wir haben noch nicht einmal ein Drittel der Hinreise hinter uns.

Ich nutze den freien Tag, um mich zu erholen, liege auf dem Strohbett und überlege mir insgeheim Pläne, wie ich Xenos entwischen kann. Leider fehlt mir der Einfallsreichtum von Reyvan. In meinen Überlegungen lande ich immer wieder bei der Vorstellung, wie ich von Xenos verfolgt durch das Tor der Magiergilde renne.

Natürlich werde ich keinen Schritt vor die Mauern setzen können, wenn der Zirkelleiter hinter mir her ist. Ein Feuerball genügt und ich bin tot. Aber ich vertraue inzwischen darauf, dass ich, wenn wir zurück im Zirkel sind, etwas über ihn herausfinden kann, das uns helfen wird, zu entkommen.

Allerdings müssen wir jetzt erst mal diese Reise hinter uns bringen und ich werde mich von Tascha verabschieden müssen, sobald wir bei den Elfen sind. Ihre fröhliche Art fehlt mir und ich versuche mehr als einmal, durch die Betäubung zu ihr durchzudringen. Leider erfolglos. Sie ist zu sehr in ihrem Geist gefangen, auch wenn sie sich nun selbstständiger bewegen kann. So begnüge ich mich damit, sie in den Armen zu halten und ihr über die blonden Locken zu streichen, in der Hoffnung, dass sie etwas davon mitbekommt.

Als wir einen Tag später aufbrechen, fühle ich mich zum ersten Mal, seit wir den Zirkel verlassen haben, wieder erholt. Ich habe mich in den zwei Wochen, die wir unterwegs sind, sogar an das Reiten gewöhnt und mein Hintern schmerzt zumindest nicht mehr so wie am Anfang. Dank Duhr habe ich mir zudem weder die Hände noch die Innenschenkel weiter verletzt und auch mit meinem Pferd verstehe ich mich langsam, selbst wenn ich immer noch stark daran zweifle, dass ich es im Griff hätte, würde es sich plötzlich selbstständig machen und nicht wie jetzt einfach brav den anderen Pferden hinterhertrotten.

Wir reiten weiter durch die Steppe, die nun mit vielen Bäumen und Sträuchern durchsetzt ist. Ab und zu verlassen wir den Weg, um eine Abkürzung zu nehmen. Dann sind die Magier jeweils besonders aufmerksam, denn auch hier in der Steppe wohnen gefährliche Wesen wie Steppenechsen, Trolle, Warfts oder riesige Wolfsrudel, die uns jederzeit überfallen könnten. Jedoch scheinen die meisten von ihnen Respekt vor einer zwanzig Mann starken Kampfmagiergruppe zu haben. Somit hören wir nur nachts das sehnsüchtige Heulen von Wölfen und Schreie, die ich nicht zuordnen kann und die mir eine Gänsehaut über den Rücken jagen. Ich bin froh, dass wir in einer großen Gruppe reisen und somit nicht das bevorzugte Ziel dieser Wesen der Nacht sind.

Nach über einer Woche, die glücklicherweise ohne Zwischenfall verläuft, erreichen wir den Wald von Zakatas – oder wir reiten eher übergangslos hinein, da der Steppenwald plötzlich dichter wird und Nadelbäume die Laubbäume langsam verdrängen.

Ich schaue mich mit großen Augen um. Je weiter wir in den Wald eindringen, desto beeindruckter bin ich. Noch nie habe ich so etwas gesehen, nicht einmal der Wald in der Nähe des Zirkels von Lormir kann diesem hier das Wasser reichen.

Seine Bäume scheinen uralt zu sein und zwischen ihren Stämmen entdecke ich immer wieder helle Lichtungen. Es riecht nach Erde und Moos und um uns zwitschern unzählige Vögel. Der Boden ist, so weit das Auge reicht, mit Farn bedeckt, das zwischendurch von kleinen Sträuchern unterbrochen wird. Ich kann mir nicht vorstellen, dass in diesem Wald etwas Böses lebt. Trotzdem bleiben die Kampfmagier nun dicht beisammen und schauen aufmerksam nach allen Seiten.

Auch Reyvan ist wie ausgewechselt, seit wir den Wald erreicht haben. In seinen Augen liegt ein Glanz, den ich bisher noch nie gesehen habe. Er sitzt kerzengerade auf seinem Pferd und schaut seine Umgebung an, als suchte er nach etwas.

Allerdings dauert es noch knapp einen Monat, bis wir zu seinem Volk kommen. Ich kann mir nicht vorstellen, dass wir bereits jetzt von Elfen beobachtet werden. Aber wer weiß, schließlich gehört ihnen dieser Wald. Also schaue ich ebenfalls aufmerksam um mich, entdecke aber nichts außer ein paar scheuen Rehen, die vor uns fliehen.

Reyvan und ich haben uns seit der geheimen Unterhaltung in der Höhle nicht mehr austauschen können. Zu streng wurden wir bewacht, aber es gibt mir Trost zu wissen, dass wir eine Verbindung zueinander haben und er auf mich aufpasst.

Je tiefer wir in den Wald vordringen, desto mehr steigt die Anspannung unter den Kampfmagiern, bis sie fast mit Händen greifbar wird. Ich weiß, dass in den Tiefen dieser Wälder Monster lauern, vor denen sich selbst die Elfen fürchten. Mein Vater hat mir manchmal – natürlich nur heimlich, wenn Mutter es nicht mitbekommen hat – grausige Geschichten von Waldmonstern erzählt, denen ich damals mit kindlicher Ehrfurcht und sehnsuchtsvoller Neugier gelauscht habe. Seinen Erzählungen nach müsste hinter jedem Baum ein solches Wesen lauern und uns nach dem Leben trachten, trotzdem reiten wir viele Tage durch den Wald, ohne dass etwas Nennenswertes passiert.

Die Bäume stehen immer dichter beisammen und das Unterholz wird mit jedem Tag schwieriger passierbar. Wir schlagen unser Nachtlager nach Möglichkeit im Schutz von Baumwurzeln, Gestrüpp oder gar Baumhöhlen auf. Immerhin kann uns die Witterung nicht mehr allzu viel anhaben, da uns die dichten Baumkronen vor jeglichem Unwetter schützen.

Auch an Essen mangelt es uns nicht. Die Magier gehen regelmäßig auf die Jagd und kommen jeden Tag mit reichlich Beute zurück. Zudem gibt es überall kleine Flüsse, wo wir unsere Wasserschläuche füllen können. Kein Wunder, dass sich die Elfen hier niedergelassen haben. Die Gegend ist wunderschön und ich bin wie verzaubert davon.

Jedoch entgeht auch mir nicht, dass die Sicherheitsmaßnahmen von Xenos langsam verschärft werden. Die Magier, die auf die Jagd gehen, kehren immer schneller zurück, da sie sich nicht mehr so weit entfernen, und unsere Gruppe bleibt immer dichter beisammen.

Dass diese Vorsicht nicht umsonst ist, zeigt sich schneller, als mir lieb ist. Gerade als wir eines Abends unser Lager aufgebaut haben und die Magier sich daranmachen, das Abendessen zuzubereiten, ertönt auf einmal ein Laut, wie ich ihn noch nie gehört habe. Es ist eine Mischung aus Fauchen, Zischen und Heulen und kommt direkt aus einem dichten Gebüsch, vor dem wir unser Lager aufgeschlagen haben.

Sofort sind alle Magier kampfbereit. Auch Reyvan, der etwa fünfzehn Schritt links von mir saß, ist aufgesprungen und starrt in die Richtung, aus welcher der Schrei kam. Ich sehe, dass sein ganzer Körper einer gespannten Bogensehne gleicht, bereit, sich jederzeit auf den Feind zu stürzen. Ich weiß nicht, womit wir es zu tun haben, aber so wie alle reagieren, muss es etwas Gewaltiges sein. Rasch schaue ich mich nach Tascha um, die neben mir sitzt und von all dem nichts mitzubekommen scheint.

Ein zweiter Schrei ertönt, diesmal näher. Xenos brüllt Befehle und die Hälfte der Magier schwärmt aus, um, was auch immer sich uns da nähert, von hinten zu überraschen.

Noch während ich mich frage, welcher Bedrohung wir gegenüberstehen, bricht ein riesiger, mit smaragdgrünen Schuppen und zwei böse funkelnden Augen besetzter Echsenkopf zwischen den Büschen hervor.

Auf den ersten Blick bin ich viel zu schockiert, um genau sehen zu können, was sich da mitten im Lager vor uns aufbaut, aber dann erkenne ich, dass es sich um eine etwa zehn Schritt lange und sechs Fuß hohe Echse handelt.

Ihre vier Beine mit den scharfen Klauen sind so dick wie kleine Baumstämme und ihre gespaltene Zunge zischt aus dem riesigen Maul, aus dem gelber Speichel tropft. Ihr ganzer Körper ist mit den grünen Schuppen bedeckt und sie bewegt sich auf allen vieren flink wie eine Eidechse fort, obwohl sie sich von dieser in ihrer Größe etwa so stark unterscheidet wie ein Ochse von einem Käfer.

Sie brüllt abermals und diesmal ist das Geräusch so laut, dass ich unwillkürlich meine Hände hebe, um die Ohren zuzuhalten. Ihr antworten zwei weitere Echsen, die nun durch das Dickicht brechen und ins Lager stürmen.

Die Magier schleudern ihnen ihre Kampfzauber entgegen. Die Echsen scheinen jedoch eine zu dicke Haut zu haben – oder gar gegen Magie resistent zu sein. Der Eisregen und die Feuerpfeile prallen an ihren gepanzerten Körpern ab, als wären es kleine Blätter, die vom Himmel fallen.

Mit Entsetzen sehe ich, dass noch zwei weitere Echsen den Weg zu uns gefunden haben, sie werden jedoch von einer Welle von Zaubern am Rand des Lagers aufgehalten.

Ich erwache aus meiner anfänglichen Starre. In der Hoffnung, aus dem Blickfeld der Riesenechsen zu gelangen und sie vor allem von Tascha abzulenken, die immer noch entspannt auf ihrer Decke sitzt, gehe ich ein paar Schritte zur Seite.

Eine der drei Echsen, die ins Lager gedrungen sind, scheint die Bewegung bemerkt zu haben. Sie dreht den Kopf zu mir und stürmt direkt auf mich zu. Ich weiche zurück, bis ein Baum hinter mir den Fluchtweg versperrt.

Verzweiflung und Panik schnüren mir die Brust zu und ich schnappe unwillkürlich nach Luft. Ich habe keine Ahnung, wie ich mich gegen diese Bestie wehren soll.

Die Echse ist binnen eines Augenblicks bei mir. Sie baut sich vor mir auf und starrt mich mit ihren gelben Augen mordlüstern an. Wahrscheinlich stellt sie sich gerade vor, wie ich wohl schmecken mag. Schon spüre ich ihre Zunge an meiner Wange und schaue direkt in ihr vor Speichel triefendes Maul, dessen grässlicher Atem mir fast die Sinne raubt.

»Alia, duck dich!« Reyvan rennt auf mich zu. Er formt eine Giftwolke, die er direkt auf die Echse schleudert. Woher er das Gift dafür hat, will ich gar nicht erst wissen.

Die Echse wird für den Bruchteil einer Sekunde abgelenkt und schüttelt den Kopf, um die Wolke loszuwerden, die ihr ebenso wenig anhaben kann wie die anderen Zauber, welche die Kampfmagier immer noch auf ihre Artgenossen schleudern. Trotzdem ballt Reyvan bereits die Hände, um eine weitere Wolke zu schaffen.

In diesem Augenblick donnert eine mir inzwischen nur allzu vertraute Stimme quer über das Lager. »Weg da!« Es ist Xenos, der von rechts auf uns zurennt.

Ohne nachzudenken, renne ich in seine Richtung von der Echse weg, die sich inzwischen von der Wolke befreit und ihren

Kopf mir wieder zugewandt hat. Nach ein paar Schritten stolpere ich über eine der Baumwurzeln, die hier überall aus dem Boden hervorstehen, und falle der Länge nach hin.

Meine Hände und Knie durchzuckt ein brennender Schmerz, als ich sie auf dem mit Steinen gespickten Waldboden aufschürfe. Aber ich habe keine Zeit, mir darüber Gedanken zu machen. Hinter mir ertönt ein triumphierendes Gebrüll.

Ich hebe den Kopf, jederzeit darauf gefasst, dass die Echse mich verschlingt.

Das Bild, das sich mir bietet, lässt mich jedoch aus einem anderen Grund den Atem anhalten. Xenos steht breitbeinig inmitten des Lagers und seine imposante, düstere Erscheinung macht sogar auf die Echse, die meine Verfolgung aufgenommen hat, einen Moment lang Eindruck. Sie hält in ihrer Bewegung inne und starrt ihn an. Es scheint fast, als wäre der Zirkelleiter von einer dunklen Aura umgeben, sein Amulett blitzt schwarz auf.

Ich habe Xenos schon ein paar Mal zaubern gesehen, jetzt aber begreife ich erst, dass er bisher nur einen Bruchteil seines Könnens gezeigt hat, denn was er jetzt macht, übersteigt all meine Vorstellungskraft.

Er murmelt ein paar Worte und direkt über der Echse bildet sich eine schwarze Wolke. Bevor diese sich über die plötzliche Dunkelheit wundern kann, stürzen flammende Gesteinsbrocken auf sie herunter und erschlagen sie auf der Stelle. Dasselbe geschieht mit den beiden anderen Echsen, gegen die einige der Magier im Lager kämpfen. Die Luft ist auf einmal vom ekelhaften Geruch verbrannten Fleisches erfüllt und ich würge.

Ohne sich weiter um die brennende Echse unter den Steinen zu kümmern, kommt Xenos mit großen Schritten zu mir. Ich versuche mich aufzurappeln und begutachte meine Knie und Hände, die leicht bluten und brennen.

»Alles in Ordnung?«, fragt er.

Bevor ich ihm bedeuten kann, dass es mir gut geht, ist Reyvan bei mir, kniet sich neben mich und legt eine Hand auf meine Schulter.

»Cíara, geht es dir gut?« Mit den Augen sucht er meinen Körper besorgt nach weiteren Verletzungen ab.

Aufgrund meiner Stummheit kann ich nur mit dem Kopf nicken, aber das scheint beiden zu reichen.

Xenos schaut Reyvan finster an. »Verzieh dich!« Seine Stimme ist eiskalt und sein Blick bohrt sich in das Gesicht des Elfen.

Reyvan richtet sich langsam auf und starrt ebenso kalt zurück. »Wenn du ihr ein Haar krümmst, werde ich …«

»Was wirst du?«, unterbricht ihn Xenos. »Mich umbringen? Dass ich nicht lache. Du hast keine Ahnung, worauf du dich einlässt.« Dann nimmt er demonstrativ meinen Arm und zieht mich hoch.

Reyvan knirscht mit den Zähnen und gibt einen Laut von sich, der an das Knurren eines Hundes erinnert. Aber Xenos beachtet ihn nicht weiter, dreht ihm den Rücken zu und führt mich zurück zu meiner Schlafstelle.

Offenbar haben sich die anderen Magier gegen die zwei verbleibenden Echsen durchsetzen können, denn sie kehren zurück zum Lager und beginnen, die drei verbrannten Kadaver beiseitezuschaffen.

»Setz dich hin!«, weist Xenos mich an.

Ich befolge seinen Befehl ohne Widerrede. Zu sehr sitzt mir noch der Schrecken in den Gliedern. Um ein Haar wäre ich von dieser Echse verschlungen worden.

Neben mir sehe ich Tascha, die immer noch seelenruhig dasitzt und offenbar von allem nichts mitbekommen hat.

»Zeig mir deine Hände«, fordert mich Xenos auf und ich hebe automatisch meine Handflächen an.

Er kniet sich neben mich. Gerade als ich mich wundere, warum er mir so viel Aufmerksamkeit schenkt, macht er, ohne hinzuschauen, eine Handbewegung in die Richtung von Reyvan. Ich höre einen Schrei und wende erschrocken den Kopf. Ich kann gerade noch sehen, wie Reyvan, der im Begriff war, sich auf Xenos zu stürzen, zu Boden fällt. Neben ihm stehen drei Kampfmagier, die jetzt seine Hände und Beine fesseln. Ich schnappe bestürzt nach Luft und versuche aufzustehen, um ihm zu Hilfe zu eilen.

»Du bleibst hier sitzen!« Xenos hält meine Hände fest. »Er ist nur betäubt und wenn er seine rebellische Art nicht in den Griff bekommt, wird er das ebenso bleiben wie deine kleine Freundin hier.« Er deutet auf Tascha.

Ich starre ihn wütend an, kann ihm aber leider nicht ins Gesicht schleudern, was ich von ihm halte.

»Willst du mir etwas sagen?« Ein provokantes Lächeln breitet sich auf seinen Zügen aus.

Ich erwidere seinen Blick und lege allen Zorn hinein, den ich empfinde. Aber er hebt nur eine Augenbraue und sein Grinsen erstirbt. Dann wendet er sich ab und schickt einen Heiler zu mir, der sich um meine Wunden kümmern soll. Ich versuche, meine Wut auf Xenos zu unterdrücken, während ich die heilende Wärme in meinen Händen und Knien spüre.

Trotzdem muss ich eingestehen, dass ich von Xenos' Macht beeindruckt bin. Als er meine Handflächen untersuchte, war weder ein Zittern noch Kälte von seinen Händen ausgegangen. Der Zauber, mit dem er drei Echsen gleichzeitig getötet hat, hat ihm weniger abverlangt als ein Fingerschnippen. Seine Macht ist wirklich gewaltig – und damit ist er sehr gefährlich.

Vielleicht ist es besser, dass Reyvan jetzt betäubt ist, ehe er eine Dummheit begehen konnte. Seinen wütenden Augen nach zu schließen, hätte er Xenos tatsächlich angegriffen, hätte dieser ihn nicht mit dem Betäubungszauber belegt.

Der Rest des Abends verläuft glücklicherweise ohne weitere Angriffe. Falls es noch andere Echsen in der Nähe gibt, haben sie das Weite gesucht. Trotzdem verdoppelt Xenos die Wachen für die Nacht.

Zwei Magier wurden bei dem Angriff getötet. Ich atme auf, als ich sehe, dass Duhr nicht darunter war. Irgendwie ist mir der Heiler mit seiner schwarz-weißen Ratte ans Herz gewachsen.

Xenos nimmt den Betäubungszauber nach etwa drei Stunden von Reyvan. Dieser ist sichtlich benommen, aber genügend wach, um Xenos mit feindlichen Blicken zu taxieren. Der Zirkelleiter lächelt herablassend und geht zurück zu den anderen Kampfmagiern, die um das Feuer sitzen.

Sobald er sich unbeobachtet fühlt, dreht Reyvan mir den Kopf zu und schaut mich an.

›*Hat er dir etwas getan?*‹

›*Nein*‹, erwidere ich und versuche, mich so unauffällig wie möglich zu verhalten.

Inzwischen werden Tascha und ich wieder von Kalindra und Milena bewacht, die mir jedoch den Rücken zugekehrt haben. Um Reyvan herum sitzen drei Kampfmagier. Da er immer noch gefesselt ist, scheint Xenos diese Bewachung zu genügen.

›*Ich hätte ihn umbringen sollen, als ich die Gelegenheit dazu hatte!*‹ Reyvans Wut ist selbst in meinen Gedanken spürbar.

›*Du hättest keine Chance gegen ihn gehabt*‹, entgegne ich möglichst sanft, um ihn zu beruhigen. ›*Hast du nicht gesehen, was er mit den drei Echsen angestellt hat? Er ist einfach zu mächtig.*‹

›*Trotzdem …*‹ Zwischen seinen Augenbrauen erscheint eine zornige Falte.

›*Reyvan, bitte, versuch, dich zusammenzureißen. Deine Reaktion hat nur dazu geführt, dass du jetzt gefesselt bist.*‹

Er zieht an seinen Fesseln, was die Kampfmagier aufhorchen lässt. Sie schauen ihn prüfend an, ehe sie sich wieder ihrem Gespräch widmen.

›*Siehst du, es bringt nichts!*‹, sage ich in Gedanken.

›*Ich schwöre dir, sobald wir im Zirkel sind, werde ich einen Weg finden, wie wir fliehen können.*‹

›*Ja, aber bis dahin musst du ruhig bleiben. Du bringst uns mit solchen Aktionen nur in Schwierigkeiten.*‹

Seine Augen glitzern gefährlich. ›*Gefällt es dir etwa, wenn er dich anfasst?*‹

›*Reyvan, sei nicht albern*‹, schelte ich ihn. ›*Natürlich nicht. Ich verabscheue ihn und würde ihn lieber heute als morgen tot sehen. Trotzdem … im Moment bleibt uns nichts anderes übrig, als mitzuspielen.*‹

›*Gut. Ich werde versuchen, mich zu beherrschen – dir zuliebe. Aber wenn er mich nochmals so provoziert oder dich anfasst …*‹

›*Dann denk daran, dass ich zu dir gehöre*‹, unterbreche ich ihn und forme mit den Lippen einen Kuss.

Endlich scheint er sich zu beruhigen, denn er lächelt mich an. ›*In Ordnung, ich werde es versuchen. Schlaf jetzt, Cíara. Es war ein anstrengender Tag.*‹

Ich sehe, wie er versucht, mit seinen Fesseln eine einigermaßen angenehme Position zum Schlafen zu finden, und mein Herz wird schwer. Irgendwann werde ich Xenos all seine Grausamkeiten heimzahlen.

37

Alia

Wir haben noch etwas mehr als zwanzig Tage Reise vor uns und befinden uns nun tief in den Wäldern von Zakatas. Glücklicherweise hat Xenos angeordnet, dass Reyvan seine Fesseln nicht mehr tragen muss. Ich bin froh über diese Geste, bei einem weiteren Angriff wäre er ansonsten ebenso verwundbar wie Tascha. Trotzdem lässt Xenos Reyvan noch stärker bewachen als zuvor.

Seit dem Angriff der Echsen ist schon über eine Woche vergangen. Zum Glück haben wir seither keine weiteren Monster gesehen, dennoch sind alle noch wachsamer, und bei dem kleinsten Geräusch halten wir an, um eine Vorhut auskundschaften zu lassen, womit wir es zu tun haben. Meist ist es jedoch nur ein unachtsamer Hase oder Fuchs, der uns über den Weg gelaufen ist.

Wir reiten zügig weiter, immer tiefer in den Wald hinein. Woher Xenos und Arian wissen, wo wir uns befinden, ist mir schleierhaft. Für mich sieht jeder Baum gleich aus wie der vorherige und ich erkenne trotz genauem Hinschauen weder einen

Trampelpfad noch einen anderen Anhaltspunkt für einen Weg durch das Unterholz. Im Gegensatz dazu zeigt jedoch eine breite Schneise in der Farnlandschaft, wo wir durchgeritten sind. Den Weg zurück werden wir also bestimmt wiederfinden.

Schließlich wird das Unterholz so dicht, dass wir absteigen und die Pferde führen müssen, was vor allem für Tascha ein großes Problem darstellt, da sie nur ein Bein hat. Kurzerhand lässt Xenos sie auf dem Rücken ihres Pferdes wie ein Paket festbinden.

Ab jetzt kommen wir nur noch langsam voran. Selbst die Tatsache, dass die Magier mit Zaubersprüchen das Unterholz vor uns roden, bringt keine Erleichterung für die Pferde, die mit ihren Hufen immer häufiger in den Brombeerranken und anderem Gestrüpp hängen bleiben. Zudem gelangen auch die Magier bald an ihre körperlichen Grenzen, und die Gefahr, dass sie sich bei einem Angriff nicht mehr richtig verteidigen können, steigt mit jeder Stunde.

Schlussendlich befielt Xenos, dass wir die Reittiere stehen lassen und zu Fuß weitergehen. Zur Bewachung der Pferde ordnet er fünf Magier ab. Für Tascha wird eine Art Trage gebaut, auf der sie sitzen kann und die abwechselnd von je zwei Magiern getragen wird.

Unser Proviant wird gleichmäßig auf Rucksäcke verteilt, die wir uns auf den Rücken schnallen. Ab jetzt werden wir mit weniger Essen auskommen müssen, außer die Magier erlegen ein Tier, von denen es hier, in der Mitte des Waldes, jedoch seltsamerweise immer weniger gibt.

Eine Gruppe von drei Magiern geht voraus, um uns vor Gefahren zu warnen, dann folgen Arian und Xenos und dahinter Reyvan und ich, die von sechs Magiern flankiert werden. Hinter uns wird Tascha getragen und den Abschluss bilden zwei weitere Magier. So bahnen wir uns einen Weg durch das Unterholz.

Es ist anstrengend und mühselig und schon bald schmerzen mir alle Muskeln. Von dem tagelangen Reiten bin ich es nicht mehr gewohnt, so lange auf den Beinen zu sein. Reyvan, der vor mir geht, scheint damit jedoch kein Problem zu haben – wieder einmal. Ich verfluche meine schwachen Beine. Seit dem Vorbereitungstraining für die Zirkeltage hatte ich keine Gelegenheit mehr, meinen Körper und meine Ausdauer zu trainieren – und das rächt sich nun. Meine Schenkel und Füße schmerzen bei jedem Schritt und ich muss mich anstrengen, um mit den anderen mitzuhalten.

Als wir nach vier Stunden eine Pause einlegen, lasse ich mich ermattet zu Boden fallen. Ich habe gerade noch genug Kraft, den Becher Gemüsebrühe zu halten, den mir Kalindra reicht. Milena ist bei den Pferden geblieben, was ich bedauere. Ich mag sie irgendwie, obwohl sie mich bewacht hat, denn sie hatte immer ein Lächeln für mich übrig. Kalindra ist dagegen distanziert und lässt mir nur die nötigste Aufmerksamkeit zukommen.

Ich stöhne vor Schmerzen, als ich meine Beine strecke. Meine Füße weisen Blasen auf, die von Duhr, dem Heiler, behandelt werden. Trotzdem bleibt ein Restschmerz in meinen geschundenen Beinen zurück.

Nach einer Stunde Pause gehen wir weiter. Obwohl ich dachte, dass ich keinen Schritt mehr machen kann, setze ich einen Fuß vor den anderen. Zu meinem Vorteil ist das Tempo aufgrund des dichten Unterholzes langsam, sodass ich jetzt gut mitkomme.

Trotzdem bin ich froh, als Xenos nach vier weiteren Stunden das Zeichen zur Rast gibt. Wir schlagen unser Nachtlager auf und Reyvan und ich werden so weit wie möglich voneinander getrennt. Inzwischen bleibt mir nur ein müdes Kopfschütteln für Xenos' Vorsicht übrig. Er könnte uns mühelos mit einer Handbewegung töten, daher finde ich es lächerlich, dass er auf dieser Maßnahme besteht. Aber ich hüte mich davor, ihn zu verärgern, und nehme brav meinen Platz bei dem mir zugewiesenen Baum ein.

Um uns wuchert ein Brombeergestrüpp, das uns zusätzlich vor möglichen Angriffen schützt. Die Luft riecht hier modrig und der Boden ist feucht, aber das stört mich nicht, da ich auf meiner Decke sitze.

Als Abendessen gibt es ein paar getrocknete Streifen Fleisch und hartes Brot. Dann lege ich mich neben Tascha hin und schlinge die Decke um mich. Der Wald ist erfüllt von den nächtlichen Geräuschen.

Ich fühle mich komischerweise trotz der Anwesenheit der Magier nicht wirklich sicher und wälze mich hin und her. Etwas liegt in der Luft, das all meine Nerven aufs Äußerste anspannt und jede Zelle meines Körpers alarmiert. Ich kann es jedoch weder benennen noch begreifen.

Sorgfältig versuche ich, durch das Unterholz Reyvan zu erkennen. Tatsächlich liegt er einige Schritte entfernt mit dem Kopf mir zugewandt und sieht mich an.

›*Spürst du es auch?*‹, fragt er.

›*Ja, was ist das?*‹ Meine Haut kribbelt.

›*Das sind die Zauber, welche die gläserne Stadt verbergen.*‹

›*Die gläserne Stadt?*‹

›*Die Hauptstadt der Elfen von Zakatas, unser Ziel. Wir sind meinem Volk schon ganz nahe*‹, antwortet er. ›*Wir sind besser vorangekommen, als Xenos denkt. In etwa einer Woche werden wir dort sein.*‹

›*Dann hätten wir ja weniger lange gebraucht, als wir dachten*‹, bemerke ich verblüfft.

›*Ja, haben wir auch*‹, bestätigt er lächelnd.

›*Spürt Xenos das auch? Diese Zauber?*‹

›*Ganz bestimmt. Sie sind für jedes lebende Wesen spürbar.*‹

Ich schließe die Augen und versuche, das Gefühl zu erfassen. Aber das Kribbeln hört auf, sobald ich mich darauf konzentriere. Es ist eher eine Ahnung als eine richtige Empfindung.

Bei der Vorstellung, dass dies nun in den nächsten Tagen noch stärker wird, überläuft mich ein Schauer. Kein Wunder, dass diese Gegend von den meisten Tieren gemieden wird. Und gegen Feinde dient der Zauber wohl als Warnung. Ich rechne jedenfalls nicht damit, dass wir in den nächsten sieben Tagen noch weiteren Monstern begegnen werden.

Und ich sollte glücklicherweise recht behalten.

Das Gefühl der Bedrohung wird von Tag zu Tag stärker. Auch die Magier sind unruhig und halten noch aufmerksamer nach Gefahren Ausschau. Aber wir sehen nichts außer ein paar Vögeln, die wir aus dem Unterholz aufscheuchen. Ansonsten begegnen wir keiner Menschenseele.

Gerade als wir eine Lichtung überqueren wollen und ich denke, dass wir wahrscheinlich gefahrlos zu dieser gläsernen Stadt durchdringen können, springen plötzlich zwei Gestalten aus den Bäumen auf den Boden vor uns. Xenos und Arian bleiben ruckartig stehen und bilden magische Schutzschilde. Ich recke den Kopf, um etwas sehen zu können, und schnappe unwillkürlich nach Luft.

Vor uns befinden sich zwei Elfen, ein Mann und eine Frau. Sie stehen der Schönheit von Reyvan in nichts nach. Ihre Körper sind so perfekt, dass ein Bildhauer sie nicht besser modellieren könnte. Beide tragen ein grünes, kunstvoll verziertes Obergewand und dunkelbraune, enge Hosen, die ihre körperlichen Vorzüge betonen.

Ihr langes, pechschwarzes Haar hat die Frau in Hunderte von Zöpfen geflochten, während der Mann sein blondes Haar, das im schwachen Licht fast weiß erscheint, streng nach hinten gebunden trägt. Ich komme zu dem Schluss, dass alle Elfen eine spezielle Augenfarbe haben müssen, denn die Augen der Frau haben die Farbe von Amethysten, während diejenigen des Mannes von einem goldenen Braun sind. Beide Elfen sind mit

Pfeil und Bogen ausgerüstet und tragen gefährlich aussehende Wurfdolche an ihren Gürteln.

Xenos und Arian lassen ihre Schutzschilde fallen und deuten eine Verbeugung an. Die beiden Elfen gehen jedoch, ohne sie zu beachten, an ihnen vorbei, direkt auf Reyvan zu, der vor mir steht.

Zu meiner Überraschung beugen sie die Knie vor ihm und senken den Kopf.

»Willkommen zurück, Prinz Reyvan Caltayó«, begrüßen sie ihn im Chor.

Mir fällt die Kinnlade herunter. Wie bitte? Prinz Reyvan? Prinz? Warum hat er mir nichts davon gesagt? Ich hatte gedacht, er gehöre eher zu den randständigen Elfen, da die Menschen den Elfen ja auch nur jene als Pfand schicken, die sie nicht mehr gebrauchen können. Nie im Leben hätte ich damit gerechnet, dass die Elfen stattdessen einen Prinzen als Pfand hergeben.

Aber dann wird mir der Grund dafür schlagartig bewusst: Für Reyvan bedeutet die Zeit im Zirkel nur einen Bruchteil seiner Lebensjahre, daher ist es für ihn ein geringes Opfer, im Gegensatz zu den Menschen, die bis an ihr Lebensende bei den Elfen bleiben müssen. Zudem gibt es ihm die Möglichkeit, die Menschen, oder besser die Magier, zu studieren.

Kein Wunder, dass Xenos so schlecht auf ihn zu sprechen ist. Er weiß genau, dass er ihm nichts anhaben darf und schon gar nicht seine Gedanken löschen kann, in denen alles gespeichert ist, was er über die Magier in Erfahrung bringen konnte. Das würde den Zorn der Elfen beschwören und einen Krieg auslösen, sobald sie erfahren, dass dem Thronfolger etwas passiert ist. Reyvan in den Zirkel zu schicken, war wirklich ein geschickter Schachzug des Herrschers der Elfen – seinem Vater.

Immer noch sprachlos beobachte ich, wie Reyvan kurz mit dem Kopf nickt und den beiden Elfen bedeutet, sich zu erheben. Er wendet sich jedoch nicht zu mir um, offenbar ist es ihm unangenehm, dass er diese ›Kleinigkeit‹ vor mir verheimlicht hat.

Die Elfen wenden sich nun an Xenos und Arian, die sie ebenfalls höflich begrüßen. Auf Xenos' Zügen sehe ich jedoch neben seiner üblichen Arroganz auch eine Spur von Beleidigung. Es passt ihm nicht, dass sie zuerst seinen Gefangenen begrüßt haben. Die Elfen lässt das sichtlich kalt, sie wechseln ein paar Worte mit dem Zirkelleiter und dem Anführer der Kampfmagier, die ich nicht verstehen kann, da ich zu weit entfernt von ihnen stehe. Ich begreife nur, dass sie uns nun für den Rest des Weges begleiten werden.

Trotzdem warten wir gut eine halbe Stunde, bis wir aufbrechen. Den Grund dafür erfahre ich erst, als zwei weitere Elfen auf der Lichtung erscheinen. Sie sind beide ebenso schön und anmutig. Der eine trägt sein schwarzes Haar offen und es fällt ihm bis zur Hüfte. Der andere hat dunkelbraunes Haar, das er in vier Zöpfen geflochten hat. Beide sind ähnlich gekleidet wie die anderen Elfen und mit Pfeil und Bogen ausgerüstet. Sie lösen die beiden Magier ab, die Tascha auf der Bahre tragen.

Als wir uns endlich wieder in Bewegung setzen, bin ich erstaunt, dass neben Reyvan, Tascha und mir nur Xenos mitkommt. Die restlichen Magier bleiben zurück. Anscheinend ist es ihnen nicht gestattet, die gläserne Stadt zu betreten. Das bedeutet aber auch, dass Reyvan und ich jetzt nicht mehr bewacht werden – wenn man von Xenos mal absieht.

Diese Tatsache lässt mich meine müden Beine rasch vergessen, denn ab sofort können Reyvan und ich jederzeit miteinander in Gedanken kommunizieren. Zumindest, wenn Xenos uns nicht beobachtet.

In dem Augenblick dreht sich der Zirkelleiter zu uns um und winkt mich zu sich nach vorne. Er geht direkt hinter den beiden Elfen, sodass er nun zwischen Reyvan und mir ist. Ich fluche innerlich. Er hat wirklich an alles gedacht, dieser Kontrollfanatiker.

Aus den Gesprächen zwischen den Elfen und Xenos erfahre ich, dass wir noch eineinhalb Tage von der gläsernen Stadt entfernt sind. Wir sind schneller vorangekommen als gedacht. Ich bin froh, denn das bedeutet, die Wahrscheinlichkeit, dass wir vor dem starken Wintereinbruch zurück sind, ist gestiegen.

Den größten Teil des Weges gehen wir schweigsam. Die Elfen bleiben immer wieder stehen und berühren mit ihren Händen unsichtbare Barrieren, die dadurch verschwinden. Ich beobachte eine Fliege, die uns fröhlich überholt, und zucke zusammen, als sie gegen eine dieser Barrieren knallt und sofort in einer Rauchwolke aufgeht. Diese Schutzzauber haben es tatsächlich in sich. Ich bin froh, dass die Elfen uns abgefangen haben, niemals hätten wir ohne ihre Hilfe zu der Hauptstadt gelangen können.

Zu meinem Erstaunen beginnt sich der Wald nach einiger Zeit wieder zu lichten. Bald schon durchqueren wir immer häufiger kleinere und größere Lichtungen, die von warmen Sonnenstrahlen beschienen werden und auf denen herrlich duftende weiße Blumen wachsen. Zu gerne würde ich den Namen dieser Blüten erfahren, getraue mich aber nicht, mich nach Reyvan umzudrehen und zu fragen.

Schmetterlinge tanzen munter über die Waldschneisen und geben der ganzen Szenerie den Anschein von purem Frieden. Jetzt kann ich auch das Plätschern von Bächen hören, die sich einen Weg durch das Unterholz bahnen. Ein paar Mal müssen wir einen davon überqueren und ich erhasche einen Blick auf das klare Wasser, das mich bis auf den Grund sehen lässt. Je näher wir der gläsernen Stadt kommen, desto schöner empfinde ich die Umgebung.

Wir übernachten auf einer Lichtung, deren Rand von roten Pilzen umgeben ist. Diese kenne ich, ihr Pulver hat eine hypnotische Eigenschaft, die denjenigen, der es einnimmt, Illusionen vorgaukelt. Also halte ich wohlweislich Abstand dazu, während ich meine Decke für die Nacht ausbreite. Die Elfen bereiten uns ein Mahl aus Pflanzen, das unglaublich gut schmeckt. Seit Tagen habe ich nichts so Gutes gegessen. Ich freue mich jetzt schon auf die Zeit, die wir in der gläsernen Stadt verbringen, und hoffe, dass wir dort genauso feine Speisen erhalten werden.

Als es Zeit zum Schlafen wird, legt sich Reyvan demonstrativ neben mich, was von Xenos mit einem bösen Funkeln quittiert wird. Aber jetzt, da wir dem Elfenvolk so nahe sind, wagt selbst er nicht, ihn zu verscheuchen. Trotzdem legt auch er sich nahe genug neben uns, dass er jedes Wort des Elfen mitbekäme, sollte dieser mir irgendetwas zuflüstern.

Ich verdrehe die Augen über diese Geste und wende mein Gesicht Reyvan zu. Er sieht mich an wie ein geschlagener Hund und ich weiß genau, was der Grund dafür ist.

›*Bevor du mich tadelst, lass mich bitte erklären*‹, sagt er in meinen Gedanken, ehe ich ihm meine unterwegs ausgedachte Schimpfarie entgegenschleudern kann.

›*Gut, aber das wird nicht einfach für dich*‹, entgegne ich stattdessen und schaue ihn herausfordernd an.

›*Danke. Ich weiß, ich hätte dir vielleicht etwas sagen sollen über meine Herkunft*‹, beginnt er zaghaft. ›*Aber ich hätte nicht gedacht, dass es überhaupt eine Rolle spielen … jemals zur Sprache kommen wird.*‹

Jetzt bin ich vollends wütend. ›*Nicht zur Sprache kommen?! Hast du gedacht, ich sterbe ja sowieso, bevor du zu deinem Volk zurückkehrst?*‹

Er hat immerhin den Anstand, unter diesen Worten zusammenzuzucken.

›*Ich …*‹, fährt er kleinlaut fort. ›*Hör zu, ich weiß, ich habe einen Fehler gemacht. Selbst wenn es nie dazu gekommen wäre, dass wir zusammen mein Volk besuchen … ich hätte es dir sagen sollen.*‹

›*Oh ja, das hättest du! Ich war immer ehrlich zu dir, habe dir alles über mich und meine Familie erzählt. Da hättest du erwähnen können, dass dein Vater nicht einfach nur ein Jäger ist, sondern der König der Elfen. Nur in einem Nebensatz, das hätte gereicht!*‹

Er sieht mich beschämt an und unter diesem Blick beginnt mein Herz gegen meinen Willen zu erweichen. Aber nein, ich will noch eine Weile wütend auf ihn sein, schließlich habe ich all meine Vorbehalte überwunden und ihm vertraut, da hätte ich meiner Meinung nach schon die ganze Wahrheit verdient.

›*Es tut mir wirklich leid, Cíara. Kannst du mir bitte noch einmal verzeihen?*‹

›*Oh nein, nicht so! Hör auf, mich mit diesem Blick anzuschauen! Du weißt genau, dass das nicht gerecht ist!*‹

Ich merke, wie meine Vorsätze dahinschmelzen wie frischer Schnee unter der Frühlingssonne. Auch er bemerkt es und lächelt mich auf eine Weise an, dass selbst mein letzter Zorn auf ihn verpufft. Ich kann ihm einfach nicht böse sein, wenn er mich so ansieht – und er nutzt das schamlos zu seinen Gunsten aus.

Doch er ist der Einzige, den ich noch an meiner Seite habe, und ich sehe ein, dass es dämlich wäre, ihm wegen so einer Lappalie zu grollen. Ja, er hat mir seine Herkunft nicht verraten, aber was spielt das schon für eine Rolle? An meinen Gefühlen für ihn hat sich dadurch nichts verändert.

›*Also gut*‹, seufze ich schließlich und verdrehe die Augen theatralisch. ›*Ich verzeihe dir nochmals. Aber ab jetzt will ich von dir nur noch die Wahrheit hören, verstanden?*‹

›*Versprochen.*‹

Er grinst über das ganze Gesicht und hebt eine Hand, um meine Wange zu streicheln. Bei dieser kleinen Bewegung höre ich hinter mir Xenos sich warnend räuspern und der Elf unterbricht die Geste, was mir einen Stich versetzt.

›*Alia, sobald wir zurück sind, will ich mit dir weit weg von diesem Monster*‹, sagt Reyvan und nickt mit dem Kinn in Xenos' Richtung.

›*Und ich werde alles daransetzen, dass unsere Flucht gelingt*‹, verspreche ich.

›*Gut, ich bin froh, dass du zu mir gehörst.*‹ Seine Stimme ist süßer als Honig in meinen Gedanken und ich schließe die Augen.

38

Alia

Noch ehe der Morgen graut, brechen wir auf, um die Hauptstadt des Volkes der Elfen zu erreichen. Ich bin so gespannt darauf, dass ich mich kaum auf den Weg konzentrieren kann. Nicht einmal Vater war hier gewesen, denn er hat mir nichts von einer gläsernen Stadt erzählt und ich weiß, dass die Hauptstadt der Elfen bisher nur die wenigsten Menschen zu Gesicht bekommen haben – außer Xenos natürlich, der scheint hier regelmäßig zu Gast zu sein, da er immer wieder ein neues Pfand bringen muss, um den Friedensvertrag einzuhalten.

Auch wenn ich es mir nicht vorstellen konnte, aber der Wald um uns herum wird mit jedem Schritt noch schöner und immer mehr kleine Tiere zeigen sich auf den Lichtungen, die keine Angst vor uns haben. Hasen spielen miteinander Verstecken und Eichhörnchen flitzen über die Wiesen, deren Blumen einen lieblichen Duft versprühen.

Es fühlt sich komisch an, mitten im Herbst, der hier in Lormir immer in dieser Jahreszeit einzieht, noch blühende Wiesen zu sehen.

Wir gehen über das dichte Gras, das unsere Schritte abfedert, während die Luft vom schweren Duft nach Moos und Erde erfüllt ist. Ich fühle mich, als würde ich mich in einer anderen Welt bewegen. Ich kann nicht verstehen, warum Reyvan vor Sehnsucht nach dieser Schönheit nicht durchdreht im Zirkel. Kein Wunder, dass sein liebster Ort die Gärten der Erdgilde waren, aber selbst diese können der Schönheit der Natur hier in den Wäldern von Zakatas nicht das Wasser reichen.

Nach einigen Stunden erscheint vor uns eine Art Blättertor. Die Elfen bleiben ehrfürchtig davor stehen und gehen in die Knie. Sie murmeln einige Worte und das Tor öffnet sich auf einmal. Anmutig erheben sie sich wieder und gehen auf die Öffnung zu.

Ich halte den Atem an, als ich ihnen folge. Was wird mich dahinter erwarten? Welche Wunder der Elfen werde ich sehen? Ich bin so nervös, dass ich kaum gerade gehen kann.

Als ich hindurchtrete, halte ich vor Staunen den Atem an. Bei dem Begriff ›gläserne Stadt‹ hatte ich zwar schon vermutet, dass die Gebäude größtenteils aus Glas gebaut sein werden, aber was ich jetzt sehe, hätte ich mir nicht im Traum vorstellen können.

Wir befinden uns auf einer Erhebung, von der aus wir die ganze Stadt überblicken. Sie scheint sich bis an den Horizont zu erstrecken und ist nur am Rand von Wald umgeben. Aber auch zwischen den einzelnen Häusern erkenne ich kleine Gärten und Baumkronen. In der Mitte der Stadt steht ein riesiger Tempel, der pyramidenförmig gebaut ist. Auf jeder der vier Seiten befinden sich Treppen, die ebenfalls aus Glas und Marmor bestehen.

Direkt vor uns führt eine Treppe hinunter auf eine Straße, die sich zwischen Hunderten von Gebäuden verliert. Das Glas, das für den Bau der Häuser verwendet wurde, reflektiert das Sonnenlicht in allen Farben, ist jedoch nicht durchsichtig, sodass die Bewohner darin vor neugierigen Blicken geschützt sind. Die Eingänge der Häuser sind von schmalen Säulen eingerahmt, während die Türen mit Gold verziert sind. Jedes der Gebäude ist von einem Zaun umgeben, der einen kleinen Vorgarten mit einfasst. Die Straßen selbst sind aus Marmor.

Alles sieht so wunderschön aus, dass ich es kaum begreifen kann.

»Willkommen in meiner Heimat«, murmelt eine Stimme nahe an meinem Ohr.

Reyvan hat sich entgegen Xenos' Anweisung zu mir vorgeschlichen und steht direkt hinter mir. Ich lasse vor Entzücken meinen Hinterkopf an seine Schulter sinken und bin für einen Moment gefangen in dem Bild, das sich mir bietet.

Aber schon nach ein paar Sekunden reißt mich Xenos' Stimme aus dem Bann.

»Los, vorwärts!«, befiehlt er und stößt mich unsanft von Reyvan weg, der zwar ein empörtes Knurren von sich gibt, sich ansonsten aber glücklicherweise zurückhält.

Wir gehen die lange Marmortreppe hinunter. Je näher wir dem Boden kommen, umso mehr Einzelheiten erkenne ich. Beispielsweise sind alle Häuser mit einem eleganten, goldenen Schild beschriftet. Die Zeichen kann ich nicht entziffern, aber ich nehme an, dass sie für die einzelnen Stämme oder die Berufe stehen, die es im Elfenvolk bestimmt ebenso gibt wie bei den Menschen.

Wie gerne wäre ich jetzt allein mit Reyvan hier, um mir von ihm alles erklären zu lassen und all meine Fragen zu stellen, aber das wird warten müssen, bis wir aus dem Zirkel fliehen konnten.

Aus einigen Häusern treten elegant gekleidete Elfen. Sie sind herrliche Erscheinungen, tragen reich verzierte Gewänder und ich komme aus dem Staunen kaum heraus. Ihre Blicke sind mit einer kühlen Neugierde auf uns gerichtet, aber sobald sie

Reyvan entdecken, beugen sie eilig die Knie und zollen ihm Respekt.

Ich bin nicht verwundert, dass wir direkt auf die Pyramide zusteuern.

Bis wir jedoch dort ankommen, brauchen wir fast eine Stunde und meine Beine schreien vor Müdigkeit und Schmerzen. Die marmornen Stufen hinauf auf das Dach des Gebäudes schaffe ich nur mit größter Anstrengung. Nach zweihundert Stufen höre ich auf mitzuzählen.

Endlich kommen wir oben auf einer überdachten Terrasse an. Die Säulen, die das Dach stützen, glänzen golden, während der Boden wie die Treppe aus weißem Stein besteht. Hier oben weht ein erstaunlich kühler Wind.

Die Elfen gehen voran zu einer Plattform in der Mitte der Terrasse, die von einem feinen Zaun eingefasst ist. Sie bedeuten uns, dass wir uns darauf stellen sollen. Bevor ich mich über diese Plattform wundern kann, setzt sie sich auch schon langsam in Bewegung – und zwar nach unten. Es ist eine Art Hebebühne, die mit einem raffinierten Mechanismus in Gang gesetzt wird. Wie genau dieser funktioniert, finde ich nicht heraus. Da ich auch niemanden fragen kann, nehme ich es schlussendlich einfach hin. Vielleicht ist es Elfenmagie, die hier gewirkt wird.

Minutenlang fahren wir in die Tiefe und so langsam frage ich mich, warum wir vorhin überhaupt so weit nach oben klettern mussten, wenn es jetzt umso weiter hinuntergeht.

Unten finden wir uns in einem hell erleuchteten Gang wieder. Alles ist in Weiß gehalten und die Wände sind mit Spiegeln versehen, die das Licht der Fackeln, die links und rechts leuchten, vervielfachen. Ehrfürchtig gehe ich hinter Xenos her, der voranschreitet, als würde diese Pyramide ihm gehören.

Am Ende des Ganges gibt es eine Verzweigung, die in fünf Richtungen weist. Wir nehmen den Weg in der Mitte und gehen weiter geradeaus auf eine vergoldete Tür zu, in die ein Ornament in Form eines Baumes geschmiedet ist.

Sie öffnet sich, ohne dass wir sie berühren. Wir treten in einen Saal, der selbst den Speisesaal im Zirkel in den Schatten stellt. Alles hier drin ist aus Gold, Glas und Marmor und die Wände sind kunstvoll mit Mosaiken verziert, die Jagdszenen darstellen. Der Boden ist ausgelegt mit kleinen Platten, die ebenfalls Szenen aus dem Leben der Elfen zeigen. Was genau, erkenne ich nicht, da die Bilder zu groß sind.

An den Wänden bemerke ich mehrere Elfen, die eindeutig Dienerkleidung tragen. In der Mitte des Raumes bemerke ich einen imposanten Thron. Seine Rückenlehne sieht aus wie ein goldener Baum, dessen Äste sich über die Person beugen, die darin sitzt.

Als wir näher treten, erkenne ich einen Elfen, der nur Reyvans Vater sein kann. Dieselben edlen Züge beherrschen sein Gesicht und das Alter hat seiner charismatischen Erscheinung nichts anhaben können. Er scheint kaum älter als vierzig Jahre zu sein, sein Haar ist vom selben Goldblond wie das seines Sohnes und in seinen dunkelblauen Augen liegt eine Kraft, welche die größten Könige dieser Welt auf der Stelle niederknien ließe. Mit diesen Augen mustert er uns nun eindringlich.

Reyvan tritt als Erster vor und verbeugt sich. Die anderen Elfen und auch ich tun es ihm gleich. Sogar Xenos sieht sich zu einer knappen Verbeugung genötigt.

»Willkommen zurück, Sohn«, begrüßt der Elfenkönig Reyvan. Seine Stimme ist tief und sanft wie das Donnergrollen eines nahenden Gewitters. Gegen ihn wirkt Reyvan beinahe wie ein Kind.

»Guten Tag, Vater«, erwidert dieser die Begrüßung. »Ich hätte nicht gedacht, dass wir uns so rasch wiedersehen.« Ein schiefes Lächeln liegt auf seinen Zügen und seine Augen funkeln. Natürlich, für ihn sind zwanzig Jahre nicht lange.

Aber der König übergeht diese Bemerkung und bohrt nun seinen Blick in jenen von Xenos. »Willkommen, Zirkelleiter Xenos vom Magierzirkel von Lormir«, spricht er in einem Ton, der erahnen lässt, dass er normalerweise angenehmere Gäste bewirtet.

Xenos begrüßt ihn mit einem knappen Nicken. »König Saryon Caltayó, ich bringe Euch das neue Pfand«, antwortet er in reserviertem Tonfall. »Wie Ihr sehen könnt, ist Eurem Sohn in meinem Zirkel kein Leid geschehen.«

Ich beobachte, wie Saryon seinem Sohn einen forschenden Blick zuwirft, den Reyvan jedoch mit einer Lässigkeit pariert, die mich staunen lässt. Wie kann er so ruhig bleiben, wo ihm doch so übel mitgespielt wurde? Offenbar funktioniert Xenos' Strategie, mich als Druckmittel gegen ihn zu benutzen, besser, als ich gedacht hätte.

»Zieh dich aus«, befiehlt Saryon seinem Sohn jetzt und ich halte den Atem an.

Wenn er die Striemen auf seinem Rücken sieht, wird es um den Frieden zwischen Magiern und Elfen geschehen sein. Aber weder Xenos noch Reyvan scheinen beunruhigt. Im Gegenteil, Reyvan legt seinen Umhang und den Brustpanzer ab und hebt in aller Seelenruhe das Hemd an, um seinem Vater den trainierten Oberkörper zu zeigen. Meine Augen weiten sich. Auf seinem Rücken ist nicht eine einzige Narbe zu erkennen. Die Heiler haben ganze Arbeit geleistet und alle verräterischen Striemen beseitigt, ehe wir aufgebrochen sind.

Der König nickt zufrieden und Reyvan zieht sein Hemd wieder herunter.

»Gut, wer ist das Pfand?« Saryon schaut zwischen Tascha und mir hin und her.

»Das ist die Dienerin, die auf der Bahre sitzt.« Xenos geht zu ihr hin. Seine Hand ruht auf Taschas Schulter, die zuckt jedoch nicht mal mit der Wimper bei dieser Berührung.

»Wie ich sehe, habt Ihr Euer Pfand wieder einmal betäubt«, bemerkt Saryon stirnrunzelnd. »Wann lernt Ihr endlich, dass wir weder vorhaben, Eure Geheimnisse zu stehlen, noch, einen weiteren Krieg mit Euch Magiern zu führen?«

»Bei dem Verschleiß, den Ihr Elfen mit unseren Pfändern habt, könnte man denken, dass Ihr Euch nicht ernsthaft darum bemüht, den Frieden zu wahren«, entgegnet Xenos kühl. »Daher lasse ich lieber Vorsicht walten. Wollt Ihr sie nun?«

»Wer ist das andere Mädchen?« Saryon mustert mich von oben bis unten mit seinen Augen, die in mein Innerstes zu blicken scheinen.

»Das ist meine persönliche Dienerin«, erklärt Xenos und tritt einen Schritt vor, sodass seine hohe Gestalt mich halb verdeckt. »Sie steht nicht für einen Tausch zur Verfügung.«

Saryon scheint zwar leicht irritiert von Xenos' Reaktion zu sein, aber er kommentiert dies nicht weiter. »Gut, wie dem auch sei, Ihr könnt das Mädchen hierlassen. Meine Diener werden sich um sie kümmern und sie kann in den Räumen wohnen, die das vorherige Pfand benutzt hat.«

Er gibt einigen Dienern, die an der Wand hinter dem Thron stehen, einen Wink und sie führen Tascha weg. Das alles geht so schnell, dass ich mich nicht einmal richtig von ihr verabschieden kann. So bleibt mir nichts anders übrig, als rasch ihre Hand zu drücken, als sie an mir vorbeigetragen wird. Ich werde sie wahrscheinlich nie wiedersehen.

Bei dem Gedanken muss ich gegen meine aufsteigenden Tränen kämpfen. Ich erinnere mich, wie ich sie an meinem ersten Tag im Zirkel im Speisesaal kennengelernt habe. Ihr fröhliches Gesicht und ihr ansteckendes Lachen hallen in meinem Gedächtnis nach. Ihre Blicke, die sie Reyvan zugeworfen hat, und ihre Freude, wenn sie ihn bedienen durfte. Ihre ängstlichen Augen während der Zirkeltage.

Wir haben so viel miteinander durchgemacht und jetzt wird sie bis an ihr Lebensende in dieser Betäubung gefangen sein, als

Pfand hier bei den Elfen. Es bricht mir fast das Herz, als ich sehe, wie sie durch die Tür verschwindet.

»Die Regeln der Gastfreundschaft sehen vor, dass Ihr fünf Tage hierbleiben dürft«, fährt Saryon nun an Xenos gewandt fort. »Möchtet Ihr dies in Anspruch nehmen?« Fast vermeine ich, aus seiner Stimme eine Spur Hoffnung herauszuhören, dass der Zirkelleiter verneinen möge.

Dieser macht ihm jedoch einen Strich durch die Rechnung, als er ein kühles Lächeln auflegt, das seine Augen nicht erreicht. »Natürlich werden wir Eure Regeln nicht brechen und bleiben fünf Tage hier. Danach müssen wir zurück zum Zirkel, ehe der Winter hereinbricht.«

»Gut, Ihr werdet Eure Gemächer zugeteilt bekommen. Bitte folgt meinen Dienern.« Der König winkt wieder und drei weitere Diener treten vor. Zu Reyvan gewandt sagt er: »Mein Sohn, bitte bleib noch eine Weile hier, damit wir unser Wiedersehen feiern können.« Reyvan nickt und der König fährt fort: »Du kommst gerade rechtzeitig zur Hochzeit deiner Schwester Mayessa.«

Reyvan hebt überrascht eine Augenbraue, entgegnet aber nichts.

König Saryon wendet sich an Xenos. »Wenn Ihr möchtet, dürft Ihr ebenfalls bei den Feierlichkeiten dabei sein. Es sei denn, Eure Pflichten verlangen Euch anderweitig.« Wieder höre ich einen Funken Hoffnung in seiner Stimme, dass er ablehnen wird.

Aber Xenos verbeugt sich steif. »Es wäre mir eine Ehre, bei der Vermählung Eurer Tochter dabei zu sein.« Seine Stimme trieft vor falscher Höflichkeit und ich muss mich zusammenreißen, um nicht laut zu lachen.

Als ob Xenos gerne bei einer Hochzeit dabei wäre. Alles, was Liebe und ewige Versprechen angeht, ist doch sowieso eine Fremdsprache für ihn.

Ich hoffe insgeheim, dass ich als seine Dienerin ebenfalls eingeladen bin. Allein die Vorstellung, wie Xenos unter fröhlich tanzenden Gästen sitzt, wäre es wert, dabei zu sein.

In dem Moment flüstert Reyvan seinem Vater etwas zu und dieser schaut mich direkt an. »Auch Ihr, Alia, seid eingeladen, an den Festlichkeiten teilzunehmen.«

Ich lächle ihn freundlich an und mache einen unbeholfenen Knicks, der zu einem belustigten Blick von Reyvan führt.

Dann werden Xenos und ich in unsere Zimmer gebracht. Meines liegt direkt neben seinem, da ich seine persönliche Dienerin bin und somit jederzeit auf Abruf bereitstehen muss.

Es ist ebenso schön wie der Rest des Palastes, in dem wir uns befinden, und etwa dreimal so groß wie mein Zimmer im Zirkel. Die Wände sind zu der Seite, wo das Bett steht, abgeschrägt, was mich vermuten lässt, dass mein Zimmer an der Außenseite der Pyramide liegt.

Eigenartigerweise kann man nicht durch die Wände hindurchsehen, obwohl sie aus Glas bestehen. Inmitten der Schräge befindet sich ein Fenster, das sich nur öffnen lässt, wenn man sich auf das Bett stellt. Der Boden ist mit goldweißen Teppichen belegt und das Bett ist aus einem gläsernen Gestell, während die weiche Decke und das dicke Kissen mit einem schneeweißen Stoff bezogen sind.

Die weitere Einrichtung des Zimmers ist ebenso praktisch wie schön. Eine Kommode steht an der linken Wand, während sich an der rechten ein reich verzierter Schrank befindet, in dem ich meine Habseligkeiten verstauen kann. In der Mitte des Raumes steht eine gläserne Wanne. Direkt neben der Tür findet sich ein kleiner Schminktisch mit einem golden verzierten Spiegel.

Ich bin fast geblendet von so viel Prunk und wage kaum, mich auf das Bett mit den filigranen Stützen zu setzen, aus Angst, dass es sofort unter meinem Gewicht einstürzen wird.

Nach einer Weile tritt eine junge Elfin mit langem blonden Haar ins Zimmer. Sie ist etwas kleiner als ich, ihre Figur jedoch atemberaubend schön. Neben ihrer zierlichen Gestalt komme ich mir plump und unbeholfen vor. Sie stellt sich als Zaryna vor und bringt mir neue Kleidung, die ich anziehen soll. Es handelt sich um ein weißes, schulterfreies Abendkleid, das mit Goldfäden durchwirkt ist und mir bis zu den Knöcheln reicht. Ein solch schönes Kleidungsstück habe ich noch nie getragen, obwohl ich in der Oberschicht von Lormir aufgewachsen bin.

Zudem füllt sie die Wanne mit heißem Wasser auf und bedeutet mir, dass ich mich waschen soll. Ich lasse mir das natürlich nicht zweimal sagen. Froh, den ganzen Schmutz der Reise endlich loswerden zu können, steige ich in die Wanne und verbringe eine Stunde in dem warmen Wasser, das sich nicht abzukühlen scheint, gleichgültig, wie lange ich darin sitze.

Meine strapazierten Muskeln entspannen sich merklich und ich genieße das Gefühl der Schwerelosigkeit. Schließlich unterbricht jedoch Zaryna mein Badevergnügen, indem sie mir etwas zu essen bringt. Es duftet so herrlich, dass ich, ohne zu zögern, aus der Wanne steige und mir von ihr helfen lasse, das Abendkleid anzulegen.

Es hat ein goldenes Band, das um die Taille festgebunden wird. Der feine Stoff fällt in weichen Wellen zu Boden und bewegt sich anmutig bei jedem Schritt um meine Beine. Dazu trage ich weiße Schuhe mit einem leichten Absatz, die so bequem sind, dass ich sie am liebsten nie mehr ausziehen will.

»Du wirst heute Abend bei dem Festmahl mit dabei sein, das für den Besuch von Reyvan gegeben wird«, erklärt mir Zaryna. »Das ist ein festlicher Anlass, daher werde ich nun auch dein Haar entsprechend herrichten.«

Sie steckt mein Haar kunstvoll hoch, sodass mir einige Strähnen in weichen Wellen über den Rücken fallen, während der größte Teil in Locken am Hinterkopf befestigt ist.

Als ich mich im Spiegel betrachte, erkenne ich mich kaum wieder. Sie hat aus mir eine regelrechte Erscheinung gezaubert.

Zaryna lächelt zufrieden. »Ich werde dich in zwei Stunden abholen, wenn es Zeit für die Festlichkeit wird«, meint sie und verlässt das Zimmer.

Ich nicke und widme mich dem Essen, das sie mir gebracht hat. Es handelt sich um dünn aufgeschnittenes Fleisch, das mit einer köstlich schmeckenden Soße beträufelt wurde. Obenauf ist eine grüne Pflanze verstreut, die mich an Salat erinnert, jedoch eher nach Löwenzahnblättern schmeckt. Die Krönung bildet ein raffinierter Käse, der in dünnen Scheiben über das Gericht verteilt ist. Dazu gibt es zwei Scheiben frisches Brot, das lecker riecht.

Mir knurrt der Magen und ich muss mich zusammenreißen, um das Gericht zu genießen und nicht in mich hineinzustopfen. Das Essen stillt jedoch nur gerade meinen größten Hunger. Ich nehme an, dass das so beabsichtigt war, denn in zwei Stunden wird es bereits wieder etwas zu essen geben.

Für den Rest der Zeit, bis Zaryna mich wieder abholen kommt, liege ich auf dem Bett, das meinem Gewicht trotz aller Bedenken standhält, und versuche die Eindrücke der letzten Stunden zu verarbeiten.

Nie im Leben hätte ich zu träumen gewagt, dass ich irgendwann einmal die Hauptstadt der Elfen zu sehen bekomme. Die gläserne Stadt.

39

Alia

Ich muss eingenickt sein, denn als Zaryna in mein Zimmer kommt, schrecke ich hoch und schaue verwirrt um mich. Dann erinnere ich mich wieder, wo ich mich befinde. Die junge Elfin trägt nun ebenfalls ein wunderschönes Kleid aus blauer Seide, das mit Gold durchwirkt ist und ihre blauen Augen charmant unterstreicht. Sie zupft meine Frisur zurecht und bringt ein paar losgelöste Locken wieder an den richtigen Platz.

»Setz dich vor den Spiegel«, weist sie mich an und beginnt, mein Gesicht mit feinen Farben zu bemalen.

Ich habe so etwas schon bei einigen wohlhabenderen Personen in Lormir gesehen, wenn diese sich für Festlichkeiten zurechtgemacht haben, aber niemals hätte ich mich an diese Gesichtsfarben gewagt, da ich befürchte, dass es sonst aussieht, als wäre ich in einen Farbtopf gefallen. Zaryna jedoch beherrscht diese Kunst perfekt. Sie betont meine dunklen Augen mit einem schwarzen Strich über und unter dem Augenrand und betupft meine Augenlider mit einem goldenen und braunen Farbton. Dann gibt sie einen Hauch von Rosa auf meine Wangen und bemalt zuletzt meine Lippen mit einem goldroten Stift.

Als ich mich wieder im Spiegel ansehe, bin ich sprachlos – nun gut, ich bin ja sowieso stumm, aber falls ich etwas hätte sagen können, wäre mir nichts eingefallen. Ich sitze einer komplett fremden Person gegenüber. Eigentlich hatte ich schon vorher angenommen, dass Zaryna alles aus mir herausgeholt hatte, aber wie sie meine Vorzüge nun mit ein paar Handgriffen unterstrichen hat, erstaunt mich über alle Maße. Ich muss zum ersten Mal im Leben zugeben, dass diese Person im Spiegel tatsächlich hübsch ist – selbst wenn ich mich kaum darin wiedererkenne.

»Und, zufrieden mit meiner Arbeit?«, fragt Zaryna mit einem Lächeln auf den Lippen.

Ich nicke bloß und starre noch ein paar Sekunden in den Spiegel.

»Gut, dann komm, wir dürfen nicht zu spät zum Fest erscheinen.« Damit nimmt sie meine Hand und zieht mich aus dem Zimmer.

Sie führt mich durch mehrere Gänge und Treppen, sodass ich nach ein paar Minuten vollkommen die Orientierung verloren habe. Dieser Pyramidenpalast ist wirklich groß – und schön. Überall stehen auf Marmorsäulen goldene Schalen mit herrlichen Blüten, die Spiegel in den Gängen sind so raffiniert angebracht, dass eine einzelne Kerze ausreicht, um alles hell zu erleuchten. Ich nehme an, dass dies ebenfalls am Tag der Fall ist, wenn das Sonnenlicht durch eines der Fenster scheint.

Schließlich gelangen wir durch zwei Flügeltüren in einen Saal, der von Kronleuchtern ebenso erhellt ist wie der Rest des Palastes. Mit Blumen geschmückte Tische sind in langen Reihen angeordnet und in der Mitte des Saales steht auf einer Erhebung eine lange Tafel. Sie ist im rechten Winkel zu den anderen Tischen arrangiert, sodass von ihr aus der gesamte Raum überblickt werden kann.

In ihrer Mitte sitzt König Saryon, zu seiner Linken bemerke ich Reyvan und daneben Xenos. Reyvan hat seine Kleidung nun ebenfalls gegen eine elegantere getauscht. Soviel ich erkennen kann, trägt er ein weißes Hemd, das teilweise von einer rotschwarzen Weste mit goldenen Knöpfen verborgen wird, und darüber einen schwarzen Umhang. Xenos hat festliche schwarze Kleidung erhalten, die mit goldenen Ornamenten verziert ist.

Zur rechten Seite des Königs sind eine weibliche und zwei männliche Elfen platziert, die unübersehbar zu Reyvans Verwandtschaft gehören. Alle haben sie goldblondes Haar und dieselben dunkelblauen Augen.

Der Elf direkt neben dem König ist etwas älter als die anderen und ich vermute, dass es sich um den Onkel handelt, von dem mir Reyvan erzählt hat. Seine Augen besitzen eine aufmerksame Intelligenz und scheinen jede Kleinigkeit im Saal wahrzunehmen. Sein Haar trägt er kurz, im Gegensatz zu den bisherigen Elfen, die ich kennengelernt habe.

Der andere Elf ist vom Alter her nicht von Reyvan zu unterscheiden, daher nehme ich an, dass es sich um einen Bruder von ihm handeln muss. Er hat das lange Haar straff nach hinten gebunden und trägt eine ähnliche Kleidung wie Reyvan. Ganz links sitzt wahrscheinlich seine Schwester Mayessa, die in dieser Woche heiraten wird. Ihr Abendkleid lässt die Schultern frei und betont damit ihren langen Hals.

Als wir den Saal betreten, richtet Reyvan seinen Blick auf uns und hält für einen kurzen Moment inne. Ungläubiges Staunen breitet sich auf seinem Gesicht aus und weicht nach einigen Augenblicken einem sündigen Lächeln, während sich ein Funkeln in seine Augen stiehlt. Ihm gefällt, was er sieht. Er winkt uns zur Tafel und ich sehe aus dem Augenwinkel, dass Xenos böse auf seinen leeren Teller starrt und offenbar all seine Beherrschung aufbringen muss, um Reyvans Geste vor dem König nicht zu unterbinden.

Zaryna und ich gehen zur Mitte der Tafel und verbeugen uns vor Saryon, der mit einem kurzen Nicken antwortet. Reyvan lässt seinen Blick unverhohlen über meinen Körper wandern, ohne sich die Mühe zu machen, das Verlangen in seinen Augen zu verbergen.

Zaryna nimmt meine Hand und führt mich zur linken Seite der Tafel, wo sie sich neben Reyvans Schwester Mayessa setzt. Sie bedeutet mir, dass ich neben ihr Platz nehmen soll. Erst jetzt entdecke ich in ihren Zügen ebenfalls die Ähnlichkeit mit Reyvan. Er hat mich in die Obhut seiner jüngeren Schwester gegeben, um dafür zu sorgen, dass es mir gut geht. Ich grinse, als mir dies bewusst wird, und Zaryna lächelt mir verschwörerisch zu.

Durch die Eingangstür schwärmen immer mehr Elfen in den Saal und von meinem Platz aus kann ich alles genauestens beobachten. Die Frauen sind in herrliche Abendkleider gehüllt und die Männer tragen kostbare, lange Gewänder und Umhänge.

Ich erkenne unter den Gästen auch Tascha, die von einem Diener zu ihrem Platz am Ende eines langen Tisches getragen wird. Mit Erleichterung stelle ich fest, dass sie wohlauf ist. Auch sie wurde gewaschen und neu eingekleidet und ihre blonden Locken wurden zu einer schönen Frisur hochgesteckt.

Als alle Platz genommen haben, erhebt sich Saryon zu meiner Linken und klopft mit einem vergoldeten Messer an sein Kristallglas, das mit einer rötlichen Flüssigkeit – wahrscheinlich Wein – gefüllt ist.

»Mein teures Volk«, beginnt er und die Gespräche verstummen augenblicklich. »Es ist mir eine Freude, Reyvan, meinen Sohn, zu begrüßen. Auch wenn er nur für kurze Zeit zu uns zurückgekehrt ist, bin ich glücklich, dass er hier ist. Zudem möchte ich Xenos, den Leiter des magischen Zirkels von Lormir, willkommen heißen. Außerdem das neue Pfand, Tascha, sowie die persönliche Dienerin von Xenos, Alia. Mögen sie bei uns willkommen sein für die Dauer ihres Aufenthaltes.«

Applaus erklingt und endet erst, als Saryon die Hand hebt, um weiterzusprechen. »Meine geliebte Tochter Mayessa wird ja in den kommenden Tagen heiraten. Umso erfreuter bin ich, dass nun meine gesamte Familie vereint ist. Ab morgen werden die dreitägigen Festlichkeiten beginnen. Ich möchte euch alle nochmals herzlich einladen, daran teilzuhaben und ihr Glück zu feiern.«

Dann wendet er sich an einen jungen Elfen, der an einem der Tische sitzt und Mayessa mit solcher Liebe anschaut, dass ich gerührt den Blick senke. »Kelyan Mértayon, da du ab morgen zu meiner Familie gehörst, möchte ich, dass du heute bereits mit ihr vereint an einem Tisch sitzt. Komm bitte nach vorne und setz dich neben meinen Sohn Reyvan.«

Der junge Elf erhebt sich und sein Gesicht läuft rot an vor Freude und Stolz, dass ihm eine solche Ehre zuteilwird. Da der Platz neben Reyvan jedoch von Xenos besetzt ist, sieht sich dieser genötigt, seinen Platz mit Kelyan zu tauschen. Mir entgeht nicht, wie viel Überwindung ihn diese Geste kostet. Am liebsten hätte er wahrscheinlich König Saryon in Feuer aufgehen lassen, um diese Demütigung zu vergelten. Umso mehr bin ich von seiner Selbstbeherrschung beeindruckt. Saryon lässt wirklich keine Gelegenheit aus, ihn zu provozieren. Jetzt weiß ich, woher Reyvan sein rebellisches Temperament hat. Aber ich kann ihn gut verstehen und gönne es Xenos umso mehr, dass er einmal nicht den Ton angeben kann.

Das Essen, das danach aufgetragen wird, besteht aus so vielen Gängen, dass ich beim zehnten aufhöre mitzuzählen. Alles schmeckt köstlich. Neben gebratenem Fasan in Weinsauce, köstlich gefüllten Bratäpfeln, erlesensten Trauben, die in Honig und Joghurt gemischt sind, über saftiges Geflügel bis hin zu hauchdünn geschnittenem Käse, der einen Teig mit Tomaten und Salat bedeckt, gibt es alles, was man sich vorstellen kann. Ich habe noch nie so gut und vielfältig gegessen, befolge aber trotzdem den Rat von Zaryna, die mir empfiehlt, von allem nur einen Löffel voll zu nehmen. Ansonsten hätte ich bereits nach dem zweiten Gang keinen Bissen mehr heruntergebracht.

Zwischen den einzelnen Gängen wird getanzt und ich schaue gebannt zu, wie sich die Elfen anmutig zu den lieblichen Klängen von Harfen und Flöten bewegen.

Gerade als ich denke, dass ich keinen weiteren Bissen mehr herunterbringe, steht Reyvan auf und kommt zu mir, streckt mir die Hand entgegen.

Ich verstehe im ersten Moment nicht, was er von mir möchte.

Zaryna stupst mich jedoch an und lacht über mein verwundertes Gesicht. »Los, Alia, tu meinem Bruder den Gefallen und tanz mit ihm.«

Wie, ich soll tanzen? Ich weiß doch gar nicht, wie das geht. Zudem habe ich schreckliche Angst, mich vor den anderen Elfen, die grazil über den marmornen Boden schweben, mit meinen plumpen Bewegungen zu blamieren.

Aber Reyvan nimmt kurzerhand meinen Arm und zieht mich hoch. Ehe ich michs versehe, stehe ich vor ihm auf der Tanzfläche. Immerhin ist er so gnädig, dass er mich an den hinteren Rand der Tanzpaare führt, sodass wir nicht von allen beobachtet werden können.

»Keine Angst«, flüstert er mir ins Ohr, als er mich an sich zieht. »Ich werde dir zeigen, wie es geht.«

Dann beginnt er sich zu bewegen und ich gebe jeglichen Widerstand auf. Er ist ein wunderbarer Tänzer und es fällt mir erstaunlich leicht, mich von ihm führen zu lassen. Leise singt er die Melodie mit und ich bin überrascht, wie schön seine Stimme klingt.

»Cíara«, sagt er nach einer Weile und schaut mir dabei in die Augen. »Als ich dich vorhin durch die Tür hereinkommen sah, dachte ich, eine Göttin betrete den Saal. Du bist das schönste Mädchen heute Abend und ich muss mich wirklich beherrschen, um dich nicht direkt hier auf der Tanzfläche zu verführen.«

Ich spüre, wie mir die Röte ins Gesicht steigt. Aber er hat mich schon wieder an sich gezogen und vollführt eine gewagte Pirouette, sodass mir schwindelig wird. Nach zwei weiteren Tänzen bin ich außer Atem und lege ihm beide Hände auf die Brust.

›*Reyvan, bitte, ich kann nicht mehr.*‹ Ich schaue in seine glänzenden Augen.

»Gut, du hast dich wacker geschlagen.« Er führt mich zum Tisch zurück.

Xenos begrüßt uns mit einem solch zornigen Blick, dass ich zusammenzucke. Das wird bestimmt ein Nachspiel haben, aber im Moment ist es mir gleichgültig. Hier und heute, an der Seite seines Vaters, kann Xenos Reyvan nichts anhaben und ich hoffe, dass er bis zu unserer Abreise diese rebellische Aktion vergessen hat.

Den Rest des Abends tanzt Reyvan ausgelassen mit seinen beiden Schwestern, die sich ebenso grazil bewegen wie er. Ich werde glücklicherweise von weiteren Tanzlektionen verschont und genieße meine Rolle als Zuschauerin.

Noch ehe sich der Abend dem Ende neigt, erhebt sich Xenos und kommt zu mir. Ich befürchte schon, dass er mich auch noch zum Tanz auffordert, aber er nimmt schroff meinen Arm und zieht mich hoch.

»Genug für heute«, raunt er mir mürrisch ins Ohr. »Du begibst dich jetzt in dein Zimmer und legst dich schlafen. Ich will heute Abend nichts mehr von dir sehen oder hören.«

»Xenos, lass sie!« Zu meiner Überraschung ist es der Bruder von Reyvan, der gesprochen hat. Er ist aufgestanden und geht einige Schritte auf den Zirkelleiter zu.

Dieser hebt für einen Moment überrascht die Brauen und setzt ein höhnisches Gesicht auf. »Tyrian, du kannst mir nichts befehlen«, sagt er ruhig. »Wenn du dich nicht augenblicklich wieder hinsetzt, werde ich bei deinem Vater beantragen, dass du nochmals als Pfand zu mir kommen darfst.«

Er hat dies so leise gesagt, dass nur wir drei etwas von der Unterhaltung mitbekommen haben. König Saryon ist ohnehin gerade in ein Gespräch mit dem Onkel von Reyvan vertieft.

Tyrian lässt sich von dieser Drohung jedoch nicht beeindrucken und funkelt Xenos an. »Wenn du sie nicht loslässt, werde ich Vater zu verstehen geben, dass man als Pfand bei dir vielleicht doch nicht so gut aufgehoben ist, wie du ihn glauben machen willst.« Seine Augen leuchten gefährlich.

Das verfehlt seine Wirkung nicht – Xenos lässt meinen Arm widerstrebend los. Er sieht erst Tyrian, dann mich böse an und zieht mich schließlich nahe zu sich. »Sobald wir hier weg sind, werden keine Elfen mehr da sein, die dich beschützen können«, flüstert er mir drohend ins Ohr.

Danach macht er auf dem Absatz kehrt und rauscht aus dem Saal.

Ich bleibe verdattert stehen und schaue Tyrian an. Er sieht zwar ein bisschen älter aus als Reyvan, aber ich hätte nicht gedacht, dass er hundert Jahre lang im Zirkel als Pfand war. Zudem hat er keine Tätowierung auf seiner Wange.

Er nickt mir kurz zu und setzt sich wieder auf seinen Platz. Ich tue es ihm gleich und starre auf meine Hände, an denen immer noch der Ring von Xenos ist. Werde ich jemals von diesem grausamen, arroganten Zirkelleiter loskommen?

In dem Moment kehren Zaryna, Mayessa und Reyvan lachend von der Tanzfläche zurück. Ihnen scheint die eben noch angespannte Stimmung nicht aufzufallen, denn Reyvan knufft seinen Bruder freundschaftlich in die Seite. »Los, Tyrian, jetzt bist du an der Reihe, unsere beiden Schwestern haben mich fix und fertig gemacht, ich brauche erst mal eine Pause.«

Tyrian grinst schief und erhebt sich, um mit den beiden Mädchen im Schlepptau zur Tanzfläche zurückzukehren.

Reyvan lässt sich ächzend auf den Stuhl neben mir fallen und nimmt einen Schluck aus Zarynas Kelch.

›*Ich dachte, du machst dir nichts aus Wein*‹, bemerke ich erstaunt, als er mir in die Augen sieht.

»Nun ja, ich trinke keinen Wein von euch Menschen.« Reyvan schenkt mir ein Lächeln. »Der Alkohol der Elfen ist mit dem bitteren Gebräu aus den Tavernen nicht annähernd zu vergleichen. Nicht umsonst hat er den Namen Tautropfen. Koste selbst.«

Er hält mir den Kelch hin und ich nippe an dem Getränk. Es schmeckt tatsächlich gut und ergießt sich kühl in meine Kehle. Kein Wunder, dass er keinen anderen Alkohol mehr trinkt.

»Am liebsten würde ich ein Fass davon mit in den Zirkel bringen.« Er nimmt abermals einen großen Schluck. »Leider würde er unterwegs seinen Geschmack verlieren und, bis wir im Zirkel sind, wie das normale Gesöff von den Menschen schmecken. Der Tautropfen ist nur hier in der gläsernen Stadt einzigartig.«

Er trinkt den Rest in einem Zug aus und winkt einen Diener herbei, der ihm den Kelch auffüllt. Ich schmunzle, was ihn eine Augenbraue fragend heben lässt. »Was ist denn? Dürfen wir Elfen uns nicht betrinken?«

Ich schüttle den Kopf. ›*Das meinte ich nicht, ich bin nur äußerst erstaunt, dass ich dich anscheinend gar nicht wirklich kenne.*‹ Ich lächle breiter, als er noch einen Schluck Wein zu sich nimmt.

»Tja, meine Liebe, das müssen wir umgehend ändern«, erwidert er anzüglich und zieht mich an sich.

›*Reyvan, nicht hier vor all den Leuten*‹, versuche ich, ihn abzuwehren.

»Warum nicht?« Er küsst mich auf die Schläfe. »Ach so, du möchtest, dass ich endlich mit dir schlafe? Nun gut, das geht tatsächlich nicht hier vor all den Leuten. Komm, ich zeig dir meine Gemächer.« Er zwinkert mir zu und zieht mich hoch.

»Das einzig Gute an deiner Stummheit wird sein, dass man dich vor Lust nicht im ganzen Palast schreien hört«, fügt er grinsend hinzu und lacht über seinen Witz, während ich empört die Augen verdrehe.

Oje, der Wein scheint ihm bereits zu Kopf gestiegen zu sein …

Trotzdem lasse ich mich von ihm widerstandslos aus dem Saal führen. Wenn ich die Nacht nicht neben Xenos' Zimmer verbringen muss, ist mir das umso lieber. Als ich einen Blick zurückwerfe, sehe ich, wie Zaryna uns amüsiert von der Tanzfläche aus nachschaut.

Reyvan führt mich durch ein weiteres Labyrinth bis zu seinem Schlafzimmer. Wenn er mich jetzt einfach stehen lassen würde, hätte ich keine Chance, jemals wieder aus dem Palast hinauszufinden.

Seine Gemächer bestehen aus einem Vorraum und drei weiteren Zimmern, die davon abgehen. In der Mitte liegt das Schlafzimmer. Ich hatte gedacht, mein zugewiesenes Zimmer wäre schon schön, aber das hier übertrifft alles Bisherige – wie oft werde ich das eigentlich in dieser gläsernen Stadt noch denken?

Der Boden ist mit kostbaren Teppichen belegt und zwei Stufen führen zu einer behaglichen Sitzgruppe, oder eher Sitzmulde, hinunter, die mit Dutzenden von Kissen ausgestattet ist. Aber das eigentlich Verblüffende ist, dass sich das ganze Zimmer auf einer Art Terrasse befindet, die von goldenen Säulen und einem Geländer eingefasst wird.

Zwischen den Säulen wehen feine Vorhänge, die zum Teil beiseitegeschoben sind und den Blick auf die abendliche Stadt freigeben. Erstaunlicherweise ist es trotz der offenen Räumlichkeit nicht kühl hier.

Direkt vor den Vorhängen steht ein weißes Himmelbett, das auf die Stadt ausgerichtet ist. Von dem aus sind es nur wenige Schritte bis zum Geländer.

Ich durchquere den Raum und stelle mich staunend an die Brüstung. Die Stadt sieht atemberaubend aus. Tausende von

Lichtern erstrecken sich unter uns, spiegeln sich in den vielen Glaswänden und lassen die Stadt in einem geheimnisvollen Glanz erstrahlen.

»Wunderschön, nicht?«, murmelt Reyvan, der hinter mich getreten ist.

Ich nicke zur Antwort und lasse den Blick über die Stadt schweifen. Wie gerne würde ich länger hierbleiben als nur fünf Tage. Die Geheimnisse dieser Stadt entdecken, das Leben der Elfen kennenlernen und mit Reyvan zusammen die Schönheit der Natur erkunden.

Reyvan umschlingt meine Hand und zieht langsam Xenos' Ring von meinem Finger. »Lass mich deine Gedanken lesen, Cíara«, bittet er mich und ich nicke abermals.

Er legt sanft seine Hand auf meinen Kopf. Sofort merke ich, wie er sich mit mir verbindet. Seine Präsenz ist warm und vertraut. Jetzt braucht es keine Worte mehr, er fühlt, was ich fühle, und weiß, was ich denke – wir sind eins.

Ich drehe mich zu ihm um. In seinen Augen liegen so viel Zuneigung und Wärme, dass mein Herz Purzelbäume schlägt. Ich betrachte seine edlen Züge, die im Mondlicht noch stärker zur Geltung kommen. Seine Augen, die halb geschlossen sind, da er meinen Mund betrachtet. Seine Hand gleitet von meinem Scheitel zu meiner Wange und sein Daumen streicht sanft über meine Haut.

Als er den Kopf zu mir herunterneigt, streifen mich seine Haarsträhnen.

Seine Lippen sind warm und legen sich mit leichtem Druck auf meine, verweilen dort eine Weile, während ich ihn leise durch die Nase einatmen höre, als wollte er meinen Geruch verinnerlichen.

Ich sehe aus dem Augenwinkel, wie er den Ring auf das Geländer legt.

Dann wird der Druck seiner Lippen fordernder und seine Zunge bahnt sich einen Weg in meinen Mund.

Ich schlinge die Arme um seinen Nacken, dränge mich ganz nah an ihn und versinke in seiner Zärtlichkeit.

Seine Küsse bedecken jetzt mein ganzes Gesicht. Seine Hand ruht immer noch auf meinem Kopf und er liest in mir wie in einem offenen Buch, errät jeden meiner Wünsche, ehe ich sie selbst kenne.

Ich gebe mich seiner Leidenschaft hin, schließe die Augen, fühle nur noch ihn.

Geschickt öffnet er mein Abendkleid, das am Rücken von kleinen Haken zusammengehalten wird, und lässt es zu Boden fallen. Jetzt stehe ich nackt vor ihm auf der Terrasse, während seine Hände meinen Körper erkunden, sanft meinen Rücken hinunter zu meinem Po gleiten, ihn kneten. Er drängt mich gegen das Geländer, küsst meinen Hals, dann hebt er mich hoch, sodass ich mit den Beinen seine Hüfte umschlingen kann.

»Ich will dich«, murmelt er an meiner Haut, ehe er mich zu seinem Himmelbett trägt. Zärtlich liebkost er meinen Körper mit Küssen, bis ich mich vor Lust unter ihm winde.

40

ALIA

Ich wache mit gewaltigen Kopfschmerzen auf. Blinzelnd erkenne ich, dass ich mich in Reyvans Himmelbett befinde. Er liegt neben mir auf dem Bauch, und das weiße Leintuch ist um seinen nackten Körper geschlungen. Zärtlich streichle ich seinen nun wieder makellosen Rücken und küsse ihn auf die Schulter.

Mein Kopf droht dabei fast zu explodieren. Warum habe ich solche Schmerzen?

Dann kommt mir wieder der Grund dafür in den Sinn. Reyvan hat fast die ganze Nacht eine Gedankenverbindung zu mir hergestellt, was unsere Leidenschaft unvergesslich gemacht hat. Bei der Erinnerung daran, was wir alles angestellt haben, erröte ich, aber dafür nehme ich gerne diese Kopfschmerzen in Kauf.

Reyvan bewegt sich neben mir und schlägt nach ein paar Sekunden die Augen auf. Er sieht mich lächelnd an und stöhnt unvermittelt, als er sich auf den Rücken legen will. »Oje, das war nicht so eine gute Idee …«, ächzt er und massiert sich die Schläfen.

Wem sagt er das? Auch mein Kopf dröhnt, als wäre eine Kuhherde darüber getrampelt.

»Wie geht es dir?«, fragt er mich mit schmerzverzerrtem Gesicht und blinzelt zu mir herüber.

Ich zucke mit den Schultern. ›*Nicht besser als dir anscheinend, aber das war es wert.*‹ Ich will ihm zuzwinkern, zucke aber unter der erneuten Anstrengung des Gedankensprechens zusammen.

Er grinst gequält. »Wo du recht hast … Aber glücklicherweise habe ich ein Mittel dagegen. Ich muss nur erst aufstehen können, dann heile ich unsere Kopfschmerzen. Gib mir noch eine Minute.« Er massiert seine Schläfen weiter und versucht sich zu entspannen.

Vorsichtig erhebt er sich und geht zu einer Kommode, die sich neben seinem Bett befindet. Er wühlt darin herum und kommt mit zwei kleinen Ampullen zurück.

»Hier, trink das.« Er reicht mir eine davon. »Ist ein altes Hausmittel, das mir mein Onkel einmal verraten hat.«

Dieser Onkel … ich bin verblüfft, was der so alles weiß. Ich trinke die Ampulle in einem Zug aus. Sofort merke ich, wie sich meine Kopfschmerzen bessern und nach ein paar Augenblicken gänzlich verschwunden sind.

›*Du scheinst das schon öfter gebraucht zu haben*‹, meine ich mit vielsagendem Blick.

»Nun ja, ein paar Mal«, murmelt Reyvan und bricht verdächtig schnell den Augenkontakt ab.

Ich wusste ja, dass er vor mir schon mit vielen Frauen zusammen war, trotzdem schmerzt es immer wieder, wenn ich daran erinnert werde. Also lege ich mich wieder auf das Bett und wechsle das Thema, als er mir in die Augen sieht.

›*Wirst du mir deine Stadt heute zeigen?*‹, frage ich erwartungsvoll.

»Ich weiß nicht, ob das so eine gute Idee ist«, weicht er aus. »Ich halte zwar überhaupt nichts von Xenos, aber ich denke, wir sollten ihn nicht noch mehr verärgern. Denn das büßen wir nur umso stärker, wenn wir zurück im Zirkel sind.« Er streicht mir gedankenverloren eine Haarsträhne aus dem Gesicht. »Er weiß bestimmt, dass ich dir den Ring gestern abgezogen habe, damit er nichts von unserer gemeinsamen Nacht mitbekommt. Das wird ihn ziemlich sauer gemacht haben, daher bringe ich dich nun besser wieder in dein Zimmer.«

›*Was? Nein …*‹ Ich bin enttäuscht und kann dies auch nicht vor ihm verbergen. ›*Ich möchte bei dir bleiben, bitte.*‹

»Kleine, ansonsten bin *ich* es, der unvernünftig ist.« Er lächelt und küsst mich auf die Stirn. »Na gut, eine Stunde haben wir bestimmt noch. Aber dann bringe ich dich zurück.«

Er wirft mich grinsend auf den Rücken und beugt sich über mich. Ehe ich michs versehe, spüre ich seine Lippen wieder über meine Brüste streichen und schließe seufzend die Augen.

Reyvan begleitet mich in mein Zimmer zurück. Als er sich von mir verabschiedet, steckt er mir widerwillig den Ring von Xenos wieder an den Finger und küsst mich demonstrativ.

Nachdem er gegangen ist, fühle ich mich plötzlich einsam. Warum Reyvan nicht den Tag mit mir verbringen will, kann ich nicht wirklich verstehen. Bisher hat er keinen Hehl daraus gemacht, wie sehr er den Zirkelleiter verabscheut, und jede Gelegenheit genutzt, ihn zu provozieren.

Ob das etwas mit gestern Abend zu tun hat? Hat er etwas von dem Gespräch von Tyrian, Xenos und mir mitbekommen? Selbst wenn ich das bezweifle, eine winzige Möglichkeit bleibt bestehen. Schließlich sind die Elfen berühmt für ihr gutes Gehör … aber, nein, dann hätte er mich doch bestimmt darauf angesprochen – oder?

Auf einmal bin ich mir nicht mehr so sicher, ob er mir auch tatsächlich immer die Wahrheit sagt oder nicht manchmal Dinge vor mir verheimlicht, in der Meinung, mich damit zu schützen.

Gezwungenermaßen verbringe ich den restlichen Vormittag in meinem Zimmer und hole den Schlaf nach, der mir in der letzten Nacht von Reyvans Leidenschaft verwehrt wurde.

Gegen Mittag kommt Zaryna herein und grinst, als sie mich auf dem Bett liegen sieht.

»Hat dich mein Bruder diese Nacht auf Trab gehalten, wie?«, meint sie lachend und meine Wangen beginnen zu glühen.

Es ist mir nicht recht, dass sie zu wissen scheint, was wir in der Nacht gemacht haben.

»Keine Angst, ich werde es keinem verraten.« Zaryna lächelt verschwörerisch. »Du bist das erste Mädchen, das er hier in der gläsernen Stadt zum Tanz aufgefordert hat, außer Mayessa und mir, weißt du das?«

Ich schüttle verdutzt den Kopf. So gut, wie Reyvan tanzt, hätte ich gedacht, dass er keine Gelegenheit auslässt, mit den schönen Elfenfrauen das Tanzparkett unsicher zu machen.

»Ihm scheint was an dir zu liegen«, plappert Zaryna weiter und setzt sich neben mich auf das Bett. Sie mustert mich mit ihren dunkelblauen Augen, die mich so sehr an Reyvan erinnern. »Ich habe gesehen, wie er dich ansieht. Das will viel heißen bei ihm, glaub mir.«

Ich erröte abermals unter ihrem prüfenden Blick.

»Schade, dass du nicht sprechen kannst.« Zaryna seufzt ehrlich enttäuscht. »Ich würde dich so gerne so vieles fragen. Aber es wurde uns leider unter Androhung der schlimmsten Strafen von Xenos verboten, deine oder Taschas Gedanken zu lesen. Gut, bei deiner Freundin würde sich wahrscheinlich auch nicht mehr viel Sinnvolles entdecken lassen, aber ich würde mich gerne mit dir unterhalten.«

Mir geht es genauso, aber ich habe Angst, dass Xenos davon erfahren könnte, wenn ich ihr erlaube, meine Gedanken zu lesen, und dann würde er nicht nur mich umbringen … Ich hoffe, er weiß nichts davon, dass Reyvan fast die ganze Nacht eine Verbindung zu mir hatte.

»Ja, wirklich schade …« Zaryna drückt meine Hand. »Du scheinst nämlich sehr nett zu sein. Mein Bruder ist zwar ein Schürzenjäger, aber wenn ihm an jemandem etwas liegt, kann er sich sehr für diesen Menschen einsetzen und ab und an sogar ernst sein.«

Ja, das habe ich schon gemerkt, als er mir bei den magischen Zirkeltagen geholfen hat …

Ich nicke zum Zeichen, dass ich weiß, wovon sie spricht.

»Wirst du heute Abend bei der Hochzeit meiner Schwester dabei sein?«, fragt mich Zaryna unvermittelt.

Ich zucke mit den Schultern. König Saryon hat mich zwar eingeladen, aber ich bezweifle, dass mich Xenos nach dieser Nacht mitnehmen wird.

»Ich werde Vater fragen, ob du dabei sein darfst, in Ordnung?« Sie springt auf. »Bleib hier, ich bin bald zurück.«

Eine unnötige Bemerkung – ich würde mich sowieso im Palast verlaufen, sobald ich einen Fuß vor die Tür setze. Aber ich nicke ihr zu und lächle sie dankbar an, bevor sie mein Zimmer verlässt.

Eine Weile noch bleibe ich auf dem Bett sitzen, als ich schon wieder Schritte auf dem Gang höre. So rasch hätte ich sie nicht zurückerwartet. Ich stehe auf, um ihr die Tür zu öffnen, aber da wird sie bereits schwungvoll aufgestoßen.

Eine Welle der Angst droht mich zu ersticken, als ich Xenos hereintreten sehe. Es ist nicht allein die Tatsache, dass er sich zu mir ins Zimmer bemüht, vielmehr ist es sein Gesichtsausdruck, der in mir die nackte Panik hervorruft. Er schaut so zornig aus, wie ich ihn noch nie erlebt habe. Nicht einmal, als er die Taube tötete. Und dieses Mal gilt sein Zorn eindeutig und allein mir, keinem Federvieh, das zur falschen Zeit am falschen Ort war.

Ich weiche unwillkürlich zurück.

»Hier hast du dich also verkrochen«, knurrt er und wirft die Tür hinter sich ins Schloss. Ich weiche noch etwas weiter zurück und bringe das Bett schützend zwischen uns.

»Komm auf der Stelle her zu mir!«

Oje, das hat auf keinen Fall etwas Gutes zu bedeuten. Trotzdem mache ich ein paar unsichere Schritte um das Bett herum auf ihn zu, halte aber weiterhin Abstand zu ihm – den er jedoch mit drei raschen Schritten überwindet. Er steht jetzt so nahe vor mir, dass ich meine, seine Wut mit den Händen greifen zu können. Schmerzhaft packt er mich bei den Schultern und schüttelt mich.

»Was hast du dir dabei gedacht, den Ring abzulegen?«, faucht er außer sich vor Zorn und gibt mir eine schallende Ohrfeige, dass ich fast umkippe. »Du niedrige Dirne, dich werde ich lehren, was es heißt, für seinen Ungehorsam zu büßen!« Er holt aus, um mich ein zweites Mal zu schlagen, hält aber mitten in der Bewegung inne. Stattdessen atmet er tief durch, um sich zu beruhigen, und fährt nach ein paar Sekunden fort: »Ab sofort wirst du dein Zimmer nicht mehr ohne meine Erlaubnis verlassen – und glaub mir, daran wird auch dein Elfenfreund nichts ändern! Weder er noch jemand anders wird dich sehen können!«

Er macht eine schwungvolle Bewegung mit dem Arm und auf einmal bin ich an beiden Füßen mit einer eisernen Kette an den Bettpfosten gefesselt. Dann murmelt er einige Worte.

Als ich meine Hände anschauen will, blicke ich ins Leere. Ich will schreien, aber meine Stimme wurde mir ja genommen. Ich habe keine Möglichkeit, mich zu verständigen, denn als ich am Bettpfosten rütteln will, greife ich mit den Händen ins Nichts. Auch meine Fesseln sind unsichtbar geworden.

Xenos lacht grausam und schaut mir in die Augen. »Keiner außer mir sieht dich jetzt – und das wird bis zu dem Tag, an dem wir diese verdammte Stadt verlassen, so bleiben. Diese Waldbrut hält sich zwar für unglaublich klug, aber nicht einmal sie können diesen Zauber brechen.«

Damit dreht er sich auf dem Absatz um, verlässt das Zimmer und knallt die Tür zu.

Ich sinke verstört zu Boden und bin zu keinem klaren Gedanken fähig. Mir bleibt nichts, als zu warten, bis Zaryna kommt, und ihr irgendwie zu verstehen zu geben, wo ich bin und was Xenos mit mir angestellt hat.

Nach einer Stunde kehrt sie endlich zurück. Als ich auf ihr Klopfen nicht reagiere, öffnet sie leise die Tür, wahrscheinlich glaubt sie, dass ich schlafe. Ihr Blick schweift prüfend durch den Raum und ich springe hoch. Aber sie sieht durch mich hindurch, als ob es mich nicht gäbe.

Ich versuche an irgendetwas zu rütteln, etwas umzuwerfen, um ihr zu zeigen, wo ich bin, aber meine Hände greifen wie zuvor ins Leere. Nach ein paar Sekunden dreht sie sich um und ruft in den Gang hinaus meinen Namen. Natürlich antwortet ihr niemand. Also geht sie weg und schließt die Tür hinter sich.

Ich breche weinend zusammen – nur dass kein Ton und keine Träne meine Verzweiflung ausdrücken. Wie konnte ich nur so dumm sein und glauben, Xenos ließe die Nacht mit Reyvan ungestraft zu? Warum habe ich es zugelassen, dass Reyvan mir den Ring abnimmt? Und warum ist Xenos nur so grausam, so böse?

Ich weine, bis ich keine Kraft mehr habe, und versuche dann, mich zu erheben. Meine Knöchel spüren die durchsichtigen Fesseln, auch wenn ich sie nicht sehen kann. Ich probiere, so weit wie möglich zu gehen, komme aber nur gerade um das Bett herum. Ich habe keine Chance, zur Tür zu gelangen, geschweige denn zu fliehen.

Zudem kann ich mich auch nicht auf das Bett setzen, da die Fesseln, der Boden und die Wand die einzigen Möglichkeiten zu sein scheinen, meinem Körper Grenzen zu setzen. Durch alles andere dringe ich hindurch wie Nebel und weder meine unsichtbaren Hände noch meine Füße erzeugen Geräusche, sosehr ich mich auch bemühe.

Ich warte mindestens zwei Stunden, aber keiner kommt zu mir. Wahrscheinlich hat Xenos den Elfen irgendeine Lügengeschichte über mich erzählt, warum ich nicht zu der Hochzeitsfeier gehen kann.

Ich hoffe darauf, dass Reyvan ihm nicht glaubt und mich sucht. Er wird bestimmt eine Möglichkeit finden, mich zu befreien. Also warte ich … und warte.

Anscheinend bewirkt der Zauber, den Xenos über mich gelegt hat, auch, dass jegliche Art von menschlichen Bedürfnissen außer Kraft gesetzt werden. Ich habe weder Hunger, noch bin ich müde, noch habe ich den Drang, mich erleichtern zu müssen. Das kann keinesfalls gesund sein, aber ich habe auch keine Möglichkeit, dies zu ändern.

Schließlich sehe ich aus dem Fenster über dem Bett und bemerke, dass der Abend angebrochen ist. Draußen beginnen die Sterne zu leuchten und ihr Licht wird mit jeder Minute intensiver.

Jetzt beginnt die Hochzeitszeremonie, die danach zwei Tage lang gefeiert wird. Wie gerne wäre ich dabei gewesen, hätte die Hochzeitsrituale miterlebt. Ich male mir aus, wie bunt und schön die Feier ist, alle in ihre edelsten Gewänder gekleidet. Wenn ich mich stark konzentriere, vermeine ich sogar, die Musik zu hören, die beim anschließenden Festmahl gespielt wird.

Ich bin so in Gedanken versunken, dass ich fast nicht bemerkt hätte, wie sich abermals die Tür leise öffnet.

Da es dunkel ist in meinem Zimmer, sehe ich, wie sich nur eine schwarze Silhouette vom beleuchteten Gang abhebt. Aber diese Silhouette hätte ich unter tausend anderen erkannt. Zu vertraut sind mir inzwischen diese geschmeidigen Bewegungen, die die Muskeln bei jedem Schritt spielen lassen.

Ich springe abermals auf und gehe so weit wie möglich auf die Gestalt zu.

»Alia?«, raunt Reyvans Stimme und er horcht in den Raum hinein.

Dann dreht er sich um und meine Verzweiflung erdrückt fast mein Herz in der Brust. Aber er holt bloß eine der Fackeln aus dem Gang und kommt wieder herein. Gespenstisch tanzen Schatten über seine Züge und sein goldenes Haar glänzt im Feuerschein.

Er trägt ein wunderschönes, bodenlanges schwarzes Gewand, das mit Tausenden von kleinen Edelsteinen besetzt ist, die mit seinen Augen um die Wette glitzern. Prüfend lässt er den Blick durch den Raum schweifen, geht ein paar Schritte hinein und beleuchtet damit das gesamte Zimmer. Er steht nun so nahe vor mir, dass ich nur eine Hand auszustrecken bräuchte, um ihn zu berühren – wenn das denn ginge.

»Da stimmt doch was nicht«, murmelt er und umrundet das Bett, um den Schrank zu untersuchen.

Ich folge ihm, so weit es die Fesseln zulassen, und versuche ihm mit der Kraft meiner Gedanken mitzuteilen, wo ich bin und was Xenos mit mir angestellt hat. Aber vergebens. Auch sein Elfenzauber scheint außer Kraft gesetzt zu sein, kein Wunder, er kann mir ja nicht in die Augen sehen.

»Ich weiß, dass du da bist, Cíara.«

Er fährt fort, mein Zimmer zu durchsuchen, geht zur Kommode, wo er jede Schublade öffnet und hineinsieht.

Anscheinend schließt er nicht aus, Xenos hätte mich so klein gemacht, dass ich dort hineinpasse.

Ich folge ihm, so weit es meine Fesseln zulassen, und werde mit jeder Sekunde verzweifelter. Wie kann ich ihm nur zu verstehen geben, was mit mir passiert ist?

Plötzlich wird es gleißend hell im Zimmer und ich blinzle unwillkürlich.

Was hat Reyvan getan?

Als ich wieder etwas sehen kann, gefriert mir jedoch das Blut in den Adern. Er ist genauso verblüfft wie ich. Dieses Licht stammt nicht von ihm – sondern von Xenos, der jetzt in der Tür steht.

»Ich habe dir ja gesagt, sie ist nicht mehr hier.« Der Zirkelleiter lehnt lässig im Türrahmen, dabei schaut er mir direkt in die

Augen, was mich zusammenzucken lässt, und grinst breit. Sein Blick jedoch ist eiskalt.

»Ich glaube dir nicht«, entgegnet Reyvan ruhig. »Kein einziges Wort. Sag mir, was du mit ihr gemacht hast!«

Xenos grinst jetzt noch unverschämter. »Wie bereits erklärt musste sie mit einer dringenden Nachricht zurück zu den Magiern, die wir vor der Stadt zurückgelassen haben«, erwidert er, ohne bei dieser Lüge mit der Wimper zu zucken. »Du wirst die kleine Dienerin also erst in einer Woche wiedersehen.«

»Ich weiß, dass sie noch in der Stadt ist.« Reyvan greift sich unwillkürlich an sein Handgelenk. »Du kannst mich nicht täuschen und ich werde sie finden.«

Xenos tritt jetzt drohend näher und baut sich vor ihm auf. Aber weder das noch die Tatsache, dass er fast einen Kopf größer ist, scheint Reyvan einzuschüchtern.

»Dir wird deine Arroganz schon noch vergehen, Elf. Wenn du nicht auf der Stelle aufhörst, nach ihr zu suchen, werde ich dafür sorgen, dass du sie nie wieder zu Gesicht bekommst!«

Reyvan sieht ihn höhnisch an. »Das wagst du nicht. Glaubst du, ich hätte nicht bemerkt, dass dir ebenfalls viel an ihr liegt? Nicht einmal du könntest sie töten!«

»Unterschätz mich nicht, du Ratte! Ich kann sie schneller töten, als dir lieb ist, und es wird ganz und gar deine Schuld sein. Meinst du, damit könntest du leben?«

»Wenn du ihr etwas antust …«

»Dann was?« Xenos' Stimme ist nun kaum mehr als ein Flüstern. »Wirst du mich töten? Oder gar einen weiteren Krieg heraufbeschwören? Hast du schon vergessen, was beim letzten Mal passiert ist?«

Reyvan wirkt nun auf einmal nicht mehr so siegessicher, aber seine Stimme wird gefährlich leise. »Nein, das habe ich nicht und das werde ich auch nie, glaub mir. Nie im Leben … und irgendwann wirst du für alles büßen, was du meiner Familie angetan hast!« Die letzten Worte schleudert er Xenos mit solch einem Hass ins Gesicht, dass ich erschaudere.

Was bei den Göttern hat Xenos mit Reyvans Familie gemacht?

»Das werden wir ja noch sehen! Und denk dran, mit Alia wird genau dasselbe passieren wie damals mit Myerta, wenn du mir in die Quere kommst!« Xenos kann es sich nicht verkneifen, dabei nochmals drohend in meine Richtung zu schauen, aber sein Blick schnellt sofort wieder zurück zum Elfen.

Dieser knirscht mit den Zähnen und kann sich nur mit Mühe beherrschen. Seine Lippen verziehen sich, als wollte er Xenos ins Gesicht spucken. »Wag nicht, Mutters Namen in deinen dreckigen Mund zu nehmen!«, presst er hervor.

»Ich sehe, wir scheinen uns zu verstehen.« Xenos ist von Reyvans Wut gänzlich unbeeindruckt und sein Grinsen gleicht einem Zähnefletschen. »Und jetzt komm, deine Schwester möchte bestimmt ungern auf dich bei ihrer Hochzeit verzichten.«

Er dreht sich um und geht durch die Tür in den Gang. Reyvan folgt ihm, wendet sich jedoch im Türrahmen noch einmal um – und schaut mir direkt in die Augen. Ein wissendes Lächeln umspielt seinen Mund, bevor er die Tür hinter sich schließt.

41

Reyvan

Ich weiß, dass er lügt. All meine Sinne raunen es mir zu. Und dennoch kann ich nichts daran ändern, dass er Alia in seiner Gewalt hat.

Die Lust zu feiern ist mir gründlich vergangen, ich sitze grübelnd an meinem Platz und beobachte am Rande meine Schwester, die gerade mit ihrem Gemahl nach altelfischer Tradition den Wein und das Brot teilt, ehe sie sich innig umarmen und sich ewige Treue schwören.

Normalerweise hätte ich ebenso laut Beifall geklatscht wie alle anderen, aber diese Ungewissheit, was mit Alia geschehen ist, raubt mir den letzten Nerv.

Meine kleine Schwester Zaryna stupst mich an und wirft mir einen mitfühlenden Blick zu, nachdem ich ihr den Kopf zugewandt habe.

»Ihr wird schon nichts geschehen sein«, meint sie in ihrer gutgläubigen Naivität.

Sie kennt Xenos nicht. Weiß nicht, wozu er fähig ist. Ich aber schon.

Ich taxiere den Zirkelleiter, der ein paar Tische weiter weg sitzt und seelenruhig seine Hähnchenroulade zerschneidet, mit grimmigen Blicken. Natürlich tut er so, als würde er es nicht bemerken, aber ich bin mir sicher, dass er meinen Groll spürt.

Irgendwann halte ich den ganzen Trubel der Feier nicht mehr aus und erhebe mich.

»Wo willst du hin?«, fragt Zaryna.

»Raus«, brumme ich und gehe ohne ein weiteres Wort zur Tür. Ich kann keine Sekunde länger hierbleiben, wenn ich nicht weiß, was mit Alia geschehen ist.

Insgeheim gebe ich mir selbst die Schuld, weil ich sie allein gelassen habe. Aber ich dachte, es wäre zu ihrem Besten, wenn ich den Zirkelleiter nicht mehr als nötig provoziere, indem ich mit ihr zusammen Zeit verbringe – tja, falsch gedacht. Ich hatte Xenos' Eifersucht nicht einkalkuliert.

Was dieser alte Sack an Alia findet, ist mir ohnehin schleierhaft. Ich bezweifle, dass es der reine Wunsch nach einem weiblichen Körper ist – dann hätte er sich irgendeine Frau in Lormir nehmen können. Die liegen ihm ohnehin alle zu Füßen. Nein, es muss etwas anderes sein … und ich werde herausfinden, was es ist, das schwöre ich mir.

»Reyvan, warte einen Augenblick.«

Die Stimme, die zu meiner Rechten erklingt, lässt mich leise seufzen. Das hat mir gerade noch gefehlt – mein Onkel.

Kurz schließe ich die Augen und atme tief durch, bevor ich mich ihm zuwende. Er stößt sich gerade von der Wand neben der Eingangstür ab, an der er gelehnt hat, und kommt mit geschmeidigen Bewegungen auf mich zu. Als er vor mir steht, wird mir wieder einmal bewusst, wieso er früher als der eigentliche Herrscher der Elfen gegolten hat – ehe mein Vater meine Mutter heiratete und damit für Nachwuchs im Königshaus garantieren konnte. Seine Erscheinung ist imposant und das Charisma, das er versprüht, beinahe mit den Händen greifbar.

Trotz der Tatsache, dass mein Onkel viele Liebschaften hat, hält es jedoch keine Frau länger als ein paar Monate mit ihm aus, da er noch komplizierter als ich ist.

»Du verlässt die Feier schon?«, fragt er jetzt und sieht mich forschend an.

Ich hasse es, wenn er diesen Blick aufsetzt. Das hat er schon getan, als ich noch ein kleiner Junge war – und mich jedes einzelne Mal durchschaut.

Ja, ich verehre ihn. Ich wäre gern wie er. Aber manchmal geht er mir einfach nur auf die Nerven … so wie jetzt gerade.

»Ist es etwa verboten?«, erwidere ich trotzig und verschränke die Arme vor der Brust. »Ich war bei der Zeremonie dabei und habe artig meinen Kanincheneintopf gegessen. Muss ich noch etwas tun, ehe ich entlassen bin?«

Mein Onkel legt den Kopf schief und fährt sich durch das kurze blonde Haar, welches als einziges Merkmal darauf hindeutet, dass er zur Familie gehört. Alles andere an ihm ist … anders. *Er* ist anders.

»Was ist mit dem Mädchen?«, fragt er geradeheraus.

Ich zucke unmerklich – für meinen Onkel sehr wohl merklich – zusammen und knurre in mich hinein. »Nichts.«

»Nichts?« Er hebt eine seiner Augenbrauen und verschränkt seinerseits nun ebenfalls die Arme vor der Brust. »Für nichts siehst du mir aber viel zu wütend aus. Hast du etwa vergessen, was ich dich gelehrt habe? Menschenfrauen sind fürs Vergnügen in Ordnung, für alles andere nicht. Und du solltest dich schon gar nicht in ihre Probleme …«

»… einmischen«, unterbreche ich ihn mit einem Augenrollen. »Jaja, ich weiß. Und ich bin zu impulsiv, zu naiv, zu leidenschaftlich … kenn ich alles schon.«

»Reyvan«, sagt mein Onkel gedehnt und ich verdrehe innerlich erneut die Augen. »Ich möchte ebenso wie dein Vater und deine Geschwister dein Bestes. Wir haben dich beobachtet, als du hier angekommen bist. Du bist … anders. Ich bin nicht sicher, ob positiv oder negativ, aber du hast dich verändert. Und wenn es an diesem Mädchen liegt, kann ich dir nur dazu raten, die Finger von ihm zu lassen. Alles andere wird dir Probleme bereiten.«

»War's das?!«, schnaube ich ungehalten. »Wenn du dann mit deiner Lektion in ›Wie gehe ich mit Menschenfrauen um‹ fertig bist, würde ich gerne schlafen gehen.«

Mein Onkel seufzt und legt mir eine Hand auf die Schulter. »Nein, das war's noch nicht, mein Junge. Komm, ich möchte mit dir unter vier Augen sprechen. Aber dazu brauchen wir etwas Stärkeres als Tautropfen.«

Er führt mich aus dem Saal und ich folge ihm – jetzt doch neugierig. Wenn mein Onkel mir unter vier Augen etwas anvertrauen möchte, muss es wichtig sein.

Wir gehen durch das Gebäude, das ich wie meine Hosentasche kenne und in den vergangenen Jahren vermisst habe. Es ist schön, wieder hier zu sein, nachdem ich so viele Jahre bei den Menschen ausharren musste. Und ich freue mich darauf, wenn meine Zeit im magischen Zirkel zu Ende ist und ich hierher zurückkehren kann … ob dann Alia noch an meiner Seite ist?

Der Gedanke kommt mir so plötzlich, dass ich kurz stehen bleibe und den Kopf schüttle.

Nein. Nicht daran denken … Alia wird dann eine Greisin sein – falls sie überhaupt noch lebt. Und ganz sicher wird sie mich nicht in den Elfenwald begleiten wollen.

Wieso leben Menschen nur so kurz und Elfen so lang? Die Welt ist ungerecht!

»Wohin gehen wir?«, frage ich, um meinen kurzen Halt zu überspielen.

»Erst in die Küche und danach nach draußen zu den Teichen«, ist die knappe Antwort meines Onkels.

Ich nicke und folge ihm weiter.

Die Küche liegt nur ein paar Räume neben dem Speisesaal und gleicht im Moment aufgrund der Feierlichkeiten einem Bienenstock. Wir werden nicht einmal beachtet, während sich mein Onkel einen starken Elfenschnaps einschenkt und mich mit erhobener Augenbraue mustert. Ich nicke auf seine unausgesprochene Frage hin und er schenkt auch mir einen Becher voll, den er mir in die Hand drückt.

»Komm«, murmelt er und wir verlassen die Küche wieder, gehen durch die Gänge zum Ausgang der Pyramide.

Es gibt einen zweiten Ausgang, den wir unseren Gästen aber natürlich nicht zeigen – sie sollen nur denken, dass sie in der Pyramide gefangen sind und allein über die Plattform nach oben gelangen. Dass es eine geheime Tür gibt, durch die man rasch aus dem Gebäude gelangt, wissen nur wir Elfen.

Als wir in die kühle Nachtluft hinaustreten, atme ich tief durch. Das, dieser Geruch, diese Natur, ist es, was ich an meiner Heimat so liebe. Schweigend schlendern wir mit den Bechern in der Hand nebeneinanderher, bis wir zu einem kleinen Park gelangen, der liebevoll gepflegt wird. Dort gibt es drei Teiche mit unterschiedlichen Farben. Wie genau diese entstanden sind, weiß niemand, aber es wird gemunkelt, dass in ihnen die Seelen der verstorbenen Elfen weilen und in Vollmondnächten auf der Oberfläche tanzen. Als kleiner Junge habe ich Stunden damit verbracht, darauf zu warten, dass das geschehen würde, aber nie wurde meine Sehnsucht erfüllt.

Bei einer Bank hält mein Onkel an und bedeutet mir, mich zu setzen.

Nachdem ich seiner Aufforderung nachgekommen bin, leistet er mir Gesellschaft und prostet mir mit seinem Becher zu. Ich trinke einen kleinen Schluck und unterdrücke das Husten, das daraufhin meiner Kehle entweichen will. Ich hatte vergessen, wie stark der Elfenschnaps sein kann.

»Und? Was ist es, das du unter vier Augen besprechen möchtest?«, frage ich und schnuppere an dem Getränk. Den Geruch mag ich, aber die Stärke des Alkohols verdirbt mir den Genuss.

Mein Onkel hat bereits einen zweiten Schluck genommen und blickt jetzt auf den Teich vor uns, in dem sich die Lichter des Sternenhimmels spiegeln. Einige Sekunden lang antwortet er nicht, bevor er leise Luft holt. »Du hast dich in dieses Mädchen verliebt, nicht wahr?« Er sieht mich nicht dabei an, nippt nur weiter an seinem Getränk.

»Ich … weiß es nicht«, gestehe ich und werfe ihm einen Seitenblick zu, ehe ich ebenfalls auf die Wasseroberfläche starre.

»Dann hör jetzt meinen Rat«, fährt mein Onkel fort und wendet sich mir zu. »Gib sie frei, solange du dir noch nicht ganz sicher bist. Denn alles andere wird dich und sie ins Unglück stürzen.«

Ich hole scharf Luft und stoße sie wieder aus. »Du hast ja keine Ahnung, was du da sagst!« Mir ist danach, aufzuspringen und davonzulaufen, aber mein Onkel hält mich am Unterarm fest, ehe ich überhaupt eine Bewegung machen kann.

»Doch, ich weiß sehr genau, was ich da sage«, erwidert er mit ernster Stimme und stellt seinen Becher zur Seite. »Es ist kein ›Versehen‹, dass ich keine Gemahlin habe. Und auch nie eine haben werde. Die Liebe eines Elfen ist zwar nicht für die Unendlichkeit bestimmt, aber auch für die Zeit, die sie dauert, kann ein Herz tausend Tode sterben.«

Ich stutze und drehe mich ihm wieder zu. Einige Sekunden lang starre ich ihn nur an, dann begreife ich. »Du?«, hauche ich. »Du und eine … Menschenfrau?«

Noch während er kaum merklich nickt und meinem Blick ausweicht, zerbricht mein ganzes Weltbild. Mein Onkel war immer der Elf gewesen, der für mich alle Werte und Regeln unseres Volkes verinnerlicht hatte. Mein Vorbild, nach dem ich gestrebt hatte. Und nun …

»Wann? Wie … Ist sie tot?«, frage ich zusammenhangslos und versuche, die Information, die mir mein Onkel gegeben hat, irgendwie einzuordnen. Schwierig, wenn man glaubte, einen Elfen durch und durch zu kennen.

Ich nehme einen großen Schluck des Schnapses und keuche, als er meine Kehle verbrennt. Den Hustenanfall kann ich nicht mehr unterdrücken, Tränen schießen mir in die Augen. Mein Onkel klopft mir auf den Rücken, bis es besser wird.

»Sie starb vor etwa fünfhundert Jahren, also vor deiner Geburt«, erklärt er, ohne den Blick von der Wasserfläche zu nehmen, auf die er nun wieder starrt. »Ich habe sie geliebt – mit meinem ganzen Herzen. Leider.« Er seufzt und wendet sich mir dann wieder zu. Die Trauer, die mit einem Mal in seinen dunklen Augen liegt, schnürt mir die Luft ab. »Lass das Mädchen gehen, solange deine Liebe noch nicht so stark ist. Elfen und Menschen gehören nicht zusammen, sonst wäre es von den Göttern so bestimmt worden. Aber allein die Tatsache, dass diese beiden Völker keine gemeinsamen Nachkommen zeugen können, sollte uns Warnung genug sein. Leider sind es in diesem Fall nicht nur die Menschen, die zu überheblich sind, um darauf zu achten …«

Ich versuche, etwas zu erwidern, aber mir bleiben die Worte in der Kehle stecken. So starre ich ihn nur stumm an und schüttle bedauernd den Kopf.

Ich kann Alia doch nicht einfach aufgeben. Auch wenn ich sie noch nicht so lange kenne, so ist da diese Verbindung zu ihr, die über körperliche Anziehung hinausgeht. Sonst hätte ich ihr nicht geholfen, die Zirkeltage zu überleben. Sonst hätte Xenos mich nicht mit ihr erpressen können. Sonst würde ich mir jetzt nicht solche Sorgen machen …

»Mein Junge«, murmelt mein Onkel und legt mir eine Hand auf die Schulter. »Lass sie los, das ist der einzige Rat, den ich dir geben kann.«

Noch lange, nachdem er gegangen ist, sitze ich wie eine Salzsäule am Ufer des Teichs und starre auf das Wasser, den Becher mit dem halb ausgetrunkenen Schnaps immer noch in der Hand.

Kann ich Alia wirklich gehen lassen? Wäre es wirklich das Beste für sie und mich?

Eigentlich hatte ich vorgehabt, morgen nochmals nach ihr zu suchen, aber mir fehlt mit einem Mal die Energie dazu.

Also verkrieche ich mich am nächsten Tag in mein Zimmer, liege auf meinem Bett – das dummerweise nach ihr riecht – und versuche eine Lösung zu finden, die es in unserem Fall einfach nicht gibt.

Gleichgültig, wie ich es drehe und wende … ich komme immer wieder zum Schluss, dass ich Alia aufgeben sollte – und nicht aufgeben kann.

Die Feierlichkeiten zur Hochzeit gehen weiter und meine Geschwister kommen immer wieder zu mir, um mich dazuzuholen. Aber jedes einzelne Mal wimmle ich sie ab. Ich kann jetzt kein glückliches Paar sehen, wenn ich selbst mit derartigen Zweifeln zu kämpfen habe.

Will ich so enden wie mein Onkel? Zwar charismatisch, aber gebrochen und nicht mehr fähig, jemals wieder eine andere Frau zu lieben?

Will ich überhaupt jemals wieder eine andere Frau lieben?

Soll ich Alia aufgeben, solange ich noch kann?

So viele Gedanken wirbeln mir durch den Kopf, dass ich kaum an etwas anderes zu denken vermag.

Am dritten Tag raffe ich mich endlich auf, von neuer Energie durchflutet. Ich muss Alia finden, denn mein Armband gibt mir immer noch das Gefühl, dass sie in der Elfenstadt ist. Xenos hat mich angelogen, er wollte mich nur von ihr fernhalten.

Als ich jedoch bei ihrem Zimmer ankomme, muss ich feststellen, dass Xenos einen Schutzzauber darüber gewirkt hat. Etwas, das meine Vermutung nur noch bestätigt – wieso sonst sollte er ein leeres Zimmer versiegeln?

Sie ist also noch da drin. In welcher Form auch immer …

Ich überlege, zu meinem Vater zu gehen und ihm alles zu erzählen, lasse es aber. Er ist gerade so glücklich darüber, dass seine Tochter heiratet, dass ich ihm die Laune nicht verderben möchte. Es reicht ja schon, dass ich selbst die Hochzeit nicht genießen kann, das soll meinem Vater nicht auch passieren.

Zudem spüre ich, dass Alia noch lebt und es ihr den Umständen entsprechend gut gehen muss. Nun ja, keine Ahnung, was ihre Umstände sind, aber sie ist zumindest am Leben.

Jede Stunde schleiche ich an ihrem Zimmer vorbei und versuche, eine Schwachstelle im Zauber zu finden – erfolglos. Wenn Xenos etwas versiegelt, dann richtig.

Es ist zum Verrücktwerden! Am liebsten würde ich diesen Bastard vorführen, aber dann ist der Frieden unseres Volkes in Gefahr und das wiederum kann ich einfach nicht auf meinen Schultern tragen. Mein Volk ist alles, was mir etwas bedeutet … neben Alia. Aber ich wurde dazu erzogen, ein Prinz zu sein und mein Volk zu lieben, seine Bedürfnisse immer über meine zu stellen. Genau deswegen bin ich in den Zirkel gegangen, nachdem mein Bruder Tyrian seine Zeit als Pfand dort abgesessen hatte. Und genau deswegen halten er und ich den Mund darüber, wie wir dort behandelt worden sind.

Wir kennen die Geschichten vom Hundertjährigen Krieg. Damals haben viele Elfen leiden müssen, viele ihr Leben gelassen. Die Schikanen, die wir im Magierzirkel erdulden müssen, sind lachhaft gegen das, was unser Volk bereits alles über sich hat ergehen lassen. Wir sind es unserem Volk einfach schuldig, diese paar Jährchen auszuhalten und damit den Frieden weiter zu besiegeln.

Also verbringe ich die Zeit, die ich nicht vor Alias Zimmer lauere, damit, mit meinen Geschwistern zu sprechen und durch die Straßen der Stadt zu ziehen. Wie sehr ich meine Heimat vermisst habe, wird mir erst jetzt richtig bewusst.

Die Hochzeitsfeierlichkeiten enden und der Alltag kehrt wieder ein, die Elfen widmen sich wieder ihren Aufgaben. Nur ich komme nicht zur Ruhe … ich weiß, dass Alia in meiner Nähe ist, und ich will Xenos alles heimzahlen. Aber ich muss warten … und Geduld ist wirklich nicht meine Stärke!

42

Alia

Die nächsten Tage, die ich gefangen in meinem Zimmer verbringe, sind ein Albtraum. Nie im Leben hätte ich gedacht, dass die Zeit so langsam dahinkriechen kann. Die einzige Abwechslung ist Xenos, der ab und zu ins Zimmer kommt, um zu sehen, ob ich noch da bin.

Jedes Mal beantwortet er meine wütenden Blicke mit einem hämischen Grinsen und geht wieder. Meine Hoffnung, dass Reyvan etwas von der Magie gemerkt hat, erlischt mit jeder Minute mehr, die ich in meiner Einsamkeit ausharre. Ich hatte damit gerechnet, dass er mich irgendwie befreit, aber seitdem er von Xenos überrascht wurde, ist er nicht mehr in mein Zimmer gekommen.

Die Hochzeitsfeierlichkeiten sind seit gestern vorbei. Immerhin, morgen brechen wir auf und dann bin ich hoffentlich wieder sichtbar. Ich hatte schon gemeint, nicht sprechen zu können, wäre furchtbar schlimm, aber die Tatsache, den eigenen Körper nicht einmal zu sehen, ist noch viel entmutigender und beunruhigender. Das alles zerrt gewaltig an meinen Nerven.

Langsam bricht die Dämmerung herein und eine weitere lange Nacht – die letzte hier in meinem Zimmer – beginnt. Ich lausche auf die Geräusche im Palast, wie ich es mir in den letzten Tagen zur Gewohnheit gemacht habe. Die Einsamkeit hat mein Gehör äußerst sensibilisiert. Ich vernehme Schritte, wie Xenos zurückkommt und die Tür hinter sich schließt. Offenbar geht auch er heute früh zu Bett, um für die lange Rückreise bei Kräften zu sein.

Ich freue mich darauf, endlich meinen Körper zurückzubekommen. Gerade als ich mir ausmale, wie es sein wird, wieder Wind und Wetter auf meiner Haut zu spüren, höre ich, wie sich im Zimmer von Xenos abermals die Tür öffnet und er in den Gang hinaustritt.

Ein paar Sekunden später betritt er mein Zimmer. Mit einer Handbewegung erschafft er eine Lichtkugel, die er mitten im Raum schweben lässt.

»Ich hoffe, die letzten Tage haben dir etwas Vernunft eingebläut«, beginnt er, ohne sich mit Begrüßungsfloskeln aufzuhalten. »Morgen werden wir früh aufbrechen. Ich will, dass du immer direkt neben mir gehst. Und wehe dir, du versuchst, zu entkommen. Ich werde den Zauber erst von dir nehmen, wenn wir die Magier erreicht haben und die Elfen los sind. Falls du irgendeine Dummheit planst, werde ich Reyvan dafür im Zirkel büßen lassen, verstanden?«

Ich nicke, da ich weder den Drang verspüre, für immer auf meinen Körper zu verzichten, noch, Reyvan zu schaden.

Er sieht mich zufrieden an. »Und kein Wort hiervon.« Er deutet dabei auf meinen unsichtbaren Körper. »Keiner soll jemals davon erfahren. Oder ich töte dich.«

Wieder nicke ich, diesmal heftiger. Aber ich bin mir jetzt schon sicher, dass mir Reyvan kein Wort glauben wird, wenn ich ihm erzähle, dass ich schon viel früher aus der gläsernen Stadt aufgebrochen bin.

»Gut«, sagt Xenos. »Ich hole dich morgen ab, ehe wir uns auf den Weg machen.«

Meine Reaktion wartet er gar nicht ab, sondern verlässt zufrieden das Zimmer.

Ich werfe ihm einen zornigen Blick hinterher und sinke zu Boden. Wo bin ich da nur hineingeraten? Ich verfluche aus vollem Herzen den Schwarzmagier, der mich damals nach Lormir gebracht hat. Wenn er nicht gewesen wäre, wäre ich vielleicht irgendwo in einem anderen Bezirk von Altra aufgewachsen – und niemals Xenos begegnet … aber auch nicht Reyvan.

Ich seufze innerlich und beginne wieder, mich auf die Geräusche im Palast zu konzentrieren, die immer weniger werden.

Am nächsten Morgen holt mich Xenos in aller Frühe aus dem Zimmer und führt mich zur Plattform, die uns wieder auf das Dach des Palastes bringen wird. Reyvan und die beiden Elfen, die uns in die gläserne Stadt geführt haben, warten bereits auf uns – oder besser, auf Xenos, da sie mich ja nicht sehen können.

Ich bleibe wie geheißen dicht neben dem Zirkelleiter und wage nicht, auch nur einen Schritt von ihm zu weichen. Denn ich weiß, dass es keine leere Drohung war, was er mit Reyvan anstellen würde, sollte ich versuchen zu fliehen.

Reyvan wirft Xenos zwar einen forschenden Blick zu, aber er scheint mich nicht zu sehen, denn er dreht sich wieder zur Plattform, die sich sogleich in Bewegung setzt, als wir sie betreten.

Eine Stunde später stehen wir auf der obersten Stufe der gläsernen Stadt und ich werfe einen letzten Blick zurück. Sie funkelt in der Morgensonne wie aus Edelsteinen erbaut, und nur unter Aufbringung aller Kraft kann ich die Augen davon abwenden.

Die Elfen haben in der Zwischenzeit das Tor geöffnet und wir treten einer nach dem anderen hindurch. Jetzt sind wir wieder im Wald von Zakatas, dessen Bäume und Lichtungen vor uns liegen. Wir kommen gut voran, da das Unterholz hier ja kaum vorhanden ist und die wenigen Farngewächse unseren Schritten eilig ausweichen.

Reyvan wirft keinen einzigen Blick zu Xenos oder zu mir, sondern geht zügig hinter den beiden Elfen her. Zu gerne wüsste ich, was in seinem Kopf vorgeht. Leider wird dies bis morgen warten müssen, wenn wir wieder mit den anderen Magiern vereint sind und ich endlich meinen Körper zurückerhalte.

Als es Abend wird, schlagen wir ein Lager auf einer Lichtung auf. Weder die Elfen noch Xenos scheinen eine Gefahr zu befürchten. Hier, so nahe an der gläsernen Stadt, ist dies auch unwahrscheinlich. Trotzdem halten die Elfen abwechselnd Wache. Xenos legt sich nur für kurze Zeit hin, darum bemüht, mich nicht aus den Augen zu lassen.

Da ich keinen Schlaf brauche, bleibe ich wach und lausche auf die Umgebung um mich herum. Es ist erstaunlich, welche Geräuschkulisse sich mir bietet. Ich höre Nachtvögel ihre melancholischen Lieder singen, Äste knacken, Laub rascheln, das Rauschen eines Baches in unserer Nähe. Alles zusammen ergibt eine wunderschöne Melodie, vereint sich in einem Orchester der Nacht.

Noch nie zuvor habe ich auf dieses ganz eigene Lied geachtet. Umso schöner und lieblicher erscheint mir nun der Klang dieses düsteren Gesanges.

Ich schließe die Augen und gehe ganz darin auf, möchte Teil dieser Melodie werden, mitsingen und bis in alle Ewigkeit mit diesen wunderschönen Klängen vereint sein.

Plötzlich werde ich von einem raschelnden Geräusch, das ganz und gar nicht in dieses Lied passt, aus meinen Gedanken gerissen. Ich öffne die Augen und blicke direkt in jene von

Reyvan, der mich von seinem Nachtlager aus eindringlich fixiert.

›*Alia, pass auf, verlier dich nicht in der Nacht …*‹, höre ich seine Stimme in meinen Gedanken.

Ich starre ihn entgeistert an. Hat er gerade tatsächlich mit mir gesprochen? Ich schaue ängstlich zu Xenos, dessen Augen aber geschlossen sind. Anscheinend hat er davon nichts mitbekommen.

Als ich zurück zu Reyvan schaue, hat dieser seinen Blick wieder von mir abgewandt und sieht in eine andere Richtung, als ob nichts gewesen wäre. Dann legt er sich hin und kehrt mir den Rücken zu.

Ich bemerke, wie Xenos die Augen öffnet und den Elfen prüfend mustert. Skeptisch wirft er mir einen Blick zu, den ich möglichst unschuldig erwidere, ehe er – offenbar beruhigt – die Lider erneut schließt.

Verstört sitze ich neben den beiden und es dauert lange, bis ich mich von Reyvans Offenbarung erholt habe. Wie um alles in der Welt hat er mich sehen können? Und warum hat er mich vor der Nacht gewarnt? Ich muss zugeben, für einen Moment war ich tatsächlich versucht, mich dem Zauber der Nacht vollkommen hinzugeben, ohne Rücksicht auf etwaige Folgen – wie auch immer die ausgesehen hätten. Hätte ich mich in Luft aufgelöst? Wäre ich ein Wesen der Nacht geworden? Ich erhalte leider keine Antworten auf meine Fragen.

Noch lange sitze ich da und starre seinen Rücken an.

Vor dem Morgengrauen brechen wir wieder auf, um die zwölf Magier, die wir bei unserem Treffen mit den Elfen zurückgelassen haben, möglichst rasch zu erreichen. Bald schon erkenne ich Einzelheiten wieder und weiß, dass wir uns der Stelle nähern, wo die beiden Elfen damals so überraschend aufgetaucht sind.

Ein paar Minuten später kann ich die Magier zwischen den Bäumen und Sträuchern entdecken. Sechs Kampfmagier, darunter Arian, kommen uns entgegen. Ich atme auf und auch Xenos beschleunigt seinen Schritt.

Er geht direkt auf Arian zu, den er zur Seite nimmt, bevor ihn dieser richtig begrüßen kann. Er spricht eindringlich auf den Magier ein, dann nickt Arian knapp und gibt ein paar Männern den Befehl, Reyvan wegzuführen.

Dieser hat gerade noch Zeit, sich von den beiden Elfen zu verabschieden. Danach wird er, flankiert von Arian und den anderen fünf Magiern, zum Lager geführt, das sich nur zwanzig Schritt von uns entfernt befindet.

Xenos dreht sich zu den Elfen um und nickt ihnen zu. Seine Abschiedsworte fallen kurz aus und auch den Elfen scheint nicht viel daran gelegen zu sein, sich mit Höflichkeiten aufzuhalten. Sie kehren uns den Rücken zu und verschwinden zwischen dem Dickicht.

Jetzt sind Xenos und ich allein. Er dreht sich zu mir um und sieht in meine unsichtbaren Augen. »Sosehr mir dein Zustand gefällt, ich werde dich nun wieder sichtbar machen.«

Er murmelt einige Worte und ich kann auf einmal wieder meinen Körper sehen, eine wahre Wohltat. Zu meiner Verblüffung trage ich nicht mehr das weiß-goldene Kleid, das ich bei meiner Verwandlung anhatte, sondern meine Reisekleidung. Wie er das angestellt hat, ist mir ein Rätsel.

Er nickt zufrieden. »Du wirst keinem ein Wort hierüber verraten, verstanden? Ich habe Arian angewiesen, in fünf Minuten einen Magier hierherzuschicken, der dich wegführt. Alle sind angehalten, so zu tun, als wärst du schon länger im Lager.«

Er steht nun direkt vor mir. Ich nicke, da meine Stimme leider immer noch weg ist – auch wenn ich diese Vorsichtsmaßnahme nun nicht mehr wirklich nachzuvollziehen vermag. Schließlich kann ich den Elfen jetzt nichts mehr verraten. Aber Xenos scheint nicht einmal Arian und seinen Leuten zu vertrauen.

Dann taucht auch schon der Magier, oder besser, die Magierin auf, die mich ins Lager bringen soll. Zu meiner Erleichterung ist es Kalindra, die rothaarige Kampfmagierin. Sie begleitet mich, ohne ein Wort zu sagen.

Ich bin verwundert, wie der Zirkelleiter glauben kann, dass er damit Reyvan täuscht. Allerdings meint er ja immer noch, der Elf hätte keine Ahnung, wo ich bin.

Kalindra führt mich über einen Trampelpfad um das Lager herum, um von einer anderen Seite hineinzukommen. Ich staune, was die Kampfmagier in den acht Tagen alles geschaffen haben. Sie haben einen richtigen Stützpunkt errichtet. Ein hüfthoher Zaun verhindert, dass Tiere in das Lager eindringen können. Sie haben niedrige Betten aufgestellt, auf die sie mit Planen und Öltuch Unterlagen gespannt haben. Damit halten sie die Kälte, die nun in der Nacht vom Boden Besitz nimmt, fern. Zudem gibt es mehrere Feuerstellen, auf denen kupferne Töpfe hängen. Aus ihnen duftet es köstlich. Es ist gerade Mittagszeit und ein Eintopf wurde aufgesetzt.

Als ich das Lager durchquere, fällt mein Blick auf Reyvan, der inzwischen streng bewacht an einem der Feuer sitzt. Er hebt kurz eine Augenbraue etwas an, mehr gesteht er mir zur Begrüßung nicht zu. Aber ich kenne ihn inzwischen so gut, dass mir die Erleichterung, die kurz in seinen Augen aufflackert, nicht entgeht.

Kalindra führt mich an ein Feuer, das am weitesten von seinem Rastplatz entfernt ist, setzt sich neben mich und gibt mir eine Schüssel, die sie mit Kanincheneintopf füllt. Er schmeckt ebenso gut, wie er riecht, und ich verschlinge ihn, ohne die Fleischstücke darin großartig zu kauen.

Mein erstes Essen seit sechs Tagen. Ich hatte schon vergessen, wie es ist, wenn man etwas Festes zwischen den Zähnen hat, da ich wegen dem Unsichtbarkeitszauber keinen Hunger verspürte.

43

Alia

Wir bleiben einen Tag im Lager, um alles für unsere Rückreise vorzubereiten. In etwa einer Woche werden wir die Stelle erreichen, wo wir unsere Pferde zurückgelassen haben. Die Reise dorthin wird anstrengend sein. Wir werden uns durch das dichte Unterholz schlagen und unsere Kräfte einteilen müssen.

Xenos bespricht lange mit Arian, ob es einen alternativen Weg gibt, aber sie kommen schließlich beide zum Schluss, dass es am wenigsten aufwendig ist, die Strecke zu wählen, die wir bereits auf dem Hinweg eingeschlagen haben. Außerdem kommen wir wahrscheinlich zügiger voran, jetzt, da Tascha nicht mehr bei uns ist, die auf der Bahre getragen werden musste.

Ich spüre wieder diese Unruhe, die mich bereits auf der Hinreise, kurz vor der gläsernen Stadt, befallen hat. Es hilft auch nicht, dass Reyvan mir erklärte, dass es mit den Schutzzaubern zu tun hat, ich fühle mich unwohl und beobachtet und kann diese Empfindung nicht verdrängen.

Daher bin ich froh, als wir nach einer weiteren Nacht endlich das Lager räumen und uns auf den Weg machen. Jeder Schritt, den wir zwischen uns und die Stadt bringen, hilft mir, mich etwas mehr zu beruhigen.

Das Tempo, das Xenos anschlägt, ist unerbittlich und verlangt all meine Kräfte. Wir rennen über Lichtungen, durch Farndickichte und entlang kleiner Flüsse. Es ist, als wollte Xenos ebenfalls so rasch wie möglich eine große Distanz zwischen uns und die Stadt der Elfen bringen.

Ich bin bereits am ersten Abend auf die Hilfe von Duhr angewiesen, der meine geschundenen Füße behandeln muss. Von da an bereitet mir der Fußmarsch aber glücklicherweise etwas weniger Mühe. Wahrscheinlich hat Duhr irgendeine heilende Kraft in meine Muskeln gesteckt, die dafür sorgt, dass sie weniger rasch ermüden.

Trotzdem ist der Marsch zermürbend, nicht zuletzt, weil ich keine Gelegenheit habe, mit Reyvan zu sprechen. Oft befindet er sich in einer Gruppe, die noch rascher vorangeht, als Kalindra und ich es tun. Jeden Abend sind wir so weit voneinander getrennt, wie es das dichte Unterholz, das unsere Schlafplätze begrenzt, zulässt.

Bereits nach fünf Tagen erreichen wir die Stelle, an der wir die Pferde zurückgelassen haben. Es handelt sich inzwischen um eine Lichtung, die Magier haben die Bäume hier gerodet. Allerdings ist weit und breit keine Spur der fünf Magier oder der Tiere, die sie bewachen sollten, zu sehen.

Xenos ordnet an, dass zehn Kampfmagier ausschwärmen, um die Gegend abzusuchen, während drei hier bei ihm bleiben, um uns zu bewachen. Ich bin mir jedoch sicher, dass er auch ganz allein mit Reyvan und mir fertig würde.

Wir warten fast eine Stunde, bis der erste Kundschafter zurückkehrt. Es ist Duhr, der hastig auf Xenos zurennt.

»Wir haben die Magier gefunden!«, ruft er schweißüberströmt und schwer atmend. »Sie wurden gefangen genommen. Von Gorkas!«

Das hat uns gerade noch gefehlt. Xenos flucht auf eine Weise, die ich ihm nie zugetraut hätte, und auch Reyvan murmelt einige deftige Sprüche.

»Leben sie?«, fragt der Zirkelleiter schließlich.

»Nur zwei von ihnen. Milena und Cerasta. Die anderen haben wir nicht gesehen.«

Wieder flucht Xenos, dass er einem Kesselflicker alle Ehre gemacht hätte. »Wo sind sie?«

»Ungefähr eine halbe Wegstunde von hier. Die Gorkas haben dort ein Lager zwischen einem dichten Brombeerdickicht aufgeschlagen und sie haben all unsere Pferde. Es sieht jedoch so aus, als hätten sie uns einen Hinterhalt gelegt. Es ist verblüffend, dass sie so lange hier gewartet haben.«

»Wie viele?«

»Ungefähr fünfzig. Sind alle schwer bewaffnet.« Duhr holt sich einen Becher Wasser und setzt sich immer noch schwer atmend hin.

»Gut, lass uns warten, bis die anderen Magier zurückkehren. Dann überlegen wir uns einen Plan.«

Wir müssen nur ein paar Minuten ausharren, bis auch die anderen Späher zurück sind – darunter Arian, der die Nachricht von dem Gorkalager mit stoischer Miene aufnimmt. Er wirft einen Seitenblick zu Reyvan und mir und zieht Xenos beiseite, um sich mit ihm zu beratschlagen. Offenbar kommen sie zu einem Schluss, denn sie kehren nach kurzer Zeit zurück.

»Also, es ist so«, erklärt Xenos in ruhigem Tonfall. »Wir werden ohne die Pferde keine Möglichkeit haben, vor Wintereinbruch zurück im Zirkel zu sein. Das könnte den Tod bedeuten – zumindest denjenigen von vielen von euch. Daher werden wir das Lager der Gorkas angreifen und uns die Tiere zurückholen. Es darf kein einziger Gorka überleben, dann bekämen wir es mit dem ganzen Stamm zu tun – und dafür sind selbst wir zu wenige. Kalindra, du wirst hier bei dem Pfand und meiner

Dienerin bleiben und beide mit deinem Leben bewachen. Ihr anderen kommt mit mir mit. Ich werde euch unterwegs erläutern, was wir vorhaben.«

Damit brechen die Kampfmagier in die Richtung auf, die Duhr ihnen weist. Ich habe noch nie Gorkas gesehen, aber gehört, dass sie äußerst zähe Kämpfer sind. Ich kann nur hoffen, dass Xenos und die Kampfmagier genügend Kräfte haben, um gegen sie zu bestehen.

Kalindra fesselt die Hände von Reyvan und mir und bindet uns an einen Baum, um uns besser im Blick halten zu können. Dann beginnt sie, aus einigen Ästen vor uns einen Schutzwall zu errichten. Dabei fällt mir zum ersten Mal auf, dass ich sie zaubern sehe. Sie macht das ziemlich gut und schon bald sind wir vor neugierigen Augen in einer Blätterhöhle verborgen, die hoffentlich von außen ebenso natürlich aussieht wie von innen. Sie schlüpft zu uns herein und bedeutet uns, uns nicht zu regen, egal was passiert.

Ich nicke, in meinen Fesseln gefangen und auch von Reyvan kommt kein Einwand. Da ich auf der gegenüberliegenden Seite des Elfen angebunden bin, habe ich keine Möglichkeit, mit ihm Kontakt aufzunehmen. Aber als ich meine Hände ausstrecke, spüre ich seine Finger an meinen, die mich zärtlich streicheln. Das gibt mir immerhin etwas Trost.

Einige Zeit vergeht, ohne dass die Geräusche des Waldes um uns herum gestört werden. Ich befürchte schon, dass die Magier tatsächlich in einen Hinterhalt geraten und auf der Stelle getötet worden sind. Werden die Gorkas uns hier finden? Werden sie überhaupt nach uns suchen, wenn sie nicht wissen, dass es uns gibt?

Vielleicht können wir mit Kalindra zusammen fliehen. Ich bezweifle jedoch, dass sie uns bei einer Flucht helfen würde – schon aus Furcht vor Xenos' Rache. Und falls doch, wer weiß, ob wir nicht ebenfalls von den Gorkas gefangen genommen oder getötet werden?

Aber dann erinnere ich mich wieder an Xenos und wie mühelos er mit den Echsen fertig geworden ist. Meine Angst legt sich etwas.

Auf einmal unterbricht ein ohrenbetäubender Lärm die Stille des Waldes. Mehrere Vögel flattern erschrocken von ihren Bäumen auf und auch wir zucken in unserem Versteck heftig zusammen. Es klingt, als schlage ein Meteor mitten im Wald ein und die Erde bebt leicht. Das war bestimmt Xenos' Werk.

Gleich darauf hören wir weit entfernt Schreie und weitere Explosionen. Die Kampfmagier scheinen in ihrem Element zu sein. Ich versuche, mich so ruhig wie möglich zu verhalten. Auch Kalindra ist aufs Äußerste angespannt.

»Lass mich los, ich kann helfen«, raunt ihr Reyvan zu.

Aber die Kampfmagierin beachtet ihn nicht und schaut weiter konzentriert durch das Dickicht.

»Ich spüre, dass sich jemand uns nähert«, flüstert er, jetzt noch etwas leiser. »Schnell, mach mich los und gib mir eine Waffe, sonst kann es zu spät sein.«

Kalindra dreht sich unwirsch nach ihm um und ich vermeine, zu sehen, wie sich etwas in ihren Zügen verändert, als sie ihn ansieht. Sie merkt, dass er es ernst meint.

Nach einem kurzen Zögern durchschneidet sie mit einem gezielten Schnitt seine Fesseln und drückt ihm das Messer in die Hand.

»Wehe, ich habe mich in dir getäuscht«, zischt sie, ehe sie sich wieder dem Dickicht zuwendet.

Reyvan bleibt ihr eine Antwort schuldig, denn in dem Moment höre selbst ich, wie Äste knacken, als würde jemand zu der Lichtung schleichen, an dessen Rand wir uns befinden. Ich halte den Atem an und schließe vor Furcht die Augen.

Wenn es mehr als drei Gorkas sind, haben wir keine Chance, lebend davonzukommen. Ich weiß, dass Kalindra zwar in Kampfmagie ausgebildet ist, aber sie ist eine Anfängerin, erst gerade mit ihrer Ausbildung fertig und ihr fehlt es an Erfahrung. Und Reyvan ist nur mit einem Messer bewaffnet, er wird es nicht mit drei Gorkas gleichzeitig aufnehmen können. Dass ich mich nicht ins Gefecht stürzen werde, scheint uns allen drei so klar wie Quellwasser zu sein – ich würde keine Sekunde in einem solchen Kampf bestehen.

»Schhh, ganz ruhig, vielleicht ziehen sie an uns vorbei«, raunt Reyvan so leise, dass ich ihn nur mit Mühe hören kann.

Ich öffne die Augen einen Schlitz, nur um im nächsten Moment vor Schrecken fast zu schreien, als eine weitere Explosion ertönt – falls ich zum Schreien überhaupt in der Lage gewesen wäre. Reyvan hält mir aus Reflex den offenen Mund zu und drückt mich zurück an den Baumstamm, an dem ich immer noch angebunden bin.

Mit einer geschickten Drehung seiner Waffe durchtrennt er meine Fesseln und nickt mir kurz zu. Kalindra sieht das zwar mit einem gewissen Unmut, aber sie schreitet nicht ein. Sie weiß, dass ich ansonsten, sollte es zu einem Kampf kommen, keine Chance hätte, zu fliehen.

»Du verhältst dich mucksmäuschenstill, ist das klar?«, zischt sie mir zu.

Als ob ich einen Laut von mir geben würde, selbst wenn ich könnte. Ich bin doch nicht lebensmüde … Reyvan, der mir in die Augen geschaut hat, schmunzelt, als er meine Gedanken liest, aber er wird sofort wieder ernst und schaut zwischen den Blättern hindurch, die Kalindra um uns in weiser Voraussicht errichtet hat, auf die Lichtung. Vor uns tauchen jetzt fünf Gestalten auf.

Als sie näher kommen, bin ich vor Schrecken wie gelähmt. Noch nie habe ich solch hässliche Kreaturen gesehen. Sie sind größer als Xenos und auch um einiges breitschultriger. Ihre Haut hat einen braunen Ton und ihre Augen sind gelb mit schlitzförmigen Pupillen, die mich an eine Katze erinnern. Katzenähnlich sind auch ihre spitzen Fangzähne, die zwischen ihren Lippen hervorblitzen.

Sie alle haben langes, dunkles Haar, das sie zum Teil offen, zum Teil in dünnen Zöpfen tragen. Ihre behaarten Hände sind um ein Vielfaches größer als meine und ihre massige Gestalt haben sie in lederne Kleidung, die mit Knochen verstärkt ist, gesteckt. Zwei davon sind mit rostigen Schwertern bewaffnet, während die drei anderen grobe Keulen tragen. Zudem sind sie mit Pfeilköchern und Bögen ausgestattet. Ich stöhne innerlich. Wie wollen die beiden es mit diesen fünf aufnehmen?

Reyvan und Kalindra verständigen sich nun nur noch mit Gesten. Schon strecken die Gorkas ihre menschenähnlichen Nasen witternd in die Luft und kommen direkt auf unser Versteck zu.

Ehe der Erste den Blätterschutz erreicht, stürmen Kalindra und Reyvan gleichzeitig hervor. Beide schleudern Giftwolken und der erste Gorka fällt sofort tot zu Boden. Die anderen vier schauen staunend auf ihren Gefährten hinunter, der leblos zu ihren Füßen liegt. Sie stimmen ein Kampfgeheul an und stürzen sich auf die Magierin und den Elfen. Mir bleibt nichts anderes übrig, als den Kampf zu beobachten und möglichst reglos im Gebüsch zu liegen.

Kalindra schießt nun Pfeile aus Luftmagie auf den nächsten Gorka, der diesen nicht ausweichen kann und an der Schulter getroffen wird. Zeitgleich stürzt sich Reyvan mit dem Messer auf den Gegner, der ihm am nächsten steht, springt hoch, da dieser ihn um fast zwei Köpfe überragt, und schlitzt ihm so rasch die Kehle auf, dass ich es kaum mitverfolgen kann. Daraufhin rollt er sich ab und steht sofort wieder auf den Füßen, sprungbereit, um sich dem nächsten Feind zu stellen.

Der stürzt sich, sein Schwert in der Luft schwingend und brüllend, auf ihn. Ich halte vor Anspannung den Atem an, als sich Reyvan geschickt wegdreht und ihm mit einer schnellen

Bewegung ein Bein stellt, sodass er der Länge nach hinfällt. Ohne zu zögern, stößt er ihm das Messer in den Rücken, woraufhin dieser reglos liegen bleibt.

Inzwischen hat sich Kalindra mit den beiden verbleibenden Gorkas angelegt und eine Eiswolke um sich gebildet, aus der sie kleine Eispfeile abschießt. Diese halten die Gorkas zwar auf Abstand, scheinen sie aber nur gering zu verletzen. Reyvan eilt ihr zu Hilfe und macht eine Geste in der Luft, die ich bereits einmal bei ihm gesehen habe, als er eine Giftwolke auf die Echsen im Lager schleuderte. Nur entweicht seinen Fingern dieses Mal ein Kettenblitz, der beide Gorkas gleichzeitig zu Boden wirft.

Sie sind jedoch nicht direkt tot und versuchen sich nach dem Bruchteil einer Sekunde wieder aufzurappeln. Diese Zeit genügt dem Elfen, sich auf einen der beiden zu stürzen und ihm das Messer ins Herz zu rammen, dass es knirscht. Schon ist er wieder aufgesprungen und umkreist den letzten verbleibenden Gorka wie ein Wolf seine Beute. Dieser studiert seinerseits nun jede Bewegung seiner beiden Gegner und hält das rostige Schwert schützend vor sich.

Mit einem lauten Schrei macht Reyvan einen Ausfallschritt, sodass der Gorka ebenfalls in die Richtung vorprescht, um sich zu verteidigen. Es war jedoch nur eine Finte des Elfen, der nun mit einem Lächeln in die andere Richtung hechtet und dem Gorka das Messer in den Hals sticht. Dieser gibt einige gurgelnde Laute von sich und bricht schließlich Blut spuckend und sterbend zusammen.

Das alles hat wenige Sekunden gedauert und ich spüre das Adrenalin in meinen Adern rauschen.

»Halte die Augen nach weiteren Gorkas offen«, befiehlt Reyvan nun Kalindra.

Er kehrt zurück zum Dickicht, in dem ich immer noch sitze und wie gebannt auf die toten Körper auf der Lichtung starre.

Als er zu mir kriecht, sehe ich, dass er kleine Blutspritzer im Gesicht hat, und wische sie ihm unwillkürlich mit meinem Jackenärmel weg.

»Geht es dir gut? Alles in Ordnung?« Er streicht mir liebevoll über den Kopf.

Ich nicke, zu angespannt, um ihm in Gedanken antworten zu können.

»Gut, da bin ich froh. Warte hier, bis wir wissen, dass die Gegend sauber ist.«

Damit schleicht er wieder auf die Lichtung und hilft Kalindra, die Leichen von dort wegzuschaffen und die Kampfspuren zu verwischen, die weiteren Gorkas unser Versteck verraten würden. Danach kehren sie zurück zu mir und wir kauern uns wieder ins Blätterdickicht.

Von weit her hören wir die durchdringenden Rufe von Kriegshörnern und Schreie. Die Gorkas befinden sich immer noch in einem Kampf. Uns bleibt jedoch nichts weiter übrig, als hier in unserem Versteck zu warten. Die nun immer häufigeren Hornsignale lassen mir das Blut in den Adern gefrieren. Was, wenn die Magier nicht mehr zurückkehren?

Einen Moment lang bin ich versucht, Reyvan vorzuschlagen, dass nun der beste Zeitpunkt wäre, zu fliehen, aber ich denke an Rana, die immer noch im Zirkel ist. Nein, wenn wir fliehen, dann mit ihr. Xenos weiß zu viel von unserer Freundschaft und würde sie vor lauter Wut und Rache töten.

Eine lange Zeit warten wir, bis wir endlich das Trampeln von Hufen hören. Ich hoffe inständig, dass es Xenos und die anderen Kampfmagier sind, die mit den Pferden zurückkommen.

Als sie tatsächlich die Lichtung betreten, lasse ich die Luft so inbrünstig aus meinen Lungen entweichen, dass Reyvan mich schief ansieht. Aber auch er wirkt erleichtert. »War noch nie so froh, den Zirkelleiter zu sehen«, murmelt er, was ihm einen bösen Blick von Kalindra einbringt.

Ich zähle zwölf Magier, Arian und Xenos mit eingerechnet. Mit Erleichterung erkenne ich Milena unter ihnen. Sie sieht mitgenommen aus und ihre Kleidung ist blutverkrustet. Aber immerhin kann sie sich aufrecht auf einem Pferd halten. Das bedeutet aber, dass insgesamt drei Magier heute gestorben sind. Eine davon war offenbar Cerasta, die andere Gefangene der Gorkas, denn ich kann sie nicht unter den verbliebenen Kampfmagiern ausfindig machen.

Wir kriechen aus unserem Versteck hervor, was uns fast den Kopf gekostet hätte. Ein Feuerball schlägt nur wenige Fuß vor uns ein und lässt uns zurückspringen.

»Verdammt noch mal, macht euch doch bemerkbar, ehe ihr aus dem Nichts auftaucht!«, knurrt Xenos, und Kalindra entschuldigt sich eilig. »Steigt auf«, befiehlt er uns, ohne ihre Entschuldigung zu kommentieren. »Wir müssen so rasch wie möglich weg von hier. Die Gorkas haben Alarm geschlagen und Verstärkung gerufen.«

Damit ist auch klar, warum er so angespannt war, als er auf die Lichtung kam. Jeden Augenblick können weitere Gorkas hier auftauchen und ich bezweifle, dass wir ihnen standhalten könnten. Also schwingen wir uns eilig auf die Pferde und reiten, so rasch es das Unterholz zulässt, den Weg zurück, den wir auf der Hinreise durch das Dickicht geschlagen haben.

Wie vermutet, kommen wir nun schneller vorwärts als auf dem Hinweg. Zudem treibt uns der Gedanke, dass uns die Verstärkung der Gorkameute im Nacken sitzt, zusätzlich an.

Wir reiten den ganzen Tag und machen nur kurz Pausen, um die Pferde zu füttern. Dann steigen wir wieder auf. Hinter uns ertönen jetzt immer mehr Hörner, denn die Gorkas haben die Verfolgung aufgenommen. Xenos treibt uns an, bis wir kaum mehr aufrecht im Sattel sitzen können. Die Pferde sind ebenfalls am Ende und schäumen vor Erschöpfung, ihre Flanken zittern bei jedem Schritt.

Schließlich, als es längst dunkel ist, sieht Xenos ein, dass er uns nicht weiter vorantreiben kann. Er lässt uns absitzen und befiehlt den Magiern, für zwei Stunden Wache zu halten. Die Heiler werden zu den Pferden gerufen und sollen ihnen die schlimmste Erschöpfung nehmen. Wir anderen dürfen uns kurz hinlegen, aber in voller Montur, um jederzeit wieder aufbrechen zu können.

Ich sinke erschöpft ins Gras. Zum ersten Mal auf dieser Reise scheine ich nicht bewacht zu werden. Aber warum auch? Ich wäre ja selbst dumm, wenn ich in die Nacht hinaus, direkt in die Arme der Gorkas, fliehen würde. Bevor ich mich richtig hingelegt habe, bin ich auch schon eingeschlafen.

Es kommt mir jedoch vor, als hätte ich nur kurz die Augen geschlossen, als Kalindra mich an der Schulter rüttelt und wir weiterreiten. Die Pferde sind nun frischer, dafür die Heiler umso erschöpfter. Aber Xenos nimmt darauf keine Rücksicht. Er treibt uns an und gestattet uns für den Rest der Nacht keine weiteren Pausen mehr.

Auch am nächsten Tag gibt es nur kurze Unterbrechungen und nur die Heiler dürfen sich für drei Stunden vollständig ausruhen, um frische Energie zu sammeln. Die anderen müssen Wache halten.

Zum Glück sind alle vier Erdmagier noch am Leben. Trotzdem wird es für sie immer schwieriger, die zunehmende Erschöpfung unserer Pferde zu heilen. So langsam fordert unser Tempo seinen Tribut. Auch ich kann mich nur noch mit Mühe auf den Beinen halten, als wir am Nachmittag eine weitere, kurze Rast einlegen.

Das Wetter ist für die anbrechende Herbstzeit erstaunlich mild. Dennoch sind die Nächte nun so kalt, dass ich auf meinem Pferd nicht nur vor Erschöpfung zittere. Ich hoffe, wir schaffen es, vor Wintereinbruch zurück im Zirkel zu sein, ansonsten hätten wir mit noch schlimmeren Gefahren als den Gorkas zu kämpfen.

44

ALIA

Wir reiten nochmals einen Tag durch, dann ist selbst Reyvan so erschöpft, dass er immer öfter im Sattel einnickt. Wir brauchen dringend eine längere Rast, aber Xenos treibt uns noch zwei weitere Stunden an.

Endlich erlaubt er uns, für ein paar Stunden auszuruhen. Wir hören keine Hörner mehr hinter uns, doch ich wage nicht, zu hoffen, dass wir die Gorkas abgehängt haben.

Inzwischen hat es angefangen zu schneien. Jedoch liegen die richtigen Schneestürme noch vor uns. Trotzdem ist die Kälte schlimm, die uns in die Knochen dringt.

Immerhin ist die Bewachung von Reyvan und mir bei Weitem nicht mehr so streng wie auf der Hinreise. Alle sind viel zu beschäftigt damit, den Gorkas zu entkommen. Selbst Xenos scheint im Moment andere Sorgen zu haben, als Reyvan und mich ständig zu beobachten und zu trennen.

Als wir uns erschöpft auf den Boden fallen lassen, auf dem der erste Schnee inzwischen angesetzt hat, und ein paar getrocknete Fleischstücke essen, versuche ich, mit Reyvan Augenkontakt aufzunehmen.

Er merkt sofort meine Bemühungen und schaut mich über das Lagerfeuer hinweg an, das die Feuermagier kurzerhand errichtet haben und dessen Rauch und Licht sie möglichst gering halten.

›*Was meinst du, wie lange werden sie uns verfolgen?*‹, frage ich ihn.

›*So lange sie können. Aber ich hoffe, dass sie, sobald wir den Steppenwald erreicht haben, umkehren werden. Sie fühlen sich nur in den dichten Wäldern wohl. Ich bezweifle, dass sie es auf offenerem Gelände mit uns aufnehmen.*‹

›*Und wie lange dauert es noch, bis wir im Steppenwald sind?*‹

›*Hm, schwer zu sagen. Wenn wir dieses halsbrecherische Tempo beibehalten, sollten wir in weniger als sieben Tagen bei dem Dorf sein, bei dem wir das letzte Mal haltgemacht haben. Aber ich glaube nicht, dass wir dieses Tempo durchhalten werden.*‹

›*Das denke ich auch nicht …*‹ Meine Muskeln schmerzen, egal wie ich mich hinsetze, und ich kann vor Müdigkeit kaum die Arme heben.

›*Du bist ja vollkommen erschöpft, Cíara.*‹ In Reyvans Augen sehe ich Mitgefühl. ›*Ruh dich jetzt aus, das Sprechen strengt dich nur noch mehr an. Ich werde über dich wachen.*‹

Ich nicke, lege mich auf meine Decke und schlafe binnen Sekunden ein.

Als wir wieder aufbrechen, fühle ich mich besser.

Wir reiten weiterhin in einem Tempo, das den Pferden alles abverlangt. Glücklicherweise wird das Unterholz immer besser passierbar und schon bald durchqueren wir breite Farnflächen, die von einer leichten Schneedecke überzogen sind.

Die Abstände zwischen den Bäumen werden größer und es ist immer häufiger möglich, dass Kalindra und Milena, die wieder zu meiner Bewachung abgeordnet wurden, neben statt hinter mir reiten können.

Allerdings sind wir nun stärker dem Schneefall ausgeliefert. Immerhin tanzen die Flocken nur vereinzelt vom Himmel und es wird noch eine Weile dauern, bis der Boden vollends mit Schnee bedeckt sein wird. Wir schlagen unser Nachtlager regelmäßiger auf und bleiben auch etwas länger, bis wir aufbrechen.

Hinter uns sind seit vier Tagen keine Hörner mehr zu hören. Wir sind nun bereits an der Stelle vorbei, wo wir damals von den Echsen überfallen wurden. Es kommt mir vor wie eine Ewigkeit, seit wir hier übernachtet haben. Trotzdem setzt Xenos alles daran, so rasch wie möglich in den Steppenwald zu gelangen.

Schließlich, nach zwei weiteren Tagen, tauchen die ersten kahlen Laubbäume auf, die auch bald schon Oberhand über die Nadelbäume bekommen. Zudem entdecke ich einzelne Unterschlüpfe der Jäger in den Baumkronen. Ein Zeichen, dass wir den freieren Ebenen und den Dörfern nicht mehr allzu fern sind.

Einen halben Tag später prägen vereinzelt aus dem Schnee ragende Heidelbeergewächse die immer größeren Lichtungen und schon bald rotten sich die Bäume zu kleinen Gruppen zusammen, um die wir herumreiten müssen. Von Weitem können wir jetzt Schaf- und Kuhherden erkennen – wir sind wieder in den bewohnteren Gebieten angekommen.

Wenige Tage darauf sehen wir endlich die Palisadenzäune des Dorfes vor uns, in dem wir auf der Hinreise übernachtet haben. Wir sind alle erschöpft und halten uns mehr schlecht als recht auf unseren Pferden, die sich ebenfalls am Ende ihrer Kräfte befinden.

Müde und ermattet reiten wir zur Mittagszeit durch die Tore des Dorfes und ich habe nicht einmal mehr die Energie, die neugierigen Bewohner zu beachten, die sich zu beiden Seiten der Hauptstraße zusammenfinden und uns mustern.

Wir müssen ein klägliches Bild abgeben. Xenos ist der Einzige, der noch Energie zu haben scheint. Woher er die nimmt, ist mir schleierhaft. Er steuert zielstrebig auf die Herberge zu, die sich neben dem Dorfplatz befindet.

Nachdem wir abgestiegen sind, übergeben wir die abgehetzten Pferde den Stallknechten, die sofort herbeieilen. Xenos geht uns voran und öffnet die Tür der Schenke. Uns weht der üble Geruch entgegen, der mich schon bei unserem ersten Aufenthalt die Luft hat anhalten lassen.

Der Wirt eilt sofort hinter dem Tresen hervor auf den Zirkelleiter zu und verbeugt sich überschwänglich. »Es ist mir eine große Ehre, Euch abermals als meine Gäste begrüßen zu dürfen!«, ruft er mit hochrotem Kopf und räumt hastig zwei lange Tische ab, damit wir uns hinsetzen können.

Außer uns sind noch ein paar weitere Gäste in der Schenke, die uns ebenso neugierig mustern wie die Leute vorhin auf der Straße. Da wir nun nur noch fünfzehn Personen sind, haben wir ohne Probleme an den beiden Tischen Platz.

Xenos verzichtet darauf, mich vom Rest der Gruppe zu trennen. Ich freue mich über den Becher Bier, der mir gereicht wird, obwohl ich auch diesem Getränk normalerweise nicht viel abgewinnen kann. Aber jetzt erfrischt mich selbst nach ranziger Butter schmeckender Alkohol. Dann bringt uns der Wirt große Schalen voll Reis mit Fleischstücken und einer kräftigen Soße. Wir schlingen alles herunter, als hätten wir seit Tagen nichts mehr gegessen.

Nach dem Essen ordnet Xenos an, dass für uns alle Bäder bereitgestellt werden, in denen wir uns waschen können. Da die Herberge zu wenige Zimmer mit Waschzubern hat, müssen wir uns jeweils zu dritt einen teilen. Aber das macht mir nichts aus, zumal die beiden mich zuerst waschen lassen, ehe sie nacheinander ins Wasser steigen. Es tut gut, sich den Schmutz der letzten Tage vom Körper zu schrubben.

Wir legen frische Kleidung an und begeben uns dann in das Schlafzimmer, wo wir bereits auf der Hinreise übernachtet haben. Da Cerasta sowie eine weitere Magierin von den Gorkas getötet wurden, sind wir nun nur noch drei Frauen, die in diesem Zimmer schlafen, und haben massenhaft Platz. Ich bin froh, endlich eine weiche Unterlage anstelle des harten Waldbodens unter mir zu haben, auch wenn mich die Strohhalme durch die Decke piken.

Am nächsten Morgen erklärt mir Milena, dass Xenos entschieden hat, einen weiteren Tag im Dorf zu bleiben, bis wir uns alle erholt haben. Es liegt noch knapp ein halber Monat Reise vor uns, daher will er, dass wir möglichst ausgeruht aufbrechen.

Milena sieht zwar immer noch mitgenommen aus von ihrer Gefangenschaft bei den Gorkas, aber die Heiler haben ihre Verletzungen behandelt, und nur noch in ihren Augen sind die Spuren der Folter zu lesen, die sie erdulden musste. Ich wage mir gar nicht vorzustellen, was die Gorkas ihr alles angetan haben.

In den letzten Tagen hatten Reyvan und ich keine Zeit, um uns zu unterhalten. Er hat meist einen großen Abstand zu mir gehalten, was mich verblüffte. Ich weiß nicht, ob er einfach zu erschöpft war, um mit mir zu sprechen, oder ob er absichtlich die Distanz zu mir wahrte, um Xenos nicht weiter zu verärgern.

Jedenfalls fehlt er mir und ich frage mich, wo er jetzt ist. Wahrscheinlich muss er wie ich im Zimmer bleiben, bis wir wieder aufbrechen. Nur zu den Mahlzeiten darf ich hinunter in die Schenke und selbst dann bekomme ich ihn nicht zu Gesicht, da wir zu anderen Zeiten das Essen erhalten.

Am nächsten Morgen ist es so weit und wir brechen wieder auf. Die Rast hat uns allen neue Kräfte gegeben und Xenos hat frische Pferde kaufen lassen, die tänzelnd darauf warten, dass es endlich losgeht.

Als ich aus der Herberge trete, weht ein kühler Wind. Ich sehe Reyvan, der sich gerade in den Sattel schwingt. Er sieht ebenfalls erholt aus und ich lächle ihn an. Er wirft mir jedoch nur einen rätselhaften Blick zu und gibt seinem Pferd leicht die Sporen, um es in die Gruppe der Magier einzureihen.

Ich betrachte verdutzt seinen Rücken, den er mir zukehrt, habe aber keine Zeit, über diese Geste nachzudenken. Milena bringt soeben mein Pferd und bedeutet mir, aufzusteigen. Der Proviant ist aufgefüllt und eine neue Decke sowie ein neuer Umhang aus Öltuch wurden an meinem Sattel befestigt.

Zusätzlich reicht mir Milena einen dicken Umhang aus gewalktem Stoff, den ich überwerfen soll. Das Wetter ist inzwischen noch kälter und nässer geworden. Bald wird der Winter Einzug halten.

Leichter Schneeregen fällt und ich wickle den Umhang fest um mich. Wenn es weiterhin so regnerisch bleibt, werde ich zusätzlich bald den Umhang aus Öltuch anlegen müssen.

Wir brechen auf, von den Abschiedsrufen der Dorfbewohner begleitet. Als wir aus dem Tor reiten, bemerke ich, dass die Verteidigungsanlagen um die Siedlung verstärkt worden sind. Dicke Holzpfähle wurden in den Boden gerammt und das Dorf wird von einem zusätzlichen Graben umgeben. Offenbar hat Xenos die Bewohner vor der Gorkameute, die uns bis vor Kurzem verfolgt hat, gewarnt. Ich hoffe, wir haben sie tatsächlich abgehängt und die Vorsichtsmaßnahmen des Dorfes werden nicht benötigt.

Wir reiten eine Weile in scharfem Galopp, bis wir die Siedlung nicht mehr sehen können. Dann verfallen unsere Pferde in einen langsameren Schritt und wir gewähren ihnen dieses Tempo. Im Gegensatz zu unserer Flucht vor den Gorkas sind wir nun fast schon gemütlich unterwegs.

Ich bin froh, dass wir durch offeneres Gelände reiten, das besser überschaubar ist. Trotz der Baumgruppen können wir so weit sehen, dass die Vorhut, die Xenos ausgeschickt hat, nicht weiter als eine halbe Stunde vorausreiten muss.

Zur Mittagszeit machen wir an einem Teich halt, essen ein ausgiebiges Mahl und tränken die Pferde.

Ich versuche, mit Reyvan Kontakt aufzunehmen, aber er weicht meinem Blick aus. Ich bin verwirrt über sein Verhalten, doch wir werden wieder stärker bewacht, was mich meine Bemühungen nach kurzer Zeit aufgeben lässt.

Also begnüge ich mich damit, an dem saftigen Kaninchenschenkel zu nagen und ins Feuer zu starren. Ich frage mich, warum der Elf plötzlich so reserviert ist. Ob er befürchtet, dass uns Xenos auf die Schliche kommen könnte?

Bald schon brechen wir wieder auf. Glücklicherweise verfallen wir auch jetzt nicht in das halsbrecherische Tempo, das wir noch vor ein paar Tagen hatten. Trotzdem merke ich, dass Xenos uns antreibt. Wenn wir Pech haben, geraten wir in die ersten Schneestürme, die zu dieser Jahreszeit keine Seltenheit sind. Dies möchte der Zirkelleiter vermeiden, aus gutem Grund – der tiefe Winter hier auf der Ebene würde für uns eine tödliche Falle bedeuten. Der Schnee fällt in den ersten Wintertagen oft so dicht, dass wir bald Mühe hätten, voranzukommen, und auf der offenen Steppe würde uns der Wind so eisig ins Gesicht blasen, dass wir erfrieren könnten. Der leichte Schnee, der jetzt auf der Ebene liegt, ist noch gar nichts gegen das, was uns bevorsteht. Daher tun wir gut daran, möglichst rasch zurück in den Zirkel zu kommen, wo warme Kamine auf uns warten.

Auch in den nächsten Tagen beachtet mich Reyvan kaum, und wenn, dann sieht er mich emotionslos an, ohne mit mir zu sprechen. Ich bin langsam beunruhigt über sein Verhalten, versuche aber, mir meine Verunsicherung nicht anmerken zu lassen.

Bald haben wir das Ende des Steppenwaldes erreicht und gelangen zu der Höhle, in der wir damals auf der Hinreise übernachtet haben. Sie ist immer noch leer, wahrscheinlich hat es sich unter den Höhlenbären herumgesprochen, dass das Leben darin von äußerst kurzer Dauer sein kann.

Die Magier errichten an denselben Stellen wie auf der Hinreise ihre Lagerfeuer. Sie haben sogar ein Fass mit Wein bei sich, das sie zur Feier des Tages öffnen. Eine lange und anstrengende Reise neigt sich dem Ende zu. In einer Woche werden wir zurück im Zirkel sein.

Ich trinke ebenfalls einen Becher Wein und verdränge die Gedanken an den köstlichen Geschmack des Tautropfengetränks in der gläsernen Stadt. Dieser hier kann es tatsächlich nicht annähernd damit aufnehmen. Trotzdem wärmt er meinen Körper.

Früher als die anderen lege ich mich schlafen.

Letztes Mal, als ich hier im hinteren Teil der Höhle übernachtet habe, war Tascha noch neben mir. Ich fühle mich einsam in meiner Ecke. Aber ich hoffe, endlich unbeobachtet mit Reyvan sprechen zu können, der sich auf der gegenüberliegenden Seite bereits für die Nacht eingerichtet hat.

Uns trennen wie damals knapp fünfzehn Schritt, eine kleine Strecke, aber doch kommt sie mir unüberwindbar vor. Milena sitzt neben mir, um mich zu bewachen, während fünf Magier in der Nähe von Reyvan Stellung bezogen haben. Ich versuche, seine Augen in der Dunkelheit zu erkennen, scheitere aber. Auch als ich mich konzentriere, um ihm etwas sagen zu können, dringe ich nicht zu ihm durch.

Was soll das? Warum ist er auf einmal so abweisend? Wir wollten doch noch unsere Fluchtpläne besprechen. Wenn wir erst einmal im Zirkel sind, werden wir keine Gelegenheit mehr haben, einander zu sehen. Das muss ihm doch klar sein – oder will er etwa gar nicht mehr mit mir fliehen? Vielleicht hat er gemerkt, dass ich nicht die Richtige für ihn bin, und ihm ist es die ganze Mühe und den Ärger mit Xenos nicht wert. Ich hatte mich ja immer schon gefragt, was er sich überhaupt aus mir macht. Wahrscheinlich fragt er sich das jetzt auch.

Enttäuscht und voller Selbstzweifel drehe ich mich auf den Rücken und bemühe mich, einzuschlafen. Lange Zeit starre ich an die Höhlendecke und kann keinen Schlaf finden.

Als ich endlich doch eindöse, werde ich von einem zischenden Geräusch geweckt, das mich zusammenfahren lässt.

Ich bin einen Moment lang orientierungslos und schaue verwirrt um mich. Milena neben mir ist aufgesprungen und kampfbereit. Auch auf der Seite, auf der sich Reyvan befunden hat, erkenne ich Bewegung im Dunkeln. Rufe werden laut und plötzlich höre ich das Klirren von Stahl und lauten Kampflärm.

Was hat das zu bedeuten?

Ich springe ebenfalls hoch, werde von Milena aber sofort wieder zu Boden gedrückt.

»Bleib unten«, weist sie mich leise an und zückt ihr Kurzschwert, das sie an ihrer Hüfte trägt.

Ich tue wie geheißen und versuche, mich so still wie möglich zu verhalten. Jetzt flammt auf einmal eine Kugel über uns auf, welche die gesamte Höhle in helles Licht taucht. Xenos.

Die Szene, die sich mir bietet, lässt mich erstarren.

Mindestens zwanzig Gorkas sind in wüste Kämpfe mit den Magiern verwickelt. Ich erkenne Blitze aufleuchten, Feuerpfeile, die sich in die brennenden Leiber der Feinde bohren, Gift, das geschleudert wird, und Eisbrocken, die durch die Luft fliegen. Reyvan ist mitten unter den Kämpfenden, was mich aufkeuchen lässt.

Er hat von irgendwoher ein Schwert in die Finger bekommen und bewegt sich nun so anmutig und flink, dass ich ihm kaum mit meinen Augen folgen kann. Er tötet mit einer Präzision und Schnelligkeit, wie ich sie noch nie gesehen habe.

Gerade als ich denke, dass die Magier Überhand gewinnen, tauchen zu meinem Entsetzen weitere Gorkas im Höhleneingang auf. Ich kann ihre Anzahl in der Dunkelheit nicht erkennen, aber es müssen Dutzende sein. Der Strom scheint nicht abzubrechen, sosehr sich die Magier auch bemühen, ihre Zahl zu dezimieren.

Wie konnten sie uns nur finden? Ich war überzeugt, dass wir sie vor dem Dorf abgehängt hätten. Offenbar war auch Xenos dieser Meinung gewesen, sonst hätte er nicht ein langsameres Tempo angeschlagen und die Sicherheitsmaßnahmen verringert. Wie konnte er sich nur so täuschen? Und Reyvan, hat der nichts von den Verfolgern mitbekommen? Bisher hatte ich immer geglaubt, der Elf sei allen anderen bei Weitem überlegen. Aber anscheinend ist dem nicht so. Oder vielleicht hat seine Distanziertheit in der letzten Woche etwas damit zu tun?

Noch während ich überlege, saust ein Pfeil in meine Richtung und ich werfe mich der Länge nach zu Boden. Milena hat sich nun ebenfalls in das Getümmel gestürzt und kämpft mit den anderen Magiern zusammen.

Aber ich sehe, dass sie langsam ihre Kräfte verlieren. Die Zauber werden immer kürzer, und immer weniger Gorkas werden davon getötet. Trotzdem türmen sich die Leichenberge bereits am Höhleneingang und ein hässlicher Gestank nach Blut und Innereien erfüllt den Raum.

Ich würge, bleibe aber möglichst reglos am Boden liegen. Zum Glück befinde ich mich in der hinteren Ecke der Höhle, wo der Schein der Lichtkugel nicht ganz hinkommt. Trotzdem bin ich für jeden gut sichtbar und wäre ein leichtes Opfer. Ich bin froh, dass die Gorkas von den Magiern abgelenkt werden.

Als ich den Blick hebe, sehe ich zu meiner Bestürzung, dass Reyvan stark aus einem Schnitt an seinem Bauch blutet. Trotzdem kämpft er verbissen weiter, schlägt einem Gorka den Kopf ab, um einem weiteren direkt danach das Schwert durch das Herz zu bohren.

Xenos ist ebenfalls mitten im Kampfgetümmel und wirft mit Feuerbällen und Flammen um sich. Anscheinend fehlt ihm die Zeit, eine Wolke mit flammenden Steinen zu erschaffen. Ich bin sicher, sonst hätte er es schon längst getan. Aber auch die Feuerzauber, die er den Gegnern entgegenschleudert, lassen viele Gorkas in Flammen aufgehen.

Erst jetzt bemerke ich den Lärm, der rund um mich herrscht. Schreie, Klirren und Explosionen erfüllen die Luft, dass ich mir die Ohren zuhalten möchte. Auf einmal ertönen Hörner und ich sehe mit Erleichterung, dass sich die Gorkas zurückziehen. Sie rennen aus der Höhle in die Nacht hinaus und verschwinden im Dunkeln.

Einige Magier nehmen die Verfolgung auf, nur um ein paar Sekunden später wieder zurückzukommen. Es wäre glatter Selbstmord, die Gorkas in der Dunkelheit zu verfolgen. Wer weiß, ob sie nicht direkt in die Arme der Verstärkung rennen würden?

Als der letzte Gorka niedergestreckt ist, kehrt eine gespenstische Stille ein. Einige Magier liegen stöhnend auf dem Boden, andere sind leblos unter den toten Leibern von Gorkas begraben. Reyvan sitzt schwer atmend an einer Höhlenwand und wird gerade von einem Heiler versorgt. Ich zähle noch fünf Magier, die aufrecht gehen können, darunter auch Xenos und Arian.

Insgesamt haben wir sechs Tote zu beklagen. Außerdem sind weitere vier Magier in einem kritischen Zustand und können aufgrund der fehlenden Körperwärme der Erdmagier nur notdürftig geheilt werden, sodass sie auf einem Pferd sitzen können. Sie werden einen anstrengenden Ritt kaum überleben. Milena und Kalindra sind beide unter den Schwerverletzten und werden gerade von Duhr, der ebenfalls aus einer Wunde am Kopf blutet, versorgt. Neben ihm hat noch ein weiterer Heiler überlebt, der sich um die anderen Verwundeten kümmert. Xenos gibt einigen Magiern Befehl, so rasch wie möglich alles zusammenzuräumen.

Ich bete zu den Göttern, dass die Gorkas nicht so bald zurückkehren, denn wir brauchen mindestens fünf Minuten, bis wir zum Aufbruch bereit sind. Glücklicherweise werden meine Gebete diesmal erhört.

Wir reiten los, noch ehe sich die Gorkas neu formiert haben. Trotzdem ertönen ihre Hörner hinter uns, als wir so rasch wie möglich durch die Nacht davongaloppieren.

Ich bin immer noch viel zu überrumpelt, um mich zu wundern, warum die Gorkas uns bis hierher verfolgt haben. Reyvan hatte ja vermutet, dass sie sich nicht in die Steppenwälder vorwagen. Hoffentlich sind wir auf der offenen Steppe, die uns in ein paar Stunden erwartet, sicherer. Immerhin werden wir auf der Ebene unsere Verfolger leichter ausmachen können. Das ist wahrscheinlich auch der Gedanke, den Xenos und Arian haben, sie preschen, so rasch es die Pferde zulassen, auf die Steppe zu.

Hinter uns ertönen die Schlachthörner und ich bilde mir ein, sogar das Kriegsgeheul der Gorkas zu hören.

45

Alia

Wir galoppieren, so lange die Pferde es aushalten, dann verfallen wir in einen raschen Trab. Endlich haben wir die Steppe erreicht. Um die Reittiere nicht vollständig zu erschöpfen, werden wir noch etwas langsamer, halten aber nicht an. Als ich mich im Sattel umdrehe, vermeine ich, das Licht von Fackeln hinter uns zu erkennen.

Wir reiten tief in die schneebedeckte Ebene hinein, bis ich mich ein weiteres Mal umdrehe. Jetzt sind die Fackeln etwas weiter entfernt, die Gorkas haben angehalten – oder zumindest überlegen sie, ob es sich lohnt, uns in die Steppe zu folgen. Ich hoffe, sie entscheiden sich dagegen.

Wir reiten ein paar weitere Stunden mit nur ganz kurzen Pausen. Langsam bricht die Morgendämmerung an. In ihrem Licht sind wir, aber auch die Gorkas, besser sichtbar. Zu meiner Erleichterung höre ich keine Hörner mehr, und als ich mich abermals umdrehe, kann ich auch keine Verfolger mehr ausmachen. Trotzdem treibt Xenos uns weiter über die Ebene, bis die

Pferde vor Erschöpfung zusammenzubrechen drohen. Dann dürfen wir absteigen.

Ich bin inzwischen so müde, dass ich beinahe im Sattel einschlafe. Die Pferde sind ebenfalls entkräftet. Xenos weist an, dass sich erst um die Tiere gekümmert wird, was wieder einmal zeigt, wie herzlos er ist und dass er wortwörtlich über Leichen geht, nur um seine Haut zu retten. Denn einige der Magier haben schwere Verletzungen, die dringend behandelt werden müssten. Duhr und der andere Magier haben alle Hände voll zu tun, die größte Erschöpfung von den Pferden zu nehmen. Danach kümmern sie sich um die Verwundeten. Zu meinem Entsetzen bemerke ich, dass Milena aufgrund der verzögerten Heilung im Sterben liegt. Auch Kalindra geht es nicht gut und sie kauert bleich auf ihrer Decke.

Xenos ordnet an, dass wir für vier Stunden Rast machen. Dank der flachen Steppe werden wir frühzeitig Bescheid wissen, wenn die Gorkas am Horizont auftauchen.

Die Luft ist kalt und ein eisiger Wind bläst. Ich ziehe den Umhang eng um mich und suche mir einen Platz zum Schlafen, wo nicht so viel Schnee liegt.

Ich habe mich gerade hingelegt, als ich sehe, wie Reyvan ein paar Schritte entfernt zu Xenos tritt. Ich bin so müde, dass ich kaum die Augen offen halten kann, trotzdem treibt mich die Neugier zu wissen, was die beiden zu besprechen haben. Daher strenge ich mein Gehör an, das immer noch von der Unsichtbarkeit her äußerst gut ist, um sie zu belauschen.

Sie befinden sich nur etwa sieben Schritt neben mir und scheinen nicht zu merken, dass ich noch wach bin, oder zumindest beachten sie mich nicht. Aber sowohl Reyvan als auch Xenos sind mit mir verbunden – mit dem Armband und dem Ring – und ich bin mir sicher, dass sie wissen, wann ich schlafe und wann nicht.

»Wie um alles in der Welt konntest du so leichtsinnig sein und uns in eine solche Gefahr begeben?«, fährt Reyvan Xenos gerade an.

Ich kann das Gesicht des Zirkelleiters zwar nicht erkennen, da er mit dem Rücken zu mir steht, stelle mir aber vor, dass er von der barschen Anrede des Elfen alles andere als erfreut ist.

Das spiegelt sich auch in seiner Stimme wider, die nun eiskalt und drohend klingt. »Du hast auch gedacht, wir hätten sie abgehängt, Elf«, knurrt er.

»Nein, das habe ich nicht«, entgegnet Reyvan energisch. »Und ich habe versucht, dich zu warnen, als wir in diesem Dorf gerastet haben.«

»Erklär du mir nicht, wie ich meine Truppe zu führen habe!« Xenos spricht so laut, dass ich mich nicht mehr anstrengen muss, um ihn zu verstehen. »Wenn ich noch ein Widerwort von dir höre, werde ich deine kleine Freundin auf der Stelle töten.«

Reyvan tritt nun näher an den Zirkelleiter heran und seine Augen sind noch fast kälter, als ich es von Xenos kenne. »Das ist wohl das Einzige, womit du mir drohen kannst, wie? Warum hast du sie bisher überhaupt am Leben gelassen?«

Diese Verwegenheit zieht augenblicklich eine schallende Ohrfeige nach sich.

Aber Reyvan zuckt kaum mit der Wimper, als er ihm das Gesicht erneut zukehrt. »Weißt du was?« Seine Stimme klingt fester, als ich erwartet hätte. »Du hast gewonnen. Behalte sie. Ich hatte mein Vergnügen mit ihr und wenn das der Preis ist, damit du mich nicht mehr erpressen kannst, dann bezahle ich ihn gerne. Menschen und Elfen sind ohnehin nicht dazu bestimmt, länger als notwendig zusammen zu sein.«

Ich schaue ihn fassungslos an. Meint er das ernst?

Reyvans Miene bleibt kühl, selbst als er kurz zu mir herabsieht und sich unsere Blicke treffen. Mein Herz scheint in dem

Moment in tausend Stücke zu zerbersten und ich spüre, wie mir Tränen in die Augen steigen.

Ich hatte es ja immer vermutet und nun habe ich es von ihm höchstpersönlich gehört: Ich war nur ein belangloses Abenteuer für ihn. Warum hätte er sich auch mehr aus mir machen sollen? Schließlich ist er ein Elf, ein Prinz, und er kann wirklich jede Frau auf dieser Welt haben, die er will. Bessere Frauen als mich, schönere. Warum sollte er ausgerechnet mich wählen? Wo ich ihm doch bisher nur Ärger beschert habe. Wegen mir konnte Xenos ihn erpressen.

Ich fühle mich auf einmal leer und unendlich traurig. Langsam rinnen Tränen meine Wangen herunter und Reyvan wendet den Blick von mir ab, was mir einen erneuten Stich verpasst.

»Du gibst sie auf?«, fragt Xenos, nicht minder verwundert als ich.

Reyvan nickt knapp zur Bestätigung.

»Gut, dass wir das geklärt haben.« Der Zirkelleiter klingt selbstgefällig. »Trotzdem weiß ich, dass dir an dieser kleinen Dienerin etwas liegt, da kannst selbst du mich nicht täuschen. Daher werde ich sie in meiner Nähe behalten und falls du dir einen Fehltritt erlaubst, wird sie dafür büßen.«

Damit dreht er sich ab und schreitet zu seinem Pferd. Reyvan bleibt eine Weile stehen, ohne mich eines weiteren Blickes zu würdigen, dann geht auch er ein paar Schritte weg und lässt sich zum Schlafen auf seine Decke nieder. Er vermeidet jeglichen Blickkontakt mit mir.

Ich bin von seinen Worten immer noch gelähmt und mein Herz schmerzt bei jedem Atemzug. Wie konnte ich mich nur so in ihm täuschen? Er hatte es wirklich nur auf sein Vergnügen abgesehen und es war nie sein Plan, für immer mit mir zusammen zu sein. Dabei hat er sogar einmal gesagt, dass er mich liebt. Aber selbst das war ziemlich sicher gelogen.

Den Rest des kurzen Aufenthaltes verbringe ich damit, mich hin und her zu wälzen, ich kann beim besten Willen nicht schlafen. Meine Gedanken überschlagen sich und die Gorkas sind immer noch so nahe, dass sie jederzeit am Horizont auftauchen können.

Als wir nach vier Stunden wieder aufbrechen, fühle ich mich kraftlos und muss mich dazu zwingen, nicht einfach vom Pferd zu fallen und mich meinem Schicksal zu überlassen.

Es hat nun alles keinen Sinn mehr. Ich werde nicht aus dem Zirkel fliehen können, nicht ohne Reyvans Hilfe. Und was würde das auch bringen? Wohin sollte ich? Bei meiner Familie fände mich Xenos sofort und dann würde er wahrscheinlich keine Minute zögern und mich töten, damit ich keine Geheimnisse verraten kann. Und allein in die Wildnis zu laufen, wäre Selbstmord.

Ich bin verzweifelt und lasse mich mutlos von meinem Pferd über die Steppe tragen, die von einem steten Schneefall und kaltem Wind gepeinigt wird.

Als wir in den nächsten Tagen nichts mehr von den Gorkas sehen, werden die Pausen wieder etwas länger. Ich fühle mich taub und schwach, zwinge meinen Körper zu essen und zu reiten.

In zwei Tagen werden wir den Zirkel erreichen. Dann wird der Alltag wieder einkehren – der Alltag, den ich bis zu meinem Lebensende erdulden muss. Ein Alltag ohne meine Familie, ohne Reyvan, ohne Rana und ohne Tascha. Nur an der Seite von Xenos, der der grausamste Mensch ist, den ich kenne – abgesehen von Moero.

Reyvan hat seit dem Morgen, als er mich freigegeben hat, jeglichen Kontakt zu oder mit mir vermieden. Die wenigen Male, wenn er mich ansieht, vermeine ich, eine Mischung aus Abscheu und Ärger in seinem Blick zu erkennen.

Ich habe keine Möglichkeit mehr, mich mit ihm in Verbindung zu setzen, sosehr ich mich auch bemühe, mit ihm in Gedanken zu sprechen. Wahrscheinlich hat er das Armband ausgezogen und irgendwo in der Steppe liegen lassen. Es tut mir im Herzen weh, dass ich es nicht einmal zurückbekommen habe, denn es war das Abschiedsgeschenk meiner Schwester. Jetzt bleibt mir nur noch der Ring von Sen, den ich im Zirkelzimmer in der Kommode aufbewahre, und das Kästchen, das mir Rana hoffentlich zurückgibt, ehe ich achtzehn werde.

Nur der Gedanke, dass ich in knapp sechs Monaten etwas über meine leiblichen Eltern erfahre, hält mich davon ab, mein Leben vollständig aufzugeben. Vielleicht hilft mir das Kästchen, doch noch zu fliehen. Vielleicht kann ich meine leiblichen Eltern finden, von denen Xenos zum Glück nichts weiß, und bin bei ihnen in Sicherheit.

Am nächsten Tag beginnt es, immer heftiger zu schneien – der Winter ist endgültig da. Wir reiten, so lange wir können, um möglichst weit zu kommen, ehe der Schnee uns den Weg zusätzlich erschwert. Die letzte Nacht, die wir außerhalb des Zirkels verbringen, ist eiskalt. Wir wickeln uns in mehrere Decken und setzen uns dicht ans Feuer, trotzdem dringt die Kälte bis in unsere Knochen.

Am Morgen sind wir alle beinahe steifgefroren, selbst Xenos und Reyvan zeigen Anzeichen von Unterkühlung. Rasch brechen wir auf, um zum Zirkel zu gelangen. Der Schnee fällt nun in dichten Flocken und unsere Pferde kommen immer langsamer voran.

Als der Mittag anbricht, sind wir noch ein gutes Stück vom Zirkel entfernt und können die Stadtmauern von Lormir zu unserer Rechten erkennen. Trotzdem gewährt uns Xenos nur eine kurze Rast.

Wir meiden die Stadt und reiten direkt weiter zum Magierzirkel, in dem wir erst gegen Abend ankommen. Vor Kälte zitternd, reiten wir durch das Tor auf den Innenhof, wo wir von einigen Dienern und dem stellvertretenden Zirkelleiter Telon empfangen werden.

Sie haben warme Decken und Getränke für uns bereit gemacht und führen uns rasch in die Gebäude. Xenos und ich werden direkt in seine Gemächer geleitet.

Ich habe keine Möglichkeit mehr, Reyvan zum Abschied einen Blick zuzuwerfen. Das hätte auch wahrscheinlich nicht viel gebracht, denn er hat mit mir ja bereits abgeschlossen. Ich werde von einer Dienerin, die ich nicht kenne, in mein Zimmer gebracht. Sie hilft mir, meine Reisekleidung abzulegen, und lässt mir ein heißes Bad in einem Nebenzimmer ein.

Entkräftet sinke ich in das warme Wasser und lasse meine erschöpften Muskeln und kalten Knochen aufwärmen. Erst jetzt merke ich, dass ich am ganzen Körper zittere.

Als ich in mein Zimmer zurückgeführt werde, bin ich zumindest aufgewärmt und trage wieder meine weiße Dienstkleidung, die mich als persönliche Dienerin des Zirkelleiters auszeichnet. Ein leckeres Abendessen steht für mich bereit, über das ich mich jedoch nur mit gemäßigtem Appetit hermache.

Gerade als ich mich entkleiden will, um schlafen zu gehen, öffnet sich die Tür, ohne dass jemand angeklopft hat. Ich drehe mich um und sehe mich Xenos gegenüber. Er steht im Türrahmen und betrachtet mich stirnrunzelnd. Dann kommt er zu mir und bleibt eine Armlänge vor mir stehen.

»Ich werde nun mein Versprechen einlösen.« Ehe ich michs versehe, zieht er mich an sich.

Mir bleibt die Luft weg, als ich seine Lippen auf meinen fühle, und versuche, mich aus seiner Umarmung zu entwinden. Er küsst mich jedoch umso härter und hält mich unnachgiebig fest.

Als er mich endlich freigibt, muss ich erst zu Atem kommen. Ich spüre, wie sich etwas in meinem Hals langsam löst.

Xenos hält mich immer noch in seinen Armen und sieht mich mit seinen eisigen Augen an. »Ab sofort kannst du wieder sprechen.«

Ich räuspere mich und habe Mühe, meine Stimme wiederzufinden. Nach all den Wochen scheinen meine Stimmbänder eingerostet zu sein wie unbenutzte Schwerter. Ich räuspere mich abermals, weiß aber nicht, was ich ihm sagen soll.

Xenos lächelt mich von oben herab kalt an. »Du bist jetzt mein, du hast den Elfen gehört.« In seiner Stimme schwingt eine Spur jenes Triumphes mit, den ich bei der letzten Unterhaltung zwischen Reyvan und ihm mitbekommen habe. »Du wirst meine ergebene Dienerin sein und mir uneingeschränkt gehorchen.«

»Und wenn nicht?«, entfährt es mir und ich beiße mir sogleich auf die Zunge. Ich habe vergessen, dass ich wieder sprechen kann.

Xenos hebt amüsiert eine Augenbraue. »Du hast keine andere Wahl, meine Liebe. Es wird einen Tag geben, an dem du mir mit Leib und Seele gehören wirst. Aber zuvor wirst du Zeit haben, dich meiner als würdig zu erweisen. Gib mir den Ring.« Er hält seine offene Hand hin.

Ich lege das Schmuckstück nur zu gern in seine Handfläche. Je eher ich es los bin, desto besser.

Er dreht den Ring zwischen den Fingern und betrachtet ihn eine Weile. Dann steckt er ihn in seinen Umhang. »Sieh es als Zeichen meines Vertrauens in dich. Du hast dich auf der Reise einige Male äußerst unangemessen verhalten, aber ich werde darüber hinwegsehen, wenn du mir ab sofort treu ergeben bist. Und falls nicht … Es gibt genügend andere Diener, die gerne deinen Platz einnehmen. Und bilde dir nicht ein, dass ich mir so viel aus dir mache, dass ich dich nicht aus deinem Dienst … entlasse!«

Damit verlässt er mein Zimmer und schließt die Tür hinter sich ab. Ich bleibe wie angewurzelt mitten im Zimmer stehen. Womit habe ich das verdient? Zuerst sagt sich Reyvan von mir los und jetzt setzt mich Xenos auch noch stärker unter Druck denn je zuvor.

Verzweifelt lege ich mich ins Bett und kann nicht einmal die weiche Matratze und die warme Decke richtig genießen, auf die ich mich wochenlang gefreut habe.

In den nächsten Tagen bekomme ich Xenos so gut wie nie zu Gesicht. Er scheint vollends damit beschäftigt zu sein, seine Arbeit als Zirkelleiter wieder aufzunehmen, und ich werde mit unzähligen Aufgaben überhäuft.

Mit großer Erleichterung habe ich das silberne Kästchen in meiner Kommode gefunden. Rana muss es in meiner Abwesenheit dort hineingetan haben. Ich bin verblüfft, dass sie es unbemerkt in mein Zimmer bringen konnte. Immerhin eine Person, der noch etwas an mir zu liegen scheint.

Nach ein paar Tagen fühle ich mich trotz der anstrengenden Arbeit erholter. Dennoch ist mein Inneres leer. Reyvan fehlt mir bei jedem Atemzug und ich kann immer noch nicht verstehen, warum er mich einfach fallen gelassen hat.

Ich befolge mechanisch Xenos' Befehle und mein Körper erledigt alle Arbeiten. Aber in Gedanken bin ich weit weg. Die einzige Kraft, jeden Morgen aufzustehen, schöpfe ich aus der Hoffnung, dass das Kästchen mir etwas über meine Herkunft zu verraten vermag.

Ich kann es kaum erwarten, bis mein Geburtstag endlich kommt und ich es werde öffnen können.

46

Alia

Der Winter bricht mit einer Härte herein wie schon lange nicht mehr und verwandelt die Landschaft in eine weiße Wüste. Seine Kälte kriecht in die hintersten Winkel des Zirkels.

Ich stehe am Fenster und schaue den Schneeflocken zu, die auf den Innenhof fallen und dort wie von Geisterhand verschwinden. Am Glas haben sich vor Kälte Eisblumen gebildet und ich zeichne die filigranen Figuren mit dem Zeigefinger nach. Die Dämmerung umfängt die Landschaft mit ihren kalten, grauen Händen.

Ich habe bereits mein Abendessen gegessen, nachdem ich Xenos seine Lieblingsspeise gekocht hatte. Inzwischen scheint er mir mehr zu vertrauen als kurz nach unserer Rückkehr in den Zirkel. Er lässt mich zumindest nicht mehr andauernd im Zimmer einsperren. Ich habe für meinen Teil kein Bedürfnis, von mir aus im Zirkel herumzuwandern, zumal ich genau weiß, dass Xenos mir sofort meine wenigen Freiheiten wieder nähme, würde er davon erfahren. Und das will ich nicht riskieren. Es war schon schlimm genug, während der langen Reise zur Stadt der Elfen stumm zu sein, wenn er mich erneut mit diesem Unsichtbarkeitszauber belegt, weiß ich nicht, ob ich das überstehen werde.

In den vergangenen Monaten habe ich mich langsam von Reyvans plötzlichem Bruch mit mir erholen können. Trotzdem schmerzt es immer noch, wenn ich an unsere gemeinsame Zeit zurückdenke – so kurz sie auch war. Ich hatte ihn in mein Herz gelassen, obwohl ich ihm nie meine tatsächlichen Gefühle mitteilen konnte. Ich hatte immer einen Restzweifel, ob er auch mit mir zusammen sein will. Und diese Zweifel haben sich umso schmerzhafter als berechtigt erwiesen.

Aber vielleicht ist es besser so. Wir hätten sowieso nie eine gemeinsame Zukunft haben können, selbst wenn uns die Flucht gelungen wäre. Dadurch, dass ich ein Mensch bin und er ein Elf ist, hätte die Zeit gegen uns gearbeitet. Ich wäre alt und runzlig geworden und er immer noch jung und stark geblieben. Er hätte niemals mit mir weiter zusammen sein wollen, wenn ich eine alte, nutzlose Frau ohne jegliche Elementbegabung gewesen wäre.

Daher hat er vielleicht genau das Richtige getan, als er sich von mir lossagte. So bleiben ihm sorglose, restliche Jahre als Pfand im Zirkel, ehe er in die gläserne Stadt zu seinem Volk zurückkehren und eine schöne Elfin heiraten kann. Sosehr ich auch über seine Entscheidung enttäuscht und verletzt bin, ich gönne ihm trotzdem eine glückliche Zukunft.

Fast empfinde ich absurderweise so etwas wie Frieden, als ich jetzt den dicken Schneeflocken zuschaue, die ihren ganz eigenen Tanz vor meinem Fenster aufführen. Zum ersten Mal in meinem Leben weiß ich, wie es weitergehen und wie es enden wird. Ich werde Dienerin von Xenos bleiben, bis er mich nicht mehr gebrauchen kann. Dann werde ich sterben.

Es bringt nichts, wenn ich weiterhin versuche, gegen Xenos oder mein Schicksal anzukämpfen. Es war an dem Tag besiegelt, als ich sechzehn Jahre alt wurde, keine Elementbegabung hatte und hierherkam. Selbst wenn ich dem silbernen Kästchen etwas über meine Herkunft entlocken könnte, würde es nichts an meiner Situation ändern. Ich hätte niemals die Kraft oder Möglichkeit, den Zirkel zu verlassen.

In einem Monat sollte die schlimmste Kälte vorbei sein. Mit Anbruch des Frühlings kommen auch bald schon die neuen Magierlehrlinge aus Lormir. Ich werde von alldem nicht viel mitbekommen, da ich hier in den Gemächern von Xenos diene. Und dann werde ich endlich achtzehn und kann das Kästchen öffnen.

Ich starre in die Nacht hinaus. Der Himmel ist sternenklar und ich lausche dem Knistern des Feuers, das im Kamin meines Zimmers brennt. Bis morgen bleiben mir noch neun Stunden. Das heißt, ich kann jetzt noch mindestens eine Stunde lang auf meinem Bett etwas lesen und die Wärme unter der Bettdecke genießen. Anders als vor meiner Reise hat mir Xenos einige Bücher bringen lassen, um mich von meinem eintönigen Alltag etwas abzulenken.

Ich will mich gerade vom Fenster wegdrehen, als ich eine Bewegung unten auf dem Innenhof erkenne. Oder, nein, ich glaube, ich habe mich getäuscht. Es kann sich auch nur um ein paar Schneeflocken gehandelt haben, die ein seltsameres Muster tanzten als üblich.

Ich wende mich wieder ab und gehe zum Bett.

Auf dem kleinen Nachttisch liegt das Buch über die Geschichte von Lormir, das ich gerade lese. Eine Dienerin hat es mir gebracht. Es handelt von dem Krieg zwischen den Elfen und den Magiern. Ob König Saryon damals schon lebte? Und seine Kinder? Die Geschichten erwähnen keine Namen. Trotzdem stelle ich mir im Geiste vor, wie Saryon damals über die Steppe von Lormir geritten ist, gegen die Magier kämpfte und schließlich mit ihnen ein Bündnis einging, das den Frieden wahren sollte. Von einem Pfand steht hier auch nichts, nur, dass die Magier und Elfen übereingekommen sind. Dafür sind die Kämpfe umso detaillierter beschrieben, natürlich immer zugunsten der Magier.

Ich muss daran denken, wie Reyvan damals gegen fünf Gorkas gekämpft hat, wie anmutig er sich bewegte, als er seinen tödlichen Tanz vollführte und einer nach dem anderen seinem Dolch zum Opfer fiel.

Wieder spüre ich diesen Stich in meinem Herzen, als ich an ihn denke. Wie lange wird es wohl dauern, bis ich mich von dieser Enttäuschung erholt habe? Bis ich an seine dunkelblauen Augen und sein sinnliches Lächeln denken kann, ohne fast in Tränen auszubrechen?

Ich lege das Buch weg und kuschle mich unter die Decke. Die Kerze neben dem Bett puste ich aus und schaue dem Feuer im Kamin zu, das nun die einzige Lichtquelle ist. Es strahlt Wärme und Geborgenheit aus und wirft tanzende Schatten auf die Wände und den Boden.

Langsam fallen meine Augen zu und ich döse ein. Ich träume davon, wie ich über die Steppe reite, auf einem schwarzen Pferd, dessen wunderschöne Mähne im Wind flattert. Ich bin allein, galoppiere über das Gras. Mein Haar ist offen und ich werfe die Hände in die Luft, um die ganze Kraft der Freiheit in mich aufzusaugen. Plötzlich dreht der Wind, wird kühler. Ich beginne zu frieren, habe aber keinen Umhang, den ich anlegen könnte. Mein Atem wirft durchsichtige Wolken und ich zittere. Dann falle ich, falle vom Pferd, der Boden verschwindet und ich falle in eine bodenlose Dunkelheit, immer tiefer.

Mit einem Schrei wache ich auf und merke, dass ich tatsächlich friere. Das Feuer ist ausgegangen und das Fenster steht offen. Wie um alles in der Welt ist es aufgegangen? Ich bin mir sicher, dass es geschlossen war, als ich auf den Innenhof geschaut habe. Zitternd wühle ich mich aus der Decke und setze einen Fuß auf den kalten Boden. Nur der Mond erleuchtet die Umgebung und weist den Schneeflocken den Weg in mein Zimmer. Ich taste im Halbdunkel um mich, um einen Umhang zu suchen.

Hastig ziehe ich ihn an, um mich nicht zu erkälten, und gehe zum Fenster hinüber. Dabei nehme ich zu meiner Linken eine Bewegung in der Dunkelheit wahr. Ich bleibe stehen. War es Einbildung? Plötzlich habe ich das beklemmende Gefühl, dass jemand im Raum ist.

Rasch schließe ich das Fenster und kehre zum Bett zurück. Dabei lasse ich die dunkle Ecke nicht aus den Augen. Aber dort regt sich jetzt nichts mehr. Ich krieche unter die Decke, um meine zitternden Glieder zu beruhigen. Dann mache ich mich daran, eine Kerze anzuzünden, die auf meinem Nachttisch steht.

Ich brauche einige Minuten, um die Feuersteine zum Brennen zu bringen. Mein Bruder Sen hätte das viel rascher gekonnt und Reyvan hätte dafür nur eine Handbewegung gebraucht, schießt es mir durch den Kopf. Als die kleine Flamme endlich brennt, stelle ich die Kerze wieder auf den Nachttisch. Jetzt wird mein Zimmer immerhin etwas erleuchtet.

Trotzdem habe ich keine Möglichkeit, die dunkle Ecke zu sehen, und mir fehlt der Mut, nochmals aufzustehen und nachzuschauen, ob dort wirklich etwas ist. Also bleibe ich möglichst ruhig liegen und starre gebannt in die Richtung, wo ich die Bewegung vermutet habe. Aber ich bin leider viel zu müde und meine Augen fallen mir immer wieder zu. Als sich nach einer halben Stunde nichts mehr tut, schlafe ich schließlich ein und träume immerhin nicht mehr von einem Reitunfall.

Am nächsten Morgen stehe ich wie immer früh auf, um für Xenos das Frühstück vorzubereiten. Mein erster Blick fällt in die Zimmerecke. Wie zu erwarten, ist natürlich niemand dort. Auch das Fenster ist geschlossen. Also war das alles wahrscheinlich doch nur Einbildung – oder vielleicht habe ich gar geträumt, denn die Kerze neben meinem Bett scheint nicht viel stärker heruntergebrannt zu sein, als ich es in Erinnerung habe. Wenn sie die ganze Nacht gebrannt hätte, wäre sie jetzt aufgebraucht.

Ich lege meine Dienerkleidung an und mache mich auf in die Gemächer von Xenos, wo ich mich in die kleine Küche begebe. Inzwischen weiß ich auswendig, was er gerne isst. Dazu schneide ich ein paar Scheiben frisches Brot, das von einer der Dienerinnen bereits früh in seine Gemächer gebracht wurde. Das Ganze wird durch einen Becher Milch vervollständigt.

Ich staple alles auf ein Tablett und bringe es in Xenos' Arbeitszimmer, wo der Zirkelleiter bereits an seinem Schreibtisch sitzt, in Arbeit versunken. Er hebt kurz den Blick, als ich hereinkomme, nur um mir mit einem Wink zu verstehen zu geben, ich solle alles auf den Tisch stellen und wieder gehen. Ich bin froh. Je weniger ich mit ihm zu tun habe, desto besser.

Rasch verschwinde ich in der Küche, die ich fein säuberlich aufräume. Dann beginne ich, sein Bett zu machen. Jedes Mal läuft es mir eiskalt den Rücken runter, wenn ich daran denken muss, dass er einmal sagte, er hole mich in sein Bett, sobald ich etwas älter sei. Wie viel älter? Wenn ich achtzehn bin?

Ich will nicht sein Bett mit ihm teilen, will nicht von ihm angefasst werden. Aber es bringt nichts, wenn ich mich gegen ihn wehre. Er ist viel zu stark und zu mächtig und würde mich entweder zwingen oder töten – je nachdem, wonach ihm gerade an dem Tag der Sinn steht.

Ich beeile mich mit meiner Arbeit und gehe zurück in sein Arbeitszimmer.

»Braucht Ihr mich noch für etwas?«, frage ich wie üblich.

Er schaut kurz hoch und schüttelt den Kopf. Dann hält er inne. »Warte, komm mal her.«

Ich tue wie geheißen.

»Du musst etwas gegen dein widerspenstiges Haar unternehmen.«

Ich schaue ihn verdutzt an. Seit wann interessiert ihn mein Haar? Reflexartig greife ich nach ein paar Strähnen, die sich unter meiner Haube gelöst haben.

»Ja, genau die meine ich.« Er schaut mich tadelnd an. »Das lenkt mich von meiner Arbeit ab. Bitte sorge dafür, dass sie dir nicht mehr ins Gesicht fallen.«

»Entschuldigt bitte«, stammle ich, unsicher, wie ich mich verhalten soll. »Ich werde in Zukunft darauf achten.«

Er nickt zufrieden. »Und noch etwas. In einem Monat werde ich für einige Tage unterwegs sein. Ich muss in mehrere Dörfer in der Nähe, um dort für Ordnung zu sorgen. Ich will, dass mein Laboratorium tadellos aufgeräumt ist, wenn ich zurückkomme. Und ich will auch, dass du ansonsten nirgendwo im Zirkel deinen Fuß hinsetzt. Falls doch, werde ich es wissen, verstanden?«

Ich nicke nochmals. Ich werde mich hüten, ohne Erlaubnis im Zirkel herumzuwandeln. »Soll ich etwas für Eure Reise vorbereiten?«

»Ja, hier hast du eine Liste mit den Dingen, die bis dahin erledigt werden müssen.« Er gibt mir einen Zettel mit einer endlos langen Aufzählung. »Ach ja, falls es dich interessiert: Dein Elf hat bereits zwei neue Freundinnen.« Er mustert mein Gesicht, um meine Reaktion auf diese Nachricht zu prüfen.

Ich sehe ihn schockiert an. Ganz offensichtlich hat Reyvan keine Zeit verloren, sein leeres Bett zu wärmen. Ich schlage die Augen nieder, damit Xenos meinen Schmerz darin nicht sieht.

»Immerhin weißt du jetzt, dass du nicht mehr als ein flüchtiges Abenteuer für ihn warst«, fährt er in einem Tonfall fort, als wäre es die unwichtigste Nebensache der Welt.

Ich unterdrücke ein Schluchzen. Eben hatte ich noch gedacht, ich wäre über den Elfen hinweg, und jetzt dies. Ich zweifle nicht daran, dass Xenos die Wahrheit sagt – es wäre unter seiner Würde, mich wegen so etwas anzulügen.

Die Wunden in meinem Herzen klaffen von Neuem auf und ich spüre einen stechenden Schmerz in der Brust.

»Darf ich gehen … bitte?« Ich kann ihn nicht anschauen.

»Ja, du darfst. Du hast ja noch einiges zu erledigen.«

Ich verlasse fluchtartig den Raum.

»Und komm um die Mittagszeit wieder zu mir!«, ruft mir Xenos nach.

Obwohl ich eine Liste abzuarbeiten habe, renne ich durch den Gang, die Treppe hinunter in mein Zimmer und werfe mich auf mein Bett. Gleichgültig, ob Xenos mich nachher bestraft oder anschreit … ich kann jetzt nicht seine Dienerin spielen, wo mir doch gerade mein Herz gebrochen wurde.

Wie konnte ich mich nur derart in Reyvan täuschen und warum hat er es so sehr darauf abgesehen, mich zu verletzen? Reicht es nicht, dass er sich von mir losgesagt hat? Muss er auch noch gleich mit zwei Mädchen etwas anfangen, sobald er wieder zurück im Zirkel ist?

In meine Trauer mischt sich Wut und Ärger darüber, dass der Elf so gemein mit mir gespielt, mich benutzt hat. Ich weine, bis ich keine Tränen mehr habe, und fühle mich elend.

Als ich am Mittag das Essen für Xenos koche, sind meine Augen geschwollen und mehrere Tränen vermischen sich ungewollt mit der Suppe, die ich zubereite. Ich serviere sie Xenos wortlos in seinem Arbeitszimmer und warte, bis er damit fertig ist. In der Zwischenzeit räume ich die Küche auf.

Gerade als ich gehen will, ruft mich Xenos abermals in sein Zimmer. Ich stelle mich neben seinen Schreibtisch.

»Ich sehe, die Nachricht hat dich härter getroffen, als ich dachte. Was empfindest du für den Elfen?«, will er wissen.

Ich stutze. Seit wann will er über Gefühle sprechen? Und vor allem, was gehen ihn die meinen an? Trotzdem wage ich nicht, ihm keine Antwort zu geben.

Nach kurzem Überlegen entscheide ich, dass ich ihm die Wahrheit sagen werde. Alles andere würde er ohnehin sofort durchschauen. »Ich habe einmal gedacht, er bedeute alles für mich. Aber nun fühle ich mich einfach nur noch leer. Und ich hasse ihn … dafür, was er mir angetan hat.«

Xenos sieht mich stirnrunzelnd an. »Gut«, entgegnet er nur und fährt nach einer Pause fort: »Ich hoffe, du hast deine Lektion daraus gelernt. Ab sofort befehle ich dir, jeglichen Gedanken an den Elfen aus deinem Kopf zu verbannen. Er ist es nicht wert und ich will, dass du nur für mich da bist.« Er steht auf und nimmt meine Hand.

Ich muss den Kopf in den Nacken legen, um ihn ansehen zu können.

»Alia.« Seine Stimme ist rau und er legt meine Hand auf seine Brust, hält sie mit beiden Händen dort fest. »Du wirst lernen, mir allein zu gehören, und glaub mir, du wirst es nicht bereuen.«

Dann streicht er mir überraschend leicht über die Wange, ehe er meinen Kopf in beide Hände nimmt.

Ich lasse es widerstandslos zu, denn ich habe ohnehin keine Wahl. Wenn ich mich gegen ihn wehren würde, würde alles nur noch schlimmer.

Als er seinen Kopf zu mir heruntersenkt, schließe ich reflexartig die Augen.

Ich bin erstaunt über die Sanftheit, mit der er mich jetzt küsst. Zum ersten Mal fühle ich seine Lippen weich und warm auf meinen und versinke in der Empfindung.

Nach mehreren Sekunden gibt er mich wieder frei und schaut mir in die Augen. Ich vermeine fast, so etwas wie Wärme darin zu erkennen, wären sie nicht von Natur aus eisig blau und kalt.

Er mustert mich lange, scheint sich mein Gesicht in allen Details einzuprägen, dann küsst er mich noch einmal. Ich bin verwirrt und erstaunt zugleich darüber, was ich empfinde. Wenn ich die Augen schließe, kann ich mir fast Reyvan vorstellen, wie er mein Gesicht liebkost.

Ich gebe jeglichen Widerstand auf und lasse Xenos meinen Mund erkunden, lasse mich an seine Brust drücken und spüre seine Erregung, sein Verlangen nach meinem Körper.

Ja, er ist alt, auch wenn sein Äußeres dem eines jungen Mannes gleicht. Ja, ich müsste angeekelt sein – nicht zuletzt, weil er grausam, berechnend und arrogant ist. Aber zum ersten Mal ist er wirklich zärtlich zu mir und er ist der einzige Mensch, in dessen Nähe ich die nächsten Jahre bis zu meinem Tod sein werde. Mein Herz krampft und schimpft mich eine Hure, aber der Rest meines Körpers sehnt sich nach Wärme. Nach …

»Genug!«, keucht er und stößt mich mit einer Bestimmtheit weg, dass ich für einen Augenblick fast das Gleichgewicht verliere. »Geh jetzt!«

Verwirrt von den Gefühlen, die er in mir heraufbeschworen hat, verlasse ich fluchtartig das Zimmer und kehre in mein eigenes zurück. Ich kann keinen klaren Gedanken fassen, ich bin viel zu durcheinander. Für einen Moment habe ich mich in seinen Armen so gefühlt wie damals bei Reyvan – und es hat mir gefallen, hat all meine Empfindungen wieder hervorgerufen, die ich seit Monaten erfolgreich unterdrückt habe.

Ich bin selbst erstaunt und erschreckt von meiner Begierde. Sie gilt nicht einmal dem Verlangen nach körperlicher Befriedigung, sondern vielmehr der Sehnsucht, beschützt zu werden. Geborgenheit zu empfinden. Ich hatte aufgegeben, so etwas je wieder zu fühlen.

Auch wenn ich den Zirkelleiter für seine abscheulichen Taten verachte und niemals lieben werde … er kann mich beschützen.

Vielleicht ist das alles, was ich von meinem Leben noch erwarten kann.

Den Rest des Tages beginne ich, die lange Liste, die Xenos mir gegeben hat, abzuarbeiten, um mich abzulenken. Als es Abend wird, muss ich wieder in die Gemächer des Zirkelleiters zurückkehren, um das Abendessen für ihn zu kochen. Es kostet mich einiges an Überwindung, da ich keine Ahnung habe, wie ich ihm gegenübertreten soll.

Umso erleichterter bin ich, als ich seine Gemächer leer vorfinde. Offenbar isst er heute nicht im Zimmer. Das heißt für mich, dass ich früher Feierabend habe. Ich gehe in mein Schlafzimmer zurück und warte auf die Dienerin, die mir mein Abendessen bringt. Inzwischen bin ich daran gewöhnt, nicht mit den Dienern zu sprechen, und sie meiden ihrerseits jeglichen Kontakt mit mir. Wahrscheinlich haben sie Angst, von Xenos hart bestraft zu werden, falls sie auch nur ein Wort mit mir wechseln, oder der Zirkelleiter hat sie ebenfalls mit einem Stumm-Zauber belegt.

Nachdem ich gegessen habe, gehe ich früh zu Bett. Morgen und in den kommenden Wochen werden anstrengende Tage auf mich zukommen. Ich muss noch einiges erledigen, bevor Xenos aufbricht, und habe kaum Zeit dafür.

Beispielsweise müssen all seine Kleider ausgebessert werden, die er mitnimmt, denn es wird schon bald der Frühling anbrechen und es könnte sein, dass es wärmer wird. Also muss er sowohl die dickste Winterkleidung wie auch leichtere Kleider auf die Reise einpacken. Und von der vergangenen Reise sind alle seine Kleider zerrissen und abgenutzt. Daher werde ich Stunden damit verbringen müssen, die Löcher zu stopfen und die Lederverstärkungen neu einzusetzen. Zudem müssen weitere Vorkehrungen getroffen werden, wie beispielsweise eine genaue Proviantplanung, Reiseplanung und so weiter. All das hat er mir aufgetragen.

Den nächsten Monat bin ich so beschäftigt mit den Reisevorbereitungen, dass ich kaum merke, wie der Schnee schmilzt und die Tage etwas weniger kalt sind. Trotzdem bleibt immer noch eine feine Schneeschicht übrig. Erst in einem Monat, wenn die Sommersonnenwende stattfindet, wird der Schnee gänzlich verschwunden sein und die Sonne sogar Lormir etwas Wärme schenken. Aber bis dahin bleibt es hier im Norden von Altra noch kühl.

Seit dem letzten Kuss hat sich Xenos von mir ferngehalten. Das ist mir nur recht, denn ich kann immer noch nichts mit den Gefühlen anfangen, die ich dabei empfunden habe. Ich bin mir inzwischen ziemlich sicher, dass ich mich nicht zu ihm als Person hingezogen fühle, dafür ist er viel zu grausam. Dennoch vermisse ich körperliche Nähe und Geborgenheit.

Aber glücklicherweise wird Xenos nun erst mal einige Zeit weg sein und ich kann mir darüber klar werden, was ich eigentlich will – oder was ich gewillt bin, Xenos zu geben.

47

Alia

Am Tag seiner Abreise fällt unser Abschied kurz und distanziert aus. Er reitet in Begleitung mehrerer Kampfmagier. Ich erkenne darunter auch Arian und Duhr, während ich sie vom Zimmer aus beobachte, wie sie das Tor passieren.

Als Xenos verschwunden ist, atme ich erleichtert aus. Er wird erst in einigen Tagen wieder zurückkehren und bis dahin habe ich endlich etwas mehr Zeit für mich. Abgesehen davon, dass ich natürlich sein Laboratorium putzen soll und auch ansonsten einige aufwendige Arbeiten erhalten habe. Je früher ich damit anfange, desto besser.

Also gehe ich unverzüglich in das Laboratorium, für das mir Xenos den Schlüssel hiergelassen hat. Er scheint mir in der Zwischenzeit tatsächlich zu vertrauen und ich will ihn auch keinesfalls enttäuschen. Sorgfältig beginne ich, die Bücher alphabetisch in die Regale zu räumen. Dabei staube ich alle gründlich ab und achte darauf, sie mit äußerster Behutsamkeit zu behandeln.

Diese Arbeit zieht sich bis spät in den Abend hinein. Als ich endlich fertig damit bin, schließe ich das Zimmer ab und lege die Kette um meinen Hals. Morgen werde ich mich daranmachen, die losen Papiere zu ordnen.

Nachdem ich in mein Zimmer zurückgekehrt bin, bemerke ich, dass jemand bereits mein Abendessen hingestellt hat. Ein paar Stücke Brot und Käse. Nach dem Essen feure ich den Kamin nochmals stärker an, lösche das Licht und schlüpfe unter die Decke. Der Tag war anstrengend und morgen wird es ebenso weitergehen. Bisher brauchte ich immer mehrere Tage, bis ich das Laboratorium fertig aufgeräumt und alles sauber gemacht hatte, das wird auch dieses Mal wieder so sein.

Ich döse langsam ein – und schrecke von einem Geräusch am Fenster hoch. Ich bin mir nicht sicher, ob ich das gerade geträumt habe oder nicht, aber es hat sich wie ein Kratzen angehört. Vielleicht war es auch nur Einbildung.

Ich liege mit offenen Augen wach und lausche.

Da! Da war es wieder. Eindeutig ein Kratzen.

Ich richte mich im Bett auf und starre wie gebannt in die Dunkelheit, zum Fenster, das sich mir direkt gegenüber befindet. Die Nacht ist so schwarz, dass ich draußen nichts erkenne. Meine Augen tränen fast vor Anstrengung, als ich das Fenster fixiere.

Plötzlich springt es ohne Vorwarnung auf und mir entfährt ein leiser Schrei. Eine schwarze Gestalt schlüpft herein.

Mein Herz schlägt jetzt so laut, dass es im gesamten Zirkel zu hören sein muss. Ich weiß nicht, was ich tun soll … wer ist das? Wer bricht in mein Zimmer ein, mitten in der Nacht? Ich wage kaum, zu atmen, als er – oder sie? – nun direkt auf mein Bett zukommt.

Vor dem Kamin bleibt die Gestalt stehen, ihre Silhouette hebt sich schwarz vor der Glut ab.

Ich weiche in den äußersten Winkel des Bettes zurück, als sie sich über mich beugen will.

»Schhh, ich bin's.«

Die Stimme kenn ich doch … aber nein, das ist nicht möglich. Warum sollte Reyvan hierherkommen? Will er mich etwa weiter quälen? Hat er mir nicht schon genug angetan?

Plötzliche Wut und Hass flammen in mir auf wie die Glut im Kamin, als gerade ein kleines Scheit zerbricht.

»Verlass mein Zimmer! Auf der Stelle!«, fahre ich ihn an.

Ich sehe, wie sein Kopf, dessen Gesicht ich immer noch nicht sehen kann, zurückschnellt, als hätte ich ihm eine Ohrfeige verpasst.

Gut so.

Trotzdem setzt er sich auf die Bettkante und ich kann sein Profil gegen die kleinen Flammen erkennen, die nun wieder im Kamin züngeln und das Zimmer etwas heller erleuchten.

Er ist so attraktiv, wie ich ihn in Erinnerung hatte. Ich ziehe die Decke über meinen nackten Körper, als ob ich mich vor seiner Schönheit schützen wollte.

»Du hast hier nichts verloren! Geh!« Meine Stimme überschlägt sich fast.

Er wendet mir sein Gesicht wieder zu und ich kann seine Augen erkennen. »Du hast recht, das habe ich verdient«, murmelt er und seine Stimme klingt kleinlaut. »Aber bitte, lass mich erklären.«

»Es gibt nichts mehr zu sagen und deine Lügen können mir gestohlen bleiben! Ich weiß, was ich wissen muss! Auch von deinen neuen … Gefährtinnen.«

»Bitte …« Er macht sich nicht einmal die Mühe, meinen Vorwurf abzustreiten. »Hör mir zu. Ich muss zumindest versuchen, es zu erklären. Danach werde ich dich nie mehr belästigen und dich für alle Zeit in Ruhe lassen, wenn du das möchtest.« Er klingt so flehentlich und verzweifelt, dass ich merke, wie ich trotz meinem Zorn weich werde.

»Also gut, du hast eine Minute. Und dann will ich dich nicht mehr sehen!«

Er atmet hörbar auf. »Danke, das … ist mehr, als ich gehofft habe …«

Er steht auf und zündet ein paar Kerzen an, damit es im Zimmer heller ist. Ich verfolge jede seiner anmutigen Bewegungen, umklammere die Decke immer noch wie eine Ertrinkende.

Ein Kloß bildet sich in meinem Hals, als ich seinen Körper sich elegant durch den Raum bewegen sehe. Warum zieht er mich immer noch in seinen Bann?

Ich schüttle den Kopf, um die Gefühle loszuwerden, die er tief in mir beschwört. Jedoch ohne Erfolg.

»Ich will, dass du mich dabei ansehen kannst, damit du merkst, wie ernst es mir ist.« Er setzt sich wieder auf die Bettkante.

»Warum hast du dich von mir losgesagt?«, fauche ich, ohne darauf einzugehen.

»Ich habe mich nicht von dir losgesagt. Niemals. Das könnte ich nicht. Du bedeutest mir … alles.«

»Lüg mich nicht an! Ich habe es doch gehört!« Ich bin versucht, auszuspucken, beherrsche mich aber und starre ihn stattdessen böse an.

»Nein, das ist die Wahrheit. Ich liebe dich mehr als alles andere auf der Welt.«

»Und warum hast du dann schon wieder zwei neue Freundinnen, kaum dass wir zurückgekehrt sind?!«

»Das sind keine richtigen Freundinnen. Ich habe nicht einmal eine davon geküsst. Ich habe sie nur dazu überredet, sich mit mir in der Öffentlichkeit zu zeigen, damit Xenos meint, dass ich mir nichts aus dir mache und auch nie gemacht habe. Das alles soll dich schützen und ihn in Sicherheit wiegen.«

»Weshalb hast du nicht versucht, mir das alles zu erklären, ehe wir in den Zirkel zurückgekehrt sind?!« Meine Wut auf ihn ist ungemindert.

Reyvan sieht mich an. »Alia, deine Bestürzung musste echt aussehen, verstehst du das?«

Ich starre ihn weiterhin wütend an.

Er holt tief Luft. »Xenos musste dir vollständig vertrauen, damit er uns nicht mehr so streng überwachen lässt. Das hätte er nicht, hätte ich dich nicht freigegeben. Er hätte immer vermutet, dass ich dich befreie – oder zumindest versuche, dir nahe zu sein. Glaub mir, es ist mir schwerer gefallen als alles, was ich in meinem bisherigen Leben machen musste, ihm all diese schändlichen Dinge ins Gesicht zu sagen … vor dir. Aber nur so warst du sicher … waren *wir* sicher.« Jetzt nimmt er meine Hand in seine und ich wehre mich nicht. »Alia, ich habe nie aufgehört, dich zu lieben. Die letzten Monate waren ein Albtraum ohne dich. Aber es war die einzige Möglichkeit, damit wir fliehen können. Ich habe einen Plan, brauche jedoch deine Hilfe dazu.«

Ich bin immer noch nicht gewillt, ihm einfach alles zu verzeihen. Zu stark habe ich gelitten in den letzten Monaten. Das wäre bestimmt alles auch irgendwie anders gegangen … ohne … ohne diesen Schmerz.

Er sieht mich liebevoll an und streicht mir über die Wange. Eine Geste, die ich so vermisst habe, dass mir die Tränen in die Augen treten.

»Warum hast du mir so wehtun müssen?«, flüstere ich mit tränenerstickter Stimme.

»Cíara, ich weiß, wie du gelitten hast, denn ich hatte die ganze Zeit dein Armband.« Er trägt es tatsächlich noch an seinem linken Handgelenk, als er nun die Hemdärmel etwas nach oben schiebt. »Es tut mir unendlich leid, aber ich sah keine andere Möglichkeit. Ich will mit dir weg von hier und wenn Xenos dir nicht vertraut hätte, würde er immer noch sowohl mich als auch dich auf Schritt und Tritt überwachen lassen.«

Er wischt mir eine Träne weg, die über meine Wange rollt. Und dann beugt er seinen Kopf zu mir herunter und küsst mich – auf seine leidenschaftliche Art, dass mir das Herz fast stehen bleibt. Das ist zu viel … Ich beginne zu schluchzen, noch während seine Lippen auf meine gedrückt sind, und kann gar nicht mehr aufhören.

Er nimmt mich in seine Arme und wiegt mich wie damals, als ich von den Zirkeltagen und meiner Assistenz erfahren habe. All meine Sorgen, Ängste und mein Kummer lösen sich. Es tut so gut, dass er wieder bei mir ist. Dass ich ihn hier bei mir habe, er mir versichert, dass er mich liebt, mit mir zusammen sein will.

Nach einer Ewigkeit beruhige ich mich und er sieht mich mit dunklen Augen an. Erst jetzt bemerke ich, dass die Decke von meinem Oberkörper gerutscht ist und meine Brüste entblößt sind. Dazwischen baumelt die Kette mit dem Schlüssel zum Laboratorium.

Er schiebt die Decke wieder nach oben.

»Zieh dir bitte etwas an, so kann ich mich nicht lange beherrschen.« Er reicht mir mit einem schiefen Lächeln meinen Umhang. »Und wir haben noch ein paar Dinge zu besprechen.«

Als ich den Stoff übergeworfen habe, setzt er sich wieder und nimmt mich in den Arm. »Cíara, es tut mir so leid, ich hoffe, du kannst mir irgendwann verzeihen.«

Ich schaue ihm in die Augen und weiß, dass ich das längst habe. Aber das soll er noch nicht wissen. Trotzdem spielt ein zuversichtliches Lächeln um seine Mundwinkel. Ich hatte schon wieder vergessen, dass er die Gabe des Gedankenlesens hat.

»Ich liebe dich, Alia.« Er senkt den Kopf zu mir und seine Lippen berühren die meinen erneut. Sie sind mir so vertraut und erst jetzt merke ich, wie sehr ich ihn wirklich vermisst habe. Als er sich wieder von mir gelöst hat, räuspert er sich. »So schwer es mir auch fällt, dich nicht auf der Stelle in diesem Bett weiter davon zu überzeugen, dass ich dich vermisst habe, lass uns erst besprechen, wie wir von hier fliehen können. Xenos ist glücklicherweise für die nächsten Tage verreist und offenbar lässt er dich weniger stark bewachen als früher.« Ein Grinsen erhellt sein Gesicht. »Was auch immer du gemacht hast, es hat bewirkt, dass er dir nun hundertprozentig vertraut.«

Rasch schlage ich die Augen nieder, damit er meine Verlegenheit nicht sieht, und starre auf meine Hände. Er hebt mein Kinn sanft an und sieht mir in die Augen. »Egal, was es war, Cíara, ich vertraue dir.«

Ich senke abermals den Blick und versuche, nicht an den letzten Kuss zwischen Xenos und mir zu denken. Irgendwie fühle ich mich, als hätte ich Reyvan hintergangen.

Aber selbst wenn er es aus meinen Gedanken gelesen hat, er spricht es nicht an. »Also, hast du eine Möglichkeit, in den Gemächern von Xenos nach etwas zu suchen, das uns helfen könnte, von hier zu verschwinden?«

»Ich muss in der nächsten Zeit sein Laboratorium aufräumen.« Ich deute auf die Kette um meinen Hals. »Vielleicht findet sich dort etwas? Allerdings bewahrt er seine wichtigsten Unterlagen in einer Vitrine auf, zu der ich den Schlüssel nicht habe.«

Reyvan überlegt einen Moment. »Ich bin mir sicher, es gelingt mir, diese Vitrine irgendwie zu öffnen. Oder ich könnte es zumindest probieren. Gibt es eine Sicherheitsvorrichtung, die verhindert, dass jemand anders als du oder er in das Zimmer kann – außer dem Schlüssel?«

Ich zucke mit den Schultern. »Keine Ahnung. Ich glaube nicht.«

Ich finde es komisch, dass ich noch vor wenigen Minuten gedacht hatte, dass ich Reyvan nie wiedersehen werde und mich mit meinem Schicksal als Xenos' Dienerin abgefunden hatte – und nun sitze ich hier mit dem Elfen, er hat mir seine Liebe erneut gestanden und wir schmieden Fluchtpläne … das alles ist irgendwie absurd.

Aber Reyvan scheint es nicht im Mindesten zu verstören. Seine Augen glänzen voller Tatendrang und ich muss zugeben, dass er mich damit langsam ansteckt.

»Gut, dann werde ich mir das mal ansehen. Aber nicht heute, ich war schon lange hier und ich weiß nicht, ob er dich tatsächlich nicht überwachen lässt. Nun ja, zumindest habe ich bei meinen früheren Besuchen nichts dergleichen gesehen, aber man weiß ja nie.«

Ich starre ihn entsetzt an. »Frühere Besuche?«

Jetzt lächelt er wieder verschlagen und wirkt sogar ein bisschen verlegen. »Nun … ich habe mich bereits ein paarmal in der Nacht zu dir geschlichen. Ich musste doch wissen, ob dieses Monstrum dich tatsächlich gut behandelt, und ich hatte Sehnsucht nach dir. Einmal hättest du mich sogar fast entdeckt – ich war so unvorsichtig und habe das Fenster zu laut geöffnet. Du hast übrigens hinreißend ausgesehen, wie du da nackt im Mondlicht standest …«

Weiter kommt er nicht, denn ich trommle jetzt mit den Fäusten gegen seine Brust. »Du Schuft, wie kannst du dich wie ein Dieb in mein Zimmer schleichen, ohne mich wissen zu lassen, dass du da bist! Du hättest mir viele Stunden der Trauer ersparen können!« Ich bin tatsächlich wütend auf ihn und muss mich beherrschen, nicht so laut zu schreien, dass jemand im Zirkel auf uns aufmerksam wird.

Er hält lachend meine Hände fest und wirft mich dann rittlings auf das Bett. Mit dem Gewicht seines Körpers zwingt er mich, liegen zu bleiben, und beugt sich über mich.

»Es tut mir leid, Cíara. Lass es mich wiedergutmachen.«

Seine Augen funkeln, als er den Umhang zur Seite schiebt, den ich mir übergeworfen habe.

Ich versuche zwar, mich halbherzig zu wehren, aber seine Küsse brennen wie Feuer auf meiner Haut und entlocken mir ein ungewolltes Stöhnen, was einen sündigen Blick von ihm nach sich zieht.

Und dann bleibt er doch länger, als er vorhatte, ehe er wieder in die Nacht hinaus verschwindet.

Am nächsten Tag stehe ich früher auf als üblich. Ich kann es kaum erwarten, Reyvan wiederzusehen. Wir haben vereinbart, uns um fünf Uhr, wenn die meisten Magier noch schlafen, vor dem Laboratorium zu treffen. Er hat dabei den schwierigeren Teil zu meistern. Es ist den Magiern unter Androhung der Höchststrafe verboten, ohne Erlaubnis zu den Gemächern der Räte oder gar des Zirkelleiters hochzugehen. Falls ihn jemand sieht, wie er die Treppe zu Xenos' Räumen hinaufgeht, wird er wahrscheinlich abermals ausgepeitscht und in den Kerker geworfen. Und wir können unsere Flucht vergessen.

Angespannt warte ich vor dem Laboratorium und hoffe, dass niemand außer Reyvan den Gang entlangkommt. Ich befürchte schon, er hätte verschlafen oder es sich doch noch anders überlegt, als er um fünf Uhr immer noch nicht da ist. Gerade bin ich versucht, den Schlüssel ins Schlüsselloch zu stecken, damit ich rasch im Raum verschwinden könnte, sollte jemand anderes im Flur auftauchen, da entdecke ich zu meiner Erleichterung den Elfen, der so lautlos wie ein Schatten den Gang entlangschreitet. Er grinst über das ganze Gesicht.

»Ich hoffe, du hast gut geschlafen, Cíara?«, sagt er leise, als er mich zur Begrüßung in die Arme nimmt und mir einen Kuss gibt.

Seine Augen blitzen vergnügt. Natürlich hatte ich nicht so viel Schlaf, wie ich gebraucht hätte – und er ist nicht ganz unschuldig daran. Ich verzichte aber auf eine Antwort und öffne die Tür.

Zum ersten Mal komme ich mir wie ein Eindringling vor, als ich nun das Laboratorium betrete, obwohl ich schon ein paar Mal hier war, um aufzuräumen. So leise wie möglich schließe ich die Tür hinter uns wieder ab.

Reyvan lässt seinen Blick durch den Raum schweifen und pfeift anerkennend. »Alle Achtung, der Mann ist ja tatsächlich ein Tüftler.« Er geht zu dem Labortisch, den er vorsichtig begutachtet. Dann fällt seine Aufmerksamkeit auf den Visor und er atmet hörbar ein. »Ein Visor«, flüstert er ehrfürchtig und geht ein paar Schritte darauf zu, hütet sich aber davor, ihn zu berühren.

Offenbar kennt er dieses Instrument, das einem sofort das Leben aussaugen kann, wenn man nicht stark genug für seine Magie ist.

»Ich habe mal von so etwas gehört, aber noch nie einen leibhaftig gesehen.« Er umkreist das runde Gerät, um es von allen Seiten zu begutachten.

»Xenos hat mir damit meine Familie gezeigt.« Ich trete neben ihn.

»Ach ja?« Er hebt eine Augenbraue. »Wie … ›nett‹ von ihm …« Seine Stimme trieft vor Sarkasmus.

Er geht zu der Vitrine, in der mehrere Bücher stehen, die uralt aussehen. »Und das hier ist sein geheimes Kämmerlein?« Er streicht mit den Fingern sachte über das Schloss.

Ich nicke.

»Hm, ist nicht durch einen Zauber gesichert.« Er untersucht den Mechanismus weiter. »Erstaunlich, ich hätte gedacht, er würde jeden tödlichen Zauber darauf anwenden, den er kennt. Aber er scheint sich in Sicherheit zu wähnen. Bist du die Einzige, die hier Zutritt hat?«

Wieder nicke ich.

»Dann vertraut er dir noch mehr, als ich gedacht habe …«

Er holt einen Bund Dietriche aus seiner Tasche und beginnt damit zu hantieren.

»Glaubst du tatsächlich, damit kannst du das Schloss öffnen?« Ich schaue ihm skeptisch zu.

»Einen Versuch ist es wert, oder? Ich habe auch noch andere Methoden auf Lager, aber meist sind die simpelsten diejenigen, die zum Erfolg führen.«

Er probiert einen anderen Dietrich aus, der länger und schlanker ist. Ich habe noch nie dabei zugesehen, wie jemand ein Schloss knackt, und bin nun umso faszinierter, wie er geschickt beide Dietriche bis zur Hälfte hineinschiebt und ganz sachte zu drehen beginnt.

Nach ein paar Sekunden höre ich ein leises Knacken und die Tür der Vitrine springt auf.

»Siehst du, was hab ich gesagt! Ich bin einfach gut.« Reyvan sieht mich triumphierend an.

»Hast du das etwa auch von deinem Onkel gelernt?«

Er grinst zur Antwort und verstaut seine Dietriche wieder in der Tasche.

48

Reyvan

Bei Ferys, ich kann es noch gar nicht richtig glauben, dass ich tatsächlich wieder bei Alia bin. Dass sie gerade vor mir im Raum umhergeht und ein Buch aus einer Vitrine holt, um es zum Labortisch zu bringen.

Ihre Bewegungen, ihr Duft, ihre Stimme … das alles habe ich so sehr vermisst, dass es regelrecht wehtat. Aber ich musste mich einfach zurückhalten – für uns. Damit Xenos aufhört, in mir einen Konkurrenten zu sehen.

Ja, ich weiß, dass ich Alia damit wahnsinnig verletzt habe, und ich weiß auch, dass ich das mit nichts auf der Welt jemals wiedergutmachen kann. Dennoch hatte ich gehofft, sie versteht meine Beweggründe und verzeiht mir. Manchmal bin ich wirklich, wirklich blauäugig … aber in diesem Fall hatte ich mehr Glück als Verstand.

Allein der Gedanke an letzte Nacht lässt in mir die Leidenschaft wieder aufflammen und ich würde sie am liebsten hier und jetzt auf dem Labortisch …

Ich räuspere mich, greife rasch selbst nach einem Buch und blättere darin herum. Wir haben keine Zeit für solche Dinge … später vielleicht, mal sehen. Seit vergangener Nacht würde ich am liebsten jeden Abend zu ihr ins Zimmer klettern – auch wenn der Aufstieg einem halsbrecherischen Selbstmordkommando gleichkommt. Aber bei aller Sehnsucht muss ich auch Vorsicht walten lassen. Wenn ich erwischt werde, ist es aus und vorbei damit, einen Fluchtplan zu schmieden.

Meine Augen fliegen über die Zeilen, die das Buch vor mir enthält, aber ich kenne die Sprache leider nicht. »Hm, das kann ich nicht lesen«, murmle ich, lege es zur Seite und greife nach einem anderen.

Alia liest derweil in ihrem Buch, das sie auf den Labortisch gebracht hat, und ihr Gesicht verzieht sich erstaunt. Ich werfe einen Blick über ihre Schulter.

Es handelt sich um Tausende von Formeln, die untereinander aufgeschrieben sind. Mystische Zeichen komplettieren die Kritzeleien, aus denen keiner schlau wird. Wahrscheinlich irgendein Notizbuch von Xenos' Experimenten. Oben rechts steht immer ein Datum, welches offenbart, dass das Buch bereits über zweihundert Jahre alt ist – das erklärt die vergilbten Seiten, die beinahe auseinanderfallen.

»Sei vorsichtig damit«, sage ich mit hochgezogenen Augenbrauen.

Sie nickt und blättert weiter, scheint jedoch nichts darin zu finden und stellt es sorgfältig an den ursprünglichen Platz zurück, damit Xenos nichts von unserem Eindringen bemerkt.

Nachdem sie das nächste Buch genommen und darin geblättert hat, stößt sie einen leisen Laut aus und lässt es beinahe fallen.

Ich trete hinter sie und erkenne, dass sie dasselbe Buch wie ich vorhin in der Hand hält. »Ich sagte ja, das kann man nicht lesen«, murmle ich.

Sie dreht sich verwirrt zu mir um. »Du kannst das nicht lesen?«, wiederholt sie langsam.

Ich zucke mit den Schultern. »Nein … du etwa?«

»Ja.«

Jetzt ist es an mir, sie verwirrt anzusehen. »Wirklich?« Ich werfe erneut einen Blick auf die Zeilen. Nein, nichts. Keine Silbe, die ich zu entziffern vermag. »Vielleicht steckt mehr in dir, als wir vermutet haben.« Ich lege die Stirn nachdenklich in Falten. »Was steht denn da?«

»Das ist schwarze Magie«, erklärt sie mir etwas, das ich fast schon vermutet habe.

Magie, deren Ziel es ist, anderen Wesen Magie abzuziehen also … Hatte ich recht gehabt mit meiner Annahme, dass Xenos zwar Regeln erstellt, aber nur, um sie selbst zu brechen?

»Meinst du, es hat etwas damit zu tun, dass ich mit einem Schwarzmagier hierherkam, als ich klein war, dass ich das problemlos lesen kann, als wäre es ein ganz normaler Text?«, fragt Alia unsicher.

Ich schüttle mit Nachdruck den Kopf. »Das glaube ich nicht. Aber ich weiß es leider auch nicht … zudem habe ich noch nie davon gehört, dass schwarze Magie in einem Buch aufgeschrieben wurde. Das ist unter Todesstrafe verboten. Und warum du das lesen kannst … wir haben jetzt leider keine Zeit, das zu hinterfragen.« Erneut zucke ich mit den Schultern. »Nun ja, jetzt sind wir schon mal hier und du hast dieses Buch gefunden. Lass uns zumindest sehen, warum Xenos es wegschließt. Es muss ihm ja irgendetwas bedeuten, sonst hätte er es bestimmt längst vernichtet.«

Sie nickt und blättert weiter, während ich neben ihr stehe und sie dabei beobachte. Wirklich komisch, dass sie schwarze Magie lesen kann … Womöglich liegt es daran, dass sie eine Nehil ist?

Auf einer Seite hält sie plötzlich an. Sie zeigt ein schwarzes Amulett, das jenem von Xenos sehr ähnlich sieht. Er scheint also tatsächlich etwas mit schwarzer Magie zu tun zu haben.

Alia liest die Beschreibung dazu und stößt ein leises Keuchen aus.

»Was denn? Was hat es mit den Amuletten auf sich?«, will ich wissen.

»Das ... das sind Gefäße«, stottert Alia, die den Blick nicht von der Zeichnung nehmen kann. »Xenos ist ein Schwarzmagier. Er kann damit die Energie anderer Wesen sammeln und für seine Zauber gebrauchen. Darum ist er so mächtig.«

Aha. Daher stammen seine immensen magischen Kräfte ...

»Du scheinst nicht gerade erstaunt zu sein«, bemerkt sie, während sie sich zu mir umdreht.

Ich runzle die Stirn. Es ist Zeit, ihr die volle Wahrheit zu sagen, denn ich habe in den vergangenen Wochen viel über Magie recherchiert. »Ich hatte das schon vermutet, als er dir diesen Unsichtbarkeitszauber auferlegte.«

Sie hebt erstaunt die Augenbrauen, da wir bisher nicht darüber gesprochen haben, dass ich sie trotz des Zaubers gespürt habe, aber ich rede weiter.

»Der ist nämlich nur wirksam, wenn man die Energie eines anderen Wesens verwendet. Daher warst du auch so stark versucht, dich der Nacht anzuschließen. Die schwarze Magie und die Nacht gehen einher wie Bruder und Schwester. Und beide rufen sich. Vielleicht ...« Ich sehe sie eindringlich an. »Vielleicht kannst du deswegen dieses Buch lesen – weil du von der schwarzen Magie eines menschlichen Magiers berührt worden bist ...«

Sie senkt den Blick und starrt wieder auf die Zeichnung, scheint langsam zu begreifen, wieso Xenos sie von allen anderen abschottet.

»Darum hat Xenos also derart darauf bestanden, dass ich keinem etwas von dieser Unsichtbarkeit verrate«, murmelt sie mehr zu sich selbst als zu mir. »Er hat schwarze Magie gewirkt, nur um mich von dir fernzuhalten. Und bei der Aufnahme der

Jungmagier …« Sie schaudert unwillkürlich. »Beim Aufnahmeritual … da war ein Junge, der Xenos' Prüfung nicht standhalten konnte …«

Für mich spricht sie ziemlich zusammenhangslose Sätze, ich verstehe nicht, was in ihrem Kopf gerade vorgeht, sehe nur, wie ihr Gesicht immer bleicher wird. »Geht es dir gut?«, frage ich besorgt.

Sie schüttelt den Kopf. »Ich … ich muss hier raus … bitte, lass uns gehen.«

Ich mustere sie nochmals forschend, dann nehme ich ihr das Buch aus den zitternden Händen und lege es in die Vitrine zurück, die ich sorgfältig verschließe.

Wir verlassen eilig das Laboratorium und kehren ungesehen in ihr Zimmer zurück.

49

Alia

Als ich auf meinem Bett sitze, merke ich erst, dass ich die ganze Zeit kaum zu atmen gewagt habe. Wenn Xenos erfährt, dass ich sein dunkelstes Geheimnis kenne, wird er mich auf der Stelle töten. Und er *wird* es erfahren, ich bin eine zu schlechte Lügnerin, um vor ihm mein Entsetzen zu verbergen. Mein Entsetzen darüber, dass er die Jungmagier nur aus dem Grund tötet, um ihre Energie in seinem Amulett zu speichern. Um seine Macht zu mehren.

Vor meinem inneren Auge sehe ich immer wieder, wie das Amulett beim Aufnahmeritual der Jungmagier in den Zirkel geleuchtet hat. Die Magier mussten damals einen Zauber wirken, der ihre Kräfte bei Weitem überstieg. Vielleicht konnte er so ihre Energie aufsaugen, bis sie starben – und danach von ihm und den anderen Räten wiedererweckt wurden. Ich erzittere bei dem Gedanken. Einige wurden nicht wiedererweckt … deren Energie hat Xenos wahrscheinlich behalten … genau wie … wie bei der Aufnahmezeremonie in Lormir, als der eine Junge der Prüfung von Xenos nicht standhalten konnte. Auf einmal weiß ich mit unbestimmter Gewissheit, dass Xenos auch damals die Energie des Jungen absorbierte und in seinem Amulett speicherte.

»Alia, du bist ganz bleich und zitterst.« Reyvan setzt sich neben mich und nimmt meine Hände in seine. »Was hast du? Sag es mir.«

Ich kann es ihm nicht anvertrauen, er wäre ebenso in Gefahr wie ich. Vielleicht ist er das schon, da ich ihm bereits zu viel über das Amulett erzählt habe.

»Ich muss es wissen«, murmelt er jetzt eindringlich. »Sonst kann ich dir nicht helfen.«

»Ich würde dich in Gefahr bringen.« Meine Stimme klingt schrill vor Angst. »Bitte, zwing mich nicht, es dir zu erzählen.«

»Cíara, hat er dir etwas angetan?«

Ich schüttle den Kopf.

»Was ist es dann?«

Ich schaue ihn an und sehe ehrliche Sorge in seinen dunkelblauen Augen. »Wir müssen hier weg. Wir dürfen nicht länger hier sein. Wenn er zurückkommt und erfährt, dass ich etwas von dem Amulett weiß, wird er mich töten – und dich ebenfalls.«

Reyvan küsst mich auf das Haar. »Gut, wir werden so rasch wie möglich fliehen. Aber wir können dies weder heute noch morgen riskieren. Ich habe einiges dafür vorzubereiten.«

»Und wir müssen Rana mitnehmen«, sage ich unvermittelt. »Wir dürfen sie nicht hierlassen. Xenos weiß, dass sie mir viel bedeutet, und würde sie foltern, um herauszufinden, wohin wir geflohen sind.« Ich halte inne. »Wohin wollen wir überhaupt fliehen? Nach Lormir zu meiner Familie können wir nicht. Zu deinem Volk?«

Reyvan schüttelt den Kopf. »Nein, das wäre zu offensichtlich und würde nur unnötigen Ärger mit meiner Familie zur Folge haben. Ich müsste ja noch ein paar Jährchen hierbleiben … sie werden schon sauer genug auf mich sein, wenn sie erfahren, dass ich mit dir geflohen bin und meine Zeit im Zirkel nicht abgesessen habe – und sie ein neues Pfand schicken müssen.«

»Wen werden sie schicken?«

Reyvan hebt die Schultern und lässt sie wieder sinken. »Wahrscheinlich jemanden aus dem Volk. Denn mein Bruder und ich waren ja bereits hier und ein zweites Mal dürfen wir nicht als Pfand ausgewählt werden. Und meine Schwestern wird Vater niemals hierherschicken.«

»Meinst du …« Ich beiße mir auf der Unterlippe herum. »Könnte der Frieden zwischen Elfen und Magiern tatsächlich dadurch ins Wanken geraten?«

Er scheint sich das ebenfalls schon gefragt zu haben, denn sein Gesicht wird nachdenklich. »Ich … weiß es nicht«, gesteht er. »Aber ich weiß, dass ich es nicht länger aushalte, hier drin gefangen und von dir getrennt zu sein.« Sein Blick wird fester. »Ich wurde dazu erzogen, immer in erster Linie an mein Volk zu denken. Aber seit ich dich kenne … erscheint mir mein Volk weniger wichtig. Vielleicht ist es an der Zeit, dass ich auch mal an mich denke. An uns.«

Er beugt sich zu mir und drückt mir einen sanften Kuss auf die Lippen, der mich einen Moment lang gefangen hält.

»Was … was passiert mit deiner Tätowierung?«, frage ich, als er seine Lippen wieder von meinen löst, und streiche über seine rechte Wange.

Er zuckt abermals mit den Schultern. »Normalerweise entfernen die Magier diese, wenn man seine Zeit abgesessen hat, doch ich denke nicht, dass sie das machen, wenn wir fliehen. Nun ja, sie steht mir doch gut, oder?« Er lächelt mich entwaffnend an. »Dann behalte ich sie eben.«

»Aber jeder wird dich als Pfand des Zirkels erkennen.«

»Nur die Magier. Die anderen Einwohner von Altra wissen nichts von dem Bündnis. Ich muss einfach aufpassen, dass ich keinem Magier über den Weg laufe.«

»Hm, mir ist trotzdem nicht wohl dabei. Vielleicht finden wir ja jemanden, der sie wegzaubern kann.«

»Das bezweifle ich. Es müsste jemand vom Zirkel von Lormir sein und obendrein auch noch ein Heiler. Und ich glaube nicht, dass jemand vom Zirkel das macht und somit freiwillig den Zorn von Xenos auf sich zieht …«

»Hm …« Ich schaue nachdenklich zum Fenster hinaus. »Also zu meiner und zu deiner Familie können wir nicht fliehen. Wohin aber dann?«

Er schweigt lange, und als ich mich wieder zu ihm umdrehe, sehe ich in seinem Gesicht einen kurzen Kampf, als ob er sich selbst überzeugen müsste, mir etwas zu sagen. Schließlich atmet er tief durch. »Du hast doch einmal gemeint, dass du wissen möchtest, wo dieser Schwarzmagier ist, da er dir vielleicht helfen könnte, etwas über deine Vergangenheit zu erfahren«, beginnt er vorsichtig.

»Ja, aber wir wissen ja nicht, wohin er verbannt wurde.«

Er sieht mich vielsagend an.

»Du weißt es?!«, rufe ich entgeistert. »Warum hast du mir denn nichts gesagt?«

Er legt beruhigend eine Hand auf meinen Arm. »Weil das damals nicht von Bedeutung war. Du musstest dich auf die Zirkeltage vorbereiten und überleben. Es hätte nichts gebracht, wenn ich es dir gesagt hätte, wo wir doch alles daransetzen mussten, deinen hübschen Hintern zu retten.«

Ich schnaube entrüstet. Aber eigentlich hat er ja recht; es hätte damals wirklich nichts an meiner Situation geändert. »Und wo lebt er?«, presse ich zwischen den Zähnen hervor.

»In den Eiswäldern«, kommt prompt seine Antwort.

»Was?!«, keuche ich entsetzt.

»In – den – Eiswäldern«, wiederholt er nun etwas lauter und langsamer, als wäre ich schwer von Begriff. Seine Augen blitzen vergnügt.

»Ich hab verstanden, wo er lebt!«, fahre ich ihn an. Wie kann er jetzt die Nerven haben, Witze zu reißen? »Aber wie um alles in der Welt sollen wir dorthin gelangen?«

Ich bin verzweifelt. Die Eiswälder befinden sich weit im Norden von Lormir. Der tiefste Winter ist zwar vorüber, aber ohne richtige Ausrüstung haben wir keine Möglichkeit, der tödlichen Kälte zu trotzen. Wir werden starke Pferde und dicke Mäntel brauchen und so viel Proviant, wie wir tragen können. Wie wollen wir das alles aus dem Zirkel schaffen? Reyvan scheint meine Gedanken erraten zu haben.

»Die Ausrüstung lass meine Sorge sein«, sagt er mit einem Grinsen. »Ich werde mich darum kümmern, dass wir alles Nötige dabeihaben. Und Rana werde ich ebenfalls über unseren Plan verständigen. Ich sehe sie oft genug im Speisesaal. Die Frage ist eher, wie *du* von hier verschwinden kannst.« Er nimmt meine Hand in seine. »Immerhin trägst du den Ring nicht mehr. Das ist schon einmal ein Vorteil, den Rana, du und ich teilen. Aber du wirst nicht unbemerkt aus den oberen Stockwerken nach unten gelangen können – die Treppen werden bewacht, dafür hat Xenos gesorgt. So sehr scheint er dir nun auch wieder nicht zu vertrauen. Selbst ich hatte Mühe, mich an den Kampfmagiern vorbeizuschleichen, und ich bin echt gut darin. Hinzu kommt, dass Moero seine Gemächer ebenfalls hier oben hat.«

Das wusste ich nicht … ich hatte mich nicht gefragt, wohin mich Rana an meinem ersten Tag hier im Zirkel geführt hat, als wir in das Arbeitszimmer des Eunuchen gehen mussten. Auf dem Hinweg hatte ich jegliche Orientierung verloren und auf dem Rückweg war ich viel zu wütend auf Moero gewesen, als dass ich mir den Weg gemerkt hätte.

Das heißt, er war die ganze Zeit in meiner Nähe … wie unheimlich.

»Können wir uns nicht einfach an seinen Gemächern und den Wachen vorbeischleichen?«, frage ich hoffnungsvoll.

»Ich schon, du nicht«, entgegnet er nüchtern. »Du würdest viel zu viel Lärm machen, da du nicht schleichen kannst. Und der Eunuch hört unglaublich gut, er kann eine Maus atmen hören, wenn er will.«

»Und wenn du es mir beibringst? Zu schleichen, meine ich?«

Er sieht mich abwägend an. »Hm, eine interessante Idee. Aber wir haben leider zu wenig Zeit. Xenos wird in ein paar Tagen zurück sein. Lass mich überlegen …«

Er denkt eine Weile nach und steht auf, um an das Fenster zu gehen.

»Ja, das könnte funktionieren.« Er dreht sich so rasch zu mir um, dass ich zusammenzucke. »Wir könnten dich aus dem Fenster abseilen. Es besteht jedoch eine kleine Gefahr. Du wirst nirgendwo außer auf Moeros Balkon Halt finden. Und den darfst du natürlich nicht berühren, sonst schlägt der Eunuch Alarm. Aber es könnte klappen.« Sein Blick fährt prüfend über meinen Körper. »Und ich werde dir anständige Kleidung besorgen, unter die man nicht blicken kann« Er zwinkert mir zu.

»Was wird denn sein, wenn wir unten sind?«, frage ich, bemüht, seinen anzüglichen Spruch zu überhören. »Wie kommen wir durch das Tor?«

»Da werden wir improvisieren müssen. Aber vertrau mir, darin bin ich ein Meister, wie du auch schon am eigenen Leib erfahren durftest.« Er grinst frech und lehnt gegen den Fenstersims.

»Wie konntest du damals den Zirkel verlassen, als du mich in der Arena besucht hast?« Diese Frage hat mich schon ein paarmal beschäftigt.

Reyvan verschränkt die Arme und wirft mir einen verschlagenen Blick zu. »Ich hatte damals eine der Wächterinnen … sagen wir … davon überzeugt, dass ich dringend noch einmal in die Arena musste. Aber das spielt nun keine Rolle. Selbst wenn du genauso gut schleichen könntest wie ich, würden wir einen Plan brauchen, um das Tor irgendwie zu öffnen.«

Er stößt sich vom Fenstersims ab und schlendert zu mir. Wieder einmal schaue ich fasziniert seinen Muskeln zu, die sich unter seiner Kleidung abzeichnen. Als er bei mir ankommt, streicht er mir sanft mit einem Finger über die Wange und lächelt mich aufmunternd an. »Vertrau mir, ich werde alles in die Wege leiten – ich hab da schon so eine Idee, wie wir die Wächter dazu bringen können, das Tor für uns zu öffnen. Du wirst hierbleiben, weiterhin so tun, als wärst du die treuste Dienerin in ganz Altra, und deine Aufgaben erledigen. Warte, bis ich dich wieder in deinem Zimmer besuchen komme. Es kann ein bisschen dauern, aber halte dich bereit. Und pack schon einmal alles ein, was du mitnehmen willst.« Er schaut sich in meinem Zimmer um. »Nun ja, viel wird es wahrscheinlich nicht sein.«

Ich muss ihm recht geben. Viel habe ich tatsächlich nicht.

»Ich muss jetzt los.« Er küsst mich noch einmal und huscht so leise wie eine Katze aus dem Zimmer.

Ich bleibe eine Weile sitzen. Er stellt sich das alles so einfach vor … aber ich glaube das nicht. Vielleicht werden wir gefasst, ehe wir den Innenhof überqueren können. Oder gar getötet. Und was, wenn Xenos früher zurückkehrt als geplant? Eigentlich sollte er mindestens sechs Tage lang unterwegs sein, aber er könnte es sich auch anders überlegen oder etwas vergessen haben. Oder aus sonst einem Grund früher wieder hier sein. Und dann wird er sofort wissen, dass ich sein Geheimnis herausgefunden habe, und mich qualvoll töten. Ich zittere wieder bei dem Gedanken. Aber ich muss jetzt so tun, als würde ich wie immer meine Aufgaben erledigen.

Ich zucke zusammen, als es an der Tür klopft, und erwarte schon fast, dass Xenos eintritt. Aber es ist nur die Dienerin, die mir das Frühstück bringt. Mir ist jedoch jeglicher Appetit vergangen. Trotzdem würge ich ein paar Bissen herunter, um sie nicht misstrauisch zu machen, und kehre dann in das Laboratorium zurück, um aufzuräumen. Beim Blick auf die Vitrine fröstle ich.

Ich muss wirklich schnellstmöglich weg von hier.

50

ALIA

Leider vergehen die nächsten zwei Tage, ohne dass Reyvan wieder auftaucht. Ich bin inzwischen so nervös, dass ich kaum schlafen oder essen kann, und habe das Gefühl, die Zeit renne mir davon. Xenos wird bald wieder hier sein – und dann ist es zu spät, um zu fliehen.

Ich habe zudem Bedenken bezüglich unseres Ziels. Wir haben keine Ahnung, wo genau sich dieser Schwarzmagier aufhält. Wir könnten Monate in den Eiswäldern umherirren, bis wir ihn finden. Und wer weiß, ob er überhaupt noch lebt. Und falls doch, ob er uns nicht einfach umbringt. Nur weil er mich damals als Säugling verschonte, heißt das nicht, dass er es jetzt immer noch tun würde.

Je mehr Zeit verstreicht, desto unsicherer werde ich. Zumal ich keine Ahnung habe, wie wir unbemerkt das Tor passieren sollen, das Tag und Nacht bewacht wird und zudem die meiste Zeit geschlossen ist. Denn darüber befindet sich ein Wehrgang, von dem aus der gesamte Bereich vor und hinter den Zirkelmauern überblickt werden kann. Selbst wenn wir es hindurchschaffen, könnten die Kampfmagier, die das Tor bewachen, uns noch lange sehen – und uns mit einem gezielten Zauber zur Strecke bringen. Es ist alles so unsicher und gewagt, dass ich mir schon fast überlege, nicht zu fliehen.

Gerade als meine Zweifel mich zu überwältigen drohen, klopft es eines Abends an meine Tür. Ich nehme an, es wäre mein Abendessen, das heute ziemlich lange auf sich warten ließ. Tatsächlich kommt die Dienerin mit einem Tablett herein, auf dem sich ein bescheidenes Essen befindet.

Ich bin so in Gedanken versunken, dass ich sie erst erkenne, als sie direkt vor mir steht.

»Rana!« Ich springe auf.

Sie umarmt mich zur Begrüßung. »Alia, ich hab dich so vermisst!« Eine Träne rinnt über ihre Wange.

»Was machst du denn hier? Darfst du überhaupt hier sein?«

Rana sieht verlegen zu Boden. »Eigentlich nicht, aber ich habe die Dienerin, die dir sonst das Abendessen bringt, dazu überredet. Oder besser, Reyvan hat mir dabei geholfen und sie … abgelenkt.«

Ich hebe eine Augenbraue – abgelenkt? Das kann nur bedeuten, er hat sie mit seinem Charme umgarnt.

Rana ahnt, was ich denke. »Keine Angst, er hat nur Augen für dich, und deswegen bin ich auch hierhergekommen. Ich soll dir ausrichten, dass wir heute Nacht noch fliehen.«

Mein Puls beschleunigt sich bei diesen Worten. Zwei Tage hatte ich es kaum ausgehalten, im Zirkel zu sein, und jetzt soll ich ihn innerhalb von wenigen Stunden bereits für immer verlassen – fliehen, mit Reyvan und Rana.

Mir wird ganz schwindelig bei dem Gedanken, dass wir es endlich wagen.

»Du begleitest uns also?«, frage ich.

Rana nickt. »Ja, ich werde mit euch kommen. Ihr braucht mich für die Flucht und ich bin ebenfalls froh, wenn ich den Zirkel verlassen kann und nicht bis an mein Lebensende eine Dienerin sein muss. Zudem trage ich keinen Ring – das heißt, Xenos kann mich ebenfalls nicht finden.« Sie zwinkert mir verschwörerisch zu.

Ich bin erleichtert über ihre Entscheidung. Xenos hätte seinen Unmut sonst bestimmt an ihr ausgelassen. »Und wie sieht der Plan aus?«

»Kurz nach Mitternacht geht es los. Ich habe unter meinem Gewand ein Seil versteckt.« Sie kramt es hervor.

Es ist schwarz und so dünn, dass ich starke Zweifel hege, dass es mein Gewicht halten wird.

»Hier, es ist Elfenarbeit, Reyvan hat es mir gegeben. Zudem hat es die Eigenschaft, dass es nicht irgendwo befestigt werden muss. Es hält, sobald man es ihm befiehlt. Oder so ähnlich … genau habe ich den Zauber nicht verstanden, als Reyvan es mir zu erklären versuchte. Vielleicht probierst du es erst mal aus, ehe du dich damit abseilst.«

Ich nehme das Seil entgegen. »Danke. Und wie komme ich an Moeros Balkon vorbei?«

»Ich werde ihn in der Zwischenzeit ablenken, indem ich ihn mit einer dringenden Frage besuche.« Sie klingt zwar zuversichtlich, aber in ihren Augen erkenne ich Angst.

Kein Wunder, keiner geht gerne zu dem Eunuchen.

»Und wenn er trotzdem etwas merkt?«

»Dann werdet du und Reyvan allein fliehen«, sagt sie tapfer und sieht mir fest in die Augen.

»Nein, das kann ich nicht. Nicht, wenn du in Moeros Händen bist.«

»Doch, du musst. Besser, eine Person wird erwischt als alle drei.«

»Aber, Rana, er wird dich auspeitschen lassen!«

»Ich kann auf mich aufpassen, vertrau mir. Es wird nichts schiefgehen.« Sie legt einen Arm um meine Schulter und zieht mich an sich. »Wir werden schon in ein paar Stunden weg sein. Ich kann es kaum erwarten«, flüstert sie an meinem Ohr.

Ich nicke. Der Plan hat viele Lücken, aber wahrscheinlich ist er besser als alles, was ich mir hätte ausdenken können.

»Und was ist mit der Ausrüstung?«, frage ich.

»Reyvan hat alles in die Wege geleitet. Er hat einen Rucksack mit dem Nötigsten besorgt und genügend Gold, damit wir uns im nächsten Dorf Pferde und Kleider kaufen können. Es standen wohl noch einige Magier in seiner Schuld.« Sie kichert bei dem Gedanken, wird dann aber rasch wieder ernst und fährt eilig fort. »Zudem habe ich hier in diesem Bündel Reisekleider für dich – und ein Messer.«

Sie nimmt ein Bündel, das ich erst jetzt entdecke, von ihrem Rücken und gibt es mir. Es ist klein, die Kleidung darin entsprechend leicht und dünn. Aber da es längst nicht mehr so kalt in der Nacht ist, wird es für ein, zwei Tage genügen. Das Messer ist handlich und scharf, ähnlich denen, die wir für die Zirkeltage erhalten haben. Ich wiege es in der Hand und stecke es in seine Scheide zurück.

»Rana, ich habe Angst«, gestehe ich ihr.

»Brauchst du nicht. Reyvan weiß, was er tut, und zusammen werden wir es schaffen.« Sie umarmt mich noch einmal. »Warte auf das Signal, wenn es losgeht. Reyvan wird den Schrei einer Eule nachahmen, sobald er unten im Innenhof steht. Dann musst du das Seil herunterlassen, so rasch wie möglich an Moeros Balkon vorbeiklettern. Ich werde ein paar Minuten später zu euch stoßen.«

Ich nicke und kann vor Aufregung kein Wort sagen. Nach einer letzten Umarmung verlässt sie mein Zimmer, ich ziehe mich um und prüfe nochmals mein Gepäck. Ich habe nur etwas Unterwäsche, ein zweites Paar Schuhe und das silberne Kästchen eingepackt. Den Ring meines Bruders habe ich mir an den Finger gesteckt.

Dann warte ich, bis es endlich Mitternacht wird.

Die Zeit scheint dahinzuschleichen und ich werde immer nervöser. Ein paar Mal öffne ich das Fenster und schaue hinunter in den Innenhof. Aber natürlich sehe ich niemanden dort unten. Die meisten Magier sind bereits in ihren Betten.

Immerhin ist die Nacht perfekt gewählt. Dunkle Wolken verbergen den Mond sowie die Sterne und werden uns Deckung geben. Reyvan hat wirklich an alles gedacht.

Ich schlage mir die Zeit tot, indem ich das Seil ausprobiere, das Reyvan mir gegeben hat. Es ist dünn und ich knüpfe in einem regelmäßigen Abstand Knoten hinein, an denen ich mich festhalten kann. Es misst mindestens zweihundert Schritt, genügt also, um sich von meinem Zimmer aus abzuseilen. Danach versuche ich es irgendwo zu befestigen. Rana hat gesagt, man müsse ihm dies befehlen. Also stelle ich mich ans Fenster und lege es auf das Fensterbrett.

»Halt dich hier fest!«, sage ich und komme mir gleichzeitig albern vor.

Dann ziehe ich etwas daran und tatsächlich – es bewegt sich keinen Fingerbreit mehr, obwohl es weiterhin harmlos auf dem Sims liegt.

Wie bringe ich es jetzt wieder weg? Ich probier's mit »Löse dich!«. Und tatsächlich, es lässt sich ohne Weiteres wieder von dem Fenstersims wegnehmen.

Das ist wirklich nützlich, so ein Seil zu haben. Ich wickle es auf, um bereit zu sein, wenn es losgeht.

Endlich ist es Mitternacht. Ich gehe zum Fenster und lausche. Aber erst eine halbe Stunde später höre ich den Eulenschrei. Er ist nicht von dem einer echten Eule zu unterscheiden und wenn ich nicht wüsste, dass er von Reyvan stammen muss, hätte ich mir nichts dabei gedacht. So aber spüre ich, wie auf einmal das Adrenalin durch meine Adern schießt und meinen ganzen Körper anspannt.

Ich packe mein Bündel, das ich mir über die Schultern werfe, befestige das Seil an der Fensterbank und lasse es an der Mauer hinuntergleiten. Unter mir erkenne ich den Balkon, wo Moeros Gemächer sind. Das Seil fällt links daran vorbei und verschwindet in der Dunkelheit.

Die Nacht ist so düster, dass ich Reyvan unten auf dem Innenhof nicht erkennen kann. Ich muss einfach darauf vertrauen, dass er dort ist und ich nicht auf den Schrei einer echten Eule hereingefallen bin oder in eine Falle tappe.

Ich setze mich auf die Fensterbank und unterdrücke einen kurzen Schwindelanfall. Es ist wirklich hoch, zumal ich den Boden unter mir nicht sehe. Ich hoffe, ich schaffe es, hinunterzuklettern.

Dann schwinge ich ein Bein über den Rand in die ungewisse Leere. Für einen kurzen Augenblick bin ich versucht, umzukehren und die Treppen zu nehmen. Aber ich kann nicht schleichen, da wird es besser sein, wenn ich mich mit dem Klettern abmühe.

Langsam beginne ich mit dem Abstieg. Ich klopfe mir insgeheim stolz auf die Schultern, dass ich daran gedacht habe, kleine Knoten in das Seil zu knüpfen. So habe ich alle paar Fuß Halt und rutsche nicht. Nach wenigen Sekunden baumle ich frei in der Luft und versuche, nicht zu stark hin und her zu schwingen. Noch ein paar Schritt, dann bin ich beim Balkon angekommen. Das wird der schwierigste Teil.

Ich halte den Atem an, als ich das Geländer streife. Die Balkontür ist nur angelehnt, was mein Unterfangen noch erschwert. Wenn ich jetzt ein Geräusch von mir gebe, wird Moero mich sofort entdecken.

Ich atme ganz flach und klettere weiter langsam daran vorbei.

Plötzlich vernehme ich aus Moeros Zimmer einen Schrei und stelle meine Kletterbemühungen sofort ein. Es hat sich angehört wie Ranas Stimme. Was ist mit ihr? Hat Moero sie durchschaut?

Da höre ich einen zweiten Schrei, diesmal kläglicher. Er fährt mir durch Mark und Bein. Meine Hände beginnen zu zittern. Die ungewohnte Kraftanstrengung fordert langsam ihren Tribut.

Rana hat mir zwar gesagt, ich soll einfach weiterklettern, aber wenn Moero sie nun foltert? Ich kann meine Freundin doch nicht in den Händen des Eunuchen lassen und ohne sie fliehen! Sie hat für mich so viel riskiert, ich kann sie jetzt nicht einfach im Stich lassen. Das würde ich mir nie verzeihen.

Unten erklingt ein weiterer Eulenruf. Reyvan drängt zur Eile.

Aber ich bin wie festgefroren auf meiner Position, unschlüssig, ob ich auf den Balkon klettern und Rana helfen oder meine eigene Haut retten soll.

In dem Moment erklingt ein dritter Schrei aus den Gemächern von Moero, diesmal voller Schmerzen, und nimmt mir jegliche Entscheidung ab. Ich muss ihr helfen. Vorsichtig klettere ich ein paar Handbreit höher und angle mit einer Hand nach dem Geländer. Unter mir vermeine ich, Reyvan fluchen zu hören. Aber ich muss zu Rana, koste es, was es wolle.

Ich halte mich am Balkongeländer fest, das aus geschliffenem Marmor besteht, und ziehe mich über die Brüstung. Das Ganze versuche ich so leise wie möglich zu machen.

Trotzdem vernehme ich von drinnen Schritte und dann wird plötzlich die Balkontür aufgerissen.

Es bleibt keine Zeit, mich vor der Helligkeit, die auf den Balkon fällt, zu verbergen, und ich werde von Kopf bis Fuß in Kerzenlicht getaucht. Mein Herz setzt einen Schlag aus vor Furcht, als ich in die wütenden Augen von Moero starre.

»Was tust du hier auf meinem Balkon?«, fragt er zornig mit seiner hohen Stimme, die sich dabei fast überschlägt.

Ich versuche, an seiner massigen Gestalt vorbei nach drinnen zu schauen. Mein Herz hat seinen Rhythmus wieder aufgenommen und klopft jetzt so stark, dass es wehtut. Mein Mund ist trocken und ich kann Moero keine Antwort geben.

In dem Moment packt er mich mit erstaunlicher Kraft und schubst mich so stark in sein Zimmer, dass ich fast zu Boden falle.

Ich werfe einen kurzen Blick um mich und keuche vor Schrecken. Am Boden, vor dem Marmorschreibtisch, liegt Rana. Der Stoff ihrer Kleidung ist am Rücken aufgerissen und blutverschmiert. Sie bewegt sich nicht.

Jetzt erkenne ich erst, dass Moero eine Peitsche mit kleinen Eisenhaken in der Hand hält. Er ist ihr auf die Schliche gekommen – oder war einfach wütend darüber, dass sie ihn zu solch später Stunde gestört hat. Warum auch immer, er hat sie ausgepeitscht.

Ich taste nach dem Messer, das Rana mir gegeben hat, ziehe es aus der Scheide und halte es schützend vor mich. »Lasst sie gehen!«, fordere ich mit zittriger Stimme.

»Du wagst es, mir zu drohen und Befehle zu erteilen, du dreckige Nehil?«

Moero ist außer sich vor Wut und holt mit der Peitsche aus, um auch mich zu schlagen.

Dann geht alles rasend schnell. Ich sehe, wie sich ein schwarzer Schatten hinter Moero über die Brüstung schwingt, im nächsten Moment schlingt sich die Peitsche um seinen fetten Hals und schneidet ihm ins Fleisch.

Er stöhnt vor Überraschung und Schmerz. In seinen Augen lese ich blankes Entsetzen. Aber Reyvan lässt nicht los. Selbst als der fette Eunuch röchelnd zu Boden sinkt, würgt er ihn weiter.

In den Augen des Elfen steht ein solch abgrundtiefer Hass, dass ich zwei Schritte zurückweiche – und direkt mit einer Person zusammenstoße, die zuvor noch nicht da stand.

Schon haben mich kräftige Hände gepackt und zu Boden geworfen. Ich liege auf dem Bauch und bemerke am Rande, dass einer der beiden Diener von Moero ins Zimmer gekommen ist, die Situation erkannt und blitzschnell gehandelt hat. Wahrscheinlich hat er den Kampflärm gehört. Mein Messer ist mir aus der Hand gefallen und befindet sich nun neben Ranas Kopf.

In dem Moment blinzelt sie und sieht mich mit weit aufgerissenen Augen an. In ihren braunen Augen lese ich erst Verwunderung und dann Entsetzen, als sie mich erkennt.

Der Diener ist in der Zwischenzeit nicht untätig geblieben und beginnt, mich zu fesseln. Dabei dreht er Rana den Rücken zu.

Ich erhasche aus dem Augenwinkel, wie sie nach dem Messer tastet und leise aufsteht, um es ihm in den Rücken zu rammen. Gerade als sie die Hand zum Stoß erhebt, wird der Diener von Blutspritzern getroffen, woraufhin er erschrocken herumfährt.

Hinter ihm steht Rana, die Augen vor Ungläubigkeit geweitet. Das Messer entgleitet ihren Händen, die stattdessen nach dem Schwert tasten, das ihr aus dem Bauch ragt. Wie in Zeitlupe sinkt sie zu Boden – und gibt den Blick frei auf den zweiten Diener, der hinter ihr steht und jetzt das Schwert mit einer kräftigen Bewegung aus ihrem Rücken zieht.

Ich will schreien, aber kein Ton entweicht meiner Kehle. Hilflos sehe ich zu, wie meine Freundin zu Boden fällt und dort reglos auf dem Bauch liegen bleibt. Ihre braunen Augen starren ins Leere.

Nein, das kann nicht sein – nicht so!

Aus ihrem Rücken rinnt Blut, das sich in einer Lache unter ihrem Körper sammelt.

Die Zeit scheint stillzustehen. Ein schier unerträglicher Schmerz nimmt von meinem Inneren Besitz, ich kann kaum atmen. Lautlose Tränen laufen über meine Wangen. Ich versuche, mich zu erheben, kann mich aber nicht bewegen, da ich gefesselt auf dem Boden liege.

Rana! … Ich schreie ihren Namen in Gedanken, als ob sie das zurückbringt.

Wie im Traum bekomme ich mit, dass Reyvan von Moero, dessen lebloser Körper am Boden liegt, ablässt und gegen die beiden Diener kämpft. Er hat von irgendwoher ein Schwert, das er gekonnt gegen die beiden einsetzt. Erst fällt der eine, dann der andere.

Lautlos – wie Rana.

Der Elf kniet sich neben mich und durchtrennt meine Fesseln. Ich bleibe jedoch am Boden, kann mich nicht bewegen – die Augen habe ich immer noch starr auf Rana gerichtet, deren blondes Haar wie ein Totenschleier über ihr Gesicht fällt.

Die Fesseln, die mich hier halten, sind stärker als diejenigen, die der Diener um meine Handgelenke geschlungen hat. Sie reichen bis in mein Herz.

Reyvan hebt mich sachte vom Boden hoch und trägt mich zum Balkon. Ich bemerke Moero, blau im Gesicht und mit weit aufgerissenen Augen.

Er ist ebenfalls tot. Wie Rana.

Jetzt beginne ich zu weinen, schluchze und heule wie ein verwundetes Tier. Reyvan setzt mich auf dem Balkon ab und hält mir sanft den Mund zu.

»Schhh, Cíara. Sie dürfen uns nicht hören, sonst ist Rana umsonst gestorben.«

Trotzdem rinnen weiterhin Tränen über meine Wangen.

Reyvan sitzt neben mir, hält mich und auch in seinen Augen lese ich Kummer.

So bleiben wir für kurze Zeit Arm in Arm und trauern um Rana – um unsere Freundin. Sie ist für mich und Reyvan gestorben, damit wir fliehen können.

Nach einigen Sekunden erhebt sich Reyvan und hält mir die Hand hin. »Alia, wir müssen weiter. Wir können von Glück sagen, dass die Wachen keinen Alarm schlagen. Aber vielleicht hat jemand den Lärm gehört und wenn sie die Leichen finden, werden wir keine Möglichkeit mehr haben, zu fliehen.«

Mein Körper fühlt sich taub an, als ich mir von ihm auf die Beine helfen lasse. Er geht zum Geländer und wartet, bis ich das Seil genommen habe und über die Brüstung gleite.

Taub vor Trauer seile ich mich ab und merke erst, als ich unten ankomme, dass ich geklettert bin. Reyvan holt das Seil ein und wickelt es sich um die Brust. Dann schultert er mein Bündel und einen ledernen Rucksack, den ich erst jetzt sehe, nimmt meine Hand und führt mich im Schatten der Gebäude am Rande des Innenhofs vorbei.

Ich folge ihm wie in Trance. Als wir beim Eingang des Wasserzirkels ankommen, hält Reyvan kurz an und prüft, ob keine Wachen dort stehen. Wie es scheint, ist alles menschenleer, denn er winkt mir, weiterzugehen. Wir passieren den schmalen Spalt zwischen den Gebäuden des Wasser- und des Feuerzirkels und gelangen zum Eingang des Letzteren. Auch hier stehen keine Wachen und wir können unbemerkt daran vorbeischleichen.

Jetzt kommt der schwierigste Teil. Wir sind nun beim Tor angelangt.

Oben auf dem Wehrgang kann ich die Wachen erkennen. Das Tor steht glücklicherweise offen und das Gitter ist nicht heruntergelassen. Anscheinend erwarten die Wachen jemanden.

Halt – jemanden? Kann es sein, dass Xenos bereits zurückkommt? Dieser Gedanke bringt Leben in meinen tauben Körper. Ich spüre mein Herz wieder rascher schlagen und bleibe so unvermittelt stehen, dass sich Reyvan mit einem fragenden Blick zu mir herumdreht.

»Warum ist das Tor offen?«, flüstere ich.

»Das habe ich so in die Wege geleitet.« Ein schelmisches Lächeln gleitet über sein Gesicht. »Ich erklär's dir später, komm jetzt.«

Er nimmt wieder meine Hand und zieht mich in den Schatten eines Busches, der neben dem Tor wächst. Wir kauern nebeneinander und beobachten die Wachen oben auf der Mauer.

Langsam erkenne ich ein Muster. Sie gehen immer bis zur Mitte des Torbereichs und drehen wieder um. Offenbar nehmen sie ihren Dienst sehr genau, denn die Schritte, die sie machen, stimmen auf den Punkt. Fünfzehn nach links, dann umdrehen und fünfzehn nach rechts.

Reyvan stupst mich sanft an. »Siehst du die Wachen dort oben? Wenn sie sich das nächste Mal umdrehen, rennen wir los und bleiben unter dem Tor stehen. Du hältst dich dicht hinter mir, verstanden?«

Ich nicke. Zehn, elf, zwölf, dreizehn, vierzehn, fünfzehn …

»Jetzt«, zischt Reyvan und wir rennen um den Busch herum zum Ausgang.

Die Fackeln unter dem Torbogen sind glücklicherweise nicht angezündet – ob wir das auch Reyvan zu verdanken haben? Jedenfalls können wir uns für ein paar Sekunden unter dem Tor verbergen. In Gedanken zähle ich die Schritte der Wache mit und bin gerade bei dreißig angelangt, als Reyvan mich weiterzieht. Wir flitzen um die rechte Ecke des Tors und drücken uns so flach wie möglich an die Zirkelmauer.

Wir sind draußen!

Reyvan wirft mir einen triumphierenden Blick zu und bedeutet mir, ihm zu folgen. Weiterhin an die Mauer gedrückt, tasten wir uns langsam vorwärts. Mir ist nicht ganz klar, wohin er will, aber als wir um die erste Ecke biegen, erkenne ich seinen Plan. Wir steuern direkt auf die Klippe zu, die hinter dem Zirkel zum Wald hin abfällt.

Nach wenigen Minuten erreichen wir den Klippenrand. Ich keuche, als ich sehe, wie weit es hinuntergeht. Die Baumspitzen erkenne ich nur schwach in der Dunkelheit unter mir.

»Jetzt werden wir wieder klettern müssen.«

Reyvan rollt das Seil ab und wirft es über den Felsen. Es verschwindet im Nichts unter uns und nur das eine Ende haftet an einem Stein.

»Hier, nimm die.« Er reicht mir lederne Handschuhe. »Damit deine Hände nicht verbrennen.«

»Verbrennen?«

»Trag sie einfach. Ich werde zuerst gehen, da ich besser in der Dunkelheit sehen kann als du und Gefahren, die unten lauern, früher erkenne.«

Damit schwingt er sich elegant über den Rand und verschwindet in der Tiefe.

Ich schaue unsicher zurück. Hinter mir erhebt sich die hohe, weiße Zirkelmauer gegen den schwarzen Abendhimmel, vor mir starre ich in den Abgrund. Die Wahl fällt mir erstaunlich schwer, da ich nicht weiß, was mich unten erwartet, aber schlussendlich gewinnt doch der Drang nach Freiheit.

Rasch setze ich mich an den Klippenrand und versuche, nicht nach unten zu sehen, als ich das Seil fasse, mich daran festhalte und meine Beine über den Abgrund schwinge. Ich klettere vorsichtig und bin abermals froh über die Knoten, an denen ich zumindest etwas Halt finden kann.

Der Abstieg kommt mir ewig lang vor, länger als derjenige aus meinem Zimmer.

Elle für Elle arbeite ich mich vor. Meine Hände beginnen tatsächlich zu brennen und ich beiße mir auf die Lippen.

Schon bald fühle ich meine Finger nicht mehr und schmerzhafte Krämpfe plagen meine Arme.

Endlich kann ich den Boden unter mir erkennen.

Reyvan erwartet mich bereits und legt seine Hände um meine Taille, als ich den letzten Abstand zwischen uns überwinde. Dann zieht er mich einen kurzen Moment an sich und küsst mich.

»Cíara, wir sind frei«, sagt er leise.

»Aber zu welchem Preis?« Meine Stimme bricht.

»Ja, ich mochte Rana auch sehr.« Er zieht meinen Kopf an seine Brust. »Es ist schrecklich, dass wir sie im Zirkel lassen mussten. Aber wenn wir geblieben wären, wäre ihr Tod noch sinnloser gewesen.«

Ich lasse mich ein paar Sekunden von seinen starken Armen trösten, ehe ich mich von ihm löse. »Was jetzt?«

»Jetzt werden wir zu diesem Schwarzmagier aufbrechen – in die Eiswälder. Aber zuerst müssen wir Proviant, Pferde und Ausrüstung kaufen. Ich hab da auch schon eine Idee, wo wir das alles herbekommen können.«

Seine Augen funkeln, wie sie es immer tun, wenn er seiner Meinung nach eine tolle Idee hat.

Epilog
Telon

Xenos stemmt sich auf dem Arbeitstisch ab. Sein langes, dunkelbraunes Haar fällt ihm wirr ins Gesicht und in seinen eisblauen Augen steht eine Wut, die nichts Menschliches mehr an sich hat.

Wieder schlägt er mit der Faust auf den Tisch, sodass ich zusammenzucke. »Wie konntest du sie entkommen lassen?« Seine Stimme ist heiser vor Zorn.

»Ich …« Ich habe keine Ahnung, was ich darauf antworten soll.

Am Abend wurde ich in meiner Funktion als stellvertretender Zirkelleiter zu einem dringenden Termin in die Erdgilde nach Lormir gerufen. Oder zumindest hatte mir meine Dienerin dies ausgerichtet. Als ich nämlich dort ankam, stand ich vor verschlossenen Türen. Ich dachte erst, dass mich meine Dienerin falsch informiert hätte, und ritt unverrichteter Dinge spät in der Nacht zurück zur Magiergilde.

Inzwischen ist mir klar, dass es ein Schachzug des verfluchten Elfen gewesen ist. Meine Dienerin hat unter Folter gestanden, dass er sie dazu überredete, mir ein Papier auszuhändigen. Was genau darauf stand, wusste sie nicht, da sie nie Lesen gelernt hat. Aber sie befolgte die Bitte des vermaledeiten Elfen, ohne nachzudenken, da dieser sie mit seinem Charme umgarnte.

Als ich zu später Stunde in den Zirkel zurückkehrte, waren alle in heller Aufregung. Moero war kurz vor Morgengrauen erdrosselt in seinen Gemächern gefunden worden. Bei ihm lagen seine beiden Diener, von denen einem die Kehle durchgeschnitten und der andere mit einem Stich ins Herz getötet worden war, sowie eine Dienerin, in deren Körper nur noch ein Hauch von Leben gesteckt hatte.

Ich suchte sie bei den Heilern auf, um von ihr zu erfahren, was passiert war. Leider war sie in solch einem kritischen Zustand, dass ich sie erst gestern verhören konnte.

Sie berichtete mir nur, dass Reyvan und Alia geflohen seien. Eine unangenehme Tatsache, die ich zu dem Zeitpunkt bereits wusste. Wohin, konnte sie mir nicht sagen, und der Luftmagier, der ihre Gedanken las, fand auch nichts Genaueres heraus. Selbst die Suchtrupps, die ich sofort aussandte, fanden die zwei nicht.

Auch als Xenos gestern zurückgekommen ist und die Dienerin stundenlang verhörte, brachte dies kein Ergebnis. Sie schwor, dass der Elf ihr nicht gesagt habe, wohin sie wollten. Nur, dass sie vorhatten, Pferde und Kleidung zu kaufen. Dies bestätigte auch Opherto, der Lehrer der Luftgilde, der auf Xenos' Befehl hin erneut ihre Gedanken las.

Offenbar hat der verfluchte Elf an alles gedacht und keiner Menschenseele verraten, wohin sie fliehen wollten.

Seit drei Tagen sind Xenos' Dienerin und der Elf jetzt verschwunden. Als die Nachricht von ihrer Flucht den Zirkelleiter erreichte, ließ dieser den unglücklichen Überbringer auf der Stelle auspeitschen.

Noch nie hat ihn jemand so wütend erlebt. Sein Arbeitszimmer gleicht einem Schlachtfeld und die ganze Nacht waren

Schimpftiraden und Fluchworte aus seinen Gemächern zu hören.

Jetzt steht er wutschnaubend vor mir und ich wünsche mir in dem Moment nichts sehnlicher, als im Reich meines Erdgottes versinken zu können.

»Du wirst sie zurückholen!«, bellt Xenos. »Und wehe, du kommst ohne sie zurück. Und dem Elfen wirst du kein Haar krümmen, verstanden? Der gehört mir!«

Er geht um den Tisch herum und kommt auf mich zu, während ich alle vier Götter anflehe, mein Körper möge aufhören, so jämmerlich zu zittern.

Xenos baut sich vor mir auf – eine Geste, die eigentlich nicht nötig gewesen wäre, denn er überragt mich schon so bereits um eineinhalb Köpfe. »Die Gruppe Kampfmagier, die mit mir zurückgekehrt ist, sollte reichen, um den Elfen außer Gefecht zu setzen. Hier, nimm diesen Anhänger. Damit werde ich jederzeit mit dir kommunizieren können und weiß, wo du bist.« Er reicht mir ein silbernes Amulett, das an einem ledernen Band befestigt ist und an die Form einer Blüte erinnert.

Als ich meine Hand ausstrecke, hält Xenos den Anhänger einen Moment lang fest, in seinen Augen blitzt blanker Hass. »Wenn du sie töten musst, lass die Dienerin langsam und qualvoll sterben. Sie hat es nicht anders verdient. Und falls du es nicht kannst, bring sie her zu mir und ich werde sie lehren, dass man mich nur ein einziges Mal hintergeht.« Damit dreht er sich um, und sein Umhang weht hinter ihm her, als er zum Fenster tritt. »Du bist ja immer noch da!«, donnert er. »Los, verschwinde. Und hol zurück, was mein ist!«

Das muss man mir nicht zweimal sagen, ich renne förmlich aus dem Zimmer und wage erst im Gang wieder, zu atmen.

»Das ist wirklich zu viel für meine alten Tage«, keuche ich, als ich die Tür hinter mir schließe und den Gang entlanggehe.

Warum musste diese blöde, kleine Dienerin auch fliehen – und dann ausgerechnet mit dem Pfand der Elfen! Viel schlimmer kann es gar nicht kommen. Wenn ich die beiden in die Finger bekäme, würde ich sie für all das büßen lassen, was Xenos mir angetan hat.

Ich reibe mir unvermittelt den geschundenen Rücken, auf dem ich die zwanzig Stockhiebe immer noch spüre, die mir Xenos in seiner Wut auferlegt hat.

Rasch gehe ich die Treppen hinunter und rufe unterwegs einen Diener zu mir. »Los, geh zu den Kampfmagiern, die im Speisesaal sind, und befiehl ihnen, sich in einer halben Stunde in meinen Gemächern einzufinden«, weise ich ihn an, ehe ich das Gebäude verlasse und auf den Innenhof trete.

Der Tag hätte so schön sein können, die Sonne scheint warm auf mein Haupt herunter und die ersten Vögel künden vom Sommer. Einen Moment gestatte ich mir, die Augen zu schließen und tief durchzuatmen. Ich werde noch heute Abend zusammen mit den Kampfmagiern aufbrechen. Wohin, weiß ich nicht – vielleicht findet sich im Umkreis des Zirkels eine Spur. Obwohl ich dies stark bezweifle, denn ich kenne Elfen zwar nicht so gut wie Xenos, aber ich weiß, dass sie Meister im Verwischen von Spuren und Legen falscher Fährten sind. Wenn das Pfand und die abtrünnige Dienerin nicht gefunden werden wollen, wird es äußerst schwierig, sie aufzuspüren. Trotzdem muss ich es versuchen. Falls nicht, wird Xenos mich eigenhändig zur Strecke bringen.

Ich überquere den Innenhof des Zirkels und steuere auf den Erdzirkel zu. Dort habe ich mich bisher immer wohl und zu Hause gefühlt, aber jetzt wünsche ich mir, ich wäre nie im Zirkel geblieben. Hätte mich nie als Rat wählen lassen. Denn dieses Amt trägt man auf Lebenszeit und hat keine Möglichkeit, es abzulegen – außer man stirbt. Und dazu fühle ich mich mit meinen fünfzig Jahren nun doch noch nicht bereit.

Also bleibt mir jetzt nichts übrig, als den beiden Flüchtigen hinterherzureiten und zu Tellos, dem Erdgott, zu beten, dass ich sie finden möge.

Wenn ich zurückkäme, würde ich zu allem Überdruss auch noch einen Ersatz für Moero suchen müssen. Xenos hat mir diese undankbare Aufgabe ebenfalls übertragen.

Leider gibt es nicht viele geeignete Kandidaten, die auch noch so bestechlich und damit leicht zu handhaben sind, wie Moero es war. Dieser hat für Geld und Macht alles getan. Auch wenn ich ihn nie leiden konnte – ich hätte mir keinen besseren Aufseher für die Diener vorstellen können. Und jetzt muss ich aus dem Nichts einen anderen auftreiben ... Nun gut, vielleicht findet sich unterwegs jemand, der geeignet ist.

Zurück in meinen Gemächern fühle ich mich zum ersten Mal etwas sicherer. Ein Blick in den Spiegel verrät mir, dass mein braunes Haar mit den grauen Strähnen fast ebenso zerzaust ist wie das von Xenos. Ich habe seit Tagen nicht mehr richtig geschlafen und gegessen – seit drei Tagen, um genau zu sein. Wieder wünsche ich der Nehil-Dienerin alles Unglück dieser Welt. Sie hat mich überhaupt erst in diesen Schlamassel gebracht, ohne sie wäre ich immer noch stellvertretender Zirkelleiter und müsste auf meine alten Tage nicht noch einem Gör und ihrem Liebhaber nachhetzen.

»Herein«, entgegne ich unwirsch, als es an der Tür klopft.

»Ihr wolltet, dass wir zu Euch kommen?« Es ist Duhr, mein ehemaliger Schüler.

Ich nehme mir einen Moment, ihn zu betrachten. Es scheint mir Ewigkeiten her zu sein, seit der junge Magier die Ausbildung abgeschlossen hat. Aus dem einst schüchternen Jungen, der eine Schwäche für Nagetiere besaß, ist ein stattlicher Mann mit ernstem Gesicht geworden.

Er mag jetzt ungefähr zweiundzwanzig Jahre alt sein, im besten Alter, um zu heiraten und sesshaft zu werden. Seine heilenden Fähigkeiten hätten es ihm leicht gemacht, überall Arbeit zu finden, aber Duhr hat sich für die Ausbildung zum Kampfmagier entschieden und dafür, sein Leben dem Zirkel zu widmen.

Er hat sich tatsächlich verändert, seit ich ihn zum letzten Mal gesehen habe – allein seine Schwäche für Nagetiere scheint er noch zu besitzen, denn in diesem Moment linsen zwei kleine, schwarze Knopfaugen unter seinem braunen Haar hervor, die zu einer schwarz-weißen Ratte gehören.

Ich lächle unvermittelt und winke meinen ehemaligen Schüler herein.

»Komm, wir haben viel zu besprechen. Heute Abend noch werden wir aufbrechen – und den Elfen zurückholen.«

Glossar

Altra – Land, das von den fünf magischen Zirkeln sowie dem Herrscher Lesath im Süden des Landes regiert wird.

Ardras – Vogel, der mit dem besser bekannten Phoenix verwandt ist. Wie dieser wird er aus Asche geboren und ist damit unsterblich. Jedoch unterscheidet er sich von seinem kleineren Artgenossen durch seine Größe und Angriffslust. Sein ganzer Körper besteht aus Feuer und er ist ein äußerst aggressiver Zeitgenosse, dem man besser aus dem Weg geht.

Arganta – Region südöstlich von Lormir mit der gleichnamigen Hauptstadt Arganta. Der Leiter des magischen Zirkels ist Rangan.

Aufnahmezeremonie in Gilden – Mit dreizehn Jahren können sich die Kinder in Altra, die eine Element- oder gar Magiebegabung entwickelt haben, für eine der vier Elementgilden oder die Magiergilde bewerben. Die Aufnahmezeremonie findet alljährlich zur Sommersonnenwende statt.

Aufnahmezeremonie in Magierzirkel – Die Lehrlinge werden nach drei Jahren Unterricht vollständig in den Magierzirkel aufgenommen. Dieses Ritual ist ein Geheimnis, das von allen Magiern streng gehütet wird. Von dem Zeitpunkt an sind sie Jungmagier und erhalten weitere drei Jahre lang Unterricht, bis sie fertig ausgebildet sind. Als Jungmagier dürfen sie den Zirkel an ihren freien Tagen verlassen – ein Privileg, das die Lehrlinge noch nicht haben.

Chakas – Region südwestlich von Lormir mit der gleichnamigen Hauptstadt Chakas. Der Leiter des magischen Zirkels von Chakas ist Roís.

Chark – Die treuen Weggefährten eines Golems. Sie sind äußerst hässlich anzusehen, ihr ganzer Körper ist mit Platten besetzt und anstelle eines Mauls haben sie ein großes Loch im Kopf, das mit spitzen Fangzähnen bestückt ist. Mit ihren drei Zungen, die an dünne Schlangen erinnern, können sie jede Witterung aufnehmen. Wenn man einem Chark begegnet, ist sein Meister nicht weit und man tut gut daran, so rasch wie möglich davonzurennen.

Drachen – Auch wenn sie nur selten vor die Augen der Menschen treten, gibt es sie. Sie sind kluge, uralte Wesen, leben verborgen in den Bergen und bevorzugen meist die Einsamkeit. Drachen bedienen sich einer eigenen Sprache, können jedoch über Gedanken auch mit Zwergen, Menschen und Elfen kommunizieren. Sie können anhand der vier Elemente unterschieden werden: Es gibt Luft-, Feuer-, Wasser- und Erddrachen.

Eiswälder – Wälder, die sich im hohen Norden Altras befinden. Sie werden von gefährlichen Wesen bewohnt, die fast noch tödlicher sind als die immerwährende Kälte, die dieses Gebiet heimsucht.

Elemente – Sie wurden von den vier Göttern, an welche die Menschen glauben, den menschlichen Bewohnern Altras geschenkt. Jeder trägt ein anderes Element in sich. Die Elementbegabungen manifestieren sich vor dem dreizehnten Lebensjahr.

Elementare – Oder auch die ›Diener der Götter‹ genannt. Aus jedem Element kann ein Elementar mit Magie beschworen werden. Diese gehorchen ihrem Erschaffer, solange der Zauber anhält, haben aber meist auch einen eigenen Willen und können ab und zu sogar einfach spontan irgendwo auftauchen.

Element Feuer – Menschen mit der Begabung Feuer sind gute Schmiede und Kämpfer. In Zusammenhang mit Magie kann das Feuer beherrscht werden. Zudem sind diese Magier besonders geschickt in der Kampfmagie. Beispiele für Kampfmagie-Elemente: Inferno, Meteorregen, Feuerpfeil, Feuerball, Feuerwelle, Beschwören eines Feuer-Dämons. Angehörige dieses Elements verehren den Gott Ignas.

Element Wasser – Menschen mit der Begabung Wasser sind gute Fischer, Seefahrer und können tagelang ohne Trinkwasser auskommen. Im Zusammenhang mit Magie kann das Wasser beherrscht werden, diese Magier sind in der Lage, Wasser zu finden, und können zudem Regen entstehen lassen. Beispiele für Kampfmagie-Elemente: Wasserwelle, Eispfeil, Eisregen, Beschwören eines Eis-Dämons. Angehörige dieses Elements verehren den Gott Aquor.

Element Luft – Menschen mit der Begabung Luft sind gute Jäger und können Gedanken von anderen erahnen. Im Zusammenhang mit Magie können das Wetter sowie die Gedanken anderer beeinflusst werden. Beispiele für Kampfmagie-Elemente: Sturm, Illusionen, Hervorrufen einer Panik, Beschwören eines Luft-Dämons. Angehörige dieses Elements verehren den Gott Aurel.

Element Erde – Menschen mit der Begabung Erde sind hervorragende Farmer und können sich um Menschen und um Tiere gleichermaßen kümmern. Sie sind daher dazu bestimmt, sowohl versorgende Berufe als auch heilende Berufe zu erlernen. Im Zusammenhang mit Magie können Erdbeben erzeugt, aber auch Lebewesen vollständig geheilt werden. Beispiele für Kampfmagie-Elemente: Erdbeben, Giftpfeil, Giftwolke, Beschwören eines Golems. Angehörige dieses Elements verehren den Gott Tellos.

Elfen – Ihr Körperbau ist athletisch und ihre Schönheit legendär. Angehörige dieses Volkes können Tausende von Jahren alt werden und sind damit beinahe unsterblich. Elfen sind hervorragende Jäger, beherrschen Magie und haben noch viele andere verborgene Talente, die jedoch den wenigsten Menschen bekannt sind. Denn sie hüten ihre Geheimnisse und bleiben meist unter sich in den Wäldern.

Fayl – Region im Osten von Altra mit der gleichnamigen Hauptstadt Fayl. Der Leiter des magischen Zirkels von Fayl ist Venero.

Ferys – Gott der Elfen.

Golem – Erdwesen, die meist mehrere Schritt groß sein können. Ihr Körper ist aus Stein und Wurzeln geformt und sie können sich aufgrund ihres massiven Gewichts nur langsam fortbewegen. Ein Schlag mit einer ihrer Fäuste zermalmt alles, was sich aus Versehen gerade darunter befindet. Normalerweise sind sie friedfertig, außer sie fühlen sich bedroht. Dann schicken sie mit Vorliebe ihre treuen Begleiter, die Charks, aus, um ihren Feinden den Garaus zu machen.

Gorkas – Volk, das nach eigenen Aussagen mit dem Volk der Elfen verwandt sei. Ihr Körperbau gleicht dem des Menschen, sie sind jedoch größer und muskulöser. Wenn überhaupt, würde man sie wohl am ehesten dem Element Feuer zuordnen, da sie gute Kämpfer sind und tödliche Waffen herstellen können. Sie leben zurückgezogen in Wäldern.

Greife – Diese Wesen können sehr alt (meist mehrere hundert Jahre) werden. Ihr Körper ähnelt dem eines Löwen, ihr Kopf sowie die Flügel denen eines Adlers. Ihre Länge kann bis fünf Schritt betragen und ihre Flügelspannweite gar fünfzehn Schritt. Sie leben in den Bergen. Falls sie sich bedroht fühlen, greifen sie auch Menschen an, leben sonst aber friedlich außerhalb von menschlichen Siedlungen.

Ilfaren – Diese gemütlichen, großen, grauen Tiere kommen vor allem im Süden von Altra vor. Ihre Beine sind stämmig und behaart, während der Rücken mit Knochenplatten besetzt ist. Durch ihre Stärke werden sie von den Menschen gerne als Lasttiere eingesetzt, da sie mit ihren langen Rüsseln und ihren Stoßzähnen mühelos schwere Dinge transportieren können. Sie sind aber ebenfalls für den Krieg geeignet, da sie mit der knöchernen Keule, die sie am Ende ihres langen Schwanzes haben, todbringende Schläge austeilen können.

Kampfmagie – Diese Art von Magie wird nur von einem Teil der Magier tatsächlich gelernt und ausgeübt. Sie ist verbunden mit mächtigen Verteidigungs- und Angriffszaubern, die meist mehrere Magier zusammen wirken müssen.

Kelmen – Tiere, die vor allem in der Wüste anzutreffen sind. Sie kommen tagelang ohne Wasser aus, da sie in ihren vier Höckern, zwischen denen man gemütlich sitzen kann, massenweise Wasser speichern können. Sie gleichen in ihrem Aussehen – abgesehen von den vier Höckern und den Klauen – weißen Pferden.

Lormir – nördlichstes Gebiet von Altra mit der gleichnamigen Hauptstadt Lormir. Der Leiter des magischen Zirkels von Lormir ist Xenos.

Magie – Ein kleiner Teil der altrischen Bevölkerung hat zusätzlich zu der Elementbegabung eine Magiebegabung. Solchen Kindern wird in den magischen Zirkeln beigebracht, wie sie ihre Magie beherrschen können. Allgemein wird Magie durch die Eigenwärme des Körpers gewirkt. Es braucht jedoch viel Übung, bis ein Magier sein Element vollständig beherrscht.

Magierzirkel – Es existieren fünf Magierzirkel in Altra, die jeweils von einem Zirkelleiter geführt werden. Alle fünf Zirkel unterstehen jedoch dem Herrscher Lesath, der in Merita regiert.

Maße – In Altra herrscht ein eigenes Maßsystem, das sich wie folgt aufbaut: 1 Fingerbreit = Breite eines Fingers; 1 Handbreit = 4 Fingerbreit; 1 Fuß = 16 Fingerbreit; 1 Elle = 1.5 Fuß; 1 Schritt = 2.5 Fuß

Menschen – Die Lebenserwartung der Menschen in Altra beträgt etwa sechzig Jahre. Die meisten haben bis zum dreizehnten Lebensjahr eine Begabung in einem der vier Elemente entwickelt. Einige davon haben sogar eine Magie-Begabung und können für die Aufnahme in einen der fünf Magierzirkel in Altra kandidieren. Menschen leben in Dörfern und Städten.

Nanos – Gott der Zwerge

Merita – Region im Süden von Altra mit der gleichnamigen Hauptstadt Merita. Hier herrscht der Tyrann Lesath, der ganz Altra über die Magierzirkel kontrolliert.

Nehil – Bezeichnung eines Menschen, der keine Elementbegabung bis zu seinem sechzehnten Lebensjahr entwickelt hat. Nehile kommen in Altra höchst selten vor und falls doch, werden sie als Diener in die Magiergilde geschickt.

Oshema – Region im Südosten von Altra mit der gleichnamigen Hauptstadt Oshema. Der Leiter des magischen Zirkels von Oshema ist Waris.

Riesenechsen – Obwohl ursprünglich mit den Drachen verwandt, unterscheiden sich die Riesenechsen von ihnen in vielen Punkten und werden als eigenständige Lebewesen kategorisiert. Echsen leben vorwiegend in Wäldern und Sümpfen, jedoch werden auch Sichtungen in Wüsten und sogar in Eislandschaften berichtet. Allen gemeinsam ist, dass ausgewachsene Exemplare etwa zehn Schritt lang sind und sich von Aas ernähren. Sie verschmähen jedoch auch keine frischen Mahlzeiten und sind bei Jägern vor allem aufgrund ihrer ausgefeilten Schleichtalente gefürchtet. Es kann vorkommen, dass unachtsame Lebewesen schneller zur Beute dieser schuppigen Tiere werden, als ihnen lieb ist. Wenn Echsen jagen, dann meist in größeren Gruppen.

Schwarze Magie – Wenn die Wärme eines anderen Wesens zur Magiewirkung verwendet wird, wird dies als schwarze Magie bezeichnet. Diese Form der Magie ist streng verboten und wird üblicherweise mit dem Tode bestraft.

Trolle – Gorkas und Trolle haben einen gemeinsamen Ursprung. Trolle entwickelten sich jedoch im Laufe der Jahrtausende zu böswilligen Killern, die nicht davor zurückschrecken, Menschen sowie auch alle anderen Lebewesen von Altra zu jagen. Sie sind stark und mindestens drei Schritt groß, was sie fast unbezwingbar macht. Es gibt vier Trollarten: Bergtrolle, Waldtrolle, Eistrolle und Wüstentrolle. Sie unterscheiden sich hauptsächlich in der Größe und haben sich der jeweiligen Umgebung sowohl durch ihr Äußeres als auch durch ihre Fähigkeiten angepasst. Trolle leben in kleinen Gruppen und jagen meist einzeln.

Warfts – Diese Tiere sind nachtaktiv und gehen auf zwei Beinen wie Menschen. Ihr Körper ähnelt dem eines Wolfes und sie haben gelbe Augen, die sehr gut im Dunkeln sehen können. Durch ihre tödlichen Krallen und Gewandtheit sind sie gefährliche Gegner, denen man besser aus dem Weg geht.

Zwerge – Diese Rasse, deren Lebenserwartung etwa zweihundert bis dreihundert Jahre beträgt, lebt vorwiegend in den Bergen. Ihr Körperbau ist stämmig und sie sind etwa eineinhalb Schritt groß und kräftig. Sie beherrschen Zwergenmagie. Zwerge verstehen es wie keine andere Rasse, Waffen zu schmieden.

Über die Autorin

C. M. Spoerri wurde 1983 geboren und lebt in der Schweiz. Ursprünglich aus der Klinischen Psychologie kommend, schreibt sie seit Frühling 2014 erfolgreich Fantasy-Jugendromane (›Alia-Saga‹, ›Greifen-Saga‹) und hat im Herbst 2015 zusammen mit ihrem Mann den Sternensand Verlag gegründet. Weitere Fantasy- und New-Adult-Projekte sind dabei, Gestalt anzunehmen.

Kontakt:

Homepage: www.cmspoerri.ch

E-Mail: info@cmspoerri.ch

Facebook: www.facebook.com/c.m.spoerri

Instagram: www.instagram.com/c.m.spoerri

Dank

Danke an alle, die mich in der Entstehungszeit von Alia inspiriert und an mich als Autorin geglaubt haben. An vorderster Stelle gilt mein Dank meinem Mann Andi und meiner Familie.

Nun liegt die überarbeitete Version vor und ich liebe die Geschichte mit jedem Buchstaben, der hinter mir liegt, noch ein Stück weit mehr. Sie wird immer einen besonderen Platz in meinem Herzen haben und ich freue mich, dass ich sie nun in meinem eigenen Verlag veröffentlichen kann.

Danke an *dich*, dass du das Buch gerade in deinen Händen hältst und dir diese Zeilen durchliest. Ich hoffe, dir hat die Reise nach Altra gefallen und wir sehen uns in meiner Fantasie wieder.

Bis dahin wünsche ich dir eine ganz schöne Lesezeit und freue mich, wenn du Alias Reise weiter begleitest.

Herzlich,
Eure Corinne

Auch im stylischen Schuber erhältlich!

Weitere Bücher aus demselben Universum

Der rote Tarkar

C. M. Spoerri

Einzelband

Als Taschenbuch, Hardcover und E-Book

Klappentext:
Vom wohlhabenden Mann zum Sklaven.
Von grenzenloser Macht zum Kampf ums Überleben.
Erlebe die Geschichte des ›roten Tarkars‹ und wie er zu einer Legende von Karinth wurde.

Als mächtiger Magier und Sohn des Bürgermeisters gehört Arkan zur privilegierten Oberschicht der Hauptstadt Karinth. Doch als er sein Herz an ein Sklavenmädchen verliert, bedeutet dies nicht nur das Ende seines wohlhabenden Lebens, sondern auch den Beginn einer abenteuerlichen Reise, die ihn an die Grenzen seiner Kräfte bringt. Und ihm aufzeigt, dass die wirklich wichtigen Dinge im Leben nicht mit Gold gekauft werden können.

Die Legenden von Karinth (Reihe)

C. M. Spoerri

Abgeschlossene Reihe

Als Taschenbuch, Hardcover, Schuber und E-Book

Klappentext:

»Bringt die Prinzessin zurück!« So lautet der Befehl der Elfenkönigin, nachdem ihre Tochter aus der Elfenstadt geflohen ist. Für Leibwächter Maryo Vadorís eine auf den ersten Blick nicht unlösbare Aufgabe. Allerdings soll er den frischgebackenen Gemahl der Prinzessin mitnehmen, den er zutiefst verachtet. Als sein Weg auch noch den der Magierin Edana kreuzt, stellt der Elf fest, dass die Suche nach seiner Prinzessin doch nicht so einfach wird wie anfangs vermutet. In Edana steckt mehr, als sie ihm zunächst weismachen will, und womöglich könnte ihr Geheimnis Maryo sogar helfen, denn seine Reise verschlägt ihn auf einen unbekannten Kontinent: Karinth.

Greifen-Saga (Trilogie)

C. M. Spoerri

Abgeschlossene Reihe

Als Taschenbuch und E-Book

Klappentext:
Die sechzehnjährige Mica ist es gewohnt, für das zu kämpfen, was sie zum Überleben auf der Straße braucht. Sie steht am Rande der Gesellschaft von Chakas. Ihr Leben ist geprägt von Armut, Hunger und Angst. Doch nicht zuletzt dank ihrer magischen Kräfte, die nach und nach in ihr erwachen, kann sie es meistern. Alles, was ihr etwas bedeutet, ist ihr jüngerer Bruder Faím. Das Schicksal stellt sie jedoch auf eine harte Probe, als Faím von ihr getrennt wird, während sie selbst dem geheimnisvollen Dieb Cassiel in die Hände fällt, der sie in seine Gilde mitnimmt. Ist es der Beginn eines besseren Lebens? Wird es Mica gelingen, sich in den Kreisen der Diebe eine Stellung zu erkämpfen? Und wie soll sie ihren Bruder wiederfinden, der gerade selbst das Abenteuer seines Lebens erfährt?

Weitere Titel aus unserem Fantasy-Programm

B. E. Pfeiffer
Götterherz (Band 1)
9. November 2018, Sternensand Verlag
362 Seiten, broschiert

Urban Fantasy
Als Taschenbuch und E-Book

Jasmin Romana Welsch
Krieger des Lichts (Band 1): Nihil fit sine causa
20. Oktober 2017, Sternensand Verlag
616 Seiten, broschiert

Urban Fantasy
Als Taschenbuch

Nadine Roth
Bloody Mary: Du darfst dich nicht verlieben
12. März 2017, Sternensand Verlag
560 Seiten, broschiert

Paranormal Romance
Als Taschenbuch und E-Book

Fanny Bechert

Countdown to Noah (Band 1)

17. September 2017, Sternensand Verlag

300 Seiten, broschiert

Dystopie, Jugendroman

Als Taschenbuch und E-Book

Regina Meissner

Der Fluch der sechs Prinzessinnen (Band 1): Schwanenfeuer

1. Oktober 2017, Sternensand Verlag

354 Seiten, broschiert

Märchen

Als Taschenbuch und E-Book

Maya Shepherd

Die Grimm-Chroniken (Band 1): Die Apfelprinzessin

2. Februar 2018, Sternensand Verlag

146 Seiten, broschiert

Märchen

Als Taschenbuch

Besucht uns im Netz:

www.sternensand-verlag.ch

www.facebook.com/sternensandverlag